Alle Rechte, einschließlich das des vollständigen oder
auszugsweisen Nachdrucks in jeglicher Form, sind vorbehalten.

Der Preis dieses Bandes versteht sich einschließlich
der gesetzlichen Mehrwertsteuer.

Umwelthinweis:
Dieses Buch wurde auf chlor- und säurefreiem Papier gedruckt.

Unbestechliche Herzen
Das verbotene Glück

MIRA® TASCHENBUCH
Band 20003
1. Auflage Januar 2010

MIRA® TASCHENBÜCHER
erscheinen in der Cora Verlag GmbH & Co. KG,
Valentinskamp 24, 20350 Hamburg

Titel der nordamerikanischen Originalausgaben:
Honor Bound
Copyright © 1986 by Sandra Brown
Aus dem Amerikanischen von Johannes Heitmann
erschienen bei: Silhouette Books, Toronto
Published by arrangement with Harlequin Enterprises II B.V., Amsterdam

Tomorrow's Promise
Copyright © 1983 by Sandra Brown
Aus dem Amerikanischen von Sonja Sajlo-Lucich
erschienen bei: Harlequin Enterprises Ltd., Toronto
Published by arrangement with Harlequin Enterprises II B.V., Amsterdam

Konzeption/Reihengestaltung: fredebold&partner gmbh, Köln
Umschlaggestaltung: pecher und soiron, Köln
Redaktion: Stefanie Kruschandl
Titelabbildung: Harlequin Books S.A.
Autorenfoto: © by Harlequin Enterprise S.A., Schweiz
Satz: Buch-Werkstatt GmbH, Bad Aibling
Druck und Bindearbeiten: CPI – Ebner & Spiegel, Ulm
Printed in Germany
ISBN 978-3-89941-674-9

www.mira-taschenbuch.de

Sandra Brown

Unbestechliche Herzen
Roman

Aus dem Amerikanischen von
Johannes Heitmann

1. KAPITEL

Die Lampe in dem offenen Kühlschrank tauchte die Küche in ein blaues Licht. Auf der Anrichte stand eine Tüte Milch, und daneben lag ein angeschnittenes Brot.

Doch selbst ohne diese Anzeichen spürte Aislinn sofort, dass etwas nicht stimmte, als sie durch die Hintertür in die Küche kam. Sie fühlte, dass sich außer ihr noch jemand im Haus aufhielt und ihr auflauerte.

Unwillkürlich tastete sie nach dem Lichtschalter.

Noch bevor sie ihn erreichte, fühlte sie kräftige Finger, die ihre Hand eisern umklammerten und ihren Arm nach hinten auf den Rücken drehten. Aislinn öffnete den Mund, um aufzuschreien, aber eine Hand legte sich ihr über den offenen Mund. Ihr Schrei wurde zu einem unterdrückten Gurgeln.

Schon oft hatte sie sich überlegt, wie sie sich in einer solchen Situation verhalten würde. Würde sie ohnmächtig werden, würde sie um ihr Leben betteln?

Jetzt überraschte es sie, dass sie nicht nur verängstigt, sondern auch wütend war. Sie wehrte sich, indem sie versuchte, ihren Mund freizubekommen. Sie wollte unbedingt das Gesicht ihres Angreifers sehen. Jede Frauenorganisation riet den Frauen, den Angreifern ins Gesicht zu sehen, um einer Vergewaltigung zu entgehen.

Das war jedoch nicht so einfach. Sie kam einfach nicht gegen die körperliche Kraft des Eindringlings ab. Er musste groß sein, denn sein warmer Atem strich ihr über das Haar. Mindestens einen Meter fünfundachtzig, schätzte sie.

Sein Körper, gegen den sie gedrückt wurde, war hart, aber nicht sehr stämmig. Vielmehr wirkte er drahtig und durchtrainiert. Aus dem Augenwinkel heraus erkannte Aislinn den festen Bizeps seines Oberarms.

Mittlerweile war sie erschöpft von ihren Befreiungsversuchen. Sie erkannte, dass es sinnlos war, sich zu sträuben, und hielt in ihren Bewegungen inne. Durch die Nase versuchte sie angestrengt, genügend Luft zu holen. Allmählich lockerte ihr Angreifer den Griff etwas.

„Mein Name ist Lucas Greywolf."

Seine Stimme klang sanft und heiser. Er sprach ihr direkt ins Ohr, doch Aislinn ließ sich von dem vertraulichen Klang nicht täuschen.

Sie wusste, dass der Tonfall rasch in Wut umschlagen konnte, zumal ihr der Name nicht unbekannt war.

Den ganzen Tag lang schon berichteten das Fernsehen und die Radiosender über die Flucht des Mannes aus dem Gefängnis von Florence, das ungefähr siebzig Kilometer entfernt lag. Überall in der Gegend wurde nach dem Flüchtling gesucht.

Und jetzt war er hier in ihrer Küche.

„Ich brauche etwas zu essen und muss mich ausruhen. Ich tue Ihnen nichts, wenn Sie mir keinen Ärger machen", sagte er ihr leise ins Ohr. „Wenn Sie aber schreien, bin ich gezwungen, Sie zu knebeln. Haben Sie mich verstanden?"

Aislinn nickte, und der Mann nahm langsam die Hand von ihrem Mund. Gierig atmete sie tief ein. „Wie sind Sie hierhergekommen?"

„Größtenteils zu Fuß", antwortete er sachlich. „Wissen Sie denn, wer ich bin?"

„Ja. Sie suchen überall nach Ihnen."

„Ich weiß."

Aislinns Wut war verflogen. Sie war zwar kein Feigling, aber auch kein Dummkopf. Sie würde nicht versuchen, die Heldin zu spielen. Lucas Greywolf war kein einfacher Dieb, sondern äußerst gefährlich. Darauf wurde in den Nachrichten ständig hingewiesen.

Was sollte sie tun? Überwältigen konnte sie ihn nicht, der Versuch allein würde ihn provozieren, und dann würde er ihr möglicherweise etwas antun. Nein, sie konnte nur abwarten und versuchen, ihn zu überlisten, wenn sich die Gelegenheit ergab.

„Setzen Sie sich!" Grob drückte er ihre Schulter.

Widerspruchslos ging sie zum Küchentisch, legte ihre Handtasche ab und setzte sich auf einen Stuhl.

Er bewegte sich vollkommen geräuschlos und unauffällig. Aislinn fuhr erschreckt zusammen, als sein Schatten über den Tisch fiel. Sie sah hoch und erkannte seine Umrisse im fahlen Licht des Kühlschranks. Er wirkte bedrohlich wie ein Raubtier, als er sich vorbeugte und eine Wurst aus dem Kühlschrank nahm.

Offenbar nahm er an, dass sie jeden Widerstand aufgegeben hatte, denn er schloss völlig gelassen die Kühlschranktür. Schlagartig wurde die Küche stockfinster. Aislinn sprang auf und rannte auf die Hintertür zu. Doch bereits nach zwei Schritten hatte der Mann sie eingeholt, umschlang mit einem Arm ihre Taille und riss sie fest an sich.

„Wohin soll's denn gehen?"

„Ich will nur ... das Licht einschalten."

„Setzen Sie sich!"

„Die Nachbarn werden merken, dass ..."

„Ich habe gesagt, Sie sollen sich setzen. Und genau das werden Sie jetzt auch tun." Er zerrte sie durch die Küche zurück zum Stuhl. In der Dunkelheit wäre Aislinn beim Hinsetzen fast mit dem Stuhl umgefallen.

„Ich will Ihnen lediglich helfen", sagte sie. „Die Nachbarn werden Verdacht schöpfen, wenn sie gesehen haben, dass ich nach Hause gekommen bin und kein Licht anmache."

Wahrscheinlich wusste er, dass das reine Erfindung war. In diesem Neubaugebiet außerhalb von Scottsdale war noch nicht einmal die Hälfte der Häuser verkauft. Sicher hatte Greywolf sich dieses abgelegene Haus ganz bewusst ausgesucht.

Aislinn hörte ein metallisches Geräusch aus dem Dunkeln, und vor Entsetzen erstarrte sie. Lucas Greywolf hatte die Fleischmesser entdeckt und eines davon aus dem Holzregal gezogen.

Innerlich machte sie sich bereits darauf gefasst, die Klinge des Messers zu spüren zu bekommen, als das Küchenlicht anging. Erst nach ein paar Sekunden gewöhnten sich ihre Augen an das grelle Licht. Der Mann hatte den Schalter mit der Messerklinge betätigt und hielt das Messer nach wie vor an den Lichtschalter.

Gebannt starrte sie auf die Klinge, dann glitt ihr Blick den gebräunten, sehnigen Arm entlang zu der muskulösen Schulter. Langsam blickte sie erst auf das ausgeprägte, kantige Kinn, die gerade, schmale Nase und schließlich in die eisigsten Augen, die sie jemals gesehen hatte.

Ihr Herzschlag setzte einen Augenblick lang aus. Noch nie hatte sie einen so abfälligen, verächtlichen Blick gesehen, so unverhohlenen Hass und eine solche Verbitterung.

Im Gegensatz zu seinem Äußeren, in dem sie deutlich seine indianische Herkunft erkannte, wirkten die Augen wie die von einem „Anglo", einem Weißen. Ihr Grau war so hell, dass die Augen fast durchsichtig wirkten. Dadurch bekamen die schwarzen Pupillen einen stechenden Ausdruck. Ohne zu blinzeln, sah er sie reglos an. Der

Kontrast zwischen diesen hellen Augen und dem übrigen dunklen Gesicht war so auffällig, dass Aislinn den Mann viel zu lang anstarrte.

Sie senkte den Blick, doch das Aufblitzen der Messerklinge ließ sie sofort wieder hochsehen. Er hatte lediglich eine Scheibe von der Wurst abgeschnitten. Kurz bevor er hineinbiss und dabei seine ebenmäßigen weißen Zähne zeigte, entdeckte Aislinn den Anflug eines spöttischen Lächelns auf seinem Gesicht. Offenbar kostete er ihre Angst aus, und das machte sie wieder wütend. Mühsam unterdrückte sie jede Gefühlsregung und betrachtete den Eindringling kühl.

Das war vielleicht ein Fehler. Bis heute Abend hatte sie sich einen ausgebrochenen Sträfling völlig anders vorgestellt. Undeutlich erinnerte sie sich an die Schlagzeilen von damals, als Lucas Greywolf verurteilt worden war. Doch das war schon einige Jahre her. Die Staatsanwaltschaft hatte ihn bei dem Prozess als Aufrührer beschrieben, der ständig Ärger suchte und überall die Indianer aufwiegelte. In den Schlagzeilen damals war jedoch naturgemäß nicht erwähnt worden, wie gut er aussah. Jedenfalls konnte Aislinn sich nicht daran erinnern.

Er trug ein einfaches dunkelblaues Hemd, das zweifellos zur Gefängniskleidung gehörte. Die Ärmel waren herausgerissen, und einen der Ärmel hatte er sich als Stirnband um den Kopf gebunden. Sein langes Haar war so tiefschwarz, dass es keinerlei Licht reflektierte. Doch das mochte vielleicht an dem Staub liegen, der auch seine Jeans und Stiefel bedeckte.

Sein Gürtel hatte eine kunstvoll aus Silber geschmiedete Schnalle, die mit Türkisen besetzt war. Um den Hals trug er eine Kette mit einem Kreuzanhänger, der von dunklem Brusthaar umgeben war.

Wieder blickte sie von ihm weg. Selbst in ihrer Situation verwirrte es sie, dass er das verschwitzte Hemd fast offen trug und dass sie der Ohrring in seinem rechten Ohr nicht abstieß.

Die winzige silberne Maske an dem Ohrring deutete auf eine andere Religion hin als das silberne Kreuz. Doch der Ohrring passte so gut zu Lucas Greywolf, als sei er damit geboren worden.

„Wollen Sie mir nicht Gesellschaft leisten?", fragte er leise und streckte Aislinn auf der Messerklinge eine Wurstscheibe hin.

Abrupt hob sie den Kopf und richtete sich auf. „Nein danke. Ich warte mit dem Essen, bis mein Mann kommt."

„Ihr Mann?"

„Ja, mein Ehemann."

„Wo ist er?"

„Noch bei der Arbeit, aber er muss jeden Augenblick kommen."

Ruhig schnitt er sich eine Scheibe Brot ab und biss so genüsslich davon ab, dass Aislinn ihn am liebsten geschlagen hätte. „Sie sind eine schlechte Lügnerin."

„Ich lüge nicht."

Lucas Greywolf schluckte das Brot hinunter. „Ich habe das Haus durchsucht, Miss Aislinn Andrews. Hier lebt kein Mann."

Es fiel ihr schwer, ruhig weiterzuatmen. Ihr Herz schlug wild, und sie schwitzte an den Händen. „Woher wissen Sie meinen Namen?"

„Aus Ihrer Post."

„Sie haben meine Briefe durchgesehen?"

„Weshalb so besorgt? Haben Sie etwas zu verbergen, Miss Andrews?"

Sie wollte sich nicht auf Diskussionen einlassen und presste die Lippen aufeinander.

„Heute kam Ihre Telefonrechnung."

Sein freches Grinsen versetzte sie wieder in Rage. „Man wird Sie schnappen und wieder hinter Schloss und Riegel bringen."

„Ja, das ist mir klar."

Seine ruhige Antwort ließ sie jegliche Erwiderung vergessen. Wortlos sah sie zu, wie er die Tüte Milch ansetzte, den Kopf zurückbog und sie leer trank. Mit dem Handrücken wischte er sich die Lippen ab. Nach wie vor hielt er das Fleischermesser fest.

„Wenn Sie schon wissen, dass Sie wieder gefasst werden, weshalb machen Sie es für sich selbst noch schlimmer, als es ohnehin schon ist?" Aislinn fragte aus ungespielter Neugier. „Warum geben Sie nicht auf?"

„Weil ich vorher noch etwas erledigen muss", entgegnete er entschlossen. „Bevor es zu spät ist."

Aislinn fragte nicht weiter, weil sie lieber nicht hören wollte, was für kriminelle Dinge Lucas vorhatte. Dennoch war es vielleicht nützlich, wenn sie sich mit ihm unterhielt. Möglicherweise ließ er dann in seiner Wachsamkeit nach, und sie bekam eine Gelegenheit zu fliehen. Wenn sie erst in der Garage war, würde sie durch das Garagentor weglaufen.

„Wie sind Sie hier hereingekommen?", fragte sie unvermittelt, als ihr klar wurde, dass sie kein zerbrochenes Schloss bemerkt hatte.

„Durchs Schlafzimmerfenster."

„Und wie konnten Sie aus dem Gefängnis fliehen?"

„Ich habe jemanden getäuscht, der mir vertraute." Verächtlich zog er die Mundwinkel herab. „Es war dumm von ihm, einem Indianer zu trauen. Jeder weiß schließlich, dass Indianer Betrüger sind. Stimmt's, Miss Andrews?"

„Ich kenne keine Indianer", antwortete sie vorsichtig. Sie wollte ihn nicht reizen. Die Anspannung seines Körpers beunruhigte sie.

Doch ihre Antwort regte ihn anscheinend trotzdem auf. Schweigend musterte er sie eingehend. Mit einem Mal wurde ihr bewusst, wie sie mit ihren hellblonden Haaren, den blauen Augen und der hellen Haut auf ihn wirken musste. „Das glaube ich Ihnen aufs Wort." Unvermittelt steckte er das Messer in seinen Hosenbund und griff nach Aislinn. „Stehen Sie auf!"

„Wieso?" Angstvoll sog sie die Luft ein, als er sie grob hochzog. Er presste ihren Rücken an sich, drückte ihre Schultern mit den Händen und drängte sie aus der Küche. Beim Hinausgehen löschte er das Licht. Im Flur war es dunkel. Aislinn stolperte vor ihm her. Er schob sie zum Schlafzimmer, und ihre Kehle war wie ausgedörrt. „Sie haben bekommen, was Sie haben wollten."

„Noch nicht alles."

„Sie sagten, dass Sie etwas zu essen wollten", sagte sie erschreckt und sträubte sich weiterzugehen. „Wenn Sie jetzt das Haus verlassen, verspreche ich Ihnen, nicht die Polizei anzurufen."

„Seltsam, aber ich kann Ihnen nicht glauben, Miss Andrews", sagte er in leisem Tonfall.

„Ich schwöre es!" Ihre Stimme zitterte, und Aislinn hasste sich für ihre Schwäche.

„Mir haben schon viele Weiße Versprechungen gemacht. Ich habe gelernt, misstrauisch zu sein", erwiderte er verächtlich.

„Aber dafür kann ich doch nichts. Ich ... Sagen Sie doch, was haben Sie denn jetzt vor?"

Er schob sie ins Schlafzimmer. Sobald er die Tür geschlossen hatte, lehnte er sich mit dem Rücken dagegen. „Raten Sie mal, Miss Andrews." Mit einem Ruck drehte er sie zu sich herum und klemmte sie zwischen der Tür und sich ein. Eine Hand legte er ihr an die Kehle und drückte ihr Gesicht nach oben. Dann senkte er den Kopf zu ihr herab. „Was, glauben Sie, werde ich jetzt tun?"

„Ich ... ich weiß nicht."

„Sie sind doch nicht eine dieser sexuell verklemmten Frauen, die sich heimlich vorstellen, vergewaltigt zu werden. Oder?"

„Nein!", stieß sie hastig aus.

„Haben Sie sich nie ausgemalt, von einem Wilden überwältigt zu werden?"

„Lassen Sie mich los! Bitte!" Sie drehte den Kopf weg, doch der Mann ließ sie nicht los. Vielmehr drängte er sich noch enger an sie und presste sie an die Tür.

Aislinn schloss die Augen und biss sich vor Angst und Verzweiflung auf die Unterlippe. Mit den Fingern strich er ihren Hals entlang.

„Ich jedenfalls bin eine sehr lange Zeit im Gefängnis gewesen." Er strich über ihr Dekolleté und zog mit einem Finger an ihrer Bluse, bis der oberste Knopf aufsprang.

Aislinn war den Tränen nahe. Sein Gesicht war dem ihren so nah, dass sie seinen Atem auf der Haut spüren konnte. Sie musste ihn sogar einatmen, und das widerte sie unendlich an.

„Wenn Sie wirklich schlau sein wollen", warnte er sie mit trügerisch sanfter Stimme, „dann setzen Sie mir keinen Floh in den Kopf."

Als sie wahrnahm, was er sagte, wandte sie sich ihm zu und sah ihm in die Augen. Einen Moment blickten sie sich nur schweigend an, als wollten sie die Gedanken des anderen erforschen.

Endlich trat er langsam einen Schritt zurück. Als er sie nicht mehr berührte, wäre sie vor Erleichterung fast zu Boden gesunken.

„Ich habe Ihnen gesagt, dass ich Essen und Ruhe brauche." Seine Stimme klang jetzt schroffer.

„Sie haben sich ausgeruht."

„Schlaf, Miss Andrews. Ich brauche Schlaf."

„Sie meinen, Sie wollen hierbleiben? Hier?", fragte sie schockiert nach. „Wie lange?"

„Bis ich beschließe zu gehen", antwortete er gelassen. Er ging durch das Zimmer und schaltete die Nachttischlampe an.

„Das können Sie nicht!"

Er kam wieder zu ihr und zog sie an der Hand mit sich. „Sie sind nicht in der Situation, sich auf Diskussionen einzulassen. Seien Sie sich nicht sicher, dass ich Ihnen nicht doch noch etwas antue."

„Ich habe keine Angst vor Ihnen."

„Doch, das haben Sie." Er zog sie mit sich ins angrenzende Badezimmer und schloss die Tür. „Wenigstens sollten Sie Angst haben. Hören Sie zu", fuhr er angespannt fort. „Ich muss etwas erledigen, und niemand, vor allem keine weiße Frau, wird mich davon abhalten. Ich habe eine Wache bewusstlos geschlagen, um aus dem Gefängnis zu kommen, und bin bis hierher zu Fuß gegangen. Außer meinem Leben habe ich nichts mehr zu verlieren, und das ist im Gefängnis nicht sehr viel wert. Also gehen Sie nicht zu weit, Lady. Ich werde Ihr Gast sein, solange es mir gefällt." Um seine Drohung zu unterstreichen, zog er das Messer aus dem Hosenbund. Aislinn hielt die Luft an, als habe Lucas sie mit dem Messer bereits verletzt. „Das gefällt mir schon besser", stellte er fest, als er ihre Panik bemerkte. „Jetzt setzen Sie sich." Mit dem Kinn wies er auf einen Hocker.

Ohne den Blick von dem Messer zu wenden, folgte Aislinn seiner Aufforderung und setzte sich.

Greywolf legte das Messer auf den Rand der Badewanne, außerhalb von Aislinns Reichweite. Dann entledigte er sich seiner Stiefel und seiner Socken und zog das Hemd aus der Hose.

Aislinn saß reglos wie eine Marmorstatue da und sagte kein Wort, während er sich das Hemd auszog.

Seine Brust war mit dichtem schwarzen Haar bedeckt. Unter der braunen Haut zeichneten sich die stahlharten Muskeln ab. Seine Brustwarzen waren klein und dunkel. Die Haut an seinem Bauch war über der Muskulatur straff gespannt, und auch um den Nabel herum war sie mit dunklem Haar bedeckt.

„Was tun Sie da?", fragte Aislinn aufs Äußerste bestürzt, als er sich die Jeans aufknöpfte.

„Ich will duschen." Er beugte sich kurz vor und drehte die Wasserhähne in der Dusche auf. Selbst durch das Prasseln des Wassers hindurch hörte Aislinn noch das Geräusch des Reißverschlusses, als Greywolf sich die Jeans ganz öffnete.

„Muss ich Ihnen etwa dabei zusehen?", schrie sie auf.

„Sie sollen nur an einem Platz bleiben, wo ich Sie sehen kann."

Gelassen streifte er die Jeans ab und stieg unter die Dusche.
Aislinn schloss die Augen. Ihr war schwindlig, und sie krallte sich an dem Badezimmerschränkchen fest. Noch nie in ihrem Leben hatte sie sich so beleidigt und gedemütigt gefühlt.
Gleichzeitig fühlte sie sich durch die Nacktheit des Mannes angegriffen. Er hatte einen vollkommenen Körper. Seine Schultern waren breit, die Hüften schmal. Die muskulöse Brust und die schlanken, sehnigen Beine und Arme vervollständigten das perfekte Bild. Die dunkle Haut wirkte wie polierte Bronze und lud förmlich dazu ein, gestreichelt zu werden.
Ohne den Duschvorhang zuzuziehen, ließ Greywolf sich das Wasser über die Schultern strömen. Mit abgewandtem Gesicht versuchte Aislinn währenddessen, ruhig und tief durchzuatmen.
„Was ist los, Miss Andrews? Haben Sie noch nie einen nackten Mann gesehen? Oder regt es Sie nur so auf, weil ich Indianer bin?"
Der spöttische Tonfall ließ sie herumfahren. Auf keinen Fall sollte er glauben, sie sei eine prüde Jungfer oder eine Rassistin. Doch bei seinem Anblick brachte sie kein Wort heraus. Sie konnte nur zusehen, wie er mit den schlanken Händen seinen Körper einseifte. Das Wasser musste sehr heiß sein, denn die Spiegel waren bereits beschlagen, und der Dunst in dem kleinen Bad wurde immer dichter. Aislinn bekam kaum noch Luft.
„Wie Sie sehen", zog er sie auf, während er sich einseifte, „sind wir Indianer genauso wie jeder andere Mann ausgestattet."
Eher etwas besser, stellte Aislinn für sich fest. „Sie werden ordinär", sagte sie bissig. „Aber etwas anderes darf man von einem Sträfling wohl nicht erwarten."
Er lächelte nur abfällig und nahm das Stirnband ab, um es zu den übrigen Kleidern zu werfen. Dann hielt er den Kopf kurz unter die Dusche, um die Haare nass zu machen. Aus einer Flasche Shampoo goss er sich etwas in die Hand und schäumte sich damit das Haar gründlich ein. „Mhm, das duftet besser als das Shampoo im Gefängnis", stellte er fest.
Aislinn erwiderte nichts, denn ihr war gerade ein rettender Gedanke gekommen. Der Mann musste schließlich den Kopf noch einmal unter die Dusche halten, um sich das Shampoo wieder aus den Haaren zu spülen. Ihr blieb nicht viel Zeit, denn in diesem Moment

strich er sich bereits den Großteil des Schaums mit beiden Händen von den Haaren ab.

Im Schlafzimmer neben ihrem Bett stand ein Telefon. Wenn sie es schaffte, dorthin zu rennen und den Notruf zu wählen ...

Greywolf hielt den Kopf unter den Wasserstrahl, und sie durfte keine Sekunde länger zögern.

Aislinn sprang im selben Moment hoch, riss die Tür auf und rannte ins Schlafzimmer. Hastig riss sie den Telefonhörer von der Gabel und tippte atemlos die Nummer des Notrufs ein.

Reglos presste sie den Hörer ans Ohr und lauschte. Es war kein Laut zu hören. Mist!

Hatte sie sich in der Panik etwa verwählt? Sie unterbrach die Leitung und wählte noch einmal. Ihre Hände zitterten so stark, dass sie kaum den Hörer festhalten konnte. Dabei blickte sie rasch über ihre Schulter und entdeckte Lucas Greywolf, der im Türrahmen zum Bad lehnte und scheinbar gelassen zu ihr herübersah.

Er hatte sich ein Handtuch um den Nacken gelegt, aber abgesehen davon war er nackt. Wasser rann ihm aus dem Haar und lief seinen bronzefarbenen Körper entlang. Als sie dem Lauf der Tropfen mit den Augen folgte, sah Aislinn das Messer, mit dessen flacher Klinge er sich an den Schenkel klopfte.

Dann erst merkte sie, dass auch ihr zweiter Anruf nicht nach draußen gelangt war. Weitere Versuche waren demnach wohl zwecklos. „Sie haben etwas mit meinem Telefon gemacht!"

„Gleich nachdem ich im Haus war."

Sie sah ihn an und begann gleichzeitig hastig an der Telefonschnur zu ziehen, bis sie den zertrümmerten Anschlussstecker in den Fingern hielt. Offenbar hatte er ihn mit dem Stiefelabsatz zertreten.

Sie wurde von Verzweiflung gepackt. Und von Wut. Wie konnte er so ruhig bleiben, während sie erfolglos versuchte, einen Ausweg zu finden? Aislinn fluchte und schleuderte ihm das Telefon entgegen. Dann rannte sie zur Tür. Sie musste einfach hier heraus, weg von ihm. Auch wenn es ausweglos war, musste sie es wenigstens versuchen.

Sie erreichte tatsächlich die Tür und konnte sie sogar einen Spalt öffnen, bevor er sie direkt vor ihren Augen mit der flachen Hand wieder zuknallte. Aislinn fuhr herum und versuchte ihn zu kratzen.

„Hören Sie auf!", fuhr er sie an und hielt ihre Arme fest. Die Spitze des Messers stach ihr dabei in den Unterarm. Vor Schmerz schrie sie auf. „Sie kleine Närrin!"

Er gab einen überraschten Laut von sich, als sie plötzlich ruckartig das Knie hochriss, um seinen Unterleib zu treffen. Sie verfehlte zwar ihr Ziel, schaffte es jedoch, ihn mit einem kräftigen Stoß aus dem Gleichgewicht zu bringen, als er ihrem Tritt auswich. Kämpfend gingen sie beide zu Boden. Seine Haut war noch nass und glitschig, und beinahe mühelos wehrte er die Schläge und Hiebe ab, mit denen sie ihn zu treffen versuchte. Kurz darauf lag sie unter ihm, und mit einer Hand drückte er ihre Handgelenke auf den Boden.

„Was sollte das denn werden? Sie hätten sich verletzen können!", schrie er sie an. Sein Gesicht war dicht über ihrem, und sein Atem ging rasch. Die Wut in seinem Blick steigerte Aislinns Angst ins Unermessliche, doch das ließ sie sich nicht anmerken. Stattdessen hielt sie dem Blick stand.

„Wenn Sie mich umbringen wollen, dann bringen Sie es endlich hinter sich", stieß sie hervor.

Bevor sie noch reagieren konnte, zog er sie wieder auf die Füße hoch. Ihre Zähne schlugen aufeinander, und sie bemühte sich noch, das Gleichgewicht zu finden, als sie sah, wie das Messer seitlich an ihrem Kopf herunterfuhr. Sie wollte schreien, doch sie bekam nur ein leises Wimmern heraus, als sie die blonde Haarsträhne in seiner Hand sah. Dadurch wurde ihr bewusst, wie verletzlich sie war und wie leicht er sie mit seiner körperlichen Kraft überwältigen konnte.

„Ich mache keine Scherze, Lady", sagte er, noch immer schwer atmend. „Ich habe nichts mehr zu verlieren. Noch so ein plumper Trick, und es sind nicht nur ein paar Haare, die Sie verlieren. Verstanden?"

Stumm nickte Aislinn und blickte dabei auf die Haarsträhne in seinen kräftigen Fingern. Achtlos warf er sie zu Boden.

Nach einem Moment ließ er sie los und trat einen Schritt zurück. Er hob das Handtuch auf und trocknete sich ab. Abschließend strich er sich mit dem Handtuch noch einmal über das schulterlange Haar. Dann warf er ihr das Handtuch zu. „Ihr Arm blutet."

Aislinn hatte es nicht bemerkt. Als sie an sich heruntersah, bemerkte sie verblüfft, dass sie gleich über dem Handgelenk blutete, und presste das Tuch auf die Wunde. „Tut Ihnen sonst noch etwas weh?" Sie schüttelte nur den Kopf. „Gehen Sie rüber zum Bett."

Der unbändige Zorn darüber, in ihrem eigenen Haus von einem Fremden herumkommandiert zu werden, wurde nur noch von ihrer Furcht übertroffen. Ohne Widerspruch gehorchte sie deshalb dem Befehl. Ihr Arm blutete nicht mehr, und sie legte das Handtuch weg. Dann sah sie wieder zu Greywolf.

„Ziehen Sie sich aus."

Aislinn hatte gedacht, Greywolf könnte ihr nicht noch mehr Angst machen, aber das war ein Irrtum gewesen. „Was?", flüsterte sie.

„Sie haben mich richtig verstanden."

„Nein."

„Wenn Sie nicht tun, was ich sage, war die Wunde an Ihrem Arm nur der Anfang." Die Messerklinge blitzte auf, als der Mann die Waffe vor Aislinns Gesicht hin und her bewegte.

„Ich glaube nicht, dass Sie mir etwas antun werden." Sie versuchte, überzeugend zu klingen.

„Seien Sie sich nicht zu sicher."

Mit kaltem, gefühllosem Blick starrte er sie an, und ihr wurde klar, dass sie kaum Chancen hatte, diese Nacht heil zu überstehen.

„Wieso ... wieso muss ich mich ausziehen?"

„Wollen Sie es wirklich wissen?"

Nein, sie wollte es lieber nicht hören, dazu hatte sie bereits eine zu genaue Vorstellung von dem, was ihr bevorstand. Wenn er es jetzt noch aussprach, würde sie dadurch nur noch mehr in Panik geraten.

„Aber wenn Sie über mich herfallen wollen", sie musste sich dazu zwingen, ihre Gedanken in Worte zu fassen, „warum haben Sie es dann nicht schon ..."

„Ziehen Sie sich aus." Er betonte jedes Wort einzeln. Seine Stimme klang eiskalt.

Einen Augenblick überlegte sie noch und kam zu dem Schluss, dass ihr keine Wahl blieb. Wenn sie sich selbst auszog, gewann sie dadurch vielleicht etwas Zeit. Falls jemand sie inzwischen anrufen wollte und feststellte, dass ihr Telefon defekt war, rief er möglicherweise die Störungsstelle an, die dann jemanden schicken würde. Vielleicht klingelte auch jemand an ihrer Haustür. Sie musste in jedem Fall versuchen, den Mann hinzuhalten. Hatte die Polizei das Haus eventuell schon umstellt, weil sie wusste, dass Greywolf hier war?

Langsam hob sie die Hände zum zweiten Knopf ihrer Bluse, da Greywolf den obersten bereits geöffnet hatte. Ein letztes Mal sah sie bettelnd zu dem Eindringling hoch. Sein versteinerter Gesichtsausdruck und die kalten Augen nahmen ihr die letzte Hoffnung. Ihr Stolz verbot es ihr, den Mann anzuflehen, doch sie war ohnehin überzeugt, dass sie ihn mit keinem Wort umstimmen konnte.

Sie schob den Knopf durch das Knopfloch und senkte zögernd die Hände zum nächsten.

„Beeilung!"

Sie blickte wieder auf. Nur einen Meter von ihr entfernt stand er nackt und reglos da. Auch unter ihrem Blick zeigte er keinerlei Reaktion. Aislinn ließ sich dennoch mit jedem Knopf Zeit und stellte damit seine Geduld auf die Probe. Schließlich hatte sie die Bluse geöffnet.

„Jetzt ziehen Sie sie aus." Er machte eine unwillige Bewegung mit dem Messer. Mit gesenktem Kopf zog Aislinn die Bluse von den Schultern, presste sie sich jedoch anschließend vor die Brust.

„Fallen lassen!"

Kraftlos ließ sie die Bluse zu Boden fallen.

Eine Weile schwieg er. „Jetzt den Rest", sagte er dann.

Hier in Arizona war bereits Sommer. Aislinn hatte das Studio schon früh am Nachmittag verlassen, weil sie keine Termine mehr hatte. Sie war ins Fitnesscenter gefahren, und nach dem Duschen hatte sie dort einen Rock, die Bluse und Sandalen angezogen, weil sie in Strumpfhosen nur wieder geschwitzt hätte.

„Den Rock, Aislinn", stieß er gepresst hervor.

Dass er sie mit ihrem Vornamen ansprach, war der Gipfel der Demütigung, und sie spürte wieder Wut in sich aufsteigen. Sie griff nach hinten, riss den Reißverschluss auf und ließ den Rock fallen.

Als sie ein unterdrücktes Räuspern hörte, sah sie zu dem Mann auf. Seine Gesichtsmuskeln waren angespannt, und sein hungriger Blick fuhr an ihrem Körper auf und ab.

Warum hatte sie nicht einfachere, weniger attraktive Unterwäsche angezogen? Der seidene BH und der dazu passende Slip waren hellgelb und mit Spitze abgesetzt. Diese Unterwäsche war nicht nur dazu da, ihren Zweck zu erfüllen, sondern sie sollte auch reizvoll sein. Sie überließ nicht viel der Fantasie, und Aislinn war davon überzeugt, dass bei einem Sträfling die Fantasie recht ausgeprägt war.

„Den BH."

Mühsam versuchte sie die Tränen zurückzuhalten, während sie die Träger von den Schultern schob, die Arme herauszog und schließlich den Verschluss vorn öffnete. Greywolf streckte eine Hand aus, und unwillkürlich zuckte Aislinn zusammen.

„Geben Sie ihn mir", verlangte er heiser.

Ihre Hand zitterte, als sie ihm den seidenen BH reichte. In seiner geballten Faust wirkte er noch winziger und weiblicher. Greywolf ertastete den weichen Stoff, und Aislinn hatte ein merkwürdiges Gefühl, als ihr bewusst wurde, dass er noch ihre Körperwärme darin spüren musste.

„Seide", sagte er leise mit tiefer Stimme. Er hob den BH hoch und presste ihn sich an die Nase. Aufstöhnend schloss er die Augen und verzog das Gesicht. „Dieser Duft. Dieser wunderbare, weibliche Duft."

Aislinn merkte, dass er nicht zu ihr, sondern zu sich selbst sprach. Er meinte auch nicht ihren Duft im Speziellen, sondern den Duft von Frauen überhaupt, den Duft des Weiblichen. Sie wusste nicht, ob sie das eher erschreckend oder beruhigend finden sollte.

Der Augenblick dauerte nur wenige Sekunden, dann warf Greywolf den BH wütend von sich. „Machen Sie weiter."

„Nein. Lieber lasse ich mich umbringen."

Eine quälend lange Zeit blickte er sie starr an, dann ertrug Aislinn seinen musternden Blick nicht länger und schloss die Augen.

„Sie sind sehr schön."

Innerlich bereitete Aislinn sich darauf vor, dass er sie berührte. Doch stattdessen wandte er sich von ihr ab, als ob er sich über ihre Reglosigkeit oder die Tatsache, dass er ihr einen Schwachpunkt von sich gezeigt hatte, ärgerte.

Auf jeden Fall war er jetzt wütend. Er riss einige ihrer Schubladen auf, bevor er fand, wonach er gesucht hatte. Mit zwei Strumpfhosen kehrte er zu ihr zurück.

„Legen Sie sich hin." Er umfasste Aislinn, die reglos und wie angewurzelt dastand, und zog gleichzeitig die Bettdecke weg.

Sie legte sich hin, starr vor Angst. Entsetzt riss sie die Augen auf, als der Mann sich über sie kniete. Doch er blickte sie nicht einmal an. Sein Gesicht war vollkommen ausdruckslos, während er ihren Arm griff und nach oben zum Kopfende des metallenen Bettgestells bog.

„Binden Sie mich fest?", fragte sie mit bebender Stimme.

„Ja", erwiderte er nur knapp und fesselte ihr Handgelenk mit dem Seidenstrumpf an das Bettgestell.

„Oh, bitte tun Sie das nicht!" Unzählige schreckliche Vorstellungen wirbelten ihr durch den Kopf. Schlagartig konnte sie sich an jede Abartigkeit erinnern, von der sie jemals gehört hatte.

Wieder lächelte er spöttisch, als könne er an ihrer Angst ihre Gedanken erkennen. „Entspannen Sie sich, Miss Andrews. Wie bereits gesagt, will ich mich nur ausruhen, und genau das werde ich auch tun."

Immer noch völlig reglos, ließ Aislinn sich das andere Handgelenk an seinen Arm fesseln. Als er fertig war, wurden ihre Handrücken aneinandergepresst, und Aislinn blickte ungläubig zu ihm auf. Er schaltete nur das Licht aus und legte sich mit dem Rücken zu ihr neben sie.

„Sie Mistkerl!" Mit aller Kraft zog sie an der Fessel, die sie an ihn band. „Binden Sie mich los!"

„Schlafen Sie."

„Ich sagte, Sie sollen mich losbinden!", schrie sie und versuchte sich aufzusetzen. Greywolf drehte sich nur um und drückte sie wieder aufs Bett. Obwohl sie ihn nicht erkennen konnte, ging von seinem Körper dicht neben ihr eine schreckliche Drohung aus, die lähmender wirkte als jede körperliche Gewalt.

„Ich hatte keine andere Wahl, als Sie zu fesseln."

„Weshalb musste ich mich ausziehen?"

„Damit es für Sie schwieriger wird zu fliehen. Sicher werden Sie nicht mitten in der Nacht nackt auf die Straße laufen. Und dann …"

„Und dann?", fuhr sie ihn verärgert an.

Nach einer langen Pause kam endlich seine Antwort. Leise und fast verschämt. „Und dann wollte ich Sie auch betrachten."

2. KAPITEL

„Stehen Sie auf!"

Aislinn öffnete langsam die Augen und konnte sich im ersten Moment nicht erinnern, weshalb sie sich vor dem Aufwachen fürchtete. Dann wurde sie grob an der Schulter geschüttelt, und schlagartig fiel ihr alles wieder ein. Sofort riss sie die Augen weit auf. Sie richtete sich halb auf und hielt die Decke über ihrer nackten Brust fest. Hastig strich sie sich das wirre Haar aus dem Gesicht und blickte Lucas Greywolf an.

Sie hatte Stunden gebraucht, um endlich einzuschlafen. In diesen Stunden hatte sie auf seinen Atem gelauscht und erkannt, dass er tief schlief. Dann hatte sie versucht, ihren Arm vom Kopfende des Bettes zu befreien, bis ihr ganzer Körper vor Anstrengung schmerzte. Schließlich hatte sie aufgegeben und die Augen geschlossen. Vor Erschöpfung war sie eingeschlafen.

„Aufstehen!", wiederholte Lucas Greywolf ungeduldig. „Und ziehen Sie sich an. Wir müssen los."

Beide Strumpfhosen, mit denen sie gefesselt gewesen war, lagen am Fußende des Bettes. Der Mann musste sie losgebunden haben. Wieso war sie dabei nicht aufgewacht? Jetzt konnte sie sich auch entsinnen, dass sie in den frühen Morgenstunden gefroren hatte. Hatte er sie zugedeckt? Der Gedanke ließ sie erzittern.

Sie war erleichtert, als sie sah, dass er bereits angezogen war. Er trug dieselben Sachen wie gestern, bevor er ihre Dusche benutzt hatte. Lediglich als Stirnband trug er eines von ihren statt des ausgerissenen Ärmels. Der Ohrring und die Halskette glänzten auf der bronzefarbenen Haut, und Aislinn konnte den Duft seiner frisch gewaschenen, tiefschwarzen Haare riechen.

Also hatte sie sich das alles nicht eingebildet. Lucas Greywolf stand wirklich vor ihr und verkörperte alles, wovon Frauen Albträume bekamen. Oder wovon sie träumten.

Schlagartig riss sie sich aus diesen Gedanken heraus. „Wohin wollen Sie mit mir gehen? Ich werde nicht mitkommen."

Abfällig stieß er die Luft aus, öffnete den Kleiderschrank und musterte prüfend ihre Kleider. Die Seidenblusen und Kostüme beachtete er nicht weiter und zog stattdessen alte Jeans und ein Baumwollhemd heraus. Beides warf er Aislinn aufs Bett.

Dann bückte er sich und suchte ein Paar flache Stiefel heraus, die er ihr vor das Bett stellte. „Entweder ziehen Sie sich selbst an", er machte eine kurze Pause und betrachtete ihre Umrisse unter der Bettdecke, „oder ich ziehe Sie an. Auf jeden Fall verlassen wir das Haus in fünf Minuten."

Mit leicht gespreizten Beinen stand er vor ihr und streckte entschlossen das Kinn vor. Die Überheblichkeit, die von ihm ausging, konnte Aislinn einfach nicht wortlos hinnehmen. „Wieso können Sie mich nicht hier zurücklassen?"

„Eine dumme Frage, Aislinn. Ich hätte Ihnen eigentlich mehr Intelligenz zugetraut."

Darüber dachte sie kurz nach. Sobald er ging, würde sie schreiend durch die Straßen laufen, bis jemand ihr zu Hilfe kam. Dann käme er nicht einmal bis zur Stadtgrenze.

„Sie sind meine Absicherung. Jeder richtige Ausbrecher nimmt sich eine Geisel." Er kam einen Schritt näher. „Und allmählich verliere ich die Geduld mit meiner Geisel. Kommen Sie endlich aus dem verdammten Bett!", fuhr er sie mit einem Mal an.

Obwohl es ihr widerstrebte, folgte sie dem Befehl und zog die Bettdecke mit sich, während sie aufstand. „Drehen Sie sich wenigstens um, wenn ich mich anziehe."

Er zog nur eine Augenbraue hoch. „Sie bitten tatsächlich einen Indianer, sich wie ein Gentleman zu verhalten?"

„Ich habe keine Rassenvorurteile."

Verächtlich lächelnd betrachtete er ihr wirres blondes Haar. „Das glaube ich Ihnen sogar. Sicher wussten Sie bis gestern nicht einmal, dass es uns dort draußen gibt." Damit wandte er sich um und ging hinaus.

Wütend zog sie sich die Sachen an, die er für sie herausgesucht hatte. Vorher zog sie sich einen BH und einen Slip an, die er auf seiner Suche aus den Schubladen gerissen hatte.

Sobald sie die Jeans zugeknöpft hatte, lief sie zum Fenster und zog das Rollo hoch. Gerade als sie das Fenster öffnen wollte, hielt eine kräftige braune Hand ihren Arm fest.

„Langsam habe ich genug von Ihren kleinen Spielchen, Aislinn."

„Und ich habe von Ihrer herrischen Art allmählich genug", schrie sie und versuchte, ihren Arm freizubekommen. Erst als er das Rollo wieder heruntergezogen hatte, ließ er ihren Arm los. Aislinn rieb sich das Handgelenk und blickte wütend zu Greywolf auf. Sie hatte es schon immer gehasst, bevormundet zu werden.

„Hören Sie mir zu, wenn ich Sie nicht als Sicherheit brauchen würde, wäre meine Geduld mit Ihnen schon längst zu Ende. Also spielen Sie sich nicht auf." Er drehte sie am Arm herum und gab ihr einen Stoß in den Rücken. „Gehen Sie."

Er führte sie in die Küche, wo er eine Thermoskanne und einen Beutel mit Proviant nahm.

„Wie ich sehe, fühlen Sie sich hier schon richtig zu Hause", bemerkte sie bissig. Innerlich ärgerte sie sich, dass sie so tief geschlafen hatte. Während er hier in aller Ruhe Kaffee gekocht hatte, hätte sie genug Zeit zum Fliehen gehabt.

„Sie werden noch froh sein, etwas zu essen dabeizuhaben."

„Und wohin gehen wir?"

„Dorthin, wo die anderen leben." Er ging nicht weiter darauf ein, sondern ergriff nur ihren Oberarm und zog sie mit sich in die Garage. Er schob Aislinn auf den Beifahrersitz und setzte sich hinter das Lenkrad. Zunächst musste er den Sitz richtig einstellen, um Platz für seine langen Beine zu finden. Dann öffnete er mit der Fernsteuerung das Garagentor und fuhr auf die Straße. Von dort aus schloss er das Tor wieder und bog in die Hauptstraße ein.

„Wie lange werde ich weg sein?", fragte Aislinn beiläufig und sah sich dabei aufmerksam um.

Greywolf fuhr nie lange genug neben einem anderen Wagen, dass sie Blickkontakt zu einem der Fahrer aufnehmen konnte. Und Polizisten waren nirgendwo in Sicht. Greywolf fuhr vorsichtig und überschritt nie die Höchstgeschwindigkeit. Er war nicht dumm. Gesprächig war er auch nicht.

„Man wird mich vermissen. Schließlich habe ich ein eigenes Geschäft. Wenn ich nicht zur Arbeit komme, werden die Leute nach mir suchen."

„Gießen Sie mir einen Becher Kaffee ein."

Die ruhige Art, in der er ihr ständig Befehle gab, machte Aislinn einen Moment sprachlos. Sollte sie hier die kleine Indianersquaw für den großen tapferen Krieger spielen? „Sie spinnen doch", sagte sie schließlich.

Unbestechliche Herzen

„Geben Sie mir einen Kaffee."

Wenn er sie angeschrien hätte, wäre sie auf den Streit mit ihm eingegangen. Aber er sprach leise, und seine Worte klangen so bedrohlich, dass es ihr kalt den Rücken hinunterlief. Bislang hatte er sie noch nicht ernsthaft verletzt, doch er war ein kräftiger Mann. Das Küchenmesser steckte immer noch in seinem Gürtel, und ein eiskalter Blick aus seinen Augen überzeugte sie davon, dass er ein gefährlicher Gegner war.

Aislinn fand zwei Plastikbecher in dem Proviantbeutel und goss ihm einen davon halb voll. Schweigend nahm er ihr den Becher ab und trank einen Schluck, wobei er die Augen wegen des heißen Dampfs zusammenkniff.

Auch Aislinn schenkte sich Kaffee ein, bevor sie die Kanne wieder verschloss. Gedankenverloren sah sie in den Becher und überlegte, was Greywolf wohl mit ihr vorhatte. Als er sie unvermittelt ansprach, zuckte sie regelrecht zusammen.

„Was für ein Geschäft ist das?"

„Was?"

„Sie sagten, Sie hätten ein Geschäft."

„Oh, es ist ein Fotostudio."

„Sie fotografieren?"

„Ja. Meistens Brautpaare, Babys, Kinder und so weiter."

Sie konnte nicht erkennen, was er davon hielt. Aus seinem Gesichtsausdruck ließ sich keinerlei Gefühlsregung ablesen. Sicher, ihr Beruf war nicht sehr aufregend, das wusste sie selbst. Als sie ihr Journalistikstudium abgeschlossen hatte, wollte sie mit Fotoreportagen aus aller Welt die Menschen aufrütteln. Aber ihre Eltern hatten andere Pläne für sie gemacht. Willard Andrews war ein bekannter Geschäftsmann in Scottsdale, und seine Frau Eleanor fehlte auf keiner gesellschaftlichen Veranstaltung der Stadt. Von ihrer Tochter erwarteten sie beide, dass sie sich dementsprechend verhielt. Das bedeutete, sie sollte einer angemessenen Tätigkeit nachgehen, bis sie einen passenden jungen Mann heiratete. Es gab eine ganze Reihe von Vereinen, denen sie hätte beitreten, und wohltätige Organisationen, die sie hätte leiten können. Wohltätigkeit war etwas Anständiges, solange man persönlich nicht davon betroffen wurde. Durch die Welt reisen und Bilder von schrecklichen Dingen machen, passte jedenfalls nicht in die Vorstellung ihrer Eltern. Nach Wochen der Auseinandersetzung hatte Aislinn sich schließlich dem Willen ihrer Eltern gebeugt.

Als Kompromiss richtete ihr Vater ihr das Studio ein, in dem sie die Bekannten ihrer Eltern und deren Nachwuchs fotografieren konnte. Das war keine langweilige Beschäftigung, es hatte lediglich nichts mit ihren Vorstellungen von einer sinnvollen Tätigkeit zu tun.

Sie fragte sich, was ihre Eltern sagen würden, wenn sie sie jetzt mit Lucas Greywolf zusammen sehen könnten. Bei diesem Gedanken konnte sie ein Lachen nicht unterdrücken.

„Finden Sie die Situation amüsant?", fragte Greywolf.

„Überhaupt nicht", widersprach sie, sofort wieder ernst. „Warum lassen Sie mich nicht gehen?"

„Ich hatte nicht vor, eine Geisel zu nehmen. Lediglich essen und schlafen wollte ich und dann wieder verschwinden. Aber dann sind Sie gekommen und haben mich in Ihrer Küche überrascht. Deshalb habe ich jetzt keine andere Wahl, als Sie mitzunehmen." Rasch sah er sie an. „Natürlich habe ich noch eine andere Wahl, aber ich bin kein Mörder. Noch nicht."

Mit einem Mal schmeckte ihr der Kaffee nicht mehr. Sie hatte nur noch den beißenden Geschmack der Angst im Mund. „Haben Sie vor, mich zu töten?"

„Nur, wenn ich keinen anderen Ausweg mehr sehe."

„Ich werde mich wehren."

„Dann werden wir Schwierigkeiten miteinander bekommen."

„Los doch, bringen Sie es am besten gleich hinter sich. Besser für mich, als noch lange in dieser Erwartung zu leben."

„Im Gefängnis zu leben ist auch nicht schön."

„Was haben Sie denn erwartet?"

„Ich habe gelernt, keine Erwartungen zu haben."

„Es ist ja nicht meine Schuld, dass Sie ins Gefängnis mussten. Sie haben ein Verbrechen verübt und müssen dafür büßen."

„Und was genau war mein Verbrechen?"

„Ich … ich weiß nicht mehr. Irgendetwas mit …" Aislinn versuchte sich zu erinnern, was sie gelesen hatte.

„Ich habe eine Demonstration vor dem Gerichtsgebäude in Phoenix organisiert. Es gab Ausschreitungen, wobei Polizisten verletzt und öffentliche Gebäude beschädigt wurden." Es klang nicht nach einem Geständnis, sondern eher so, als wiederhole er nur die Vorwürfe, die er oft genug gehört hatte. „Aber mein wirkliches Verbrechen bestand darin, als Indianer geboren zu sein."

„Das ist lächerlich. Sie können niemandem außer sich selbst die Schuld geben, Mr. Greywolf."

„Ich glaube, die Geschworenen haben auch etwas in der Art gesagt, als sie mich verurteilt haben."

Eine Zeit lang schwiegen sie beide, ehe Aislinn weiter nachfragte. „Wie lange sind Sie im Gefängnis gewesen?"

„Vierunddreißig Monate."

„Und wie viel müssen Sie noch absitzen?"

„Noch drei."

„Drei Monate?" Bestürzt sah sie ihn an. „Sie brechen aus dem Gefängnis aus, obwohl Sie nur noch drei Monate vor sich haben?"

Einen Moment blickte er zu ihr hin. „Wie gesagt, ich habe etwas Wichtiges zu erledigen, und nichts wird mich davon abhalten."

„Aber wenn Sie gefasst werden ..."

„Man wird mich fassen."

„Warum tun Sie dann dies alles hier?"

„Ich muss es einfach."

„Nichts kann so wichtig sein", widersprach sie. „Sie werden noch zusätzliche Monate, vielleicht Jahre aufgebrummt bekommen."

„Ja, das weiß ich."

„Sie werfen Jahre Ihres Lebens weg. Denken Sie doch an all die Dinge, die Sie aufgeben."

„Wie zum Beispiel eine Frau." Seine Antwort klang knapp und kühl, und Aislinn verstummte. Dieses Thema wurde ihr zu heiß.

Beide schwiegen, obwohl sie beide an die Ereignisse der vergangenen Nacht denken mussten. Aislinn wollte die verwirrenden Erinnerungen verdrängen. Sie sah Greywolf nackt in der Tür zum Bad stehen, sie sah, wie er den BH an sein Gesicht drückte. Dann malte sie sich aus, wie er sie losgebunden oder mitten in der Nacht zugedeckt hatte.

Schließlich schloss sie die Augen und tat das einzig Mögliche, um diese Gedanken aus ihrem Kopf zu verbannen: Sie lehnte sich zurück und versuchte einzuschlafen.

„Mist!"

Sie musste tatsächlich eingenickt sein. Aislinn fuhr bei Greywolfs Fluch hoch. Mit der rechten Faust schlug er aufs Lenkrad.

„Was ist los?", wollte sie wissen, richtete sich immer noch leicht benommen auf und blinzelte ins Licht.

„Eine Straßensperre", stieß Greywolf aus, wobei er die Lippen kaum bewegte.

Durch das flirrende Licht der Nachmittagssonne über der Straße sah Aislinn die Polizeiwagen, die den Highway blockierten. Die Beamten hielten jedes Fahrzeug an, das die Sperre passieren wollte.

Noch bevor sie Erleichterung empfinden konnte, fuhr Greywolf in eine Haltebucht und hielt an. Mit einer einzigen fließenden Bewegung beugte er sich über Aislinn und knöpfte ihr die Bluse auf. Dann zog er ihr den BH ein Stück über die Brüste hinunter.

„Was tun Sie da?", fragte sie atemlos und schlug nach seinen Händen. Sie war noch zu schläfrig, um schnell genug reagieren zu können. Schon hatte Greywolf ihr die Bluse halb aufgeknöpft, und ihre Brüste traten fast nackt aus dem tiefen Ausschnitt hervor.

„Ich vertraue auf die menschliche Natur, das ist alles." Sachlich prüfte er die Wirkung seines Werks, und offensichtlich zufrieden kletterte er auf den Rücksitz. „Sie sind jetzt mit Fahren dran. Bringen Sie uns durch die Straßensperre."

„Aber ... Nein!", widersprach sie wütend. „Nichts wünsche ich mir sehnlicher, als dass Sie geschnappt werden, Mr. Greywolf!"

„Fahren Sie endlich los, ehe die Leute dort Verdacht schöpfen, weil wir hier stehen. Setzen Sie sich hinter das Steuer. Los!"

Aislinn sah ihn feindselig an, doch sie gehorchte, als er das Fleischermesser wieder aus dem Hosenbund zog und drohend damit vor ihr herumfuchtelte.

„Wagen Sie es nicht zu hupen", warnte er sie genau in dem Augenblick, als ihr dieser Gedanke durch den Kopf schoss.

Trotz des Messers hatte sie fest vor, in dem Moment, in dem sie die Sperre erreichte, aus dem Wagen zu springen und den Beamten den Rest zu überlassen.

„Falls Sie irgendwelche Fluchtpläne schmieden, vergessen Sie das lieber wieder", sagte er leise.

„Sie haben doch keine Chance."

„Sie aber auch nicht. Ich werde nämlich sagen, dass Sie mir geholfen haben. Dass Sie mich letzte Nacht bei sich aufgenommen und mir bis hierher geholfen haben."
„Jeder wird erkennen, dass Sie lügen", fuhr sie ihn an.
„Nicht, wenn man die Laken in Ihrem Bett untersucht."
Geschockt drehte sie sich zu ihm um. Er lag auf dem Rücksitz, als würde er schlafen. In den Händen hielt er eine Fotozeitschrift, die er sich offenbar über das Gesicht legen wollte. „Was soll das heißen?", fragte sie unsicher nach. Sein selbstsicherer Gesichtsausdruck gefiel ihr nicht. „Was haben meine Bettlaken damit zu tun?"
„Die Polizei wird Anzeichen von Sex darauf finden."
Aislinn wurde blass und umklammerte das Lenkrad. Peinlich berührt schluckte sie.
„Wenn Sie wollen", sprach er leise weiter, „erkläre ich Ihnen das ganz genau. Aber bei Ihnen als erwachsener Frau sollte das eigentlich nicht nötig sein. Seit langer Zeit habe ich keine nackte Frau mehr gesehen, geschweige denn, mit ihr in einem Bett gelegen, ihren Duft gerochen, ihren Atem gehört."
Aislinn wollte nicht weiter darüber nachdenken. Sie schwitzte an den Händen, und ihr wurde übel. Vielleicht log er einfach, aber es konnte auch wahr sein.
Würde die Polizei ihr zuhören, bevor sie sie verhafteten? Wie sollte sie ihre Version der Geschichte beweisen? Natürlich würde man sie nicht lange festhalten, weil sich irgendwann herausstellen würde, dass er log. Aber in der Zwischenzeit würde es für sie sehr peinlich werden. Und so etwas würde sie ihr Leben lang nicht vergessen können. Und ihre Eltern wären sicher furchtbar schockiert.
„Und kampflos werde ich mich auch nicht ergeben", flüsterte er, während Aislinn vor der Sperre abbremste. Nur ein anderer Wagen stand vor ihnen. Einer der Polizisten beugte sich zum Seitenfenster, um mit dem Fahrer zu sprechen.
„Wenn Sie nicht wollen, dass mein Blut Ihr Gewissen belastet oder das irgendwelcher Unschuldiger, die ich mit mir ins Unglück reiße, dann sollten Sie lieber Ihr Bestes geben, damit wir durch diese Sperre kommen."
Ihr blieb keine Zeit mehr, noch länger nachzudenken. Der Polizist winkte den Wagen vor ihr weiter und gab ihr ein Zeichen, vorzufah-

ren. Wie bin ich bloß hier hineingeraten? Was soll ich tun? fragte sie sich angsterfüllt.

Merkwürdigerweise fiel ihr die Entscheidung dann gar nicht mehr schwer. Sie hatte nicht einmal Gewissensbisse, sondern reagierte ganz einfach aus der Situation heraus.

Noch bevor der Polizist ihr ein Zeichen gab, kurbelte sie schon die Scheibe herunter und redete los: „Oh, ich bin ja so froh, dass Sie hier stehen. Irgendetwas ist mit meinem Wagen nicht in Ordnung. Dieses kleine rote Licht hier geht immer an und aus. Was hat das bloß zu bedeuten? Nichts Ernstes, hoffe ich."

Ihr Plan ging auf. Mit großen Augen und leicht außer Atem sah sie zu dem Beamten auf. Ihr Haar war vom Schlafen im Auto noch mehr zerzaust und hing ihr wirr über die Schultern.

Für die Augen dieses Polizisten musste das sehr reizvoll wirken. Immerhin hatte er die undankbare Aufgabe, in der prallen Hitze des Augusts jeden Wagen anzuhalten und nach einem flüchtigen Indianer zu suchen, von dem er selbst glaubte, dass er sich längst nach Mexiko abgesetzt hatte.

„Na dann, junge Frau", sagte er gedehnt und schob sich den Hut aus der Stirn, „wollen wir mal sehen, wo Ihr Problem liegt."

Er lehnte sich in den Wagen, als wolle er herausfinden, welches Licht aufblinkte. Doch Aislinn wusste, dass er in erster Linie auf ihre Brüste sah. Dennoch veränderte sich seine Miene, als er auf den Rücksitz des Wagens blickte.

„Wer ist das?"

„Ach so, das ist mein Mann", sagte sie abfällig und zuckte nur mit den Schultern. Sie spielte mit einer Haarsträhne. „Der ist unglaublich schlecht gelaunt, wenn ich ihn während der Fahrt aufwecke. Immer muss ich fahren. Aber heute bin ich froh darüber." Sie schlug die Augen kurz nieder, und der Polizist lächelte.

Lucas Greywolf besaß eigentlich eine gute Menschenkenntnis, doch weshalb Aislinn ihre Rolle dermaßen überzeugend spielte, konnte er sich im Moment nicht erklären. Ihm blieb auch keine Zeit zum Nachdenken, denn der Polizist sprach weiter.

„Ich kann kein rotes Licht entdecken." Er flüsterte, als wolle er den schlafenden Ehemann nicht aufwecken. Offenbar befürchtete der Polizist, der Mann könne etwas mehr als schlecht gelaunt sein, wenn er bemerkte, dass jemand mit seiner Frau flirtete.

„Wirklich nicht? Das ist aber merkwürdig. Trotzdem vielen Dank." Aislinn verließ allmählich der Mut. Jetzt war sie tatsächlich dabei, einem Sträfling bei der Flucht zu helfen, aber bevor die Sache zu heiß wurde, wollte sie so schnell wie möglich weg von hier. „Dann war es wohl nichts Schlimmes."

„Könnte bedeuten, dass Ihr Motor überhitzt ist." Der Polizist redete vertraulich weiter. „Meiner ist es jedenfalls." Seine Stimme sank noch weiter ab, und Aislinn musste sich zum Lächeln zwingen.

Greywolf bewegte sich und murmelte etwas Unverständliches. Abrupt verschwand das Lächeln auf dem Gesicht des Beamten.

„Vielleicht treffen wir uns mal wieder", sagte sie und setzte den Fuß aufs Gaspedal. Sie wollte nicht den Eindruck erwecken, es eilig zu haben, obwohl der Fahrer hinter ihr bereits ungeduldig hupte.

Der Polizist warf kurz einen einschüchternden Blick zu dem nächsten Wagen. „Sie sollten den Wagen lieber überprüfen lassen, wenn das Licht wieder aufblinkt. Ich könnte per Funkgerät …"

„Nein, nicht nötig", unterbrach Aislinn ihn. „Ich werde dann doch lieber meinen Mann wecken. Vielen Dank."

Sie kurbelte das Fenster hoch und gab Gas. Im Rückspiegel sah sie, wie der Polizist das nächste Fahrzeug heranwinkte.

Erst als die Straßensperre außer Sicht war, entspannte Aislinn sich etwas. Tief durchatmend sackte sie auf dem Fahrersitz zusammen.

Greywolf kletterte behände auf den Beifahrersitz. „Das haben Sie gut gemacht. Man glaubt kaum, dass Sie keinerlei Erfahrung als Kriminelle haben."

„Seien Sie still!", schrie sie ihn an und bog in die nächste Haltebucht ein. Sobald das Auto still stand, lehnte sie die Stirn gegen das Lenkrad und schluchzte los.

„Ich hasse Sie. Bitte lassen Sie mich gehen. Wieso habe ich das getan? Wieso? Ich hätte Sie auffliegen lassen sollen. Ich habe Angst, Hunger und Durst und bin müde. Sie sind ein Krimineller, und ich habe noch nie in meinem Leben jemanden getäuscht. Jetzt wandere ich vielleicht auch ins Gefängnis, oder? Warum helfe ich Ihnen, wenn Sie ohnehin vorhaben, mich umzubringen?"

Reglos saß Greywolf neben ihr. Als sie sich schließlich ausgeheult hatte, trocknete sie sich die Tränen ab und sah zu ihm.

„Ich würde Ihnen gern sagen, dass wir das Schlimmste hinter uns haben, aber ich fürchte, jetzt fängt der Ärger erst an, Aislinn."

Als er auf ihre Brüste blickte, knöpfte sie die Bluse hastig wieder zu. „Was meinen Sie damit?"

„Ich meine die Straßensperre. Damit hatte ich nicht gerechnet. Wir müssen einen Fernseher finden."

„Einen Fernseher?", wiederholte sie mit bebender Stimme.

Prüfend überflog er den Highway in beiden Richtungen. „Ja. Sicherlich wird in den Nachrichten über die Polizeiaktion berichtet. Hoffentlich sagen sie auch etwas über die weiteren Pläne der Polizei. Fahren wir."

Mit dem Kinn wies er in Richtung Highway. Müde fuhr Aislinn weiter. „Was ist mit dem Autoradio? Im Radio wird sicher auch darüber berichtet."

„Nicht so ausführlich", widersprach er kopfschüttelnd.

„Ich gehe mal davon aus, dass Sie mir sicherlich sagen werden, wo ich langfahren soll."

„Genau. Fahren Sie einfach."

Fast eine Stunde fuhren sie, ohne sich miteinander zu unterhalten. Zwischendurch reichte er ihr schweigend Sandwiches mit Käse aus dem Proviantbeutel. Obwohl es ihr widerstrebte, etwas aus seiner Hand zu essen, aß sie, denn sie hatte wirklich Hunger.

Als sie eine halb verfallene kleine Ortschaft erreichten, wies Greywolf Aislinn an, langsamer zu fahren. Sie kamen an einer Wirtschaft vorbei, die auch schon bessere Zeiten erlebt haben musste.

„Dort", sagte er nur knapp und zeigte auf die Kneipe. „Halten Sie vor dem ‚Tumbleweed'."

Angewidert sah Aislinn zu ihm hinüber. Das „Tumbleweed" war die schäbigste Kneipe, die sie jemals gesehen hatte. „Vielleicht haben wir Glück und bekommen als erste Kunden seit Jahren einen Drink umsonst", spottete sie.

„Sie haben einen Fernseher", sagte Greywolf nur und wies auf die Antenne auf dem flachen Blechdach. „Steigen Sie aus."

„Zu Befehl." Erschöpft öffnete sie die Tür. Es tat ihr gut, wieder zu stehen, und Aislinn reckte sich.

Nur wenige Autos standen auf dem staubigen Parkplatz. Greywolf zog sie in den Arm und ging mit ihr auf die Tür der Kneipe zu. Aus der Nähe wirkte das Gebäude noch heruntergekommener als von der Straße aus. Aislinn fügte sich widerstandslos. Sie hatte vor, in der Kneipe um Hilfe zu schreien.

„Was immer Sie jetzt denken, vergessen Sie es."

„Woran denke ich denn Ihrer Meinung nach?"

„Dass Sie sich losreißen und in die starken Arme eines Retters fliehen. Glauben Sie mir, ich bin die sicherste Begleitung, die Sie an einem Ort wie diesem finden können." Er hatte sich im Auto das Messer in den Stiefel gesteckt. „Geben Sie sich etwas Mühe", fuhr er fort. „Tun Sie, als ob wir beide viel Spaß miteinander hätten."

„Was?" Aislinn traute ihren Ohren nicht.

„Doch, doch. Wir haben eine heiße Affäre und den ganzen Nachmittag für uns."

„Sie müssen krank sein, wenn Sie glauben ... Und hören Sie auf damit!" Sie versuchte sich loszureißen, als er den Arm noch enger um sie legte und dabei fast ihre Brust berührte. Doch gegen seinen eisernen Griff kam sie nicht an.

„Na, na, Liebling, spricht man so zu seinem Liebhaber?", zog er sie auf.

Nach außen hin gelassen, schob er die Tür auf und schlenderte in das verrauchte Innere der Kneipe. Um bei seinem leicht schwankenden Gang das Gleichgewicht zu behalten, krallte Aislinn sich an seinem Hemd fest und presste dabei die Hand an seinen flachen Bauch. Greywolf sah sie an und zwinkerte anerkennend. Am liebsten hätte sie ihn laut angeschrien.

Doch Aislinn sagte kein Wort. Die Einrichtung der Kneipe machte sie sprachlos. Solche Lokale kannte sie bislang nur aus Filmen. Unter der niedrigen Decke hing ein dichter Rauchschleier. Einen Moment mussten Aislinns Augen sich erst an das Dämmerlicht gewöhnen, doch der Anblick, der sich ihr dann bot, entmutigte sie noch mehr.

Die Barhocker vor dem Tresen waren mit rotem Plastik bezogen, das Rot glich allerdings jetzt eher einem dunklen Braun. Nur drei der Hocker waren besetzt, und als die Tür hinter ihnen zuschlug, wandten sich drei Augenpaare um und musterten Greywolf und sie feindselig.

Eine geschmacklos geschminkte Blondine stützte sich mit einem

nackten Fuß am nächsten Hocker ab und lackierte ihre Fußnägel.
„Hey, Ray, wir haben Gäste", rief sie laut.

Aislinn nahm an, dass Ray der fette Kerl hinter der Theke war. Er stützte sich schwerfällig auf den Kühlschrank vor ihm und starrte auf den Fernseher, der oben unter der Decke hing. Die Fernsehserie schien ihn völlig zu fesseln. „Dann bedien sie", rief er zurück. Er blickte nur auf den Bildschirm.

„Meine Nägel sind noch nicht trocken."

Ray ließ einen Schwall an Flüchen vom Stapel, richtete sich schwer atmend auf und blickte böse zu Greywolf und Aislinn. Greywolf konnte das allerdings nicht bemerken, denn er hatte das Gesicht in ihrem Haar vergraben und leckte ihr über das Ohr.

Trotzdem schien er alles um sich herum mitzubekommen. „Zwei Bier", sagte er laut genug. Dann gab er Aislinn einen leichten Stoß und drängte sie zu einer Sitzgruppe, von der aus sie sowohl den Fernseher als auch die Tür gut sehen konnten. „Setzen Sie sich, und rücken Sie durch", flüsterte er ihr ins Ohr.

Ihr blieb keine andere Wahl, zumal er sie praktisch vor sich her schob. Sie konnte nicht sehen, ob die Sitzbank sauber war, doch das war vielleicht auch besser so. Greywolf setzte sich neben sie und drängte sie ganz in die Ecke. „Sie klemmen mich ja ein", beschwerte sie sich leise.

„Genau das ist auch meine Absicht."

Als Ray mit den beiden Bieren herüberkam, knabberte Greywolf gerade an ihrem Hals. Lautstark stellte Ray die beiden Flaschen ab. „Hier wird sofort bezahlt. Drei Dollar."

„Bezahl du den Mann, Liebling", säuselte Lucas Greywolf und strich ihr über den Rücken. „Ich bin gerade beschäftigt."

Sie biss die Zähne wütend zusammen, holte das Geld aus der Handtasche und bezahlte. Jetzt verstand sie, was Greywolf gemeint hatte. Niemals würde sie hier einen Aufruhr veranstalten und sich auf Rays Hilfe verlassen. Auch wenn sie hier nicht freiwillig mit Lucas Greywolf saß, so kannte sie ihn wenigstens ein bisschen.

Ray schnappte sich das Geld und schlurfte wieder zurück.

„Gut gemacht", lobte Lucas sie leise.

Aislinn wünschte nur, dass er nicht so angestrengt mit seinen Vertraulichkeiten weitermachen würde. Wenigstens konnte er die Hand aus ihrer Bluse nehmen, wo er den Träger ihres BHs in den Fingern hielt. „Und was jetzt?", fragte sie.

„Jetzt spielen wir miteinander."

„Das hätten Sie wohl ..."

„Schscht", zischte er verärgert. „Wollen Sie Ray auf uns aufmerksam machen? Oder vielleicht gefallen die beiden Cowboys dort drüben Ihnen besser? Die warten sicher bloß darauf, einer hilflosen Frau zu Hilfe zu kommen."

„Hören Sie auf", sagte sie, als er mit den Lippen ihren Hals entlangstrich. „Ich dachte, wir seien zum Fernsehen hier."

„Natürlich. Aber das soll niemand wissen."

„Dann soll ich hier herumsitzen und mich von Ihnen befingern lassen?" Als Antwort kam nur ein zustimmendes Raunen von ihm. „Und wie lange soll das dauern?"

„So lange wie nötig. Wir werden alle halbe Stunde neues Bier bestellen, damit Ray nicht ärgerlich wird."

Wie konnte dieser Mann bloß so ruhig und beherrscht reden, während er ihre Halsbeuge küsste? Unwillkürlich bewegte sie sich etwas von ihm weg. „So viel Alkohol vertrage ich nicht."

„Schütten Sie das Bier unauffällig auf den Boden. Das wird sicher niemand bemerken."

„Da haben Sie recht", sagte Aislinn angewidert und hob einen Fuß an. Der Boden klebte überall, und sie wollte gar nicht daran denken, was dort unten alles den Boden bedeckte. „Glauben Sie, dass sich der Besuch hier wirklich lohnt?" Sie wollte gerne so schnell wie möglich diesen Ort verlassen.

„Was ist denn los, Kleines? Amüsierst du dich nicht?" Langsam fuhr er über ihre Bluse und machte den obersten Knopf auf.

„Nein."

„Möchtest du lieber noch mehr Straßensperren erleben? Hast du es genossen, den Polizisten verrückt zu machen?"

„Ich verachte Sie." Aislinn lehnte sich zurück und versuchte, die Berührungen seiner Hände und Lippen teilnahmslos über sich ergehen zu lassen.

„Ich bin nicht überzeugt davon, dass Sie es genießen, und die übrigen Leute hier werden es auch nicht sein. Sie sollten sich ein wenig mehr anstrengen", murmelte er dicht an ihrem Ohr.

„Nein, das hier ist widerwärtig."

Unvermittelt hob er den Kopf und sah sie kalt an. „Warum?"

Offenbar fühlte er sich angegriffen. Vermutete er wieder irgendwelche Rassenvorurteile bei ihr, oder fühlte er sich als Mann beleidigt? Aber konnte ihr das nicht völlig egal sein? „Ich bin es nicht gewöhnt, solche Intimitäten in der Öffentlichkeit auszutauschen, Mr. ..."

Sie kam nicht dazu, seinen Namen auszusprechen. Abrupt presste er die Lippen auf ihren Mund und erstickte jeden Laut. Es war ein gefühlloser Kuss, der lediglich dem Zweck diente, Aislinn nicht aussprechen zu lassen. Dennoch drehte sich alles in ihr, und sie bekam keinen Ton mehr heraus.

„Vorsicht", sagte er, als er schließlich den Kopf wieder hob.

Sie konnte nur nicken und hoffen, dass ihr Atem bald wieder ruhig gehen und sie sich wieder im Griff haben würde. Wenn sie nicht wollte, dass er sie noch einmal küsste, durfte sie ihn nicht mehr verärgern.

Auch wenn sie sich über die Gründe nicht ganz im Klaren war, wusste sie dennoch ganz genau, dass sie nicht wieder von ihm geküsst werden wollte.

Zum Glück schien niemand in der Kneipe auf sie beide zu achten. Hier herrschte anscheinend das ungeschriebene Gesetz, dass sich jeder um seinen eigenen Kram kümmerte.

Obwohl er nach außen hin ausschließlich mit seinen Zärtlichkeiten beschäftigt schien, nahm Greywolf genau wahr, was in dem Lokal vor sich ging. Aus halb geschlossenen Augen heraus beobachtete er jede Bewegung in dem Raum. Niemand schien ihn zu erkennen. Ray oder die blonde Frau brachten von Zeit zu Zeit frisches Bier an den Tisch, wenn Greywolf mit lallender Stimme bestellte.

Hin und wieder kamen neue Gäste herein. Die meisten blieben nur auf ein Bier und gingen dann wieder. Ein Gast spielte lange an dem Flipperautomaten in einer Ecke, und das Blinken und Klingeln des Geräts machte Aislinn fast verrückt. Der Fernseher lief die ganze Zeit, und Ray sah jede Sendung, als habe er noch nie etwas Spannenderes angesehen.

Für Aislinn zog sich die Zeit endlos hin. Aber nicht aus Langeweile, denn ihre Nerven waren bis zum Zerreißen angespannt. Sie redete sich ein, dass sie lediglich gespannt auf einen möglichen Retter wartete. Aber innerlich gestand sie sich ein, dass Greywolfs Vorspiel sie in diesen Zustand versetzte.

Denn seine Liebkosungen waren eine Art Vorspiel. Er strich ihr mit den Fingern durchs Haar, umfasste ihr Gesicht, während er mit den Lippen über ihren Hals fuhr, und streichelte ihren Oberschenkel, wenn die Kellnerin neues Bier brachte. Zwischendurch sog er immer wieder sanft an ihrem Ohrläppchen.

„Lassen Sie das", stieß sie einmal leise stöhnend aus, als sie davon eine Gänsehaut bekam.

„Das Stöhnen klang überzeugend. Weiter so", flüsterte er zurück, als zwei Lastwagenfahrer kurz zu ihnen herübersahen.

Greywolf nahm ihre Hand und führte sie unter sein Hemd, wo er sie fest an seine nackte Brust drückte. Aislinn versuchte die Hand zurückzuziehen, aber er ließ es nicht zu. Daraufhin nützte Aislinn die Situation aus, um unauffällig seine Haut zu ertasten. Als sie die Hand ein kleines Stück bewegte, berührte sie seine Brustwarze, die sich augenblicklich zusammenzog.

Unvermittelt atmete Lucas Greywolf tief ein. „Meine Güte", flüsterte er. „Hören Sie auf damit." Schon vorher war sein Körper angespannt gewesen, doch jetzt verkrampfte er sich noch mehr.

Aislinn blickte ihn an. „Ich tue doch nur, was Sie …"
„Schscht!"
„Sagen Sie nicht immer …"
„Schscht! Sehen Sie! Auf dem Bildschirm."

Sie sah zum Fernseher. Ein Nachrichtensprecher las einen Bericht über die Suche nach einem flüchtigen Sträfling, dem Führer einer Indianerbewegung, Lucas Greywolf. Gerade wurde ein Bild von ihm gezeigt, doch Aislinn erkannte ihn kaum. Sein Kopf war fast kahl rasiert.

„Kein sehr schmeichelhaftes Foto", flüsterte sie trocken.

Greywolf lächelte schwach, konzentrierte sich jedoch sofort wieder auf die gezeigte Landkarte von Arizona. Wie er gehofft hatte, taten die Medien den Behörden keinen Gefallen und wiesen ausführlich auf alle eingerichteten Straßensperren hin.

Sobald der Sprecher zur nächsten Nachricht überging, rückte Lucas ein Stück von Aislinn ab. „Okay, fahren wir weiter. Und denken

Sie daran zu schwanken. Sie haben immerhin angeblich einige Biere getrunken."

Er hielt ihr die Hand hin, wurde aber abgelenkt, als die Tür aufging und ein neuer Gast hereinkam. Mühsam unterdrückte er einen Fluch, als er die Uniform des Mannes bemerkte.

3. KAPITEL

*R*uhig nahm der Polizist den Hut ab und wischte sich mit einem Ärmel den Schweiß von der Stirn. Aislinn richtete sich neben Greywolf auf, um besser sehen zu können. Er trug die Uniform eines Sheriffs.

„Stella, bring mir ein Bier", rief er, als die Tür hinter ihm zuschlug. Die blonde Kellnerin drehte sich um und lächelte ihn strahlend an. Die beiden kannten sich anscheinend gut. „Na, wen haben wir denn da?" Sie lehnte sich an den Tresen und stützte sich mit den Ellbogen auf, wobei ihre Brüste sich deutlich unter der Bluse abzeichneten.

Das lüsterne Lächeln des Sheriffs drückte seine Anerkennung aus. „Hast du mich vermisst?"

„Ach Quatsch", entgegnete sie gedehnt und legte ihm einen Arm um den Nacken, als er sich auf den Hocker neben ihr setzte. „Du kennst mich doch. Aus den Augen, aus dem Sinn."

„Seit zwei Tagen suche ich jetzt so einen verdammten Indianer, den niemand zu Gesicht bekommen hat. Ich brauche dringend ein paar kühle Biere und etwas menschliche Wärme."

„In dieser Reihenfolge?" Sie lehnte sich vor und sah ihm tief in die Augen. Er küsste sie und schlug ihr dann auf den Po.

„Bring mir das Bier."

Stella ging um die Theke herum, während Greywolf wieder dichter an Aislinn rückte. „Mist", flüsterte er und schlug sich unter dem Tisch mit der Faust aufs Bein. „Ein paar Minuten später, und wir wären weg gewesen."

Er schimpfte noch weiter, wobei er sich über Aislinn beugte, als wären sie beide in Zärtlichkeiten vertieft. „Wagen Sie es nicht, irgendwie seine Aufmerksamkeit auf uns zu ziehen. Denn um Sie zu retten, muss er über meine Leiche."

„Was haben Sie jetzt vor?"

„Fürs Erste machen wir so weiter wie bisher", sagte er und küsste ihren Hals. „Vielleicht geht er ja bald wieder."

Aber der Sheriff hatte offenbar vor, den ganzen Abend in der Kneipe zu verbringen. Nach und nach trank er vier Bier, und Stella wich nicht von seiner Seite. Die beiden flirteten hemmungslos, und schließlich flüsterten sie nur noch vertraulich miteinander. Hin und wieder lachte Stella sinnlich auf, während der Sheriff ihr unablässig über den Schenkel strich.

Aislinns anfängliche Hoffnung, dass der Sheriff ihr helfen könnte, schwand allmählich. Sie glaubte kaum noch daran, dass es dem Polizisten überhaupt etwas bedeutete, ob der Sträfling gefasst wurde oder nicht. Schon bei Lucas' Verurteilung hatten viele Leute, Indianer und auch Weiße, ihre Sympathie für ihn zum Ausdruck gebracht. Vielleicht gehörte dieser Sheriff auch dazu. Möglicherweise würde er sogar wegsehen, wenn Lucas ihm über den Weg lief.

Dennoch war der Sheriff Aislinns einzige Chance, von Greywolf loszukommen. Sie wollte die Chance nutzen, auch wenn der Sheriff hinterher vielleicht wütend auf sie war, weil sie ihm einen angenehmen Abend verdorben hatte.

„Wenn der Zeitpunkt günstig ist, werden wir aufstehen und gehen, verstanden?"

„Ja", stimmte sie Greywolf etwas zu hastig zu.

Er hob den Kopf etwas an und sah ihr starr in die Augen, wobei er unter den Tisch griff. Noch bevor er es ihr zeigte, wusste sie, dass er das Messer aus dem Stiefel holte. „Bringen Sie mich nicht dazu, das hier zu benutzen, Aislinn."

„Würden Sie mir etwas antun?"

Langsam glitt sein Blick über ihren Körper. „Es täte mir leid, besonders nach diesem angenehmen Nachmittag hier dicht neben Ihnen."

„Ich verachte Sie aus tiefster Seele", stieß sie voller Abscheu hervor.

„Wahrscheinlich haben Sie allen Grund dazu." Er konzentrierte sich wieder auf das Pärchen an der Bar. Als der Sheriff mit einer Hand seitlich an Stellas Brust entlangstrich, richtete Greywolf sich leicht auf. „Jetzt!"

Aislinn hatte erwartet, er werde sich mit ihr unauffällig zur Tür schleichen. Stattdessen riss er sie unvermittelt hoch und überrumpelte sie damit. Als Resultat davon schwankte sie und musste sich Halt suchend an ihm festhalten. Sofort schlang er den Arm um sie und presste sie an seine Seite. Mit beiden Fäusten versuchte sie, sich von ihm wegzudrücken. Sie machte den Mund auf, um etwas zu sagen, doch als sie das Messer zwischen ihren Körpern spürte, stieß sie nur tonlos die Luft aus.

„Nicht." Seine leise Stimme klang gefährlich ruhig. Augenblicklich gab sie jede Hoffnung auf Flucht auf.

Schwankend gingen sie zur Tür, wobei Lucas den Kopf senkte, als sei er angetrunken.

„Hey, Mister!"

Aislinn wäre fast gestolpert, aber Greywolf ging ruhig weiter.

„Hey, ich rede mit Ihnen, Chef!"

An der Wange spürte Aislinn seinen Atem, als er stehen blieb und den Kopf hob. „Was gibt's?", fragte er Ray, der ihn angesprochen hatte.

„Wir haben ein paar Hinterzimmer. Wollen Sie eines davon für den Abend?"

„Nein, danke." Lucas schüttelte träge den Kopf. „Ich muss sie zurückbringen, bevor ihr Mann nach Haus kommt."

Ray lachte höhnisch auf und blickte weiter auf den Bildschirm, wo gerade eine Krimiserie lief. Der Sheriff war so in einen Kuss mit Stella versunken, dass er nicht einmal hochsah. Draußen atmete Aislinn tief ein. Sie hatte den Eindruck, als würde sie den Gestank von Rauch und Alkohol niemals mehr aus ihren Lungen herausbekommen. Greywolf drängte sie ungeduldig zum Auto.

Minuten später waren sie schon Kilometer vom „Tumbleweed" entfernt. Erst jetzt holte Greywolf tief Luft. Er kurbelte das Fenster hinunter und genoss den Fahrtwind, der ihm ins Gesicht wehte.

„Sie werden allmählich sehr geschickt darin, die Gesetzeshüter hinters Licht zu führen."

„Besonders dann, wenn mir ein Messer in die Rippen gedrückt wird", erwiderte sie bissig.

Er schien genau zu wissen, wohin er fuhr, obwohl sie in immer entlegenere Gegenden kamen. Die Straße wurde schmaler, und nur noch ganz vereinzelt standen Hinweisschilder. Immer seltener kam ihnen ein Wagen entgegen.

Greywolf fuhr schnell und sicher. In der Dunkelheit waren nur die Mittelstreifen auf der Fahrbahn zu erkennen, und nach einiger Zeit wurde Aislinn müde und schlief ein. Kurz darauf schreckte sie jedoch wieder hoch, weil Greywolf laut fluchte.

„So ein verdammter Mist!"

„Werden wir verfolgt?", fragte sie hoffnungsvoll.

„Dieses Licht hier blinkt auf."

Enttäuscht sank sie wieder in den Sitz. Einen Moment hatte sie sich ausgemalt, dass er doch im „Tumbleweed" erkannt worden war, und dass der Sheriff ihnen jetzt mit Verstärkung folgte. „Das hat es heute Nachmittag schon getan", sagte sie nur erschöpft.

Sein Kopf fuhr herum, und Greywolf starrte sie wütend an. Im grünlichen Licht des Armaturenbretts wirkte er noch Furcht einflößender. „Wollen Sie damit etwa sagen, dass der Motor heute Nachmittag schon überhitzt war?"

„Haben Sie denn dem Polizisten an der Straßensperre nicht zugehört?"

„Ich dachte, das wäre nur ein Ablenkungstrick von Ihnen gewesen", rief er aus.

„Tja, da haben Sie sich geirrt."

„Und warum haben Sie mir nichts davon gesagt, bevor ich in diese abgelegene Gegend gefahren bin?"

„Sie haben mich nicht gefragt!"

Er beendete den Streit mit einem neuerlichen Fluch und bog so unvermittelt vom Highway ab, dass Aislinn sich erschreckt am Sitz festklammerte. „Wohin fahren wir jetzt?", fragte sie ängstlich.

„Der Motor muss abkühlen, sonst geht er kaputt. Hier in der Dunkelheit kann ich ihn ohnehin nicht reparieren." Er fuhr mit dem Wagen hundert Meter vom Highway weg. Als er schließlich anhielt, zischte der Motor wie ein Teekessel. Greywolf machte die Tür auf und stieg aus. Er lehnte sich mit dem Rücken gegen den Wagen und senkte den Kopf.

„Wie viel Zeit ich heute schon vergeudet habe! Erst in dieser schmierigen Kneipe, und jetzt das noch." Die Verzögerung schien ihn maßlos aufzuregen. Er ging zur Kühlerhaube und trat zornig gegen einen der Reifen.

Auch Aislinn stieg aus und reckte sich. „Gibt es irgendwelche dringenden Termine, die wir einhalten müssen?"

„Ja, die gibt es allerdings." Seine wütende Erwiderung ließ sie verstummen. Nach einer Weile seufzte er auf. „Solange wir hier festhängen, können wir die Zeit auch ausnutzen und schlafen. Setzen Sie sich hinten in den Wagen."

„Ich bin nicht müde", entgegnete sie mürrisch.

„Sie steigen trotzdem in den Wagen!"

Seine Stimme klang wie weit entfernter Donner. Aislinn sah ihn wütend an, gehorchte aber. Greywolf ließ die vorderen Türen offen und öffnete auch eine der hinteren Wagentüren. Dann stieg auch er hinten ein, lehnte sich gegen die einzige geschlossene Tür und spreizte die Beine. Noch bevor Aislinn erkannte, was er vorhatte, zog er sie zu sich zwischen seine Beine.

„Lassen Sie mich los", protestierte sie aufgebracht. Sie wand sich, doch als sie sich dadurch nur noch enger an den Reißverschluss seiner Jeans presste, hielt sie in der Bewegung inne.

„Ich werde jetzt schlafen. Und Sie auch." Er drückte sie an seine Brust und schlang die Arme um sie.

Aislinn hatte das Gefühl, als wäre sie von zwei Stahlbändern direkt unterhalb ihrer Brüste gefesselt. Obwohl es nicht wehtat, wusste sie, dass sie in dieser Position nicht einschlafen konnte. Dazu müsste sie sich erst entspannen, und das konnte sie nicht.

„Ich kann doch sowieso nirgendwohin flüchten, Greywolf. Wir sind doch mitten in der Wüste. Lassen Sie mich los."

„Keine Chance. Wenn Sie wollen, kann ich Sie allerdings auch ans Lenkrad fesseln."

„Was glauben Sie denn, was ich tun könnte?"

„Mittlerweile habe ich herausgefunden, dass Sie eine einfallsreiche Frau sind."

„Wir sind mitten im Nichts, und es ist stockdunkel", entgegnete sie.

„Es gibt immerhin noch den Mond."

Ja, das war ihr aufgefallen. Und Sterne. So viele Sterne hatte sie noch nie am Nachthimmel gesehen. Normalerweise hätte sie diesen Anblick genossen und sich von der zauberhaften Stimmung mitreißen lassen.

Doch an dieser Nacht wollte sie nichts Schönes finden. Später wollte sie sich nur an die schrecklichen Ereignisse erinnern. „Ich müsste wahnsinnig sein, allein loszulaufen, selbst wenn ich wüsste, wo wir jetzt sind."

„Es hat keinen Sinn, weiter auf mich einzureden. Seien Sie ruhig, und lassen Sie mich schlafen."

Der gespannte Tonfall ließ sie auch die Anspannung seines Körpers registrieren. Seine Arme zitterten leicht, und Aislinn bemühte sich, nicht an den Druck über ihrem Po zu denken, wo sie an seine Jeans gepresst wurde.

„Bitte tun Sie das nicht." Sie war bereit, ihn anzubetteln, weil sie wusste, dass sie die Nacht in dieser Lage nicht ertragen konnte. Nicht weil es sie anwiderte, ihm so nah zu sein, sondern weil es sie viel zu wenig anwiderte. „Lassen Sie mich los."

„Nein."

Es war aussichtslos, und Aislinn konzentrierte sich deshalb darauf, sich nicht zu entspannen. Ihr Rücken war starr wie ein Brett. Kurze Zeit später fing jedoch ihr Nacken an zu schmerzen, und als sie überzeugt war, dass Greywolf schlief, ließ sie den Kopf an seine Schulter sinken.

„Sie sind sehr stur, Aislinn Andrews."

Zähneknirschend schloss sie die Augen. Offenbar hatte er ihren Kampf gegen die eigene Schwäche noch genau mitbekommen. „Wenn Sie den Griff etwas lockern würden, könnte ich leichter atmen."

„Und besser an das Messer kommen." Schweigend lagen sie eine Weile da, bis er sagte: „Sie sind etwas Besonderes."

„Inwiefern?"

„Bislang habe ich noch mit wenigen Frauen mehr als eine Nacht verbracht."

„Das soll mir jetzt wohl schmeicheln."

„Nein. Ich glaube kaum, dass sich eine Anglo-Jungfrau etwas Schlimmeres vorstellen kann als einen Indianer in Kontakt mit ihrem blütenweißen Körper."

„Sie sind geschmacklos, und eine Jungfrau bin ich auch nicht."

„Waren Sie verheiratet?"

„Nein."

„Hatten Sie Affären?"

„Geht Sie nichts an."

Lieber wollte sie sterben, als ihn wissen lassen, dass es in ihrem Leben erst einen Mann gegeben hatte. Das Ganze war eine eher enttäuschende Affäre gewesen, und sie hatte sich lediglich darauf eingelassen, um ihre eigene Neugier zu stillen.

Sie hatte mit diesem Mann kaum geredet, und zwischen ihnen hatte es keine Zuneigung oder Wärme gegeben, nicht einmal sehr viel

Leidenschaft. Hinterher war sie enttäuscht gewesen, und sie nahm an, ihrem Partner war es ähnlich ergangen.

Auf eine solche Affäre hatte sie sich nie wieder eingelassen, und mittlerweile glaubte sie, dass sie sexuell kalt war. Die Männer, mit denen sie ausging, machten zwar Annäherungsversuche, doch sie hatte nie Lust, die oberflächliche Bekanntschaft über unregelmäßige Verabredungen zum Essen hinaus zu vertiefen.

Statt jedoch mit ihm über ihr nicht vorhandenes Liebesleben zu reden, fragte sie: „Was ist mit Ihnen? Wie viele ernsthafte Beziehungen haben Sie denn schon hinter sich?"

Entweder war er bereits eingeschlafen, oder er wollte nicht mit ihr darüber reden. Jedenfalls kam keinerlei Antwort.

Aislinn schmiegte sich enger an die Wärme.

Im Halbschlaf hörte sie ein tiefes Schnurren wie von einer Raubkatze. Sie streckte sich etwas aus, und als ihr Gehirn endlich die verschiedenen Sinneseindrücke verarbeitet hatte, schreckte sie abrupt hoch und riss die Augen auf.

„Oh nein!", rief sie aus.

„Das ist mein Text", widersprach Lucas Greywolf schläfrig.

Irgendwann in der Nacht hatte sie sich umgedreht, sodass ihre Wange jetzt an seiner nackten Brust lag. Ihre Brüste pressten sich in seine Magengegend, und zwischen den Schenkeln spürte sie den Druck seiner körperlichen Erregung. „Nein!", schrie sie noch einmal auf und rutschte hastig in die andere Ecke der Rückbank. „Es tut mir leid", brachte sie hervor und wandte dabei das Gesicht ab.

„Mir auch", gab er zu, öffnete die Wagentür hinter sich und fiel förmlich aus dem Auto. Lange Zeit stand er nur reglos neben dem Auto. Aislinn brauchte gar nicht zu fragen, was mit ihm los war. Sie konnte es sich denken.

Schließlich ging er nach vorn und öffnete die Kühlerhaube. Er werkelte im Motorraum herum und kam dann wieder nach hinten zu Aislinn. „Ziehen Sie den BH aus."

Verständnislos blickte sie zu ihm hoch. „Wie bitte?"

„Sie haben richtig verstanden. Entweder den BH oder die Bluse. Aber beeilen Sie sich, wir haben schon genug Zeit verloren."

Die Sonne stand bereits hoch am Himmel. Aislinn errötete, als ihr

klar wurde, wie tief sie beide geschlafen hatten.
„Entweder Sie ziehen ihn selbst aus, oder ich werde es tun."
„Drehen Sie sich um."
Er stieß ungeduldig die Luft aus, wandte sich dann aber ab. Hastig zog sie das Hemd aus, nahm den BH ab, zog das Hemd wieder an und knöpfte es schnell zu.
„Hier." Sie warf ihm den BH zu. Wortlos verschwand er damit wieder unter der Kühlerhaube. Nach einigen Minuten, die nur von Klappern und Flüchen unterbrochen wurden, knallte er die Motorhaube zu und wischte sich die Hände an den Jeans ab.
„Das sollte für eine Weile halten", sagte er nur.
Doch es hielt nicht sehr lang. Nach knapp dreißig Kilometern Fahrt kamen die ersten weißen Dampfwölkchen aus dem Motorraum. Schließlich wurden die Schwaden immer dichter.
„Wir sollten lieber anhalten, bevor das ganze Auto in die Luft fliegt", schlug Aislinn vor. Seit dem Start hatten sie kein Wort miteinander gesprochen. Aislinn nahm an, dass auch er immer noch an die vertrauliche Position denken musste, in der sie beide aufgewacht waren, und sie konnte seine Schweigsamkeit verstehen.
Die ganze Zeit über versuchte sie schon, die Erinnerungen daran zu verdrängen. Sie spürte noch die weiche Brustbehaarung an den Lippen, fühlte noch seine Hände, mit denen er ihren Po umfasst hatte, und sie konnte sich glasklar an das wohlige Gefühl der Geborgenheit erinnern, bevor ihr bewusst geworden war, in welcher Situation sie sich befand.
Sein Gesichtsausdruck gab keinerlei Aufschluss über seine Gedanken. Wortlos fuhr er an den Straßenrand und hielt an. „Kommen Sie."
Fragend sah sie ihn an. „Wohin?"
„Zur nächsten Ortschaft."
„Heißt das, wir gehen zu Fuß?", hakte sie ungläubig nach. Um sie herum war nichts, was auf menschliche Behausungen schließen ließ. Am Horizont konnte sie die dunklen Umrisse der Berge sehen. Dazwischen erstreckte sich felsiger Boden, der nur von dem grauen Asphalt der Straße abgelöst wurde.
„Bis jemand vorbeikommt und uns mitnimmt", antwortete Lucas. Mit diesen Worten stieg er aus und ging los. Aislinn blieb keine andere Wahl, als ihm nachzugehen.

Sie wollte nicht dort in dem Wagen allein zurückbleiben. Vielleicht kam Greywolf nicht zurück, und es sah so aus, als könne es Tage dauern, bis ein anderer Wagen hier entlangfuhr. Schon jetzt hatte sie Durst, und die paar Kekse, die von dem Proviant noch übrig waren, würden nicht mehr lange reichen.

Stundenlang schritten sie nebeneinander her. Aislinn musste fast laufen, um mit Lucas Schritt zu halten. Gnadenlos brannte die Sonne auf sie herab, und ein paar Eidechsen, die hin und wieder vor ihnen entlanghuschten, waren das einzige Anzeichen von Leben.

Endlich hörten sie von hinten das Geräusch eines Transporters, der sich ihnen näherte. Noch bevor Greywolf den Arm hob, bremste der Fahrer bereits ab und hielt neben ihnen an. Im Fahrerhaus des alten Wagens saßen drei Navajo-Indianer mit ausdrucksloser Miene, und nach einer kurzen Unterhaltung half Greywolf Aislinn auf die Ladefläche und stieg selbst hinauf.

„Haben sie Sie erkannt?"

„Wahrscheinlich."

„Haben Sie keine Angst, dass sie Sie verraten könnten?"

Sein Kopf fuhr herum, und bei seinem Blick lief ihr trotz der Hitze ein Schauder über den Rücken. „Nein."

„Ah, ich verstehe. Das Ehrgefühl verbietet ihnen, Sie zu verraten."

Greywolf gab sich nicht die Mühe, ihr darauf zu antworten. Stattdessen blickte er nur nach Nordwesten zum Horizont.

Während der Fahrt bis zu einem kleinen schmutzigen Ort schwiegen sie beide sich feindselig an. Es wäre ohnehin schwierig gewesen, sich zu unterhalten. Der heiße Wind machte es Aislinn bereits schwer, überhaupt zu atmen.

Noch am Ortsrand klopfte Greywolf an das Rückfenster der Fahrerkabine, und der Fahrer brachte den Wagen vor einer Tankstelle zum Stehen. Greywolf half Aislinn beim Absteigen. „Besten Dank", rief er dem Fahrer zu, der nur kurz an seine Hutkrempe tippte, bevor er weiterfuhr.

„Und was jetzt?", fragte Aislinn müde. Sie hatte sofort gewusst, dass die Navajo-Indianer keine Hilfe für sie darstellten, doch beim Anblick der Ortschaft hatte sie zunächst neue Hoffnung geschöpft.

Diese Hoffnung war ihr jetzt vergangen. Die Straßen wirkten vollkommen verlassen, und außer ein paar Hühnern gab es hier keine

Anzeichen von Leben. Der Ort wirkte genauso leblos und abweisend wie die Wüste ringsumher.

Greywolf ging auf das kleine Blechhäuschen der Tankstelle zu, und Aislinn folgte ihm erschöpft. Noch nie in ihrem Leben hatte sie sich so unwohl gefühlt. Ihre Kleidung war verschwitzt, und der Staub juckte überall an ihrem Körper. Ihr Haar hing wirr von ihrem Kopf, und ihre Lippen waren ausgedörrt.

Hoffnungslos seufzte sie auf, als sie das Schild an der Tankstelle entdeckte. „Mittagspause!", beschwerte sie sich dann lauthals.

„Bis fünf Uhr ist sie geschlossen", stellte Greywolf fest.

Neben dem Gebäude war ein schmaler, schattiger Streifen, den Aislinn sofort aufsuchte. Sie lehnte den Kopf zurück und schloss die Augen. Doch beim Klang von splitterndem Glas schreckte sie wieder hoch.

Greywolf hatte eine Scheibe in der Tür eingeschlagen und die Tür von innen geöffnet. Quietschend schwang sie auf, und er ging hinein. Aislinn wäre nie der Gedanke gekommen, absichtlich eine Scheibe einzuschlagen und obendrein noch in ein Gebäude einzubrechen. Dennoch folgte sie Greywolf ins kühle Innere des kleinen Häuschens.

Als ihre Augen sich erst an das Dämmerlicht gewöhnt hatten, erkannte sie, dass dies hier nicht nur eine Tankstelle, sondern auch ein kleiner Laden war. An den Wänden befanden sich vollgepackte Regale.

Greywolf steuerte auf einen altmodischen Getränkeautomaten zu. Er brach das verrostete Schloss auf und nahm zwei Dosen Cola heraus, von denen er eine an Aislinn weiterreichte.

„Ich werde für meine Dose bezahlen", sagte sie entschuldigend.

Er setzte gerade die Dose zum Trinken an. „Ich möchte, dass Sie auch für meine Dose bezahlen. Und auch für die kaputte Glasscheibe und den Kühlschlauch."

Gierig trank sie von der Cola. Es kam ihr vor, als habe sie noch nie etwas so Köstliches getrunken. „Was für ein Kühlschlauch?"

„Um den defekten im Wagen zu ersetzen. So einen hier." Er hielt einen Schlauch hoch, den er aus einer Schublade herausgekramt hatte.

Mit der anderen Hand suchte er weiter nach passendem Werkzeug. Das metallische Klappern machte Aislinn nur noch deutlicher, wie verlassen sie hier beide waren.

Unbestechliche Herzen

Sie kam sich fremd vor in dieser Einsamkeit. Lucas Greywolf schien keine derartigen Gefühle zu kennen. Er nahm sich die nötigen Werkzeuge, als hätte er jedes Recht dazu. Gerade als Aislinn ihre letzte Hoffnung begraben wollte, entdeckte sie das Münztelefon.

Greywolf konnte es noch nicht bemerkt haben, denn er hatte noch nicht in diese Richtung gesehen. Und das Telefon wurde fast vollständig von einem Zeitschriftenregal verdeckt.

Wenn sie ihn dazu brachte, weiter mit ihr zu sprechen, konnte sie vielleicht das Telefon erreichen und einen Anruf tätigen, ohne dass er etwas davon bemerkte. Aber wo war sie hier? Hatte dieser Ort hier überhaupt einen Namen? Möglicherweise befanden sie sich gar nicht mehr in Arizona.

„Fertig?"

Schuldbewusst zuckte sie beim Klang seiner Stimme zusammen. „Ja", sagte sie und reichte ihm die leere Dose. Mit einem Mal war sie hellwach und überlegte fieberhaft, wie sie ihn von dem Telefon ablenken konnte.

„Geben Sie mir etwas Geld." Fordernd streckte er die flache Hand aus.

Eifrig suchte sie aus ihrer Handtasche einen Zwanzigdollarschein hervor. „Das sollte reichen."

Er faltete den Geldschein und steckte ihn unter einen Aschenbecher vor der Kasse. „Hier gibt es auch Waschräume", bemerkte er. „Wollen Sie einen aufsuchen?"

Ja, das wollte sie, aber am liebsten hätte sie Nein gesagt und vorgeschlagen, hier auf ihn zu warten. Andererseits hätte das nur einen Verdacht in ihm geweckt, und sie wollte ihn lieber in dem Glauben lassen, sie habe nicht mehr vor zu fliehen.

„Ja, gern", sagte sie schwach. Schweigend führte er sie aus dem Laden und zur Rückseite des Gebäudes, wo zwei Türen zu den Waschräumen führten. Zögernd betrat sie die Damentoilette. Der Gestank war fast zu viel für sie, und innerlich aufs Schlimmste gefasst, schaltete sie das Licht ein.

Der Anblick war nicht so schlimm, wie sie gedacht hatte, obwohl der Raum sehr schmutzig war. Nach der Toilette benutzte sie das verrostete Waschbecken, und selbst das lauwarme Wasser kam ihr angenehm kühl vor.

Sie schüttelte das Wasser von den Händen und ging zur Tür. Dort schob sie den Riegel zurück und drückte dagegen. Doch die Tür ging nicht auf.

Zuerst dachte sie noch, dass sie vielleicht ziehen oder stärker drücken musste, doch dann wurde sie von Panik erfasst und warf sich mit aller Kraft gegen die Blechtür. Schließlich wurde ihr klar, dass Greywolf die Tür von außen blockiert hatte.

„Greywolf!", schrie sie. „Öffnen Sie die Tür! Sofort!"

„Das werde ich, wenn ich zurückkomme."

„Zurück? Wo wollen Sie denn hin? Wagen Sie es nicht, mich hier eingesperrt zu lassen!"

„Ich muss es tun. Sonst benutzen Sie das Telefon, das Sie so ostentativ übersehen haben. Ich bin so schnell wie möglich wieder hier."

„Wohin gehen Sie?", wiederholte sie verzweifelt. Der Gedanke, auf unbestimmte Zeit hier in dem Waschraum zu bleiben, war grauenhaft.

„Zum Auto. Wenn ich es repariert habe, komme ich hierher zurück und hole Sie ab."

„Sie wollen zurück zum Auto? Wie wollen Sie da hinkommen?"

„Ich werde laufen."

Sprachlos stand sie einen Moment da. Dann kam ihr ein rettender Gedanke. „Sobald der Eigentümer um fünf Uhr kommt, wird er mich finden. Ich werde pausenlos schreien."

„Bis dahin bin ich wieder hier."

„Mistkerl! Lassen Sie mich raus!" Wieder warf sie sich gegen die Tür, die sich allerdings keinen Zentimeter bewegte. „Ich werde hier drin ersticken."

„Sie werden schwitzen, aber nicht sterben. Ruhen Sie sich lieber aus."

„Das werden Sie büßen!"

Von draußen kam keine Antwort mehr. Noch ein paarmal rief sie seinen Namen, bis ihr klar wurde, dass sie allein war.

Entkräftet lehnte sie sich gegen die Tür und ließ ihren Tränen freien Lauf. Nichts in ihrer Erziehung hatte sie auf solche Situationen vorbereitet. Selbst öffentliche Schulen hatte sie nicht besuchen dürfen, weil sie dort „schlechten Einflüssen" ausgesetzt gewesen wäre. Auf der exklusiven Mädchenschule hatte sie weiter in einer heilen

Welt gelebt. Das alles hier kam ihr wie ein einziger Albtraum vor.

Mit sechsundzwanzig Jahren erlebte sie jetzt zum ersten Mal richtige Angst. Was, wenn Greywolf nicht zurückkam? Vielleicht hatte der Eigentümer diese Tankstelle schon vor Wochen aufgegeben?

Sie würde hier verdursten.

Nein, überlegte sie, auch wenn das Wasser nicht das sauberste war, sie würde genug zu trinken haben.

Aber verhungern konnte sie, wenn hier lange Zeit niemand vorbeikam. Sie würde auf Motorengeräusche achten müssen, damit sie auf sich aufmerksam machen konnte.

Ersticken würde sie auch nicht, weil sich hoch unter der Decke ein kleines Fenster befand, das einen Spalt breit geöffnet war. Viel eher jedoch würde sie vor Wut sterben. Wie konnte Greywolf ihr das antun? Während sie in dem kleinen Waschraum hin und her lief, belegte sie Lucas Greywolf mit jedem Schimpfnamen, der ihr einfiel.

Schließlich musste sie wieder daran denken, dass er sie einfallsreich genannt hatte. Irgendwie musste sie hier herauskommen.

Sich weiter gegen die Tür zu werfen hatte keinen Sinn. Nachdenklich blickte sie sich um, und ihr Blick fiel wieder auf das Fenster.

In einer Ecke stand eine Blechtonne, die anscheinend als Mülleimer diente. Aislinn wollte lieber keinen Blick hineinwerfen, um sich davon zu überzeugen. Mit aller Kraft zerrte sie an der Tonne und schaffte es endlich, sie unter das Fenster zu ziehen.

Als sie auf der Tonne stand, konnte sie gerade das Fenstersims erreichen. Ein paar Minuten versuchte sie angestrengt, sich hochzuziehen, wobei sie mit den Füßen an der glatten Wand nach Halt suchte. Endlich konnte sie sich auf die Ellbogen stützen und riss das Fenster ganz auf. Sie steckte den Kopf nach draußen und atmete tief durch. Eine Weile hing sie nur so aus dem Fenster und erholte sich. Ihre Arme zitterten von der Anstrengung und brauchten dringend diese Pause.

Das Fenster war sehr klein, doch Aislinn glaubte, dass sie es schaffen konnte, hinauszuklettern. Sie zog ein Knie hoch und versuchte sich so zu drehen, dass sie mit den Füßen zuerst nach draußen kam.

Als sie das andere Knie nachzog und beide Füße aus dem Fenster hängte, rutschte sie ab. Sie fiel und riss sich beim Hinausfallen den Arm an einem Nagel vom Handgelenk bis zum Ellbogen auf.

53

Sie landete zwar auf den Füßen, doch der Boden war uneben. Während sie unwillkürlich den verletzten Arm festhielt, stolperte sie nach hinten und fiel zu Boden, wobei sie mit dem Hinterkopf an einen Stein stieß.

Ein paar Sekunden sah sie nur die gleißende Sonne vor ihren Augen, dann wurde alles um sie herum schwarz.

4. KAPITEL

Lucas Greywolf hatte es eilig, zurückzukommen. Er hatte sich die Landschaft genau eingeprägt und wusste, dass es nur noch ein paar Kilometer sein konnten. Ungeduldig trat er das Gaspedal bis zum Anschlag durch.

Zum Glück lief der Wagen wieder einwandfrei. Es war kein Problem gewesen, den Ersatzschlauch einzubauen. Viel schwieriger war der lange Lauf zum Auto gewesen, noch dazu mit dem schweren Werkzeug in den Taschen und dem Kanister Wasser, um das verlorene Kühlwasser wieder aufzufüllen. Er war es gewöhnt, lange Strecken zu laufen, und auch die Hitze machte ihm dabei nichts aus. Aber diese zusätzlichen Gewichte störten seinen Laufrhythmus.

Greywolf war dankbar dafür, dass er hier im Wagen einmal in Ruhe nachdenken konnte. Der Wind pfiff ihm durchs Haar, denn wann immer er konnte, fuhr Greywolf mit offenen Fenstern. Die Kühlung der Klimaanlage war nicht nach seinem Geschmack, und nur Aislinn zuliebe war er bislang fast die ganze Zeit mit geschlossenen Fenstern gefahren.

Diese Frau.

Er bekam ein schlechtes Gewissen, wenn er daran dachte, dass sie jetzt in dem kleinen Raum eingesperrt war. Was aber hätte er sonst tun sollen? Sie hätte den Weg zurück zum Wagen nicht mehr geschafft, zumindest hätte es noch sehr viel länger gedauert, und ihm blieb nicht mehr viel Zeit.

Wie lange mochte es noch dauern, bis sie ihn einfingen? Würde er noch rechtzeitig kommen? Er musste es einfach schaffen.

Er wusste von vornherein, was ihn dieser Ausbruch kostete, doch das nahm er in Kauf. Er bedauerte lediglich, dass andere auch dafür bezahlen mussten. Nur ungern hatte er den Wächter bewusstlos geschlagen, der in ihm den Freund gesehen hatte. Und es machte ihm auch keinen Spaß, dieser Frau Angst einzujagen. Sie verkörperte alles, was er selbst verachtete. Sie war eine Weiße und wohlhabend noch dazu. Trotzdem wünschte er sich, er hätte sie da nicht mit hineingezogen.

War das wirklich nötig gewesen?

Verärgert schaltete er das Autoradio ein und drehte die Lautstärke voll auf. Er redete sich ein, dass er auf Nachrichten wartete, doch im Grunde wollte er nur seine Gedanken an diese Frau verdrängen.

Wieso hatte er sich diese Verantwortung aufgeladen? Er hätte sie doch nur bewusstlos schlagen und ihr Haus verlassen müssen. Bis sie zu sich gekommen wäre und die Polizei alarmiert hätte, wäre er längst verschwunden gewesen.

Dummerweise war er dort geblieben und hatte sich mit dieser Frau abgegeben. Die Dusche war nicht zwingend notwendig gewesen, und einen Schlafplatz hätte er auch sonst irgendwo gefunden.

Und wenn er schon über Nacht geblieben war, wieso war er dann nicht wenigstens im Morgengrauen verschwunden? Vielleicht wäre sie erst Stunden nach ihm aufgewacht.

Statt vernünftig zu handeln, hatte er dagelegen und diese schöne blonde Frau angesehen. Es war ihm schwergefallen, ihrer Schönheit zu widerstehen, noch dazu, wo es so lange her war, dass er eine Frau zu Gesicht bekommen hatte. Fast berauscht hatte er ihren Duft eingeatmet.

Und dann hatte er sie auch noch mitgenommen. Dabei hatte er ihr nie etwas antun wollen.

Was sollte das dann mit dem Messer? Die ewigen Drohungen? Wieso hatte er sie sich ausziehen lassen? Er redete sich ein, dass er sich mit den Drohungen nur absichern wollte und dass er sich einfach zu sehr danach gesehnt hatte, eine nackte Frau zu sehen.

Andererseits hatte er sie begehrt, und er hatte bisher noch nie den Wunsch gehabt, mit einer weißen Frau zu schlafen.

Er würde sein Begehren unter Kontrolle halten. Wenn er diese Frau nur in seiner Nähe hatte, reichte ihm das völlig. Jedenfalls versuchte er, sich das einzureden. Immer wieder rief er sich in Erinnerung, aus welchen Gründen er die Weißen verachtete.

Sie war reich und charakterlich bestimmt verdorben. Diesen Rühr-mich-nicht-an-Blick kannte er nur zu gut aus der Schulzeit und vom College. Mädchen wie Aislinn Andrews flirteten vielleicht mit Indianern, aber auf mehr ließen sie sich nicht ein. Und wenn sie mit einem Indianer schliefen, dann nur, um vor ihren Freundinnen damit zu prahlen. Danach verhielten sie sich kühler und abweisender denn je.

Diese Frau allerdings war zäh, das musste er ihr zugestehen. Sie

wirkte die meiste Zeit über sehr gefasst, egal, was er ihr antat.
Er musste fast schmunzeln, als er daran dachte, wie Aislinn sie beide durch die Straßensperre geschleust hatte. Warum hatte sie das getan?
Nach der letzten Nacht war er sich nicht mehr so sicher, ob er es schaffen würde, sie körperlich in Ruhe zu lassen. Die Stunden im „Tumbleweed" waren Himmel und Hölle zugleich gewesen. Ein paarmal hatte er sich danach gesehnt, ihr einen richtigen Kuss zu geben und mit der Zunge ihren Mund zu erforschen.
Es hatte sich gut angefühlt, ihren Körper zu spüren. Und dann heute früh, als er ihren Atem an der Brust gespürt hatte, ihre Brüste und ihre Schenkel ...
Nein, er musste sie gehen lassen.
Er würde den Wagen volltanken, nachsehen, ob es ihr gut ging, und dann eine Nachricht für den Tankstellenbesitzer hinterlegen, damit er Aislinn fand. Sie würde der Polizei nicht sagen können, wohin er verschwunden war. Die ungefähre Richtung seiner Flucht kannten sie ohnehin schon. Über kurz oder lang würde er gefasst werden.
Greywolf hoffte nur, dass er bis dahin erledigt hatte, weswegen er ausgebrochen war.
Beim Anblick der Ortschaft gab er noch einmal Gas. Jetzt, wo er entschieden hatte, die Frau freizulassen, wollte er es hinter sich bringen und verschwinden. Er würde ihren Wagen mitnehmen müssen, aber für eine Frau wie sie würde es kein Problem sein, einen anderen Wagen zu bekommen.
Er hielt vor der Zapfsäule der Tankstelle, und während der Tank volllief, überprüfte er den Kühlwasserstand. Rasch reinigte er noch die Scheiben und prüfte den Reifendruck. Er beeilte sich, um so schnell wie möglich wegzukommen.
Schließlich ging er um das Gebäude herum zu den Toiletten. Er entfernte den Stahlträger von der Tür und klopfte laut an. Als er keine Antwort hörte, rief er nach Aislinn.
„Antworten Sie mir. Ich weiß, dass Sie da drin sind. Das ist doch lächerlich."
Nachdem er ein paar Sekunden gelauscht hatte, öffnete er die Tür. Fast hoffte er, dass sie ihn überlisten wollte, doch innerlich wusste er, dass der Raum leer war.

Hitze und Gestank schlugen ihm entgegen, und sofort fiel ihm das offene Fenster auf. Seine Sorge verwandelte sich in ohnmächtige Wut. Diese kleine Schlange war tatsächlich entkommen!

Er stürzte aus dem Waschraum und lief um das Gebäude herum und in den Verkaufsraum, doch auch hier fand er keinerlei Anzeichen dafür, dass Aislinn hier gewesen war.

Die Scherben lagen immer noch auf dem Boden, und der Geldschein steckte nach wie vor unter dem Aschenbecher. Auch in der Staubschicht auf dem Telefonhörer entdeckte er keine Spuren.

Verwirrt schob er die Hände in die Jeanstaschen. Wohin konnte sie gegangen sein? War vielleicht jemand vorbeigekommen, der sie mitgenommen hatte? Hätte sie aber nicht als Erstes telefoniert? Das alles ergab keinen Sinn.

Greywolf ging zurück zum Waschraum.

„Vorsichtig, trinken Sie ganz langsam, sonst werden Sie sich noch verschlucken."

Aislinn genoss das Gefühl, als der erste Schluck der Cola ihre Kehle hinunterlief. Sie richtete sich etwas auf, gab den Versuch jedoch stöhnend auf, als sie rasende Kopfschmerzen bekam.

„Legen Sie sich zurück", sagte die sanfte Stimme. „Das reicht jetzt sowieso fürs Erste."

Sie öffnete die Augen. Greywolf beugte sich über sie, sein Gesicht lag im Schatten und wirkte unergründlich. Dann entdeckte sie, dass die Sonne bereits untergegangen sein musste. Es war dunkel. Aus dem Augenwinkel heraus erkannte sie, dass sie auf dem Rücksitz des Autos lag. Die Fenster waren alle heruntergekurbelt, um die frische Wüstenluft hereinzulassen. Greywolf hockte neben ihr.

„Wo …", setzte sie an.

„Ungefähr fünfzig Kilometer von der Tankstelle entfernt. Ich habe Verbandszeug dabei."

„Wofür?"

„Sie haben im Schlaf gestöhnt", antwortete er knapp, als würde das alles erklären.

Unter größter Anstrengung streckte sie den Arm aus und griff nach seinem Hemd. „Reden Sie endlich mit mir. Diese indianische Sturheit macht mich langsam verrückt. Wo bin ich, und weswegen brauchen Sie Verbandszeug? Haben Sie mich jetzt doch mit dem Messer verletzt?"

Dieser Gefühlsausbruch kostete sie den Rest ihrer Kraftreserven, und sie sackte wieder zurück. Aber sie blickte Greywolf weiterhin feindselig an, auch wenn sie aus seinem Gesichtsausdruck nichts ablesen konnte.

„Erinnern Sie sich nicht, dass Sie aus dem Fenster gefallen sind?"

Nachdenklich schloss sie die Augen. Jetzt erinnerte sie sich. Die Angst, die Verzweiflung und der Hass auf Greywolf, das alles kam mit einem Mal zurück.

„Ich habe ein paar Aspirin gegen Ihre Kopfschmerzen."

Als sie die Augen wieder öffnete, nahm er gerade zwei Tabletten aus einem Röhrchen. „Wo haben Sie die her?"

„Aus dem Laden. Können Sie sie mit Cola runterspülen?" Sie nickte nur. Er reichte ihr die Tabletten, und sie legte sie sich auf die Zunge. Mit einem Arm umfasste Greywolf stützend ihre Schultern, während er mit der anderen Hand die Coladose an ihre Lippen hielt.

Als sie geschluckt hatte, ließ er sie langsam wieder auf den Sitz zurücksinken. „Ihre Lippen sind von der Sonne ausgetrocknet." Noch während er das sagte, strich er ihr mit einem Finger, den er mit Lippencreme bedeckt hatte, über die Lippen.

Die Berührung seiner Fingerspitze weckte Empfindungen in ihr, für die sie sich schämte, denn sie ähnelten stark körperlichem Verlangen. Zunächst fuhr er schnell über ihre Lippen, um die Salbe zu verteilen, doch dann wurde er langsamer, und als er erneut ihre Oberlippe entlangstrich, konnte Aislinn kaum noch stillhalten. Sie fühlte sich von einer Unruhe ergriffen, die nichts mit ihren Verletzungen zu tun haben konnte.

Als er den Finger zurückzog, berührte sie tastend die Lippen mit der Zunge. Die Salbe schmeckte leicht nach Banane und Kokosnuss. „Lecken Sie sie nicht ab", wies Greywolf sie an und blickte unverwandt auf ihren Mund. „Die Lippen sollen doch heilen."

„Danke."

„Danken Sie mir nicht. Aber ihretwegen wäre ich beinahe gefasst worden."

Beim harten Klang seiner Stimme, der der sanften Berührung völlig widersprach, zuckte Aislinn zusammen. Wie hatte sie sich einbilden können, dieser Mann sei zärtlich zu ihr? Wütend sah sie wieder zu ihm hoch. „Meiner Meinung nach geschieht es Ihnen nur recht, wenn Sie gefasst werden. Besonders, da Sie mich so misshandelt haben."

„Sie sind niemals in Ihrem Leben misshandelt worden, Miss Andrews", erwiderte er abfällig. „Sie wissen nicht einmal, was dieses Wort bedeutet. Als Weiße aus gutem Haus haben Sie bisher schließlich nur die schönen Seiten des Lebens erlebt."

„Was den Indianern angetan wurde, ist nicht meine Schuld." Aislinn wusste, dass seine ganze Verbitterung daher stammte. „Klagen Sie jeden Weißen deshalb an?"

„Ja", stieß er wütend hervor.

„Und was ist mit Ihnen selbst?", rief sie zurück. „Sie sind auch kein reinrassiger Indianer. Sind Sie selbst auch zur Hälfte verdorben?"

Wütend umfasste er ihre Schultern und drückte sie auf den Sitz hinunter. Sein Blick war kalt. „Ich bin Indianer", flüsterte er und unterstrich jedes Wort damit, dass er Aislinn leicht schüttelte. „Vergessen Sie das niemals."

Sie wusste, dass sie das nicht konnte. Die Wut in seinem Blick löschte jede Hoffnung in ihr aus, dass er ihr gegenüber etwas nachgiebiger würde. Er war gefährlich, und sie zitterte verschüchtert, als er sich über sie beugte.

Das ärmellose Hemd, das Lucas trug, ließ seine muskulösen Arme in Aislinns Augen hart wie Stein wirken. Die meisten der Knöpfe waren offen, und seine nackte Brust hob und senkte sich bei jedem seiner hastigen Atemzüge. Der kräftige Hals betonte die versteinerte Reglosigkeit seines wütenden Gesichts noch mehr.

Fast drohend blitzte der silberne Ohrring auf, und das Kreuz an seiner Halskette pendelte höhnisch hin und her. Der Duft, der von Greywolf ausging, war eine Mischung aus Sonne, Schweiß und Männlichkeit.

Jede Frau mit einem Rest gesunden Menschenverstand hätte sich gehütet, diesen wutentbrannten Mann durch weitere Bemerkungen noch mehr zu reizen. Aislinn war klüger als der Durchschnitt, sie wagte nicht einmal zu blinzeln.

Allmählich entspannte er sich ein bisschen. „Ich sollte Ihren Arm lieber verbinden, bevor die Wunde sich entzündet." Er sprach vollkommen teilnahmslos, als hätten sie sich nie gestritten.

„Mein Arm?" Erst als Aislinn versuchte, den Arm zu bewegen, stellte sie fest, dass er schmerzte. Jetzt fiel ihr auch wieder der schmerzhafte Augenblick während ihres Sturzes ein.

„Sehen Sie", sagte er nur, als er ihr schmerzverzerrtes Gesicht bemerkte. „Lassen Sie mich mal machen." Er stützte sie etwas und half ihr, sich halb aufzusetzen. Als seine Hände zu den Knöpfen ihrer Bluse glitten, hielt Aislinn unwillkürlich die Bluse vor ihrer Brust verkrampft zu. Greywolf sah sie eindringlich an. „Sie müssen sie ausziehen, Aislinn."

Sie sah an sich hinunter und stellte erschreckt fest, dass der Ärmel blutdurchtränkt war. „Das ... das wusste ich nicht." Innerlich wehrte sie sich gegen das Schwindelgefühl, das sie ergriff.

„Ich musste dringend weg von der Tankstelle, deshalb habe ich Sie nur auf den Rücksitz gelegt. Jetzt sind wir weit genug entfernt, sodass ich mir Ihren Arm genauer ansehen kann."

Schweigend blickten sie einander in die Augen. Ihr kam es wie eine Ewigkeit vor, bis Greywolf ungeduldig den Kopf schüttelte. „Wie gesagt, ich brauche Sie als Sicherheit."

Wieder fuhr er mit den Händen zu den Knöpfen ihrer Bluse, und diesmal wehrte sie sich nicht. Rasch und nüchtern öffnete er die Bluse, und Aislinn errötete, als ihre Brüste allmählich entblößt wurden. Doch sein Gesicht verriet nichts von seinen Gedanken.

Als er ihr die Bluse von den Schultern schob, wurden seine Bewegungen vorsichtiger und sanfter. Zuerst zog er den unverletzten Arm aus der Bluse und dann langsam den linken mit der Wunde.

Aislinn stöhnte auf, als der blutverkrustete Stoff sich von der Wunde löste.

„Tut mir leid." Bevor sie sich darauf vorbereiten konnte, riss er den Stoff schon mit einem Ruck herunter. „Das ist immer noch der schmerzloseste Weg. Es tut mir wirklich leid."

„Ich weiß. Schon in Ordnung." Tränen traten ihr in die Augen, aber sie kämpfte dagegen an. Einen Augenblick betrachtete er nur ihre Augen, als sei er gefesselt von dem Anblick. Vielleicht wollte er aber auch nur prüfen, ob eine weiße Frau sich zu Tränen und Jammern hinreißen lassen würde.

Dann zog er Aislinn unvermittelt hoch und zog ihr die Bluse vom Rücken. Eine Sekunde lang berührten ihre Brüste seinen Brustkorb.
Unzählige Empfindungen durchschossen sie gleichzeitig. Ihre Brustspitzen fühlten sich an seiner muskulösen Brust noch zarter an, und sie spürte seine Brusthaare, die ihre Haut kitzelten. Seine Haut war warm.

Sie taten beide so, als hätten sie die flüchtige Berührung nicht wahrgenommen, doch Greywolfs Gesicht wirkte noch angespannter, als er Aislinn langsam wieder auf den Autositz herabließ.

Die wieder aufgerissene Wunde zog sich über den gesamten Unterarm und blutete. Greywolf warf die Bluse zur Seite und holte aus einer Papiertüte ein Päckchen mit Verbandszeug und eine Flasche mit einer keimtötenden Flüssigkeit. „Es wird sehr stark brennen", sagte er, während er die Flasche öffnete und einen Wattebausch tränkte. „Sind Sie bereit?"

Aislinn nickte. Er hob ihren Arm und strich mit der Watte über die Wunde. Unwillkürlich zog sie die Knie an und stieß die Luft aus. Jetzt konnte sie die Tränen nicht länger zurückhalten. Er rieb die ganze Wunde ab und presste die Watte dann auf die Stellen, an denen der Nagel tiefer eingedrungen war.

„Oh, bitte", stöhnte sie auf und schloss vor Schmerz die Augen.

Rasch verschloss er die Flasche wieder, hob Aislinns Arm noch höher und blies sacht über die Wunde. Mit einer Hand hielt er ihr Handgelenk, während er sich mit der anderen neben ihrem Kopf abstützte. Aislinn beobachtete sein Gesicht und seine Wangen, die sich blähten, wenn er mit seinem Atem ihre Haut kühlte. Seine Lippen waren dicht an ihrem Arm. Als er langsam den Kopf parallel zu ihrer Wunde bewegte, kam er ihren Brüsten immer näher.

Schließlich spürte sie den Lufthauch auch an ihren Brustspitzen, die sich augenblicklich aufrichteten. Als Greywolf das bemerkte, zuckte er zusammen, als wolle er den Kopf heben. Doch stattdessen beugte er den Kopf noch tiefer und blies erneut. Diesmal noch sanfter und direkt auf ihre Brustknospe.

Genau wie er verharrte auch Aislinn vollkommen still. Er sah sie an, und sie erkannte die Lust in seinem Blick. Er neigte sich zu ihr, doch er berührte sie nicht.

Sie wagte nicht, sich zu bewegen, obwohl die Versuchung stark war. Dem Drang, ihm mit den Fingern durchs Haar zu streichen und ihn zu sich zu ziehen, konnte sie kaum widerstehen. Eine ungeahnte Woge der Zärtlichkeit überkam sie. So ein starkes Gefühl hatte sie noch nie empfunden. Sie sehnte sich mit einem Mal danach, eins mit ihm zu werden und mit ihm zu schlafen. Obwohl sie ihn eigentlich hassen sollte.

Wieso aber hatte er sie nicht einfach an der Tankstelle zurückgelassen? Und warum hatte er seine knappe Zeit noch damit verbracht, Aspirin und Verbandszeug zu suchen? Besaß er doch so etwas wie menschliches Mitgefühl? Vielleicht war seine abweisende Haltung auch nur eine Schutzreaktion auf die ganzen Ungerechtigkeiten, die er in all den Jahren erlebt hatte.

Ihr Gesichtsausdruck verriet, wie empfänglich und verletzlich sie in diesem Moment war. Schlagartig wirkte seine Miene wieder wie versteinert. „Sehen Sie mich nicht so an", warnte er sie leise.

Verständnislos schüttelte sie den Kopf. „Was meinen Sie?"

„Sie haben doch wohl nicht vergessen, dass ich lange im Gefängnis war. Wollen Sie wissen, ob ich Sie begehre?", fragte er barsch. „Ja, das tue ich." Sein Griff wurde wieder stahlhart. „Ich begehre Sie. Ihren ganzen Körper möchte ich berühren, ich möchte an Ihren Brustspitzen saugen und so tief in Sie eindringen, dass ich Ihren Herzschlag spüre. Und wenn Sie nicht wollen, dass das geschieht, sollten Sie mich besser nicht wieder so ansehen, Miss Andrews."

Wie hatte sie nur glauben können, dass er so etwas wie menschliches Mitgefühl besaß? Wütend auf ihn und auf sich selbst, bedeckte sie mit dem freien Arm ihre Brüste. „Bilden Sie sich bloß nichts ein", zischte sie ihn an. „Lieber würde ich sterben."

„Das glaube ich." Er lachte auf. „Aber verbluten sollen Sie nicht. So weit lasse ich es nicht kommen."

Sie wandte den Kopf ab, während er ihr einen Verband um den Unterarm anlegte. Anschließend packte er das restliche Verbandszeug und das Medikament wieder in den Papierbeutel.

Furchtsam riss sie die Augen auf, als er wieder nach dem Messer griff, aber er benutzte es lediglich, um die Ärmel aus ihrer Bluse herauszutrennen. Dann warf er ihr das zerstörte Kleidungsstück zu.

„Ziehen Sie das wieder an. Wir haben genug Zeit vergeudet." Er stieg aus und ging zum Fahrersitz herum.

Wütend schwieg Aislinn und starrte auf seinen Hinterkopf, während Greywolf losfuhr. Dutzende von Fluchtmöglichkeiten gingen ihr durch den Kopf, doch sie verwarf jede von ihnen sofort wieder. Selbst wenn es ihr gelingen sollte, Greywolf zu überwältigen, wusste sie nicht, wo sie sich befände. Sie hatte keine Ahnung, in welcher Richtung sie auf Menschen treffen würde, und wenn das Benzin ausging, wäre sie vollkommen hilflos.

So gab sie den Gedanken an Flucht auf und blieb reglos sitzen, bis sie vor Erschöpfung schließlich wieder einschlief.

Aislinn wachte auf, als Greywolf den Wagen anhielt. Mühsam richtete sie sich auf und versuchte, in der Dunkelheit ringsum etwas zu erkennen.

Greywolf warf ihr nur einen flüchtigen Blick zu, bevor er aus dem Wagen stieg. Er ging einen Pfad zu einem kleinen Haus entlang. In der Dunkelheit konnte sie die Umrisse nur undeutlich erkennen, dennoch sah sie, dass es von Indianern erbaut war. Nur durch das Licht, das in dem Häuschen brannte, konnte sie überhaupt etwas davon erkennen.

Die Hütte lag an einem Berghang, und selbst das Blechdach lag im Schatten des Bergs, während die übrige Landschaft silbern im Mondlicht schimmerte.

Einerseits war es Neugier und andererseits die Angst, in dieser seltsamen, verzauberten Umgebung allein gelassen zu werden. Jedenfalls stieg Aislinn aus und ging Greywolf nach. Sie hatte Mühe, nicht ständig über Steine und Geröll auf dem schmalen Weg zu stolpern.

Noch bevor er die Hütte erreichte, kam eine Person nach draußen, die von den Umrissen her viel kleiner war als er. Es war eine Frau.

„Lucas!"

Es klang wie ein freudiger Aufschrei, und die Frau rannte Greywolf entgegen. Sie warf sich an ihn, und er schloss sie in die Arme. Beschützend beugte er sich über die kleine, zierliche Frau.

„Lucas, warum hast du das bloß getan? Wir haben im Radio davon gehört und im Fernsehen dein Bild gesehen."

„Du weißt, warum. Wie geht es ihm?"

Er schob die Frau etwas von sich und sah ihr prüfend ins Gesicht.

Traurig schüttelte sie den Kopf. Ohne ein weiteres Wort führte Greywolf sie am Arm zurück zur Tür.

Gespannt folgte Aislinn ihnen und betrat zum ersten Mal eine Indianerhütte. In dem einzigen Raum war es sehr heiß. Im Kamin brannte ein Feuer, und der Rauch drang durch ein Loch im Blechdach nach draußen. Brennende Petroleumlampen stellten die einzige Beleuchtung dar. Auf einem großen, rechteckigen Tisch mit vier alten Stühlen darum standen eine Kanne Kaffee und einige zerbeulte Blechtassen. In einer Ecke des Raums war ein Waschbecken mit einer handbetriebenen Wasserpumpe.

Der Boden bestand aus gestampfter Erde, und nicht weit vom Eingang war er mit einer schönen Sandmalerei verziert. Aislinn konnte die verschlungenen Muster nicht deuten, doch sie wusste, dass diese Malereien zu Heilzwecken dienten.

An der gegenüberliegenden Wand war in einer Nische ein schmales Bett, das mit indianischen Stoffen bedeckt war. Greywolf kniete neben dem Bett, in dem ein alter Indianer lag. Sein eingefallenes Gesicht wurde von langen, grauen Haarsträhnen eingerahmt. Mit den alten, knorrigen Händen krallte er sich in die Decken. Seine Augen glänzten fiebrig, während er zu Greywolf hochsah. Leise sprach er zu ihm in einem indianischen Dialekt.

Außer ihnen befanden sich noch zwei Personen in dem Zimmer – die Frau, die Greywolf begrüßt hatte, und dann noch ein Mann, ein Weißer. Er war mittelgroß und hatte schütteres, braunes Haar. Seine Schläfen waren grau, und Aislinn schätzte ihn auf ungefähr fünfzig Jahre. Gedankenverloren blickte er zu Lucas und dem alten Mann.

Aus Gründen, über die sie lieber nicht näher nachdenken wollte, hatte Aislinn es bislang vermieden, die Frau genauer anzusehen. Das holte sie jetzt nach. Sie war eine schöne Indianerin. Hohe Wangenknochen, tiefschwarzes Haar, das glatt bis zu den Schultern reichte, und lebhafte dunkle Augen. Sie war wie eine Weiße gekleidet und trug ein einfaches Baumwollkleid, flache Schuhe und schlichten Schmuck. Ihre Kopfhaltung verlieh ihr eine elegante Ausstrahlung, und ihr Körper war schlank und weiblich.

Greywolf presste die Stirn fest gegen die abgearbeiteten Hände des alten Mannes und wandte sich dann an den Mann am Fuß des Bettes. „Hallo, Doc."

„Lucas, du Dummkopf."

Ein flüchtiges Lächeln zog sich über Lucas' Gesicht. „Eine nette Begrüßung nenn ich das."

„So etwas Verrücktes. Aus dem Gefängnis ausbrechen!"

Greywolf zuckte nur mit den Schultern und blickte wieder auf den alten Mann. „Er sagt, er habe keine Schmerzen."

„Ich habe es für ihn so bequem wie möglich gemacht", sagte der andere Mann. „Obwohl ich ihn gedrängt habe, wollte er nicht ins Krankenhaus."

„Er will hier sterben", sagte Lucas. „Das ist wichtig für ihn. Wie lange noch?", fragte er heiser.

„Bis zum Morgen. Vielleicht."

Die Frau fing an zu zittern, gab jedoch keinen Laut von sich. Greywolf ging zu ihr und nahm sie in die Arme. „Mutter."

Sie ist seine Mutter! dachte Aislinn bestürzt. Die Frau sah so jung aus, viel zu jung, um einen Sohn in Lucas' Alter zu haben.

Er sprach ihr leise ins Ohr, und Aislinn nahm an, dass er sie zu trösten versuchte. Entgeistert stellte sie fest, dass der Mann, der sich in den vergangenen zwei Tagen so kalt und teilnahmslos verhalten hatte, tatsächlich Mitgefühl zeigte. Diese Empfindungen zeigten sich auch auf seinem sonst so hart wirkenden Gesicht. Als er schließlich hochblickte, sah er Aislinn, die nach wie vor reglos in der Tür stand.

Sanft schob er seine Mutter von sich und wies mit dem Kinn in Aislinns Richtung. „Ich habe eine Geisel mitgebracht."

Diese Äußerung ließ seine Mutter herumfahren und Aislinn ansehen. Furchtsam legte sie eine Hand an die Brust. „Eine Geisel? Lucas!"

„Hast du den Verstand verloren?", fragte der Doktor verärgert. „Mensch, weißt du nicht, dass sie überall nach dir suchen?"

„Das habe ich mitbekommen", sagte Greywolf leichthin.

„Und sie werden dich so schnell wieder ins Gefängnis bringen, dass du nicht einmal mitbekommst, was mit dir geschieht. Und diesmal wird es für eine sehr lange Zeit sein."

„Das Risiko musste ich eingehen", sagte Lucas nur. „Ich habe um die Erlaubnis gebeten, meinen Großvater noch einmal zu sehen, bevor er stirbt. Mein Antrag wurde abgelehnt. Es nützt eben nichts, nach ihren Regeln zu spielen. Mittlerweile habe ich dazugelernt. Frag nicht lange, sondern handle."

Unbestechliche Herzen

„Oh, Lucas." Seine Mutter seufzte und sank auf einen Stuhl. „Vater hätte verstanden, dass du nicht hier sein kannst."

„Aber ich habe es nicht verstanden", erwiderte Lucas wütend. „Was hätte es für einen Unterschied gemacht, wenn sie mich ein paar Tage freigelassen hätten?"

Die drei schwiegen, weil niemand von ihnen eine Antwort darauf wusste. Schließlich kam der eine Mann auf Aislinn zu und reichte ihr die Hand. „Ich bin Dr. Gene Dexter."

Sie mochte ihn sofort. Er sah unauffällig aus, aber seine Art war beruhigend und gutmütig. Aber vielleicht erschien ihr das auch nur so im Gegensatz zu Lucas Greywolf. „Aislinn Andrews."

„Sie kommen aus …?"

„Scottsdale."

„Sie wirken erschöpft. Wollen Sie sich nicht setzen?"

Gene Dexter bot ihr einen Stuhl an, und sie setzte sich dankbar. „Vielen Dank."

„Dies ist Alice Greywolf", stellte Gene Dexter die Frau vor.

„Ich bin Lucas' Mutter", sagte sie und beugte sich vor. Ernsthaft sah sie Aislinn an. „Werden Sie uns jemals vergeben, was geschehen ist?"

„Ist er Ihr Vater?", erkundigte Aislinn sich vorsichtig und wies auf den alten Mann im Bett.

„Ja, Joseph Greywolf." Alice nickte.

„Es tut mir leid."

„Danke."

„Kann ich Ihnen etwas anbieten?", fragte Dr. Dexter nach.

Müde seufzte sie auf und lächelte schwach. „Sie können mich nach Hause bringen."

Verächtlich stieß Greywolf die Luft aus. „Es war für Miss Andrews eine unangenehme Überraschung, als sie vorgestern Abend nach Hause kam und entdeckte, dass ich etwas aus ihrem Kühlschrank gegessen hatte."

„Du bist bei ihr eingebrochen?" Ungläubig sah Alice zu ihm hoch.

„Ich bin ein Krimineller, Mutter. Hast du das vergessen? Ein Sträfling auf der Flucht." Er schenkte sich einen Becher Kaffee ein.

„Entschuldigen Sie mich." Er lächelte Aislinn verkrampft zu und wandte sich dann wieder dem Bett und seinem Großvater zu.

„Er ist aus dem Gefängnis geflohen, in mein Haus eingebrochen und hat mich als Geisel mitgenommen, damit er hier seinen Großvater sehen kann, bevor er stirbt?" Aislinn konnte das einfach nicht fassen.

Wenn sie daran dachte, wie sehr Greywolf ihr Angst gemacht hatte, wie er sie mit dem Messer bedroht und sie gedemütigt hatte, dann wollte sie am liebsten aufspringen, ihn an seinen Haaren reißen und ihn mit aller Kraft ohrfeigen.

Sie hatte sich all dem gefügt, weil sie ihn für gewalttätig gehalten hatte. Wenn sie ihn jetzt ansah, wie er sich über den sterbenden Mann beugte und leise auf ihn einredete, während er ihm über die Stirn strich, zweifelte sie daran, dass er einer Fliege etwas zuleide tun konnte.

Aislinn sah wieder zu den beiden Leuten am Tisch, die sie ansahen, als komme sie aus einer anderen Welt. „Ich verstehe das alles nicht."

Alice Greywolf lächelte sanft. „Mein Sohn ist auch nicht leicht zu verstehen. Er handelt oft unüberlegt und ist aufbrausend. Aber im Grunde ist er ein netter Kerl."

„Ich würde ihm am liebsten den Hintern versohlen, weil er diese junge Frau hier noch mit hineingezogen hat", sagte Dr. Dexter. „Wieso macht er es sich selbst noch schwerer, indem er Miss Andrews entführt?"

„Du kennst ihn doch, Gene", sagte Alice aufseufzend. „Wenn er es sich erst mal in den Kopf gesetzt hat, hierherzukommen, bevor Vater stirbt, lässt er sich durch nichts aufhalten." Besorgt sah sie Aislinn an. „Er hat Ihnen doch hoffentlich nicht zu sehr Angst eingejagt?"

Sie zögerte mit der Antwort. Sollte sie ihnen erzählen, dass er sie erniedrigt hatte, indem er sich vor ihr auszog, um zu duschen? Dass er sie danach gezwungen hatte, sich auch auszuziehen, und sie dann ans Bett gefesselt hatte? Er hatte sie zwar oft beleidigt und mit Worten verletzt, aber körperlich hatte er ihr nichts angetan.

„Nein", entgegnete sie ruhig. Verwirrt blickte sie auf ihre verkrampften Hände. Jetzt nahm sie ihn schon wieder in Schutz, warum nur?

„Ihr Arm ist verbunden", stellte Gene fest.

„Ich habe mich verletzt, als ich aus einem Waschraum herauswollte ... Er hatte mich eingeschlossen."

„Was?"

Aislinn erzählte alles von Anfang an, wobei sie über die persönlicheren Einzelheiten hinwegging und den Zwischenfall an der Straßensperre ausließ. „Lucas hat meinen Arm vor ungefähr einer Stunde verbunden."

„Wir sollten lieber nachsehen", beschloss Gene und pumpte Wasser in das Waschbecken. Dann wusch er sich die Hände. „Alice, bitte hol meine Tasche. Wir sollten Miss Andrews eine Tetanusspritze geben."

Eine halbe Stunde später ging es Aislinn besser. Die Wunde an ihrem Arm war kaum mehr als ein Kratzer. Sie hatte sich an dem Waschbecken frisch gemacht und sich das Haar gebürstet. Alice hatte ihr eine bestickte Bluse und einen indianischen Rock geliehen. „Es ist sehr nett von Ihnen, hier zu warten, bis ... bis Vater stirbt."

Aislinn knöpfte sich die Bluse zu. „Ich hatte damit gerechnet, in irgendeinem Unterschlupf zu landen." Sie blickte zum Bett, wo Gene und Lucas sich um den alten Mann kümmerten. „Ich verstehe nicht, weshalb er mir nicht gleich gesagt hat, weswegen er geflohen ist."

„Mein Sohn verhält sich oft abweisend."

„Er ist sehr misstrauisch."

Kurz legte Alice Aislinn eine Hand auf den Arm. „Wir haben noch warme Suppe. Möchten Sie einen Teller?"

„Ja, gern." Jetzt erst wurde ihr klar, was für einen Hunger sie hatte. Alice saß ihr am Tisch gegenüber, während sie aß. Aislinn nutzte die Gelegenheit, um Alice Fragen über Lucas zu stellen, die sie schon früher beschäftigt hatten.

„Heißt das, er hat eine dreijährige Haftstrafe für ein Verbrechen abgesessen, das er nicht begangen hat?"

„Ja", antwortete Alice. „Lucas hat diese Demonstration vor dem Gerichtsgebäude in Phoenix lediglich organisiert. Er bekam die Erlaubnis dazu, und niemand sah voraus, dass es zu Gewalttätigkeiten kommen könnte."

„Was ist geschehen?"

„Ein paar Mitdemonstranten, die viel radikaler in ihren Ansichten sind als Lucas, fingen damit an. Bevor Lucas etwas unternehmen konnte, zerstörten sie bereits öffentliches Eigentum. Bei den anschließenden Ausschreitungen und Straßenkämpfen wurden einige Leute verletzt, auch ein paar Polizisten."

„Ernstlich verletzt?"

„Ja. Und weil er bereits ein bekannter Anführer war, wurde Lucas als Erster verhaftet."

„Wieso hat er denn vor Gericht nicht angegeben, dass er versucht hat, die Leute aufzuhalten?"

„Er hat sich geweigert, die Namen der Verantwortlichen preiszugeben. Vor Gericht hat er sich selbst verteidigt, aber ich denke, für die Richter und die Geschworenen stand das Urteil schon zu Beginn der Verhandlung fest. Es gab einen großen Presserummel um das Urteil. Er wurde schuldig gesprochen, und die Strafe war unverhältnismäßig schwer."

„Hätte er sich nicht lieber einen Anwalt nehmen sollen?", fragte Aislinn nach.

Alice lächelte. „Mein Sohn hat Ihnen wirklich nicht viel von sich erzählt, oder?" Aislinn schüttelte den Kopf. „Er ist selbst Anwalt."

Sprachlos sah Aislinn Lucas' Mutter an. „Anwalt?"

„Jetzt hat er allerdings Berufsverbot", wandte Alice traurig ein. „Deshalb ist er so verbittert. Er wollte unseren Leuten mit rechtlichen Mitteln helfen. Das ist ihm nun nicht mehr möglich."

Aislinn konnte die Neuigkeiten gar nicht so schnell verdauen. Anscheinend steckte viel mehr hinter Lucas Greywolf, als sie angenommen hatte. Sie sah zum Bett. Gerade in diesem Moment stand er auf und drehte sich zum Tisch um. Tröstend legte Gene ihm eine Hand auf die Schulter.

„Sie sprechen von ‚unseren Leuten'." Aislinn sah Alice prüfend an. „Anscheinend bedeutet Ihnen Ihr indianisches Erbe sehr viel. Nennen Lucas und Sie sich deshalb Greywolf?"

„Welchen Namen sollten wir denn sonst annehmen?", fragte Alice völlig verblüfft.

„Na, Dexter." Auch Aislinn wirkte jetzt verwundert. „Ist Gene denn nicht Lucas' Vater?"

Alle drei sahen Aislinn starr an. Dann errötete Alice und blickte weg. Gene Dexter räusperte sich unbehaglich. Nur Lucas antwortete ihr schließlich.

„Nein, das ist er nicht."

„Alice, Joseph fragt nach dir", sagte Gene sanft und legte Alice den Arm um die Schultern. Beide drehten sich zum Bett um.

Aislinn wünschte, sie würde im Erdboden versinken. „Ich ... ich dachte, weil ... weil Sie nur zur Hälfte Indianer sind ..."

„Ja, da haben Sie sich geirrt." Greywolf ließ sich auf einen der Stühle fallen. „Was tun Sie hier eigentlich noch? Ich war sicher, dass Sie Gene längst dazu gebracht hätten, Sie zurück in die Zivilisation zu fahren."

„Er hat hier Wichtigeres zu tun. Zum Beispiel muss er sich um Ihren Großvater kümmern."

Spöttisch sah er Aislinn an. „Vielleicht gefällt Ihnen dieses Leben unter Kriminellen auch, und Sie wollen gar nicht mehr zurück?"

Erbost blickte sie ihn an. „Natürlich will ich nach Hause. Aber ich bin nicht so gefühllos und selbstsüchtig, wie Sie denken."

„Und das heißt?"

„Das heißt, ich habe Verständnis für Sie und Ihre Mutter. Anstatt ständig mit diesem Messer herumzufuchteln, hätten Sie bloß zu sagen brauchen, was Sie vorhaben. Dann hätte ich Ihnen geholfen."

Abfällig lachte er auf. „Eine hübsche, gesetzestreue Bürgerin wie Sie, die einem ausgebrochenen indianischen Sträfling bei der Flucht hilft? Das bezweifle ich. Aber ich konnte ohnehin nicht auf Ihre Warmherzigkeit zählen. Ich habe gelernt, misstrauisch zu sein." Er beugte sich über den Tisch vor. „Ist noch Suppe übrig?"

Als sie ihm aus dem Topf Suppe auf einen Teller schöpfte, stellte sie fest, dass sie immer noch nichts über Lucas' Vater wusste. Offenbar sprach er nicht gern über seine weiße Herkunft, und das machte es für Aislinn noch interessanter.

Er löffelte die heiße Suppe. Ohne zu fragen, schenkte Aislinn ihm Kaffee ein. Noch vor ein paar Stunden wollte sie nichts sehnlicher, als von diesem Mann fortkommen. Jetzt rückte sie einen Stuhl zurecht und setzte sich Lucas gegenüber. Fragend blickte er sie an, aß dann jedoch schweigend weiter.

Er wirkte nicht mehr so bedrohlich. Es fiel Aislinn schwer, sich vor einem Mann zu fürchten, der neben dem Bett seines sterbenden Großvaters niederkniete und sanft auf ihn einredete.

Dennoch war sein Blick weiterhin eiskalt, und die Muskeln unter seiner kupferbraunen Haut wirkten angespannt. Aber irgendetwas war anders an ihm.

Auf Aislinn wirkte er jetzt vielmehr fesselnd. Er unterschied sich grundlegend von den Männern, mit denen ihre Eltern sie bekannt gemacht hatten. Jene Männer waren einer wie der andere. Sie trugen maßgeschneiderte Anzüge in unterschiedlichen Grautönen. Sie gaben sich lebhaft und aufgeschlossen und konnten stundenlang über die verschiedensten Themen reden, wie zum Beispiel den Tennisclub, teure Sportwagen und gemeinsame Bekannte aus der gehobenen Gesellschaft.

Wie langweilig sie alle im Vergleich zu diesem Mann wirkten, der einen silbernen Ohrring trug und heiße Suppe in sich hineinlöffelte, als sei es die letzte warme Mahlzeit, die er für lange Zeit bekommen würde. Dieser Mann hier machte keinen großen Bogen um Schweiß, Schmutz und die grundlegenden Dinge im Leben wie den Tod.

„Sie haben mir nicht erzählt, dass Sie Anwalt sind." Aislinn wusste nicht, wie sie ihn sonst zum Reden bringen sollte als durch das direkte Ansprechen von Themen.

„Es spielte keine Rolle."

„Sie hätten es dennoch erwähnen können."

„Wieso? Wäre es für Sie leichter gewesen, wenn Sie gewusst hätten, dass Sie von einem Anwalt mit dem Messer bedroht werden?"

„Sicher nicht", erwiderte sie. Damit war die Unterhaltung wieder beendet. Es war unglaublich schwer, Informationen aus ihm herauszubekommen. „Ihre Mutter sagte, Sie hätten ein Stipendium für das College bekommen."

„Sie haben sich anscheinend blendend unterhalten." Er aß weiter seine Suppe. „Warum interessiert Sie das alles?"

Sie hob die Schultern. „Ich ... ich weiß nicht."

„Sie wollen bloß hören, wie es ein armer kleiner Indianer in der weißen Welt zu etwas gebracht hat, stimmt's?"

„Das hätte ich mir denken können, dass Sie sich sofort wieder angegriffen fühlen. Vergessen wir das Ganze." Ärgerlich stand sie auf, um die Teller zum Waschbecken zu tragen, doch er hielt sie an der Hand fest.

„Setzen Sie sich, dann erzähle ich Ihnen alles, wenn es Sie schon so brennend interessiert."

Einen Ringkampf hätte Aislinn gegen Lucas kaum gewonnen, und da er ihre Hand nicht losließ, setzte sie sich wieder. Einen Moment hielt er sie noch fest, bevor er ihre Hand losließ. Aus seinem Blick sprach unverhohlene Verachtung. Unruhig rutschte sie auf dem Stuhl hin und her.

„Ich habe hier im Reservat den Schulabschluss gemacht", setzte er an. Seine Lippen bewegten sich kaum, während er sprach. „Das Stipendium habe ich bekommen, weil ich ein guter Dauerläufer war. Ich habe mich am College in Tucson eingeschrieben. Die Sportkurse sind mir leichtgefallen, aber abgesehen davon war ich einer der schlechtesten Studenten im ersten Semester. Obwohl die Lehrer hier im Reservat ihr Bestes geben, war ich überhaupt nicht auf die Hochschule vorbereitet."

„Sehen Sie mich nicht so an, als müsse ich mich wegen meiner blonden Haare und blauen Augen schämen."

„Jemand wie Sie wird das vielleicht nicht nachvollziehen können, aber wenn man ein Außenseiter ist, nützt es eine ganze Menge, wenn man wenigstens irgendetwas gut kann. Deshalb habe ich gepaukt und gepaukt, während Sie und Ihre Leute sich wahrscheinlich auf irgendwelchen Partys amüsiert haben."

„Sie wollten einer der Besten werden."

Er stieß die Luft aus. „Ich wollte nur mithalten. Wenn ich nicht im Unterricht oder in der Bücherei oder auf dem Sportplatz war, habe ich gearbeitet. Ich hatte zwei Jobs auf dem College-Gelände, damit niemand behaupten konnte, ich hätte den Platz nur bekommen, weil ich Indianer und ein guter Läufer bin." Er faltete die Hände auf dem Tisch und blickte auf sie hinunter. „Wissen Sie, was ein Halbblut ist?"

„Natürlich weiß ich das. Es ist ein widerlicher Ausdruck."

„Sicher können Sie sich aber nicht vorstellen, was es heißt, mit einem solchen Namen leben zu müssen. Oh, ich war auch bekannt, weil ich ein guter Läufer war", sagte er nachdenklich. „Als ich mein College-Studium mit Auszeichnung abschloss ..."

„Dann waren Sie also doch einer der Besten."

Er ging nicht darauf ein. „Ich war so bekannt, dass sogar in der Zeitung ein Bericht über mich war. Kurz zusammengefasst stand darin, wie bemerkenswert mein Erfolg sei ... für einen Indianer." Durchbohrend sah er sie an. „Sehen Sie, das war immer der Unterschied: für einen Indianer."

Aislinn wusste, dass er recht hatte, und sie erwiderte nichts.

„Ich habe sofort angefangen, Jura zu studieren. So schnell wie möglich wollte ich eine Anwaltskanzlei eröffnen, um den Indianern zu helfen, nicht mehr ausgebeutet zu werden. Ein paar Fälle habe ich gewonnen, aber bei Weitem nicht genug. Das Rechtssystem hat mich sehr enttäuscht, weil auch dort Unterschiede zwischen den Rassen gemacht werden." Er machte eine kurze Pause. „Dann fing auch ich an, mich nicht mehr an die Spielregeln zu halten. Ich habe mich viel offener und kritischer geäußert, und dann begann ich, die Indianer zu organisieren, damit ihre Stimmen mehr Gewicht bekommen. Es gab friedliche Demonstrationen, aber ich bekam den Ruf eines Aufrührers, den man im Auge behalten musste. Als sie die Gelegenheit bekamen, mich festzunehmen und einzusperren, taten sie es sofort." Er lehnte sich zurück. „Das war's. Sind Sie jetzt zufrieden?"

Es war eine längere Rede geworden, als sie es sich bei ihm hatte vorstellen können. Den Rest konnte sie sich gut genug ausmalen. Lucas gehörte zu keiner Gesellschaft richtig, er war weder ganz Indianer noch ganz Weißer. Sie konnte sich vorstellen, welche Beschimpfungen er über sich hatte ergehen lassen müssen.

Er war klug und körperlich stark. Ohne Zweifel stellte er für die anderen Indianer eine Führerfigur dar. Und dadurch wurde er jemand, den die weiße Gesellschaft fürchtete. Dennoch war Aislinn überzeugt, dass ein Großteil seiner Verbitterung von seiner eigenen Dickköpfigkeit herrührte.

Er hätte sich die Jahre im Gefängnis ersparen können, wenn er die Namen der Schuldigen genannt hätte, und Aislinn konnte sich seinen Gesichtsausdruck vor dem Gericht sehr gut ausmalen.

„Sie fühlen sich ständig angegriffen", stellte sie fest.

Überraschenderweise lächelte er, obwohl es ein bitteres Lächeln war. „Das ist richtig, aber das war nicht immer so. Als ich das Reservat verließ, war ich sehr naiv und voller Ideale."

„Aber dann wurden Sie von der Gesellschaft enttäuscht."

„Machen Sie ruhig weiter. Ziehen Sie mich auf. Das bin ich gewöhnt."

„Sind Sie nie auf den Gedanken gekommen, dass Sie nicht wegen Ihrer Hautfarbe ein Außenseiter wurden, sondern wegen Ihrer abweisenden, unfreundlichen Art?"

Wieder streckte er die Hand aus und umfasste ihr Handgelenk. „Was wissen Sie schon darüber? Nichts", stieß er aus. „Sind Sie jemals zu einer Party eingeladen worden, wo man Ihnen Unmengen von Alkohol aufnötigt, um zu sehen, wie viel Sie vertragen? Dann fragt man Sie, wo Sie Pfeil und Bogen gelassen haben, und ob Sie nicht einen dieser Tänze aufführen wollen."

„Hören Sie auf!" Vergeblich versuchte sie sich loszureißen.

Ohne es zu merken, waren beide aufgestanden. Er hatte sie über den Tisch zu sich gezogen und blickte sie aus vor Wut blitzenden Augen an. „Wenn Sie erst mal so lächerlich gemacht wurden, Miss Andrews, können Sie gern zurückkommen und mir noch mal erzählen, dass ich mich leicht angegriffen fühle."

„Lucas!"

Der Ausruf seiner Mutter beendete Lucas Greywolfs Wutausbruch. Einen Moment lang noch sah er Aislinn zornig an, dann ließ er plötzlich ihre Hand los.

„Er will dich sprechen." Alice blickte zwischen Lucas und Aislinn hin und her, als spüre sie das Knistern zwischen den beiden. Sie nahm Lucas am Arm und führte ihn zum Bett.

Aislinn sah ihnen nach. Alice reichte ihrem Sohn kaum bis zur Schulter. Mit einem Arm umschlang Lucas die Taille seiner Mutter, und Aislinn konnte sich gar nicht vorstellen, dass dieser Mann zärtliche und liebevolle Gefühle empfand.

„Sie müssen Lucas verzeihen." Gene Dexters sanfte Stimme riss Aislinn aus ihren Gedanken.

„Warum? Er ist erwachsen und für sich selbst verantwortlich. Schlechtes Benehmen ist unentschuldbar, egal, welchen Grund es dafür gibt."

Der Arzt seufzte auf und schenkte sich einen Kaffee ein. „Natürlich haben Sie recht." Auch er sah jetzt zu Mutter und Sohn, die beide neben dem Bett des sterbenden Mannes niederknieten. „Ich kenne Lucas, seit er ein kleiner Junge war. Er war immer temperamentvoll und aufbrausend."

„Kennen Sie ihn schon so lange?"

Gene Dexter nickte. „Ich kam gleich nach meiner Assistenzzeit in das Reservat."

„Wieso?" Sie errötete, als der Arzt ihr schmunzelnd ins Gesicht sah. Färbte Lucas' schroffe Art auch auf sie ab? „Entschuldigung. Es geht mich nichts an."

„Schon in Ordnung. Ich antworte Ihnen gern." Er wählte seine Worte sehr sorgfältig. „Ich fühlte mich in gewisser Weise berufen. Damals war ich jung und idealistisch. Ich wollte helfen und nicht unbedingt viel Geld verdienen."

„Sie haben sicher vielen geholfen." Sie machte eine kurze Pause. „Jedenfalls Alice und Lucas Greywolf." Als sie ihn unauffällig aus dem Augenwinkel heraus ansah, merkte sie, dass er sich durch ihr vorsichtiges Nachhaken nicht täuschen ließ.

„Ich traf Alice, als sie mit Lucas in die Klinik kam, weil er sich einen Arm gebrochen hatte. Während der folgenden Wochen wurden wir Freunde, und ich fragte sie, ob sie mir nicht in der Klinik helfen wolle. Ich brachte ihr alles Notwendige bei, und seitdem arbeiten wir zusammen."

Seine Gefühle für Alice waren mehr als die Dankbarkeit eines Arztes für seine aufopferungsvolle Krankenschwester, doch Aislinn hatte keine Gelegenheit, weiterzufragen. In diesem Augenblick wandte Alice sich voller Panik an den Arzt.

„Gene, komm schnell! Er ..."

Der Doktor lief ans Bett und kniete sich neben Alice und Lucas. Er legte das Stethoskop an die Brust des alten Mannes. Selbst aus der Entfernung konnte Aislinn das rasselnde, keuchende Atmen des alten Mannes hören.

Und bis zum Morgengrauen quälte der alte Indianer sich noch weiter. Die Stille, nachdem Lucas' Großvater den letzten Atemzug getan hatte, war noch beklemmender als der Todeskampf zuvor. Aislinn bedeckte die bebenden Lippen mit den Händen und wandte sich von den drei Trauernden ab, um nicht zu stören. Leise setzte sie sich auf einen der Stühle und senkte den Kopf.

Sie hörte das Geräusch von Füßen auf dem Boden der Hütte, das leise Weinen von Alice und gedämpfte, tröstende Worte. Dann vernahm sie das laute Trampeln von Stiefeln. Die Tür ging auf, und als sie den Kopf hob, sah sie Lucas, der gerade aus der Hütte ging.

Durch die offene Tür sah Aislinn Lucas den Pfad entlanggehen. Seine Bewegungen waren fließend wie immer, doch seine Schultern wirkten verspannt. Nur durch reine Willenskraft schien er sich zusammenreißen zu können. Obwohl sie sein Gesicht nicht sehen konnte, wusste sie, welchen versteinerten Ausdruck seine Züge jetzt hatten.

Er ging an Aislinns Auto vorbei und lief in langen, entschlossenen Schritten den gegenüberliegenden Hügel hinauf.

Sie dachte nicht groß über das nach, was sie tat. Als sie Lucas dort gehen sah, stand sie einfach auf und lief zur Tür. Mit einem raschen Blick zu Alice sah sie, dass Gene Dexter sie tröstete.

Aislinn rannte aus der Hütte. Der Morgen dämmerte bereits. Hier in den Bergen war es erheblich kühler, doch das alles nahm Aislinn kaum wahr. Sie sah nur den Mann, der vor ihr in einiger Entfernung scheinbar mühelos den Berg hinaufkletterte.

Sie kam nicht so schnell voran. Die von Alice geliehenen Stiefel bereiteten ihr zwar keine Probleme, doch der weite Rock verfing sich immer wieder in den Büschen und behinderte sie beim Klettern. Ein paarmal schürfte sie sich die Knie auf, und ihre Handflächen waren bald voller Risse.

Noch bevor sie die Hälfte des Aufstiegs hinter sich hatte, war sie außer Atem und rang nach Luft. Trotzdem kletterte sie weiter, von einem inneren Drang getrieben, über den sie nicht nachdenken wollte. Sie musste das hier einfach tun. Sie musste Lucas einholen.

Schließlich wirkte das Felsplateau, das die flache Bergkuppe darstellte, nicht mehr so unerreichbar. Noch einmal kletterte Aislinn etwas schneller. Wenn sie hochsah, konnte sie Lucas oben erkennen. Seine Umrisse zeichneten sich dunkel vor dem wolkenlosen Himmel ab.

Als sie endlich den Gipfel erreichte, musste sie das letzte Stück buchstäblich kriechen. Oben angekommen, ließ sie sich gegen einen Felsbrocken sinken und schöpfte Atem. Ihr Herz schlug so rasend schnell, dass es ihr wehtat. Ungläubig sah sie auf ihre aufgerissenen Handflächen und die abgebrochenen Fingernägel.

Normalerweise wäre sie über die Verletzungen entsetzt gewesen, doch im Moment bedeutete ihr dieser Schmerz überhaupt nichts im Vergleich zu diesem Mann.

Greywolf stand reglos mit dem Rücken zu ihr da. Er blickte über die Landschaft, die sich unter ihm erstreckte. Die Beine hatte er leicht gespreizt, und die Hände hingen zu Fäusten geballt an seinen Seiten herab.

Während sie ihn besorgt betrachtete, warf er den Kopf in den Nacken, schloss die Augen und stieß ein lautes Wolfsheulen aus, dessen Echo von den umliegenden Bergen widerklang. Dieser tierische Schrei kam direkt aus seiner Seele und drückte seinen tiefen Schmerz so kraftvoll aus, dass Aislinn ihn wie den eigenen empfand. Tränen liefen ihr über die Wangen. Sie streckte die Hand nach ihm aus, aber er stand einige Meter außerhalb ihrer Reichweite.

Merkwürdigerweise fühlte sie sich von diesem Gefühlsausbruch nicht angewidert. In ihrer Familie war eine solche Hemmungslosigkeit im Zeigen der Gefühle verboten. Man verbarg das, was man empfand. Alles andere galt als anstößig und ungehörig.

Noch nie hatte Aislinn so etwas erlebt. Ihr kam es vor, als würde durch diesen Schrei etwas tief in ihr aufgerissen, das sie in all den Jahren verschlossen gehalten hatte.

Lucas sank auf die Knie, beugte sich vor und umschlang den Kopf mit beiden Armen. Er sprach in einem Singsang Worte vor sich hin, die sie nicht verstand. Aber sie begriff, dass dieser Mann untröstlich war und mit seinem Kummer allein nicht zurechtkam.

Aislinn ging zu Greywolf, hockte sich neben ihn und berührte seine Schulter. Er reagierte wie ein verwundetes Tier. Sein Kopf fuhr herum, seine Augen waren eisig und tränenlos, und doch erkannte sie in seinem Blick den tiefen Schmerz.

„Was tust du hier?", fragte er verächtlich. „Du gehörst nicht hierher."

Damit gab er ihr nicht nur zu verstehen, dass sie nicht auf diesem Felsen sein durfte, sondern auch, dass sie seinen Schmerz niemals nachempfinden konnte.

„Das mit deinem Großvater tut mir leid."

Seine Augen verengten sich. „Was kann dir schon der Tod eines alten, nutzlosen Indianers ausmachen!"

Bei diesen Worten traten ihr wieder Tränen in die Augen. „Warum tust du das? Du schließt andere Menschen aus, Menschen, die dir helfen wollen."

„Ich brauche keine Hilfe." Voll unverhüllter Verachtung sah er sie an. „Schon gar nicht deine."

„Denkst du, du seist der einzige Mensch auf der Welt, der jemals enttäuscht, verletzt oder betrogen wurde?"

„Du hast so etwas erlebt? Du, in deiner heilen Welt?"

Auf so eine beleidigende Frage wollte sie nicht antworten. Jede

Erklärung wäre nur lächerlich gewesen. Außerdem war sie zu wütend, weil er ihr Mitgefühl von sich wies. „Du trägst deine Verbitterung wie einen Schutzschild vor dir her. Hinter dieser Wut versteckst du dich wie ein Feigling, der Angst hat, menschliche Wärme zu erleben. Jemand bietet dir Zärtlichkeit, und du deutest es als Mitleid. Und auch Mitleid braucht jeder von uns hin und wieder."

„Na dann", sagte er leise, „bemitleide mich."

Er bewegte sich wie ein Blitz, und seine Berührung hatte etwas Elektrisierendes. Mit einer Hand fuhr er ihr durchs Haar, krallte sich mit einer Faust in den Haarsträhnen fest und zog ihren Kopf so weit in den Nacken zurück, dass es Aislinn schmerzte.

„Du willst die Wohltäterin für Indianer spielen? Dann zeig mal, wozu du bereit bist."

Unvermittelt presste er die Lippen auf ihren Mund. Wütend versuchte sie etwas zu sagen, doch sie brachte nur ein ersticktes Stöhnen heraus. Es schien ihn nicht zu stören, er küsste sie nur noch brutaler.

Sie konnte den Kopf nicht wegdrehen, und so versuchte sie, Greywolf von sich wegzustoßen. Die Haut seiner Oberarme war warm und glatt. Die Muskeln darunter fühlten sich wie Stahlseile an. Es war zwecklos.

Er hob den Kopf nur ein paar Zentimeter und lächelte spöttisch. „Hat Sie schon einmal ein Indianer geküsst, Miss Andrews? Davon werden Sie Ihren Freunden bei der nächsten Teeparty erzählen können."

Wieder presste er den Mund hart auf ihre Lippen. Diesmal hatte sie das Gefühl zu fallen und spürte kurz darauf tatsächlich den steinigen Boden unter ihrem Rücken. Er streckte sich über ihr aus und drückte eine Seite von ihr mit seinem Körpergewicht zu Boden.

„Nein!", stieß sie atemlos hervor, als er mit den Lippen über ihren Hals fuhr. Sie wollte ihn treten, doch er legte nur einen Schenkel über ihre Beine und verhinderte damit jede Bewegung.

„Was ist los? Hast du den Gefallen am Mitleid schon verloren? Dann pass mal auf, was jetzt kommt."

Er küsste sie wieder, und Aislinn spürte seine Zunge zwischen den Lippen. Beharrlich presste sie die Zähne aufeinander. Er ließ ihren Kopf los und drückte ihre Kiefer, bis sie keine andere Wahl hatte, als den Mund zu öffnen.

Seine Zunge drang besitzergreifend in ihren Mund ein. Vor Wut versuchte sie zu schreien und bog den Rücken durch, um ihn von sich abzuschütteln.

Doch damit erreichte sie nur, dass er ein Knie zwischen ihre Schenkel drückte und die Hüfte an sie presste. Verzweifelt wollte sie diese grausame Umarmung beenden. Entschlossen hob sie die Finger mit den langen Nägeln zu seinem Gesicht.

In dem Moment, in dem sie sein Gesicht berührte, spürte sie die feuchten Stellen auf seinen Wangenknochen. Augenblicklich löste ihre Wut sich in nichts auf, und fasziniert strich sie ihm mit den Fingerkuppen über die Wangen.

Das Ende ihres Widerstands besänftigte auch Lucas wieder etwas, und er unterbrach den Kuss. Schweigend sahen sie einander in die Augen. Durch einen Tränenschleier hindurch betrachtete sie seine hellen Augen, die sich von der dunklen Gesichtsfarbe abhoben.

Wie von selbst bewegte ihre Hand sich und strich ihm die Tränenspuren von den Wangen. Beim Gedanken daran, wie tief sein Schmerz sein musste, dass ein so unbeugsamer Mann wie er weinte, krampfte sich alles in ihr zusammen.

Lucas sah ihre von dem wütenden Kuss geschwollenen Lippen und bedauerte sofort, was er ihr angetan hatte. Noch nie zuvor hatte er einer Frau Gewalt angetan, und ihm wurde fast schlecht vor Wut auf sich selbst. Wie konnte er sich so vergessen.

Er wollte sich aufstützen, doch Aislinn berührte immer noch sein Gesicht und betrachtete seinen Mund. Reglos hielt er inne.

„Ich habe Sie gewarnt, mich nie wieder so anzusehen", sagte er grob. „Sie wissen, was Sie dadurch bei mir auslösen."

Immer noch zeigte sie keine Regung.

Es dauerte nur wenige Sekunden, doch beiden kam es wie eine Ewigkeit vor, ehe er aufstöhnend wieder die Lippen auf ihren Mund senkte.

Diesmal berührte er ihre Lippen sanft und fuhr mit seiner Zunge so zart darüber, als wolle er Aislinn auf diese Weise um Vergebung bitten.

Unweigerlich seufzte sie auf.

Langsam öffnete sie den Mund, und zögernd drang er mit der Zunge ein. Tief stöhnte er auf, bevor er das Innere ihres Mundes sanft erkundete.

Noch nie war sie so sinnlich und aufreizend geküsst worden. Immer wieder drang er mit der Zunge vor, bis Aislinn atemlos aufstöhnte. Sie sehnte sich nach mehr.

Sanft berührte sie das Ohrläppchen mit dem Silberring, und Lucas verharrte reglos. Nur sein keuchender Atem verriet, wie sehr ihn diese Liebkosung erregte. Mit der anderen Hand fuhr Aislinn ihm durch das dichte Haar. Sie streifte ihm das Stirnband ab, und sein Haar fiel ihr wie schwarze Seide über die Finger.

Lucas tastete mit fiebriger Hast nach den Knöpfen ihrer geliehenen Bluse, und Aislinn tat nichts, um ihn davon abzuhalten.

Denk nicht nach, befahl sie sich immer wieder. Wenn sie jetzt einen Moment zögerte, würde sie das Ganze beenden. Und das wollte sie nicht.

Seit sie ihn in ihrer Küche überrascht hatte, wurde sie von den widersprüchlichsten Empfindungen bestürmt. Beinahe pausenlos war sie in den letzten Tagen ihren Gefühlen ausgeliefert. Manchmal hatte sie diese Gefühle nicht schnell genug verdrängen können, dann hatte sie gespürt, wie tief sie reichten. Noch vor drei Tagen war ihr Leben eintönig und langweilig verlaufen. Und in diesen drei Tagen hatte sie Empfindungen erlebt, deren Höhepunkt sie jetzt auch auskosten wollte. Zusammen mit Lucas Greywolf.

Heiß spürte sie seinen Atem an der Kehle. Er küsste den Ansatz ihrer Brust und strich mit der Hand sanft über die Knospe. Allein die Vorstellung seiner dunklen, kräftigen Finger auf ihrer weißen Haut ließ Aislinn erbeben.

Sie biss sich auf die Unterlippe, um nicht vor Lust aufzuschreien, als er ihre Brustspitze immer weiterreizte. Lucas umspielte sie mit der Zunge und sog mit den Lippen an ihr. Aislinn konnte den Aufschrei nicht länger unterdrücken und umfasste seinen Kopf mit beiden Händen.

Ohne Hemmungen liebkoste Lucas sie mit der Zunge, den Zähnen und den Lippen. Aislinn konnte nicht genug davon bekommen. Jede seiner Bewegungen erlebte sie als etwas Einzigartiges und Neues. Sie öffnete sein Hemd, schob den Stoff zur Seite und strich Lucas über die Brust. Das Ertasten seiner glatten Haut, des Brusthaars, das Berühren seiner Brustwarzen ließ sie erschauern.

Lucas barg das Gesicht zwischen ihren Brüsten und stöhnte lustvoll. Mit einer Hand schob er ihr den Rock hoch und berührte die Innenseite ihrer Schenkel.

Wie Donner dröhnte ihm der eigene Pulsschlag im Kopf. Seine Erregung steigerte sich immer mehr, und drängende Hitze breitete sich in seinen Lenden aus. Er hatte sich nach irgendeiner Frau gesehnt, doch sein Verlangen hatte sich auf diese eine Frau konzentriert. Diese blonde, blauäugige Frau, die alles verkörperte, was er hasste, stellte gleichzeitig alles dar, wonach er sich sehnte.

Seit er gesehen hatte, wie ihr Körper im Licht des Badezimmers golden schimmerte, regte sich bei ihrem Anblick sein Verlangen. Wie sehr hatte er davon geträumt, sie am ganzen Körper zu berühren, sie zu schmecken und ihren Duft in sich aufzunehmen.

Ihre zierlichen runden Brüste reizten ihn unsagbar, und der Gedanke an den noch verhüllten Rest ihrer schlanken, weiblichen Figur stachelte sein Begehren weiter an.

Lebhaft konnte er sich an ihren nackten Körper erinnern. Zitternd, aber dennoch stolz hatte sie vor ihm gestanden, ihre zarte Haut hatte leicht geschimmert.

Jetzt endlich konnte er sie berühren. Die weichen Haare zwischen ihren Schenkeln fühlten sich so warm und weiblich an, wie er es sich ausgemalt hatte. Er fuhr mit der Hand tiefer in ihren Slip und ertastete das Zentrum ihrer Lust. Mit einem Mal wurde er von brennender Ungeduld gepackt und zog ihr den Slip hastig herunter.

Kein Laut war zu hören außer ihrem hastigen Atmen. Lucas stützte sich über sie und sah ihr ins Gesicht. Ruhig und dennoch herausfordernd erwiderte sie den Blick.

Die Morgensonne schien auf ihre Brüste. Aislinn genoss die begehrlichen Blicke, mit denen Lucas sie ansah.

Der Rock war ihr bis zur Taille hochgeschoben. Aislinn war so schön, so verführerisch. Unwillkürlich schloss er die Augen, um sich gegen die auf ihn einstürzenden Gefühle zu wehren.

Er öffnete seine Jeans und kniete sich zwischen die gespreizten Schenkel. Langsam beugte er sich über Aislinn und verschloss ihren Mund mit einem Kuss. Vorsichtig drang er in sie ein. Jede Sekunde kostete er aus, und er verlor sich in dem Gefühl, von ihr umschlossen zu werden. Als er ganz in ihr war, senkte er sich auf sie herab. Das Gesicht barg er in der Mulde an ihrem Hals. Fast wünschte er sich, in diesem Augenblick zu sterben, denn nie wieder würde er so etwas Schönes erleben.

Aislinn hatte die Augen geschlossen. Sie fuhr unter sein Hemd und strich ihm über den Rücken, genoss es, die kräftigen Muskeln zu spüren. Dann zog sie die Hände zurück. Sie wollte seinen Po umfassen, als könne sie ihn dadurch noch enger an sich pressen. Gleichzeitig fühlte sie sich ganz von ihm ausgefüllt.

Sie drehte den Kopf zur Seite und küsste sein Ohrläppchen. Tief stöhnte Lucas dabei auf und neigte den Kopf zu der zarten Spitze ihrer Brust. Mit offenen Lippen liebkoste er sie, bis Aislinn sich ihm drängend entgegenbog.

Dann begann er, sich in ihr zu bewegen. Immer wieder drang er tief in sie ein, und Aislinn konnte nicht verstehen, wie sie all die Jahre ohne ihn gelebt hatte.

Er murmelte etwas auf Indianisch, dann flüsterte er ihren Namen. „Ich will dich, ich will uns sehen", stieß er hervor.

Langsam senkte er den Blick zu der Stelle, an der sie beide verschmolzen. Mit einer kreisenden Bewegung seiner Hüften steigerte er Aislinns Lust, sodass sie den Kopf von einer Seite auf die andere warf. Doch sie konnte die Augen nicht schließen, obwohl sie sich unaufhaltsam dem Gipfel der Ekstase näherte.

Sie sah in sein Gesicht, um es sich ins Gedächtnis einzubrennen. Wild und schön sah er aus, und auf seiner Stirn bildeten sich kleine Schweißperlen, als er seine Bewegungen beschleunigte.

„Ich werde es nie vergessen, niemals", flüsterte er heiser. „Egal, wie lange sie mich wieder einsperren."

Aufstöhnend warf er den Kopf in den Nacken, dann blickte er sie durchdringend an, kurz bevor er die Augen schloss. Jeder Muskel an seinem Körper spannte sich an, als er den Höhepunkt erreichte.

Aislinn schlang ihm die Arme um den Nacken und presste das Gesicht an seine Brust. Aufschreiend gab sie sich ihrem eigenen Gipfel der Lust hin.

Lucas sank kraftlos auf sie. Seine Lippen bewegten sich dicht an ihrem Ohr, aber Aislinn konnte kein Wort verstehen. Sie streichelte seinen Hinterkopf und genoss das Gefühl, sein Haar auf ihrer Wange zu spüren.

Sie erinnerte sich später nicht, wie lange sie so dagelegen hatten.

Und sie wusste ebenso wenig, weshalb sie sich schließlich voneinander lösten.

Doch sie würde niemals seinen Gesichtsausdruck vergessen, als er den Kopf hob. Einen Moment wirkte er unendlich traurig, dann bekam sein Gesicht wieder diesen kühlen, abweisenden Ausdruck.

Er stand auf und zog seine Jeans wieder hoch. Sein Hemd knöpfte er nicht wieder zu. Gedankenversunken ging er an den Rand des Plateaus und sah zu Joseph Greywolfs Hütte hinab.

„Zieh dich lieber wieder an. Sie sind gekommen, um mich zu holen."

Seine Worte trafen sie wie Messerstiche. Sie wollte schreien, doch das wäre sinnlos gewesen. Wo sollte sie ihn verstecken? Wie konnte sie ihn beschützen? Außerdem wirkte Lucas, als sei ihm nun alles egal. Die Festnahme, seine weitere Zukunft und auch Aislinn.

Trotz der Hitze war Aislinn eiskalt, und sie zog sich hastig an. Zitternd stand sie auf und klopfte den Rock ab. Noch immer versuchte sie zu begreifen, was gerade geschehen war. Vor Scham errötete sie, während ihr Körper noch immer in der ausklingenden Lust bebte.

Es war viel zu schnell vorüber. Sie sehnte sich nach einem zärtlichen Nachspiel, nach Lucas' Wärme.

Hatte sie ein Liebesbekenntnis erwartet, einen Dank oder einen Scherz? Lucas sah sie nur noch einmal abwesend an, bevor er den Berg hinabstieg.

Hilflos bedeckte sie das Gesicht mit beiden Händen. Ihre Beine versagten ihr fast den Dienst, als sie an den Rand des Plateaus ging.

Polizeiwagen mit Blaulicht standen rings um die kleine Hütte herum. Überall liefen Polizisten herum. Einer von ihnen steckte gerade den Kopf durch das Fahrerfenster ihres Wagens.

„Nehmen Sie die Hände über den Kopf, Greywolf", donnerte eine Stimme Lucas entgegen.

Er gehorchte, obwohl er dadurch nur noch langsamer den Berg hinunterkam.

Hilflos sah Aislinn von oben zu. Ein Krankenwagen fuhr vor die Hütte, und kurz darauf wurde Joseph Greywolfs zugedeckte Leiche herausgetragen. Dicht dahinter folgte Alice, die sich an Gene Dexter lehnte, der schgützend seinen Arm um sie legte.

Zwei Polizisten kamen Lucas entgegen und drehten ihm die Arme auf den Rücken.

Trotz der angelegten Handschellen ging Lucas aufrecht und stolz. Er schien nicht wahrzunehmen, was um ihn herum geschah. Alice rannte auf ihren Sohn zu und umarmte ihn. Lucas senkte den Kopf und gab ihr einen Kuss, bevor ihn einer der Polizisten auf einen der wartenden Wagen zustieß.

Kurz bevor er einstieg, hob Lucas den Kopf und sah zu Aislinn empor, die immer noch reglos auf dem Berg stand. Abgesehen von diesem Blick schien es, als gäbe es für ihn Aislinn überhaupt nicht.

5. KAPITEL

„Wann wirst du mich endlich heiraten?"
„Wann hörst du endlich mit dieser ewigen Fragerei auf?"
„Wenn du Ja gesagt hast."
Alice Greywolf faltete das Geschirrtuch und legte es in eine Schublade. Aufseufzend wandte sie sich Gene Dexter zu. „Ich weiß nicht, ob du nur so halsstarrig oder begriffsstutzig bist. Warum gibst du nicht endlich auf?"

„Weil ich dich liebe." Er legte die Arme um sie und zog sie zu sich heran. „Seit dem ersten Tag damals in der Klinik."

Und das stimmte. An jenem Tag hatte er sich in sie verliebt. Sie war damals sehr jung gewesen und unglaublich schön. Voller Panik war sie zu dem Arzt gekommen, weil ihr kleiner Junge sich den Arm gebrochen hatte. Nach einer Stunde war der Arm versorgt und Gene Dexter rettungslos der jungen Mutter verfallen gewesen. Seit damals hatte seine Liebe keinen Tag nachgelassen.

Leicht war ihm das nicht immer gefallen. Einige Male hatte er ihr aus purer Enttäuschung Fristen gesetzt. Doch sein ganzes Toben und Reden hatte nichts genützt. Nach wie vor lehnte sie seine Anträge ab.

Ein paarmal hatte er sich von ihr ferngehalten und absichtlich Affären mit anderen Frauen angefangen. Doch die hielten niemals lange. Seit Jahren jedoch benutzte er den Trick mit der Eifersucht nicht mehr, besonders, weil es den anderen Frauen gegenüber unfair war. Alice war die Liebe seines Lebens, auch wenn sie ihn niemals heiraten würde. Damit hatte er sich abgefunden.

Alice legte die Wange an seine Brust und lächelte traurig, als sie an den ersten Tag zurückdachte. Gene Dexter war ihr seit so langer Zeit der beste Freund, dass sie sich ein Leben ohne ihn nicht mehr vorstellen konnte.

„Lucas hatte sich damals gestritten", sagte sie erinnernd. „Die älteren Jungs von der Schule hatten ihn gereizt. Einer von ihnen hatte ihm einen Schimpfnamen zugerufen." Selbst heute noch bedrückte es sie, dass ihr Sohn als Außenseiter aufgewachsen war.

„Wie ich Lucas kenne, hat er sich bestimmt sofort mit allen gleichzeitig angelegt."

„Ja", stimmte sie lachend zu. „Ich habe mir damals Sorgen wegen seines Arms gemacht, aber gleichzeitig war ich wütend, weil er ihre Beschimpfungen nicht einfach ignoriert hatte."

Gene nahm an, dass die Jungen nicht nur Lucas, sondern auch Alice als seine Mutter verunglimpft hatten. Immer hatte Lucas seine Mutter in Schutz genommen, doch das wollte Gene nicht erwähnen.

„Ich wollte nicht, dass er in der Schule in Streitereien gerät, weil er dadurch nur Interesse auf sich zog", fuhr Alice fort. „Und ich wusste damals nicht, wie ich den weißen Arzt bezahlen sollte." Sie bog den Kopf zurück und sah Gene an. Obwohl er nicht mehr so jung wie damals war, sah er auf seine Weise immer noch genauso gut aus. „Ich hatte das Geld nicht, um dich zu bezahlen. Wieso hast du mir damals Zahlungsaufschub gewährt?"

„Weil ich deinen Körper wollte", sagte er nur und knurrte wie ein wildes Tier. „Ich wollte deinen Sohn behandeln, um Spielraum für Verhandlungen zu bekommen."

Lachend schob Alice ihn von sich. „So ein Unsinn. Dazu bist du viel zu nett. Außerdem hast du mir gleich einen Job angeboten, damit ich dir später das Geld zurückgeben konnte."

Liebevoll umfasste er ihr Gesicht mit beiden Händen. „Ich konnte dich damals doch nicht einfach wieder gehen lassen. Deshalb musste ich dafür sorgen, dass du wiederkommst." Er küsste sie zärtlich und gleichzeitig leidenschaftlich. „Heirate mich, Alice." Seine Stimme klang fast verzweifelt, und Alice wusste, dass das nicht gespielt war.

„Mein Vater ..."

„Er ist tot." Gene ließ die Arme sinken. „Es ist erst ein paar Monate her, seit er gestorben ist, und ich weiß, dass du noch unter dem Verlust leidest. Aber du hast ihn seit Jahren als Ausrede benutzt, um mich nicht zu heiraten. Jetzt benutzt du seinen Tod auch noch als Ausrede. Wie lange soll das noch so weitergehen?"

Alice ging aus der Küche ins Wohnzimmer ihres kleinen, sauberen Hauses. „Bitte, bedräng mich nicht, Gene. Ich muss schließlich auch an Lucas denken."

„Lucas ist ein erwachsener Mann."

„Er braucht immer noch den Rückhalt der Familie, und ich bin die einzige Angehörige, die er hat."

„Er hat mich doch schließlich auch!"

Entschuldigend sah sie zu ihm hoch und zog ihn zu sich auf das

Sofa. „Das weiß ich. Ich wollte dich nicht ausschließen."

Gene besänftigte sich wieder etwas. „Alice, auch wenn er kein Kind mehr ist, lässt Lucas sich trotzdem noch immer wieder auf Streit ein. Er macht sich das Leben so schwer wie möglich. Denk nur an seinen Ausbruch und die Frau, die er als Geisel genommen hat."

„Diese Frau ist mir immer noch unbegreiflich", unterbrach Alice ihn, als er Aislinn Andrews erwähnte. „Es sieht Lucas auch gar nicht ähnlich, jemand anderen in seine Angelegenheiten hineinzuziehen."

„Darauf will ich hinaus. Er hat dich nicht um Rat gefragt und mich auch nicht. Weshalb findest du dann, du müsstest ihn um Erlaubnis fragen, ob du heiraten darfst? Wie ich für dich empfinde, weiß er sehr genau, und vielleicht wäre er heute nicht so wild, wenn du mich damals schon geheiratet hättest." Er seufzte auf, als er ihren verletzten Gesichtsausdruck sah. „Tut mir leid, das war nicht fair."

„Lucas musste schon mit genügend Dingen fertig werden, als er groß wurde. Mit einem weißen Stiefvater, der für die Leute im Reservat als reich gilt, wäre es noch schwerer geworden."

„Ich weiß", gab er zu. „Aber auch Lucas benutzt du seit Jahren als Ausrede. Als er erwachsen und auf der Universität war, sagtest du, dein Vater sei der Grund, weswegen du mich nicht heiraten könntest." Er drückte ihre Hand. „Keiner von ihnen war ein glaubhafter Grund. Das waren nur Ausflüchte, und jetzt hast du keine Ausrede mehr."

„Können wir nicht einfach wie bisher weitermachen?"

Er schüttelte energisch den Kopf. „Nein, Alice. Ich werde dich bis zu meinem letzten Atemzug lieben, aber ich bin auch nur ein Mann. Ich will und brauche eine liebevolle und erfüllende Beziehung." Gene beugte sich vor und sprach ernsthaft weiter: „Ich weiß, weshalb du Angst hast, mich zu heiraten."

Alice senkte den Kopf und atmete tief ein, als wolle sie sich innerlich gegen das wappnen, was jetzt kommen musste. Gene strich ihr das tiefschwarze Haar aus dem Gesicht und blickte sie teilnahmsvoll an. „Du denkst bei Sex immer nur daran, dass du einmal ein Opfer gewesen bist. Ich schwöre dir, dass ich dich niemals so verletzen werde, wie es dir schon einmal geschehen ist."

Mit Tränen in den Augen sah sie zu ihm auf und fragte zaghaft: „Was meinst du damit?"

„Diese Unterhaltung hätten wir schon vor Jahren führen müssen, Alice, aber ich wollte dir nicht wehtun, indem ich darüber spreche." Einen Moment schwieg er. „Du hast Angst davor, wieder einen Mann zu lieben, besonders einen Weißen." Sie presste die Kiefer aufeinander, und Gene wusste, dass er ins Schwarze getroffen hatte. „Du denkst, dass dir niemand wehtun kann, solange du auf Distanz bleibst."

Er führte ihre Hände an den Mund und berührte mit den Lippen ihre Knöchel. „Ich verspreche dir, dass ich dir niemals, niemals wehtun werde. Kennst du mich nicht gut genug, um zu wissen, dass du der Mittelpunkt meines Lebens bist? Ich liebe dich, und ich werde deinen Körper verehren, wenn du mich nur lässt. Weshalb sollte ich jemandem etwas antun, der der wichtigste Teil meines Lebens ist?"

„Gene." Leise schluchzend lehnte sie sich an ihn.

Er umarmte sie und zog sie beschützend zu sich. Lange und liebevoll küsste er sie. Schließlich fragte er: „Wann wirst du mich heiraten?"

„Sobald Lucas aus dem Gefängnis kommt."

Besorgt runzelte er die Stirn. „Wer weiß, wann das ist."

„Bitte, Gene, lass mir noch so lange Zeit. Er würde uns nie verzeihen, wenn wir ohne ihn heiraten. Und schließlich soll er ja nicht noch ein zweites Mal ausbrechen", fügte sie leise lachend hinzu.

Schmunzelnd nickte er, obwohl er glaubte, dass Lucas beruhigter wäre, wenn er wüsste, dass seine Mutter glücklich verheiratet war. Doch er wollte jetzt nicht streiten. „In Ordnung. Aber dabei bleibt es. Und in der Zwischenzeit", eindringlich sah er ihr in die Augen, „tue ich, was ich mein Leben lang getan habe: Ich werde ungeduldig auf dich warten, Alice Greywolf."

„Kommen Sie herein, Mr. Greywolf."

Lucas betrat das Büro.

„Setzen Sie sich." Dixon, der Direktor des Gefängnisses, blieb hinter seinem breiten Schreibtisch sitzen, aber das war kein Zeichen der Verachtung seiner Gefangenen. Interessiert sah er den Häftling an.

Lucas ging durch das Büro und setzte sich auf einen der Stühle. Dixon wunderte sich, dass Lucas keine Unterwürfigkeit in seiner

Haltung erkennen ließ. Vielmehr verhielt dieser Gefangene sich wie ein stolzer, ungebeugter Mann. Und seine kühlen grauen Augen wichen seinem Blick nicht aus.

„Offenbar tut die Gefängniskost Ihrer körperlichen Fitness keinen Abbruch", stellte Mr. Dixon fest. Seit seiner Wiederfestnahme war Greywolf in Einzelhaft und ohne jede Straflockerungen gewesen.

„Mir geht's gut", sagte Lucas nur.

„Ein bisschen dünner, finde ich. Aber wenn Sie erst wieder in die Cafeteria dürfen, wird sich das sicher ändern."

Lucas schlug lässig ein Bein über das andere. „Wenn Sie etwas an mir auszusetzen haben, dann schießen Sie los. Ich möchte nämlich zurück in meine Zelle."

Der Direktor zügelte seinen Ärger. In langen Jahren der Berufserfahrung hatte er gelernt, sich auch von der derbsten Beleidigung nicht aus der Fassung bringen zu lassen. Er kam hinter dem Schreibtisch hervor und ging zum Fenster. „Die Disziplinarstrafe ist entschieden kürzer ausgefallen, als es nach Ihrer Flucht normalerweise angemessen gewesen wäre."

„Danke", entgegnete Lucas spöttisch.

„Bis zu Ihrem Ausbruch waren Sie ein Mustergefangener."

„Ich habe versucht, mein Bestes zu tun."

Wieder ging der Direktor nicht auf die Ironie der Bemerkung ein. „Wir haben Ihre Führungsberichte sorgfältig durchgelesen und uns dann für eine halbjährige Strafe zusätzlich zu den drei Monaten, die Ihnen ohnehin verblieben, ausgesprochen. Unsere Entscheidung fand die Zustimmung der zuständigen Richter."

Rasch wandte Dixon sich um, und er konnte noch Lucas' Reaktion sehen, bevor dieser wieder einen verschlossenen Gesichtsausdruck aufsetzte. Mr. Dixon drehte sich wieder zum Fenster und unterdrückte ein Schmunzeln. Auch wenn Lucas Greywolf versuchte, es zu verbergen, er war menschlicher als die meisten anderen Häftlinge.

„War es denn wirklich ein halbes Jahr Gefängnis wert, Ihren Großvater sterben zu sehen?"

„Ja." Lucas bemerkte Bewunderung in der Haltung des Direktors.

„Warum?" Mr. Dixon ging an seinen Schreibtisch zurück.

Lucas setzte sich aufrechter in den Stuhl. „Joseph Greywolf war ein stolzer Mann. Er hat an den Traditionen festgehalten, und dass ich im Gefängnis war, hat ihm mehr zu schaffen gemacht als mir selbst. Er konnte den Gedanken nicht ertragen, dass der Enkel eines Häuptlings hinter Gittern sitzt."

„Er war ein Häuptling?"

Lucas nickte. „Hat ihm nicht viel genützt. Er starb als armer, enttäuschter Mann, wie viele meines Stammes."

Der Direktor sah in seine Unterlagen. „Hier steht, dass Ihr Großvater Land besessen hat."

„Aber um drei Viertel der Fläche ist er betrogen worden. Schließlich hat er das Kämpfen aufgegeben. Zum Schluss hat er für Touristen die alten Tänze aufgeführt, die eine sehr tiefe religiöse Bedeutung haben."

Lucas sprang vom Stuhl auf, und der Direktor fuhr mit der Hand schon zum Alarmknopf, als er bemerkte, dass Lucas ihn nicht bedrohte.

„Ich war Großvaters einzige Hoffnung." Lucas ging in dem Raum hin und her. „Er vergab mir mein weißes Blut und liebte mich trotzdem. Aufgezogen hat er mich mehr wie einen Sohn als wie einen Enkel, und die Vorstellung, dass ich im Gefängnis sitze, war ihm unerträglich. Deshalb musste er mich noch einmal als freien Mann sehen, bevor er in Frieden sterben konnte. Ich musste es einfach tun."

Er drehte sich um, und Dixon rief sich in Erinnerung, dass er einem erfahrenen Anwalt zuhörte. Dieser Mann wirkte entschlossen, redegewandt und überzeugend. Wie schade, dass er Berufsverbot hatte.

„Ich wollte nicht fliehen, Mr. Dixon. Ich habe um zwei Tage Ausgang gebeten, um meinen Großvater ein letztes Mal zu sehen. Nur zwei Tage! Aber mein Gesuch wurde abgelehnt."

„Es entsprach nicht den Regeln", erwiderte der Direktor ruhig.

„Das ist doch Unsinn. Können Sie sich nicht vorstellen, wie sehr es einem Häftling helfen würde, wenn man ihm ein paar Vorteile gewährt und ihm etwas von seiner Würde wiedergibt?" Lucas beugte sich jetzt drohend über den Schreibtisch.

„Setzen Sie sich, Mr. Greywolf." Dixon sprach fest und bestimmt, um dem Häftling klarzumachen, dass er die Regeln überschritt. Nach einer Weile ließ Lucas sich zurück in den Stuhl fallen und blickte den Direktor finster an.

„Sie sind Anwalt", sagte der Direktor. „Sicher merken Sie selbst, wie ungeschoren Sie diesmal davongekommen sind." Er setzte eine Brille auf und las in dem Bericht, der vor ihm lag. „Da war diese junge Frau, Miss Aislinn Andrews." Über den Brillenrand hinweg sah er Lucas an, als habe er eine Frage gestellt.
Lucas erwiderte nichts und sah den Direktor nur teilnahmslos an.
Mr. Dixon wandte sich daher wieder dem Bericht zu. „Merkwürdigerweise wollte sie keine Anklage gegen Sie erheben." Er klappte die Mappe zu. „Sie dürfen jetzt wieder in Ihre reguläre Zelle zurückkehren, Mr. Greywolf. Das war alles."
Lucas stand auf und ging zur Tür. Er hatte sie schon geöffnet, als der Direktor ihn zurückhielt. „Mr. Greywolf, waren Sie persönlich für die Ausschreitungen bei jener Demonstration verantwortlich?"
„Ich habe die Demonstration organisiert. Das Gericht hat mich für schuldig befunden", sagte Lucas nur knapp, bevor er aus dem Büro ging.
Lange Zeit, nachdem Lucas gegangen war, starrte Mr. Dixon noch auf die geschlossene Tür. Er wusste, wann ein schuldiger Mann log, und er spürte auch, wann jemand unschuldig war. Entschlossen ging er zum Telefon auf dem Schreibtisch.
Während Lucas zu seiner Zelle begleitet wurde, wirkte er nach außen hin gleichgültig, obwohl er innerlich völlig in Aufruhr war.
Er hatte sich auf eine Anklage wegen Einbruchs, Entführung, Diebstahls und noch mehr gefasst gemacht. Und eine zweite Verhandlung wäre für seine Mutter sicherlich zu viel gewesen.
Umso überraschter war er jetzt, dass er nur ein halbes Jahr länger als vorher im Gefängnis bleiben musste. Und in dieser Zeit würde er genug zu tun haben. Sicher lag der kleine Tisch in seiner Zelle wieder voll mit Briefen von all den Leuten, die seinen Rat als Anwalt suchten. Auch wenn er aus der Anwaltskammer ausgeschlossen war, so konnte es ihm niemand verbieten, kostenlose Ratschläge zu geben. Unter den Indianern war der Name Lucas Greywolf weit bekannt. Er würde nie jemanden abweisen, der Hilfe bei ihm suchte.
Aber warum hatte Aislinn Andrews keine Anschuldigungen gegen ihn erhoben? Sicher hatte man sie gedrängt, um ihn noch einmal verurteilen zu können. Doch ohne ihre Zeugenaussage konnten sie ihm nichts außer dem Ausbruch nachweisen. Wieso hatte Aislinn nicht mit den Behörden zusammengearbeitet?

Aislinn schloss die Schlafzimmertür leise hinter sich. Schon zum zweiten Mal klingelte es an der Haustür. Während sie durch den Flur lief, um zu öffnen, steckte sie einige lose Haarsträhnen fest. Im Spiegel prüfte sie rasch ihr Aussehen, bevor sie die Tür öffnete.

Das Lächeln auf ihren Lippen erstarb schlagartig. Mit beiden Händen hielt sie sich Halt suchend am Türrahmen fest, als sie sah, wer vor ihrer Tür stand, und einen Augenblick fürchtete sie, dass sie tatsächlich ohnmächtig werden würde.

„Was tust du hier?"

„Habe ich dir schon wieder Angst gemacht?"

„Bist du ... frei?"

„Ja. Seit heute entlassen. Ich bin ein freier Mann."

„Herzlichen Glückwunsch."

„Danke."

Die Unterhaltung kam Aislinn absolut lächerlich vor, doch sie fand, dass sie unter diesen unvorhergesehenen Umständen noch verhältnismäßig normal redete. Sie war beim Anblick von Lucas Greywolf nicht ohnmächtig geworden, auch wenn ihre Hände vom Schweiß so feucht waren, dass sie meinte, jeden Moment an der Tür abzurutschen. Ihr Mund war wie ausgedörrt, ihre Zunge schwer, doch es gelang ihr noch zu sprechen.

„Darf ich hereinkommen?"

Unbewusst fuhr sie sich mit einer Hand an die Kehle. „Ich ... glaube nicht, dass das eine gute Idee ist." Lucas Greywolf wieder in ihrem Haus? Auf keinen Fall!

Einen Moment sah er auf seine Stiefelspitzen, dann sah er Aislinn wieder aus seinen hellgrauen Augen an. „Wenn es nicht wichtig wäre, würde ich dich nicht belästigen."

Sie sah ihn nur wortlos an.

„Ich bleibe nicht lange. Bitte."

Aislinn wich seinem Blick aus. Schließlich nickte sie und ging einen Schritt zur Seite. Hinter Lucas machte sie die Tür zu. Kaum zehn Sekunden war sie mit Lucas Greywolf unter einem Dach, und schon fiel ihr das Atmen schwer.

„Möchtest du etwas zu trinken?", fragte sie höflich und hoffte gleichzeitig inständig, dass er ablehnen würde.

„Ja, gern. Ich bin direkt zu dir gekommen."

Fast wäre sie auf dem Weg in die Küche gestolpert. Wieso kam er als Erstes zu ihr? Ihre Hände zitterten, als sie ein Glas aus dem Schrank holte. „Mineralwasser?", fragte sie nach.

„Gern."

Sie holte eine Flasche aus dem Kühlschrank. Beim Öffnen spritzte ihr das Wasser über die Hände, und sie wischte es ungeschickt mit einem Lappen auf. Hastig nahm sie Eiswürfel aus dem Eisfach und warf sie in das Glas mit dem Wasser. Dann erst wandte sie sich um und war überrascht, direkt auf seine Brust zu blicken.

„Entschuldigung. Setz dich doch bitte." Sie wies mit dem Kopf auf einen Küchenstuhl.

Lucas setzte sich hin und nahm das Glas dankend entgegen. Dabei blickte er sich genau in Aislinns Küche um. Beim Bord mit den Küchenmessern hielt er inne und sah wieder zu Aislinn. „Ich hätte dich niemals mit dem Messer verletzt."

„Ich weiß." Bevor ihre Knie nachgeben konnten, sank sie auf den Stuhl ihm gegenüber. „Das heißt, jetzt weiß ich es. Damals hatte ich nämlich Todesangst."

„Du hast sehr viel Mut bewiesen."

„Wirklich?"

„Ich denke, ja. Aber vor dir habe ich noch nie eine Geisel genommen."

„Auch für mich war es die erste Entführung."

Keiner von ihnen lächelte.

„Ist dein Haar nachgewachsen? Ich meine, die Strähne, die ich abgeschnitten habe?"

„Oh ja", sagte sie abwesend. Unbewusst griff sie nach der immer noch etwas kürzeren Strähne. „Ich stecke sie zurück. Da sieht man es nicht."

„Gut." Er trank einen Schluck.

Aislinn steckte die Hände zwischen die Knie. Die Anspannung, unter der sie stand, fühlte sich fast wie ein Herzinfarkt an. Sie meinte, jeden Moment zu ersticken. Ihre Unruhe steigerte sich immer weiter, und sie wusste nicht, wie lange sie noch so reglos dasitzen konnte. Schließlich ertrug sie das Schweigen nicht länger. „Warst du schon zu Hause bei deiner Mutter?"

Lucas schüttelte den Kopf. „Ich sagte doch, dass ich direkt zu dir gekommen bin."

„Gerate nicht in Panik! rief sie sich zur Ordnung. „Wie bist du hierhergekommen?"

„Letzte Woche sind Mutter und Gene zum Gefängnis gekommen. Gene hat den Transporter dort stehen lassen."

„Ach so." Sie wischte sich die schweißnassen Hände an den Jeans ab. Ihr war gleichzeitig heiß und kalt. „Wieso bist du hergekommen?"

„Um dir zu danken."

Verblüfft sah sie zu ihm auf. Unter seinem Blick verkrampfte sich ihr Magen. „Du willst dich bedanken?"

„Warum hast du keine Anzeige gegen mich erstattet?"

Sie stieß die Luft aus. Wenn das alles war, was er von ihr wollte, dann konnte sie damit umgehen. „Der Sheriff und die Polizisten, die dich abgeholt haben, wussten gar nichts von mir." Sie berichtete ihm alles, was nach seiner Festnahme geschehen war. „Sie waren ja schon mit dir weggefahren, noch bevor ich wieder unten bei der Hütte war."

Flüchtig trafen sich ihre Blicke, während beide daran dachten, was auf der Bergkuppe geschehen war.

Rasch sprach sie weiter. „Die zurückgebliebenen Beamten fragten mich, wer ich sei und was ich bei dir gemacht hätte." Sie errötete bei der Erinnerung, weil sie sich gefragt hatte, ob die Polizisten auf den Gedanken kommen würden, dass sie gerade mit Lucas geschlafen hatte. Denn ihr Haar war durcheinander und ihre Lippen noch geschwollen gewesen.

„Was hast du gesagt?"

„Ich habe gelogen. Ich sagte, ich hätte dich auf der Straße getroffen und mitgenommen. Ich habe so getan, als hätte ich nicht gewusst, dass du ein entflohener Sträfling warst. Dann sagte ich, ich hätte dich aus Mitleid zu deinem todkranken Großvater gefahren."

„Haben sie dir geglaubt?"

„Wahrscheinlich."

„Du hättest in alles hineingezogen werden können."

„Das wurde ich aber nicht."

„Du hättest mich wegen vieler Dinge anzeigen können, Aislinn." Sie sahen sich an, als er ihren Namen nannte. „Wieso hast du ihnen nicht die Wahrheit gesagt?"

„Was hätte das gebracht?", fragte sie nach, strich sich über das Haar und rutschte unruhig auf dem Stuhl herum. „Ich war in Sicherheit, und du musstest ohnehin zurück ins Gefängnis."

„Aber du bist ... verletzt worden."

Diese beschönigende Umschreibung durchschauten sie beide sofort. Sie wussten, dass Aislinn ihn wegen Vergewaltigung hätte anklagen können und wahrscheinlich auch Erfolg damit gehabt hätte. Wer hätte ihm schon geglaubt?

„Der Kratzer an meinem Arm war schon zum Teil verheilt. Und außerdem traf dich keine Schuld." Sie wussten beide, dass sie damit nicht den Kratzer meinte. „Ich fand, dass es von der Gefängnisleitung ungerecht gewesen war, dich nicht zu deinem Großvater fahren zu lassen. Meiner Ansicht nach war deine Flucht gerechtfertigt, und es war niemandem ein Leid geschehen. Jedenfalls kein ernsthaftes."

„Hat dich niemand vermisst?"

Es fiel ihr schwer zu antworten, doch sie sagte die Wahrheit. „Nein." Sie war gleich nach der Vernehmung nach Hause gefahren, und die Presse hatte von der Festnahme noch nichts erfahren. Ihr Name tauchte nirgendwo in den Medien auf.

„Was war mit den Leuten in deinem Fotostudio?", fragte er.

„Was für Leute?"

„Du sagtest, du würdest vermisst werden."

„Natürlich habe ich das gesagt."

„Ach so." Schmunzelnd schüttelte er den Kopf. „Es gab dort gar keine Angestellten."

„Damals nicht. Aber jetzt habe ich zwei Angestellte."

Sein Schmunzeln verstärkte sich. „Keine Angst. Ich habe nicht vor, dich ein zweites Mal mit Waffengewalt zu entführen."

Aislinn erwiderte das Lächeln. Sie konnte ihn jetzt ruhiger ansehen, und sie war überrascht, wie gut er aussah. Vorn trug er das Haar kürzer, obwohl es hinten immer noch bis zum Kragen reichte. Er war sonnengebräunt und durchtrainiert. Das lag sicher daran, dass er weiterhin seine Dauerläufe auf dem Gefängnisgelände durchgeführt hatte.

Der Silberring steckte immer noch in seinem Ohrläppchen, und das kleine Kreuz lag in seinem Brusthaar. Die obersten Knöpfe seines Hemds standen offen. Anscheinend hatte seine Mutter ihm neue Kleidung ins Gefängnis gebracht. Nur der verzierte Gürtel kam ihr bekannt vor.

„Also gut", sagte er und stand auf. „Ich habe versprochen, dass ich nicht lange bleiben würde. Nochmals vielen Dank dafür, dass du es für mich nicht noch schlimmer gemacht hast."

„Du hättest dir keine Sorgen zu machen brauchen."

„Erst wollte ich dir schreiben, aber dann wollte ich mich lieber persönlich bedanken."

Ein schriftliches Dankeschön hätte es ihr allerdings sehr viel leichter gemacht. „Freut mich, dass du frei bist."

„Ich stehe nicht gern bei anderen in der Schuld, aber ..."

„Du schuldest mir nichts. Ich habe nur getan, was ich für richtig hielt, genau wie du."

„Trotzdem danke."

„Keine Ursache", sagte sie und hoffte, dass die Unterhaltung damit beendet sei. Durch das Wohnzimmer begleitete sie ihn zur Tür.

Lucas hatte diesem Treffen mit gemischten Gefühlen entgegengesehen, weil er nicht wusste, wie sie reagieren würde. In dem Augenblick, in dem sie ihn erblickte, hätte sie genauso gut schreiend weglaufen können.

In jener Nacht, als er sich zufällig für ihr Haus entschieden hatte, war er verzweifelt gewesen, weil er Schutz und etwas zu essen brauchte. Und verzweifelte Menschen taten Dinge, die sie sonst niemals tun würden. Wie zum Beispiel unschuldige Frauen als Geiseln nehmen. Immer noch war es ihm unverständlich, weshalb sie ihn dafür nicht hatte büßen lassen.

Doch jetzt, wo er sich bei ihr bedankt hatte, zögerte er, sie allein zu lassen. Das war merkwürdig, denn er hatte geglaubt, dass er froh sein würde, sich von Aislinn Andrews zu verabschieden und damit ein unrühmliches Kapitel in seinem Leben zu beschließen.

Er gestand sich nur ungern ein, dass er im Gefängnis häufig an sie gedacht hatte. Monate waren schon vergangen, seit sie sich auf dem Berg geliebt hatten, und es kam ihm immer unvorstellbarer vor. Vor seiner Flucht hatte er sich nur nach irgendeiner Frau gesehnt.

Aber danach hatte sein Verlangen ein Gesicht und einen Namen. Viele Nächte hatte er auf der schmalen Pritsche in der Zelle gelegen und sich eingeredet, dass Aislinn nur ein Produkt seiner Fantasie war.

Sein Körper versuchte, ihn vom Gegenteil zu überzeugen. Besonders jetzt, als er ihre Schenkel und Hüften betrachtete. Sie trug eine einfache Hose und war kleiner, als er sie in Erinnerung hatte. Doch das konnte daran liegen, dass sie barfuß vor ihm stand. Das Hemd steckte unordentlich darin. Es musste ein altes Hemd sein, denn es war ihr viel zu klein. Schon als er mit ihr am Tisch gesessen hatte, war ihm aufgefallen, wie sich das Hemd über ihren Brüsten dehnte.

Als sie vor ihm zur Tür ging, bemerkte er den wippenden Pferdeschwanz. Ob ihr Haar immer noch so seidig war wie damals? Hatte er wirklich durch dieses dichte blonde Haar gestrichen, das so deutlich ihre weiße Abstammung verriet? Aislinn lächelte ihn flüchtig an. Konnte sie sich an die fordernden, hungrigen Küsse genauso gut erinnern wie er?

„Viel Glück, Lucas. Ich wünsche dir wirklich alles Gute für die Zukunft." Sie streckte die Hand aus.

„Danke." Er schlug ein, und sie sahen sich an.

Dann hörte er das Geräusch.

Das Geräusch kam aus den hinteren Räumen des Hauses und passte so wenig in diese Umgebung, dass Lucas zunächst dachte, sein Gehör spiele ihm einen Streich. Aber dann hörte er es wieder. Er sah in die Richtung und runzelte die Stirn.

„Das klingt wie …"

Aislinn zog abrupt die Hand zurück, die seine immer noch hielt. Verblüfft fuhr sein Kopf zu ihr herum. Als er ihr Gesicht sah, wusste er, dass er sich nicht getäuscht hatte. Bleich und schuldbewusst sah sie ihn an. Reglos stand er vor ihr und blickte sie so durchdringend an, als könne sie nichts vor ihm verbergen.

„Was war das?"

„Nichts."

Er schob sie zur Seite und ging durch das modern eingerichtete Wohnzimmer.

„Wohin willst du?", schrie sie und rannte ihm nach.

„Rate mal."

„Nein!" Sie hielt ihn am Hemd fest und zerrte mit aller Kraft an ihm. „Du kannst hier nicht einfach hereinplatzen und …"

Er fuhr herum und schüttelte ihre Hände ab. „Das habe ich schon einmal getan."

„Du kannst das nicht tun."

„Täusche dich nicht."

Er wollte auf jeden Fall herausfinden, woher das Geräusch stammte. Schluchzend lief Aislinn ihm nach und versuchte verzweifelt, ihn zurückzuhalten. Aber wie eine lästige Fliege schüttelte er sie immer wieder von sich ab.

Der erste Blick in ihr Schlafzimmer zeigte ihm, dass es noch genauso aussah, wie er es in Erinnerung hatte. Weiblich eingerichtet und ordentlich aufgeräumt. Wortlos ging er daran vorbei und kam am Ende des Flurs zu einer verschlossenen Tür. Ohne zu zögern, drehte er am Türknauf und öffnete die Tür.

Und dann wusste selbst er, der sonst nie aus der Fassung zu bringen war, nicht, was er sagen sollte.

Drei der Wände waren in hellem Gelb gestrichen, und an der vierten hing ein großes Poster, das eine Gänsefamilie zeigte. In einer Ecke stand ein großer Schaukelstuhl, der mit dicken Kissen gepolstert war. Auf einem Schubladenschrank lag eine gepolsterte Unterlage, neben der Cremes und einige Flüssigkeiten standen. Weiße Vorhänge dämpften die grelle Nachmittagssonne, doch das Licht reichte immer noch, um die Umrisse der Kinderwiege vor dem Fenster zu erkennen.

Lucas schloss die Augen und war überzeugt, dass er sich das Ganze lediglich einbildete. Doch als er die Augen wieder öffnete, sah er, dass er sich nicht getäuscht hatte. Und auch nicht in diesem eindeutigen Geräusch.

Vorsichtig näherte er sich so lautlos wie möglich der Wiege. Sie war seitlich mit einer dicken Einlage gepolstert, und in einer Ecke saß ein großer Teddybär. Das Gelb der Laken passte zu der Farbe der Wände.

Und unter der Decke lag ein strampelndes, zappelndes, hin und wieder schreiendes kleines Baby.

6. KAPITEL

Das Baby schrie weiter, ohne die Verwirrung zu beachten, die es bei dem großen, dunkelhäutigen Mann hervorrief, der vor ihm stand. In dem sonst so unergründlichen Gesicht spiegelten sich tiefe Gefühle.

Aislinn stand dicht neben Lucas und presste die Hand vor den Mund, um ihre eigenen Empfindungen zu unterdrücken. Sie fühlte Panik in sich aufsteigen.

Zunächst wollte sie Lucas erzählen, sie sei nur Babysitter, und das Baby gehöre Freunden von ihr. Doch das wäre lächerlich gewesen. Der Vater des Babys war eindeutig Lucas Greywolf, da genügte ein einziger Blick auf das Kind.

Der schön geformte Kopf war mit tiefschwarzem Haar bedeckt, und auch die Augenbrauen, das Kinn und die Gesichtsform verrieten deutlich, wie sehr das Baby später einmal Lucas ähneln würde.

Mit wachsendem Entsetzen sah sie zu, wie Lucas einen Finger ausstreckte und das Baby an der Wange berührte. Fast ehrfürchtig betrachtete er das Kind, und seine Lippen zuckten kaum merklich. Aislinn bemerkte die aufrichtigen tiefen Gefühle, weil sie selbst dasselbe empfand, sobald sie ihr Baby im Arm hielt.

Es erschreckte sie jedoch, diese Rührung bei Lucas zu sehen. Sie zuckte zusammen, als Lucas die Decke zurückschob. Gegen ihren mütterlichen Beschützerinstinkt konnte sie kaum ankämpfen, als er die Klebestreifen der Windel öffnete. Schließlich hielt sie seinen Arm fest, doch er drückte ihre Hand nur weg und zog die Windel herunter.

„Ein Sohn."

Der heisere Klang seiner Stimme kam Aislinn wie ein Todesstoß vor. Sie wurde fast verrückt vor Angst und wollte sich am liebsten die Ohren zuhalten und losschreien. Panisch versuchte sie sich einzureden, dass dies alles hier nur ein böser Albtraum war.

Doch es geschah wirklich. Hilflos sah sie zu, wie Lucas das nackte Baby aus der Wiege hob und auf den Arm nahm. In dem Moment, in dem er sich das Baby gegen die Brust legte, hörte es auf zu schreien.

Auch dieses Anzeichen sofortiger Zuneigung zwischen den beiden besänftigte Aislinn nicht. Sie hätte es lieber gesehen, wenn das

Baby weitergeschrien hätte. Doch der Kleine gab nur glucksende, zufriedene Geräusche von sich.

Lucas ging mit dem nackten Baby zum Schaukelstuhl. Er setzte sich behutsam nieder und verschränkte die langen Beine. Reglos sah Aislinn zu. Ihre schlimmsten Albträume wurden Wirklichkeit.

Wenn die Situation nicht so entsetzliche Vorahnungen in ihr geweckt hätte, wäre Aislinn von dem Anblick gerührt gewesen, wie Lucas sein Baby mit väterlichem Stolz untersuchte.

Sanft drehte er den Kleinen herum, um ihn von allen Seiten zu betrachten. Mit einer Hand stützte er es am Bauch und streichelte mit der anderen über den Rücken und den winzigen Po. Jede Zehe und jeden kleinen Fingernagel berührte er. Dann betrachtete er eingehend die winzigen Ohren.

Schließlich legte er sich das Baby auf den Schoß und sah zu ihr hoch. „Wie heißt er?"

Sie wollte ihm sagen, dass es ihn nichts angehe, aber das entsprach leider nicht der Wahrheit. „Anthony Joseph." Sie bemerkte sofort die Reaktion in seinem Gesicht. „Auch ich hatte einen Großvater, der Joseph hieß", fügte sie rasch hinzu. „Ich nenne den Kleinen Tony."

Lucas sah wieder zu seinem Sohn, der wild mit den Fäustchen fuchtelte. „Wann ist er geboren?"

Sie zögerte und überlegte einen Moment, ob sie einen falschen Termin angeben und damit Lucas' Vaterschaft anzweifeln sollte. Aber bei seinem Blick verwarf sie diesen Gedanken wieder. „Am siebten Mai."

„Du hättest es mir nie gesagt, stimmt's?"
„Dazu gibt es keinen Grund."
„Er ist mein Sohn."
„Mit dir hat er nichts zu tun."

Lucas lachte kurz auf. „Von jetzt an hat er sehr viel mit mir zu tun."

Tony weinte jetzt ernstlich, nachdem sein Interesse an der neuen tiefen Stimme abgeklungen war und er sich wieder an seinen Hunger erinnerte. Als Lucas ihn an die Schulter legte, fing Tony sofort an, mit den Lippen zu suchen. Lucas lachte leise, und das war das erstaunlichste Geräusch, das Aislinn je von ihm gehört hatte. „Das ist etwas, womit ich dir nicht dienen kann, Anthony Joseph." Er stand mit dem Baby auf und reichte ihn Aislinn. „Er braucht dich."

Sie nahm das Kind und legte ihn zurück in die Wiege, wo sie ihm rasch eine neue Windel anlegte. Das Gestrampel des schreienden Babys machte es ihr nicht leicht, doch als sie ihn fertig angezogen hatte, nahm sie Tony an die Schulter und ging zum Schaukelstuhl. Dort wiegte sie ihn, klopfte ihm auf den Rücken und redete leise auf ihn ein. Es half alles nichts.

„Er hat Hunger", stellte Lucas fest.

„Das weiß ich", fuhr sie ihn an. Wollte er ihr zeigen, dass sie nicht wusste, was ihr Baby brauchte?

„Na dann ... füttere ihn."

Sie blickte zu Lucas hoch. „Könntest du mich dann für einen Moment entschuldigen?"

„Du meinst, ich soll den Raum verlassen? Auf keinen Fall."

Wütend sahen sie einander an. Merkwürdigerweise lenkte Lucas ein, drehte Aislinn den Rücken zu und sah aus dem Fenster, nachdem er die Vorhänge ein Stück zur Seite gezogen hatte. In diesem Moment wusste Aislinn, dass sein Sohn ihn verletzlicher machte als alles andere. Zwischen ihnen beiden war bereits eine tiefe Bindung entstanden, obwohl Lucas vor wenigen Minuten noch nicht einmal von der Existenz seines Sohnes gewusst hatte. Jetzt würde er ihr das Leben vielleicht zur Hölle machen.

„Warum hast du es mir nicht gesagt?"

Aislinn überging die Frage, knöpfte sich die Bluse auf und zog die eine Hälfte ihres Still-BHs herunter. Tony sog sofort an ihrer Brustspitze und trank schmatzend. Sie legte sich ein leichtes Tuch über die Schulter, um sich und den Kopf des Babys zu bedecken.

„Ich habe dich etwas gefragt." Diesmal hatte Lucas' Stimme etwas Befehlendes.

„Weil Tony mein Baby ist."

„Er ist genauso mein Kind."

„Das kannst du nicht mit Sicherheit sagen."

Abrupt fuhr er zu ihr herum, und sie zuckte zusammen. „Natürlich bin ich sicher." Er wirkte so überzeugt, dass es keinen Sinn hatte zu streiten.

„Tony war biologisch gesehen ein ... Unfall", sagte sie und gab damit Lucas' Vaterschaft zu.

„Warum hast du ihn dann nicht abgetrieben?"

Ein Zittern durchlief ihren Körper. Genau dieselbe Frage hatte ihre Mutter ihr schreiend gestellt, als sie ihre Eltern über ihre Schwangerschaft unterrichtete. Sicherheitshalber hatte sie es ihnen erst dann mitgeteilt, als es für eine Abtreibung bereits zu spät war.

Noch bevor sie zum ersten Mal zum Arzt gegangen war, hatte sie bereits ihren eigenen Verdacht, woher ihre Übelkeitsanfälle und ihr zeitweiliger Heißhunger kamen. Sie hatte sich zuerst nicht eingestehen wollen, dass sie schwanger war. Doch als der Arzt ihr die Ergebnisse seiner Untersuchungen mitteilte, war sie nicht sonderlich überrascht. Vielmehr hatte sie sich sofort unbändig über die Nachricht gefreut.

Erst später hatte sie über die negativen Seiten nachgedacht, wenn sie als allein stehende Frau ein Kind aufzog. Doch bei all den anschließenden Überlegungen hatte sie niemals an eine Abtreibung gedacht.

Von dem Augenblick, in dem sie von seiner Existenz wusste, hatte sie ihr Baby geliebt. Mit einem Mal hatte ihr Leben einen Sinn bekommen. Sie hatte neue Ziele bekommen, die sie verfolgen konnte.

Deshalb konnte sie Lucas' Frage jetzt ohne Zögern beantworten. „Ich habe mich unglaublich auf das Kind gefreut." Sie griff unter das Tuch und berührte Tonys Köpfchen, während er gierig an ihrer Brust sog. „Von Anfang an habe ich ihn geliebt."

„Fandest du nicht, dass ich ein Recht hatte, von ihm zu wissen?"

„Ich wusste nicht, ob du dir etwas aus ihm machst."

„Dann weißt du es jetzt: Ich mache mir sehr viel aus ihm."

„Was ... was hast du jetzt vor?", fragte sie ängstlich und hasste das Zittern in ihrer Stimme.

„Ich will ihm ein Vater sein."

Ungeduldig pochte Tony mit der Faust gegen ihre Brust. Nur dadurch wurde sie von Lucas' durchbohrendem Blick abgelenkt. „Ich muss ihn an die andere Brust legen", sagte sie leise.

Lucas sah auf ihre Brüste und schluckte, bevor er sich abwandte.

Sie legte Tony an die andere Brust, und er nuckelte sofort weiter. „Ich verlange nichts von dir, Lucas. Die ganze Schwangerschaft und die Geburt habe ich auch allein durchgestanden. Finanziell bin ich gut versorgt ..."

Er kam so plötzlich einen Schritt auf sie zu, dass sie Angst hatte, er würde sie schlagen.

„Denkst du denn wirklich, ein Scheckbuch kann ihn mit allem versorgen, was er im Leben braucht?"

„Das meinte ich nicht", brauste sie auf. „Ich liebe ihn."

„Ich auch!" Er wurde so laut, dass Tony einen Moment mit dem Nuckeln aufhörte.

„Sei still! Du machst dem Kleinen Angst."

Lucas senkte die Stimme etwas. „Wenn du denkst, ich würde meinen Sohn hier bei dir in dieser gefühllosen, kalten Welt aufwachsen lassen, dann hast du dich getäuscht."

Unwillkürlich umarmte sie ihr Baby enger. „Was heißt das?"

„Das heißt, dass er morgen mit mir ins Reservat fährt."

Aislinn wurde blass. Sogar ihre Lippen wurden kreidebleich. Aus schreckgeweiteten Augen sah sie den Mann an, der wieder zu ihrem Feind geworden war. „Du kannst ihn nicht mitnehmen."

„Ich werde es tun."

„Nein! Ich werde dich verfolgen lassen, wohin du auch gehst", drohte sie ihm.

Spöttisch lächelte er sie an. „Wenn ich nicht gefunden werden will, dann wird mich auch niemand finden, Miss Andrews. Aber selbst wenn, dann würde ich bis zum Obersten Gerichtshof gehen, um das Sorgerecht für meinen Sohn zu bekommen. Als Anwalt weiß ich, wie ich das anstellen muss. Ich glaube, er ist fertig."

Bei seinen Drohungen war sie vollkommen erstarrt. Er kam auf sie zu und hockte sich vor sie. Noch bevor sie ihn aufhalten konnte, nahm er ihr die Decke von der Schulter.

Tony lag satt in ihren Armen. Seine Wange lag an ihrer Brust, und auf den Lippen hatte er noch einen letzten Tropfen Milch. Er schlief zufrieden und ruhig.

Lucas strich ihm über die Wange und berührte die Lippen mit einem Finger. Dann beugte er sich tief über den Säugling und küsste ihn auf die Stirn.

Aislinn war vor Entsetzen wie gelähmt. Sie konnte kaum atmen, als Lucas mit einer Hand zwischen ihren Körper und Tony fuhr und das Kind hochnahm. Er richtete sich auf und trug ihn zur Wiege. Tony rülpste leise, und wieder lachte Lucas leise auf.

Mühsam riss Aislinn sich aus der Erstarrung. Lucas' Nähe hatte sie zu sehr überrascht. Jetzt zog sie den BH hastig wieder an und knöpfte die Bluse zu. Leicht schwankend stand sie auf. „Er kann jetzt schlafen", sagte sie und stellte sich neben Lucas an die Wiege. Behutsam legte sie Tony auf den Bauch.

„Er schläft auf dem Bauch?"

„Ja."

Das Baby zog die Knie an, schmatzte noch ein paarmal und schlief ein.

„Er sieht glücklich aus", stellte Lucas fest.

„Im Moment jedenfalls", schränkte Aislinn ein und legte ein Tuch über die Wiege.

„Ich bin aber nicht zufrieden."

Verblüfft und erschrocken blickte sie zu Lucas hoch und sah den entschlossenen Ausdruck auf seinem Gesicht. „Du würdest doch nicht wirklich versuchen, ihn mir wegzunehmen, oder?" Sie war sehr bemüht, dass es nicht wie ein Flehen klang.

Außerdem glaubte sie nicht, dass ein Vater das Sorgerecht bekam, wenn ein Kind eine liebevolle und fürsorgliche Mutter hatte. Daran konnte auch Lucas mit seiner Erfahrung nichts ändern. Aber vielleicht würde Tony in der Zwischenzeit sogar in ein Pflegeheim gesteckt, bis das Sorgerecht geklärt war. „Denk an Tony."

„Das tue ich." Er fasste Aislinn bei den Schultern. „Wird deine Umwelt ihn akzeptieren?" Lucas ließ ihr keine Zeit zu antworten. „Niemals, Aislinn." Sie spürte die Wärme und Kraft seiner Hände und musste unweigerlich an die anderen Situationen denken, in denen er sie berührt hatte. „Glaub mir, ich weiß es. In der weißen Gesellschaft ist ein Halbindianer nicht besser angesehen als ein richtiger. Und wegen seiner weißen Herkunft wird er auch in der indianischen Gesellschaft ein Außenseiter sein. Nirgendwo wird er richtig hingehören."

„Ich werde dafür sorgen, dass er akzeptiert wird."

Gleichzeitig mitleidig und spöttisch blickte er sie an. „Du machst dir etwas vor, wenn du denkst, du könntest das schaffen. Ich werde meinen Sohn davor bewahren, dieselben Erfahrungen wie ich zu machen."

„Und wie? Was ist denn deine Lösung? Willst du ihn ganz von der übrigen Welt abschotten?"

„Wenn es sein muss, ja", antwortete er gepresst.
Ungläubig sah sie ihn an. „Und du glaubst wirklich, das wäre ihm gegenüber fair?"
„Das Leben ist niemals fair. Diesen Glauben habe ich schon lange aufgegeben."
„Ja, und du trägst deine Verbitterung wie einen Schutzschild vor dir her", beschuldigte sie ihn und stieß seine Hände von sich. „Ich werde nicht zulassen, dass Tony in deiner hasserfüllten Welt aufwächst, Lucas. Weißt du, wen er am Ende am meisten hassen wird? Dich! Soll er dir dann vielleicht auch noch dankbar sein, dass du ihn von allen anderen Menschen ferngehalten hast?"

Offenbar erkannte Lucas, dass Aislinn recht hatte, denn er nagte unschlüssig an der Unterlippe. Aber so leicht wollte er ihr nicht nachgeben. „Was wolltest du ihm denn erzählen? Dass sein indianisches Aussehen purer Zufall ist? Wolltest du meine Identität völlig vor ihm geheim halten?"

„Ich ... ich hatte noch nicht so weit im Voraus geplant."

„Dann solltest du lieber mal darüber nachdenken. Denn irgendwann wird er nach seinem Vater fragen. Ich habe das auch getan."

Ein paar Sekunden herrschte angespanntes Schweigen zwischen ihnen. „Und was hat man dir erzählt?", wollte sie dann wissen.

Er sah sie so lange schweigend an, dass sie schon dachte, er würde ihr nicht antworten. Schließlich ging er zum Fenster und drehte ihr den Rücken zu.

„Mein Vater war ein weißer Soldat, der im Fort Huachuca stationiert war. Meine Mutter war damals sechzehn und lebte nach der Schule bei Freunden von Joseph in Tucson. Dort arbeitete sie als Kellnerin in einem Restaurant."

„Hat sie dort deinen Vater getroffen?"

Lucas nickte. „Er flirtete mit ihr und wollte mit ihr ausgehen, doch sie lehnte ab. Trotzdem kam er immer wieder. Sie sagte, er sei sehr gut aussehend und charmant gewesen."

Er steckte die Hände in die hinteren Taschen der Jeans, und Aislinn konnte Alice Greywolf gut verstehen, wenn sie davon ausging, dass Lucas' Vater so gut ausgesehen hatte wie Lucas.

„Irgendwann willigte sie ein, mit ihm auszugehen. Er hat sie verführt. Ich weiß nicht, wie oft die beiden miteinander ausgegangen sind, jedenfalls wurde er nach ein paar Wochen versetzt. Er hat sich nicht verabschiedet. Als Mutter sich endlich aufraffte und ihn anzurufen versuchte, weil sie schwanger war, wurde ihr nur mitgeteilt, dass er nicht mehr da war."

Lucas drehte sich um und wirkte abweisender denn je. Aislinn verstand, dass er darunter litt, keinen richtigen Vater zu haben.

„Sie hat nie wieder etwas von ihm gehört und hat auch nicht versucht, ihn zu finden. Es war eine Schande für sie, mit dem Kind eines Weißen in das Reservat zurückzukehren. Kurz vor ihrem siebzehnten Geburtstag hat sie mich entbunden. Sie fing an, kleine Puppen zu basteln, weil sie für diese Arbeit zu Hause bleiben konnte. Großvater hat mit der Pferdezucht genug Geld verdient, um uns mitzuversorgen. Wir lebten in einem alten Anhänger, bis Mutter Gene Dexter traf. Er bot ihr eine Arbeit in der Stadt an, und danach ging es uns zum Glück etwas besser." Er wandte sich wieder Aislinn zu. „Du siehst, ich war für meine Mutter nur eine zusätzliche Last."

„Sie hat das sicher anders gesehen." Ein Kloß der Rührung steckte ihr im Hals. „Sie liebt dich sehr."

„Das weiß ich. Sie hat sich niemals beklagt. Aber du kannst meine Verbitterung niemals nachempfinden, denn du bist nicht als Halbblut aufgewachsen. Und meinem Sohn soll es nicht genauso ergehen wie mir."

„Aber dein Vater wusste doch von nichts. Vielleicht ..."

„Mach dich nicht lächerlich", unterbrach er sie scharf. „Für ihn war Alice Greywolf, die schöne Indianerin, nur eine unbedeutende Affäre. Wenn er von ihrer Schwangerschaft gewusst hätte, wäre er erst recht verschwunden." Er schüttelte den Kopf. „Aber ich will meinem Sohn ein Vater sein."

An seiner Entschlossenheit erkannte Aislinn, dass sie ihn nicht umstimmen konnte. Er meinte, was er sagte. Und er würde ihr Leben unerträglich machen.

Sie hatte damit gerechnet, Lucas Greywolf nie mehr wiederzusehen. Vielmehr hatte sie geglaubt, er würde den Morgen auf dem Berg als belanglosen Zwischenfall ansehen.

Das stimmte anscheinend nicht. Oder er hatte seine Meinung geändert, nachdem er Tony gesehen hatte. Auf jeden Fall hatte er von seiner Vaterschaft erfahren, und jetzt musste sie das Beste aus dieser verfahrenen Situation machen.

„Was schlägst du vor, Lucas? Sollen wir Tonys Leben zwischen uns aufteilen? Das macht es für ihn doch nur schwieriger. Es wird Jahre dauern, bis er das verstehen kann. Sechs Monate hier, sechs Monate bei dir." Es tat ihr weh, diesen Vorschlag auch nur auszusprechen. „Was für ein Leben wäre das für einen kleinen Jungen?"

„So etwas habe ich gar nicht vor."

„Sondern?"

„Wir werden heiraten. Ihr werdet beide bei mir leben." Es klang nicht wie ein Vorschlag, sondern vielmehr wie ein Beschluss.

Als Aislinn das einigermaßen verdaut hatte, lachte sie leise. „Das meinst du nicht ernst." Aber sein entschlossener Gesichtsausdruck verriet ihr das Gegenteil. „Bist du verrückt? Das ist unmöglich."

„Es ist sehr wichtig. Mein Kind soll nicht mit getrennt lebenden Eltern aufwachsen."

„Aber wir können nicht heiraten."

„Ich bin darauf auch nicht vorbereitet", stellte er schlicht fest. „Aber es muss sein. Ich komme morgen zurück."

Er beugte sich vor und strich Tony über den Kopf. Zärtlich lächelte er und redete leise in seiner Muttersprache auf ihn ein. Dann richtete er sich auf und verließ das Zimmer.

Aislinn lief ihm nach und hielt ihn fest, als er gerade die Haustür öffnen wollte. „Ich kann dich nicht heiraten."

„Bist du schon verheiratet?"

Einen Moment konnte sie nicht antworten. „Nein, natürlich nicht."

„Dann gibt es keinen Grund, weswegen wir nicht könnten."

„Außer, dass ich es nicht will."

„Na, ich will es ja auch nicht", gab er zu und beugte sich dicht zu ihr. „Aber wir müssen unsere persönlichen Gefühle zurückstecken, unserem Sohn zuliebe. Wenn ich damit klarkomme, eine Weiße zur Frau zu haben, kannst du auch einen Indianer als Mann verkraften."

„Oh, das ist nicht zu fassen!", schrie sie wütend. „Das hat nichts mit der Hautfarbe zu tun. Gibt es für dich eigentlich noch etwas anderes, woran du denken kannst?"

„Wenig."

„Dann mach mal eine Ausnahme. Denk mal dran, wie wir uns kennengelernt haben. Findest du da eine Heirat nicht auch lächerlich?"

„Na ja, eine Geiselnahme ist kein sehr charmanter Antrag."
„Genau."
„Was soll ich tun? Vor dir auf die Knie fallen?"
Vernichtend sah sie ihn an. „Ich wollte lediglich darauf hinweisen, dass wir uns kaum kennen. Wir haben ein Baby, aber ..." Von ihren eigenen Worten geschockt, unterbrach sie sich. An jenen Morgen wollte sie sich nicht mehr erinnern.

Sie hatte mit in die Hüften gestemmten Händen vor ihm gestanden. Jetzt ließ sie die Arme rasch sinken, weil durch diese Pose ihre Bluse über ihren Brüsten spannte. Nervös befeuchtete sie sich die Lippen und wich Lucas' Blick aus.

„Ja, wir haben ein Baby gemacht", sagte er ruhig. „Das ist der entscheidende Punkt, nicht? Tony hat nichts mit dem zu tun, was zwischen uns geschehen ist, also wird er nicht sein Leben lang dafür bezahlen. Aber wir", fügte er betont hinzu, „wir beide haben diese Lust geteilt. Und jetzt können wir nichts anderes tun, als auch die Verantwortung für das Leben, das daraus entstanden ist, zu teilen."

Er legte ihr einen Finger unter das Kinn und hob ihren Kopf, bis sie ihn ansehen musste. „Und Tony wird immer einen Vater haben." Dann trat er einen Schritt zurück. „Ich komme morgen wieder. Und ob du dann bereit bist, mich zu heiraten oder nicht, ich werde meinen Sohn mitnehmen, wenn ich gehe."

„Auch wenn du mich dann wieder mit einem Messer bedrohen musst?", fragte sie bissig.

„Wenn es sein muss, ja!"

Sein Blick verriet ihr, dass er nicht scherzte, und sie war sprachlos vor Angst. Ohne ein weiteres Wort verließ er das Haus.

Aislinn war nervös. Obwohl sie sich ärgerte, dass sie so schreckhaft war, zuckte sie dennoch bei jedem Geräusch im Haus zusammen. Als es an der Tür klingelte, geriet sie beinahe in Panik. Doch es war nur der Postbote.

Sie versuchte sich einzureden, dass sie sich umsonst ängstigte. Vielleicht kam Lucas Greywolf nie zurück. Tonys Anblick mochte bei ihm Vatergefühle geweckt haben, aber mittlerweile hatte er seine Ansicht möglicherweise geändert.

Andererseits erschien es ihr unvorstellbar, dass Lucas Greywolf ein Mann war, der seine Meinung so rasch änderte. Und er machte auch keine Versprechen, die er nicht hielt. Irgendwann würde er heute vor ihrer Tür stehen. Was sollte sie tun, wenn das geschah?

Sie würde alle ihre Überredungskünste anwenden. Die ganze Nacht lang hatte sie dieses Problem hin und her gewälzt. Lucas war wieder in ihr Leben getreten, und sie musste sich ihm stellen.

Noch einmal ging sie in Gedanken die Regelungen durch, die sie sich für Lucas' Besuchsrechte überlegt hatte. Sicher würde Lucas erkennen, wie vernünftig ihre Vorstellungen waren. In den ersten Jahren brauchte ein Kind die Mutter in besonderem Maße. Das musste auch Lucas einsehen. Und sie wusste, dass er sie nicht wirklich heiraten wollte, genauso wenig wie sie ihn.

Sie genoss ihr ausgeglichenes Leben. Im fünften Monat ihrer Schwangerschaft hatte sie eine Fotografin eingestellt, die ihr Studio leitete. Später hatte sie noch eine Buchhalterin angeworben, die den Papierkram regelte. Die beiden Frauen arbeiteten fleißig, und das Fotostudio warf mehr Gewinn ab als jemals zuvor.

Ab und zu ging Aislinn in das Studio, um zu sehen, wie die Geschäfte liefen. Doch viel wichtiger war für sie Tony, der ihre ganze Zuneigung brauchte. Er war erst wenige Wochen alt, und dennoch stellte er bereits das Wichtigste in ihrem Leben dar.

Nur ein Punkt machte sie unglücklich, nämlich dass ihre Eltern sie nicht in Ruhe ließen. Nachdem sie sich damit abgefunden hatten, dass ihre Tochter einen unehelichen Sohn hatte, versuchten sie alles, um einen Ehemann für sie zu finden, der sie mit ihrem Kind akzeptierte. Eine Heirat mit einem angesehenen Mann würde den Makel auslöschen, der jetzt auf der Familie lag.

Aislinn ließ sich von der Offenheit der jungen Männer, denen sie vorgestellt wurde, nicht täuschen. Sie sahen über die Tatsache, dass Tony unehelich war, großzügig hinweg. Alle hatten jedoch das Bankkonto ihres Vaters im Kopf und vertrauten auf seine gönnerhafte Unterstützung. Doch trotz der Sturheit ihrer Eltern konnte Aislinn noch eher mit ihnen fertig werden als mit Lucas Greywolf.

Als es kurz vor Mittag zum zweiten Mal klingelte, wusste sie, wer vor der Tür stand. Einen Augenblick faltete sie die Hände und kniff die Augen zu. Dann atmete sie tief durch. Es klingelte noch einmal, und langsam ging sie zur Tür.

Mit einem Mal wünschte sie sich, sie wäre nicht so eitel gewesen und hätte sich unauffälliger angezogen. Sie hatte noch Umstandskleider getragen, um ihrem Körper Zeit zu geben, wieder schlanker zu werden. Heute hatte sie jedoch einen Sommerrock angezogen und festgestellt, dass er ihr wieder passte.

Der weite, wadenlange Rock war blau und leicht. Dazu trug sie eine weiße Bluse, die vorn durchgeknöpft war, was das Stillen von Tony erleichterte. Ihr frisch gewaschenes Haar war an den Seiten nach hinten gesteckt, damit ihre goldenen Ohrringe zur Geltung kamen.

Vielleicht war sie mit dem Make-up und dem Parfüm etwas zu weit gegangen. Zum ersten Mal seit Monaten hatte sie sich heute einparfümiert. Doch dagegen konnte sie jetzt nichts mehr tun, denn es klingelte bereits zum dritten Mal.

Sie öffnete die Tür und blickte Lucas in die Augen. Eigentlich wollten sie beide auf Konfrontation gehen. Stattdessen waren sie beim Anblick des anderen freudig überrascht.

Diese hellgrauen Augen in dem dunklen Gesicht überraschten Aislinn jedes Mal aufs Neue. Er trug ein frisches Hemd, ansonsten war er wie am Vortag angezogen. Die Jeans, die abgetragenen Stiefel, das silberne Kreuz und der Ohrring.

Sie trat zur Seite und ließ ihn hereinkommen. Lucas blickte auf sie herab. Sein Blick blieb auf den runden Brüsten ruhen.

Vor Verlangen verkrampfte sich sein Magen, als er sich an die rosigen Spitzen erinnerte, an denen sein Sohn gesaugt hatte. Er hätte ihr gestern beim Stillen nicht zusehen dürfen. Doch er hatte einfach hinsehen müssen, er konnte nicht anders.

Ihre Brüste waren jetzt deutlich größer als noch vor zehn Monaten. Dadurch wirkte ihre übrige Figur allerdings nur noch schlanker. Und in den Sandalen erschienen ihre Füße klein wie die eines Kindes.

Er räusperte sich. „Wo ist Tony?"

„Er schläft in seinem Zimmer."

Vollkommen lautlos und mit sparsamen Bewegungen drehte er sich um und ging in das Kinderzimmer. Aislinn bewunderte seinen geschmeidigen Gang.

Als Aislinn das Kinderzimmer betrat, beugte Lucas sich gerade über Tonys Wiege. Die Zärtlichkeit in seinem Blick weckte Gefühle in ihr, die sie nicht wahrhaben wollte. Ausweichend fragte sie: „Dachtest du, dass ich lüge? Musstest du dich mit eigenen Augen überzeugen? Denkst du, ich verstecke ihn vor dir?"

Mit derselben katzenartigen Anmut drehte er sich zu ihr. „Das würdest du nicht wagen."

Einige Augenblicke lang sahen sie einander schweigend an. Noch einmal sah er auf sein Kind, bevor er durch das Zimmer ging, ihren Arm ergriff und sie in den Flur führte.

„Ich würde gern etwas trinken", sagte er.

Ihr lag schon eine Bemerkung wie: „Das hier ist keine Kneipe!" auf der Zunge, doch dann beschloss sie, dass es besser war, mit ihm in der Küche zu sitzen, wo sie den Tisch zwischen sich hatten.

„In Ordnung. Aber lass mich los." Sie wand den Arm aus seinem Griff. Sie wollte seine warmen, kräftigen Finger nicht spüren. Die Berührung weckte zu viele Erinnerungen in ihr, die sie in all den Monaten aus ihrem Gedächtnis zu verdrängen versucht hatte. Andererseits wollte sie mit ihm keinen Streit anfangen.

„Tonys Sachen sind noch nicht gepackt", stellte er fest, während er sich auf denselben Stuhl wie am Vortag setzte, und blickte sie an.

„Was hättest du gern? Saft, Cola, Wasser?"

„Cola."

Sie holte eine Dose aus dem Kühlschrank und schenkte ein Glas ein.

„Tonys Sachen sind nicht gepackt", wiederholte er.

Sie setzte sich ihm gegenüber und kämpfte gegen das Zittern ihrer Hände an. „Das stimmt."

„Dann schließe ich daraus, dass du mich heiraten willst."

„Falsch, Mr. Greywolf. Ich werde weder dich noch sonst jemanden heiraten."

Er trank einen Schluck und wischte sich den Mund ab. „Ich werde meinen Sohn bekommen."

Aislinn befeuchtete sich die Lippen. „Ich finde, dass Tony dich kennenlernen sollte. Das ist nur fair euch beiden gegenüber. Ich werde dich nicht davon abhalten, ihn zu sehen. Du darfst kommen, wann immer du möchtest. Ich möchte das lediglich ein paar Stunden im Voraus erfahren, um mich darauf einstellen zu können. Ich werde mich auf dich einrichten … Wohin gehst du?" Lucas war mit einem Mal aufgestanden und ging zur Tür.

„Ich hole meinen Sohn."

„Warte!" Sie sprang auf und hielt ihn fest. „Lass uns vernünftig miteinander reden. Ich werde nicht dastehen und zusehen, wie du mir meinen Sohn wegnimmst."

„Er ist auch mein Sohn."

„Im Moment braucht er aber dringender seine Mutter. Erst gestern hast du festgestellt, dass du ihn nicht stillen kannst."

„Da gibt es andere Wege." Er versuchte sich loszumachen.

Aislinn hielt seinen Arm noch stärker fest. „Bitte. Vielleicht, wenn er älter ist."

„Ich habe dir meine Alternativen genannt. Offenbar willst du nicht einwilligen."

„Du meinst die Heirat?" Sie ließ seinen Arm los und bemerkte, wie dicht er vor ihr stand. Abrupt wandte sie sich ab und ging zur Spüle. „Heiraten kommt überhaupt nicht infrage."

„Ich sehe nicht den Grund."

Seine Beharrlichkeit regte sie auf, und sie musste sich mühsam beherrschen. Er zwang sie, alles offen auszusprechen, und das fiel ihr schwer. „Ich kann dich nicht heiraten, weil das vieles nach sich ziehen würde."

„Du meinst, dass du dieses Haus verlassen müsstest?"

„Unter anderem. Da ist auch noch mein Fotostudio."

„Das läuft auch ohne dich sehr gut."

„Na gut", schrie sie auf und fuhr zu ihm herum. „Es ist das Leben mit dir ... und ..."

„Mit mir zu schlafen." Er beendete den Satz für sie. Seine tiefe Stimme klang so vertraulich, dass Aislinn ein Schauer über den Rücken lief.

Als Antwort wandte sie sich wieder ab und senkte den Kopf.

„Dann reden wir also nicht über die Ehe. Es geht um den Sex. Ich meinte Heirat nur im rechtlichen Sinne. Anscheinend deutest du mehr in meinen Vorschlag hinein."

„Ich ..."

„Nein, nein. Wenn wir schon darüber reden, sollten wir alles klären."

Er trat hinter sie, und sie konnte seine Nähe spüren, noch bevor sie seinen Atem im Nacken fühlte. Sie kam sich wie in einer Falle vor.

„Du kannst den Gedanken nicht ertragen, mit mir zu schlafen, ist das der Punkt?" Er legte einen Arm um ihre Taille und zog sie an sich.

„An jenem Morgen auf dem Berg hattest du nichts dagegen."

„Hör auf." Ihr geflüsterter Einwand klang schwach.

Lucas fuhr mit der Nase durch ihr Haar und berührte ihr Ohr mit den Lippen. „Habe ich an jenem Morgen etwas nicht mitbekommen? Oder sagen weiße Frauen anders Nein?"

„Schluss damit. Hör auf." Sie seufzte auf.

Mit einem Finger berührte er flüchtig ihre Brustspitze, und sofort trat ein Tropfen Milch hervor. „Es klang in meinen Ohren viel mehr wie ein Ja."

„Das hätte niemals passieren dürfen."

„Was ist los, Miss Andrews? Haben Sie nach der langen Zeit auf einmal ein schlechtes Gewissen, mit einem Indianer geschlafen zu haben?"

Sie stieß seine Arme weg, drehte sich um und ohrfeigte ihn. Der Knall hallte durch die Küche wie ein Peitschenhieb. Beide verharrten verblüfft über den plötzlichen Wutausbruch und die boshaften Worte, die dazu geführt hatten.

Rasch zog sie die Hand zurück. „Sprich nie wieder so zu mir", stieß sie aus, und ihr Atem ging hastig.

„In Ordnung", sagte er leise, aber drohend, und drückte sie mit dem Rücken gegen die Anrichte. „Dann sprechen wir jetzt darüber, weshalb du dich heute so herausgeputzt hast. Wolltest du sichergehen, dass ich die blonde Schönheit in dir erkenne? Sollte das mich als Indianer einschüchtern? Wie kann ich so eine Göttin nur fragen, ob sie mich heiratet? Willst du das damit bewirken?"

„Nein!"

„Was soll dann dieser verführerische Duft? Und wozu dieses aufreizende Make-up?", fragte er mit zusammengepressten Kiefern. „Und es wirkt tatsächlich aufreizend auf mich."

Er konnte ein Aufstöhnen nicht unterdrücken, und er presste Aislinn dicht an sich. Das Gesicht barg er in ihrer Halsbeuge und rieb den Unterleib an ihr.

Die Umarmung dauerte nur wenige Sekunden, dann trat er einen Schritt zurück. Sein Brustkorb hob und senkte sich rasch. Ein paar Knöpfe seines Hemds waren aufgegangen, und seine Gesichtsfarbe hatte sich noch mehr verdunkelt. In Aislinns Augen wirkte er wild und gefährlich. Und unglaublich sexy.

„Siehst du, ich kann mein Verlangen kontrollieren. Red dir nicht ein, dass ich dich mehr begehre als du mich. Du bist nur eine zusätzliche Last für mich, die ich meinem Sohn zuliebe mitnehme, weil ich keine Milchdrüsen habe. Aber ich werde den Preis des Zusammenlebens mit dir zahlen, um Tony ein Zuhause zu schaffen." Er fuhr sich mit der Hand durchs Haar und atmete ein paarmal tief durch. „Jetzt frage ich dich ein letztes Mal. Willst du mit mir kommen oder nicht?"

Bevor sie sich so weit unter Kontrolle bringen konnte, um ihm zu antworten, klingelte es an der Haustür.

7. KAPITEL

„Wer ist das?", wollte Lucas wissen.
„Ich weiß es nicht", antwortete Aislinn.
„Erwartest du jemanden?"
„Nein."
Sie entschuldigte sich, obwohl das in dieser Situation eher lächerlich war, und ging zur Haustür. In Gedanken überlegte sie immer noch, wie sie sich jetzt Lucas gegenüber verhalten sollte.
Sie öffnete die Haustür und erstarrte. Was musste eigentlich noch alles geschehen, um diesen Tag zum grauenvollsten ihres Lebens zu machen?
„Willst du uns denn nicht hereinbitten?", fragte Eleanor Andrews ihre Tochter erstaunt.
„Ich ... Es tut mir leid", stotterte Aislinn. Sie trat zur Seite, um ihre Eltern ins Wohnzimmer zu lassen.
„Stimmt irgendetwas nicht?", erkundigte sich ihr Vater.
„Nein, nein. Ich habe euch nur nicht erwartet." Wie üblich fühlte sie sich durch ihre Eltern eingeschüchtert. In ihrer Gegenwart kam sie sich immer noch wie ein Kind vor, das gleich getadelt wird.
„Wir sind gerade aus dem Club gekommen", sagte Eleanor und lehnte den Tennisschläger an die Wand. „Und da wollten wir mal bei dir hereinschauen."
Nicht sehr glaubhaft, überlegte Aislinn. Wenn ihre Eltern zu ihr kamen, gab es dafür immer einen triftigen Grund. Sie ließen sie auch nicht lange im Unklaren.
„Erinnerst du dich an Ted Utley?", fragte ihr Vater unvermittelt. „Du hast ihn vor ein paar Jahren auf dem Opernball getroffen."
„Damals war er verheiratet", fügte ihre Mutter hinzu.
Während Eleanor sich sehr wortreich über die unglückliche Scheidung und das Vermögen von Mr. Utley ausließ, versuchte Aislinn, ihre Eltern wie eine Außenstehende zu betrachten. Die beiden verkörperten den amerikanischen Traum. Sie führten ein sorgenfreies Leben, und dennoch überlegte Aislinn, ob einer von ihnen jemals irgendeine Lust am Leben empfunden hatte.
Natürlich lachten sie, wenn sie zu Weihnachten fotografiert wurden, und ihre Mutter weinte bei Beerdigungen. Ihr Vater regte sich

auf, wenn er über die Staatsverschuldung sprach, aber Aislinn hatte die beiden niemals gemeinsam lachen oder lauthals streiten hören. Sie hatte sie sich küssen gesehen, aber sie hatte niemals erlebt, dass sie sich feurige Blicke zuwarfen. Obwohl sie ihre Tochter war, sah sie ihre Eltern als die gefühllosesten Menschen, die sie je getroffen hatte.

„Also, wir möchten, dass du Dienstag zu uns zum Abendessen kommst", sagte ihre Mutter. „Wir werden auf der Veranda essen, aber zieh dir etwas Nettes an. Und besorg dir einen Babysitter für das ... das Kind."

„Er heißt Tony", betonte Aislinn. „Und ich werde mir keinen Babysitter besorgen, weil ich nicht zum Essen kommen werde."

„Warum nicht?", fragte ihr Vater missmutig nach. „Nur weil du ein uneheliches Kind hast, musst du dich schließlich nicht gleich vor der Welt verstecken."

Sie lachte. „Vielen Dank, Vater, dass du so großmütig bist." Er bemerkte den Spott nicht. „Ich möchte nur keinen peinlichen Abend mehr erleben, an dem ihr beide, Mutter und du, versucht, mich mit einem Mann zu verkuppeln, der auch gestrauchelten Frauen gegenüber offen ist."

„Das reicht", erwiderte er scharf.

„Wir wollen doch nur dein Bestes", wandte Eleanor ein. „Du hast dein Leben völlig durcheinandergebracht. Wir versuchen deinen Fehler so gut wie möglich auszubügeln. Das Wenigste, was du uns deshalb entgegenbringen kannst ..."

Eleanor unterbrach ihren Vortrag und holte tief Atem. Sie hob eine Hand an die Brust, als wolle sie einen Angreifer abwehren. Willard Andrews folgte ihrem Blick, und auch er zuckte förmlich zusammen. Auch ohne sich umzudrehen, wusste Aislinn, was ihre sonst so unerschütterlichen Eltern aus der Fassung brachte.

Als sie sich umwandte und Lucas Greywolf ansah, verspürte sie wieder diese Mischung aus Angst und Erwartung, die sie jedes Mal bei seinem Anblick empfand.

Er stand aufrecht und groß in der Tür zwischen Wohnzimmer und Küche. Seine grauen Augen blickten Aislinns Eltern prüfend an. Seine Lippen bildeten einen schmalen, geraden Strich. Das Hemd stand ihm fast bis zum Bauch offen, und sein Brustkorb bewegte sich kaum, wenn er atmete. Er stand so reglos, als sei er eine Statue, trotzdem strahlte er eine unbändige Energie aus.

„Mutter, Vater, darf ich euch Mr. Greywolf vorstellen?", sagte sie und brach damit die Stille.

Niemand sagte ein Wort. Lucas nickte den Andrews kurz zu, doch Aislinn nahm an, dass er das nur tat, weil Alice Greywolf ihrem Sohn gute Manieren eingetrichtert hatte. Sicher wollte er ihren Eltern keinen Respekt bezeugen.

Dem angstvollen Blick ihrer Mutter nach hätte Lucas auch ein entsprungener Tiger sein können. Willard fand schließlich die Sprache wieder. „Lucas Greywolf."

„Ja", antwortete Lucas knapp.

„Ich habe in der Zeitung von Ihrer Entlassung gelesen."

„Um Himmels willen." Eleanor schwankte und hielt sich an einer Sessellehne fest. Sie war so bleich, als stände sie vor einem Erschießungskommando.

Willard strafte seine Tochter mit einem eiskalten Blick. Aus purer Gewohnheit schlug sie die Augen nieder. „Was ich nicht verstehe, Mr. Greywolf", sagte er, „ist, weshalb Sie im Haus meiner Tochter sind. Offensichtlich sogar mit ihrem Einverständnis."

Aislinn ließ den Kopf gesenkt. Sie hatte gedacht, dass ihr Aufeinandertreffen mit Lucas schlimm war, aber nichts war so schlimm wie das jetzt. Aus dem Augenwinkel sah sie, dass Lucas auf sie zukam. Eleanor ging einen Schritt zurück und schrie fast auf, als Lucas Aislinns Kinn hochhob und ihr in die Augen sah.

„Also?"

Er wollte ihr anscheinend die Wahl lassen, ob sie ihren Eltern den Grund für sein Hiersein mitteilte oder ob er es selbst tun musste. Sie drehte den Kopf weg und sah ihre Eltern an. Tief durchatmend, zögerte sie einen Augenblick.

„Lucas ist Tonys Vater."

Die darauffolgende Stille war so bedrückend, dass Aislinn ihren eigenen Herzschlag hören konnte. Die Gesichter ihrer Eltern waren in entsetztem Ausdruck erstarrt.

„Das ist unmöglich", brachte Eleanor schließlich heraus.

„Lucas und ich, wir haben uns getroffen, als er vor zehn Monaten aus dem Gefängnis ausgebrochen war", erklärte Aislinn.

„Das glaube ich nicht." Eleanor schüttelte kaum merklich den Kopf.

„Doch, das tun Sie", erwiderte Lucas abfällig. „Sonst wären Sie nicht so entsetzt. Sicher ist es unerfreulich, erfahren zu müssen, dass der eigene Enkel auch einen Indianerhäuptling als Großvater hat."

„Wagen Sie es nicht, in diesem Ton mit meiner Frau zu sprechen", befahl Willard und machte einen drohenden Schritt auf Lucas zu. „Ich könnte Sie einsperren lassen wegen ..."

„Ersparen Sie mir die Drohungen, Mr. Andrews. Das alles ist mir nicht neu. Schon reichere und mächtigere Männer als Sie haben mir gedroht. Ich habe keine Angst."

„Was wollen Sie?", wollte Willard wissen. „Ist es Geld?"

Greywolfs Blick wurde kalt und verächtlich. Er richtete sich noch mehr auf. „Ich will meinen Sohn."

Unvermittelt wandte Eleanor sich an Aislinn. „Gib ihn ihm."

„Was?" Aislinn musste sich verhört haben. „Was hast du gesagt?"

„Gib ihm das Baby. Das wäre das Beste für alle Beteiligten."

Angewidert sah Aislinn erst ihre Mutter an, dann ihren Vater, der durch sein Schweigen sein Einverständnis erklärte. „Ihr erwartet, dass ich mein Kind weggebe?" Doch sie erkannte an den Gesichtern ihrer Eltern, dass sie es ernst meinten.

„Hör uns doch einmal im Leben zu, Aislinn", setzte ihr Vater an und ergriff ihre Hand. „Du hast dich immer gegen unseren Willen aufgelehnt und absichtlich das getan, was wir nicht gutheißen konnten. Aber diesmal bist du zu weit gegangen und hast einen großen Fehler gemacht. Ich verstehe nicht, wie du mit ..." Unfähig, es auszusprechen, sah er nur rasch zu Lucas hinüber. Dann wandte er sich wieder an seine Tochter. „Aber es ist geschehen. Diesen Fehler wirst du für den Rest deines Lebens bereuen, wenn du das Kind jetzt nicht weggibst. Anscheinend sieht wenigstens Mr. Greywolf das von der richtigen Seite. Lass ihn das Kind aufziehen. Wenn du willst, überweise ich regelmäßig Geld ..."

Aislinn zog die Hand weg und wich vor ihm zurück, als habe er eine ansteckende Krankheit. Wie konnten ihre Eltern ernsthaft vorschlagen, sie solle ihr Kind weggeben? So tun, als sei Tony das traurige Ergebnis einer wilden Party?

Sie sah beide an, und mit einem Mal kamen sie ihr wie Fremde vor. Wie wenig kannten die beiden sie eigentlich? „Ich liebe meinen Sohn. Für nichts in der Welt würde ich ihn weggeben."

„Aislinn, sei vernünftig", wandte Eleanor ein. „Ich bewundere deinen Einsatz für das Kind, aber ..."

„Ich denke, Sie sollten lieber gehen." Lucas' Tonfall war genauso befehlend wie seine Körperhaltung. Er schien sie alle drei zu überragen, als sie sich jetzt gleichzeitig zu ihm umdrehten.

Willard stieß verächtlich die Luft aus. „Ich werde mich sicherlich nicht im Haus meiner Tochter von einem ... von Ihnen herumkommandieren lassen. Abgesehen davon geht die Diskussion Sie überhaupt nichts an."

„Sie geht ihn sehr wohl etwas an", widersprach Aislinn. „Er ist Tonys Vater. Und wie immer meine Entscheidung ausfällt, sie betrifft auch ihn."

„Er ist ein Krimineller", regte ihr Vater sich auf.

„Er ist zu Unrecht verurteilt worden. Er hat unschuldig im Gefängnis gesessen." Sie bemerkte, dass Lucas sie überrascht ansah, als sie ihn verteidigte.

„Die Gerichte waren da anderer Ansicht. Er ist ein ehemaliger Sträfling. Noch dazu", Willard betonte jedes Wort, „ein Indianer."

„Genau wie Tony", stellte Aislinn mutig richtig. „Und das bedeutet nicht, dass ich meinen Sohn deswegen weniger liebe."

„Du darfst deswegen aber nicht erwarten, dass wir ihn akzeptieren", sagte Eleanor kühl.

„Dann schließe ich mich Lucas an und bitte euch zu gehen."

Noch nie hatte Aislinn ihren Vater so kurz vor einem Wutanfall erlebt, doch er beherrschte sich mit letzter Kraft. „Solltest du irgendetwas mit diesem Mann zu tun haben, brauchst du von mir in Zukunft nichts mehr zu erwarten."

„Ich habe nie etwas von dir erwartet, Vater." Tränen standen ihr in den Augen, aber sie hielt den Kopf stolz hoch. „Ich habe dir das Geld für das Fotostudio zurückgezahlt, das ich anfangs auch nicht wollte. Für nichts bin ich dir etwas schuldig, nicht einmal für eine glückliche Kindheit. Ihr habt mir meine Pläne immer ausgeredet, und ich habe mich in jeder größeren Entscheidung eurem Willen gebeugt. Bis jetzt. Wenn Mutter und du nicht akzeptieren könnt, dass Tony euer Enkel ist, habt ihr auch in meinem Leben keinen Platz mehr."

Die beiden nahmen Aislinns Worte mit derselben kühlen Haltung hin, die sie ihr ganzes Leben über bewahrt hatten. Ohne ein weiteres

Wort nahm Willard Andrews seine Frau beim Arm und geleitete sie zur Tür. Eleanor blieb nur kurz stehen, um ihren Tennisschläger mitzunehmen. Sie blickten sich nicht um.

Aislinn ließ den Kopf sinken. Sie konnte die Tränen nicht länger zurückhalten. Ihre Eltern wollten über ihr Leben bestimmen oder gar keinen Anteil mehr daran nehmen. Es fiel Aislinn schwer zu erkennen, dass die Vorurteile so weit reichten, dass ihre Eltern den eigenen Enkel ablehnten.

Auf der anderen Seite waren Tony und sie besser ohne sie dran, wenn die beiden so engstirnig dachten. Sie wollte nicht, dass ihr Sohn sich einmal seiner Gefühle schämte. Er sollte in einer Freiheit aufwachsen, die sie selbst nie erlebt hatte. Er sollte seine Welt erleben, so wie sie die Welt mit Lucas erlebt hatte.

Aislinn fuhr herum und sah Lucas an, der schweigend hinter ihr stand. Als seine Gefangene hatte sie zum ersten Mal das Leben als etwas Spannendes erfahren. Nur zu deutlich konnte sie sich an die Wut, die Angst und die Freude mit ihm erinnern. Das alles war zwar nicht unbedingt wundervoll gewesen, aber wenigstens wirklich. Noch nie zuvor hatte sie sich so lebendig gefühlt.

„Was wirst du jetzt tun?", wollte Lucas wissen.

„Willst du mich immer noch heiraten?"

„Unserem Sohn zuliebe, ja."

„Wirst du Tony ein guter und liebevoller Vater sein?"

„Das schwöre ich."

Es war die schwerste Frage, die sie jemals stellen musste, doch sie begegnete seinem Blick standhaft. „Und zu mir? Was für ein Ehemann wirst du mir sein?"

„Du bist die Mutter meines Sohnes. Ich werde dich mit dem nötigen Respekt behandeln."

„Du hast mir oft Angst gemacht. Ich will mein Leben nicht in Angst vor dir verbringen."

„Ich werde dir niemals etwas antun. Das schwöre ich bei meinem Großvater, Joseph Greywolf."

Was für ein seltsamer Heiratsantrag, dachte Aislinn. Kein Kerzenschein, keine Rosen, Wein oder Musik. Kein Vollmond oder Liebesschwüre. Sie lächelte schwach. Na ja, sie konnte nicht alles haben.

Gerade hatte sie alles hinter sich gelassen, was ihr vertraut war.

Es gab kein Zurück, und Lucas würde niemals seinen Sohn aufgeben. Das hatte er ihr deutlich gemacht.

Es würde eine Ehe ohne Liebe werden, abgesehen von ihrer gemeinsamen Liebe für Tony. Andererseits gab es in ihrem Leben ohnehin keine Liebe, und so würde sie nichts vermissen. Eine Zukunft mit Lucas und Tony würde jedenfalls nicht langweilig werden.

Sie blickte zu Lucas auf. „Also gut, Lucas Greywolf", sagte sie ohne weiteres Zögern. „Ich werde dich heiraten."

Zwei Tage später um neun Uhr morgens wurden Aislinn und Lucas in demselben Gerichtsgebäude getraut, in dem Greywolf vier Jahre zuvor schuldig gesprochen worden war.

Die Braut drückte ihr Baby an die Schulter, als sie die Antwort gab, die sie rechtlich zur Ehefrau des Mannes machte, der neben ihr stand und für sie nicht viel mehr als ein Fremder war. Sie trug ein pfirsichfarbenes Leinenkostüm und darunter eine elfenbeinfarbene Bluse, durch die ihre schwarze Spitzenwäsche durchschimmerte. Es wirkte weich und weiblich, ohne sonderlich feierlich zu sein.

An einer Seite hatte sie das Haar mit einer Spange zurückgesteckt, die sie von ihrer Großmutter geerbt hatte.

Lucas hatte sie mit einem blassblauen Hemd und einer dunklen Hose überrascht. Dazu trug er ein Sportjackett und eine dezente Krawatte. Er sah mit dem langen schwarzen, zurückgekämmten Haar unglaublich männlich aus. Sie wussten, dass sie zusammen die Aufmerksamkeit auf sich zogen. Beim Betreten des Gerichts hatten sich viele Blicke auf sie gerichtet.

Noch bevor Aislinn sich dessen, was geschah, richtig bewusst geworden war, war die Zeremonie bereits vorbei, und sie verließen das Gebäude. Lucas hatte ihr einen flüchtigen Kuss gegeben, nachdem der Standesbeamte sie zu Mann und Frau erklärt hatte. Jetzt führte er sie zu dem uralten Transporter auf dem Parkplatz.

„Wir holen bei dir zu Hause deine Sachen ab, und dann fahren wir los."

Lucas wollte so schnell wie möglich ins Reservat zurück und noch vor Einbruch der Dunkelheit am Ziel ankommen.

Während sie in ihrem Haus Tony und sich selbst umzog, lud Lucas ihr gesamtes Gepäck auf die Ladefläche des Transporters. Ein letztes Mal ging Aislinn durch ihr Zuhause, doch sie musste feststellen, dass sie es nicht bedauerte, von hier fortzugehen.

Es war für sie nie ein richtiges Heim gewesen. Das Einzige, woran sie innerlich hing, war das Kinderzimmer, das sie für Tony eingerichtet hatte.

„Hast du alles?" Lucas kam ihr entgegen, nachdem er den Strom abgestellt hatte.

„Ich glaube schon."

Auch er hatte sich umgezogen und trug wieder Jeans und Stiefel. Das Stirnband hatte er sich wieder umgebunden und den Ohrring eingesetzt.

Sie schlossen die Tür hinter sich. Die Einrichtung und das Grundstück würden sie später verkaufen. Auch den Wagen ließ Aislinn zurück, doch schon bald sollten sie erkennen, dass das ein Fehler gewesen war.

„Diese alte Kiste hat keine Klimaanlage", stellte Lucas bedauernd fest. Sie fuhren auf dem Highway, und der Wind zerzauste Aislinns Haar. Tony lag in seiner Tragetasche, die sicher zwischen ihnen beiden auf dem Sitz festgeschnallt war. Es war zu heiß, um die Fenster zu schließen, dafür musste Aislinn ständig mit ihren Haaren kämpfen. Obwohl sie sich nicht beschwerte, war es Lucas aufgefallen.

„Es ist nicht so schlimm", log sie.

„Greif mal ins Handschuhfach", sagte er.

Dort fand sie ein Tuch, das sie sich um den Kopf band. Prüfend betrachtete sie sich im Rückspiegel.

„Bin ich jetzt offiziell eine Indianersquaw?" Lächelnd sah sie Lucas an.

Als er das belustigte Blitzen in ihren Augen sah, erwiderte er ihr Lächeln. Es breitete sich langsam auf seinem Gesicht aus, als habe er vergessen, wie man lächelt. Schließlich lachte er kurz auf.

Danach war die Stimmung zwischen ihnen nicht mehr so angespannt. Nach und nach gerieten sie ins Gespräch und erzählten sich Geschichten aus ihrer Kindheit.

„In gewisser Weise war ich genauso einsam wie du", sagte Aislinn.

„Nachdem ich deine Eltern gesehen habe, glaube ich dir das."

„Sie können bei Weitem nicht so sehr lieben wie deine Mutter."

Lucas sah sie nur kurz an und nickte.

Obwohl er es so eilig hatte, nach Hause zu kommen, fragte er Aislinn oft, ob er anhalten solle, damit sie etwas essen oder trinken könnte. „Wir müssen bald anhalten", sagte sie kurz nach Mittag. „Tony wacht langsam auf, und sicher wird er Hunger haben."

Der Kleine hatte die ganze Fahrt über ruhig in seiner Tasche geschlafen. Aber jetzt wachte er hungrig und ungeduldig auf. Als sie die nächste Ortschaft erreichten, schrie er schon fast ohne Unterbrechung.

„Wo soll ich halten?", erkundigte Lucas sich.

„Wir können auch weiterfahren. Ich schaffe das schon."

„Nein, es wird für dich bequemer, wenn wir halten. Sag einfach, wo."

„Ich weiß nicht", antwortete sie. Sie wollte nicht, dass Tonys Geschrei Lucas verärgerte. Vielleicht war seine Geduld bald erschöpft, und er überlegte es sich mit der Vaterschaft anders.

„Bei einem Waschraum?", schlug er vor und suchte den Straßenrand ab.

„Ich gehe mit ihm nur ungern in die Öffentlichkeit, wenn er sich so aufführt."

Lucas fuhr schließlich auf einen Parkplatz bei einem Park und hielt im Schatten an. „Wie ist es hier?"

„Prima." Aislinn knöpfte die Bluse auf und legte sich Tony an die Brust. Sofort hörte er auf zu schreien. „Puh", sagte sie erleichtert und lachte. „Ich weiß nicht, ob wir noch lange ..."

Sie verstummte, weil sie ihm ins Gesicht sah und den gefühlvollen Blick bemerkte, mit dem er seinen Sohn betrachtete. Sie konnte nicht weitersprechen. Als er merkte, dass sie ihn beobachtete, blinzelte er und sah wieder nach vorn.

„Hast du Hunger?", fragte er.

„Eigentlich schon."

„Wie wär's mit einem Hamburger?"

„Ja, gern. Irgendwas."

„Sobald Tony versorgt ist, holen wir uns etwas."

„Okay."

„Habe ich dir wehgetan?"

Sie hob den Kopf und sah ihn fragend an. Er blickte immer noch aus dem Fenster. „Wann, Lucas?"

„Du weißt schon. An jenem Morgen."
„Nein." Sie sprach so leise, dass sie ihre Stimme selbst kaum hörte. Mit der Faust schlug er auf das Lenkrad. Rhythmisch schwang er ein Knie vor und zurück, während er die Landschaft betrachtete. Bei jedem anderen Mann hätte Aislinn das als Nervosität gedeutet. Aber Lucas wurde nie nervös. Oder doch?
„Ich war lange Zeit im Gefängnis gewesen."
„Das weiß ich."
„Und ohne eine Frau."
„Ich verstehe."
„Ich war grob zu dir."
„Nicht sehr ..."
„Und später tat es mir leid. Ich dachte, dass ich dir vielleicht wehgetan hätte. An den Brüsten. Oder ..."
„Nein, das hast du nicht."
„Du bist so zierlich gebaut."
„Es war schon lange her seit dem letzten Mal."
„Aber ..."
„Es war keine Vergewaltigung, Lucas."
Sein Kopf fuhr herum. „Du hättest sagen können, dass es eine war."
In ihren Blicken lagen Dinge, die besser unausgesprochen blieben. Aislinn senkte den Kopf und schloss die Augen, als sie spürte, wie sie von Hitzewellen durchflutet wurde. Selbst jetzt noch konnte sie sich an das Gefühl, ihn in sich zu spüren, erinnern.
Lucas versuchte, nicht auf die schmatzenden Geräusche seines Sohns zu hören. Er wusste noch deutlich, wie er selbst an Aislinns Brustspitzen gesogen hatte. Wie er sie mit der Zunge umspielt und gereizt hatte. Er riss sich aus diesen Gedanken, bevor ihn körperliche Erregung überkam.
„Wann hast du festgestellt, dass du schwanger warst?", fragte er nach einer Weile rau.
„Ungefähr zwei Monate später. Mir wurde manchmal schlecht, und ich war immer so erschöpft. Und natürlich blieb meine Regel aus."
„Natürlich."
Aus dem Augenwinkel sah er, wie sie Tony an die andere Brust legte. Sicher musste sie sich überwinden, sich in seiner Nähe zu ent-

blößen. Trotzdem hätte er dieses Schauspiel am liebsten genau betrachtet. Er wollte ihre Brüste sehen und berühren. Ihr Anblick, ihr Duft und der Klang ihrer Stimme erregten ihn, und er wollte sie ganz in sich aufnehmen.
„War es eine leichte Schwangerschaft?"
„Soweit das möglich ist", antwortete sie lächelnd.
„Hat er dich oft getreten?"
„Wie ein Fußballspieler."
„Ich stelle ihn mir lieber als Marathonläufer vor."
Sie blickten sich an, und die gemeinsamen Wünsche für ihr Kind verbanden sie. „Ja, wie ein Dauerläufer", stimmte sie sanft zu. „Genau wie du."
Eine Woge von Stolz überkam ihn. Einen Augenblick konnte er vor Rührung kaum noch atmen. „Danke." Fragend sah sie ihn an. „Dafür, dass du meinem Sohn das Leben geschenkt hast."
Jetzt war Aislinn an der Reihe, gerührt wegzusehen. Einem stolzen Mann wie Lucas kam ein Dank nicht leicht über die Lippen. Sie nickte nur, um die Stimmung nicht zu zerstören.
Dann konzentrierte sie sich auf Tony, bis er fertig war, und reichte ihn an Lucas. Er hielt ihn, bis Aislinn ihre Bluse wieder geschlossen hatte, und half ihr dann beim Windelwechsel.
Sie sprachen nicht weiter. Es war alles gesagt.

„Gene ist hier", stellte Lucas an Aislinn gewandt fest, als er den Transporter vor dem kleinen weißen Steinhaus parkte. Der Zaun ringsum war frisch gestrichen, und auf der Veranda brannte ein Windlicht. Zinnien blühten seitlich am Wegesrand.
Es war schon dunkel. Seit Stunden fuhren sie bereits durch das Reservat, obwohl sie diesmal keine Nebenstraßen benutzen mussten. Dennoch war die Fahrt lang und ermüdend. Aislinn war vollkommen erschöpft.
„Bleiben wir hier über Nacht?", erkundigte sie sich hoffnungsvoll.
„Nein, wir sagen nur rasch Hallo. Ich möchte so schnell wie möglich zu meinem eigenen Land."
Sein Land? Sie hatte nicht gewusst, dass er Landbesitzer war. Bislang hatte sie nicht einmal nachgefragt, wie er sie versorgen wollte,

wenn er nicht mehr als Anwalt praktizieren durfte. Doch Greywolf war findig genug, sodass sie sich keine Sorgen um den Lebensunterhalt machte. Sicher würde er seinem Sohn das Leben so angenehm wie möglich machen.

Lucas half ihr beim Aussteigen. Zum ersten Mal fühlte sie so etwas wie Anspannung. Was war, wenn Alice und Gene Dexter auf Tony genauso reagierten wie ihre Eltern? Hier galt Aislinn noch mehr als Außenseiterin als Lucas in ihrer Welt. Wie würde man sie empfangen?

Lucas schien sich keine Sorgen zu machen. Er lief den Weg entlang und sprang auf die Veranda. Zweimal pochte er gegen die Tür, bevor Gene Dexter ihm öffnete.

„Na, das wurde auch Zeit. Alice hat sich schon ..."

Als der Arzt Aislinn den Weg entlangkommen sah, verstummte er. „Gene, ist es Lucas?", rief Alice von drinnen. „Lucas?" Sie lief um Gene herum und lächelte strahlend. „Da bist du ja! Wir haben uns schon Sorgen gemacht. Wieso bist du nicht direkt nach Hause gekommen? Bist du ein paar Tage in Phoenix geblieben?"

Lucas trat einen Schritt zur Seite. Als Alice Aislinn sah, wirkte sie sehr erstaunt. Und als sie das Baby auf Aislinns Arm entdeckte, öffnete sie fassungslos den Mund. „Ich denke, Sie sollten lieber ins Haus kommen. Es ist kalt hier draußen."

In diesem Moment wusste Aislinn, dass sie Alice mögen würde. Es wurden keine Fragen gestellt, sondern sie wurde einfach akzeptiert.

Lucas hielt ihr die Tür auf, und Aislinn betrat mit Tony auf dem Arm das Wohnzimmer, das einfach, aber geschmackvoll eingerichtet war.

„Mutter, Gene, ihr erinnert euch sicher an Aislinn."

„Natürlich", antwortete Gene.

„Hallo."

Alice lächelte sie an und fragte dann schüchtern: „Darf ich mal das Baby sehen?"

Aislinn drehte Tony so, dass sie ihn sehen konnte. Unwillkürlich stieß Alice die Luft aus. Tränen traten ihr in die Augen, als sie die Hand ausstreckte und über die dunklen Härchen auf seinem Kopf strich. „Lucas", flüsterte sie.

„Anthony Joseph", berichtigte Lucas stolz. „Mein Sohn."
„Oh ja, ich sehe, dass er dein Sohn ist."
Alice biss sich auf die Unterlippe, um nicht gleichzeitig zu lachen und zu weinen. „Er sieht genauso aus wie du damals. Gene, sieh dir das an. Ist er nicht wunderhübsch? Anthony Joseph. Nach Vater." Mit tränenverklärten Augen sah sie Aislinn an. „Danke."
„Ich ... wir ... wir nennen ihn Tony. Möchten Sie ihn einmal halten?"
Alice zögerte einen Augenblick, bevor sie die Arme nach dem Baby ausstreckte. Seit Jahren ging sie in der Klinik mit Neugeborenen um, und dennoch behandelte sie Tony, als sei er aus Porzellan. Sie ging mit ihm zu einem Sofa und sang ihm leise ein indianisches Schlaflied vor.
„Scheint so, als müsste ich den Gastgeber spielen", sagte Gene und schloss die Haustür. „Aislinn, setzen Sie sich doch." Mit einladender Geste wies er auf das Wohnzimmer.
„Wir haben heute geheiratet", sagte Lucas unvermittelt.
„Das ist ... das ist toll", entgegnete Gene leicht verunsichert.
Die Situation wäre ungemütlich geworden, wenn Alice sich nicht eingemischt hätte. „Bitte setzt euch doch alle", drängte sie. „Ich werde gleich etwas zu essen und zu trinken holen, aber erst muss ich ein paar Minuten für Tony haben."
„Mach dir keine Mühe, Mutter. Wir können nicht lange bleiben."
„Ihr fahrt wieder? Aber ihr seid doch gerade erst gekommen."
„Ich will nach Hause, so schnell es geht."
Ungläubig sah Alice ihren Sohn an. „Du meinst, zu dir? Du willst heute noch zu deinem Wohnwagen fahren?"
„Ja."
„Zusammen mit Aislinn und Tony?"
„Sicher."
„Aber der ist doch viel zu klein. Und außerdem ist in der Zwischenzeit nicht einmal sauber gemacht worden", wandte Alice ein.
„Alice", warf Gene tadelnd ein.
Sofort verstummte sie und blickte Aislinn und Lucas verunsichert an. „Das geht mich ja nichts an. Ich habe nur gehofft, ihr würdet ein paar Tage hier bei mir bleiben, bevor ihr weiterfahrt."
Lucas betrachtete Aislinn. Sie würde sich nicht einmischen, doch

obwohl sie sich nicht beklagte, konnte sie, wenn es darauf ankam, halsstarriger als jeder Esel sein. Das hatte er an ihr von Anfang an bewundert. Jetzt allerdings sah er ihr die Erschöpfung an. „In Ordnung. Für eine Nacht", willigte er ein.

„Oh, das freut mich." Alice strahlte. „Hier, Aislinn, nehmen Sie den Kleinen. Ich habe etwas Essen warm gestellt, für den Fall, dass Lucas heute doch noch kommt."

„Ich werde Ihnen helfen", bot Aislinn an.

Gene und Lucas folgten ihnen aus dem Zimmer. An der Tür hielt Lucas Gene am Arm fest. „Wir vertreiben euch doch nicht aus dem großen Bett, oder?", fragte er flüsternd.

„Leider nicht", sagte Gene bedauernd.

„Immer noch dasselbe?"

Traurig nickte der Arzt. „Deine Mutter ist eine einzigartige Frau, Lucas, und ich werde nicht aufgeben, bis sie meine Frau ist."

Lucas klopfte ihm auf den Rücken. „Gut. Sie braucht dich."

Sie betraten die Küche, und Lucas dachte daran, mit was für einer einzigartigen Frau er verheiratet war. Deshalb konnte er den Blick nicht von ihr wenden.

Sie bemerkte den Blick und erwiderte ihn schüchtern. An ihre Rolle als Ehefrau würde sie sich erst noch gewöhnen müssen. Aber sie freute sich, dass Lucas sich neben sie setzte.

Als sie später das Geschirr zum Spülbecken trug, fragte Alice ihren Sohn: „Wieso hast du mir nichts von dem Baby erzählt?"

Die nachfolgende Stille wirkte bedrückend. Schließlich antwortete Aislinn.

„Er wusste nichts von Tony, bis er vor drei Tagen zu mir kam, um sich zu bedanken." Sie versuchte den verblüfften Blicken zu begegnen, doch dann senkte sie den Blick.

„Ich habe sie gezwungen, mich zu heiraten", erklärte Lucas offen. „Ich drohte, ihr Tony wegzunehmen, wenn sie nicht einwilligen würde."

Unruhig rutschte Gene auf seinem Stuhl. Alice hob eine Hand an den Mund und hoffte gleichzeitig, dass man ihr den Schock nicht zu deutlich anmerkte. „Ich bin froh, dich als Schwiegertochter zu haben, Aislinn", sagte sie schließlich.

„Danke", antwortete Aislinn und lächelte sie an. Sie wusste, dass

Gene und Alice vor Neugier brannten. Umso mehr schätzte sie daher deren Zurückhaltung.

„Du musst nach der langen Fahrt müde sein", sagte Alice freundlich. „Ich werde dir das Zimmer zeigen. Du kannst in meinem Bett schlafen."

„Nein." Noch bevor jemand etwas erwidern konnte, widersprach Lucas entschlossen. „Sie ist meine Frau, und sie wird bei mir schlafen."

8. KAPITEL

Das Schweigen war fast unerträglich. Gene blickte in seine Kaffeetasse und nahm sie unruhig von einer Hand in die andere, und Alice blickte peinlich berührt auf ihre verschränkten Finger. Aislinn drückte das Gesicht an Tonys Köpfchen, während sie rot anlief. Nur Lucas schien von seiner Ankündigung völlig unbeeindruckt.

„Brauchst du noch etwas aus dem Wagen?", fragte er und stand auf.

„Den kleinen Koffer und Tonys Tasche", antwortete Aislinn leise.

„Mutter, was meinst du, können wir für Tony aus einer Schublade ein Bettchen machen?"

„Ja, natürlich. Komm, Aislinn." Alice legte ihr eine Hand auf die Schulter. „Lass uns Tony für die Nacht zurechtmachen."

„Ich werde Lucas helfen." Gene folgte ihm aus der Küche.

Das Schlafzimmer, in das Alice Aislinn führte, war klein. Ein altmodischer Schminktisch, ein gepolsterter Stuhl, ein Schubladenschrank und ein Doppelbett waren die einzige Einrichtung.

„Die Schubladen sind leer", sagte Alice und zog eine heraus. „Nach Vaters Tod habe ich hier alles ausgeräumt."

„Bislang hatte ich noch keine richtige Zeit dafür, dir zu sagen, wie leid es mir für dich tut."

„Danke, Aislinn. Er war schon sehr alt und wollte nicht mehr jahrelang in einem Krankenhaus oder Pflegeheim liegen. Es ist so geschehen, wie er es sich gewünscht hat."

Während sie sich unterhielten, hatte sie die Schublade mit einer mehrmals gefalteten Decke ausgelegt, um einen weichen Untergrund für das Baby zu schaffen.

„Danke, Alice. Das wird reichen. Obwohl er in einem oder zwei Monaten sicherlich die Schublade kaputt treten würde." Zärtlich drückte sie den Kleinen an sich und küsste ihn auf die Schläfe.

„Oh, bis dahin habe ich eine Wiege besorgt. Ich rechne fest damit, dass du mich oft mit ihm besuchen kommst."

„Macht dir das mit Lucas und mir denn nichts aus?" Unsicher suchte sie Alices Blick.

„Vielleicht sollte ich dich das lieber fragen. Hast du Kummer?"

„Am Anfang war ich wütend. Jetzt bin ich mir nicht mehr sicher", gab sie ehrlich zu. „Wir kennen einander kaum, aber wir beide lieben Tony. Es ist uns beiden sehr wichtig, dass er ein schönes Leben führen kann. Darauf aufbauend kann ja vielleicht auch unsere Ehe klappen."

„Das Leben dort draußen auf der Ranch wird ganz anders sein als das, was du bislang kennst."

„Schon bevor ich Lucas traf, hatte mich mein damaliges Leben zu Tode gelangweilt", gestand Aislinn. „Und die meisten Umstellungen sind nicht leicht."

Die Frauen sahen einander an. Alice musterte skeptisch Aislinns entschlossenen Gesichtsausdruck. „Lass uns das Bett herrichten", sagte sie schließlich ruhig.

Als es mit Laken bezogen war, stellte Aislinn fest, wie schmal es war. Wie sollte sie die Nacht darin mit Lucas verbringen? Sie hörte, wie er sich unten mit Gene unterhielt, nachdem er nur rasch das Gepäck ins Zimmer gebracht hatte.

„Ich gehe jetzt", sagte Alice. „Wenn ich Gene nicht Gute Nacht sage, wird er sich vernachlässigt fühlen." Sie küsste Tony, der bereits zufrieden in der Schublade lag. Dann nahm sie noch einmal Aislinns Hand. „Ich freue mich sehr, dich in der Familie zu haben."

„Obwohl ich eine Weiße bin?"

„Im Unterschied zu meinem Sohn mache ich nicht eine ganze Rasse für das verantwortlich, was einige wenige getan haben."

Spontan gab Aislinn ihrer neuen Schwiegermutter einen Kuss auf die Wange. „Gute Nacht, Alice. Danke für alles."

Als sie allein war, stillte sie Tony und hoffte, dass er die Nacht durchschlafen würde. Aislinn wollte mit dem Stillen fertig sein, bevor Lucas ins Zimmer kam, weil sie nicht noch mal so eine Situation erleben wollte wie vorhin im Transporter.

Es gab im ganzen Haus nur ein Badezimmer, das sich zwischen den beiden Schlafzimmern befand. Aislinn ging dorthin, nachdem sie Tony zu Bett gelegt hatte. Zurück im Schlafzimmer, blieb ihr nichts mehr zu tun, als sich auszuziehen.

Dies war offiziell ihre Hochzeitsnacht, doch das Nachthemd, das sie aus dem Koffer zog, war schon etwas älter und nicht gerade aufreizend. Vielmehr wirkte es schlicht und praktisch.

Sie cremte sich gerade die Arme ein, als Lucas hereinkam und die

Tür hinter sich schloss. Ungeschickt machte sie die Lotion wieder zu und redete sich ein, dass sie nicht aufgeregt war, weil sie eine Nacht mit Lucas verbringen würde.

Hätte sie sich im Spiegel betrachtet, dann wäre ihr ihr eigener erwartungsvoller Blick aufgefallen. Sie wirkte jung und unschuldig, obwohl ihr das Haar verführerisch über die Schultern fiel. Ihre Lippen glänzten rosig, und trotz des mädchenhaften Nachthemds sah sie in den Augen ihres Bräutigams unglaublich sexy aus.

Das Licht der Leuchte auf dem Nachttisch war gedämpft, und Lucas' Schatten in dem kleinen Zimmer wirkte noch größer als sonst.

„Schläft Tony etwa schon?", erkundigte er sich und knöpfte sich das Hemd auf.

„Ja. Es scheint ihn nicht zu stören, in einer Schublade zu liegen."

Im Spiegel sah sie Lucas' Lächeln, als er sich über seinen Sohn beugte. Die Schublade stand auf dem Boden neben dem Bett. Wie leicht musste es sein, sich in einen Mann zu verlieben, der einer Frau gegenüber diese Zärtlichkeit ausstrahlte.

Innerlich riss sie sich zusammen. Bei keinem der Männer, die sie kannte, war so etwas vorstellbar, und schon gar nicht bei Lucas Greywolf. Um diese dummen Fantasien aus ihrem Kopf zu verbannen, nahm sie die Bürste und kämmte sich die Haare durch, bis sie vor Spannung knisterten.

Lucas setzte sich zu ihr auf die Bettkante, um die Stiefel auszuziehen. „Gene hat mir eben gesagt, dass er sich über unsere Hochzeit freut."

Es war so untypisch für Lucas, eine derartige Unterhaltung zu beginnen, dass Aislinn die Hände sinken ließ und ihn im Frisierspiegel ansah. „Wieso?"

Er lachte, und auch das war ungewöhnlich. „Seit Jahren will er meine Mutter heiraten. Sie hat ihm versprochen, nach meiner Freilassung einzuwilligen." Lucas stand wieder auf und öffnete den Gürtel. „Jetzt nach unserer Hochzeit hat sie keine Ausflucht mehr."

„Er ist so ein netter, liebenswürdiger Mensch. Wie kann sie überhaupt zögern, ihn zu heiraten?"

„Immerhin ist er ganz anders als dein Ehemann."

Sie legte die Bürste weg. „So meinte ich das nicht."

„Spielt auch keine Rolle. Ich bin nun mal dein Mann."

Aislinn schluckte, als Lucas langsam auf sie zukam. Bis auf die Jeans ausgezogen, strömte er männliches Selbstbewusstsein aus. Unwillkürlich blickte sie auf den offenen Hosenknopf, und ihr Herz schlug wild in einer Mischung aus Verlangen und Beklommenheit.

In dem weichen Licht wirkte seine Haut noch dunkler, und sein Körperhaar schimmerte. Auf den Wangenknochen zeichnete sich der Schatten seiner langen Wimpern ab, und sein Blick schien Aislinn durchbohren zu wollen. Ihr kam es vor, als könne er durch sie hindurchsehen. Sie erbebte.

„Lucas?"

„Du hast schönes Haar."

Er stand jetzt direkt hinter ihr, und ihre Schultern befanden sich in Höhe seiner Hüften. Im Gegensatz zu seinem dunklen, muskulösen Bauch wirkte ihr Haar noch heller. Als er einzelne Strähnen zwischen den Fingern hindurchgleiten ließ, schimmerten sie golden.

Wie gebannt betrachtete Aislinn diesen sinnlichen Anblick im Spiegel. Sie zwang sich, das Ganze wie eine Außenstehende zu sehen, obwohl sie selbst ein Teil davon war. Nur so konnte sie es durchstehen.

Als er eine Hand voll ihrer Haare an seinem Bauch rieb, klopfte ihr Herz dennoch rasend. Wenn sie sich jetzt eingestände, dass sie sich tatsächlich in dieser erotischen Situation befand, würde sie sich umdrehen und die straffe Haut seiner Magengegend küssen. Dann würde sie mit der Zunge den schmalen Streifen dunklen Haars hinunterfahren. Über den Nabel hinweg bis zu dem offenen Hosenbund, wo die Körperbehaarung wieder dichter und breiter wurde.

Er ließ ihr Haar wieder auf die Schultern fallen und strich mit den Händen über ihren Hals. „Wieso gefällt mir deine helle Haut so gut?", fragte er heiser. „Ich versuche doch so sehr, sie zu hassen."

Er berührte ihre Ohrläppchen und rieb sie sanft mit Daumen und Zeigefinger. Aislinn seufzte auf. Ohne es zu wollen legte sie den Kopf in den Nacken und lehnte sich dabei gegen Lucas' Bauch. Genießerisch rollte sie den Kopf von einer Seite zur anderen. Im Spiegel sah sie ihr Haar auf seiner dunklen Haut und stellte fest, wie schön sie beide zusammen waren.

Langsam strich er mit den Händen über ihre Schultern bis zu dem Halsausschnitt ihres Nachthemds. Aislinn riss die Augen auf und sah ihn im Spiegel an.

„Ich möchte meine Hände auf deiner Haut sehen."

Gefesselt sah sie zu, wie seine kräftigen Finger über ihren Oberkörper strichen und hinabfuhren, wobei er ihr das Nachthemd mit abstreifte. Als er über ihre Brüste strich, atmete sie keuchend. Sanft drückte er ihre Brüste und beschrieb kreisende Bewegungen. Mit den Handflächen umschloss er die Unterseiten ihrer vollen Brüste, während er gleichzeitig mit den Daumen ihre erregten Brustspitzen reizte.

Aufstöhnend wand sie sich unter den Liebkosungen und drückte den Kopf gegen den flachen Bauch, der sich unter Lucas' hastigen Atemzügen hob und senkte.

Im Spiegel blickten sie einander an und betrachteten fasziniert seine großen, männlichen Hände, die über die zarte Haut ihrer Brüste strichen. Mit sanftem Druck steigerte er langsam die Hitze ihrer Empfindungen, bis ihr Körper vor Verlangen bebte.

Tief in sich spürte sie eine Glut, die sie immer mehr ausfüllte. Es gab nur einen Weg, um dieses ungeduldige Sehnen zu stillen.

Das aber war unmöglich. Schlagartig traf Aislinn diese Erkenntnis, und sie stieß seine Hände von sich. Aufspringend zog sie sich das Nachthemd über die Brüste und wandte sich zu Lucas um. „Ich kann nicht."

Der verletzte Laut, den er ausstieß, klang wie von einem Tier, das verwundet in der Falle sitzt. Fest umfasste er ihren Oberarm und zog sie an sich. „Du bist meine Frau."

„Aber nicht dein Besitz", fuhr sie ihn an. „Lass mich los."

„Ich habe ein Recht darauf."

Mit den Fingern fuhr er ihr durchs Haar und drückte ihren Kopf näher zu sich. Unwillkürlich versuchte sie ihn von sich zu schieben. Sie drückte gegen die Seiten seines Brustkorbs. Die Haut fühlte sich glatt und warm an, und die Muskeln waren so hart, dass sie am liebsten erkundend darüberstreichen wollte. Mit Lippen und Zähnen wollte sie seinen Körper kennenlernen. Ihre Entschlossenheit nahm immer mehr ab.

Aber das hier war nicht richtig. Sie waren verheiratet, und damit bekam Lucas gewisse Rechte, doch sollte Liebe dabei keine Rolle spielen? Oder wenigstens gegenseitiger Respekt? Sie wusste, dass Lucas nur Verachtung für sie wegen ihrer Herkunft empfand. Sie wollte nicht lediglich ein Ventil für seine Lust darstellen.

Und wenn er nicht einsah, dass das, was sie taten, nicht richtig war, gab es noch einen anderen Grund, mit dem sie ihn von sich fernhalten konnte. Und diesen Grund würde sie jetzt benutzen.

Kurz bevor er die Lippen auf ihren Mund senken konnte, sagte sie: „Denk daran, Lucas! Tony ist noch nicht einmal einen Monat alt." Sie sah das Unverständnis in seinem Blick und fuhr hastig fort: „Du hast gesagt, du wollest mir niemals wehtun. Aber wenn wir jetzt miteinander schlafen würden, würdest du es tun. Mein Körper hat sich nämlich noch nicht ganz von der Geburt erholt."

Wortlos sah er ihr ins Gesicht, und sein erregter Atem streifte ihre Wange. Als er schließlich begriff, was sie meinte, blickte er an ihr hinunter.

Allmählich lockerte er den Griff und schob sie von sich. Unruhig befeuchtete sie sich die Lippen. „Reiz mich nicht noch mehr auf", beschwerte er sich und fuhr sich durchs Haar. Dann bedeckte er das Gesicht mit beiden Händen. „Geh ins Bett."

Sie wollte nicht streiten. Nachdem sie rasch noch einmal nach Tony gesehen hatte, der tief und ruhig schlief, legte sie sich in das frisch bezogene Bett. Durch das geöffnete Fenster drang kühle Luft, und so zog Aislinn eine leichte Decke über sich.

Sie schloss die Augen, bekam jedoch mit, als Lucas sich die Jeans auszog. Durch die Wimpern betrachtete sie ihn. Sie sah die langen Beine und die breiten Schultern. Das dunkle Dreieck zwischen seinen kräftigen Schenkeln und seine Erregung. Dann wurde es dunkel, als er die Lampe ausschaltete.

Als er neben ihr lag, konnte sie nur daran denken, dass er nackt und erregt war. Obwohl er sie nicht berührte, spürte sie seine Körperwärme. Das Geräusch seines Atems war gleichzeitig elektrisierend und beruhigend. Sie war völlig verspannt, bis er das Gewicht verlagerte und sie wusste, dass er sich auf die andere Seite gedreht hatte. Erst dann konnte sie sich genug entspannen, um einzuschlafen.

Aislinn öffnete die Augen einen Spalt. Es war noch früh am Morgen, und das Zimmer lag im ersten rosigen Dämmerlicht. Ihre Brüste schmerzten leicht. Tony hatte die ganze Nacht durchgeschlafen, aber er musste bald aufwachen. Das hoffte sie jedenfalls, denn der Druck

in ihren Brüsten hatte sie geweckt.
Als sie die Augen ganz öffnete, erschrak sie, weil Lucas dicht vor ihr lag. Seine Brust befand sich direkt vor ihrer Nase. Deutlich konnte sie jedes einzelne Brusthaar erkennen. Die dunkle Haut unter dem weißen Laken verlockte zum Streicheln, doch Aislinn widerstand der Versuchung.
Reglos daliegend ließ sie den Blick über seinen Körper wandern. Den dunklen Hals entlang über das stolze Kinn, die schön geformten Lippen und die lange schmale Nase, die seinen weißen Vater verriet.
Sie sog hastig die Luft ein, als sie in seine Augen blickte. Gelassen beobachtete Lucas sie. Sein Haar wirkte auf dem weißen Kopfkissen nachtschwarz. „Wieso bist du schon wach?", fragte sie flüsternd.
„Aus Gewohnheit."
Sie musste sich beherrschen, um nicht zurückzuzucken, als er ihr eine Haarsträhne aus dem Gesicht strich. Prüfend rieb er die Haare zwischen den Fingern. „Ich war es in den letzten Jahren allerdings nicht gewöhnt, neben einer Frau aufzuwachen. Du riechst gut."
„Danke." Jeder andere Mann hätte gefragt: Welches Parfüm benutzt du? Oder: Ich mag deinen Duft. Ihr Ehemann verlor jedoch nicht viele Worte. Er drückte genau das aus, was er dachte, und Aislinn schätzte die Aufrichtigkeit seines Kompliments.
Er berührte sie. Mit fast kindlicher Neugier strich er ihr über die Augenbrauen, die Nase und den Mund. Sanft rieb er ihr über den Hals. „So weiche Haut", stellte er fest.
Mit einer schwungvollen Bewegung warf er die Decke zurück, und Aislinn musste sich zusammenreißen, um still dazuliegen, während er ihr das Nachthemd über die Schulter zog. Er war ihr Ehemann, und sie entdeckte, dass sie ihn eigentlich nicht abhalten wollte.
Er würde ihr nicht wehtun, das wusste sie sicher. Wenn er wirklich gewalttätig wäre, hätte er ausreichend Gelegenheiten gehabt, ihr etwas anzutun. Mit welcher Vorsicht hatte er damals den Kratzer an ihrem Arm behandelt! So lag sie nur da und ließ ihn ihre Brüste betrachten und mit der Fingerkuppe streicheln.
Sein angespannter Kiefer drückte seine Empfindungen aus, und einen Moment blickte er ihr in die Augen, bevor er sich vorbeugte und sie auf den Hals küsste. Tief aufstöhnend rückte er näher an sie heran, bis ihre Brüste an seiner Brust rieben.

Er schmeckte ihre Haut und nahm sie sanft zwischen die Zähne. Aislinn spürte die Berührung seiner Zunge, und es kostete sie alle Willensanstrengung, nicht seinen Kopf zu umfassen und an sich zu drücken. Er hielt sich mit so großer Anspannung zurück, dass sie sich nicht zu bewegen wagte.

Er lehnte sich einen Moment zurück und zögerte, bevor er ihr das Nachthemd noch weiter herunterzog. Eingehend betrachtete er ihren ganzen Körper. Dann ruhte sein Blick auf ihrer intimsten Stelle. Mit den Fingerspitzen strich er über die hellblonden Haare, und sein Atem ging heftiger. Aislinn konnte seine körperliche Erregung deutlich sehen.

Mit einem Mal umfasste er ihr Handgelenk, und von der unvermittelten Bewegung erschreckt, blickte Aislinn ihm in die Augen. „Du bist meine Frau", sagte er. „Weise mich nicht zurück."

Bevor sie seine Absicht erkannte, zog er ihre Hand hinunter und drückte sie an sein Verlangen. Sie öffnete den Mund, um zu widersprechen, doch Lucas verschloss ihren Mund mit einem Kuss. Tief drang er mit der Zunge in sie ein.

Er drehte sie auf den Rücken und drückte ihre Schenkel auseinander. Zwischen ihren Körpern lag seine Hand an dem Zentrum ihrer Lust, während sie sein Verlangen umfasste. Gleichzeitig liebkoste er sie mit der Hand und wand sich in ihrem Griff.

Es war so intim und schön, dass sie beide den Kuss nicht unterbrachen, damit sie mit den Schreien der Lust nicht Tony weckten.

Und es schien nie zu enden.

Schließlich legte Lucas den Kopf an ihre Brüste. Sein Atem ging immer noch tief und schnell. Aislinn spürte seine Finger, die ihr durchs Haar strichen, als suchten sie etwas, das er nicht fassen konnte.

Dann rollte er plötzlich zur Seite und stand auf. Hastig suchte er seine Kleidung zusammen und zog sich gedankenverloren an. Er wirkte verärgert, als er sich die Stiefel anzog und ohne einen weiteren Blick zu Aislinn aus dem Zimmer ging.

Aislinn war zutiefst enttäuscht und traurig. Sie sah zu der Tür, durch die er gerade verschwunden war. Schaffte er es nicht einmal, sie anzusehen, nach dem, was geschehen war? Für sie war es wunderschön gewesen. Er hatte sie nicht zwingen müssen, ihn zu streicheln und zu berühren. Aber das hatte er sicher nicht wahrgenommen.

Sie bebte immer noch am ganzen Körper. Wieso war er jetzt verärgert? Schämte er sich, oder war er angewidert? Wovon?

Möglicherweise war er jetzt genauso tief berührt wie sie und wusste ebenso wenig, wie er seine Gefühle einordnen sollte.

Sie beide hatten während ihrer Kindheit gelernt, die Gefühle zu verbergen. Aislinn durch ihre Eltern, Lucas durch die feindselige Umwelt. Er wusste nicht, wie er Zärtlichkeit und Zuneigung zeigen sollte. Diese Empfindungen gestand er nicht einmal sich selbst ein.

In diesem Moment erkannte Aislinn, dass sie Lucas Greywolf liebte.

Und wenn sie ihr Leben lang daran arbeiten müsste, sie würde ihn dazu bringen, ihre Liebe anzunehmen.

Dieses Vorhaben würde nicht leicht werden. Das erkannte Aislinn in dem Moment, als sie Lucas eine halbe Stunde später in der Küche traf. Er saß mit Alice am Tisch, trank Kaffee und aß Pfannkuchen. Aislinn übersah er vollkommen.

Während sie ihn ständig beobachtete, sah er nicht einmal in ihre Richtung. Aislinn wollte ihm ihre Liebe zeigen, doch er blickte so finster drein wie noch nie. Während des Frühstücks, des Abschieds von Alice und der Fahrt zu Lucas' Ranch sprachen sie kaum ein Wort miteinander.

Einsilbig antwortete er auf Aislinns Fragen, und sie schaffte es nicht, ihn in eine Unterhaltung zu verwickeln. Sie konnte den Blick kaum von ihm wenden, doch er blickte ihr nie direkt in die Augen. So liebenswürdig sie sich auch gab, er wirkte verschlossen und mürrisch.

Einmal, nachdem sie schon viele Kilometer gefahren waren, während Tony zufrieden zwischen ihnen schlief, fuhr Lucas zu ihr herum. „Was siehst du dir eigentlich die ganze Zeit an?"

„Dich."

„Lass das. Ich mag das nicht. Sieh dir lieber die Landschaft an."

„Wann hast du dir den Ohrring stechen lassen?"

„Vor Jahren."

„Und weshalb?"

„Weil ich es wollte."

„Er steht dir gut."

Sekundenlang blickte er wieder von der Fahrbahn zur Seite. „Was heißt das?", fuhr er sie an. „Willst du damit sagen, dass ein Mann einen Ohrring tragen darf, wenn er ein Indianer, ein Wilder ist?"

Aislinn verkniff sich eine bissige Antwort. „Nein", erwiderte sie sanft. „Das heißt, dass ich ihn an dir sehr attraktiv finde." Seine verbitterte Miene hellte sich für den Bruchteil einer Sekunde auf. Dann konzentrierte er sich wieder auf die Straße, die sich langsam die Berge hinaufwand. „Ich habe auch Ohrlöcher. Wir könnten also unsere Ohrringe austauschen."

Ihr Humor fand keine Erwiderung. Diesmal reagierte Lucas überhaupt nicht mehr. Erst einige Zeit später sagte er: „Ich trage nur diesen einen Ohrring. Mein Großvater hat ihn gemacht."

„Joseph Greywolf war Silberschmied?"

„Das war nur eine seiner vielen Fähigkeiten." Sein Tonfall hatte etwas Verteidigendes und klang gleichzeitig wie ein Angriff. „Kannst du dir nicht vorstellen, dass ein Indianer mehrere Fähigkeiten hat?"

Wieder ging sie auf die Herausforderung nicht ein, obwohl es ihr allmählich schwerer fiel. Sie begriff, dass er sich nur so aufführte, weil er sich über das, was heute früh geschehen war, ärgerte.

Er hatte ihr seine Schwäche gezeigt, und das konnte er jetzt nicht ertragen. Unter der abweisenden Schale war Lucas ein sehr empfindsamer Mann. Wie jeder Mensch sehnte er sich nach Liebe und Zuneigung, doch das sollte niemand erfahren.

Seine Feindseligkeit war nicht nur Verteidigung. Damit wollte er sich selbst auch dafür strafen, ein Außenseiter zu sein und seiner Mutter zur Last gefallen zu sein. Als Gipfel der Selbstbestrafung hatte er sogar jahrelang für andere im Gefängnis gesessen. Aislinn wollte nicht aufgeben, ehe sie nicht jede seiner seelischen Wunden aufgedeckt und geheilt hatte.

„Du hast mir nicht erzählt, dass du Land besitzt. Ja, ja, ich weiß schon", wiegelte sie ab. „Ich habe nicht danach gefragt. Werde ich immer nachfragen müssen, um etwas von dir zu erfahren?"

„Ich erzähle dir, was meiner Meinung nach wichtig für dich ist."

Diese Überheblichkeit war nun doch zu viel für Aislinn. „Denkst du auch, eine Frau sollte nur gesehen, aber nicht gehört werden?", schrie sie. „Dann müssen Sie sich umstellen, Mr. Greywolf, denn Mrs. Greywolf denkt nicht daran, sich ihrem Traumgatten unterzuordnen. Und falls dem das nicht passt, hätte er Miss Andrews nicht

so überstürzt zum Standesamt schleppen dürfen."
Krampfhaft hielt er sich am Lenkrad fest. „Was willst du über mich wissen?"
Etwas besänftigt lehnte sie sich zurück. „Hast du das Land von deinem Großvater geerbt?"
„Ja."
„Liegt die Hütte auf diesem Land?"
„Genau. Sie stand direkt hinter den Hügeln dort", sagte er und wies mit dem Kinn in die Richtung.
„Stand?"
„Ich habe sie abbrennen lassen."
Das verblüffte sie, und sie schwieg eine Weile. „Wie groß ist deine Ranch?"
„Wir sind nicht reich, falls du darauf hinauswillst", erwiderte er mit verletztem Stolz.
„Nein, das habe ich nicht gefragt. Wie groß ist das Land?"
Er nannte ihr eine Zahl, und sie war überrascht und beeindruckt. „Das blieb übrig, nachdem diese Mistkerle meinen Großvater betrogen haben. Es wurde Uran auf dem Grundstück gefunden, doch mein Großvater hat keinen Cent daran verdient."
Um nicht mit Lucas in eine heftige Auseinandersetzung über die Ausbeutung der Indianer zu geraten, wechselte Aislinn das Thema. „Was für eine Ranch ist es? Züchtest du Rinder?"
„Pferde."
Eine Weile dachte sie schweigend nach. „Ich verstehe nicht, weshalb dein Großvater in Armut gestorben ist, wenn er Pferde und so viel Land besaß."
Damit hatte sie offenbar eine wunde Stelle getroffen. Verunsichert sah Lucas zu ihr. „Joseph war sehr stolz. Er wollte sich an die Traditionen halten."
„Mit anderen Worten", stellte sie klar, „er weigerte sich, mit moderner Technik zu arbeiten."
„So ungefähr", gab er leise zu.
Aislinn fand es liebenswert, dass Lucas seinen Großvater verteidigte, obwohl er hinsichtlich der Pferdezucht nicht einmal einer Meinung mit ihm gewesen war.
Den Rest der Fahrt verbrachten sie schweigend. Als sie vom

Highway abbogen, wusste Aislinn, dass sie bald am Ziel waren. Er fuhr durch ein Holztor auf einen schmaleren Weg.

„Sind wir bald da?", fragte sie.

Er nickte. „Erwarte aber nicht zu viel."

Wie sich herausstellte, war Lucas schließlich überraschter als Aislinn. „Was ist denn hier los?", murmelte er verärgert, als sie den letzten Hügel emporfuhren.

Aislinn versuchte, alles auf einmal in sich aufzunehmen. Das Anwesen lag zwischen zwei flachen Hügeln, die ein Hufeisen formten. An einem Ende der offenen Fläche befand sich eine Pferdeweide, auf die zwei reitende Männer gerade eine kleine Herde trieben. Am Berghang lag ein alter, verwitterter Stall.

Am anderen Ende des Halbkreises stand ein Wohnwagen, von dem die Farbe abblätterte. Er sah so aus, als könne er jeden Moment unter dem Eigengewicht zusammenbrechen. In der Mitte am Ende des Geländes stand ein Steinhaus. Die Farbe entsprach der der dahinter aufragenden Berge, und so fügte das Haus sich unauffällig in die Landschaft.

Im Haus und seiner Umgebung ging es geschäftig zu. Männer riefen sich gegenseitig etwas zu, und von den Felswänden klang das Echo von Hammerschlägen bis zu dem kleinen Transporter hinüber. Außerdem hörte Aislinn noch von irgendwo das schrille Geräusch einer Kreissäge.

Lucas hielt den Transporter an und stieg aus. Ein Mann in Cowboykleidung kam aus einer Gruppe vom Haus winkend auf sie zugelaufen. Er war kleiner und kompakter als Lucas. Außerdem hatte er wie viele Reiter O-Beine.

„Johnny, was geht hier vor?", fragte Lucas statt einer Begrüßung.

„Wir richten das Haus für dich her."

„Ich wollte in dem Wohnwagen leben, bis ich genug gespart habe, um das Haus zu erneuern."

„Dann musst du eben jetzt nicht mehr warten", sagte Johnny zwinkernd. „Hallo, übrigens. Schön, dass du wieder da bist." Er schüttelte Lucas die Hand, doch der sah seinem Freund über die Schulter auf das Haus.

„Ich kann das doch alles nicht bezahlen."

„Du hast es schon bezahlt."

„Was soll das bedeuten? Weiß meine Mutter davon?"

„Ja, aber wir haben sie zum Schweigen verpflichtet. Seit wir von deiner bevorstehenden Entlassung wissen, arbeiten wir, damit es fertig wird, bevor du kommst. Zum Glück hast du dir ein paar Tage Zeit gelassen."

Johnny blickte unverhohlen auf die blonde Frau, die gerade aus dem Transporter stieg. Sie trat neben Lucas und hielt ein Baby im Arm. Der Kopf des Kindes war mit einem Tuch vor der Sonne geschützt. „Hallo."

Lucas drehte sich um und bemerkte Aislinn. „Oh. Johnny Deerinwater, dies ist meine ... meine Frau."

„Ich heiße Aislinn." Sie streckte die Hand aus.

Freundschaftlich schüttelte Johnny ihr die Hand und schob sich den Hut aus der Stirn. „Schön, Sie kennenzulernen. Alice hat uns gesagt, dass Lucas geheiratet hat. Ich schätze, der Kerl hätte Sie sonst vor seinen Freunden verheimlicht."

„Mutter hat also heute früh hier angerufen."

„Ja. Sie sagte, du seist gerade losgefahren. Wie gesagt, arbeiten wir schon ein paar Wochen an dem Haus, aber heute Morgen haben wir uns noch etwas mehr beeilt, weil wir jetzt wussten, dass du deine Frau und dein Baby mitbringst. Wollen wir nicht lieber aus der Sonne gehen?"

Johnny winkte Aislinn, sie solle vorgehen. Sie merkte, dass alle Arbeiter ihr mit Blicken folgten. Als sie einigen von ihnen zulächelte, wurde ihr Lächeln zum Teil zurückhaltend, zum Teil misstrauisch erwidert.

Lucas und Johnny folgten ihr. „Seit Joseph tot ist", sagte Johnny, „haben wir uns abgewechselt, um die Herde zu versorgen, aber die Pferde sind in alle Richtungen verstreut, und obwohl wir seit Wochen suchen, haben wir noch nicht alle wieder eingefangen."

„Ich werde sie schon finden", beruhigte Lucas ihn.

Aislinn betrat die große Veranda und ging in das Haus. Der Geruch frischer Farbe und geschliffenen Holzes überfiel sie, war ihr jedoch nicht unangenehm. Sie drehte sich im Kreis. Die weiß getünchten Wände ließen das Haus noch größer erscheinen. Überall waren Fenster, und von der Decke hingen nackte Glühbirnen. Die Fußböden waren einheitlich gefliest, und im größten Raum befand sich ein

Kamin. Sofort konnte Aislinn sich darin ein knisterndes Feuer an einem kalten Abend vorstellen. Staunend wandte sie sich an Lucas, doch der schien von dem Anblick genauso überrascht zu sein wie sie.

„Als ich hier wegging, gab es hier nichts als blanke Mauern", sagte er. „Wer hat das alles gemacht, Johnny?"

„Also, Alice und ich haben uns mal bei einer Tasse Kaffee darüber unterhalten", sagte er und wischte sich mit einem Tuch den Schweiß von der Stirn. „Wir beschlossen, dass einige Leute, die du mal rechtlich beraten hast, etwas von ihren Schulden abarbeiten könnten. Zum Beispiel hat Walter Kincaid die Böden gefliest. Pete Deleon hat die Leitungen verlegt." Er ging eine Reihe von Namen durch und zählte auf, was die Einzelnen zu dem Haus beigetragen hatten.

„Ein paar der eingebauten Dinge sind aus zweiter Hand, Mrs. Greywolf", entschuldigte er sich, „aber wir haben sie so gut wie möglich gereinigt."

„Es sieht alles wundervoll aus", stellte Aislinn fest. Auf dem Boden lag ein großer, handgeknüpfter Teppich mit indianischen Mustern. „Vielen Dank für alles, und bitte nennen Sie mich Aislinn."

Johnny nickte lächelnd. „Für die Küche haben wir eine ganz hübsche Sitzecke gefunden, und heute Morgen haben wir ein ... ein Bett besorgt."

„Ich habe auch Möbel, die wir heraufbringen lassen können", sagte Aislinn schnell. Lucas sah sie scharf an, sagte jedoch nichts. Aislinn war froh, dass er vor den anderen nicht mit ihr stritt. Auch wenn ihre Ehe ungewöhnlich war, musste das ja nicht jeder sofort erfahren.

„Linda, meine Frau, kommt heute Nachmittag und bringt ein paar Lebensmittel."

„Ich freue mich darauf, sie kennenzulernen."

Draußen hielt ein kleiner Lastwagen an, und Johnny ging zur Tür. „Das ist noch Zubehör für das Bad."

„Ich kann das nicht bezahlen", wiederholte Lucas stur.

„Wir stehen alle in deiner Schuld." Johnny lächelte und ging hinaus.

„Vielleicht solltest du mir lieber das Schlafzimmer zeigen", schlug Aislinn vor. „Damit ich Tony hinlegen kann."

„Ich bin mir selbst nicht sicher, wo es ist", erwiderte Lucas barsch.

„Hast du in dem Wohnwagen gelebt?" Aislinn folgte ihm durch den Flur.

„Ja. Über Jahre habe ich an dem Haus gebaut, wann immer ich etwas Geld übrig hatte."

„Mir gefällt es." Sie betraten ein großes Zimmer, aus dem man durch ein breites Fenster auf die Berge sehen konnte.

„Das musst du nicht sagen. Im Vergleich zu deinem Luxushaus ist es nur eine Hütte."

„Das ist nicht wahr! Ich werde es einrichten, und ..."

„Das mit deinen Möbeln kannst du vergessen."

„Wieso? Weil du zu stolz bist, um irgendetwas zu benutzen, das deiner Frau gehört? Gibt es bei Indianern nicht auch eine Mitgift?"

„Nur in alten Western. Ich kann meine Familie selbst versorgen."

„Daran zweifle ich doch gar nicht, Lucas."

„Sobald ich ein paar Pferde verkauft habe, werde ich die nötigen Möbel beschaffen."

„Und in der Zwischenzeit schläft dein Sohn auf dem Boden?"

Lucas sah zu Tony. Aislinn hatte ihn auf das breite Bett gelegt. Er war wach und sah sich neugierig um, als spüre er, dass er sich in einer neuen Umgebung befand. Lucas strich ihm mit einem Finger über die Wange und lachte, als Tony den Finger ergriff und zu seinem Mund zog.

„Siehst du, Lucas", flüsterte Aislinn. „Ob du willst oder nicht, es gibt Menschen, die dich lieben."

Er blickte sie eiskalt an, drehte sich um und verließ das Zimmer.

9. KAPITEL

Die nächsten Wochen brachten zahlreiche Veränderungen im Leben von Lucas und Aislinn. Unter Johnny Deerinwaters Leitung beendeten Lucas' Freunde die Arbeiten im Haus. Es war keinesfalls luxuriös ausgestattet, aber gemütlich. Mit sicherem Geschmack und viel Farbe richtete Aislinn das Haus ein, bis es anheimelnd und freundlich wirkte.

Sobald das Telefon angeschlossen war, rief sie in Scottsdale bei einer Spedition an und nannte die Möbelstücke, die sie zusammen mit der Waschmaschine und dem Trockner angeliefert bekommen wollte. Ein paar Tage später kam der Möbelwagen.

Während die Männer die Möbel ausluden, kam Lucas angeritten und sprang aus dem Sattel. Als Aislinn ihn zum ersten Mal auf einem Pferd gesehen hatte, war sie fasziniert gewesen, wie männlich er im Sattel wirkte. Sie genoss seinen Anblick in ausgeblichenen Jeans, Stiefeln, Hut und Arbeitshandschuhen. Oft blieb sie am Fenster stehen und sah ihm bei der Arbeit im Freien zu.

Jetzt allerdings hielt sie beim Anblick seines verärgerten Gesichts die Luft an.

Wütend kam er über die Veranda. „Ich habe dir doch gesagt, dass du dein ganzes Zeug nicht kommen lassen sollst", fuhr er sie mit gefährlich leiser Stimme an.

„Nein, das hast du nicht." Trotz seiner Wut hielt sie seinem Blick stand.

„Wir werden darüber nicht streiten, Aislinn. Sag ihnen, sie sollen alles wieder aufladen und zurück nach Scottsdale bringen. Ich brauche deine Großzügigkeit nicht."

„Ich tue das weder für dich noch für mich."

„Na, Tony kann wohl schlecht auf einem Sofa sitzen", erwiderte er boshaft.

„Mir geht es um Alice."

Verblüfft sah er sie an. „Meine Mutter?"

„Ja, sie will ihren Hochzeitsempfang hier geben. Willst du sie beschämen, indem alle Gäste auf dem Boden sitzen müssen?"

Eine Ader in seiner Schläfe pulsierte stark. Sie wussten beide, dass er darauf nichts erwidern konnte. Und obwohl er ihr am liebsten zu ihrer Gerissenheit gratuliert hätte, war er so wütend auf sie, dass er sie viel eher gewürgt hätte.

Eine Weile sah er sie wortlos an, dann drehte er sich um und ging zurück zu seinem Pferd. Beim Wegreiten wirbelte er jede Menge Staub auf.

Den ganzen Nachmittag verbrachte Aislinn damit, die Möbel zurechtzurücken, egal, wie schwer sie waren. Merkwürdigerweise passten die Möbel perfekt in die neue Umgebung. Die Sandtöne und die schlichten Formen fügten sich problemlos in die Farben, mit denen Lucas' Freunde das Haus gestrichen hatten.

Am frühen Abend war sie erschöpft, dennoch kochte sie zur Versöhnung für den Streit am Morgen ein besonders gutes Abendessen. Die Küche war zwar nicht sehr gut ausgestattet, doch dafür gab es viel Platz zum Kochen.

Tony machte es ihr an diesem Tag noch schwerer als sonst. Er weinte oft, ohne dass Aislinn den Grund dafür herausfinden konnte. Während das Essen im Ofen warm stand, nahm sie ein Bad und richtete sich so schön wie möglich für Lucas her.

Sie machte ihm keinen Vorwurf, als er erst Stunden später in der Dunkelheit zurückkam. „Möchtest du ein Bier, Lucas?"

„Klingt gut", erwiderte er mürrisch und zog seine Stiefel vor der Hintertür aus. „Ich gehe erst mal duschen." Ohne einen Dank nahm er ihr das Bier aus der Hand und verschwand in Richtung Bad. Nachsichtig blickte Aislinn ihm hinterher.

Er gab keinerlei Kommentar zu den Möbeln ab und setzte sich an den mit Aislinns Geschirr gedeckten Küchentisch. Schweigend fing er an zu essen. „Was ist das für ein Geräusch?", wollte er nach einer Weile wissen.

„Die Waschmaschine und der Trockner", antwortete sie. „Tony verbraucht so viel Wäsche, und spätestens im Winter wäre es lästig geworden, alle paar Tage in die Stadt zum Waschautomaten zu fahren."

Wie sie erwartet hatte, blickte Lucas zu Tony. Sie hatte das Kind in seiner Tragetasche auf den freien Stuhl gestellt, damit er ihre Stimmen hören und auf diese Weise an der Mahlzeit teilnehmen konnte. Lucas erkannte anscheinend die Vorteile einer eigenen Waschmaschine und sagte nichts mehr.

Aislinn fühlte sich etwas erleichterter. „Wenn sein Kinderzimmer erst einmal eingerichtet ist, wird vieles besser", wagte sie sich weiter vor. „Dann kann er nirgendwo herunterfallen. Ist dir aufgefallen, wie lebhaft er geworden ist?" Sie wischte sich den Mund ab und blickte auf ihren Teller. „Außerdem muss er dann nicht mehr zwischen uns schlafen."

Lucas zögerte zwar einen Augenblick, dann kaute er jedoch weiter und schluckte den Bissen hinunter. „Ich muss noch arbeiten." Abrupt stand er vom Tisch auf.

„Aber ich habe Kuchen zum Nachtisch gebacken."

„Später vielleicht."

Bedrückt sah sie ihm nach. Eigentlich musste sie froh sein, dass es keinen größeren Streit mehr über die Möbel gegeben hatte, aber es machte sie traurig, dass er so schnell von ihr wegkommen wollte, besonders, wenn sie über das gemeinsame Schlafen sprach.

Seit sie hier wohnten, hatte Tony zwischen ihnen beiden schlafen müssen. Doch Aislinn nahm an, dass nicht nur seine Gegenwart daran schuld war, dass Lucas sie seit jenem Morgen in Alices Haus nicht mehr berührt hatte. Meist behandelte er sie völlig gleichgültig, und nur selten sah er sie überhaupt an. Auf keinen Fall jedoch zeigte er ihr gegenüber so etwas wie Leidenschaft.

Aber darum ging es ihr eigentlich nicht in erster Linie. Den ganzen Tag über war er unterwegs, und Aislinn hatte nur Tony als Gesellschaft.

Sie war in einem Haus aufgewachsen, in dem sie ihre Meinung nie offen aussprechen durfte. Und sie hatte ganz bestimmt nicht vor, den Rest ihres Lebens schweigend zu verbringen. Deshalb beschloss sie, Lucas nicht so einfach davonkommen zu lassen und ihn direkt auf seine Missmutigkeit anzusprechen.

Zum ersten Mal seit Wochen legte Aislinn Tony zum Schlafen wieder in seine Wiege. Eine halbe Stunde später trug sie ein Tablett ins Wohnzimmer. Lucas saß auf dem Sofa. Überall um ihn herum lagen Papiere. Er schrieb in ein kleines, schwarzes Notizbuch. Aislinn bemerkte er erst, als sie die Lampe neben ihm einschaltete.

„Danke", sagte er und blickte zu ihr hoch.

„So kannst du besser sehen. Wie kannst du überhaupt in dieser Dunkelheit lesen?"

„Es ist mir nicht aufgefallen."

Aislinn vermutete, dass er nur nicht ihre Lampe benutzen wollte, obwohl er auch auf ihrem Sofa saß, doch sie sagte nichts dazu. „Hier ist frischer Kaffee und Kuchen", sagte sie und stellte das Tablett ab.

„Was für Kuchen?"

„Apfel. Magst du Apfelkuchen?"

„Im Gefängnis habe ich gelernt, nicht zu wählerisch zu sein."

„Warum fragst du dann erst?", versetzte sie gereizt.

Ohne darauf zu reagieren, schlang er das Stück Kuchen in sich hinein. Anscheinend aß er gern Süßes, und Aislinn nahm sich vor, öfter zu backen.

Er schob den leeren Teller von sich und beugte sich wieder über seine Papiere.

„Geht es dabei um die Ranch?", erkundigte sie sich.

„Nein. Es ist ein Gerichtsfall." Er machte eine kurze Pause und wurde sich wieder bewusst, dass er nicht mehr als Anwalt arbeiten durfte. „Dieser Mann hier fragt an, ob es sich für ihn lohnen könnte, vor Gericht zu ziehen."

„Und was denkst du?"

„Ich finde, er sollte es tun." Wieder machte er sich eine Notiz in sein Büchlein.

„Lucas, ich möchte mit dir reden."

Er legte den Stift weg und griff nach der Tasse Kaffee. „Worüber?"

Sie setzte sich in die andere Ecke des Sofas und zog die Knie bis unter das Kinn an. „Ich habe mir mit den Möbeln auch meine Fotoausrüstung bringen lassen. Jetzt kann ich es nicht erwarten, wieder zu fotografieren." Sie zupfte an einem Kissen herum und atmete tief durch. „Und ich wollte dich fragen, was du davon halten würdest, wenn ich den Wohnwagen zu einer Dunkelkammer umbaue."

Er blickte sie an, und hastig redete sie weiter: „Man müsste gar nicht viel ändern. Ein Waschbecken ist schon da, und das meiste könnte ich allein machen. Denk nur, wie praktisch es wäre, wenn wir Fotos von Tony machen und sie gleich entwickeln könnten. Wir bekämen so viele Abzüge, wie wir nur wollten. Und ich könnte Vergrößerungen machen ..."

„Ich bin kein Narr, Aislinn." Es war das erste Mal seit Tagen, dass

er sie mit ihrem Namen ansprach, und das spürten sie beide. „Die paar Bilder von Tony sind es kaum wert, dass du den Wohnwagen zur Dunkelkammer machst. Was also hast du vor?"
„Ich möchte arbeiten, Lucas. Der Haushalt allein füllt mich nicht aus."
„Du hast ein Kind."
„Ein sehr braves, das ich liebe und anbete und mit dem ich gern spiele. Aber er braucht mich auch nicht jede Sekunde. Ich muss etwas tun."
„Und du willst Fotos machen. Wovon?"
Das war der heikle Punkt an der Geschichte. „Von dem Reservat und den Menschen, die darin leben."
„Nein."
„Hör doch bitte zu. Bevor ich hierherkam, hatte ich keine Ahnung von dieser ..."
„Armut", vervollständigte er knapp.
„Ja, und von diesem ..."
„Schmutz, Alkoholprobleme, Verzweiflung, Hoffnungslosigkeit."
„Genau das ist es, denke ich", sagte sie leise. „Die Hoffnungslosigkeit. Aber wenn ich es fotografiere und meine Bilder vielleicht veröffentlicht werden ..."
„Es würde nichts helfen", widersprach Lucas.
„Aber es könnte auch nicht schaden." Sie sprang ärgerlich auf, weil er ihre Idee verwarf, ohne überhaupt richtig zuzuhören. „Ich will es tun, Lucas."
„Du willst dir deine zarten weißen Hände schmutzig machen?"
„Du bist auch zur Hälfte weiß."
„Darum habe ich nicht gebeten!", schrie er.
„Wir alle sind für dich Monster, stimmt's? Wie kommt es, dass du dich nie über Genes Arbeit hier im Reservat lustig machst?"
„Weil er nicht den großmütigen, mitfühlenden Wohltäter spielt."
„Und ich tue das?"
„Siehst du nicht, wie verlogen deine Hilfe wirken würde?"
„Weswegen?"
„Du lebst hier." Er machte eine ausholende Geste. „In diesem wunderbar eingerichteten Haus. Ich habe immer Indianer verachtet, die von anderen Indianern profitiert haben. Sie vergessen, wer sie

sind, und leben wie die Weißen. Und du hast mich jetzt zu einem von ihnen gemacht."

„Das ist nicht wahr, Lucas. Niemand würde dich so einschätzen."

Er war abrupt aufgesprungen und wandte ihr den Rücken zu.

Langsam ging sie auf ihn zu, fasste ihn am Arm und drehte ihn zu sich herum. „Du arbeitest schwer daran, ein Indianer zu sein. Demnächst malst du dir noch das Gesicht an und gehst auf den Kriegspfad, nur damit alle den großen tapferen Krieger in dir sehen und nicht an das weiße Blut denken, das in deinen Adern fließt."

Sie musste Atem holen, sprach jedoch erhitzt weiter. „Du hast mir gezeigt, wie sehr ich mich geirrt habe. Bislang hatte ich gedacht, ein Indianer sei nicht nur mutig und tapfer, sondern auch gefühlvoll und leidenschaftlich." Mit dem Zeigefinger stieß sie ihn vor die Brust. „Doch das wirst du nie sein. Du zeigst keine Gefühle, weil du das für eine Schwäche hältst. Meiner Meinung nach ist Starrköpfigkeit eine größere Schwäche als Zärtlichkeit. Aber du wirst niemals wissen, was das ist."

„Ich kann sehr wohl Zärtlichkeit empfinden", verteidigte er sich.

„Ach ja? Also ich als deine Ehefrau habe noch keine Anzeichen davon bemerkt."

Sie prallte gegen seine Brust, noch bevor sie überhaupt mitbekam, dass er sich bewegt hatte. Mit einem Arm umschlang er ihre Taille, während er mit der anderen Hand ihr Gesicht seitlich hielt.

Er senkte den Kopf und küsste sie sanft auf den Mund. Beim zweiten Kuss öffnete sie die Lippen, und er drang so sanft mit der Zunge ein, dass Aislinn erzitterte. Vorher hatten seine Küsse immer etwas Gewalttätiges an sich gehabt, doch dieser war überaus zärtlich.

Lucas vertiefte den Kuss immer mehr und strich ihr mit der Zunge den Gaumen entlang. Er liebkoste und reizte das Innere ihres Mundes, bis Aislinn sich nur noch schwach an seinem Hemd festkrallte.

Als er schließlich den Mund von ihrem löste, verbarg er das Gesicht in ihrer Halsbeuge. „Ich will das nicht", stöhnte er auf. „Ich will nicht."

Sie rieb sich an ihm. Sein Unterleib bewies ihr, dass er log. „Doch, du willst, Lucas. Du willst."

Mit beiden Händen hob sie seinen Kopf an und fuhr ihm mit einem Finger über die Augenbraue, den Wangenknochen entlang und seine Nase hinab. Dann umfuhr sie die Linien seines Mundes. „Du könntest dein Volk niemals verraten, Lucas."

Die Berührung der Fingerspitze an ihren Lippen machte ihn schwach. Der Duft ihres Körpers erfüllte ihn und ließ ihn die Verzweiflung vergessen, von der Teile des Reservats erfüllt waren. Der Anblick verschmutzter Kinder wurde von dem Verlangen verdrängt, das er in Aislinns blauen Augen sah. Er spürte nicht mehr die Verbitterung, die ihn stark und unnahbar machte. Alles, was er spürte, war Aislinns warmer Mund.

Sie war seine gefährlichste Feindin, denn ihre Waffe war die Verführung. Ihre Weichheit machte auch ihn schwach. Was er in diesem Moment fühlte, erschreckte ihn, und er benutzte das Mittel, das ihm immer zur Verfügung stand: seine Verachtung.

„Ich bin schon ein Verräter, weil ich eine weiße Frau habe."

Aislinn zuckte zurück, als hätte er sie geschlagen. Mit schmerzvollem Blick trat sie von ihm zurück. Damit er ihre Tränen nicht sah, wandte sie sich ab und lief ins Schlafzimmer.

Als Lucas ihr eine Stunde später folgte, tat sie so, als würde sie bereits schlafen. Tony diente nicht mehr als Puffer zwischen ihnen. Aber die Feindseligkeit erfüllte denselben Zweck.

Die abweisende Kühle zwischen Lucas und Aislinn hielt weiter an.

An dem Tag, an dem Gene Dexter und Alice Greywolf heirateten, tat Aislinn ihr Bestes, um so zu tun, als sei ihre Ehe mit Lucas zauberhaft. Die Dekoration im Haus war zwar nicht sehr ausgefallen, doch sie verbreitete Partystimmung. Die Gäste amüsierten sich ausgezeichnet. Aislinn hatte gelernt, wie man eine Party macht. Sie war eine fröhliche, reizende Gastgeberin, die offensichtlich großen Spaß hatte.

Doch Alice ließ sich nicht täuschen.

„Ich kann nicht glauben, dass du mich endlich geheiratet hast."

Gene und Alice waren nach Santa Fe in die Flitterwochen gefahren. Als er sie jetzt sanft im Arm hielt und ihr über das schwarze Haar strich, konnte er es kaum fassen, dass seine Träume sich endlich erfüllt hatten. „Du hast wundervoll ausgesehen, aber das tust du ja immer."

„Aislinn hat sich viel zu viel Mühe mit dem Empfang gegeben. Ich hatte gar nicht mit so etwas Großem gerechnet."

„Sie ist eine liebe Frau", antwortete Gene abwesend, während er Alice auf die Wange küsste.
„Tony wirkte sehr unruhig."
„Aislinn sagte mir, dass er ungewöhnlich viel schreit. Ich habe ihr empfohlen, ihn nach unserer Rückkehr zur Untersuchung zu bringen."
„Sie sind unglücklich, Gene."
Seine Arme fielen herab, und er seufzte tief auf. „Ich wusste gar nicht, dass wir Lucas und Aislinn mit in die Flitterwochen genommen haben."
„Oh, Gene." Alice schlang die Arme um ihn und drückte ihn an sich. Er hatte sein Jackett ausgezogen, aber sie waren noch in ihren Hochzeitskleidern. „Tut mir leid. Ich weiß, ich sollte mir keine Sorgen um die beiden machen, aber ich schaffe es nicht. Aislinn sieht aus, als würde sie auf einem Drahtseil tanzen, und Lucas …"
„Wie ein Bündel Dynamit kurz vor der Explosion", beendete Gene den Satz. „Er ist trotziger denn je. So verärgert habe ich ihn noch nie gesehen." Gene lachte leise in ihr Haar. „Persönlich halte ich das für ein gutes Zeichen."
„Wieso?" Sie hob fragend den Kopf.
Mit einem Finger strich er ihr über die Wange. „Wenn sie ihn nicht so sehr beschäftigen würde, wäre er nicht so gereizt. Ich glaube, diese kleine Frau dringt besser zu ihm vor als alle anderen. Und das bereitet dem furchtlosen Lucas Greywolf große Angst."
„Meinst du, Aislinn liebt ihn?"
„Ja, ganz ohne Zweifel. Ich habe etwas über ihren Vater herausgefunden. Er sitzt so ziemlich in jedem Vorstand in Scottsdale. Eine Frau mit ihrer Herkunft, deren Vater eine derartige Position in der Gesellschaft hat, hätte gegen einen Indianer das Sorgerecht bekommen können, ohne einen Finger zu krümmen. Ich weiß nicht, womit er ihr gedroht hat, aber sie musste deinen Sohn nicht heiraten. Ja, ich denke, dass sie ihn liebt."
„Und was ist mit Lucas? Liebt er sie?"
Gene runzelte die Stirn, als er an den Hochzeitsempfang dachte. Immer wenn er Lucas angesehen hatte, hatte der zu Aislinn geblickt. Und nicht nur zufällig, vielmehr hatte er sie eingehend beobachtet. Alles andere um ihn herum war ihm gleichgültig gewesen.
Er erinnerte sich, dass Aislinn die schwere Bowle ins Wohnzim-

mer getragen hatte. Lucas war zuerst zu ihr hingestürmt, um ihr die schwere Last abzunehmen, hatte es sich im letzten Moment jedoch anders überlegt und war stehen geblieben.

Als sie sich von den beiden verabschiedet hatten, waren Lucas' Gedanken ganz sicher nicht bei seiner Mutter oder Gene gewesen. Er wirkte wie gefangen von seiner Frau. Sein ganzer Körper war angespannt, als müsse er sich mit äußerster Mühe unter Kontrolle halten, während Aislinn nach außen hin unbeschwert lachend gewinkt und ihnen alles Gute gewünscht hatte.

„Als Arzt würde ich sagen, er ist liebeskrank", sagte Gene jetzt. „Er weiß vielleicht nicht, dass er sie liebt, oder wenn er es weiß, will er es nicht wahrhaben."

„Ich möchte, dass sie glücklich sind."

„Ich möchte, dass wir glücklich sind. Weißt du, was mich gerade jetzt überglücklich machen würde?" Er hob Alices Gesicht an und küsste sie, zunächst zärtlich, dann immer leidenschaftlicher. Mit den Armen hielt er sie und drückte sie an sich. „Alice, Alice", stöhnte er, als er schließlich den Mund von ihren Lippen löste. „So lange habe ich auf diesen Augenblick gewartet. Ich kann mich an gar keinen Moment erinnern, in dem ich mich nicht nach Alice Greywolf gesehnt habe."

„Alice Dexter", stellte sie leise richtig.

Gene nahm das als Zeichen dafür, dass sie ihn auch liebte und begehrte. Er griff nach den Knöpfen auf dem Rückenteil ihres schlichten, cremefarbenen Leinenkleids. Spitze und Rüschen hätten an ihrer zierlichen Figur nur erdrückend gewirkt. Als Schmuck trug sie lediglich ein Paar goldene Ohrringe, eine Goldkette und den schmalen goldenen Trauring.

Als er alle Knöpfe geöffnet hatte, zog er ihr das Kleid über die Schultern.

„Ich bin keine junge Frau mehr, Gene", wandte sie mit zitternder Stimme ein. „Ich bin bereits Großmutter."

Er lächelte nur und zog ihr das Kleid aus. Sein tiefes Atemholen und das Erbeben, das ihn durchlief, waren Beweis genug für die Empfindungen, die ihr Anblick in ihm auslöste. Sie war zierlich und schlank. Die aufreizende Unterwäsche passte perfekt zu ihr. Sie war eine bescheidene Frau mit einer unterschwelligen Sinnlichkeit, die es lediglich zu wecken galt.

Gene bewunderte seine Braut.

Sanft hielt er sie im Arm und küsste sie, bis sie ihre Scheu ablegte. Langsam zog er Alice auch die restliche Kleidung aus und trug seine Frau zum Bett. Sie schloss die Augen, während er sich auch entkleidete.

Dann kam er zu ihr und drückte sie nur an sich, während Schauer der Ekstase ihn durchliefen. Alice zitterte.

„Alice", flüsterte er. „Hab keine Angst. Solange du willst, bin ich schon damit zufrieden, dich nur im Arm zu halten. Ich weiß, warum du Angst hast. Aber ich schwöre dir, dass ich dir niemals ein Leid zufügen werde."

„Das weiß ich, Gene. Wirklich. Es ist nur schon so lange her ..."

„Schon gut. Du musst nicht weitersprechen. Nichts wird geschehen, wenn du es nicht willst." Beschützend hielt er sie im Arm und bemühte sich, seine Lust unter Kontrolle zu halten. Diese Frau war das Warten wert.

Schließlich entspannte sie sich, und er fühlte sich so weit ermutigt, sie sanft zu streicheln. Ihre Haut war seidenweich. Sie hatte den Körper einer jungen Frau, und Gene blickte fasziniert auf ihre runden, festen Brüste. Als er sie dort berührte, stöhnte sie leise, doch ein rascher Blick in ihr Gesicht verriet ihm, dass es Lust und nicht Angst war. So sanft wie eine Feder berührte er ihre dunklen Spitzen mit den Lippen.

Er liebkoste sie erregend und gleichzeitig beruhigend, bis er spürte, dass sie bereit war. Und ihr Liebesspiel war fast schmerzhaft süß, unglaublich zärtlich und schließlich wild und leidenschaftlich.

Später, als er sie im Arm hielt, seufzte er dicht an ihrem Ohr. „Selbst wenn ich noch zwanzig Jahre auf dich hätte warten müssen, Alice – du wärst die Zeit wert gewesen."

„Und du auch, Gene", erwiderte sie und küsste seine Brust. „Du auch."

Lucas schloss die Stalltür und verriegelte sie. Auch wenn dies der Hochzeitstag seiner Mutter war, auf einer Ranch hörte die Arbeit niemals auf. Gleich nachdem die Gäste gegangen waren, hatte er sich umgezogen und wieder an die Arbeit gemacht. Nach diesem langen Tag war er erschöpft.

Morgen würde ein möglicher Käufer wegen einiger Pferde kommen. Das Geld daraus wollte Lucas anlegen, um eine Hilfe einzustellen.

Vielleicht war es gut, dass er nicht mehr als Anwalt arbeiten durfte. Die Arbeit als Anwalt und auf der Ranch wäre einfach zu viel geworden. Und es machte ihm Spaß, im Freien zu arbeiten.

Dennoch vermisste er die Anwaltstätigkeit. Er hatte eine spannende Verhandlung immer genossen, und er war ein ausgezeichneter Anwalt gewesen. Selbst wenn er einen Fall verloren hatte, war er zufrieden gewesen, weil er sein Bestes gegeben hatte.

Er zog das verschwitzte Hemd aus und ging zum Wasserhahn außen am Haus. Dort ließ er sich Wasser über den Kopf und die Arme laufen, um den Stallgeruch und den Schweiß loszuwerden.

Immer wenn er an seine Freunde dachte, die ihm beim Hausbau geholfen hatten, bekam er vor Rührung einen Kloß im Hals. Es hätte sonst Jahre gedauert, bis er das nötige Geld für alles beisammen gehabt hätte. Er und Aislinn ...

Vor dem Gedanken zuckte er zurück. Er hasste es, dass er sie beide innerlich immer zusammen sah. Obwohl er sich und sie nicht als Einheit sehen wollte, kam ihm diese Vorstellung immer wieder.

Wütend ging er um das Haus herum und blieb abrupt stehen. Nur wenige Meter trennten ihn von dem offenen Schlafzimmerfenster. Aislinn ging gerade durch den Raum, und er hörte ihr leises Summen und sah ihren Schatten über die Wände gleiten.

In der Dunkelheit wirkte das helle Rechteck des Fensters sehr einladend. Es begrüßte ihn wie ein Leuchtturm den Seemann. Warm und anheimelnd. Der Anblick fesselte ihn. Er konnte nicht wegsehen, obwohl er glaubte, dass er dadurch in Aislinns Privatsphäre eindrang. Hör auf damit, beschimpfte er sich. Sie ist deine Frau.

Dennoch schämte er sich ein wenig, ihr durch das Fenster zuzusehen. Besonders, als sie wieder ins Licht kam und begann, sich auszuziehen.

In dem tiefen Schatten stand Lucas vollkommen reglos da und wagte nicht einmal zu blinzeln.

Sie knöpfte die Manschetten ihrer Bluse auf. Obwohl er es sich nicht eingestehen wollte, musste er zugeben, dass sie an diesem Tag wunderbar ausgesehen hatte. Die Bluse war wie ein Herrenhemd geschnitten, nur dass die Ärmel und der Kragen viel weiter waren. Der Kragenknopf saß Aislinn tief auf der Brust.

Die Bluse besaß kleine Perlenknöpfe, und als sie sich vorbeugte,

um die Ärmel aufzubekommen, fiel ihr Haar golden schimmernd über ihr Gesicht. Nichts wünschte er sich sehnlicher, als jetzt sein Gesicht in dieses duftige blonde Haar zu stecken und das seidige Gefühl auf der Haut zu genießen. Er wusste bereits, wie sich dieses Haar an seinem Bauch anfühlte. Wie mochte es sich an seinen Schenkeln anfühlen oder an seinem ...
Innerlich fluchend riss er sich zusammen.

Als sie sich mit aufreizender Langsamkeit die Bluse auszog, konnte er deutlich die sexy Unterwäsche sehen, die ihn schon den ganzen Tag über fasziniert hatte. Das Top wurde von Spaghettiträgern gehalten, und die zarte Spitze berührte ihre Brüste wie eine Liebkosung. Der Ansatz ihrer Brüste war noch zu erkennen, und die weiche helle Haut strahlte im Lampenlicht. Lucas wollte sie dort küssen.

Das Top war nicht durchsichtig genug, weil es offensichtlich dafür gemacht war, durch die Bluse hindurchzuschimmern, doch selbst aus der Entfernung meinte Lucas, die dunklen Brustknospen erkennen zu können. Er stellte sich unweigerlich vor, die Spitzen mit den Lippen zu umschließen.

Der Rock, den sie trug, war zartrosa und raschelte bei jedem Schritt, den Aislinn machte. Dieses Geräusch hatte ihn heute fast um den Verstand gebracht. Er hielt den Atem an, als sie hinter sich griff, um ihn aufzuknöpfen. Dieser Vorgang schien sich endlos hinzuziehen, dann rutschte der Rock an ihren Schenkeln hinab und über ihre Waden, die in blassen Seidenstrümpfen steckten.

Lucas unterdrückte einen Fluch und wischte sich die feuchten Hände an der Jeans ab. Sie trug mit Spitzen besetzte Strumpfbänder, und zwischen den Strümpfen und dem Strumpfbandhalter wirkten ihre Schenkel so weich und warm wie Samt. Gerade als er sich seinen Fantasien hingab, wurde ihm klar, dass er wie ein Spanner seiner eigenen Frau beim Ausziehen zusah. Wenn er sich so nach ihr sehnte, und sein Körper bewies ihm deutlich, wie groß sein Verlangen war, weshalb ging er nicht einfach hinein? Sie war schließlich mit ihm verheiratet. Hatte er nicht ein Recht auf Sex?

Doch er ging nicht, weil er wusste, dass es zu riskant wäre. Wenn er ohne innere Beteiligung mit ihr schlafen und nur seine Lust an ihr ablassen könnte, dann wäre alles unkompliziert, und er würde nicht weiter darüber nachdenken, bis er wieder diese Spannung verspürte.

Doch so würde es nicht sein. Sie hatte ihn verhext und sich irgendwie in seinem Kopf und seinem Herzen eingenistet, und diese Gefühle sprachen gegen das, wonach sein Körper sich sehnte. Er konnte nicht mit ihr schlafen, ohne weiter darüber nachzudenken.

Er erinnerte sich an den Morgen auf dem Berg. Sie war ihm damals nachgeklettert, um ihn zu trösten, in einer Zeit, als sie jeden Grund gehabt hätte, so schnell wie möglich zu fliehen. Deutlich sah er noch ihr Gesicht vor sich, als er in sie eingedrungen war.

Und zu den unpassendsten Zeiten, wenn er eigentlich wütend auf sie sein wollte, musste er daran denken, wie sie sein Kind im Arm hielt. Sie umsorgte ihn, auch wenn er sie nicht darum bat. Und manchmal wartete sie bereits auf der Veranda auf ihn, wenn er nach einem langen Arbeitstag nach Hause kam. Immer lächelte sie, als freue sie sich, ihn zu sehen.

Wieso behandelte sie ihn so nachsichtig? Er konnte keinen Grund dafür erkennen. Sie hatte allen Grund, ihn zu hassen, und wenn sie ihm Ablehnung entgegenbringen würde, wäre vieles für ihn einfacher. Sie könnten sogar hin und wieder ungezügelten Sex miteinander haben, um den Druck loszuwerden. Stattdessen stand er hier bebend im Dunkeln.

Während er sie weiter durch das offene Fenster betrachtete, meinte er, dass sein Blut langsam zu kochen anfing. Sie stand nicht mehr ganz im Licht, doch an dem Schatten an der Wand erkannte er, dass sie sich die Strümpfe auszog. Sie setzte einen Fuß auf die Bettkante, löste die Strumpfbänder und rollte den Strumpf langsam über das Knie, die Wade und den Knöchel hinab. Ruhig zog sie ihn anschließend vom Fuß. Dann wiederholte sie das Ganze am anderen Fuß.

Gebannt sah er zu, als sie sich die Träger des Tops über die Schultern streifte und sich bewegte, bis das Top zu Boden glitt. Anmutig stieg sie aus dem Stoffstück heraus, und als sie sich aufrichtete, konnte Lucas sie im Profil sehen. Jede Rundung ihres perfekten Körpers zeichnete sich deutlich ab.

Lucas verzweifelte fast. Wieso stritt sie nicht mit ihm? Hatte sie mit ihm Mitleid? Oder wollte sie ihm eine Mustergattin sein? Ihren Großmut wollte er nicht.

Lucas drehte sich auf dem Absatz um und ging zur Hintertür, die er knallend hinter sich zuschlug. Wütend knipste er überall auf seinem Weg durch das Haus die Lichter aus. Als er ins Schlafzimmer platzte, hatte er sich regelrecht in seine Wut hineingesteigert.

„Was glaubst du eigentlich, was du da tust?", brüllte er los.

Unschuldig und überrascht sah Aislinn zu ihm auf. Wie eine kleine Göttin saß sie in dem Schaukelstuhl, und das blonde Haar fiel ihr über die Schultern. Eine Seite ihres Nachthemds war heruntergezogen, und sie stillte Tony.

„Ich gebe ihm die Brust", antwortete sie schlicht.

Mit beiden Armen stützte Lucas sich streitlustig gegen den Türrahmen. Sein noch feuchter Oberkörper glitzerte im Lampenlicht. Sein dunkles Haar war nass und lockig. Das hin und her pendelnde Halskettchen blitzte immer wieder auf.

Er machte sich lächerlich. Wie ein Narr kam er sich vor und blickte von seiner Frau weg zum Bett. Ihre aufreizende Unterwäsche lag dort ausgebreitet wie nach einem langen, leidenschaftlichen Nachmittag. Dadurch regte Lucas sich aufs Neue auf.

„Nächstes Mal könntest du mal darüber nachdenken, bevor du wieder halb nackt vor dem hell erleuchteten Fenster herumspazierst."

„Was meinst du damit, Lucas?"

Mit vor Wut bebendem Finger wies er auf das Fenster. „Du sollst dich nicht vor offenem Fenster ausziehen."

„Oh", sagte sie nur und blickte in die Richtung. „Daran habe ich nicht gedacht."

„Dann denk von jetzt an daran, okay?"

„Aber wer sollte mich denn sehen?"

„Ich!", schrie er. „Ich konnte dich bis zum Stall sehen."

„Wirklich? Aber du bist doch mein Ehemann."

Es lag eine kaum merkliche Spur von Spott in ihrer Stimme, doch es war zu wenig, um sie darauf festzunageln. Lucas wollte es jetzt nicht auf einen Streit ankommen lassen. Noch nie hatte er sich im Kopf so leer gefühlt. In gewisser Weise sah Aislinn jetzt genauso verführerisch aus wie bei ihrem Striptease vor offenem Fenster. Das Blut schoss ihm in den Kopf und in die Lenden.

„Ich werde duschen", sagte er rasch und ging, bevor er sich noch lächerlicher machte.

Als er aus dem Bad kam, brachte Aislinn Tony gerade zu Bett. „Lass mich ihn einen Augenblick halten", sagte Lucas. Er hatte sich weitgehend beruhigt. Er war noch nass und trug nur ein Handtuch um die Hüften, das fast so knapp wie der Lendenschurz seiner Vorfahren saß. Er wirkte wild und gefährlich, abgesehen von dem sanften Blick, als er seinen Sohn dicht vor sein Gesicht hob. Leise redete er im Navajo-Dialekt auf Tony ein, bevor er ihn auf die Wange küsste und in die Wiege legte. Das Kind schlief sofort ein.

„Er wirkt so friedlich." Aislinn seufzte erschöpft. „Hoffentlich schläft er diese Nacht durch. Ich bin todmüde."

„Warum wacht er in letzter Zeit so häufig auf?"

„Keine Ahnung. Gene will ihn untersuchen, wenn er zurückkommt. Oh, das habe ich ja fast vergessen." Sie nahm im Schlafzimmer einen Umschlag von der Kommode und reichte ihn Lucas. „Das kam heute mit der Post."

Er betrachtete den Umschlag eine Weile, bevor er ihn aufriss. Aislinn täuschte Desinteresse vor, obwohl sie vor Neugier fast platzte. Es war ein Brief vom Leiter des Gefängnisses, in dem Lucas inhaftiert gewesen war.

Nach dem Lesen stopfte Lucas den Brief zurück in den Umschlag. Sein Gesicht verriet nichts, und Aislinn hielt es nicht länger aus. „Und? Ist es etwas Wichtiges?"

Abwehrend hob er die Schultern. „Der Direktor glaubt, die Männer zu kennen, die damals für die Übergriffe verantwortlich waren. Sie haben gestanden und sitzen bereits wegen ähnlicher Vorfälle. Er denkt, dass mein Fall vielleicht, wenn die Täter meine Unschuld bezeugen, wieder aufgerollt wird, und dass ich rehabilitiert werden könnte."

„Lucas, das ist wundervoll!", rief sie. „Dann würdest du wieder in die Anwaltskammer aufgenommen."

Er streifte das Handtuch ab und legte sich ins Bett. „Ich habe gelernt, keinen Versprechungen von Weißen zu trauen."

Aislinn legte sich neben ihn. Sie ließ sich nicht täuschen. Sie hatte sein Gesicht gesehen, kurz bevor er das Licht ausmachte. Auch wenn er sich so unbeteiligt gab, hoffte er doch darauf, wieder als Anwalt zu arbeiten.

10. KAPITEL

Aislinn hatte gelernt, den gröbsten Schlaglöchern auszuweichen. Vor Kurzem hatten Johnny und Linda Deerinwater Aislinns Auto von Scottsdale mitgebracht. Und nach den Gefechten, die sie sich mit Lucas' Transporter geliefert hatte, genoss sie die Fahrt in ihrem eigenen Wagen.

Heute nahm sie das Geholpere kaum wahr. Sie freute sich aus mehreren Gründen, und als Lucas ihr entgegengeritten kam, war das noch ein zusätzlicher Gute-Laune-Punkt. Sie hielt an und hob Tony gerade aus dem Sicherheitssitz, als Lucas abstieg.

„Du warst länger weg, als ich erwartet hätte", sagte er.

Hieß das, dass er sich um sie gesorgt hatte? Oder galt seine Sorge nur Tony? „Genes Praxis war überfüllt, weil ein Virus grassiert. Alice und er hatten alle Hände voll zu tun."

„Wie geht es ihnen?"

Aislinn schmunzelte zweideutig. „Sie strahlen vor Glück. Deine Mutter war schon immer schön, aber du solltest sie jetzt mal sehen. Und Gene läuft nur grinsend durch die Gegend."

Lächelnd stupste Lucas Tony in den Bauch. Mit der anderen Hand hielt er die Zügel des Pferdes. „Was hat Gene über Tony gesagt?"

„Der Kleine ist erkältet. Gene hat etwas von den oberen Luftwegen gesagt. Er hat mir eine Medizin gegeben, womit das Ganze in ein paar Tagen vorüber sein sollte."

„Schreit er deswegen so oft?"

„Nicht nur. Tony ist außerdem noch hungrig."

„Hungrig?"

„Ja." Aislinn errötete leicht unter der Sonnenbräune ihrer Haut. „Er bekommt nicht genug Milch, und Gene meinte, wir sollten ihn allmählich auf Haferflocken und Brei umstellen."

Lucas trat ungeduldig von einem Fuß auf den anderen. „Dann wirst du ihn nicht mehr stillen?"

Aislinn schüttelte den Kopf.

„Wie fühlst du dich dabei?", fragte er.

„Ich werde es vermissen. Aber natürlich ist es für Tony so am besten. Ich habe schon Babynahrung eingekauft."

„Ein kleines Baby kann all das essen?", wollte er ungläubig wis-

sen, als er die riesigen Einkaufstüten hinten im Wagen sah.
Aislinn lachte. „Nur einen Teil davon. In den meisten der Tüten sind die Chemikalien, die ich bestellt hatte."
„Kannst du in der Dunkelkammer schon arbeiten?", fragte Lucas.
„Ja. Ich brauchte nur noch diese Mittel." Sie hatte die Küche des Wohnwagens zu einer Dunkelkammer umfunktioniert und eines Morgens erstaunt festgestellt, dass Lucas den Wagen von außen strich.
„Die Farbe war noch übrig", hatte er sofort abgewiegelt, aber dennoch auch weitere Reparaturen in dem Wohnwagen durchgeführt.
„Ich kann nur Schwarzweißfotos machen", erklärte sie jetzt. „Am besten fange ich mit den Schnappschüssen von Alices Hochzeit an, dann können wir vielleicht eines vergrößern und den beiden schenken."
„Gut."
„Ich habe heute in der Stadt auch ein paar Bilder von der Neubaugegend geschossen. Tony habe ich mir währenddessen wie ein kleines Bündel im Wickeltuch auf den Rücken gebunden." Sie lächelte ihren Mann an.
Und auch Lucas konnte ein Lächeln nicht zurückhalten. Es breitete sich immer weiter auf seinem Gesicht aus, und Aislinn fiel der Gegensatz zwischen seinen weißen Zähnen und der dunklen Haut auf. „Gib ihn mir", sagte er. „Ich will nicht, dass aus einem Häuptlingsgroßsohn ein Muttersöhnchen wird."
Er nahm Aislinn das Baby ab und wandte sich dem Pferd zu.
„Lucas, was hast du vor? Du kannst doch nicht mit dem Kind …"
„Es wird Zeit, dass Anthony Joseph Greywolf eine Reitstunde bekommt."
„Wage es nicht!", schrie Aislinn auf und schlug auf Lucas' harten Oberschenkel, als er mit dem Kind im Arm auf dem Pferd saß. Tony winkte fröhlich mit seinen kleinen Händchen.
Herausfordernd schmunzelte Lucas sie an. „Wollen wir ein Rennen zum Haus veranstalten?"
„Lucas!"
Er gab dem Pferd die Sporen, und es galoppierte los. Mit in die Seiten gestemmten Fäusten blickte Aislinn ihm noch lange nach. Ihre Wut war zum Großteil nur gespielt. In Wahrheit hatte sie noch niemals eine so tiefe Liebe zu ihm empfunden.

Einige Tage nach dem Abstillen fühlte Aislinn sich unwohl, und Tony wirkte quengelig. Doch er gewöhnte sich an die Babynahrung und entpuppte sich als künstlerischer Esser, der alles in seiner Reichweite mit Haferflocken und Brei verzierte, doch er aß auch eine Menge, und nach einiger Zeit merkte Aislinn, dass er allmählich zunahm.

Lucas erhielt noch einen Brief von Gefängnisdirektor Dixon, der sich mit einem Anwalt in Verbindung gesetzt hatte und hoffte, dass Lucas bald nachträglich unschuldig gesprochen würde. Seine Gefühle dabei ließ er sich nicht anmerken.

Durch die harte Arbeit lief die Pferdezucht immer besser. Aus den umliegenden Hügeln hatte Lucas eine stattliche Herde mit dem Greywolf-Brandzeichen zusammengetrieben. Einige der Stuten waren trächtig, die anderen ließ Lucas künstlich befruchten, etwas, wogegen sich sein Großvater immer gewehrt hatte.

Auf ihrem Grundstück entsprang eine Quelle, und Lucas verkaufte an die umliegenden Rancher Wasserrechte. Außerdem verkaufte er regelmäßig ein paar der Pferde, die den hohen Kaufpreis wert waren.

Jeden Tag verbrachte Aislinn einige Stunden in dem Wohnwagen. Tony nahm sie immer mit sich und legte ihn in ein Ställchen, das sie zweiter Hand gekauft hatte.

Eines Nachmittags arbeitete sie in der Dunkelkammer und probierte unterschiedliche Entwicklungstechniken aus, als sie das entfernte Dröhnen von Donner hörte. Zuerst achtete sie nicht weiter darauf, doch bald wurde das Donnern lauter.

Sie erkannte, dass sich ein Sturm schnell näherte, und rasch ging sie aus der Dunkelkammer in den Wohnteil des Wohnwagens.

Tony schlief in dem Ställchen, und erschreckt stellte Aislinn fest, wie dunkel es schon war. Doch ein Blick auf die Uhr zeigte ihr, dass es noch früh am Nachmittag war.

Sie sah durch das Fenster in der Tür des Wohnwagens hinaus. Über den Bergen zogen sich dicke Wolken zusammen, und ihr erster Gedanke galt Lucas, der am Morgen in die Berge geritten war, um zu sehen, ob er noch versprengte Pferde finden konnte. Hoffentlich kommt er bald zurück, dachte sie unruhig.

Der Wind frischte auf und wirbelte den Staub zwischen dem Wohnwagen und dem Haus hoch. Aislinn beschloss, hier auf Lucas zu warten, anstatt Tony und seinen ganzen Kram allein ins Haus zu tragen. Außerdem würde der Sturm in ein paar Minuten vorüber sein.

Nachdem sie noch mal nach dem Baby gesehen hatte, ging sie zurück an die Arbeit. Erst ein krachendes Donnern riss sie aus der Arbeit hoch. Der Wagen schwankte, als der Wind an ihm rüttelte. Aislinn hörte Tony leise wimmern. Hastig ging sie zu ihm. Der Wohnwagen war jetzt grünlich erleuchtet.

Tony fing an zu weinen, und Aislinn lief zur Tür. Als sie sie öffnete, riss der Wind sie ihr aus der Hand und schlug die Tür gegen die Außenwand des Wagens. Wie Nadelstiche traf der scharfe Regen auf Aislinns Haut, als sie auf die Betonstufen hinaustrat, um die Tür zurückzuziehen. Hagelkörner schlugen auf sie ein. Innerhalb von Sekunden war der Boden mit den weißen Körnern bedeckt.

„Oh nein!", rief sie und zog mit aller Kraft an der Tür, um sie wieder zu schließen. Über ihr hingen blauschwarze Wolken. Vom Himmel konnte sie kein Stück mehr sehen, und ringsum schlugen Blitze ein. Das dazugehörige Donnern war so ohrenbetäubend, dass Aislinn kaum noch Tonys Schreien hören konnte.

Schließlich schaffte sie es, die Tür wieder zu verriegeln, und sank erschöpft zusammen. Auf allen vieren kroch sie zu Tony und hob ihn aus dem Ställchen. Sie bemerkte nicht, wie nass ihre Sachen waren, bis sie das Kind an sich drückte. Aus ihren Haaren tropfte das Wasser auf Tonys Köpfchen.

„Schsch, Tony, mein Herz, es wird alles wieder gut", versuchte sie ihn zu beruhigen, obwohl sie selbst nicht ganz sicher war.

Wo war Lucas? Sie schloss die Augen, als sie ihn vor sich sah, wie er orientierungslos durch den Sturm ritt. Ohne Schutz vor dem Wind, dem Regen und dem Hagel.

Immer wenn ein Windstoß an dem Wohnwagen rüttelte, fürchtete sie, der Wagen könne umfallen und Tony erdrückt werden. Sie hörte, wie Gegenstände von außen an die Wände schlugen. Jeden Augenblick konnte etwas durchs Fenster hereinfliegen.

Tony schrie unaufhörlich, und sie drückte ihn fest an ihre Brust. Wie sollte sie ihn beruhigen, wenn er die Angst seiner Mutter spürte? Aislinn ging in dem Wagen auf und ab, zuckte jedoch bei jedem Blitz zusammen, aus Angst, einer könne in den Wagen einschlagen.

„Lucas, Lucas", rief sie hilflos. Hatte sein Pferd ihn abgeworfen?

Lag er irgendwo bewusstlos, oder hatte er sich etwas gebrochen? Ihr fielen unzählige schreckliche Möglichkeiten ein, was ihm alles zugestoßen sein könnte. Mit der Wange strich sie Tony über den Kopf und weinte hemmungslos.

Sie kam sich klein und unbedeutend vor in diesem gewaltigen Sturm. Das Warten war das Schlimmste. Doch was sonst konnte sie tun? Über die Lichtung ins Haus zu gelangen, kam ihr vollkommen unmöglich vor, selbst wenn sie allein gewesen wäre. Aber mit Tony auf dem Arm wurde der Weg noch beschwerlicher. Der Boden war völlig aufgeweicht, und sie würde kaum etwas sehen können. Es war gut möglich, dass sie vom Weg abkam.

Wieso war sie nicht beim ersten Anzeichen von Sturm ins Haus gegangen? Dort wäre sie erheblich sicherer als hier.

Vorwürfe waren jetzt allerdings sinnlos. Sie hatte einen Fehler gemacht, und vielleicht musste sie dafür mit ihrem Leben und dem ihres Kindes bezahlen.

Wann kam Lucas endlich?

Sie setzte sich in einen alten Schaukelstuhl und wiegte Tony summend hin und her.

Als Aislinn das Pochen hörte, dachte sie zuerst, es wäre lediglich wieder etwas gegen den Wagen geflogen. Doch dann hörte sie ihren Namen. Glücklich schrie sie auf und rannte zur Tür. „Lucas!"

„Mach die Tür auf!", rief er.

Mit Tony in einem Arm entriegelte sie ungeschickt die Tür, und als Lucas sie öffnete, wurde er von einem Windstoß förmlich hineingedrückt. Hemmungslos schluchzend sank Aislinn gegen ihn.

Immer wieder rief sie seinen Namen, während sie sich an ihn klammerte. Seine Stiefel waren schlammbeschmiert, und von seinem Hut, den er festgebunden hatte, tropfte der Regen. Niemals hatte Lucas in ihren Augen besser ausgesehen.

Eine Weile umarmten sie sich nur schweigend, obwohl der Regen durch die offene Tür hereinpeitschte. Zwischen ihnen strampelte Tony. Lucas drückte ihr Gesicht an seinen Hals und rieb ihr mit der Hand über den Rücken, bis sie zu schluchzen aufhörte.

„Bist du verletzt?", erkundigte er sich.

„Nein, mir geht's gut. Ich habe nur Angst."

„Und Tony?"

„Alles in Ordnung. Er hat natürlich auch Angst." Sie biss sich auf die Unterlippe. „Ich dachte, dir sei etwas zugestoßen."

„Das stimmt. Ich wurde vom Sturm überrascht", sagte er trocken. „Ich sah ihn kommen, aber ich kam nicht rechtzeitig zurück. Das Pferd verlor ein Hufeisen, und ich musste es am Zügel zurückführen. Aus Angst wollte es nicht weiter."

Aislinn berührte sein nasses Gesicht. „Ich dachte, du hättest dich verirrt. Oder du wärst verletzt. Ich hätte nicht gewusst, was wir ohne dich machen sollten."

„Ich bin zu Tode erschrocken, als ich dich und Tony nicht im Haus fand." Er strich ihr eine Haarsträhne aus der Stirn und berührte ihre Lippen. „Aber wir sind alle in Sicherheit. Jetzt müssen wir nur noch über die Lichtung ins Haus kommen. Ich traue diesem Wohnwagen nicht. Wir sind draußen sicherer als hier drinnen. Wirst du es schaffen?"

Sie nickte, ohne zu zögern. In Lucas' Nähe fühlte sie sich geborgen.

„Hast du etwas, worin du Tony einwickeln kannst?", fragte er.

Aislinn hatte einige Babydecken in dem Wagen gestapelt, und während Lucas hinaussah, um den günstigsten Weg auszumachen, wickelte sie Tony in ein paar von den Decken, bis er wie eine kleine Mumie aussah. Seine Schreie beachtete sie nicht. Wenn er erst trocken und satt war, würde er sich beruhigen.

Lucas legte Aislinn eine Decke über den Kopf und band sie ihr unter dem Kinn zusammen. „Das schützt nicht viel, aber es ist besser als gar nichts. Jetzt", sagte er, ergriff ihre Schultern und sah ihr in die Augen. „Du musst nur Tony festhalten. Den Rest übernehme ich." Sie nickte. „Okay, los geht's."

An Einzelheiten konnte sie sich später nicht mehr erinnern. Den Weg legte sie normalerweise in einer Minute zurück, doch in ihrem Gedächtnis hatten sich nur der Wind, der Regen, die Blitze und die panische Angst eingeprägt. Sobald sie die Stufen vor dem Wohnwagen hinuntergegangen waren, blieben Aislinns Schuhe im Schlamm stecken.

Als sie sie mit den Zehen auffischen wollte, schrie Lucas sie an: „Lass sie stecken!" So legte sie den Rest des Wegs barfuß zurück. Immer wieder rutschte sie auf dem glitschigen Boden aus, doch Lucas fing sie auf und ließ sie nicht fallen. Sie hielt Tony so fest, dass sie Angst bekam, sie könnte seine Rippen brechen. Mit gebeugtem Kopf stolperte sie vorwärts.

Schließlich stieß sie mit dem Schienbein gegen einen Pfosten der Veranda. Mit Lucas' Hilfe stieg sie die Stufen hinauf und drückte sich gegen die Hauswand. Er öffnete die Haustür und stieß Aislinn hinein. Noch draußen zog er sich den Hut und die Stiefel aus.

Dann nahm er Aislinn das Kopftuch ab und warf es auch nach draußen. „Beweg dich nicht, ich hole ein Tuch." Barfuß lief er ins Bad und hinterließ eine Wasserspur. In der Zwischenzeit wickelte Aislinn Tony aus den Decken aus.

„Mein mutiger kleiner Junge", sagte sie und küsste ihn. „Dein Daddy und du, ihr seid so mutig."

Lucas kam zurück und legte ihr ein Tuch um die Schultern. „Meine Zähne klappern", stellte sie überflüssigerweise fest.

„Das habe ich gemerkt. Lass uns schnell Tony abtrocknen, dann kümmern wir uns um dich." Zusammen gingen sie ins Kinderzimmer. Der Strom war ausgefallen, doch Lucas holte zwei Kerzen aus dem Schlafzimmer. Rasch zog Aislinn Tony aus und trocknete ihn ab. Währenddessen machte Lucas in der Küche das Fläschchen warm. Als er zurückkam, legte Aislinn Tony gerade ins Bettchen.

„Ich werde ihn füttern, während du ein heißes Bad nimmst. Das Wasser läuft schon. Nimm eine der Kerzen mit." Um das trockene Baby nicht wieder nass zu machen, zog Lucas sich aus. Als er nackt war, rieb er sich mit einem Handtuch ab. Dann nahm er Tony aus dem Bett und trug ihn zum Schaukelstuhl.

Ein nackter Indianer in einem Schaukelstuhl, der einem Baby die Flasche gibt, war eigentlich ein lustiger Anblick, doch im Moment konnte Aislinn nichts Komisches daran entdecken.

„Vergiss die Medizin nicht", sagte sie.

„Das werde ich nicht."

Sie wusste, dass Tony in sicheren Händen war, und ging ins Bad. Fast eine halbe Stunde lag sie in dem heißen Wasser und spürte förmlich, wie die Anspannung in ihr allmählich nachließ. In ein großes Tuch gewickelt, kam sie aus dem Bad.

Zunächst warf Aislinn einen Blick ins Kinderzimmer. Tony schlief friedlich in seiner Wiege. Mit Tränen in den Augen legte sie ihm eine

Hand auf den Kopf. Er bedeutete ihr so viel, und sie konnte sich ein Leben ohne ihn nicht mehr vorstellen. Wie leer war ihr Leben vor seiner Geburt gewesen!

Sie deckte das schlafende Kind liebevoll und zärtlich zu und ging dann auf Zehenspitzen durch die dunklen Zimmer, die nur von draußen durch die Blitze erhellt wurden, zur Küche.

Lucas war in der Küche und rührte in einer Pfanne herum. Als Aislinn eintrat, drehte er sich um. „Ich wusste, dass dieser alte Gasherd noch zu etwas taugt. Vor ein paar Tagen dachte ich noch, ob du nicht mit einem elektrischen besser zurechtkämst."

„Ich mag diesen." Sie sah, dass er sich frische Jeans angezogen hatte. Doch er war nach wie vor barfuß und trug kein Hemd. Sein Haar trocknete allmählich. Aislinn wünschte, dass er es sich niemals kurz schneiden lassen würde. „Was kochst du da?"

„Kakao. Setz dich."

Sie stellte die Kerze auf den Tisch und nahm Platz. „Ich wusste gar nicht, dass du kochen kannst."

Er goss die dampfende Flüssigkeit in zwei Becher und stellte die Flamme ab. „Probier lieber, bevor du dich abfällig äußerst."

Vorsichtig nahm sie einen kleinen Schluck. Der Kakao schmeckte süß, würzig und wunderbar. Von ihrem Magen aus strahlte mit einem Mal eine wohltuende Wärme durch ihren ganzen Körper. „Er schmeckt fantastisch, Lucas. Vielen Dank."

„Möchtest du etwas essen?"

„Nein. Ich habe keinen Hunger." Sie sah zu ihm hoch. „Oder möchtest du etwas haben? Ich könnte rasch ..." Sie wollte bereits aufstehen, als er sie auf den Stuhl zurückdrückte.

„Nein, ich bin auch nicht hungrig. Trink deinen Kakao."

Er ging lautlos ans Fenster. „Der Sturm dreht ab." Immer noch prasselte der Regen, aber der Wind blies längst nicht mehr so stark. Wie von weit her klang der Donner zu ihnen, und die Blitze waren nicht mehr so grell.

Aislinn hob den Becher mit dem Kakao und trank einige Schlucke. Sie wollte den Becher austrinken, doch der Kloß der Rührung in ihrem Hals hinderte sie daran. Sie konnte einfach nicht von Lucas wegsehen. Gegen das Fenster zeichnete sich sein Profil deutlich ab. Er ist ein schöner Mann, dachte sie.

Dann überfiel sie plötzlich die Erschöpfung dieses anstrengenden Tages, und die Gefühle schlugen über ihr zusammen. Sie fing so an zu zittern, dass sie den Becher abstellen musste, wobei ihr der heiße Kakao auf die Hand spritzte. Sie konnte ein Wimmern nicht unterdrücken.

„Aislinn?"

Sie bekam kein Wort heraus. Mit krampfhaft vor den Mund gepressten Händen versuchte sie, die Gefühle, die plötzlich aus ihr herausbrachen, zurückzuhalten.

„Aislinn", sagte Lucas noch einmal.

Die Sorge in seiner Stimme war zu viel für sie. Tränen brachen aus ihr heraus, und ihre Schultern bebten. Schluchzend verbarg sie das Gesicht in den Händen.

„Was ist los? Fehlt dir etwas?" Lucas kniete sich vor sie und strich ihr über die Oberarme und Schultern, als suche er nach Verletzungen.

Sie hob den Kopf leicht, doch immer noch strömten ihr die Tränen über das Gesicht. „Nein, nein. Mir fehlt nichts. Das muss die verspätete Reaktion auf den Schock sein. Ich hatte solche Angst." Sie fing wieder an, laut zu schluchzen.

Lucas strich ihr über das Haar. „Es ist vorbei", flüsterte er. „Hab keine Angst mehr."

Eine Seite seines Gesichts leuchtete im Kerzenschein, und Aislinn streckte beide Hände nach ihm aus. Zaghaft fuhr sie ihm über das Gesicht. „Ich hatte Angst, ich würde dich niemals wiedersehen. Ohne dich hätte ich nicht gewusst, wie ich weiterleben soll."

„Aislinn."

„Noch mehr als um mich oder sogar um Tony habe ich mir um dich Sorgen gemacht." Sie strich ihm über den Kopf und die nackten Arme, bevor sie wieder sein Gesicht berührte.

„Ich war sicher."

„Aber das wusste ich nicht", erwiderte sie verzweifelt.

Er drückte ihr drei Finger gegen die Lippen, um ihr Zittern zu unterdrücken. „Auch ich wollte so schnell wie möglich zu dir zurück, weil ich mir Sorgen gemacht habe." Er begann jetzt ebenfalls, ihr zärtlich über das Gesicht zu streichen.

„Lucas?"

„Ja?"

„Lass mich bitte niemals allein. Ich brauche deinen Schutz für Tony und mich."
„Ich werde immer da sein."
„Bin ich ein Feigling?"
„Du bist sehr tapfer. Ich bin stolz auf dich."
„Ich liebe dich, Lucas. Ich liebe dich."
Und dann brach alles aus Aislinn heraus. Sie sprach all die Liebesbekenntnisse aus, die sie seit Wochen zurückhielt. Unaufhaltsam erzählte sie ihm ihre tiefsten Empfindungen, und sie ließ sich nur von den zarten Küssen unterbrechen, mit denen Lucas flüchtig ihren Mund verschloss.

Bald jedoch reichte ihm das nicht mehr. Er zog sie in die Arme und presste die Lippen hungrig auf ihren Mund. Aufstöhnend drang er mit der Zunge ein und umkreiste ihre Zungenspitze. Mit einer Hand strich er ihr über den flachen Bauch, zog das Badetuch zur Seite und fuhr mit der Hand streichelnd über ihre Brüste. Eine Spur von Küssen zog er ihren Hals entlang, und gebannt sah Aislinn zu, wie er mit der Zungenspitze über eine ihrer Brustknospen fuhr. Lustvoll schrie sie auf, als er sie noch weiter mit den Lippen reizte.

Über seine Schulter hinweg konnte Aislinn seinen muskulösen Rücken sehen. Bei jeder Bewegung zogen sich die festen Muskelstränge zusammen. Rastlos fuhr sie mit beiden Händen über seine glatte Haut.

Lucas kniete immer noch vor ihr, und sein Haar berührte ihren Bauch. Mit der Zunge umspielte er ihren Nabel und glitt dann tiefer zu ihrem Schoß. Aislinn warf den Kopf in den Nacken und rief seinen Namen, als er ihre Hüften ein Stück vorzog.

Langsam drückte er ihre Schenkel auseinander und küsste sie.

Aislinn wurde von einem Strudel des Verlangens mitgerissen. Alles drehte sich, und sie meinte zu ertrinken. Nur undeutlich nahm sie wahr, dass Lucas sie hochhob und durch das Haus trug.

Erst als er sie sanft auf das Bett legte, wurde sie sich ihrer Umgebung wieder bewusst. Sie hörte das Geräusch des Reißverschlusses, als er sich die Jeans auszog. Sie öffnete die Augen und sah, wie er aus der Hose herausstieg. Gerade in diesem Moment erhellte ein Blitz das Zimmer, und Aislinn konnte Lucas' Nacktheit sehen.

Er legte sich nicht zu ihr, sondern kniete sich zwischen ihre Schenkel. „Lucas", wollte sie protestieren, als er den Kopf senkte.

„Das schulde ich dir, Aislinn. Das erste Mal an jenem Morgen, das war für mich, dies hier ist für dich."

Mit dem Mund löste er eine wilde Mischung an Empfindungen in ihr aus, während sie versuchte, Luft zu holen. Die überwältigenden, neuen Gefühle ließen sie immer höher der Ekstase entgegenschweben, doch Lucas ließ sie nicht den erlösenden Höhepunkt erleben, bis sie schließlich meinte, an unerfülltem Verlangen zu vergehen.

Als er schließlich den Kopf hob, standen kleine Schweißperlen auf ihrer Haut, und ihre Lippen waren von den eigenen Bissen geschwollen.

Unglaublich sanft strich er über ihren Mund und leckte zärtlich daran. Während er ihr ganzes Gesicht mit den Lippen liebkoste, spürte Aislinn neue Wellen der Erregung über sich hereinbrechen. Vorsichtig senkte Lucas sich auf sie.

Sie spürte sein körperliches Verlangen. Erwartungsvoll hob sie die Hüften und rieb sich an ihm.

„Wird es dir nicht wehtun?", fragte er.

„Nein."

Langsam drang er in sie ein, bis sie ganz vereint waren. Aislinn stöhnte leise auf. „Ich tue dir doch weh", sagte er erschreckt, doch als er sich zurückziehen wollte, hielt sie ihn mit den Beinen fest.

„Ich will dich ganz in mir spüren."

Er barg das Gesicht an ihrer Schulter und stöhnte auf, als er wieder eins mit ihr wurde. Es sollte ewig dauern, und er hielt sich so lange wie möglich zurück. Schließlich ertrug er die Anspannung nicht mehr, und als er sich bewegte, erreichten sie beide fast augenblicklich den Höhepunkt. Er kam wie der Sturm über sie.

Nachdem ihre Leidenschaft abgeklungen war, rollte er sich auf die Seite und sah Aislinn an.

Immer wenn ein Blitz über den Himmel zuckte, genoss Lucas den Anblick ihres Rückens und Pos im Spiegel hinter ihr. Herausfordernd hing ihr das Haar wirr über die Schultern, und ihr heller Körper schien unter den Berührungen seiner Hände zu brennen.

Er liebkoste sie mit verblüffender Vertrautheit. Hemmungslos berührte er sie überall, um sie ganz kennenzulernen. Aislinn zuckte auch vor den intimsten Berührungen nicht zurück, sondern stöhnte nur lustvoll auf.

Ihm fiel wieder das erste Mal ein, als er gedacht hatte, nichts auf der Welt könne schöner sein. Genauso ging es ihm jetzt auch. Wieso hatte er nur all die Wochen darauf verzichtet, mit ihr zu schlafen? Sie hatte sich seit Langem schon wieder von der Geburt erholt.

Dennoch hatte er beharrlich sein Begehren unterdrückt, weil er vor den Gefühlen Angst hatte, die das nach sich ziehen konnte. Er sehnte sich nicht nur nach ihrem Körper, sondern nach der ganzen Frau. Zum ersten Mal in seinem Leben hatte er den Eindruck, einen anderen Menschen zu brauchen.

Zufrieden und schläfrig hob er ihr Kinn an und küsste sie auf den Mund. Es sollte ein Gutenachtkuss sein, doch Aislinn sog sanft an seiner Unterlippe und vertiefte den Kuss.

„Damals am Tag der Hochzeit deiner Mutter, da wusste ich, dass du mir beim Ausziehen zusiehst", sagte sie leise. „Ich wollte, dass du mich siehst", gab sie zu. „Ich wollte dich verführen."

Nach einer ganzen Weile, während der er sie nur wortlos ansah, sagte er: „Du hast mich auch verführt."

Er rollte sich auf den Rücken und zog Aislinn auf sich. Sie spürte sein Verlangen und nahm ihn in sich auf. Während sie mit kreisenden Bewegungen seine Lust immer mehr steigerte, konnte Lucas sich an ihrer blonden Schönheit nicht sattsehen. Er streichelte ihre Brüste, und als sie sich ihm aufstöhnend entgegenbog, ließ er die Hand zu ihrer intimsten Stelle sinken.

Schließlich sank sie aufstöhnend auf ihn, und auch er erlebte einen weiteren Höhepunkt.

11. KAPITEL

„Ich bin froh, dass du damals in mein Haus eingebrochen bist."
Lucas neigte den Kopf, um Aislinn anzusehen. „Ich auch."
In der vergangenen Nacht hatten sie sich immer wieder geliebt, und jetzt lagen sie erschöpft nebeneinander. Der Sturm war schon lange vorüber, und der Himmel wurde bereits hell.

„Du hast mich sicher mehr erschreckt als ich dich." Auf Aislinns fragenden Blick hin erklärte er weiter: „Damals konnte mich nichts außer einer schönen Frau überwältigen."

„Du fandest mich schön?"

Lucas schmunzelte. „Willst du Komplimente hören?"

„Ja. Von den endlosen Komplimenten, mit denen du mich überhäufst, kann ich nie genug bekommen." Sie lachte.

Er erwiderte ihr Lachen. „Ja, du bist schön. Und wenn du ein Mann oder eine hässliche Frau gewesen wärst, hätte ich dich auch sicherlich nicht den ganzen Weg über als Geisel mitgenommen."

„Und warum, Lucas?"

„Weil ich mit dir schlafen wollte."

„Oh." Sie hielt einen Moment die Luft an.

„Vor dir habe ich immer dafür gesorgt, dass die Frauen nicht schwanger wurden, mit denen ich schlief. Ich habe sie nie ausgenutzt. Du bist die Ausnahme von allen meinen Lebensregeln."

„Scheint so, und das macht mich froh. Aber du hast mich gehasst, weil ich eine Weiße bin, stimmt's?"

„Ja. Ich habe mich für mein Verlangen gehasst und mir eingeredet, ich bräuchte dich nur, um sicher zu meinem Ziel zu kommen. Im Nachhinein verstehe ich nicht, weshalb du nie versucht hast zu fliehen."

„Weil ich immer auf dein Verlangen gesetzt habe. Leider hast du dich damals in Alices Haus für das, was wir getan haben, geschämt. Dabei ist es nur menschlich, wenn man hin und wieder jemanden braucht. Wo wir gerade von Gebrauchtwerden sprechen, hörst du das?"

„Ist es klein, niedlich und sehr wertvoll?"

„Genau, unser Sohn. Ich werde mal nach ihm sehen." Aislinn zog sich einen Bademantel über und ging ins Kinderzimmer hinüber.

Lucas lag flach auf dem Rücken im Bett und stellte fest, dass er noch nie so glücklich gewesen war wie jetzt. Er lächelte und streckte sich genüsslich. Glücklich sein war bei Weitem nicht so schlimm, wie er geglaubt hatte.

Auch Aislinn war glücklich, als sie zu Tony ging. Die ganzen Schrecken des Vortags waren durch Lucas' Zärtlichkeiten vergessen. Strahlendes Sonnenlicht drang durch das Fenster, und ihre Zukunft sah unbeschwert aus, weil Lucas jetzt ihre Liebe akzeptierte.

Er hatte zwar nicht gesagt, dass er sie liebte, doch das dauerte vielleicht noch eine Weile. Er begehrte sie und wollte sie in seinem Leben haben. Daraus konnte eines Tages Liebe erwachsen. In der Zwischenzeit wollte sie mit dem zufrieden sein, was sie hatte.

„Guten Morgen, Tony", rief sie fröhlich. Der Kleine wimmerte vor sich hin. „Hast du Hunger? Willst du eine frische Windel? Dann wollen wir mal sehen, was sich da machen lässt."

Als sie sich über das Bettchen beugte, erkannte sie, dass irgendetwas überhaupt nicht stimmte. Sein rasselnder Atem riss sie schlagartig aus allen anderen Überlegungen. Als sie ihn berührte, schrie sie auf: „Lucas!"

Er zog sich gerade seine Jeans an und hörte die Panik in Aislinns Schrei. Sofort rannte er ins Kinderzimmer. „Was ist los?"

„Tony hat rasendes Fieber. Und hör dir mal seinen Atem an."

Die Luft pfiff, wenn er sie in seine winzigen Lungen sog, und seine Atemzüge gingen flach und rasch. Sein Gesicht war fleckig, und anstatt richtig zu schreien, schien er nur noch für ein klägliches Wimmern Kraft zu haben.

„Was soll ich tun?"

„Ruf Gene an." Aislinn zog den Kleinen bereits aus und griff nach dem Thermometer. Lucas lief zum Telefon in der Küche und wählte Genes Nummer.

„Hallo?", meldete Gene sich schläfrig nach dem zweiten Klingeln.

„Gene, hier ist Lucas. Tony ist krank."

„Eine Erkältung, dagegen habe ich ..."

„Es ist schlimmer. Er kann kaum noch atmen."

Jetzt erkannte Gene den ernsten Tonfall von Lucas' Stimme. „Hat er Fieber?"

„Einen Moment." Lucas deckte die Sprechmuschel ab und rief Aislinn die Frage zu.

Mit Tony auf dem Arm kam sie in die Küche und sah Lucas ängstlich an. „Vierzig Grad", flüsterte sie. „Lucas." Es war nur noch ein Flehen.

Er gab die Temperatur an Gene weiter, der fluchte. Im Hintergrund hörte er die Stimme seiner Mutter, die wissen wollte, was los war.

„Verdammt, Gene, was sollen wir tun?", schrie Lucas ins Telefon.

„Zunächst beruhige dich mal", erwiderte Gene. „Dann badet ihr Tony in kaltem Wasser, damit das Fieber sinkt. Danach bringt ihr ihn so schnell wie möglich hierher."

„In die Klinik?"

„Ja."

„Wir sind in spätestens einer halben Stunde da."

Lucas legte auf und gab die Anweisungen an Aislinn weiter. Während er sich anzog, schöpfte Aislinn kaltes Wasser im Waschbecken über Tony. Dann tauschten sie die Rollen, und nachdem er frisch gewindelt und in eine leichte Decke gehüllt war, verließen sie mit Tony das Haus.

Vom Regen war die Lichtung noch vollkommen schlammig, und auch auf der Straße wurde es nicht viel besser. Oftmals rutschte das Heck des Wagens weg.

Lucas saß vorgebeugt und umklammerte das Lenkrad. So angespannt hatte Aislinn ihn erst einmal im Auto gesehen. Damals hatte sie sich gefürchtet, doch erst jetzt wusste sie, was Angst bedeutete. Wirkliche Angst verspürte man, wenn das eigene Kind in Lebensgefahr schwebte.

Die Fahrt schien endlos zu dauern. Tonys kleiner Körper strahlte so viel Hitze aus, dass Aislinn meinte, sie müsse Brandblasen bekommen. Er war unruhig. Sobald er kurz einnickte, kam er nach Luft schnappend sofort wieder zu sich.

Gene und Alice kamen eilig aus der Klinik gelaufen, als sie den Wagen auf den Parkplatz einbiegen sahen. „Wie geht's ihm?", erkundigte Gene sich, als er Aislinns Tür öffnete.

„Oh, Gene. Bitte hilf ihm!", flehte sie ihn an. „Er verbrennt ja, das Fieber muss wieder gestiegen sein."

Sie liefen alle in das Gebäude, und Aislinn trug Tony in das Behandlungszimmer. Die Klinik hatte noch geschlossen, und so waren sie allein.

Alice und Gene untersuchten das Baby eingehend. Hilfe suchend sah Aislinn zu Lucas, doch der blickte nur auf Tony. Auf der Fahrt hatte er kaum gesprochen. Sie wollte ihn trösten, doch sie wusste, dass sie nichts sagen konnte, was nicht dumm klang. Wie sollte sie ihn trösten, wenn sie selbst verzweifelt war?

Gene hörte Tonys Brust ab. „Er hat Flüssigkeit in den Lungen", sagte er anschließend. „Die leichte Entzündung der oberen Luftwege hat sich sehr verschlimmert."

„Aber es ging ihm doch besser", widersprach Aislinn. „Er hat regelmäßig seine Medizin bekommen."

„Niemand gibt dir die Schuld", besänftigte Gene sie und legte ihr eine Hand auf die Schulter. „So etwas geschieht nun mal."

„Er ... er ist letzte Nacht nass geworden." Sie erzählte, wie Lucas sie und Tony zum Haus geführt hatte. „Ich habe ihn so gut es ging zugedeckt. Ist es dabei geschehen?"

Ihre Stimme klang nun schon leicht hysterisch, und Alice und Gene versicherten ihr, dass es durch viele Dinge ausgelöst worden sein und man es nicht genau sagen konnte.

„Mach ihn wieder gesund", bat Lucas nur, der seitlich neben dem Behandlungstisch stand und seinen Sohn ohne Unterlass ansah.

„Ich glaube nicht, dass ich das kann, Lucas."

„Was?", schrie Aislinn auf und hob die Hände an den Mund.

„Hier kann ich nicht viel tun", sagte Gene. „Ich schlage vor, dass ihr ihn nach Phoenix in ein Krankenhaus bringt, wo es eine Säuglingsstation gibt. Die Ärzte dort sind besser ausgerüstet als ich hier."

„Aber das dauert doch Stunden, bis wir endlich da sind", wandte Aislinn voller Panik ein.

„Ich kenne jemanden, der einen Ambulanzhubschrauber besitzt. Den werde ich anrufen. Alice, gib dem Baby eine Spritze, die das Fieber senkt."

Starr vor Angst sah Aislinn zu, wie Alice Tony eine Spritze setzte, ihn wickelte und ihn an sie zurückreichte. Aislinn wiegte sich vor und zurück, um das Kind zu beruhigen.

Gene kam wieder in den Raum. „Er fliegt sofort los und landet nördlich der Stadt auf dem Freigelände neben dem Highway. Aislinn, Lucas, in dem Helikopter sitzt eine Kinderkrankenschwester, die sich um Tony kümmern wird, und wenn ihr das Krankenhaus erreicht,

werdet ihr bereits von den Spezialisten erwartet."
„Ist es so ernst?", fragte Aislinn mit bebender Stimme.
Gene nahm ihre Hände in seine. „Ich will dich nicht unnötig beunruhigen, aber es ist wirklich sehr ernst."

Ein paar Stunden später bestätigte ein Arzt im Krankenhaus Genes Diagnose. Die dazwischen liegenden Stunden waren für Aislinn ein einziger Albtraum gewesen.
Lucas und sie hatten den Helikopter angetroffen und waren hastig eingestiegen. Die Schwester hatte sofort begonnen, Tony genau zu untersuchen. Über Funk war sie die ganze Zeit mit einem Arzt verbunden, sodass Tony von dem Zeitpunkt der Landung an die bestmögliche Versorgung bekam.
Sobald er auf die Intensivstation gefahren wurde, wandte Aislinn sich an Lucas und suchte den Trost seiner Umarmung. Doch obwohl er die Arme um sie legte, war es nur eine mechanische Geste. Seit heute früh hatte er sich wieder mehr und mehr von ihr entfernt.
Sein Gesicht war verschlossen, und Aislinn wusste, dass er entsetzlich litt. Sie wusste nicht, wie er es schaffte, seine Gefühle so unter Kontrolle zu halten. Sie selbst stand kurz davor, mit dem Kopf gegen die Wand zu rennen oder sich die Haare auszureißen.
Sie warteten schweigend, bis Aislinn es nicht mehr ertrug. Wo war der Trost, mit dem er Alice bei Josephs Tod getröstet hatte? Andererseits war Joseph ein alter Mann gewesen, und Lucas hatte sich jahrelang darauf vorbereiten können.
Erleichtert sah sie zu dem Arzt, der auf sie beide zukam. „Mr. und Mrs. Greywolf?" Sie nickten. „Ihr kleiner Junge ist sehr krank", setzte er an. Dann folgte eine Reihe medizinischer Ausdrücke, die Aislinn nichts sagten, außer der Diagnose „Lungenentzündung".
„Dann ist es nicht so schlimm. Ich kenne viele Leute, die Lungenentzündung hatten. Sie haben sich alle rasch wieder erholt."
Besorgt sah der Arzt zu Lucas und dann wieder zu Aislinn. „Wir reden hier von einem drei Monate alten Kind. Ich fürchte, die Chancen für Ihr Kind stehen nicht so gut wie für einen Erwachsenen."
„Dann ist es doch ernst."
„Sein augenblicklicher Zustand ist äußerst kritisch."
„Wird er sterben?" Sie konnte die Frage kaum aussprechen.

„Ich weiß es nicht", antwortete der Arzt ehrlich. „Ich werde alles daransetzen, um ihn zu retten." Besänftigend drückte er ihr die Schulter. „Entschuldigen Sie mich jetzt. Ich muss zurück."

„Darf ich ihn sehen?", fragte sie und hielt ihn am Ärmel fest.

„Das sollten Sie nicht. Er ist an viele Schläuche angeschlossen. Wenn Sie ihn so sähen, würden Sie sich nur noch mehr Sorgen machen."

„Sie will ihn aber sehen." Lucas' leise Stimme klang drohender als ein lauter Schrei. Einige Sekunden blickten sie sich nur an, dann lenkte der Arzt ein.

„Nur für eine Minute, Mrs. Greywolf. Nicht länger."

Als Aislinn wieder auf den Flur kam, weinte sie hemmungslos. Lucas legte ihr eine Hand auf die Schulter und klopfte ihr sanft auf den Rücken. Doch wie zuvor spürte Aislinn auch diesmal die unsichtbare Wand zwischen ihnen. Den ganzen Tag und die Nacht verbrachten sie in dem Wartezimmer des Krankenhauses. Aislinn weigerte sich zu gehen, obwohl das Klinikpersonal sie bedrängte, wenigstens etwas zu essen. Niemand näherte sich Lucas. Wahrscheinlich haben sie Angst vor ihm, dachte Aislinn. Und was in ihm vorging, wusste niemand außer ihm selbst.

Früh am Morgen des zweiten Tages berichtete der Arzt, dass Tonys Zustand immer noch kritisch sei. „Aber als er hier ankam, hätte ich keine Wette abgeschlossen, dass er es überhaupt so lange durchhält", zeigte er leichte Hoffnung. „Er ist ein Kämpfer."

An diesen Hoffnungsschimmer klammerte Aislinn sich mit ihrem ganzen Willen. Kurz darauf kamen Gene und Alice an. Sie hatten die Klinik für diesen Tag geschlossen und die ganze lange Fahrt unternommen, nur um Lucas und Aislinn nahe zu sein. Beim Anblick der beiden brach Aislinn dankbar in Tränen aus.

Die Dexters zeigten sich besorgt darüber, dass Aislinn so blass aussah, und versuchten vergeblich sie zu überreden, in ein Hotel zu gehen und sich auszuruhen. Aber sie konnten sie dazu bringen, die warme Mahlzeit aus der Cafeteria, die sie auf Tabletts hochbrachten, zu essen.

Sie saßen in dem Wartezimmer und hatten gerade zu Ende gegessen, als Lucas plötzlich aufsprang und mit der Faust auf den Tisch schlug. „Wer hat die beiden denn eingeladen?", fragte er grob. Es war ihm offenbar egal, ob das Ehepaar ihn hörte.

„Ich war es." Aislinns Knie zitterten, als sie aufstand und sich ihren Eltern zuwandte, die sie seit ihrer Hochzeit nicht mehr gesprochen hatte. „Mutter, Vater." Sie trat unsicher einen Schritt vor. „Vielen Dank, dass ihr gekommen seid."

Die Andrews schienen nicht zu wissen, was sie tun sollten. Eleanor hielt sich an ihrer Handtasche fest, und Willard wich den Blicken seiner Tochter und seines Schwiegersohns aus.

„Wir fanden, dass das das wenigste sei, was wir tun konnten", unterbrach Eleanor schließlich die unerträgliche Stille. „Die Krankheit deines Babys tut uns wirklich sehr leid."

„Brauchst du irgendetwas, Aislinn? Geld?", bot Willard an.

Lucas stieß einen Fluch aus und ging hinaus, wobei er die beiden anrempelte. „Nein, danke, Vater", sagte Aislinn leise.

Sie schämte sich, dass ihre Eltern immer Geld als die Lösung von Problemen ansahen, aber sie verzieh ihnen. Ihre Anwesenheit gab ihr Trost, und sie wusste, dass die beiden sich auch zu dieser Geste bereits hatten überwinden müssen.

Schließlich trat Alice vor und entkrampfte die Situation. „Ich bin Alice Dexter, Tonys andere Großmutter. Bitte verzeihen Sie das Verhalten meines Sohnes. Er ist sehr angespannt."

Sie sprach leise, und wie immer war Aislinn beeindruckt, dass in ihrer Stimme keinerlei Vorurteil zu hören war. Alice sah Eleanor direkt an, obwohl deren Kleid sicher mehr kostete, als Alice in einem ganzen Jahr für Kleidung ausgab. Sie war weder feindselig noch eingeschüchtert durch die andere Frau. „Ich möchte Ihnen meinen Mann vorstellen, Dr. Dexter."

Aislinn ließ die vier allein und machte sich auf die Suche nach Lucas. Er stand am Ende des Gangs und blickte mit eiserner Miene aus dem Fenster.

„Lucas?" Aislinn sah, dass er die Schultern anspannte. „Bist du wütend, weil ich meine Eltern benachrichtigt habe?"

„Wir brauchen sie nicht."

„Du vielleicht nicht, aber ich."

Er fuhr herum. Seine Augen funkelten wütend. An einer Hand zog er sie hinter sich her in einen Raum, den ihnen die Krankenschwestern zur Verfügung gestellt hatten. Als die Tür hinter ihnen zufiel, sah er Aislinn an.

„Vermisst du jetzt doch ihr Geld? Hast du Daddy um Verzeihung angefleht und gebeten, hier mit dem Scheckbuch aufzutauchen?"

„Das verdiene ich nicht, Lucas!" Sie ohrfeigte ihn so hart, dass sein Kopf herumflog. Unwillkürlich hob auch er die Hand, ließ sie aber wieder sinken, bevor er zuschlagen konnte.

Aislinn krallte sich in sein Hemd. „Mach schon. Schlag mich. Vielleicht erkenne ich dann wenigstens, dass du lebst. Die Schläge nehme ich gern in Kauf, wenn du nur so zeigen kannst, dass auch du Gefühle besitzt." Sie schüttelte ihn. „Lucas! Sprich mit mir! Schrei mich an! Zeig mir deinen Schmerz. Ich weiß, dass du leidest. Du liebst Tony, selbst wenn du sonst niemanden auf der Welt liebst. Vielleicht stirbt er, und ich weiß, dass du deswegen verzweifelt bist. Lass mich gefälligst deinen Kummer teilen."

Sie weinte, doch sie beachtete die Tränen nicht weiter. „Bist du so stolz? Kann dich nichts anrühren?" Kopfschüttelnd verneinte sie ihre eigenen Worte. „Ich weiß es besser, weil ich dich bei Josephs Tod erlebt habe. Und wahrscheinlich ist der Schmerz von damals nichts gegen das, was du jetzt durchmachst. Nur durch deine eigenen dummen Vorurteile verschließt du dich vor der Welt. Bist du so herzlos, dass du nicht einmal am Totenbett deines Kindes weinen kannst?"

Sie schüttelte ihn wieder. „Du sagst, du brauchst niemanden, aber das stimmt nicht. Du willst es nur nicht zugeben, Lucas. Ich brauchte den Trost meiner Eltern, also habe ich mir den Stolz verkniffen und habe sie angerufen. Dieses Leid will ich nicht allein durchstehen. Du machst dich über meine Eltern lustig, aber du hast mehr mit ihnen gemeinsam, als du denkst. Du bist so kalt und gefühllos wie sie. Aber sie haben nachgegeben. Sie sind jetzt hier für mich, aber du nicht."

Aislinn zerriss jetzt fast sein Hemd. „Egal, ob du mich liebst oder nicht, du bist mein Ehemann. Ich brauche dich, und wage es nicht, mir deine Unterstützung vorzuenthalten. Aus Ehrgefühl hast du mich geheiratet, aber was ist das für eine Ehre, wenn du deine Frau im Stich lässt, wenn sie dich am nötigsten braucht? Bist du nicht Mann genug, um mit mir zu weinen?"

Sie schlug ihn wieder und wieder ins Gesicht. Die Tränen liefen ihr in Strömen über das Gesicht. „Wein endlich! Los, wein!"

Plötzlich schlang er die Arme um sie und senkte den Kopf an ihre Schulter. Zuerst merkte Aislinn nicht, was geschah, doch dann spürte sie das Beben seiner Schultern und hörte das tiefe Schluchzen, das er ausstieß.

Sie umschlang ihn und drückte ihn an sich, während seine Tränen ihren Hals benetzten. Er weinte immer weiter, und als sie sein Gewicht nicht mehr stützen konnte, sanken sie in ihrer Umarmung zu Boden. Wie so oft mit Tony wiegte sie ihn in den Armen hin und her. Wie sehr sie ihn liebte!

„Ich will, dass unser Baby lebt", schluchzte er. „Du kannst dir nicht vorstellen, was es für mich bedeutet, einen Sohn zu haben. Ich will, dass er lebt. Als Kind habe ich mir so sehr einen Vater gewünscht. Und ich will für Tony der Vater sein, von dem ich selbst immer geträumt habe."

Er drückte das Gesicht noch tiefer in ihre Schulter.

„Wenn er stirbt, werde ich mit deinem Schmerz nicht fertig, Lucas. Dafür liebe ich dich zu sehr."

Nach einer Weile versiegten seine Tränen, doch er verharrte reglos. Durch die nasse Bluse hindurch küsste er sie und sprach leise vor sich hin. „Ich wollte dich nicht lieben."

„Ich weiß", antwortete sie sanft und fuhr ihm durchs Haar.

„Aber jetzt tue ich es."

„Das weiß ich auch."

Lucas hob den Kopf und sah sie aus tränenverschleierten Augen an. „Wirklich?"

Sie nickte nur und lächelte traurig.

Eine Sekunde später klopfte es an der Tür. Verwirrt sahen sie einander an, dann stand Lucas auf und reichte Aislinn die Hand, um ihr hochzuhelfen. Er legte den Arm um sie, und gemeinsam blickten sie zur Tür.

„Herein", sagte Lucas. Sie erwarteten den Arzt.

Doch es war Mr. Dixon, der Gefängnisdirektor. „Hallo, Mr. Greywolf. Ich weiß, was Sie gerade durchmachen." Es schien ihm peinlich zu sein, als er merkte, dass sie beide gerade geweint hatten. „Mein Name ist Dixon", stellte er sich Aislinn vor.

„Was tun Sie hier?", fragte Lucas ohne Umschweife.

„Mr. Andrews' Sekretärin sagte mir, ich könne Sie hier antreffen. Und da ich gute Neuigkeiten bringe, wollte ich keine Zeit verlieren."

„Worum geht es denn?", hakte Aislinn nach.

„Ihr Mann wurde nachträglich für unschuldig befunden." Er wandte sich an Lucas. „Die Unterlagen Ihrer Verhandlung wurden noch einmal durchgearbeitet. Durch die Geständnisse der beiden Verurteilten wurde klar, dass Sie sich an dem Unruheherd lediglich aufhielten, um die Ausschreitungen zu beenden. Sie werden noch offiziell für unschuldig erklärt und anschließend sofort wieder in die Anwaltskammer aufgenommen."

Froh schmiegte Aislinn sich an Lucas, doch der konnte sie kaum stützen. Die Neuigkeiten ließen seine Knie weich werden.

Noch bevor jemand von ihnen etwas sagen konnte, kam Gene hereingelaufen. „Lucas, Aislinn, schnell. Der Arzt sucht nach euch."

„Lächeln!"

„Aislinn, mein Gesicht fällt gleich vom vielen Lächeln auseinander", beschwerte Lucas sich.

Sie lachte nur und lockte wieder, „hierher, Tony. Sieh zu Mommy."

Sie schoss zwei Bilder, als Tony in die richtige Richtung sah.

„Schluss jetzt mit dem Fotografieren", entschied Lucas. „Das hier soll eine Party sein."

„Mir geht es ausgezeichnet", stellte sie glücklich fest und küsste ihn auf die Wange. „Mein ganzes Leben könnte ich damit verbringen, Tony und dich zu fotografieren."

Misstrauisch sah Lucas sie an. „Mir würde da noch eine andere Sache einfallen."

„Lucas!"

Er lachte auf. „Allerdings muss ich zugeben, dass Tony und ich ein wundervolles Motiv abgeben", sagte er stolz und sah seinen Sohn an.

„Ihr beide seid meine absoluten Lieblingsmotive." Aislinn drückte sie beide an sich.

„Hey, könnt ihr drei mal damit aufhören?" Gene reichte Aislinn ein Glas Punsch. „Ihr solltet euch unter die Gäste mischen."

„Gib mir Tony so lange." Alice trat zu ihnen. Der Keks in ihrer Hand reichte als Argument. „Willard und Eleanor wollen ihn sehen."

„Jetzt hört auf, euch schwere Blicke zuzuwerfen, und geht ein paar Hände schütteln", sagte Gene und schob die beiden zu den Leuten, die in dem Büro standen.

Mit diesem Empfang wurde die Eröffnung von Lucas' Anwaltspraxis gefeiert. Der Medienrummel wegen Lucas' Rehabilitation und eine Fotoreportage von Aislinn in einer bekannten Zeitschrift hatten das öffentliche Interesse endlich wieder einmal auf die Rechte der Indianer gelenkt, die in den Reservaten lebten.

Lucas gab sich keinen Illusionen hin. Er würde in seinem Leben nicht mehr das Ende der Unterdrückung erleben, aber jeder Schritt in diese Richtung war sinnvoll.

Dabei achtete er strikt darauf, dass es nicht so aussah, als würde er einen Vorteil aus seiner Verurteilung ziehen. Und er vergaß nie, wer seine Klienten waren. Obwohl er heute ein Jackett und eine Krawatte trug, hatte er doch den Silberring im Ohr. Und hinter seinem Schreibtisch an der Wand hing ein gerahmtes Bild von Joseph Greywolf, der alle Insignien eines Indianerhäuptlings trug. Viele anwesende Würdenträger gaben eine Bemerkung zu dem Bild ab, das Joseph in jungen Jahren zeigte.

„Wann können wir endlich nach Hause?", fragte Lucas Aislinn nach einer Stunde Lächeln und Händeschütteln.

„Auf Alices Einladungen stand: von zwei bis sechs. Wieso?"

„Weil ich mit dir nach Hause und ins Bett will."

„Pst! Es könnte uns jemand hören."

Vor allen Gästen beugte er den Kopf und küsste Aislinn auf den Mund.

„Benimm dich, Lucas. Der ganze Empfang ist dir zu Ehren." Sie bemühte sich um einen tadelnden Tonfall, doch sie konnte ihre Freude über die Bezeugung seiner Zuneigung nicht verbergen.

Er spielte mit einer ihrer Haarsträhnen. „Weißt du, dass ich dich hier wegzerren könnte?"

„Du willst mich entführen?"

„Ja, genau."

„Das hast du schon einmal getan."

„Und es war das Klügste, was ich je gemacht habe."

„Es war das Beste, was mir je geschehen konnte", lachte Aislinn.

Ungeachtet der Unterhaltungen um sich herum, blickten sie einander in die Augen und erkannten ihre gegenseitige Liebe. Johnny Deerinwater unterbrach sie schließlich, indem er Lucas lachend auf den Rücken schlug.

Bis zum geplanten Ende spielten sie beide noch die Gastgeber, dann gingen die Gäste nach und nach.

„Wir haben uns noch nicht mit Vater und Mutter unterhalten", sagte Aislinn und zog Lucas am Arm mit sich. Ihre Eltern saßen am anderen Ende des Büros und unterhielten sich mit Gene. Lucas schien sich beschweren zu wollen. „Sie haben einen langen Weg hinter sich, Lucas, und damit meine ich nicht die Fahrstrecke."

„Ich weiß", gab er zu. „Ich werde nett sein. Schließlich bezahlt dein Vater den neuen Flügel an Genes Klinik."

Sobald Willard und Eleanor sich nach Phoenix auf den Weg machten, fragte Alice, ob Gene und sie Tony über Nacht bei sich behalten dürften. „Wir sehen ihn so selten. Und ihr müsst sowieso morgen hierher zurückkommen, um das Büro für Montag aufzuräumen. Bitte."

Sie willigten ein und machten sich auf den Heimweg. Es war ein schöner Abend, der Himmel war mit Sternen übersät, und über den Bergen stand der Vollmond.

„Weißt du, ich fühle mich selbst schon wie eine Indianerin", sagte Aislinn nachdenklich. „Ich liebe dieses Land hier."

„Du hast sehr viel aufgegeben, Aislinn", sagte Lucas ruhig und blickte weiterhin auf die Straße, die zur Ranch führte.

Sie nahm eine seiner Hände vom Lenkrad und drückte sie, bis Lucas sie ansah. „In diesem anderen Leben hatte ich weder dich noch Tony. Und ich bereue den Wechsel keinen Augenblick."

Tatsächlich hatte sie ihr Haus und ihr Fotostudio in Scottsdale verkauft und das Geld für eine Kindergarteneinrichtung im Reservat und eine Prachtstute für Lucas' Zucht ausgegeben. Er hatte das Geschenk als Zeichen ihrer Liebe angenommen. Durch das Pferd konnten sie viele neue Pferde heranzüchten, und Lucas würde neue Hilfen für die Ranch anstellen können. Auf dem Gelände wurde gerade eine Unterkunft für die sechs Gehilfen gebaut, die sie bereits beschäftigten, damit Lucas sich mehr um seine Arbeit als Anwalt kümmern konnte.

Jetzt blickte Aislinn Lucas von der Seite an, und ihr Herz floss fast über vor Liebe zu ihm. Sie konnte ihre Freude kaum beherrschen, seit dem Tag, an dem Tony die Lungenentzündung überstanden hatte.

„Hoffentlich sind die Bilder etwas geworden. Besonders natürlich die von Tony."

Eine Weile schwiegen sie beide. „Wenn ich daran denke, dass wir ihn fast verloren hätten."

Lucas zog die Hand weg und rieb ihr die Wange. „Wir haben uns vorgenommen, es nie zu vergessen, aber auch, nicht unnötig darauf herumzureiten."

„Ich weiß", sagte sie und küsste die Knöchel seiner Finger. „Ich musste nur an jenen Tag denken. Erst sagst du mir, dass du mich liebst, dann kommt Mr. Dixon und sagt dir, dass du wieder als Anwalt arbeiten darfst, und schließlich teilt uns der Arzt mit, dass Tony durchkommen wird." Sie lächelte. „So viel Gutes auf einmal war fast zu viel für mich."

„Du schwelgst heute ja richtig in Erinnerungen."

„Damit drücke ich nur aus, wie glücklich ich bin", sagte sie leise.

Lucas stellte den Wagen vor dem Haus ab und sah Aislinn aus seinen grauen Augen an. „Ich würde mein Glück gern anders ausdrücken."

„Und auf welche Weise, Mr. Greywolf?"

Er sah sie nur an, und dann nahmen sie sich nicht einmal die Zeit, das Licht einzuschalten. Stattdessen ließen sie sich vom Mondlicht durch das Haus zum Schlafzimmer führen.

– ENDE –

Sandra Brown

Das verbotene Glück
Roman

Aus dem Amerikanischen von
Sonja Sajlo-Lucich

Das verbotene Glück

1. KAPITEL

Flug Nummer 124 der American Airlines von New Orleans nach Washington, D.C., steckte in Schwierigkeiten. Zumindest schien es Keely Preston so. Die kalten, feuchten Hände verkrampft im Schoß, starrte sie durch das Fenster hinaus auf die gleißend hellen Blitze, die über den Himmel zuckten.

Dabei war es während des Unwetters in der ersten Klasse sicherlich noch angenehmer als in der Touristenklasse. Nicht auszudenken, wie die Passagiere sich dort fühlen mussten! Aber das war ja auch der Grund, warum Keely immer erster Klasse flog.

„Miss Preston." Keely zuckte zusammen und wandte den Kopf der Stewardess zu, die sich über den leeren Sitz am Gang zu ihr beugte. „Möchten Sie vielleicht etwas trinken?"

Keely steckte sich eine Strähne des dunkelblonden Haars hinters Ohr und bemühte sich trotz ihrer Furcht um ein freundliches Lächeln. Sie war nicht sicher, ob mit Erfolg. „Nein, danke."

„Es würde Sie vielleicht beruhigen. Ich sehe, das Gewitter macht Sie nervös, aber ich kann Ihnen versichern, alles ist in Ordnung. Sie müssen sich wirklich überhaupt keine Sorgen machen."

Keely sah auf ihre verkrampften Finger und lächelte zerknirscht. „Tut mir leid, dass es so auffällt." Diesmal lächelte sie die Stewardess mit mehr Überzeugung an. „Nein, es geht schon, wirklich."

Die junge Frau lächelte zurück. „Rufen Sie mich, wenn Sie etwas brauchen. Wir werden den Sturm in ein paar Minuten hinter uns haben. In ungefähr einer Stunde landen wir in Washington."

„Danke." Keely bemühte sich, sich zu entspannen. Sie lehnte sich in den weich gepolsterten Sitz zurück und schloss die Augen, um das Gewitter aus ihrer Sicht und ihren Gedanken zu verbannen.

Der Mann auf der anderen Seite des Ganges bewunderte ihre Selbstbeherrschung. Er spürte, dass sie sich zu Tode ängstigte. Um genau zu sein, er hatte eigentlich alles an dieser Frau bewundert, seit sie die Maschine ein paar Minuten nach ihm bestiegen hatte. Sie schien über so manche bewundernswerte Eigenschaft zu verfügen.

Da war zum einen ihr Haar. Weich, eine feminine Frisur. Er verabscheute diese modernen Frisuren, die Rockstars oder Sportlern abgeschaut waren. Nein, die Dame auf der anderen Seite des Ganges hatte hübsches Haar, das über ihre Schultern glitt, wann immer sie den Kopf bewegte. Gepflegt und seidig schimmernd. Er nahm an, dass es nach Blumen duftete.

Er wäre kein Mann, hätte er nicht ihre Figur bemerkt, als sie auf der Suche nach ihrem Sitz, eine Reihe vor ihm, schräg gegenüber, an ihm vorbeigegangen war. Sie trug ein grünes Wollkostüm. Der Pullover schmiegte sich um eine schmale Taille, der leicht ausgestellte Rock umspielte die Knie.

Ihre Beine waren nicht zu verachten. Das war ihm aufgefallen, als sie sich ein wenig gereckt hatte, um ihren Trenchcoat in die Gepäckablage über dem Sitz zu legen. Dabei hatte er sie im Profil gesehen und außerdem feststellen können, dass eine volle, aber nicht übergroße Oberweite ihren Pullover ausfüllte.

Jeder, der ihn beobachtete, hätte geschworen, er sei völlig in den Stapel Akten vertieft, den er kurz nach dem Start aus seinem Aktenkoffer hervorgeholt hatte. Doch er hatte die Frau nicht aus den Augen gelassen. Sie hatte Filet Mignon zum Dinner bestellt, aber nicht mehr als drei Bissen gegessen. Eine Gabel Broccoli. Kein Brot, kein Dessert. Sie hatte ein halbes Glas Rosé getrunken und eine Tasse Kaffee. Mit wenig Milch.

Er hatte sich nach dem Dinner durch mehrere offiziell aussehende Papiere gelesen, sie dann wieder in seinem Aktenkoffer verstaut. Er hatte das „Time"-Magazin durchgeblättert, aber weiterhin immer wieder über den Rand der Zeitschrift zu der Frau hinübergeschaut. Deshalb hatte er auch das Gespräch mit der Stewardess mitbekommen. Jetzt gab er sich nicht mehr den Anschein, als würde er lesen, sondern beobachtete sie offen.

Genau in diesem Augenblick geriet die Maschine in ein Luftloch und sackte ab. Für einen erfahrenen Fluggast kein Grund zur Panik. Die Frau auf der anderen Seite des Ganges jedoch schoss in ihrem Sitz hoch und schaute sich hektisch um, die Augen angstvoll aufgerissen.

Er reagierte instinktiv. Mit einem Satz war er über den Gang, setzte sich auf den freien Sitz neben sie und nahm ihre Hände in seine.

„Es ist alles in Ordnung, kein Grund zur Panik. Nur eine kleine Turbulenz, mehr nicht." Um genau zu sein, schienen sie beide die Einzigen in der ersten Klasse zu sein, denen der plötzliche und sofort

Das verbotene Glück

korrigierte Verlust an Höhe überhaupt aufgefallen war. Die Flugbegleiter standen immer noch alle in der Bordküche, aus der das leise Geklapper von Geschirr und Gläsern drang. Die anderen Passagiere, wenig genug auf diesem späten Flug, schliefen entweder oder waren zu sehr mit anderen Dingen beschäftigt, als dass ihnen der attraktive junge Mann aufgefallen wäre, der über den Gang gesprungen war, um der verängstigten Frau zur Seite zu stehen.

Die warmen, starken Männerhände, die sie festhielten, waren so gepflegt, dass Keely einen Moment lang nur darauf starrte, bevor sie dem Mann überrascht ins Gesicht sah. Er war ihr sehr nahe, aber seltsamerweise war es ihr nicht unangenehm.

„Tut mir leid", hörte sie sich sagen. Wofür entschuldigte sie sich eigentlich? „Ich bin in Ordnung. Ehrlich. Es ist nur ..." Das Krächzen in ihrer Stimme schockierte sie. Wo war der gewohnte melodische Klang geblieben? Und warum stammelte sie so? Der Mann musste sie für eine Närrin halten. Wer sonst würde sich in einem Flugzeug derart aufführen? Und warum verspürte sie nicht den geringsten Drang, ihm ihre Hände zu entziehen?

Stattdessen blickte sie unverwandt in die schwärzesten Augen, umgeben von den schwärzesten Wimpern und Brauen, die sie je gesehen hatte. Unter dem linken Auge verlief eine kleine dünne Narbe auf der Wange. Die Nase war gerade und schmal, der Mund großzügig und voll, die Lippen gefährlich nahe daran, sinnlich zu sein. Das Kinn stark, entschlossen, männlich eben, aber ein Grübchen auf der rechten Wange, nahe bei diesem faszinierenden Mund, bewahrte es davor, hart zu wirken.

„Keine Sorge, dafür sind Freunde doch da, nicht wahr?" Er lächelte dieses hinreißende, Vertrauen erweckende Lächeln, das zum Markenzeichen für ihn und zum Gefahrensignal für seine Gegner geworden war.

Wen willst du hier eigentlich für dumm verkaufen? fragte er sich still. Er fühlte keineswegs wie ein Freund. Die Blitze, die da draußen vor den Fenstern die Luft mit Elektrizität aufluden, waren nichts im Vergleich zu dem Schock, der ihn durchfahren hatte, als er ihr zum ersten Mal ins Gesicht hatte sehen können.

Grün. Ihre Augen waren grün. Ernst, vertrauensvoll – und höllisch sexy. Ihr Teint war nicht wie Milch und Honig, eher wie ... Pfirsich. Eine Haut wie reife Aprikosen, die im Sommer eine goldene Tönung annehmen würde.

Die Nase war perfekt. Der Mund ... Gott, dieser Mund! Die Lippen, weich und schimmernd, betont mit glänzendem Korallenrot. Die Ohrläppchen schmückten kleine goldene Stecker, eine feine Goldkette schmiegte sich um den schlanken Hals. Immer noch hielt er die Hände der Frau. Sie trug keine Ringe. Eine Tatsache, die ihn über alle Maßen freute.

Sie zitterte leicht, und für einen wilden, verrückten Moment stellte er sich vor, wie es sein musste, sie erschauernd vor Leidenschaft unter sich zu spüren. Dieser Gedanke erregte und beschämte ihn gleichzeitig. Es war offensichtlich, dass sie es nicht darauf anlegte, eine solche Reaktion in einem Mann hervorzurufen. Diese Lust war in seinem eigenen Kopf entstanden, aber sie war unleugbar da. Doch da war nicht nur pure Lust ... Er verspürte den Drang, sie zu halten. Nicht, um sie zu beherrschen, sondern um sie zu beschützen. Sie mit seiner Stärke einzuhüllen. Ein sehr männlicher Wunsch. Und einer, den er nie zuvor, bei keiner anderen Frau gehabt hatte.

Etwas von diesen ursprünglichen, wilden Gefühlen musste wohl in seinen Augen zu erkennen sein, denn sie versuchte, ihm ihre Hände zu entziehen. Nur unwillig gab er sie frei.

„Ich bin Dax Devereaux", sagte er, um sich vorzustellen und auch, um diese seltsame Atmosphäre zu überspielen, die plötzlich zwischen ihnen entstanden war.

„Ja, das sind Sie", sagte sie, dann lachte sie leise, verlegen wegen ihrer Antwort. „Ich meine, ich erkenne Sie jetzt. Freut mich, Sie kennenzulernen, Kongressabgeordneter Devereaux. Ich bin Keely Preston."

Mit zusammengekniffenen Augen und schief gelegtem Kopf sah er sie konzentriert an. „Keely Preston ... Keely Preston. Wo habe ich diesen Namen schon mal gehört? Sollte ich Sie kennen?"

Sie lächelte. „Nur, wenn Sie in New Orleans Auto fahren. Ich mache die Verkehrsnachrichten bei KDIX Radio. Während der Stoßzeiten sende ich aus dem Verkehrshubschrauber."

Er schlug sich mit der flachen Hand an die Stirn. „Aber ja, natürlich! Keely Preston! Nun, ich fühle mich geehrt, eine solche Berühmtheit kennenzulernen."

Wieder lachte sie, und es gefiel ihm. Ihr Lachen klang melodisch, tief. Und das hübsche Gesicht war nicht länger angespannt. „Wohl kaum eine Berühmtheit", winkte sie schnell ab.

„Doch, sicher!" Er beugte sich vor und flüsterte verschwörerisch: „Ich kenne Leute, die es gar nicht wagen, ohne Ihre Informationen von oben die tägliche Fahrt zur Arbeit anzutreten." Dann runzelte er die Stirn. „Verzeihen Sie mir die Bemerkung, Keely, aber ... wenn Sie jeden Tag fliegen, warum haben Sie dann ...?" Er sprach die Frage nicht zu Ende, sie tat es für ihn.

„Warum ich vorhin solche Angst hatte?" Sie drehte den Kopf und sah wieder aus dem Fenster. Das Gewitter lag hinter ihnen, die Blitze, die über den Horizont zuckten, waren bereits weit entfernt. „Es ist albern, ich weiß. Aber es liegt nicht am Fliegen. Sie sagen es ja, ich fliege jeden Tag. Ich denke, das Gewitter war einfach zu heftig." Eine lahme Ausrede, selbst für ihre Ohren klang es so. Sie wollte gar nicht wissen, wie albern sich das für Dax Devereaux anhören musste.

Warum erklärte sie es ihm nicht? Warum sagte sie ihm nicht, dass Preston der Name war, den sie in ihrem Beruf benutzte? Dass sie noch einen anderen Namen hatte. Warum gab sie nicht einfach zu, dass das Fliegen ihr manchmal panische Angst machte und ihr Job im Helikopter eine Art Therapie war, um Kummer und Seelenschmerz zu verarbeiten?

Es war schon schwierig genug, sich das selbst einzugestehen, geschweige denn auszusprechen. Sie wusste aus Erfahrung, dass Männer – ungebundene, attraktive Männer – sich unwohl fühlten, sobald sie von ihren Lebensumständen erzählte. Sie wussten dann nie, wie Keely einzuschätzen war. Um sich selbst und Dax Devereaux diese peinliche Situation zu ersparen, beließ sie es besser bei ihrer ausweichenden Antwort und gab ihm keine genauere Erklärung. Er schien auch zufrieden damit zu sein.

Sie wechselte das Thema, um von sich abzulenken: „Werden Sie unser nächster Senator aus Louisiana sein?"

Er gluckste vergnügt und senkte den Kopf, fast wie ein kleiner Junge. Sie entdeckte ein paar silberne Fäden in dem dichten schwarzen Haar. Wunderschönes Haar.

„Nicht, wenn es meinen Gegnern gelingt, das zu verhindern. Was meinen Sie denn?"

„Ich denke, Sie haben sehr gute Chancen." Eine ehrliche, überzeugte Antwort. „Ihre Erfolge als Kongressabgeordneter sind beachtlich."

Dax Devereaux hatte sich einen Namen in ihrem Heimatstaat gemacht. Er war als Vertreter der kleinen Leute bekannt. Oft konnte man ihn in Jeans und Arbeitshemd im Gespräch mit Fischern, Farmern oder Fabrikarbeitern sehen. Seine Kritiker prangerten das als billige Taktik und übertriebene Show an. Seine Anhänger beteten ihn deshalb an. Auf jeden Fall aber wussten alle über seine Aktivitäten Bescheid. Es gab niemanden im Wahlkreis, der nicht von ihm gehört hätte.

„Sie halten mich nicht für ‚einen Opportunisten, der dauernd Kontroversen provoziert, um sein Ziel zu erreichen'?", zitierte er aus dem neuesten kritischen Leitartikel.

Sie hatte den Bericht auch gelesen und lächelte. „Nun, Sie müssen zugeben, dass es nicht unbedingt von Nachteil ist, wenn man mit einem Namen wie ‚Devereaux' in Louisiana für ein öffentliches Amt kandidiert."

Er grinste breit. „Ist es meine Schuld, dass meine Vorfahren schillernde französische Kreolen waren? Dabei bin ich mir nicht einmal sicher, ob das nun ein Vor- oder Nachteil ist. Wissen Sie eigentlich, wie barbarisch sie sich manchmal benommen haben? Duelle! Sie waren eine hitzköpfige, aufbrausende und eingebildete Bande. Einer meiner Vorfahren schockierte die Familie und heiratete ein ‚amerikanisches' Mädchen, nachdem Jackson die Briten besiegt hatte. Dann gibt es da noch ein weiteres schwarzes Schaf, das sogar mit den Yankees kollaboriert hat, als die Armee während des Bürgerkriegs New Orleans eroberte."

Sie lachte. „Ich sehe schon, Sie stammen aus einer Familie von Halsabschneidern und Verrätern." Sie musterte ihn aufmerksam. „Ich kann mir vorstellen, dass Sie der Traum eines jeden Autoren sind", sagte sie listig.

„Tatsächlich?" Verlegenheit blitzte plötzlich in seinem Blick auf.

Sie wandte den Blick ab. „Ich meine, sowohl Ihr Vor- als auch Ihr Nachname beginnt mit einem ‚D' und endet mit einem ‚X'. Ein cleverer Werbemensch kann während einer Kampagne doch sicherlich Wunder wirken. Dann Ihre Jugend – und Ihr Aussehen. So eine Art John F. Kennedy."

„Ah, aber Mr. Kennedy hatte Mrs. Kennedy. Ich habe keine schöne Frau als Imagefaktor an meiner Seite." Keely wusste das. Jeder wusste das. Sein Junggesellendasein wurde von seinen Kritikern weidlich ausgeschlachtet. Dass er so aussah, wie er aussah, half auch nicht unbedingt. Für manch einen stellte ein attraktiver Junggeselle eine Gefahr dar, und wenn es um effektive Politik ging, sogar eine tödliche Bedrohung.

Keely hielt den Blick angestrengt gesenkt. Sein Knie war dem ihren so nah, dass sie den Stoff seiner Hose an ihrer Haut fühlen konnte. Sie rückte nicht ab. Stattdessen blickte sie ihm ins Gesicht und stellte fest, dass er sie durchdringend musterte.

„Ich habe nicht einmal die Aussicht auf eine Ehefrau", sagte er.

Sie schluckte. „Nicht?"

„Nein."

Das Zurückhalten von erotischen Gefühlen. Wurde es nicht immer wieder glorreich in Liedern besungen, in Filmen in Bilder gefasst, in Büchern mit Worten beschrieben? Allerdings war es recht schmerzhaft, wenn man es am eigenen Leib erfuhr. Was sich in Keelys Brust abspielte, während sie Dax anschaute, ließ sich nicht länger unterdrücken. Zu lange hatte ihr Begehren geschlummert. Jetzt breitete es sich in ihrer Brust aus, strömte durch ihren ganzen Körper, bis sie kaum noch atmen konnte. Doch bevor sie den Erstickungstod erleiden musste, hatte das Schicksal ein Einsehen.

Die Stewardess hielt neben Dax an. „Sie beide haben sich also miteinander bekannt gemacht. Darf ich Ihnen etwas bringen? Miss Preston? Mr. Devereaux?"

Bis jetzt hatte Dax den Blick nicht von Keely genommen. „Würden Sie einen Brandy mit mir zusammen trinken?", fragte er leise.

Keely wollte antworten, konnte aber nicht, also nickte sie nur stumm. Dax wandte sich an die Stewardess. „Zwei Brandy." Keely nutzte die Zeit, um sich zu fassen. Sie fuhr sich mit der Zungenspitze über die Lippen, blinzelte mehrere Male, atmete tief durch und rieb die feuchten Handflächen an ihrem Rock. Dax' Bein war immer noch da, wo es gewesen war, wenn nicht sogar noch näher. Wie groß mochte er wohl sein? Sie hatte keine Zeit gehabt, es herauszufinden, als er vorhin so plötzlich neben ihr aufgetaucht war und ihre Hände gefasst hatte.

„Keely?"

Sie sah ihn an. Seine Miene war ernst. „Wenn ich für den Senat kandidiere, werden Sie mich dann wählen?"

Sie lachten beide, und die Spannung war gebrochen. Der Brandy wurde gebracht, und Keely nippte vorsichtig an ihrem Glas. Es schmeckte ihr nicht, aber das sagte sie ihm nicht.

„Erzählen Sie mir über Ihre Arbeit. Es muss doch sehr aufregend sein", begann er freundlich.

„Es hört sich viel aufregender an, als es in Wirklichkeit ist, glauben Sie mir. Aber ja, es macht mir Spaß."

„Wird es Ihnen nie zu viel, von glühenden Anhängern umringt zu sein und Autogramme zu schreiben?"

„Nicht vergessen, ich arbeite fürs Radio. Die meisten Leute kennen mein Gesicht gar nicht. Wenn ich allerdings im Auftrag des Senders zu einer öffentlichen Veranstaltung gehe, wird mir die übliche VIP-Behandlung zuteil."

„Vielleicht sollten Sie zu einem mehr bildhaften Medium wechseln."

„Fernsehen? Nein, danke!", rief sie leidenschaftlich. „Die Kameras überlasse ich gern meiner Freundin Nicole."

„Nicole ...? Wie heißt sie noch?"

„Nicole Castleman. Sie macht die Sechs-Uhr-Nachrichten für den Fernsehsender, der mit uns Radioleuten im gleichen Gebäude sitzt."

„Stimmt. Ich habe sie auf dem Bildschirm gesehen, als ich in New Orleans war. Blond, nicht wahr?"

„Ja. Männer vergessen Nicole nicht so schnell", erwiderte Keely neidlos. „Wir sind schon seit Jahren befreundet. Sie liebt es, berühmt zu sein. Wenn wir zusammen ausgehen, bekommt sie jedes Mal die geballte Aufmerksamkeit."

„Das bezweifle ich." Er meinte es ernst, das sah Keely, als sie in sein Gesicht blickte. Deshalb drehte sie auch hastig den Kopf zur Seite.

„Ich würde wirklich nicht tauschen wollen", meinte sie leise.

„Trotzdem muss es anstrengend sein. Stört dieser Job nicht Ihr Privatleben? Ihre Familie?"

Er hatte geschickt gefragt. Aber Kelly wich einer konkreten Antwort aus. Sie lächelte ihm zu. „Ich schaffe es schon, alles unter einen

Hut zu bringen." Damit war das Thema beendet.

Das Lämpchen mit der Aufforderung, die Gurte anzulegen, leuchtete über ihren Sitzen auf, und die Stewardess kam, um die Gläser abzuräumen. Durch die Lautsprecher kündigte der Pilot die Landung auf dem Washingtoner Flughafen an. Keely und Dax hörten die Informationen über das Wetter in der Hauptstadt, ohne die Worte zu verstehen. Sie sahen einander nicht an, aber das war auch nicht nötig. Die Nähe des anderen war fast greifbar.

Seine Hand lag auf der Lehne zwischen ihren Sitzen. Eine lange, kraftvolle Hand mit schlanken Fingern. Eine schöne Hand. Am Ringfinger steckte ein goldener Siegelring. Eine elegante Uhr mit einem Krokolederarmband schmückte das Handgelenk. Das Zifferblatt war rund, mit römischen Zahlen. Mehr nicht. Kein Kalender, kein Wecker, keine Stoppuhr, keine Leuchtziffern, überhaupt kein unnötiger Schnickschnack. Nur zwei schlanke Zeiger, die die Zeit angaben. Das gefiel Keely.

Angesichts seines Berufs hätte man erwarten sollen, dass Dax Devereaux sich konservativ kleidete. Doch er trug eine beigefarbene Hose, einen dunkelblauen Blazer, ein beigefarbenes Hemd und eine geschmackvoll gestreifte Krawatte.

Gab es irgendwo einen Makel an ihm? Einen winzigen Fehler? Bis jetzt hatte Keely nichts gefunden.

Auch Dax hatte den Blick auf seine Hände gerichtet. Allerdings rechnete er den Abstand zwischen seinen Fingern und dem weiblichen Schenkel aus, der sich in so geringer Entfernung zu seinen Fingerspitzen befand. Keely hatte die Beine züchtig übereinandergeschlagen, aber ihre Sitzhaltung erlaubte ihm einen verlockenden Blick auf den Rocksaum, unter dem die Andeutung eines hellblauen Spitzenunterrocks hervorlugte. Sein Herz schlug heftiger. Hellblaue Spitze. Vielleicht auch noch Strumpfhalter aus Satin …?

Er verfluchte sich selbst und seine Gedanken, die solch eine wollüstige Richtung einschlugen. Es war unfair ihr gegenüber. Außerdem wurde ihm schwindlig dadurch. Und er fühlte sich unbehaglich. Abrupt wandte er sich ihr zu.

„Wie lange bleiben Sie in Washington?"

„Ich … weiß es jetzt noch nicht. Das hängt von verschiedenen Dingen ab."

„Wo wohnen Sie?"

Keely krümmte sich innerlich. Das hier war gefährlich. Er kam ihr zu nahe. Er war zu attraktiv, zu anziehend. Es musste jetzt enden, bevor etwas anfing. „Ich weiß noch nicht. Ich hatte vor, mir vom Flughafen aus ein Hotel zu besorgen."

Bei dem ausweichenden Ton in ihrer Stimme wusste er sofort, dass sie log. Aber er vergab ihr gern. Sie war nur vorsichtig. Was seinen ersten Eindruck von ihr bestätigte. Sie war nicht auf der Suche. Das hieß, er musste sie finden.

„Es war mir ein Vergnügen, Keely." Er lächelte und streckte ihr freundlich die Hand hin. Sie nahm die dargebotene Hand und schüttelte sie, allerdings dachte sie darüber nach, wie tief dieses Grübchen in seiner Wange wohl sein mochte.

„Danke, dass Sie mich gerettet haben." Die schimmernden Lippen verzogen sich zu einem freundlichen Lächeln und gaben den Blick auf gerade weiße Zähne frei. Dax musste sich zusammenreißen, um den Blick von diesem Mund zu nehmen.

„Auf Wiedersehen." Er stand auf und trat in den Gang.

„Auf Wiedersehen."

Er ging zu seinem Sitz zurück, um seine Sachen zusammenzupacken und sich für die Landung bereit zu machen. Keely blickte entweder starr nach vorn oder aus dem Fenster, doch spürte sie ständig seine Anwesenheit hinter sich.

Als die Boing 727 ausrollte und schließlich stand, blieb Keely noch einen Moment auf ihrem Platz sitzen, bevor sie sich erhob und ihren Mantel aus dem Gepäckfach nahm. Obwohl sie sich nicht umdrehte, erkannte sie aus den Augenwinkeln, dass Dax sich seinen Mantel überzog. Sie beschloss, ihren Mantel noch nicht anzuziehen. Vielleicht würde er sonst anbieten, ihr in den Mantel zu helfen. Dann müsste er sie wieder berühren, und das wollte sie lieber vermeiden.

Sie nahm ihre Handtasche und den kleinen Aktenkoffer und legte sich den Mantel über den Arm, bevor sie in den Gang trat.

Er wartete auf sie und ließ ihr den Vortritt. „Haben Sie Gepäck?", fragte er.

„Ja. Und Sie?"

Dax schüttelte den Kopf. „Dieses Mal bin ich nur mit Handgepäck unterwegs."

„Oh." Es gab nichts mehr zu sagen. Keely betrat die Gangway, die vom Ausgang des Flugzeugs zur Ankunftshalle führte, und schritt energisch voran. Es war absolut lächerlich! Warum drehte sie sich nicht um und machte freundliche, belanglose Konversation mit ihm? Er war doch direkt hinter ihr. Warum sprach er sie nicht an? Sie benahmen sich ja wie zwei Teenager. Aber so war es wohl besser. Die Diskretion verlangte so viel Abstand zwischen ihnen wie möglich. Das war sicherer.

Sie betrat die Flughafenhalle. Kaum dass sich die Schiebetür hinter ihr geschlossen hatte, stürmten Reporter mit Mikrofonen und Kameraleute darauf zu. Aus Neugier drehte sie sich um.

Dax war sofort von den Medienleuten umringt. Er lächelte, warf harmlose Antworten auf die schnell abgefeuerten Fragen in die Runde, machte Bemerkungen über das miserable Wetter in Washington. Während ein aggressiver Reporter eine Frage stellte, die sie nicht verstehen konnte, sah Dax auf, suchte ihren Blick über die Köpfe der Menge und lächelte, fast entschuldigend. Mit den Lippen formte sie einen Abschiedsgruß, dann drehte sie sich um und ging auf das Rollband zu.

Nachdem sie ihren Koffer auf dem Band gefunden hatte, verließ sie das Gebäude und ging auf ein Taxi am Straßenrand zu. Sie stand noch neben dem Fahrer, der ihren Koffer in den Kofferraum einlud, als ein anderes Taxi mit quietschenden Bremsen in der zweiten Reihe zum Stehen kam.

Dax stieß die Tür auf, sprang aus dem Taxi und rannte um den Wagen herum. Vor Keely blieb er stehen. Die Nacht war kalt, sein Atem bildete weißen Nebel.

„Keely ..." Er wirkte aufgeregt. „Keely, ich will mich noch nicht von Ihnen verabschieden. Wollen Sie nicht irgendwo eine Tasse Kaffee mit mir zusammen trinken?"

„Dax ..."

„Ich weiß, ich bin ein Fremder für Sie. Sie sind nicht der Typ Frau, der Männerbekanntschaften in einem Flugzeug schließt oder irgendwo anders. Ich will Sie mit dieser Einladung nicht beleidigen, ich möchte nur ..."

Er fuhr sich durch das vom Wind zerzauste Haar. Er hatte den Mantelkragen hochgeschlagen, eng an das markante Kinn, aber weder Mantel noch Gürtel geschlossen. Der Wind zerrte daran. „Zur Hölle", fluchte er leise, steckte die Hände in die Taschen und betrachtete den sich bildenden Stau. Dann sah er sie wieder an. „Ich will einfach nur mehr Zeit mit Ihnen verbringen, Sie besser kennenlernen. So spät ist es noch nicht. Eine Tasse Kaffee, ja? Bitte!"

Wie hätte irgendjemand diesem Grübchen widerstehen sollen, diesem wunderbaren Lächeln? Und doch – Keely Preston musste es. „Es tut mir leid, Dax, aber ich kann nicht."

Der Wagen hinter dem wartenden Taxi hupte laut. Keelys Fahrer warf ihnen einen missbilligenden Blick zu. Sie merkten es nicht.

„Gibt es da jemanden in Ihrem Leben?"

„Nein."

„Sind Sie müde?"

„Nein, es ..."

„Was dann?"

„Dax, ich kann einfach nicht." Sie kaute an ihrer Unterlippe.

„Das ist keine Antwort, Keely." Er lächelte warm. „Finden Sie mich vielleicht abstoßend?"

„Nein!" Die Heftigkeit ihrer Antwort erschreckte sie und entzückte ihn.

Sie wandte den Blick ab, sah, ohne etwas zu erkennen, über die wartenden Autos, die Lichter des Flughafens, die im Nieselregen schimmerten. „Es gibt einen guten Grund, warum ich nicht mit Ihnen gehen kann, Dax." Sie sprach so leise, dass er sich zu ihr herüberbeugen musste, um sie zu verstehen. „Ich bin verheiratet."

2. KAPITEL

Dax zuckte zurück, als hätte ihm jemand ins Gesicht geschlagen. Und so fühlte er sich auch. Er starrte auf ihren Scheitel, da sie den Blick auf den feuchten Beton zu ihren Füßen gesenkt hielt. „Verheiratet?", wiederholte er heiser. Das war unmöglich. Absolut undenkbar.

Erst jetzt sah sie ihn an, direkt, ausdruckslos. Ihre Stimme klang leer, als sie antwortete. „Ja."

„Aber ..."

„Auf Wiedersehen, Dax." Keely ging um ihn herum, riss die Wagentür auf und flüchtete sich in das Innere des Taxis. „Capitol Hilton", sagte sie zu dem Fahrer, der sie jetzt wütend anfunkelte, weil sie ihn so lange hatte warten lassen.

Das Taxi fuhr rasant an und erzwang sich seinen Weg in den fließenden Verkehr. Keely merkte es nicht einmal. Sie hatte die Hände vors Gesicht geschlagen. Beide Fäuste presste sie fest auf ihre Stirn, hinter der sich ein hämmernder Schmerz auszubreiten begann.

Der Tag war also gekommen. Jener Tag, vor dem ihr schon seit Jahren grauste. In zwölftausend Meter Höhe hatte sie einen Mann getroffen. Einen Mann, der ihre Situation nur noch unerträglicher machte.

Keely Preston Williams war seit zwölf Jahren verheiratet. Aber sie hatte nur drei kurze Wochen als Ehefrau erlebt. Sie und Mark Williams waren das klassische Highschool-Paar gewesen. Er war der Starsportler in ihrer kleinen Heimatstadt am Mississippi gewesen, sie Cheerleader. Man schrieb das Jahr 1969. Drogen, Alkohol und lose Moralvorstellungen waren noch nicht bis an die Schulen des Südens gelangt, die Gemeinde, in der sie und Mark aufwuchsen, hatte sich auf geradezu bezaubernde Weise ihre kleinstädtische Naivität erhalten. Die regionale Footballliga, Nachbarschaftspicknicks und kirchliche Gemeindeveranstaltungen waren die Glanzlichter des gesellschaftlichen Lebens.

Nach dem Schulabschluss schrieben Keely und Mark sich an der Mississippi State University ein. Mark war Athlet, und als Folge des häufigen Footballtrainings ließen seine Noten nach, bis er schließlich am Ende des ersten Semesters durch die Prüfungen fiel.

Der Vietnamkrieg war eine Bedrohung für alle jungen Männer, und Mark war schließlich eines seiner Opfer. Kaum war die Einzugsbehörde über seinen Notendurchschnitt informiert, erhielt er auch schon den Einzugsbefehl. Keine zwei Wochen später war er auf dem Weg zum Ausbildungscamp.

Es war Keelys Idee gewesen zu heiraten, sobald klar wurde, dass er eingezogen werden würde. Sie übte Druck auf ihn aus, weinte, bettelte, drohte, bis sie ihn zermürbt hatte. Er gab nach, gegen besseres Wissen. Sie luden ihre Eltern ein, sich an einem bestimmten Tag zu einer bestimmten Zeit im Büro des Pastors einzufinden. Sie wurden getraut.

Übers Wochenende fuhren sie nach New Orleans, danach kamen sie zurück, um zwei Wochen bei Marks Eltern zu wohnen, bevor der Armeebus mit ihm davonfuhr. Nach drei Monaten in Fort Polk in Louisiana wurde er nach Fort Wolters in Texas versetzt. Er war ausgewählt worden, die Ausbildung zum Hubschrauberpiloten zu absolvieren.

Das Pensum einer normalerweise vierzig Wochen dauernden Ausbildung wurde in fünfundzwanzig Wochen absolviert. Nach einer sechsmonatigen Trennung erhielt Mark eine Woche Urlaub, um mit seiner Frau zusammen zu sein, bevor er an die Front geschickt wurde.

Die Ehe wurde mit der zärtlichen, zurückhaltenden Leidenschaft von noch sehr jungen Menschen vollzogen. Es lag etwas liebenswert Unschuldiges in ihren hitzigen Umarmungen, bevor Mark ans andere Ende der Welt aufbrach, um in einer Hölle zu landen, die er sich in seinen schlimmsten Albträumen nicht hätte vorstellen können.

Keely studierte weiter und jobbte nach dem Unterricht, um sich finanziell über Wasser zu halten. Abends schrieb sie lange glühende Briefe an Mark, berichtete jede Einzelheit, die sich zugetragen hatte. Seine Briefe erreichten sie sporadisch, manchmal kamen zwei oder drei auf einmal, dann wieder vergingen Wochen, ohne dass sie von ihm hörte. Sie las seine Briefe immer wieder, hütete sie wie einen Schatz, rief sich seine zärtlichen Worte immer wieder in Erinnerung.

Und dann nichts. Wochen, ein Monat, noch länger kein Lebenszeichen von ihm. Auch seine besorgten Eltern hörten nichts. Dann stand ein Offizier aus Fort Polk vor ihrer Tür. Marks Hubschrauber war abgestürzt, aber von Marks Schicksal war nichts bekannt. Er wurde nicht für tot erklärt, seine Leiche war nicht in dem Wrack gefunden worden. Es war auch nicht bekannt, ob er gefangen genommen worden war. Mark war einfach verschwunden.

Mehr wusste Keely Williams bis heute nicht über den Verbleib ihres Mannes. Er war einer auf der Liste der zweitausendsechshundert Männer, die als im Einsatz vermisst galten, irgendwo in Südostasien.

Während der letzten Jahre war Keely nicht untätig geblieben, sondern hatte sich aktiv dafür eingesetzt, dass das Schicksal jener Soldaten nicht in Vergessenheit geriet. Sie und andere Ehefrauen in der gleichen Situation hatten eine Organisation mit dem Namen PROOF gegründet, die sich um Hilfe für die betroffenen Familien kümmerte. Bei den meisten Gelegenheiten fungierte Keely als deren Sprecherin.

Sie lehnte sich in das nach Zigarettenrauch riechende Polster des Taxis zurück und ließ die Washingtoner Silhouette an sich vorbeiziehen, ohne wirklich etwas wahrzunehmen. Zwölf Jahre. Ging es ihr jetzt besser als vor zwölf Jahren, als man ihr die Nachricht von Marks Verschwinden überbracht hatte?

Gefangen in einem Strudel aus Enttäuschung und Trauer hatte sie ihr Examen in Journalismus gemacht und war nach New Orleans gezogen. Beim „Times-Picayune" hatte sie die Stelle mit dem hochtrabenden Titel „Schlussredakteur" übernommen, in Wirklichkeit war sie Mädchen für alles gewesen. Sie hatte es durchgestanden und sich langsam in die wenig beneidenswerte Stellung eines Juniorreporters hochgearbeitet. Die Storys, die man ihr überließ, waren so uninteressant, dass sie irgendwo im Mittelteil der Zeitung verschwanden.

Dann hatte die Gerüchteküche ihr zugetragen, ein Nachrichtensprecher bei einem Radiosender habe von heute auf morgen seinen Arbeitsplatz verlassen, angeblich wegen einer Affäre mit einer Mitarbeiterin. Während der Mittagspause hatte Keely bei dem völlig entnervten Nachrichtendirektor vorgesprochen, ihn davon überzeugt, dass sie genau die Richtige für den Job sei, und am nächsten Tag trat sie ihre neue Stelle an. Die Arbeit gefiel ihr. Zumindest hatte dieser Job mehr Pep als die langweiligen Storys, über die sie bisher geschrieben hatte.

Nicole Castleman hatte sie in der Kantine kennengelernt, als sie beide gleichzeitig nach einer Flasche Ketchup gegriffen hatten. Sie wurden Freundinnen, und als jemand die Idee hatte, eine Frau mit einer sexy Stimme aus dem Verkehrshubschrauber berichten zu lassen, hatte Nicole Keely vorgeschlagen. Sie fand, Kelly sei die geeignete Person für diese Aufgabe.

Keelys erste Reaktion war ungläubiges Entsetzen gewesen. Sie hatte doch noch nie in ihrem Leben in ein Mikrofon gesprochen. Und dann jeden Tag in einem Hubschrauber! Mark! Sein Hubschrauber war unter schwerem Beschuss abgestürzt und in Flammen aufgegangen. Seine Leiche war nie gefunden worden. Sie konnte einfach nicht.

Doch, sie konnte. Diese Arbeit war ein Weg, die Erinnerung an Mark frisch zu halten, denn mit den Jahren hatte sie tatsächlich zu verblassen begonnen. Außerdem zwang der Job sie dazu, sich ihrer Angst vor Flugmaschinen zu stellen. Keely Preston Williams hasste es, Angst vor etwas zu haben.

Die Freundschaft mit Nicole Castleman wurde mit den Jahren immer fester. Sie konnten über alles miteinander reden, oft mit geradezu schmerzhafter Offenheit. Noch gestern Abend, als Keely ihre Reisetasche packte, hatte Nicole im Schneidersitz auf dem Bett gesessen und ihr zugeschaut. Sie hatte versucht, Keely diese Mission auszureden.

„Reicht dir das Leben als Märtyrerin nicht langsam, oh Heilige Keely? Herrgott noch mal! Deine völlige Selbstaufgabe für ein hoffnungsloses Unterfangen ist der einzige idiotische Charakterzug, der sich an dir finden lässt", hatte sie Keely an den Kopf geworfen, während sie ihr dabei half, die passende Garderobe auszusuchen.

„Nicole, das haben wir schon so oft durchgekaut, dass ich dich fast auswendig zitieren kann. Vielleicht sollten wir diese Unterhaltung aufnehmen, dann können wir das nächste Mal, wenn das Thema wieder zur Sprache kommt, das Band ablaufen lassen und uns den Atem sparen."

„Sarkasmus steht dir nicht, Keely, also lass es einfach, ja? Du weißt genau, dass ich recht habe. Jedes Mal, wenn du dich mit diesen anderen Ehefrauen triffst, kommst du völlig deprimiert zurück. Es dauert Wochen, bis du dich wieder davon erholt hast." Nicole hatte sich zurückgelehnt und ihre üppigen Kurven vorgereckt. Die beneidenswerten weiblichen Rundungen waren nur einer ihrer Vorteile. Sie hatte

Das verbotene Glück

eine blonde Löwenmähne und strahlend blaue Augen. Ihr Lächeln war engelsgleich. Nichtsdestotrotz konnte dieser volle Mund Obszönitäten hervorbringen, bei denen jeder gestandene Seemann rot angelaufen wäre.

„Ich muss das tun, Nicole. Sie haben mich darum gebeten, ihre Sprecherin zu sein, und ich habe zugesagt. Außerdem glaube ich an das, was ich tue, nicht für mich selbst, sondern für all die anderen Familien. Wenn der Kongress dafür stimmt, unsere Ehemänner für tot zu erklären, werden die Soldzahlungen der Armee an die Familien eingestellt. Dabei kann ich nicht einfach tatenlos zusehen."

„Keely, ich weiß, wie stark dein Motiv am Anfang war, als PROOF sich bildete. Aber wann wird diese Qual endlich aufhören? Als die Kriegsgefangenen zurückkamen und Mark nicht dabei war, bist du völlig zusammengebrochen und krank geworden. Ich weiß es, ich habe gesehen, welche Hölle du durchgemacht hast. Willst du dich dem wirklich immer und immer wieder aussetzen?"

„Wenn es sein muss, ja. Bis ich etwas über das Schicksal meines Mannes erfahre."

„Und wenn das nie geschieht?"

„Dann wirst du die maßlose Befriedigung haben, sagen zu können: ‚Siehst du, ich habe es dir doch gesagt.' Was meinst du, soll ich die naturfarbene oder besser die graue Bluse zu dem dunkelblauen Kostüm mitnehmen?"

„Grau und dunkelblau. Wie frisch", hatte Nicole entnervt gemurmelt. „Nimm die beigefarbene, das sieht weniger nach Witwe aus."

Und so saß Keely also jetzt in Washington, um sich im Namen der Ehefrauen und Familien der im Einsatz vermissten Männer vor einem Komitee des Kongresses dafür einzusetzen, dass der Vorschlag, diese Männer für tot erklären zu lassen, nicht angenommen wurde.

Wenn sie vor der Versammlung dieser Kongressabgeordneten stand, würde sie dann wirklich vollen Einsatz für die Sache bringen können? Für die Familien? Für Mark? Oder würden ihre Gedanken zu dem Mann abschweifen, den sie heute Abend getroffen hatte? Der fast schüchtern zu ihr gesagt hatte: „Ich will einfach nur mehr Zeit mit Ihnen verbringen, Sie besser kennenlernen." Und dem sie daraufhin hatte antworten müssen: „Ich bin verheiratet."

„Hilton", hörte sie den Taxifahrer gepresst sagen.

Erst da wurde ihr bewusst, dass sie vor einer ganzen Weile vor dem Portal angekommen waren. „Danke", murmelte sie.

Sie bezahlte das Taxi, trug ihren Koffer in die Lobby und checkte in das Zimmer ein, das seit Wochen für sie reserviert war. Sie unterschrieb die Gästeliste mit „Keely Preston", seufzte dann und setzte „Williams" nach.

Das Zimmer war kalt und unpersönlich, wie Hotelzimmer in Großstädten eben waren. Wie war eigentlich das Zimmer gewesen, in dem Mark und sie ihre kurze Hochzeitsreise verbracht hatten? Sie konnte sich nicht mehr erinnern. Überhaupt erinnerte sie sich nur an wenig aus der Zeit ihrer kurzen Ehe. Wenn sie an Mark dachte, dann sah sie ihn als Football-Star, oder als Sprecher ihrer Abschlussklasse, oder als ihren Begleiter zum Valentinsball an der Highschool.

Während der beiden fieberhaften Wochen im Hause seiner Eltern war er nervös und verlegen gewesen, mit Keely in seinem Zimmer zu schlafen. In jener ersten Nacht, als sie sich an ihn geschmiegt und ihn geküsst hatte, war er vor ihr zurückgewichen, hatte sie flüsternd daran erinnert, dass seine Eltern im Zimmer direkt nebenan hinter der dünnen Wand schliefen. Am nächsten Abend hatte er eine schwache Ausrede für seine Eltern parat gehabt und Keely aus dem Haus gezogen. Sie waren zum See gefahren und auf den Rücksitz seines alten Chevy geklettert. Diese Nacht wie auch die, die folgten, war für Keely alles andere als welterschütternd gewesen. Aber sie liebte Mark, und das war das einzig Wichtige.

Keely schüttelte sich leicht, als sie den Mantel auszog. Es war kalt im Zimmer. Sie stellte das in das Nachttischchen eingelassene Radio ein und drehte den Thermostaten hoch. Dann begann sie ihre Koffer auszupacken. Als sie fast fertig war, läutete das Telefon.

„Keely, Betty Allway hier. Ich wollte nur fragen, ob du gut angekommen bist."

Betty war zehn Jahre älter als Keely und Mutter von drei Kindern. Ihr Mann wurde seit vierzehn Jahren vermisst, trotzdem verlor diese Frau nicht die Hoffnung. Wie Keely wollte sie nicht die rechtlichen Schritte unternehmen, ihren Mann offiziell für tot erklären zu lassen. Die beiden Frauen kannten sich seit vielen Jahren, arbeiteten zusammen im PROOF-Komitee und korrespondierten regelmäßig. Bettys ungebeugter Mut richtete Keely wie immer auf.

Das verbotene Glück

„Hallo, Betty. Wie geht's dir? Und den Kindern?"
„Uns geht es allen gut. Und dir? Hattest du einen angenehmen Flug?"

Ein gestochen scharfes Bild von Dax Devereaux blitzte vor Keelys Augen auf. Ihr Herz schlug ein wenig schneller. „Ja, danke, keine besonderen Vorkommnisse." Lügnerin, schalt sie sich in Gedanken.

„Bist du aufgeregt wegen morgen?"

„Nein, nicht mehr als sonst auch, wenn ich einer Gruppe mürrischer Abgeordneter gegenübertreten muss, die den Geldbeutel der Nation zusammenhalten."

Betty lachte erheitert auf. „Schlimmer als General Vanderslice können sie nicht sein. Wir haben schon anderes durchgestanden. Und du weißt, dass du unser aller Vertrauen hast."

„Ich werde versuchen, es nicht zu enttäuschen."

„Wenn die Dinge nicht so laufen, wie wir erwarten, wird es mit Sicherheit nicht an dir liegen. Wann sollen wir uns morgen früh treffen?"

Sie verabredeten sich im Café des Hotels, um dann gemeinsam zum Konferenzsaal des Repräsentantenhauses zu gehen.

Keely legte auf und versuchte die Mutlosigkeit abzuschütteln, die sie plötzlich überkommen hatte. Sie würde erst einmal diese von der Reise verknitterten Sachen ausziehen. Als sie nur noch in Unterwäsche dastand, klingelte das Telefon wieder. Bestimmt Betty, die etwas vergessen hatte.

„Hallo", meldete sie sich zum zweiten Mal.

„Sie tragen keinen Ehering."

Sie schnappte leise nach Luft und presste den Unterrock wie einen Schutzschild vor die Brust, so als könne Dax sie durchs Telefon sehen. Sie ließ sich aufs Bett fallen, weil ihre Knie sie nicht tragen wollten.

„Wie haben Sie mich gefunden?"

„Ich habe die CIA auf Sie angesetzt."

„Die ..."

„Langsam, langsam." Er lachte. „Verstehen Sie keinen Spaß? Um ehrlich zu sein, ich bin Ihnen mit dem Taxi bis zu Ihrem Hotel gefolgt."

Sie sagte nichts. Er hatte sie völlig entwaffnet. Sie zitterte, spielte fahrig mit der Telefonschnur, starrte mit leerem Blick auf die gestreifte Bettwäsche und fürchtete sich vor dem Moment, da sie auflegen musste und seine warme Stimme nicht mehr hören würde.

„Sie sagen ja gar nichts zu meiner Beobachtung", brach er schließlich das unangenehme Schweigen.

„Wie? Oh, Sie meinen das mit dem Ehering? Stimmt, ich trage keinen, aber nur, wenn ich fliege. Weil meine Hände dann immer feucht werden. Deshalb hatte ich ihn heute nicht an."

„Oh." Er sog tief und enttäuscht den Atem ein. „Nun, dann können Sie einem Mann keine Vorwürfe machen, wenn er falsche, wenn auch hoffnungsvolle Schlüsse zieht." Da sie nichts erwiderte, hakte er nach: „Oder?"

Sie lachte leise, obwohl an dieser Situation nichts Lustiges war. „Nein, ich kann einem Mann keine Vorwürfe dafür machen. Ich hätte Ihnen von Anfang an sagen sollen, dass ich verheiratet bin."

Wieder Schweigen, diesmal noch angespannter als zuvor.

„Sie haben im Flugzeug nicht zu Abend gegessen. Sie müssen hungrig sein. Wollen Sie auf einen Happen mit mir zusammen ausgehen?"

„Dax!"

„Okay, tut mir leid. Hartnäckigkeit liegt mir einfach im Blut."

Schweigen.

„Ich kann nicht mit Ihnen ausgehen, Dax. Bitte verstehen Sie doch." Es war ihr plötzlich unheimlich wichtig, dass er es verstand.

Eine leise Verwünschung kam vom anderen Ende, dann ein tiefer Seufzer. „Ja, leider. Ich verstehe."

„Also dann ..." Sie hielt inne. Was sagte man an einem solchen Punkt? War nett, Sie kennengelernt zu haben? Man sieht sich bestimmt mal wieder? Viel Glück für Ihre Kandidatur? Stattdessen sagte sie nur: „Gute Nacht." Es war nicht so endgültig wie ein Lebewohl.

„Gute Nacht."

Mit einem schweren Seufzer legte sie den Hörer auf. Sie konnte Nicoles Worte laut in ihrem Kopf hören: „Bist du jetzt völlig verblödet?"

Die Diskussionen mit Nicole über Keelys Engagement für PROOF waren harmlos im Vergleich zu den Gesprächen über Keelys Liebesleben, oder besser, über den absoluten Mangel eines solchen.

Nicole liebte die Männer. Und die Männer liebten Nicole. Nicole verschliss die Herren der Schöpfung mit der gleichen Achtlosigkeit, mit der man eine Packung Kleenex verbrauchte. Fast täglich gab es einen neuen Verehrer. Doch wenn sie einen erwählt hatte, liebte sie ihn ohne Einschränkungen. Ihre Auserwählten kamen in allen Größen und Formen und mit jedem erdenklichen Hintergrund ausgestattet. Und sie liebte sie alle.

Wie Keely es schaffte, ihrem verschollenen Mann seit zwölf Jahren treu zu sein, war Nicole ein Rätsel. „Mein Gott, Keely. Zwölf Jahre mit einem Mann zu verbringen wäre schon erschreckend genug, aber zwölf Jahre mit einer Erinnerung zu leben ist absolut idiotisch."

„Er ist nicht ‚ein' Mann, er ist mein Mann", hatte Keely geduldig erwidert.

„Sollte dein Ehemann je zurückkommen, was ich, ehrlich gesagt, bezweifle, so leid es mir auch tut, was dann, Keely? Macht ihr da weiter, wo ihr aufgehört habt? Komm schon, Keely, du bist doch clever. Herrgott noch mal, keiner kann ahnen, was er durchgemacht hat. Er wird nicht mehr der Mensch sein, den du kennst. Und du bist auch nicht mehr der hüpfende Cheerleader mit den rosigen Wangen, meine Liebe. Du bist eine Frau, Keely. Du brauchst die Männer ... Oder wenn das deinen altmodischen Moralvorstellungen zu viel abverlangt, einen Mann. Ich kann dir gerne einen von meinen leihen."

Keely hatte gelacht, obwohl Nicoles Worte ihr einen Stich versetzt hatten. „Nein, danke. Ich kenne keinen von deinen Männern, den ich haben wollte." Sie warf ihrer Freundin einen schelmischen Blick zu. „Außer Charles vielleicht."

„Der? Der gehört nicht zu ‚meinen Männern'."

„Nein?"

„Nein!"

„Er liebt dich, Nicole."

„Liebe! Er hat nicht ein einziges Mal versucht, mit mir ins Bett zu gehen. Alles was er tut, ist, mich bis zum Wahnsinn zu nerven. Das kann er wirklich gut."

„Wahrscheinlich willst du damit sagen, dass er nicht bei jeder deiner Launen sofort springt."

„Wir reden hier nicht über Charles und mich", hatte Nicole pikiert eingeworfen, „sondern über einen Mann für dich, Kelly."

„Na schön." Keely hatte die Hände in die Hüften gestützt und Nicole offen angesehen. „Angenommen, ich treffe ‚einen Mann'. Glaubst du, dieser Mann würde sich lange damit zufriedengeben, mich ins Kino und in Restaurants zu begleiten, ohne eine Art Entlohnung zu verlangen?"

„Nein, natürlich nicht. Du bist attraktiv, intelligent und sexy auf Teufel komm raus. Er würde mit dir sicher in die Federn hüpfen wollen, und zwar so schnell wie möglich."

„Eben. Und das kann ich nicht tun, Nicole. Ich bin mit einem anderen verheiratet. Also, Ende des Werbens, Ende der Freundschaft, und ich bin wieder bei null angekommen."

„Nicht unbedingt. Du könntest ja mit ihm ins Bett gehen. Du könntest dich vielleicht sogar verlieben, da du ja so viel Wert darauf legst. Vielleicht könntest du dich dann sogar dazu überwinden, Mark für ..."

„Sprich es nicht aus, Nicole, ich will es nicht hören." Die Warnung in Keelys eisigem Ton erstickte jede weitere Bemerkung.

Nicole hatte reuig den Kopf hängen lassen und ihre manikürten Nägel studiert. Schließlich hatte sie Keely verzeihend angelächelt. „Entschuldige, ich bin zu weit gegangen." Sie war vorgetreten und hatte ihre Freundin umarmt. „Ich nerve dich nur so damit, weil mir so viel an dir liegt."

„Ich weiß. Und ich mag dich auch sehr. Aber über dieses Thema werden wir uns nie einig werden, also lass uns von etwas anderem reden, ja?"

„Einverstanden", hatte Nicole zugestimmt, trotzdem konnte sie sich nicht zurückhalten. „Ich bin weiterhin überzeugt, dass ein kleines Schäferstündchen mit einem gestandenen Mannsbild Wunder wirken würde", hatte sie noch nachlegen müssen.

Wenn Nicole wüsste, dass Keely soeben eine Einladung von Dax Devereaux ausgeschlagen hatte, dem begehrtesten Junggesellen des Landes, wäre sie ihr unter Garantie an die Gurgel gesprungen.

Es soll nicht sein, tut mir leid, Nicole, dachte Keely, als sie ins Bad ging. Sie brauchte eine lange heiße Dusche, das würde die Anspannung vertreiben, die jeden Muskel in ihrem Körper verkrampfte. Und dann würde sie sich im Bett zusammenrollen und noch einmal die Notizen für ihre morgige Rede durchgehen.

Das Wasser war nicht heiß, sondern lauwarm, aber immerhin. Keely fühlte sich wesentlich besser, als sie sich ein Handtuch wie einen Turban um ihr gewaschenes Haar wickelte und in den dicken Frotteebademantel schlüpfte. Das Blau des Hotelhandtuchs und das

Gelb ihres eigenen Bademantels passten farblich überhaupt nicht, aber was machte das schon?

Sie schaltete gerade die Nachttischlampe neben ihrem Bett ein, als ein leises Klopfen an ihrer Tür ertönte. Mit der charakteristischen Vorsicht einer Frau, die allein lebte, bewegte sie sich zur Tür. „Ja bitte?", fragte sie.

„Zimmerservice."

Sie legte die Stirn an das kühle Holz. Vergebens versuchte sie, ihren plötzlich rasenden Puls zu beruhigen. Sie öffnete den Mund, um etwas zu sagen, doch er war staubtrocken. Sie schluckte. „Sind Sie verrückt geworden?", war alles, was sie schließlich herausbrachte.

„Durchaus möglich", antwortete Dax. „Es ist das Verrückteste, was ich seit langer Zeit getan habe, aber ..." Sie konnte sein lässiges Schulterzucken direkt vor sich sehen. „Darf ich hereinkommen?"

„Nein."

„Keely, Ihr Ruf, ganz zu schweigen von meinem, ist von einem Moment zum anderen ruiniert, sollte jetzt irgendjemand diesen Gang entlangkommen und mich vor Ihrer Tür stehen sehen. Also bitte, öffnen Sie die Tür, bevor eine solche Katastrophe unser beider Leben zerstört. Außerdem habe ich etwas für Sie."

Ihr Gefühl sagte ihr, dass er nicht verschwinden würde, bevor er sie gesehen hatte. Sie zog die Kette von der Tür und öffnete. Dax stand auf der Schwelle, ein Tablett in der Hand. Er trug lässige Jeans und ein Hemd, zudem noch eine Kappe, wie Botenjungen sie trugen.

Sie lachte und lehnte sich an den Türrahmen. „Was tun Sie hier?"

„Ich wohne hier", antwortete er und schob sich an ihr vorbei ins Zimmer. Das Tablett setzte er auf dem kleinen Tisch ab.

„Sie wohnen hier?", wiederholte sie ungläubig.

„Ja, im obersten Stockwerk. Für einen Junggesellen lohnt es sich nicht, ein Haus in D. C. zu besitzen. Viel zu teuer. Also miete ich oben eine Suite."

„Deshalb war es auch so bequem für Sie, mir hierher zu folgen. Sie fuhren sowieso nach Hause", neckte sie ihn.

„Das vereinfachte die Sache natürlich. Aber ich wäre Ihnen auch so gefolgt." Sein Ton war nicht scherzhaft, er meinte es ernst.

Sie rieb sich verlegen die Arme und schaute zu dem Tablett, das mit einem weißen Leintuch bedeckt war. „Was ist das?"

„Zimmerservice, sagte ich doch schon." Mit einem schwungvollen Ruck zog er das Tuch fort. „Ich lüge nie."

Bis jetzt hatte sie völlig vergessen, dass sie hier im Bademantel, mit bloßen Füßen und einem Handtuch um den Kopf dastand. Vor Verlegenheit schoss ihr das Blut in die Wangen, und sie mied seinen Blick. „Ich brauche nur eine Minute", sagte sie und wollte an ihm vorbeihuschen, doch er hielt sie fest.

„Sie sehen großartig aus", lachte er.

Hätte er sie nicht berührt, wäre es vielleicht nie geschehen. Aber er hatte sie berührt.

Es war mehr die Wärme seiner Finger an ihrem Handgelenk als der tatsächliche Griff, der sie davon abhielt, aus dem Zimmer zu eilen. Sie blieb mitten in der Bewegung stehen, drehte sich aber nicht zu ihm um. Sein Lachen wurde leiser, erstarb schließlich ganz.

Es war nur ein ganz sanftes Rucken an ihrem Handgelenk nötig, und sie wandte sich ihm zu. Ihre Augen waren voller Furcht und Schuld, in seinen lag eine demütige Bitte. Langsam, ganz langsam, kamen sie aufeinander zu, bis er seine Hand hob und sie an ihre Wange legte. Mit dunklen Augen betrachtete er ihr Gesicht, schien jede Einzelheit aufzunehmen und zu bewundern. Mit dem Daumen streichelte er sanft über ihre zitternden Lippen. Ihre Lider schlossen sich über tränengefüllten Augen.

Zögernd beugte Dax den Kopf und strich mit seinem Mund über ihren. Gleißende Hitze durchfuhr ihn. Keelys Atem kam in einem ängstlichen Wispern über ihre Lippen. Dax starrte auf ihren Mund, auf ihre Augenlider mit den seidigen langen Wimpern und erlag der Versuchung erneut. Er berührte ihren Mund mit seinem.

Instinktiv rückte sie näher an ihn heran. Körper rieben sich aneinander, zogen sich wieder zurück, berührten einander, verschmolzen. Dann ergriff ungestüme Leidenschaft Besitz von ihnen. Die Mauern brachen ein, alle Vorsicht wurde fahren gelassen. Die erotische Spannung, die sich vom ersten Augenblick an in ihnen aufgebaut hatte, brach sich Bahn, riss den Wall aus schlechtem Gewissen und Verbot ein.

Dax presste sie an sich, ihre Münder verschmolzen miteinander. Er schlang seine starken und doch so zärtlichen Arme um sie und zog sie noch enger heran. Sie passten so wunderbar zueinander, dass

Keely schwindlig wurde. Ihre Hände fanden den Weg zu seinem Gürtel und blieben dort liegen, nur kurz, dann streichelte sie über seinen Rücken und erfühlte die Muskeln unter dem weichen Hemd.

Das Handtuch löste sich von ihrem Haar und fiel zu Boden. Mit den Fingern fuhr Dax durch ihre nassen Strähnen, bevor er ihr Gesicht umfasste und mit seinem Mund begann, den ihren noch intensiver und tiefer zu erforschen.

Er probierte, nahm jedes Detail in sich auf. Seine Zunge glitt über ihre Unterlippe, bevor sie in die warme Höhle eindrang, wieder und wieder, gebend und nehmend.

Der Kuss wurde so leidenschaftlich, so erotisch, dass sie es nicht mehr ignorieren konnten. Hastig lösten sie sich voneinander.

Eine einzelne Träne rann über ihre Wange, und Keely schlug zitternd eine Hand vor den Mund. Dax hielt sie bei den Schultern, suchte in ihrem Gesicht, der Blick aus seinen dunklen Augen flehte um Verständnis. Keely riss sich los und rannte ans andere Ende des Zimmers, lehnte sich mit dem Rücken an die kalte Fensterscheibe, schloss verzweifelt die Augen, weil Scham und Schluchzen sie übermannten.

Dax folgte ihr nicht. Er ließ sich auf einen Stuhl nieder, die Ellbogen auf die Knie gestützt, das Gesicht in den Händen verborgen. Nach einem endlosen Moment rieb er sich übers Gesicht und sah zu der Frau, die immer noch zitternd am Fenster stand. „Keely, bitte, nicht weinen. Ich hätte nicht herkommen dürfen. Ich hatte mir geschworen, dich nicht zu berühren, aber ..." Er sprach den Satz nicht zu Ende.

„Es ist nicht deine Schuld", flüsterte sie kaum hörbar. „Ich hätte dich nicht hereinlassen dürfen." Und fügte dann ehrlich hinzu: „Ich wollte es."

Er saß auf dem Stuhl und starrte mit gesenktem Kopf auf den Teppich zwischen seinen Schuhspitzen, als sie zu ihm hinsah. „Dax, ich war nicht fair zu dir. Ich möchte dir von mir erzählen, von meinem Leben. Da gibt es Dinge, die du wissen solltest. Damit du verstehen kannst."

Er sah mit leerem Blick zu ihr auf. „Du brauchst mir nichts zu erklären, Keely. Ich weiß alles über dich. Ich bin einer der Kongressabgeordneten, vor denen du morgen dein Anliegen vorbringen wirst."

3. KAPITEL

Hätte Dax ein Messer aus der Tasche gezogen und sie bedroht, sie hätte nicht erschütterter sein können. Sprachlos stand Keely da und starrte ihn an. „Das kann nicht sein", flüsterte sie.

Er schüttelte nur den Kopf, mehr nicht.

„Aber dein Name steht nicht auf der Liste. Seit Wochen habe ich die Liste mit den Namen aller Mitglieder des Komitees. Deiner war nicht dabei." Verzweifelt versuchte sie, bei klarem Verstand zu bleiben.

„Der Abgeordnete Haley aus Colorado wurde letzte Woche in den Steuerbewilligungsausschuss gewählt. Meine Partei hielt es für eine gute Idee, dass ich den Posten besetze."

Keely stand immer noch am Fenster. Was für ein Luftschloss hatte sie sich da gebaut? Irgendwann musste es einstürzen. Unbewusst band sie den Gürtel des Bademantels fester und stieß sich von der Fensterbank ab. Ging zum Bett, blieb kurz davor stehen. Da sie nicht wusste, wohin mit ihren Händen, verschränkte sie die Arme vor der Brust, bevor sie sich zu Dax umdrehte.

Ärger gewann nun die Oberhand über Scham. „Nun, Mr. Devereaux, Sie kommen vorbereitet, nicht wahr? Mit einem ganzen Arsenal an Waffen. Meine sorgfältig überlegte Rede darüber, dass wir hoffen, unsere Männer zurückzubekommen, ist nun wirklich keinen Pfifferling mehr wert."

„Keely ..."

„Sie können stolz auf sich sein. Sagen Sie mir, geben Sie sich bei jedem politischen Anliegen solche Mühe?"

„Hör auf damit!", knurrte er. „Ich wusste nicht, wer du warst, bis ich in meiner Suite war. Ich musste stapelweise Akten durchlesen, um mich für morgen vorzubereiten. Zufällig fiel mir der Name Mrs. Keely Williams als Vertreterin von PROOF auf. Wie viele Keelys kennst du? Am Empfang habe ich nachgefragt und herausgefunden, dass eine Keely Preston Williams eingecheckt hat. Erst da habe ich zwei und zwei zusammengezählt. Ich schwöre dir, dass ich es vorher nicht wusste."

„Aber als du es wusstest, hast du keine Zeit verschwendet, um zu überprüfen, wie ernst die Strohwitwen es wirklich meinen, nicht wahr?" Sie schlug die Hände vors Gesicht, wütend auf sich selbst, dass sie die Tränen nicht zurückhalten konnte.

„Verflucht, dass ich hier bin, dass ich dich geküsst habe, hat weder mit morgen noch mit dem Ausgang der Anhörung zu tun. Oder mit irgendetwas anderem."

„So?", fauchte sie.

„Nein!", brüllte er zurück. Er stand, mit dem Gesicht zu ihr, die Hände auf den Hüften, und war genauso wütend und zermürbt wie sie. Dann bemerkte er den Schmerz in ihrem Gesicht, und er wiederholte leiser, eindringlicher: „Nein."

Sie wandte sich ab, schlang die Arme fest um ihren Oberkörper, aus Angst, sie würde zusammenbrechen. Wenn sie sich vorher schon in einem Zwiespalt befunden hatte, so hatte Dax Devereaux ihre Qual vertausendfacht.

„Das kannst du nicht verstehen", flüsterte sie tonlos.

Wie gern wäre er zu ihr gegangen, hätte sie in die Arme genommen, ihr versichert, dass alles gut werden würde, aber er wagte es nicht. Ihre ganze Haltung drückte die Verwirrung aus, die sie ergriffen hatte. Es war besser, wenn sie es allein klärte. „Vielleicht kann ich ja doch verstehen. Warum erzählst du es mir nicht?"

Als sie ihn anklagend ansah, fügte er hastig an: „Nicht dem Abgeordneten Devereaux, erzähle Dax davon."

Sie setzte sich angespannt auf die Bettkante. Er setzte sich in den Stuhl zurück. Leise, sachlich und ohne jede dramatische Übertreibung erzählte Keely von ihrer Beziehung zu Mark Williams und ihrer kurzen Ehe, von seinem Verschwinden und dem Durcheinander, das seitdem in ihrem Leben herrschte.

„Ich habe weder den Status einer Witwe noch den einer geschiedenen Frau. Aber ich habe auch kein Heim oder einen Mann oder Kinder. Ich führe das Leben eines Singles, aber ich bin kein Single."

Sie brach ab, aber sie sah ihn nicht an. Schließlich fragte er leise: „Und du hast nie daran gedacht, das zu ändern? Dich zu befreien?"

Ihr Kopf schoss hoch. „Du meinst, Mark für tot erklären zu lassen?" Er zuckte unter ihrem scharfen Ton zusammen. „Nein. Entgegen unablässigen Ratschlägen bin ich meinem Mann treu geblieben und glaube, dass er noch lebt. Sollte auch nur die geringste Chance bestehen, dass er eines Tages zurückkommen wird, will ich für ihn da sein. Sonst hätte er niemanden mehr. Sein Vater ist tot, seine Mutter in einem Pflegeheim. Sie konnte nicht mehr allein zurechtkommen. Die Trauer und das Leid …" Keely seufzte und massierte sich die schmerzenden Schläfen. „Von Marks Sold wird das Heim bezahlt, ich behalte nicht einen Cent davon." Sie sah zu ihm hin. „Dax, es sind Menschen wie sie und die Frauen mit Kindern, die dieses Geld brauchen. Wenn der Entwurf durchkommt, dass unsere Männer als tot gelten …" Sie hob trotzig das Kinn. „Aber das wirst du morgen ja in meiner Rede alles hören, nicht wahr?"

Er erhob sich, genauso müde und mutlos wie sie. „Ja, ich höre es morgen."

Ohne ein weiteres Wort ging er zur Tür. Er stand schon auf dem Gang, als er sich noch einmal umdrehte. „Iss etwas." Er deutete mit dem Kinn auf das längst vergessene Tablett. „Gute Nacht, Keely", sagte er leise. Dann war er verschwunden.

Keely starrte auf die Tür, die sich hinter ihm geschlossen hatte. Hoffnungslosigkeit, wie sie sie schon lange nicht mehr gefühlt hatte, umhüllte sie wie ein Trauerflor, erstickte sie. Sie fühlte sich verlassen und einsam. Unendlich einsam.

Denn trotz allem sehnte sie sich nach dem Gefühl, in Dax' Armen zu liegen und seine Lippen auf ihrem Mund zu spüren.

Ein letzter kritischer Blick in den Spiegel sagte Keely, dass sie so gut wie möglich aussah. Vielleicht hätte sie doch nicht auf Nicole hören und lieber die graue Bluse mitnehmen sollen. Die hätte gesetzter gewirkt. Nun, jetzt war es zu spät. Vielleicht nahm diese weibliche Bluse mit Spitzenbesatz dem klassischen dunkelblauen Kostüm ja auch ein wenig von seiner Strenge.

Blaue Wildlederpumps, eine passende Handtasche und ihr Kamelhaarmantel vervollständigten ihre Erscheinung. Sie klemmte sich den ledernen Aktenkoffer unter den Arm und machte sich im Lift auf den Weg nach unten zur Lobby, um Betty Allway zum Frühstück zu treffen.

„Du siehst umwerfend aus wie immer", begrüßte Betty sie. „Wie schaffst du es nur, so schlank zu bleiben, wenn du in New Orleans, der Welthauptstadt der Delikatessen, wohnst? Ich würde innerhalb eines Monats hundert Kilo wiegen."

Bettys gute Laune war ansteckend, und schon bald unterhielt Keely sich angeregt mit ihr über die Arbeit und Bettys Kinder. Die ältere Betty war nur zu gern bereit, einige Episoden zum Besten zu geben.

„Das Baby war gerade mal vier Monate alt, als die Nachricht kam, dass Bill als vermisst galt. Er hat seinen neugeborenen Sohn nie gesehen. Und jetzt ist das ‚Baby' ein ellenlanger Kerl im Basketballteam der Highschool." Trauer umflorte ihren Blick, und Keely griff über den Tisch nach Bettys Hand und drückte sie.

„Es wird nie einfacher, nicht wahr?", überlegte Keely laut. „Wir lernen damit zu leben, aber wirklich akzeptieren können wir es nicht."

„Ich kann und will es nicht. Bis man mir Bills Tod eindeutig bestätigt, glaube ich, dass er lebt." Betty nippte an ihrem Kaffee. „Übrigens, der Abgeordnete Parker, der Vorsitzende des Unterausschusses, hat mich heute Morgen angerufen."

Keely ahnte, was kommen würde, brachte aber trotzdem ein kühles „So?" heraus und biss dann in ihr Brötchen.

„Einer der Abgeordneten, der auf unserer Seite stand, wurde zu einem anderen Ausschuss abgezogen. Für ihn übernimmt Daxton Devereaux aus Louisiana. Kennst du ihn?"

„Jeder in Louisiana hat von Dax Devereaux gehört", wich Keely einer Antwort aus. Dann fragte sie vorsichtig: „Glaubst du, er wird uns Schwierigkeiten machen?"

Betty sah auf ihre Kaffeetasse. „Ich weiß es nicht. Soviel ich gehört habe, ist Devereaux sehr ehrgeizig. Er wird schon als neuer Senator gehandelt."

„Das besagt natürlich gar nichts. Vielleicht sieht er es ja als vorteilhaft für seine Karriere an, sich unserer Meinung anzuschließen."

„Und seine Wirtschaftspolitik?"

„Ich lebe nicht in seinem Wahlbezirk, also weiß ich nicht viel darüber." Das war eine ehrliche Antwort.

„Ich habe gehört, er soll Steuersenkungen befürworten. Außerdem ist er geradezu fanatisch, wenn es um das Einschränken von Staatsausgaben geht. Und das macht mir Sorgen."

Keely bemühte sich, so unbeschwert wie möglich zu klingen.

„Nun, da sitzen noch zehn weitere Männer im Ausschuss. Wir sollten uns nicht gleich geschlagen geben."

„Niemals!", stimmte Betty inbrünstig zu. Sie blickte ernst. „Ich weiß, es ist nicht fair, Keely, aber es hängt alles vom Erfolg deiner Rede ab."

Das war das Letzte, was Keely heute Morgen hören wollte. Sie kam sich wie ein Judas vor. „Das weiß ich", sagte sie, „und deshalb werde ich auch mein Bestes geben." Was würde Betty wohl dazu sagen, wenn sie wüsste, dass sie Dax Devereaux gestern Abend mit einer Leidenschaft geküsst hatte, die ihr noch heute die Schamesröte ins Gesicht trieb?

„Wir sollten uns auf den Weg machen", meinte Betty energisch. „Gönnen wir es ihnen nicht, dass wir zu spät kommen. Die anderen werden uns dort treffen."

Sie zahlten die Rechnung und gingen hinaus. Der Regen hatte aufgehört, aber es wehte ein schneidend kalter Wind. Sie riefen ein Taxi. Der Fahrer kämpfte sich durch den Berufsverkehr und setzte sie schließlich vor dem Repräsentantenhaus ab.

Keely grauste davor, Dax Devereaux gegenüberzutreten zu müssen. In der Nacht hatte sie kaum Schlaf gefunden. Sie hatte von Mark geträumt, und das rieb sie immer auf. Seit er nach Vietnam eingezogen wurde, hatte sie diese Träume. Mit den Jahren waren sie weniger oft gekommen, waren schwächer, verschwommener geworden. Wenn Mark ihr in ihren Träumen erschien, dann immer als neunzehnjähriger Junge. Wenn er noch lebte, war er jetzt ein erwachsener Mann. Wie mochte er aussehen? Sie hatte keine Ahnung, und das bedrückte und verfolgte sie. Sie würde den Mann, mit dem sie durch ein heiliges Gelübde verbunden war, nicht einmal erkennen, wenn er auf der Straße an ihr vorbeiging.

„Keely?" Bettys leichter Stoß mit dem Ellbogen riss sie aus ihren Gedanken.

„Sind wir schon da?", fragte sie verdutzt. „Ich bin im Kopf noch mal die Rede durchgegangen." Wann hatte sie angefangen, so leichtfertig zu lügen? Seit sie Dax begegnet war. Seit sie mit ihm geredet und gelacht hatte, seit sie ihn berührt, ihn geküsst hatte. Seit sie sich zum ersten Mal seit Jahren eingestanden hatte, dass sie sich nach der körperlichen Liebe mit einem Mann sehnte.

Das verbotene Glück

Auf dem Korridor zum Anhörungssaal trafen sie auf die drei anderen Frauen, die sie im Kampf für die vermissten Soldaten unterstützten. Keely begrüßte sie freundlich.

Ein Beamter forderte sie auf, in den Konferenzsaal einzutreten, in dem die Anhörung stattfinden sollte. Auf Keelys Tisch stand ein Mikrofon, Betty saß neben ihr, die anderen drei eine Reihe hinter ihnen.

Keely nahm ihre Notizen aus dem Aktenkoffer, sortierte Papiere, schob Aktenkoffer und Handtasche zurecht – kurzum, sie tat alles, um nicht nach vorn sehen zu müssen, obwohl sie nicht glaubte, dass Dax schon anwesend war. Beamte, Helfer, Reporter und die anderen Komiteemitglieder bewegten sich im Saal, grüßten einander, schüttelten Hände, unterhielten sich, lasen Zeitung. Keely zog ihren Mantel aus, und einer der Helfer nahm ihn ihr ab. Sie dankte ihm freundlich über die Schulter, als ihr Blick zur Tür ging und sie Dax eintreten sah.

Ihre Blicke trafen sich und ließen einander nicht mehr los. Gegen diese gewaltige Anziehungskraft waren sie beide machtlos, also konnten sie sich dem auch ergeben und sich den Luxus erlauben, sich anzuschauen. Die Anwesenheit der anderen war nicht wichtig. In seinem Gesicht erkannte Keely die gleiche Sehnsucht, die auch sie fühlte. Während der schlaflosen Nacht, die sie durchgemacht hatte, waren es nicht Marks Arme gewesen, nach denen sie sich gesehnt hatte, sondern die von Dax. Nicht ihr Mann hatte ihr Worte der Liebe zugeflüstert, sondern ein Mund, neben dem ein tiefes Grübchen saß. Es waren Dax' Augen gewesen, dunkel und samten, die ihre Seele gewärmt hatten.

Der Blickkontakt brach ab, als ein Kongressmitglied auf Dax zutrat und ihn mit einem kräftigen Handschlag und Schulterklopfen begrüßte. Keely drehte sich wieder nach vorn um, setzte sich, nahm ihre Unterlagen in die feuchten Hände und las ihre Notizen durch – oder tat zumindest so. Wie sollte sie das überstehen?

Wenige Minuten später wurde um Ruhe im Saal gebeten. Der Kongressabgeordnete Parker aus Michigan, der Vorsitzende, hielt die Eröffnungsrede und stellte die Anwesenden vor. Als er zu Dax Devereaux kam, stieß Betty Keely leicht mit dem Ellbogen an. Keely wusste nicht so recht, was Betty mit dieser Geste sagen wollte, und so sah sie Betty gar nicht erst an, um es herauszufinden. Dax war das jüngste Mitglied des Ausschusses. Und mit Abstand das attraktivste.

Aber war er Freund oder Feind? Das Komitee bestand aus elf Mitgliedern. Eine Stimme reichte für die Mehrheit. Dax war das Zünglein an der Waage.

Der Abgeordnete Parker richtete seine Brille und sah über die silbernen Ränder zu Keely. „Nun, Mrs. Williams, ich gehe davon aus, dass Sie eine Erklärung im Namen von PROOF vorbereitet haben. Bitte lassen Sie sie uns hören."

„Danke." Keely richtete sich an die Mitglieder des Komitees, an die anwesende Presse und trug mit melodischer Stimme die PROOF-Erklärung vor. Sie sprach frei, ohne abzulesen, dafür mit umso mehr Überzeugung, so als würde sie sich an jedes einzelne Komiteemitglied wenden.

Abschließend sagte sie: „Wir legen all unsere Hoffnung darein, dass Sie, als ehrwürdige und geschätzte amerikanische Bürger, den vorgelegten Gesetzesentwurf ablehnen werden. Dass Sie jene Soldaten, die dort draußen im Feld immer noch vermisst werden, leben lassen, bis wir eindeutige Beweise für das Gegenteil haben."

Einen Moment lang rührte sich niemand im Saal, alle waren von ihrer Rede beeindruckt. Neben sich hörte Keely ein leises „Bravo!" Es kam von Betty und wurde dann von den drei anderen Frauen hinter ihnen bekräftigt.

„Danke, Mrs. Williams." Der Abgeordnete Parker sah sich zu den Herren zu beiden Seiten des langen Tisches um, an dem er saß. „Gentlemen? Möchte jemand die Diskussion eröffnen?"

Während der nächsten anderthalb Stunden mussten Keely und ihre Gruppe viele Fragen beantworten. Sie hatten auch selbst viele Fragen. Auf beiden Seiten wurden Punkte gemacht und verloren, aber es schien, dass die Mehrheit der Komiteemitglieder gegenüber dem Anliegen von PROOF positiv eingestellt war.

Keely versuchte Dax nicht zu beachten, aber es war fast unmöglich. Er beteiligte sich kaum an der hitzigen Diskussion, saß zurückgelehnt da und hörte konzentriert zu. Sie wünschte, sie wüsste, was er dachte.

Der Abgeordnete Walsh aus Iowa war ganz offen feindselig. Seine Fragen waren geradezu unverschämt, und wenn er irgendetwas zu der Diskussion beitrug, dann mit abschätziger Herablassung.

„Mrs. Williams", wandte er sich mit halb gelangweilter, halb iro-

Das verbotene Glück

nischer Stimme an Keely, „entschuldigen Sie, wenn ich darauf hinweise, dass Ihre Erscheinung nicht gerade auf ein Leben in Armut schließen lässt. Die meisten Frauen oder Mütter der vermissten Soldaten haben sich längst ein neues Leben aufgebaut. Fühlen Sie nicht die geringsten Gewissensbisse, bei der Regierung um Geld anzufragen, das an anderen Stellen wesentlich besser eingesetzt werden könnte?"

Keely verkniff sich die bissige Bemerkung, die dem Abgeordneten eindeutig klargemacht hätte, was sie von ihm und seiner Einstellung hielt. Stattdessen erwiderte sie sachlich: „Ich denke, keine von uns sollte sich schuldig fühlen, weil sie ein Entgelt für geleistete Arbeit annimmt, oder? Unsere Männer und Söhne stehen immer noch im Dienst ihres Landes. Deshalb sollten sie wie jeder Soldat ihren Sold erhalten."

„Mrs. ..."

„Bitte lassen Sie mich ausreden", verlangte sie kühl. „Hier geht es um wesentlich mehr als nur Geld. Wenn unsere Vermissten für tot erklärt werden, werden sowohl Regierung als auch Armee von der Pflicht entbunden, uns über weitere Aktivitäten oder Neuigkeiten zu informieren. Das dürfen wir nicht zulassen, solange auch nur die geringste Chance besteht, dass Hunderte von Männern vielleicht gefangen gehalten werden und noch leben."

Der anmaßende Mann lehnte sich selbstgefällig in den Stuhl zurück und verschränkte die massigen Arme über dem ausladenden Bauch. „Mrs. Williams, glauben Sie wirklich allen Ernstes, dass Ihr Mann oder auch nur einer dieser anderen Männer noch lebt?" Bevor sie zu einer Antwort ansetzen konnte, wandte er sich an Dax. „Abgeordneter Devereaux, von Ihnen haben wir bisher noch gar nichts gehört. Sie haben doch in Vietnam gedient, oder?"

Erstaunt blickte Keely zu Dax und war erschrocken, als sie seinen Blick fest auf sich gerichtet fand. „Stimmt", hörte sie ihn antworten. Sie hatte keine Ahnung gehabt, dass er Kriegsveteran war.

„In welcher Funktion?", fragte Walsh nach.

Alle Blicke richteten sich jetzt auf Dax. „Ich war Captain bei den Marines."

„Wie lange waren Sie in Vietnam?"

„Drei Jahre."

„Ich glaube, dass ein Captain der Marines ziemlich viel sieht und durchmacht", fuhr der Abgeordnete fort. „Wenn Sie von Ihrer eigenen Erfahrung ausgehen, würden Sie sagen, es wäre denkbar, dass die vermissten Männer noch leben?"

Dax setzte sich vor und legte die Hände auf den Tisch. Lange sah er auf seine verschränkten Finger, bevor er antwortete. „Im Vietnamkrieg waren sämtliche Regeln der Kriegsführung außer Kraft gesetzt. Niemals hätte ich es für möglich gehalten, dass kleine Kinder dazu gebracht werden könnten, zu einer Gruppe von GIs zu gehen und eine Handgranate zu zünden. Aber ich habe es gesehen. Ebenso hätte ich es nie für möglich gehalten, dass kommandierende Offiziere von den eigenen Leuten, die auf Droge waren, erschossen werden könnten. Aber auch das habe ich gesehen. Während eines Einsatzes erlitt ich eine Verletzung. Ein alter Vietnamese hat meine Wunde versorgt und mir zu trinken gegeben. Am nächsten Morgen, als ich aufwachte, steckte ein Stock mit seinem Kopf keine drei Meter neben mir im Boden." Dax blickte kalt und fest in das feiste Gesicht des Abgeordneten. „In einem Krieg, in dem solch unvorstellbare Gräuel geschehen sind, ist alles denkbar. Das ist die einzige Antwort, die ich auf Ihre Frage habe."

Im Raum war es totenstill, niemand wagte zu atmen. Tränen verschleierten Keelys Blick, als der vorsitzende Abgeordnete Parker eine Sitzungspause einberief.

Die Zuhörer beeilten sich, nach Dax' düsterem Bericht den Saal zu verlassen. Die PROOF-Frauen gratulierten Keely für ihre beeindruckende Rede. Sie zog ihren Mantel an und sammelte ihre Unterlagen ein. Es kostete sie einige Anstrengung, nicht in Dax' Richtung zu sehen, der von Reportern und Anhängern umringt war.

„Keely." Betty umarmte sie. „Du warst einfach großartig. Ob wir unser Ziel erreichen oder nicht, wir haben auf jeden Fall unser Bestes gegeben."

„Wir sind noch nicht fertig. Ich kann mir nicht vorstellen, dass der Abgeordnete Walsh so schnell aufgibt. Wenn überhaupt, dann hat D... Devereaux' Ausführung ihn nur noch mehr verärgert."

Betty sah dem massigen Mann nach, der sich unwirsch an den übereifrigen Reportern vorbeischob. „Dieser aufgeblasene Kerl", schnaubte Betty. „Der will nur seinen Namen in den Sechs-Uhr-

Das verbotene Glück

Nachrichten sehen. Ich fürchte allerdings, dass er neben Dax Devereaux wie ein Trottel aussehen wird – für den ich persönlich ihn auch halte." Sie suchte in der Menge nach Dax, der von einem Fernsehreporter interviewt wurde. „Hast du jemals einen so umwerfenden Mann gesehen?", flüsterte sie Keely zu.

„Wen?" Obwohl ihr Herz zu pochen begann, spielte Keely die Ahnungslose. „Oh, du meinst den Abgeordneten Devereaux. Ja, er hat sicher Charisma. Aber du bist nicht die erste Frau im Staat, der das auffällt."

„Ich wette, der bringt es noch weit. Zumindest bei den weiblichen Wählern." Betty kicherte wie ein junges Mädchen. „Wer könnte diesem Grübchen schon widerstehen? Und was er da vorhin gesagt hat …"

„Entschuldigung. Mrs. Allway, Mrs. Williams?"

Die beiden drehten sich um zu einem Mann mittleren Alters in einem zerknitterten braunen Tweedanzug. Sein spärliches Haar, schon angegraut, stand ihm wirr vom Kopf, als wäre er gerade aus einem Sturm gekommen. Durch seine unmodische Nickelbrille musterte er die beiden Frauen ernst.

„Ja?", erwiderte Keely.

„Ich bin Al Van Dorf von der Associated Press. Sie beide repräsentieren PROOF. Ich habe mich gefragt, ob wir nicht vielleicht zusammen zum Lunch gehen könnten. Ich würde gern ein Interview mit Ihnen machen."

„Keely?", wandte Betty sich fragend an sie. Keely war dieser Reporter auf Anhieb sympathisch. Er schien nicht so aggressiv und aufdringlich zu sein. Seine leichte Nervosität und Unsicherheit gefielen ihr.

„Ich denke, das lässt sich machen."

„Danke", sagte Van Dorf bescheiden. „Ihnen beiden." Er schloss Betty in sein verlegenes Lächeln mit ein und reichte Keely dann einen Notizzettel. „Hier ist die Adresse des Restaurants. Wir können uns dort …", er sah auf seine Armbanduhr, „… sagen wir, in einer halben Stunde treffen."

„Gut, wir werden da sein", stimmte Betty zu.

„Meine Damen." Er verbeugte sich leicht und zog sich zurück, während im gleichen Augenblick ein Fernsehreporter mit seinem

Kameramann auf sie zukam. Betty trat zur Seite und überließ es Keely, sich der Kamera zu stellen.

Nachdem sie aus dem Saal heraus waren, hatten sie gerade noch Zeit, ein Taxi heranzuwinken und sich auf den Weg zu ihrer Verabredung zu machen. Sie waren nur wenige Minuten zu spät, als das Taxi vor einem kleinen Restaurant in einer ruhigen Seitenstraße hielt. Kaum dass sie eingetreten waren, führte ein Kellner sie auch schon an einen Tisch, noch bevor sie sich überhaupt vorgestellt hatten.

Keely wäre fast gestolpert, als sie Dax an dem Tisch erblickte. Van Dorf und die Abgeordneten Parker und Walsh erhoben sich, als die beiden Frauen an den Tisch kamen. Betty war genauso alarmiert wie Keely, als sie die kleine Gruppe begrüßten.

„Mrs. Allway, Mrs. Williams, ich freue mich, dass Sie es einrichten konnten." Van Dorf, der die Vorstellung übernahm, hörte sich jetzt sehr viel selbstsicherer an als noch vorhin im Sitzungssaal. Wo war der verlegene, unscheinbare Mann geblieben?

Man schüttelte sich die Hände, und Dax sagte zu Betty: „Es ist mir ein Vergnügen, Mrs. Allway."

Als er Keelys Hand ergriff, wagte sie es endlich, ihn anzusehen. Sein Blick war warm und strahlte gleichzeitig Sehnsucht aus. Sie konnte nur hoffen, dass keiner der anderen Anwesenden es bemerkte. Umso schockierter war sie, als sie ihn sagen hörte: „Mrs. Williams, ich freue mich, Sie wiederzusehen."

4. KAPITEL

Keely konnte ihr Entsetzen gerade noch in ein „Hallo, Mr. Devereaux" umwandeln.

„Sie kennen sich?" Der Abgeordnete Parker fragte, was alle beschäftigte.

Keely wusste, dass Betty die Augen aufgerissen und den Mund zu einem erstaunten Ausruf geöffnet hatte, aber sie wagte es nicht, die Freundin anzusehen.

„Ja", bestätigte Dax leichthin. „Wir saßen gestern Abend in der gleichen Maschine und haben uns während des Flugs bekannt gemacht. Mrs. Williams." Er geleitete Keely zu dem freien Platz zwischen ihm und dem Abgeordneten Parker. Sich an Dax ein Beispiel nehmend, gab der Abgeordnete Walsh sich galant und schob den Stuhl zwischen ihm und Al Van Dorf einladend für Betty zurück.

Keely bewunderte die Leichtigkeit, mit der Dax diese unangenehme Situation gemeistert hatte, obwohl sie seine Ehrlichkeit für gefährlich hielt. Was mochten die anderen Abgeordneten jetzt denken? Würde es negative Auswirkungen haben, weil sie jetzt wussten, dass Dax und sie sich schon vor der Sitzung getroffen hatten? Anscheinend nicht. Parker hatte sich bereits in die Speisekarte vertieft, und Walsh unterhielt sich dröhnend mit einem potenziellen Wähler am Nebentisch. Nur Betty schien erschüttert. Keely fiel auf, dass ihre Hand zitterte, als sie das Wasserglas zum Mund führte.

Dax dagegen half Keely völlig unbeeindruckt aus dem Mantel, während er Van Dorf eine Frage zu dem Bankenskandal stellte, den der Reporter kürzlich aufgedeckt hatte. Doch die Hand, mit der Dax über Keelys Rücken strich, während er den Mantel zusammenlegte, strafte seine Gleichgültigkeit Lügen.

Sobald der Ober die Bestellung aufgenommen hatte, fragte Van Dorf: „Stört es, wenn ich rauche?" Ohne eine Antwort abzuwarten, steckte er sich eine filterlose Zigarette an und stellte dann sein Diktiergerät in die Mitte des Tisches. „Ich dachte mir, es wäre besser, ein lockeres Gespräch zu führen, außerhalb des Saales und ungestört. Bei der Angelegenheit geht es um Geld, Innen- und Außenpolitik, das Militär und menschliche Emotionen. Ich denke, Sie können verstehen, warum ich dieses Thema für wichtig halte. Würden Sie mir also den Gefallen tun und offen sprechen?"

„Jeder weiß, wie ich über diese Sache denke", schnaubte Walsh.

„Bei Ihnen kann man sich immer darauf verlassen, dass Sie Ihre Meinung zu jedem beliebigen Thema kundtun", sagte Van Dorf. Die versteckte Beleidigung ging an dem bulligen Abgeordneten vorbei. Van Dorfs Augen, die Keely und Betty vor einer Stunde noch so bescheiden durch die Brille angeschaut hatten, funkelten jetzt vor bissiger Schärfe. Wie hatte er sich nur so schnell verändern können? Keely wurde klar, dass sie auf Van Dorf hereingefallen war, so wie viele seiner vorherigen Opfer.

Sie nahm die weiße Leinenserviette und breitete sie sich über den Schoß. Dax tat das Gleiche. Keelys Augen blitzten erschreckt auf, als er nach ihrer Hand griff und sie kurz drückte. Mit einem unschuldigen Gesichtsausdruck, der nichts verriet, legte er die Hände wieder auf den Tisch. Keely konnte nur hoffen, dass man ihr erschrecktes Luftholen als Reaktion auf den leicht anstößigen Witz ansehen würde, den der Abgeordnete Walsh gerade erzählt hatte.

Als der Ober die Bestellung brachte und einen kleinen Salat vor Keely hinstellte, sah Dax von seinem Steaksandwich auf und sagte gespielt tadelnd: „Das ist nicht unbedingt viel für ein Mädchen, das noch wachsen muss."

Keely lachte leise. „Genau deshalb esse ich ja nicht viel. Weil ich nicht mehr wachsen will."

„Sie essen nicht genug."

„Ich habe ..." Fast hätte sie herausposaunt, dass sie eines der Sandwiches gegessen hatte, die er gestern Abend mitgebracht hatte, doch aus den Augenwinkeln erhaschte sie den Blick, mit dem Van Dorf sie beobachtete. Er sah aus wie ein lauernder Fuchs. Eine komische Vorstellung, aber sie konnte regelrecht sehen, wie groß seine Ohren geworden waren, um kein Wort der Unterhaltung zwischen ihr und Dax zu verpassen. „Ich habe generell keinen großen Appetit", endete sie den Satz.

Da Betty sich mit Walsh und Parker unterhielt, war es nur normal, dass Dax und sie miteinander sprachen, aber Dax spürte, so wie sie auch, dass Van Dorfs Interesse geweckt war.

„Al, spielen Sie eigentlich noch immer Squash?"

Dax hatte ein untrügliches Gespür für die Schwächen seiner Mitmenschen. Prompt erging Van Dorf sich in einer detaillierten Beschreibung seines letzten Sieges. Keely fragte sich, was Van Dorf wohl daraus machen würde, wenn er wüsste, dass Dax' Wade unter dem Tisch ihr Schienbein streichelte.

Während des Essens beschränkte man sich auf allgemeine Konversation, niemand rührte an das Thema, das alle so beschäftigte. Doch sobald der Kaffee serviert wurde, legte Van Dorf eine neue Kassette ein, steckte sich eine weitere Zigarette an und schoss die erste Frage an Betty ab.

„Glauben Sie, dass Ihr Mann noch lebt, Mrs. Allway?"

Betty war völlig überrumpelt und verschluckte sich fast an dem heißen Kaffee. „Ich ... ich ... Wieso ..."

Keely kam zu ihrer Rettung. „Darum geht es bei der Anhörung nicht, Mr. Van Dorf. Ob Bill Allway oder mein Mann oder die Hunderte anderer Männer noch leben oder nicht, ist nicht der Punkt. Unser vorrangiges Ziel ist es, die Informationskanäle offen zu halten, die eine endgültige Klärung über den Verbleib unserer Männer bringen. Und es geht darum, den Familien die Ansprüche zu erhalten, die ihnen zustehen."

„Stimmen Sie dem zu, Mrs. Allway?", fragte Van Dorf.

„Ja." Betty hatte sich wieder gefasst.

„Ich bin neugierig, was das Militär heute Nachmittag dazu zu sagen hat", warf Parker ein. „Haben Sie vielleicht eine Vorstellung, Mrs. Williams?"

„Bei unserem letzten Zusammentreffen mit Vertretern der Armee waren sie unserem Anliegen gegenüber positiv eingestellt. Ich hoffe, das hat sich zwischenzeitlich nicht geändert."

Walsh lehnte sich in seinen Stuhl zurück. „Sehen Sie mal, kleine Lady ..."

„Bitte reden Sie mich nicht mit ‚kleine Lady' an, Mr. Walsh. Ich finde das beleidigend", unterbrach Keely ihn bestimmt.

Walsh sah für einen Moment verdutzt drein, dann grinste er herablassend. „Ich versichere Ihnen, ich hatte nicht die Absicht ..."

„Natürlich hatten Sie die", fiel Keely ihm erneut ins Wort. „Ihre Meinung über uns ist nur allzu offensichtlich. Sie halten uns für einen Haufen hysterischer Frauen, die Ihre kostbare Zeit verschwenden. Ich frage mich, wie Sie reagieren würden, wenn eine Gruppe

Männer bei dieser Anhörung aufgetaucht wäre. Würde uns das eine größere Glaubwürdigkeit verleihen? Ich versichere Ihnen, wir haben sehr viele Männer in unserer Organisation. Väter, Brüder, Söhne. Sie sind ebenso betroffen wie wir, allerdings ist es für sie schwerer, eine so emotionale Angelegenheit öffentlich vorzutragen. Deshalb werden Sie mehr Frauen finden, die sich für unsere Belange einsetzen."

Es war still am Tisch geworden. Schließlich sagte der Abgeordnete Parker leise, mit einem vorwurfsvollen Blick auf Walsh: „Ich würde es nur ungern sehen, wenn ein Mitglied dieses oder irgendeines anderen Komitees durch derartige Vorurteile belastet wäre."

„Nun, ich wollte niemanden vor den Kopf stoßen, und ich will mir auch nicht nachsagen lassen, ich wäre chauvinistisch", plusterte Walsh sich auf. „Ich entschuldige mich, Mrs. Williams."

„Entschuldigung akzeptiert." Keelys Ton blieb fest und kühl. „Tut mir leid, dass ich Sie unterbrochen habe. Was wollten Sie sagen?"

So ging es weiter. In der nächsten halben Stunde wurden Gedanken ausgetauscht und diskutiert. Während der ganzen Zeit beobachtete Van Dorf jeden genau, seine Augen huschten unablässig von einem zum anderen. Das Diktiergerät lief. Als die Rechnung gebracht wurde, kritzelte er seine Unterschrift darunter und erhob sich. „Wir sollten zurückkehren. Danke für Ihre Zeit. Der Ober wird uns Taxis rufen."

„Ich gehe die paar Blocks zu Fuß", sagte Parker. „Lassen Sie mich Ihnen in den Mantel helfen, Mrs. Allway."

„Devereaux, teilen wir uns ein Taxi?", fragte Walsh.

„Danke, aber ich muss noch in meinem Büro vorbeischauen. Ich werde mir später eins nehmen."

Walsh verließ den Tisch, und Van Dorf ging zum Zigarettenautomaten, um sich ein Päckchen zu ziehen, was Keely und Dax einen Augenblick Privatsphäre gewährte.

„Erinnere mich daran, dass ich dich nie provoziere", flüsterte er ihr ins Ohr, während er den Mantel für sie hielt. „Du hast scharfe Krallen."

„Dieser eingebildete, scheinheilige Kerl", sagte sie. „Eine Witzfigur. Man stelle sich vor, ein solcher Mensch sitzt im Kongress. Das ist erschreckend."

„Du warst großartig." Seine Hand lag auf ihrer Hüfte. Nur dem oberflächlichen Betrachter würde es wie eine höfliche Geste scheinen; jeder, der genauer hinsah, konnte die Zärtlichkeit darin erkennen.

„Warum hast du ihnen gesagt, dass wir uns schon vorher getroffen haben?", fragte sie über die Schulter.

„Du solltest wissen, dass Van Dorf absolut skrupellos ist. Er ist hinter der nächsten Watergate-Story her. Sei auf der Hut vor ihm, Keely, er ist ein Wolf im Schafspelz."

„Ich hatte ihn eher mit einem listigen Fuchs verglichen. Er hat bei Betty und mir bewusst den Eindruck erweckt, als wären wir seine einzigen Lunchgäste, er hat verschwiegen, dass ihr Abgeordneten auch dabei sein würdet. Und er hat so schüchtern und verlegen getan, während er uns für diese Falle geködert hat."

„Widerling. Ich würde ihm zu gern sein Diktiergerät in den Rachen stecken. Oder ganz woandershin."

Keely konnte das Lachen nicht zurückhalten und drehte sich zu ihm um. „Erinnere mich daran, dass ich dich nie provoziere", wiederholte sie seine Worte. Er lächelte, was sein Grübchen tiefer werden ließ. „Dein wildes kreolisches Erbe kommt an die Oberfläche."

„Wirklich? Tut mir leid."

„Muss es aber nicht. Es steht dir."

„Meinst du?"

Sie sah sich nervös um. Betty und Parker standen beim Ausgang und warteten auf das bestellte Taxi. Van Dorf verfluchte den Automaten, der zwar das Kleingeld geschluckt, aber keine Zigaretten ausgespuckt hatte. Walsh war schon weg.

„Warum hast du ihnen gesagt, dass wir uns kennen?"

„Das war die Ausgangsfrage, nicht wahr? Jedes Mal, wenn ich in deiner Nähe bin, kann ich an nichts anderes denken als an … Egal. Um auf deine Frage zurückzukommen: Van Dorf oder jemand wie er könnte uns gestern Abend zusammen gesehen haben. Wenn wir dann heute so tun, als würden wir uns nicht kennen, könnte das eine Menge Spekulationen auslösen. Die Wahrheit zu sagen ist immer die beste Politik."

„Und wenn dich jemand gestern Abend vor meinem Zimmer gesehen hat, was dann?"

Seine Augen funkelten ganz vergnügt. „In dem Fall ist Lügen die beste Politik."

Sie lachte. „Du bist ein guter Politiker."
Er war nicht beleidigt, auch er lachte. Sein Lächeln wurde zärtlich, als er fragte: „Wie geht es dir? Hast du dich etwas ausruhen können?"
Sie wünschte, er würde sie nicht so ansehen, so besorgt, so zärtlich. Warum wollte sich ihr Herzschlag nicht beruhigen? Ihr Puls ging so heftig, dass sich die feine Seide ihrer Bluse über ihrer Brust bewegte. Ein Detail, das Dax nicht entging. „Nein, ich habe nicht sehr gut geschlafen."
„Dafür übernehme ich die volle Verantwortung."
„Das solltest du nicht."
„Tue ich aber", bekräftigte er. „Ich hätte dich nicht so aufregen dürfen. Und leugne das jetzt nicht. Als du mir am Flughafen sagtest, dass du verheiratet bist, hätte ich dich in Ruhe lassen sollen. Das wäre das Beste gewesen."
„Wirklich?"
„Etwa nicht?"
Wie magnetisch angezogen, bewegten sie sich näher aufeinander zu. Dax spürte, wie das Blut in seine Glieder fuhr. Seine Fingerspitzen pochten, so sehr sehnte er sich danach, Keely zu berühren. Die Narbe unter seinem Auge zuckte. Er fixierte sie mit seinem Blick.
Unwillkürlich leckte sie sich über die Lippen. „Ja", hauchte sie, „es wäre wahrscheinlich besser gewesen."
„Ich habe schon wieder die Frage vergessen."
„Keely?"
„Was?" Sie wirbelte schuldbewusst herum, als Betty sie von der Tür her rief. „Ist das Taxi da?"
Betty betrachtete argwöhnisch die roten Wangen und die Brust, die sich heftig hob und senkte. „Ja."
Sie verabschiedeten sich von Dax und bedankten sich bei Van Dorf, der vom Manager sein Münzgeld zurückverlangte. Parker ging zusammen mit ihnen hinaus.
Auf dem Rücksitz des Taxis spielte Keely gedankenverloren mit dem Verschluss ihrer Handtasche.
„Du brauchst es mir nicht zu sagen", setzte Betty an. „Aber ich gebe zu, ich bin neugierig."
„Was meinst du?" Keely versuchte sich unbefangen zu geben, aber

sie wusste, dass sie damit niemanden täuschen konnte. Allen voran sich selbst nicht.

„Komm schon, Keely. Als ich dich heute Morgen nach Dax Devereaux fragte, hättest du mir ruhig sagen können, dass ihr euch schon gestern getroffen habt. Hast du aber nicht."

„Ich hielt es nicht für erwähnenswert."

Betty streckte die Hand aus und griff nach Keelys Fingern. Sie hielt sie stumm, bis Keely den Blick hob und die ältere Frau ansah. „Frauen sind generell sehr viel einfühlsamer als Männer. Hoffentlich hat niemand anders am Tisch die unterschwelligen Spannungen zwischen dir und dem attraktiven Kongressabgeordneten bemerkt. Aber mir ist es aufgefallen. Ich will mich da in nichts einmischen, dein Leben geht allein dich etwas an, Keely. Ich würde es mir nie anmaßen, dir irgendwelche Vorschriften zu machen. Ich bitte dich nur, vorsichtig zu sein. Bitte, tu nichts, was dich in das Kreuzfeuer der Kritik bringen würde, etwas, das deinen Ruf und deine Integrität zunichte machen könnte, ganz zu schweigen von den möglichen Auswirkungen auf PROOF."

Keely schüttelte heftig den Kopf. „So etwas Dummes würde ich nie tun, Betty, das musst du doch wissen."

„Ich weiß, dass du davon überzeugt bist, so etwas nicht zu tun. Ich mag dir alt und vertrocknet erscheinen, Keely, aber ich bin eine Frau, die seit vierzehn Jahren ohne ihren Mann auskommen muss. Ein Mann mit Dax Devereaux' Charme könnte eine Heilige in Versuchung führen."

Keely wandte den Kopf und starrte mit leerem Blick aus dem Fenster auf das Washington-Monument, das sich wie ein tadelnder Zeigefinger in den Himmel streckte. „Ich weiß, was du meinst."

Während der Nachmittagssitzung hielt ein Armeegeneral eine langweilige und monotone Rede. Er las eine eidesstattliche Erklärung der Armee nach der anderen vor. Die Namen und Ränge waren beeindruckend, aber die Unterlagen brachten keine neuen Erkenntnisse. Wann immer der erschöpfte Parker versuchte, den monotonen Redefluss des Generals zu unterbrechen, kam er damit nicht weit. Als schließlich die Glocke ertönte und damit das Ende der Sitzung ankündigte, standen ausnahmslos alle Zuhörer mit einem erleichterten Seufzer von ihren Plätzen auf.

Keely verlor Dax aus den Augen, als er den Saal verließ. Sie und die anderen Mitglieder von PROOF verabredeten sich zum Dinner im „Le Lion d'Or".

„Nach zwei Stunden mit General Adams haben wir uns das redlich verdient", sagte Betty.

Im Hotel gingen sie auf ihre Zimmer. Keely freute sich keineswegs so auf den Abend, wie sie es eigentlich hätte tun sollen. Selbst die heiße Dusche, das sorgfältige Zurechtmachen und das neue korallenrote Kleid konnten keine Begeisterung in ihr aufkommen lassen. Es war eine Willensanstrengung, sich mit Betty in der Lobby zu treffen und die Mutlosigkeit zu verdrängen.

Das Essen war exquisit, die Atmosphäre gepflegt, der Service perfekt. Als hätten sie sich abgesprochen, sprach keine der Frauen über die Anhörung und keine spekulierte über den möglichen Ausgang. Man redete über Mode, den neuesten Skandal in Hollywood, die Kinder, Frisuren, Bücher, Filme und Diäten. Man scherzte und lachte über die Vorstellung, was der Abgeordnete Walsh wohl sagen würde, würde er die PROOF-Mitglieder hier in diesem luxuriösen Restaurant sehen.

Keely beteiligte sich an der Unterhaltung, aß, trank und lachte, aber als sie im Hotel in ihrem Stockwerk aus dem Lift stieg, war sie völlig ausgelaugt. Sie wollte nur noch schlafen.

Den ganzen Abend über waren ihre Gedanken immer wieder zu Dax gewandert. Sie hatte ihn vor sich gesehen, wie er ihre Hände im Flugzeug hielt und ihr tröstend zusprach. Dann gestern Abend, wie er mit der Botenmütze und dem Tablett in der Hand vor ihrer Tür gestanden hatte, lachend und scherzend. Und dann waren vor ihrem geistigen Auge Bilder entstanden, die sie viel lieber vergessen hätte – seine Augen, sein Mund, leidenschaftlich und fest, seine Hände ...

Sie schlug die Tür hinter sich zu, sobald sie in ihrem Zimmer war, warf ihren Mantel über einen Stuhl und ließ Handtasche und Schlüssel auf die Kommode fallen.

„Was, zum Teufel, tue ich da eigentlich?", fragte sie ihr Spiegelbild verärgert. „Du quälst dich nur selbst, Keely."

Ihre Glieder waren schwer wie Blei, als sie sich auszog. Als sie sich endlich zum Schlafen fertig gemacht hatte, ließ sie sich kraftlos aufs Bett fallen. Sie fluchte leise, als das Telefon klingelte.

„Hallo?" Konnte das Dax sein?

„Hi! Wie geht's, wie steht's?"

„Nicole! Hi." Keely ignorierte den Stich der Enttäuschung und schob es auf die schwere Mahlzeit.

„Du hörst dich müde an", sagte Nicole.

„So? Kein Wunder. Ich ... äh ... letzte Nacht habe ich schlecht geschlafen, und heute war es die reine Hölle. Diese Kongressräume scheinen aus Wänden zu bestehen, die immer weiter zusammenrücken, je länger die Sitzung dauert. Wie sieht's zu Hause aus? Alles in Ordnung?"

„Alles bestens. Charles hat mich heute Abend für ein Dinner mit zwei Sponsoren eingespannt. Wenn du die Frauen gesehen hättest! Die typischen Mitglieder des Clubs der silbergrauen Haare und Nerzmäntel der kleinstädtischen Neureichen Amerikas! Ich sag dir, extrem! Und Charles hat sich eingeschleimt."

Charles Hepburn war der erfolgreichste Anzeigenverkäufer des ganzen Fernsehsenders. Mit seiner ruhigen, souveränen Art hatte er mehr Sendezeit verkauft als alle anderen zusammen.

„Nicole, mir kannst du das nicht erzählen. Ich weiß, dass du ihn anbetest."

Am anderen Ende ertönte ein theatralischer Seufzer. „Ja, eigentlich ist er ganz okay. Wenn sonst wirklich niemand in der Nähe ist und sich absolut keine andere Alternative finden lässt."

Keely lachte trotz ihrer bedrückten Laune. Nicole besaß das Talent, sie selbst an ihren schlechtesten Tagen aufzuheitern, denn Depressionen waren ihr völlig fremd.

„He, die Zeitungen sind voll über das Komiteemitglied Dax Devereaux. Ich wusste gar nicht, dass er auch dabei ist. Du etwa?"

„Nicht, bis ich hier ankam."

„Und?"

„Und was?"

„Also, bitte, Keely. Muss ich dir wirklich alles aus der Nase ziehen? Hast du ihn getroffen?"

„Ja."

„Und?"

„Und was?"

Bei Nicoles Fluch zuckte Keely zusammen. „Leg dir eine andere Ausdrucksweise zu, sonst schmelzen die Kabel noch, Nicole."

„Spiel nicht die Schulmeisterin, Keely." Nicole war eingeschnappt. „Also, was hältst du von Devereaux?"

„Ich weiß nicht viel über ihn. Ich habe ihn gerade getroffen, Nicole."

„Oh, Herrgott noch mal! Du weißt, dass er das anbetungswürdigste männliche Wesen ist, das seit Langem auf dem freien Markt herumläuft. Wenn du auch nur einen Blick auf ihn geworfen hast, dann weißt du das. Um ehrlich zu sein, ich würde gern sehr viel mehr als nur einen Blick auf ihn werfen."

„Nicole!" Keely war entsetzt. „Wann hast du ihn denn getroffen?"

„Habe ich ja gar nicht – nicht so richtig, zumindest. Er war auf einer Party letzten Sommer, und auch wenn ich ihn nicht persönlich getroffen habe, so wusste ich doch, dass er anwesend war. Er läuft mit dieser Robins am Arm herum, du weißt schon, die, die den reichen alten Mann geheiratet hat, der sechs Monate nach der Hochzeit das Zeitliche gesegnet und ihr sein gesamtes Vermögen hinterlassen hat, die Villa im Garden District, die Baumwollplantage am Mississippi und die Reederei."

Keelys Kehle war wie zugeschnürt. Dax und Madeline Robins? Überrascht merkte sie, wie weh es tat, sich die schöne, lebenslustige Witwe mit Dax vorzustellen.

„Bist du noch dran?", fragte Nicole, als keine Reaktion von Keely kam.

„Ja ... ja, sicher. Nicole, ich bin einfach nur müde. Danke für den Anruf, aber ich muss jetzt wirklich ins Bett."

„Herzchen, bist du in Ordnung? Du hörst dich so komisch an. Alles okay?" Nicoles neckender Ton war verschwunden, Keely wusste, dass die Sorge in der Stimme der Freundin echt war.

„Natürlich." Keely seufzte. „Es ist nur ... ich will dich nicht wieder aufregen, also fange ich gar nicht erst mit PROOF an."

„Oh, das. Nun, deshalb bist du ja dort, nicht wahr? Und da du meine Meinung zu dem Thema kennst, will ich auch nicht darauf herumreiten."

„Danke."

„Es kann aber nichts schaden, wenn du dich auf einen leidenschaftlichen Flirt einlassen würdest, während du da bist. Geh in ein Pornokino und setze dich am besten neben einen richtigen Lüstling. Oder lass dich auf eine heiße Affäre mit irgendeinem Diktator aus einem wunderbar dekadenten Land ein, der gerade zu Besuch ist."

„Auf Wiederhören", flötete Keely.

Nicole lachte. „Spielverderberin. Also, bis dann."

Ohne ein weiteres Wort hängte Nicole ein. Keely lächelte vor sich hin, als sie den Hörer auf die Gabel zurücklegte. Und sie hätte gar nicht so recht sagen können, wie sie ins Bett gekommen war und die Augen geschlossen hatte.

Als das Telefon erneut klingelte, war Keely zuerst nicht klar, dass bereits mehrere Stunden vergangen waren. Sie angelte im Dunkeln nach dem Hörer, bekam ihn aber nicht richtig zu fassen. Es brauchte zwei Anläufe, bevor sie die Muschel am Ohr hatte. „Hallo?"

„Guten Morgen."

Sie riss die Augen auf. Was für eine wunderbare Art, geweckt zu werden – durch die Stimme eines Mannes. Dieses Mannes.

„Ist es schon Morgen?", fragte sie verschlafen.

„Habe ich dich geweckt?"

„Nein." Sie gähnte. „Ich musste aufstehen, um ans Telefon zu kommen."

„Sehr lustig."

„Nein, das war nicht als Witz gemeint. Für Witze ist es viel zu früh. Wie viel Uhr ist es eigentlich?"

„Sieben."

Sie rollte sich auf die andere Seite, ein Blick auf den Wecker bestätigte ihr die Zeit. „Du liebe Güte!", stöhnte sie. „Ich habe verschlafen."

„Wieso? Die Anhörung ist doch erst für zehn angesetzt. Du hast also noch genügend Zeit."

„Ja, schon, es ist nur so, dass ich für meinen Job immer früh aufstehe. Ich fühle mich richtig faul, wenn ich lange schlafe."

„Wann stehst du normalerweise auf?"

„Um fünf."

„Igitt! Warum?"

„Weil wir um halb sieben mit dem Helikopter in der Luft sein müssen. Berufsverkehr, erinnerst du dich?"

„Ich rufe eigentlich nur an, weil ich gestern Nachmittag keine Möglichkeit hatte, mich zu verabschieden. Im Büro warteten Berge von Papierkram auf mich, und außerdem war mir sowieso klar, dass wir uns nicht allein treffen könnten."

„Ich bin gestern Abend mit den anderen Frauen zum Dinner gegangen." Mit wem hatte er wohl gegessen? „Ich war völlig ausgelaugt, als ich hier ankam. Mein Kopf lag kaum auf dem Kissen, da war ich auch schon eingeschlafen."

„Du brauchst den Schlaf. Heute erwartet dich noch ein langer Tag."

„Ja."

Stille folgte. Lastete auf ihnen. Ungesagte Worte hingen in der Luft, flehten darum, geäußert zu werden.

„Nun", brach Dax schließlich das Schweigen, „ich sehe dich dann später." Es war nicht das, was er hatte sagen wollen.

„Ja." War das alles, was sie zustande brachte? Sie wiederholte sich wie ein Papagei.

„Auf Wiedersehen." Ein tiefer Seufzer.

„Auf Wiedersehen." Das Echo des Seufzers am anderen Ende.

„Keely?"

„Ja?"

„Wenn du da nachher an dem Tisch sitzt, ganz energische Dame, dann sei dir gewiss, dass es mindestens einen Mann im Saal gibt, der dich umarmen möchte."

Damit legte er auf.

5. KAPITEL

Die Anhörungen dauerten weitere anderthalb Tage. PROOF fand einen zugkräftigen Fürsprecher in einem ehemaligen Kriegsgefangenen, der bei einer späten Entlassungswelle nach Hause gekommen war. In seiner Rede beschrieb er dem konzentriert lauschenden Publikum, wie er und seine Kameraden nie die Hoffnung aufgegeben hatten, doch noch befreit zu werden. Dass sie immer daran geglaubt hatten, dass ihr Land alles für sie tun würde, um sie zurückzuholen.

Keely und die anderen PROOF-Vertreterinnen feierten diesen kleinen Sieg, aber die Freude währte nur kurz. Ein Beamter des Finanzministeriums gab Auskunft über die Summen, die es den Steuerzahler kostete, weiterhin den Sold der Männer zu zahlen, die bis heute als vermisst galten und vielleicht schon lange tot waren. Der Abgeordnete Walsh und ein paar andere Mitglieder des Ausschusses nickten weise, während der Beamte die Zahlen vorlas. Keely wünschte sich, Walsh würde Magenschmerzen bekommen, und zwar proportional zum Umfang seines Bauches.

Während der endlosen Stunden im Saal vermied sie geflissentlich jedweden Kontakt mit Dax. Auch er war ganz offensichtlich der Meinung, dass eine Verbindung zu ihr nur von Nachteil sein konnte, denn er wandte sich kein einziges Mal an sie.

Sie waren wie Fremde, die einander nicht einmal registrierten. Doch unter der Oberfläche waren sie sich des anderen auf geradezu magische Weise bewusst. Keely fühlte Dax' Blick auf sich ruhen. Als sie sich an den morgendlichen Anruf erinnerte, schoss ihr das Blut in die Wangen. Sie musste daran denken, wie oft sie ihn heimlich gemustert hatte.

Seine Gesten und Bewegungen waren ihr so schnell so vertraut geworden. Seine geschmackvollen Krawatten blieben nie lange korrekt gebunden, höchstens für eine Stunde. Dann löste er mit ungeduldigen Fingern den akkuraten Knoten, der oberste Knopf seines Hemdes stand dann offen, und er konnte endlich befreit durchatmen.

Er saß zurückgelehnt da, die Ellbogen auf die mit dunkelbraunem Leder gepolsterten Armlehnen gestützt. Das Kinn lag auf den beiden Daumen, drei Finger bedeckten Oberlippe und Mund, während sein Zeigefinger nach oben auf die feine Narbe unter seinem Auge deutete.

Dax hörte aufmerksam zu, beobachtete genau und schrieb Notizen nieder.

Er sah zu Keely.

Einmal war sein Blick so bezwingend, dass sie nicht anders konnte, als ihn zu erwidern. Das Herz blieb ihr stehen, ihr Atem stockte und Millionen Schmetterlinge flatterten in ihrem Bauch. Der Ausdruck in Dax' Augen bedeutete ihr, dass er mit den Gedanken genauso wenig bei der Rede war wie sie.

Er hob den Finger, der an seiner Wange lag, zu einem stillen Gruß. Die Bewegung war so unmerklich, dass es niemandem auffallen würde, nur demjenigen, für den der Gruß bestimmt war. Keely antwortete mit einem kurzen Schließen der Lider. Diese Geste war mehr als nur ein „Hallo". Sie drückte aus: „Ich wünschte, ich könnte mit dir reden. Ich wünschte, wir wären nicht hier an diesem Ort, zu dieser Zeit, und würden nicht das tun, was wir gerade tun. Ich wünschte ..." All die Dinge, die unmöglich waren.

Zum Mittag des dritten Tages, bevor der Abgeordnete Parker die Pause ausrief, schlug er vor, den Nachmittag und den nächsten Tag frei zu lassen.

„Wir haben jetzt drei Tage lang Argumente gehört und diskutiert, ich denke, wir alle brauchen Zeit, um das Gehörte zu verarbeiten und uns noch einmal mit unserer eigenen Meinung auseinanderzusetzen, noch einmal alles zu überdenken, bevor wir eine endgültige Entscheidung fällen." Der Vorschlag wurde einstimmig angenommen, und so wurde die Anhörung verschoben.

„Das war auch nötig", sagte Betty erleichtert. „Ich brauche dringend einen Tag für mich. Außerdem geht mir das Geld aus, ich muss zur Bank. Was ist mit dir, Keely? Sollen wir zusammen einkaufen gehen?"

Keely schüttelte lächelnd den Kopf. „Nein, besser nicht, Betty, aber ein paar von den anderen werden sich sicher gern mit dir zusammentun. Sei nicht böse, aber ich passe. Ich denke, ich gehe einfach auf mein Zimmer und lege mich mit einem guten Buch ins Bett."

Betty tätschelte lachend Keelys Arm. „Dann bis später. Sehen wir uns zum Dinner?"

Keely überlegte einen Moment. „Ja, sicher. Ruf mich an, wenn du zurück im Hotel bist."

Betty drehte sich um und ging fort, nicht ohne Keely noch einen letzten besorgten Blick zuzuwerfen. Bevor Keely sich jedoch nach dem Grund fragen konnte, tippte ihr jemand leicht von hinten auf die Schulter. Dax stand da und lächelte übertrieben erfreut, damit auch gar nicht erst der Hauch von Intimität aufkam.

„Mrs. Williams", sagte er sofort. „Ich hatte nach unserem gestrigen Lunch gar keine Gelegenheit mehr, mit Ihnen zu reden. Ich hoffe, Sie finden die Anhörung nicht zu langatmig."

„Nein, ganz und gar nicht. Ich war darauf eingestellt, dass es lange dauern würde. Es wird zu unserem Vorteil sein, wenn alle genügend Zeit haben, die Argumente sorgfältig abzuwägen."

Er nickte, so als hätte sie etwas sehr Wichtiges gesagt, dann trat er näher, die Arme vor der Brust verschränkt, und studierte die Spitzen seiner polierten Schuhe. Seine Stimme war so leise, dass sie ihn kaum hören konnte. „Wie geht es dir wirklich?"

„Gut."

„Ich muss heute Abend auf diese verfluchte Cocktailparty in der französischen Botschaft. Man sagte mir, ich könne in Begleitung kommen. Du würdest nicht zufälligerweise …?"

Auch wenn er die Einladung nicht ausgesprochen hatte, so gab sie doch die entsprechende Antwort. „Nein, Dax, du weißt, das wäre unklug. Ich würde gern, aber das geht auf keinen Fall."

Seine grimmige Miene passte genau zu dem Thema, über das sie sich unterhalten sollten – die vermissten Soldaten. „Ja, ich weiß", murmelte er. „Nun, lassen Sie uns hoffen, dass ein für alle Beteiligten akzeptables Ergebnis dabei herauskommt, Mrs. Williams", sagte er jetzt lauter und hielt ihr seine Hand hin. Ihre Blicke verschmolzen, als sie sich die Hände schüttelten, und für einen Herzschlag lang existierte die Welt um sie herum nicht mehr. Aber sie drängte sich sofort wieder in ihr Bewusstsein.

„Hallo, Mr. Devereaux", ertönte Al Van Dorfs Stimme hinter ihnen. „Ich fragte mich gerade, ob ich wohl eine Erklärung zu der neuesten Vorlage für den Rüstungshaushalt von Ihnen bekommen könnte."

„Natürlich, Al. Genießen Sie die freie Zeit, Mrs. Williams", sagte er höflich zu Keely.

„Danke, das werde ich. Mr. Van Dorf." Sie nickte den beiden

Männern zu und ging mit bleiernen Beinen davon. Es dauerte mehrere Minuten, bis sie ein Taxi erwischte. Es machte ihr nichts aus. Fast wünschte sie, sie wäre mit Betty bummeln gegangen. Alles war besser, als in einem sterilen Hotelzimmer zu sitzen und sich nach etwas zu sehnen, das man nicht haben konnte.

Der Nachmittag war trostlos gewesen. Sie war schnell ins Hotel zurückgekehrt, auf ihr Zimmer gegangen und fast sofort eingeschlafen. Erst als Betty Stunden später an ihre Tür klopfte, erwachte sie. Wegen des wenig einladenden Wetters beschlossen sie, direkt im Hotelrestaurant zu essen.

Nachdem sie ihr Mahl beendet hatten und schon wieder auf dem Weg zum Lift waren, sagte Betty: „Ich habe mir heute ein neues Kostüm gekauft. Warum kommst du nicht mit nach oben, und ich führe es dir vor? Außerdem gibt es einen dieser wunderbaren alten Filme im Fernsehen, mit Barbara Stanwyck und Robert Taylor. Aber wahrscheinlich erinnerst du dich gar nicht mehr an sie."

Keely lachte. „Aber ganz bestimmt! Und du hast nichts gegen ein bisschen Gesellschaft?" Ihr grauste davor, allein in ihrem Zimmer zu sitzen. Nach ihrem ausgedehnten Nickerchen würde sie noch lange wach sein.

„Nein, im Gegenteil. Komm, wir werden uns so richtig danebenbenehmen und eine Flasche Wein aufs Zimmer kommen lassen." Betty zeigte den überschäumenden Unternehmungsgeist eines Teenagers.

Einige Stunden später hatte Keely die richtige Bettschwere, nach ein paar Gläsern Wein und dem romantischen Schwarz-Weiß-Film. Der Wein hatte sie beschwipst gemacht, und sie und Betty hatten wie übermütige Schulmädchen gekichert und sich bei dem alten Liebesfilm die Augen ausgeweint. Keely verabschiedete sich von der gähnenden Betty und schwankte den leeren Korridor entlang.

Die Türen des Aufzugs glitten auf. Keely war mit einem Schlag nüchtern, als sie Dax vor sich stehen sah. Er lehnte lässig an der Rückwand, aber er richtete sich sofort auf, als er sie erblickte, wie auf militärischen Befehl. Ein breites Grinsen erschien auf seinem Gesicht. „Nach oben?"

„Nein, runter."

„Komm mit auf eine Tour", lud er sie ein. Er sah ihr Zögern und den hastigen Blick, den sie über den Korridor warf. „Niemand kann uns vorwerfen, dass wir uns zufällig im Aufzug begegnen, vor allem nicht, wenn wir im gleichen Hotel wohnen. Außerdem, was könnte schon in einem Aufzug passieren?" Er meinte es als Scherz, doch Keelys Blick ging automatisch zu dem dicken weichen Teppich, mit dem der Lift ausgelegt war. „Vergiss, was ich gesagt habe", knurrte er. „Steig ein."

Die Schiebetüren glitten hinter ihr zu, schlossen sie beide in ein kleines Universum ein, das sie vom Rest der Welt trennte.

Keely räusperte sich verlegen. „Wie war die Party?"

„Laut. Verraucht. Überfüllt."

„Hört sich nach Spaß an."

Die Party hatte ihn keinen Deut gekümmert, er konnte sich kaum daran erinnern, obwohl er sie erst vor wenigen Minuten verlassen hatte. Er hatte sich zu Tode gelangweilt, exquisite Kanapees gegessen und dabei überlegt, was Keely wohl am liebsten aß. Sich gewünscht, sie könnten gemeinsam Sandwiches mit Erdnussbutter und Popcorn vor einem offenen Kamin essen, auf einer Couch, in einem Bett …

Wahrscheinlich hatte er deshalb dem Alkohol ein wenig zu viel zugesprochen und sich gefragt, ob sie wohl gern gekühlten Weißwein trank. Und während er der schrillen Stimme einer drallen, juwelenbehängten Diplomatengattin gelauscht hatte, sah er Keelys Mund vor sich, ihre Lippen schimmernd von der goldenen Flüssigkeit, hatte sich vorgestellt, wie er mit der Zunge jeden einzelnen Tropfen von den samtweichen Lippen leckte …

Einige Männer auf der Party hatten die Sekretärin eines Senators mit den Augen verschlungen, deren gut gebauter Körper für kaum einen der Herren auf Capitol Hill noch ein Rätsel war. Heute Abend steckte der Luxuskörper in einem feuerroten Kleid, üppige Brüste und runde Hüften wiegten sich einladend und herausfordernd. Nur vor einer Woche wären Dax' Kommentare zu der weiblichen Anatomie dieses Prachtexemplars ähnlich bewundernd und geistreich ausgefallen wie die der anderen. Heute jedoch wirkte diese Frau nur vulgär und albern auf ihn. Seine Gedanken drehten sich um eine dezentere Figur. Weich und feminin, doch zierlich. Mit allen Reizen, doch elegant. Berührbar … und doch unerreichbar.

„Du bist zu Hause", sagte sie leise.

Der Lift war im obersten Geschoss angekommen, die Türen glitten auf. Auf der gegenüberliegenden Seite war seine Suite. Kalt und leer. Die einzige Wärme, die er heute empfunden hatte, war hier, mit ihr im Lift.

„Wo warst du gerade?", fragte er.

„Bei Betty. Wir haben uns einen alten Film angesehen und eine Flasche Wein geleert."

„Rot oder weiß?"

Sie schloss die Augen und rief sich den Geschmack ins Gedächtnis. „Golden", flüsterte sie. Sie riss die Augen auf, als sein gequältes Stöhnen wie das Brüllen eines gereizten Tigers durch den winzigen Raum hallte. Mit einem Finger drückte er den Knopf für die siebte Etage. Die Türen schlossen sich wieder.

„Was ...?"

„Ich bringe dich zu deinem Zimmer", erklärte Dax.

„Das solltest du nicht tun."

„Das musst du mir nicht sagen." Sie wandte den Blick, verletzt durch seinen scharfen Ton. „Tut mir leid", stieß er zerknirscht hervor. „Ich bin nicht wütend auf dich, ich bin wütend auf ..."

„Ich weiß", unterbrach sie ihn. Je weniger gesprochen wurde, desto besser.

Der Lift hielt auf ihrem Stockwerk, die Tür ging auf, doch bevor sie hinaustreten konnte, hatte Dax schon wieder den nächsten Knopf gedrückt. Sie wusste nicht, welchen, und es war ihr auch egal. Die Türen schlossen sich wieder. „Dax ..."

„Ich hole dich morgen vor dem Hotel ab. Zehn Uhr. Zieh etwas Legeres an."

„Ich kann nicht", widersprach sie und schüttelte den Kopf.

„Was? Nichts Legeres anziehen?" Zum ersten Mal sah sie wieder das vertraute Lächeln, das das Grübchen tiefer werden ließ und die schwarzen Augen warm.

Sie bedachte ihn mit einem vernichtenden Blick. „Ich kann mich nicht mit dir treffen."

„Natürlich kannst du."

Der Lift hielt, die Türen öffneten sich, und Keely und Dax schauten überrascht auf das ältere Paar, das auf dem Gang stand. Sie hatten vergessen, dass sie nicht die einzigen beiden Menschen auf der Welt

waren. „Guten Abend", grüßte Dax liebenswürdig. „Welcher Stock?"
„Dritter", antwortete der Mann.
Dax drückte den Knopf für das gewünschte Stockwerk und lehnte sich lässig an die Wand zurück. „Kommen Sie von außerhalb?", begann er ein Gespräch.
„Aus Las Crusas, New Mexico", sagte der Mann. Die Frau starrte misstrauisch auf Dax, dann wandte sie den Blick zu Keely, die zerknirscht lächelte. Sie griff nach dem Arm ihres Mannes, so als suche sie Schutz vor diesen amoralischen Großstadtmenschen.
„Ah, Las Crusas hat eine gute Universität", sagte Dax.
„Ja, New Mexico State", verkündete der Mann sofort voller Stolz.
„Stimmt." Dax schnippte mit den Fingern. Keely hätte ihn erwürgen mögen, er genoss die Situation.
Der Lift hielt im dritten Stock, und der Mann schob seine Ehefrau hinaus. „Genießen Sie Ihren Aufenthalt", rief Dax ihnen mit einem Lächeln nach, das jedem Werbeplakat Ehre gemacht hätte. Die Türen schlossen sich. „Also, wie ich gerade sagte ..."
„Nein, wie *ich* gerade sagte, Dax. Ich kann nichts mit dir zusammen unternehmen."
„Wir nehmen uns den Tag frei. Machen einen Ausflug. Ein Tag an der frischen Luft wird uns guttun. Wir beide sind schon viel zu lange in diesem stickigen Raum eingeschlossen, und langsam geht es mir an die Nerven. Wenn ich mir die Bemerkung erlauben darf, du siehst auch ein bisschen blass aus."
Um genau zu sein, war es umgekehrt. Ihre Wangen brannten vor Verlegenheit und Weinkonsum. Ihre Augen waren groß und glänzten, zum einen wegen des ausgiebigen Schlafs am Nachmittag und zum anderen wegen der rührseligen Heulerei während des Films. Ihr Haar war verführerisch wirr. Sie hatte nie schöner, nie verlockender, nie so sexy ausgesehen.
Seine Augen glitten gierig zu ihrem Mund, den sie leicht geöffnet hatte, um etwas zu sagen, aber jeder Widerspruch erstarb. Auch ohne künstlichen Glanz schimmerten ihre Lippen, und er verzehrte sich danach, von ihnen zu trinken.
„Warum können zwei Freunde nicht ein paar Stunden gemeinsam verbringen?" Sie waren keine Freunde, würden es nie sein, und sie beide wussten es. Aber seine Worte gaben ihm noch ein bisschen Zeit,

hielten ihn davon ab, sie in seine Arme zu reißen und diesen Mund mit Küssen zu bedecken.

Sie sprachen nicht mehr, sahen einander nur an. Und ihre Blicke sagten mehr als jedes Wort. Als sich die Aufzugtüren dieses Mal öffneten, hielt er den Finger auf den „Öffnen"-Knopf gepresst.

„Morgen, um zehn Uhr."

„Man könnte uns sehen, Dax. Van Dorf ..." Ihr Einwand war bedeutungslos. Keiner von ihnen beiden zweifelte daran, dass sie morgen dort sein würde.

„Keiner wird es merken. Ich habe mir ein Auto von einem Freund geliehen, es ist ein silberner Datsun. Ich fahre um den Block, bis du herauskommst. Nimm den Seitenausgang und sieh bloß nicht schuldig oder verlegen aus. Öffne einfach die Wagentür und steige ein."

„Dax ..."

„Gute Nacht." Er stieß sie mit einem Finger leicht über die Schwelle des Aufzugs. Es ging ihm nicht darum, sie loszuwerden, er wollte nicht der Versuchung erliegen und sich der Erregung öffentlichen Ärgernisses schuldig machen. Er ließ den Knopf los, und die Türen schlossen sich zwischen ihnen.

Für einen langen Moment stand Keely da und starrte auf die geschlossene Tür, ohne etwas zu sehen. Noch während sie sich schwankend in Richtung ihres Zimmers umdrehte, überlegte sie schon, was sie morgen anziehen sollte.

Sie entschied sich für eine graue Flanellhose und einen schwarzen Rollkragenpullover, dazu passend einen Fischgrätblazer. Schwarze Wildlederstiefel würden ihre Füße warm halten, denn es war kalt und regnerisch. Nichts deutete darauf hin, dass der Frühling bald Einzug halten würde. Sie hatte keine Ahnung, wohin Dax mit ihr wollte, also wollte sie auf alles vorbereitet sein. Um fünf Minuten vor zehn nahm sie ihren Mantel und verließ das Zimmer.

Das Herz pochte ihr bis zum Hals, als sie die überfüllte Lobby mit – wie sie hoffte – lässiger Eleganz durchquerte. Sie hatte kaum den Ausgang erreicht, als sie auch schon den silbernen Wagen vorfahren sah. Ein kurzer Blick ins Wageninnere, ob es auch wirklich Dax war, dann öffnete sie die Tür. Beide lachten, als sie sich in den tiefen Ledersitz fallen ließ und der Wagen davonfuhr.

„Guten Morgen." Die Ampel stand auf Rot, und so nahm er sich die Zeit, sie genau zu betrachten.
„Guten Morgen."
„Pünktlich auf die Minute."
„Pünktlichkeit ist eine meiner Tugenden. Wie oft bist du schon um den Block gefahren?"
„Dreimal. Ungeduld gehört zu meinen Tugenden."
Wieder lachten sie, aus purer Freude, endlich allein zu sein. In Gedanken verfluchte er die Ampel, als sie auf Grün umsprang und ihn damit zwang, seine Aufmerksamkeit auf den Verkehr zu richten.
„Wohin fahren wir?", fragte Keely, ohne sich wirklich dafür zu interessieren.
„Nach Mount Vernon."
„Mount Vernon!", wiederholte sie und sah hinaus in den grauen Tag mit den bedrohlich tief hängenden Wolken. „Heute? Wer würde an einem solchen Tag nach Mount Vernon herausfahren?"
Er hielt vor der nächsten Ampel, bevor er ihr antwortete. Er drehte sich zu ihr und kniff ihr zärtlich in die Nase. „Keiner. Genau deshalb fahren wir ja dahin."
Sie würdigte seine Gerissenheit mit einer angedeuteten Verbeugung. „Sie sind nicht umsonst der Kandidat für den Senatorensitz, Mr. Devereaux. Das ist einfach brillant."
„Manchmal ist es beängstigend, wie clever ich bin", prahlte er vergnügt und erntete dafür einen Ellbogenstoß zwischen die Rippen.
Während er fuhr, behelligte sie ihn nicht. Sie faltete ihren Mantel zusammen und legte ihn auf die Rückbank, stellte ihre Tasche auf den Boden zwischen ihre Füße und suchte einen Sender im Autoradio, dessen Musik ihnen beiden zusagte.
Sie überquerten den Potomac River auf der Arlington Memorial Bridge und fuhren am Fluss entlang zu George Washingtons Geburtshaus. Die kahlen Bäume, die die Straße säumten, erinnerten daran, dass es immer noch Winter war.
„In ein paar Wochen wird es hier richtig hübsch aussehen, wenn die Hartriegelsträucher und Judasbäume zu knospen beginnen", bemerkte Keely.
„Ja, ich liebe es hier, wenn alles blüht. Unser ganzes Haus ist von Azaleen umgeben. Ein wirklich beeindruckender Anblick, wenn sie

in voller Blüte stehen. Wir heuern dann einen Mann an, der sich um nichts anderes als die Blütenstände kümmert."

„Wir?"

„Na ja, ganz richtig ist das nicht. Ich betrachte das Haupthaus immer noch als das Zuhause meiner Eltern. Dabei sind sie schon vor Jahren in ein kleines Haus auf der anderen Seite des Anwesens umgezogen. Ursprünglich, um meinem Vater das Treppensteigen zu ersparen, aber ich glaube, sie haben das nur getan, damit ich mich so richtig einsam fühle, wenn ich in dem riesigen Haus umhergehe. Das soll wohl ein Anreiz für mich sein, mir eine Frau zu suchen und Enkelkinder in die Welt zu setzen."

„Und warum hast du das noch nicht getan?"

„Bis jetzt habe ich keine Frau gefunden, die mir so wichtig war, dass ich mein Leben mit ihr teilen möchte." Sein Blick glitt von der Straße und zu ihrem Gesicht. „Wenn ich sie finde, werde ich Himmel und Hölle in Bewegung setzen, um sie zu mir in dieses Haus zu holen."

Ihre Kehle war wie zugeschnürt, so wie auch ihre Hände in ihrem Schoß zu Fäusten geballt waren. Sie musste die Augen von seinem durchdringenden Blick fortreißen. „Wie ist es denn, dein Haus? Stammt es noch aus der Zeit vor dem Krieg?"

Er konzentrierte sich wieder auf die Straße. „Nein. Die Devereaux hatten zwar ein Stammhaus, aber das wurde während des Krieges leider völlig zerstört. Es hat bis 1912 gedauert, bis wir uns endlich von dem Verlust erholt hatten und ein neues bauten. Ich liebe dieses Haus sehr, aber mehr werde ich nicht verraten. Ich will, dass du es dir selbst ansiehst."

„Liegt es in Baton Rouge?"

„Zwanzig Meilen davon entfernt."

„Wie viel Land besitzt ihr?"

Er zuckte achtlos die Schultern. „Genug, um gewinnbringende Landwirtschaft zu betreiben und ein paar Pferde zu züchten."

„Weichen Sie meinen Fragen etwa aus, Mr. Devereaux? Ein Talent, das Sie sicher durch den Kontakt mit den Reportern perfektioniert haben."

Er lachte. „Du hast mich durchschaut."

Keely bestand nicht weiter auf dem Thema, und Dax sagte freiwillig auch nicht mehr. Offensichtlich machte ihn der Reichtum seiner

Familie verlegen. Es war Hauptgegenstand mehrerer wenig schmeichelhafter Artikel über ihn gewesen.

Der Rest der kurzen Fahrt verlief in einvernehmlichem Schweigen. Als Dax den Wagen auf den Parkplatz lenkte, war dieser fast leer.

„Siehst du, was habe ich dir gesagt!" Dax tippte ihr spielerisch unters Kinn, bevor er nach seinem Mantel auf dem Rücksitz griff und ausstieg.

Auf der Beifahrerseite half er ihr aus dem Wagen und in den Mantel. Seine Hände ruhten nur kurz auf ihren Schultern, dann fasste er ihren Ellbogen und führte sie zum Eingangstor.

Die Dame in Kolonialtracht im Kassenhäuschen begrüßte sie freundlich: „Sie haben sich keinen sehr schönen Tag ausgesucht, um uns zu besuchen, aber ich hoffe, Sie machen sich nichts aus dem Regen und besuchen auch die Nebengebäude. Ungefähr alle zwanzig Minuten gibt es eine Führung. Wir halten keinen allzu strengen Plan ein, nur im Sommer, wenn es voll ist. Da wartet bereits eine Gruppe darauf, das Haus zu sehen. Schließen Sie sich ruhig an. Der Führer kommt bald."

„Danke." Dax lächelte sein berühmt-berüchtigtes Lächeln. „Ich wäre ja gerne im Sommer gekommen, aber meine Schwester kann leider nur heute."

Keely starrte ihn perplex mit offenem Mund an. Sie wusste, wie albern sie aussehen musste. Dax schlenderte lässig weiter und zog sie mit sich.

„Du bist verrückt!", stieß sie unter angehaltenem Atem hervor.

Dax sah sie nicht einmal an, er war voll und ganz damit beschäftigt, in seiner Manteltasche nach dem kleinen Automatikschirm zu fischen und ihn dann aufzuspannen.

„Glaubst du wirklich, die Leute nehmen uns ab, dass ich deine Schwester bin?", fragte sie und blieb auf dem Kiespfad stehen.

Er hielt den Schirm über sie beide, sah auf sie herab und musterte sie genau. „Nein", meinte er sachlich, „wohl kaum. Wir müssen üben. Hier, halt das mal." Ohne weitere Umschweife drückte er ihr den Schirm in die Hand.

„Schwesterherz!", rief er laut und griff sie bei den Schultern. „Sieh sich nur einer an, was für eine schöne Frau aus dir geworden ist." Er beugte den Kopf und küsste sie herzhaft mitten auf den Mund. „Lass dich ansehen!"

Keely war so überrumpelt über seine kleine Einlage, dass sie regungslos dastand, auch als er ihren Mantel und ihren Blazer auseinanderschlug und seinen Blick ausgiebig über ihren Oberkörper wandern ließ. „Wer hätte geahnt, dass sich das alles so schön auswachsen und runden würde?"

Eingeschnappt wollte Keely etwas erwidern, aber sie hatte keine Chance, ihn zurechtzuweisen. „Du siehst in jeder Farbe großartig aus", fuhr er fort, „weißt du das eigentlich?" Sein Ton hatte jetzt einen völlig anderen Anstrich bekommen. Zärtlich fuhr er ihr mit den Fingerspitzen über die Wangen. „Du bist wunderschön in Schwarz. Das Grün, das du im Flugzeug anhattest, gefiel mir auch." Seine Stimme wurde heiser. „Und du siehst ganz bezaubernd in gelbem Frottee aus. Gibt es überhaupt eine Farbe, die deine Augen nicht zum Leuchten bringt, deinem Teint nicht schmeicheln würde oder dein Haar nicht schimmern ließe?"

Mit dem Daumen strich er betörend über ihr Kinn. Sie sah ihr Spiegelbild in seinen dunklen Augen und erschreckte über die Sehnsucht, die sie in ihrem Gesicht erkannte. Er sollte nicht so nahe bei ihr stehen, aber sie wollte diesen Moment auch nicht durch eine entsprechende Bemerkung zerstören.

Seine Finger sollten ihre Lippen nicht berühren. Das war viel zu intim und entlarvte diese Geschwister-Geschichte als Bluff. Doch obwohl ihr Verstand protestierte, gehorchten ihre Lippen seinem Drängen und öffneten sich leicht.

Er hatte den Kopf schon gefährlich weit zu ihr gebeugt, als hinter ihnen eine Gruppe von vier Leuten über den Pfad eilte. Dax trat zurück. „Komm, Schwesterherz", murmelte er, nahm den Schirm und schob sie in Richtung der kleinen Touristengruppe, die am Fuße des Hügels wartete, auf dem das Haus lag.

Wenig später kam die Touristenführerin und geleitete die nasse, aber aufgeräumte Gruppe zum Haus hinauf. Die Ausführungen waren auswendig gelernt, aber die Frau lieferte einen heiteren und lebendigen Vortrag, der alle in der Gruppe, auch Dax und Keely, fesselte. Sie stiegen Stufen hinauf, blickten in Räume, richteten ihre Aufmerksamkeit auf das, was Aufmerksamkeit verdiente, und erin-

nerten sich später an kein Wort mehr.
Nachdem der offizielle Teil der Führung vorbei war, wurden sie eingeladen, sich die Nebengebäude und das Anwesen anzusehen. Die meisten anderen wanderten in Richtung Küche oder Sattelraum, Keely und Dax schlenderten zu einem kleinen Haus, in dem die persönlichen Gegenstände der Washingtons aufbewahrt wurden.

„Kannst du dir vorstellen", fragte Keely, „dass, solltest du je Präsident werden, in zweihundert Jahren irgendwelche Leute durch dein Haus stapfen und sich dein Rasiermesser ansehen?"

„Ich benutze Einwegrasierer, aber sie werden sehen, dass ich mein Gebiss immer gut gereinigt halte." Sie lachten, und spontan drückte er sie an sich.

Sie gingen zu der Grabstätte, wo die Washingtons beerdigt lagen. „Wusstest du eigentlich", begann Dax leise, „dass das Gerücht kursiert, Washington soll die Frau eines anderen Mannes geliebt haben?"

„Wirklich?", fragte Keely unsicher.

„Ja, so wird gemunkelt."

„Wie tragisch."

„Vielleicht auch nicht", widersprach Dax. „Die Liebe zu dieser Frau muss etwas ganz Besonderes gewesen sein."

„Ja, vielleicht." Warum nur hatte sie plötzlich Tränen in den Augen?

„Mit Sicherheit ändert es nichts daran, was er für sein Land getan hat. Deshalb sehe ich auch nicht ein, warum es so wichtig sein sollte."

„Jetzt nicht mehr", sagte Keely mit belegter Stimme und warf ihm einen Seitenblick zu. „Aber damals muss es für diejenigen, die davon betroffen waren, sehr wichtig gewesen sein."

Er seufzte. „Ja, wahrscheinlich."

Sie wanderten zurück zum Hauptplatz. Um die nachdenkliche Stimmung abzuschütteln, schlug Dax vor, dass sie noch etwas essen sollten, bevor sie sich auf den Rückweg machten.

„Wie ich gehört habe, soll das Restaurant hier ganz gut sein, und eine Reservierung brauchen wir heute bestimmt nicht", fügte er an, als er Keely die Tür zu dem so gut wie leeren Speisesaal aufhielt.

Tische und Bänke aus Ahornholz standen in ordentlichen Reihen auf dem rustikalen Holzboden. An den Fenstern hingen gestärkte weiße Gardinen. Kerzenständer aus Messing auf jedem Tisch verbreiteten warmes Licht im Raum.

Nur drei der Tische waren mit anderen Gästen besetzt. Anheimelnde Feuer flackerten in den offenen Kaminen. Dax führte Keely zu einem Tisch am Fenster, das den Blick auf die gepflegten Gärten freigab. Eine Kellnerin kam, um die Bestellung aufzunehmen. Nachdem sie jeder einen Teller Suppe gegessen hatten, winkte Dax die Kellnerin noch einmal herbei.

„Wir hätten gern noch einen Nachtisch. Was können Sie empfehlen?"

„Hausgemachte Kuchen sind unsere Spezialität. Kirsch, Apfel oder mit Pecannüssen."

„Hört sich großartig an. Zweimal Kirsch, bitte."

„Nein, ich möchte lieber Pecan", warf Keely ein.

Dax sah gespielt entsetzt drein. „Du kannst unmöglich zu George Washingtons Geburtshaus kommen und dann keinen Kirschkuchen essen. Das ist anti-amerikanisch."

Sie lachte zwar, aber trotzdem sagte sie zu der Kellnerin: „Pecan, bitte."

„Na schön", gab Dax knurrend nach. „Und wir hätten gern zwei Kugeln Vanilleeis obendrauf."

„Ich hätte lieber Sahne auf meinem."

Er wandte sich an Keely und funkelte sie an. „Wer bestellt hier, du oder ich?"

Beide, Keely und die Kellnerin, lachten über seine grimmige Miene. „Du hast mich nicht gefragt, was ich möchte, und ich möchte Sahne."

Dax schüttelte den Kopf, dann fragte er übertrieben höflich: „Möchtest du Kaffee?"

„Tee."

Die Kellnerin amüsierte sich königlich. „Milch dazu?", fragte sie grinsend.

„Nein."

„Ja", antwortete Keely gleichzeitig.

Dax sah verschwörerisch zu der Kellnerin auf. „Sie bildet sich ein, eine emanzipierte Frau zu sein", flüsterte er.

„Ich liebe Ehen, in denen jeder Partner als gleichberechtigtes Individuum angesehen wird", sagte die Kellnerin lachend, und dann ging sie mit aufreizend schwingendem Rock zurück zur Theke.

Das verbotene Glück

Keely starrte auf ihre linke Hand, die auf dem Tisch lag. Ein simpler und durchaus nachvollziehbarer Irrtum. An ihrem Ringfinger steckte ein schmaler goldener Reif. Aus den Augenwinkeln sah sie, wie Dax seine Hand ausstreckte, dann fühlte sie seine Finger auf ihren.

„Sie denkt, dass du mit mir verheiratet bist", sagte er leise. „Solange sie das denkt und uns nicht erkennt, können wir ruhig Händchen halten, meinst du nicht?" Er drückte ihre Finger.

„Ja, wahrscheinlich schon." Keely erwiderte den Druck.

Sie sahen in die fröhlich flackernden Flammen des Kamins. Sie schauten hinaus in den Regen, der unablässig fiel und an den Fensterscheiben herunterlief. Die Welt draußen war verschwommen, das harte Licht der Realität abgemildert. Das machte es ihnen leicht, für eine Weile so zu tun, als wären die Dinge nicht so, wie sie waren. Und weil sie nicht anders konnten, sahen sie einander an.

Die wohlige Wärme im Restaurant umhüllte sie wie ein Kokon. Das Klappern von Geschirr und Besteck in der Küche konnte die stummen Botschaften nicht überlagern, die sie einander sandten. Die Bewegungen der Kellnerin oder der anderen Gäste konnten ihre Blicke nicht voneinander ablenken.

„Mir fällt gerade erst auf, dass deine Ohrläppchen durchstochen sind", meinte Dax leise. „Hat es wehgetan?"

„Zum Schreien."

Er grinste breit. „Aus Ihnen würde nie ein guter Politiker, Miss Preston. Sie sind viel zu direkt."

Miss Preston. Nicht Mrs. Williams. Hier und jetzt, mit ihm, war sie Miss Preston. „Wie bist du zu der Narbe unter dem Auge gekommen?"

„Ist sie sehr unansehnlich? Wenn ja, lasse ich das von einem plastischen Chirurgen richten."

„Wage es ja nicht! Sie ist ..." Sie hatte sagen wollen „schön", aber sie fürchtete, er würde wenig Verständnis für ein solch feminines Adjektiv aufbringen. Er zog eine dunkle Augenbraue fragend in die Höhe, als sie nicht weitersprach. „Sie lässt dich unglaublich verwegen aussehen", sagte sie schließlich.

„Oh, ich bin ein ganz normaler Draufgänger. Aber es gab da mal einen Devereaux, der sogar mit den Laffites unter einer Decke steckte."

Sie musterte ihn mit zusammengekniffenen Augen. „Ja, ich kann mir dich durchaus als Pirat vorstellen."

„Vielleicht sollte ich mir meine Ohrläppchen auch durchstechen lassen. Oder nein, besser nur eines, das wäre noch viel verwegener."

Sie lachten noch, als die Kellnerin an ihren Tisch kam, um abzuräumen.

„Möchtest du noch etwas?", fragte Dax.

„Oh nein, ich kann ja kaum noch atmen", wehrte Keely ab.

„Sollen wir zum Wagen rennen, um ein paar von den Kalorien zu verbrennen?"

„Ich bin froh, wenn ich mich überhaupt bewegen kann", gestand sie, als er ihr in den Mantel half. Sie beglichen die Rechnung und traten aus der Wärme hinaus in die Kälte. Tiefe Pfützen standen auf dem Weg, als sie zum Auto rannten. Es regnete in Strömen.

Der kalte Motor sprang nur stotternd an, doch endlich konnte Dax den Wagen vorsichtig auf den Highway lenken.

„Es gießt wie aus Eimern", bemerkte Keely, besorgt, nachdem sie ein paar Meilen durch eine wahre Wand aus Wasser gefahren waren. Obwohl die Scheibenwischer auf die höchste Stufe eingestellt waren, gelang es ihnen kaum, freie Sicht zu schaffen.

„Es ist absolut verrückt, bei diesem Wetter fahren zu wollen. Ich denke, hier irgendwo war doch ..." Dax sprach nicht weiter, sondern suchte den Straßenrand durch die beschlagenen Fenster ab. „Ah, da ist es", rief er und bremste den Wagen langsam ab, um in die kleine Seitenstraße einzubiegen. „Wir warten hier, bis sich das Wetter etwas beruhigt hat."

6. KAPITEL

Der Wagen holperte noch ein paar Meter auf der unebenen Straße weiter, bevor Dax abbremste und unter einer mächtigen Eiche anhielt. Die Stille, als er den Motor abstellte, war ohrenbetäubend. Das Radio hörte abrupt zu spielen auf, die Scheibenwischer stellten ihr rhythmisches Klicken ein, nur der Regen trommelte weiter.

Dax griff über die Lehne und legte die Hand auf Keelys Schulter. „Ist dir warm genug? Brauchst du deinen Mantel?" Sie beide hatten ihre Mäntel auf den Rücksitz gelegt, bevor sie losgefahren waren.

„Nein, es ist warm genug im Wagen."

„Wenn dir kalt wird, sag es mir. Entweder gebe ich dir dann deinen Mantel, oder ich kann auch den Motor ein paar Minuten laufen lassen." Er nahm ihre Hand und massierte ihre Finger. „Du hast kalte Hände."

„Ich weiß. Sie sind immer kalt."

„Steck sie in deine Taschen."

„Das hilft auch nicht."

„Dann steck sie in meine Taschen." Er meinte es durchaus ernst.

„Und was würdest du dann tun, um deine Hände warm zu halten?" Sie konnte der Herausforderung nicht widerstehen.

Seine Augen funkelten in dem trüben Licht. „Mir würde schon etwas einfallen", antwortete er heiser. Er hob ihre Hand an seine Lippen und hauchte zarte Küsse auf die Fingerspitzen.

„Wenn ich unbedingt die Ehefrau eines vermissten Soldaten im Flugzeug treffen musste, warum muss sie dann so aussehen wie du? Warum so sein wie du?" Er küsste ihre Handfläche.

„Du solltest so etwas nicht sagen …"

„Schsch. Wenn ich schon nichts anderes machen kann, dann lass mich wenigstens reden, Keely." Er fuhr mit seiner Zungenspitze über die Innenfläche ihrer Hand, und sie schnappte unwillkürlich nach Luft. „Aber wenn diese Frau nicht so ausgesehen hätte wie du, wäre ich bestimmt nicht über den Gang gehechtet, um ihr ritterlich zu Hilfe zu eilen, nicht wahr?"

Sie konnte nicht antworten, nichts sagen. Seine Zunge spielte mit ihrer Hand, schlüpfte heiß und feucht zwischen ihre Finger, langsam, träge. Ein zu erotisches Spiel, um es zu erlauben, viel zu erregend, um es zu verbieten. Er sah ihr in die Augen.

Die Luft im Wagen vibrierte vor unerfüllter Leidenschaft. Ihrer beider Atem legte einen feuchten Schleier auf die kalten Autoscheiben. Jeder Laut schien sich in der Stille zu vervielfältigen. Als Dax sich zu Keely herüberlehnte, glich das Rascheln seiner Kleidung dem von Laub in einem Herbststurm. Alles, was der Blick erfasste, war übergroß, überdeutlich. Dax glaubte die Wimpern an Keelys unterem Augenlid einzeln zählen zu können. Ihre Mundwinkel zitterten leicht bei jedem Atemzug. Es war ein wunderschöner Mund, und Dax hatte ihn zu dem seinen gemacht, im ersten Augenblick, als er ihn gesehen hatte.

Keely konnte sich nicht erinnern, sich je so hilflos gefühlt zu haben – nein, anders gesagt, sie hatte noch nie in ihrem Leben so gefühlt. Sie schwebte, leicht wie eine Feder, und doch verspürte sie einen so starken Druck, dass ihr Unterleib vor Sehnsucht schmerzte. Sie spürte eine Kraft in sich fließen wie nie zuvor, und doch meinte sie, ihre Muskeln hätten sich aufgelöst. Sie erzitterte vor Lebendigkeit, und gleichzeitig wusste sie, dass dieses atemlose Gefühl dem Sterben ähnlich sein musste.

Ihr war nicht klar, dass sie nach Dax gegriffen hatte, bis sie ihre Hand sah, die eine Strähne feuchten dunklen Haars aus seiner Stirn strich. Sie sah auch, wie ihr Daumen sacht über die feine Narbe unter seinem Auge fuhr.

Ehrfürchtig, als wäre es ein Gebet, hauchte Dax Keelys Namen, als seine Lippen die ihren fanden. Hätte sie die Augen geschlossen, hätte sie vielleicht nie gewusst, dass sein Mund sie berührte, so leicht war seine Liebkosung. Aber sie hatte die Lider offen gehalten, und jetzt sah sie, wie er sich von ihr zurückzog. Enttäuschung überkam sie. Sie wollte die Hitze und die Leidenschaft seines Mundes erfahren. Er hatte ihr gesagt, Ungeduld sei eine Tugend von ihm. Sie verzehrte sich nach einer Demonstration dieser Ungeduld.

Doch Dax machte keine Anstalten, die Situation auszunutzen. Er nahm Keelys Hände und schob sie sich unter den Pullover, presste sie an seine muskulöse Brust. „Wärme deine Hände an mir." Er richtete seinen Pullover und umfasste zärtlich ihr Gesicht. Vorsichtig bewegte sie ihre Finger auf seiner Haut, die brannte wie Feuer.

Forschend betrachtete er ihre Miene. Sie schloss die Augen, als ihre Hände mutiger wurden und immer größere Kreise auf seiner Haut beschrieben. Lippen, sanft und weich, öffneten sich, um einen Seufzer entschlüpfen zu lassen. Und dann lag sein Mund auf ihrem, sog den süßen Hauch ein, den sie ausgestoßen hatte.

Er ließ seine Zunge zwischen ihre Lippen, über ihre Zähne gleiten. Seine Zungenspitze fand die ihre, erforschte und ertastete mit exquisiter Langsamkeit die warme Höhle ihres Mundes, erotisch und auffordernd, fand Orte, die Keely dazu brachten, sich an ihn zu pressen.

Seine Zunge zog sich zurück, aber ihre folgte. Zögernd, schüchtern verlangte sie Einlass, und er öffnete die Lippen für sie.

Dax war überrascht von Keelys Unerfahrenheit, der Scheu, mit der sie ihn küsste. „Du brauchst niemals Angst vor mir zu haben, Keely", flüsterte er heiser. „Dazu besteht kein Grund."

„Das weiß ich." Er hatte ihre Schüchternheit missgedeutet als Ängstlichkeit. „Das ist es nicht. Es ist nur ... Ich fürchte, ich bin nicht sehr gut im ... Ich meine, ich war so jung, und es ist so lange her ..."

„Das macht dich nur noch verführerischer, du ahnst nicht, wie sehr. Und du wirst lernen. Wir werden zusammen lernen." Er liebkoste ihren Hals mit seinen Lippen, wanderte zu ihrem Ohr und begann an ihrem Ohrläppchen zu knabbern. Sie beide lachten leise, doch Keelys Lachen wurde zu einem erregten Stöhnen, als Dax seine Zunge zärtlich in ihr Ohr stieß. Sie erschauerte.

„Ist dir kalt?", fragte er.

„Nein", hauchte sie.

Kalt? In seiner Nähe würde ihr nie kalt sein. Sein Mund war so unnachgiebig und doch so weich. Sie hätte nie gedacht, dass ein Mann derart genau wissen konnte, wonach eine Frau sich sehnte, was sie ... brauchte. Dax schien jeden ihrer körperlichen Wünsche zu erahnen und vorwegzunehmen. Er war nicht gierig, jede Bewegung war langsam, erfahren und darauf ausgerichtet, ihr Vergnügen zu bereiten.

Das immer stärker werdende Pochen in ihrem Hals erschreckte sie. Sie hatte Angst, bald nicht mehr atmen zu können. Ihre Hände unter seinem Pullover glitten über seine Haut, hin zu seinem Rücken, suchten nach Halt, bevor sie vom Rande der Welt stürzen würde.

Dax küsste sie wieder, tiefer, lustvoller. Er ließ ihre Wangen los und legte die Hände an ihren Hals. Mit dem Daumen rieb er an ihrem

Schlüsselbein. Als er die Arme senkte, um Keely fest zu umschließen, streiften seine Hände kurz und leicht ihre Brüste.

Gott, steh mir bei, rief Dax in Gedanken. Lass mich sie nicht berühren. Denn wenn ich es tue, werde ich sie nie wieder gehen lassen können.

Er spürte ihre kaum merkbare Reaktion. Ein kurzes, schnelles Ein- und Ausatmen. Zärtlich fasste er ihre Unterlippe mit den Zähnen und knabberte sanft daran. Er wartete, und sie drängte sich seinen Händen entgegen.

Das ließ seine ehrenhaften Vorsätze dahinschmelzen. Er schloss die Hände um die sanften Rundungen, und Keely seufzte vor Vergnügen. Sie entspannte sich, schlang die Hände um seinen Rücken und lehnte sich in den Wagensitz zurück, zog Dax mit, enger an sich.

Er liebkoste, erforschte mit geschlossenen Augen, stellte sich hinter geschlossenen Lidern die Stellen vor, die er berührte, die Beschaffenheit, die Farbschattierungen. Es war eine Qual, nichts zu sehen, aber das Paradies, es sich vorzustellen. Er hatte den BH gefühlt, aber es konnte nur ein Hauch sein. Denn sobald er die Hand auf ihre Brust legte, fühlte sein Daumen die aufgerichtete Knospe.

„Du fühlst dich so gut an", flüsterte er, bevor er die Lippen um die harte Knospe legte und mit seiner Zunge daran spielte.

„Oh, Dax!" Keely schob ihn von sich. Er stieß sich den Kopf an der Wagendecke, weil er sich so abrupt aufsetzte.

„Habe ich dir wehgetan?", fragte er besorgt.

Nein, Schmerz war es nicht, was sie empfand. Mark hatte sie dort berührt, aber nie etwas so Intimes getan wie Dax. Nie hatte sie eine solche Lust verspürt, wie ein Pfeil, der sie durchdrang bis in die Tiefen ihres Schoßes und dort einen Damm der Leidenschaft öffnete, die sie nicht mehr zurückhalten konnte. Es versetzte sie in Begeisterung, es erregte sie, es ängstigte sie zu Tode.

Er bemerkte ihren ängstlichen Gesichtsausdruck und gab sich die Schuld dafür. Bedrückt schüttelte er den Kopf. „Es tut mir leid, Keely. Ich wollte dich nur berühren, dich küssen."

Bekümmert und traurig starrte sie aus dem Fenster, während er den Gang einlegte. Die Reifen drehten durch, versuchten auf dem lehmigen Untergrund zu fassen. Schließlich schoss der Wagen vorwärts, und Dax fuhr wieder auf den Highway.

Das verbotene Glück

Der Regen hatte nachgelassen, feiner Niesel fiel jetzt unablässig. Die Scheibenwischer klickten vor und zurück, es war das einzige Geräusch im Wagen. Als das Radio zusammen mit dem Motor wieder angesprungen war, hatte Dax es abgestellt. Er fluchte leise über den dichten Berufsverkehr, der sich Stoßstange an Stoßstange durch die Straßen der Stadt quälte.

Mit quietschenden Bremsen hielt Dax vor dem Hotel. Lange hielt er den Kopf gesenkt, bevor er Keely anblickte. Entsetzt bemerkte er die Tränen in ihren Augen. Ihr Mund zitterte.

„Keely ..."

„Es war ein wunderschöner Tag. Verzeih, Dax, weil ich ... Deine Zärtlichkeiten haben mir keine Angst gemacht. Im Gegenteil, ich fürchtete mich davor, dass du aufhören würdest."

Bevor er etwas erwidern konnte, war sie zum Auto hinaus und rannte auf den Eingang des Hotels zu.

Keely lag zusammengekauert unter der Bettdecke. Sie hatte keine Ahnung, wie viel Zeit vergangen war, seit sie in das kalte, leere Hotelzimmer gekommen war, sich ausgezogen hatte und in ihr Bett geschlüpft war, fest entschlossen, in den Schlaf zu fliehen.

Doch ihr Geist ließ sie nicht zur Ruhe kommen, es gab kein Entrinnen vor ihren Schuldgefühlen – Schuld, weil sie Mark betrogen hatte. Wenn nicht mit Taten, so doch in Gedanken. Schuld, weil sie sich Dax so schamlos angeboten hatte. Von jetzt an würde er sie nur noch verachten, und sie konnte es ihm nicht verübeln.

Ihr Herz setzte einen Schlag lang aus, als sie das leise Klopfen an der Tür vernahm. Sie hatte das „Bitte nicht stören"-Schild an die Klinke gehängt und den Hörer neben das Telefon gelegt, aber wer immer auf der anderen Seite der Tür stand, schien das nicht zu respektieren.

Sie warf die Bettdecke zurück und ging auf bloßen Füßen zur Tür, um durch den Spion zu sehen. Draußen stand ein Mann in Hoteluniform. „Ja?"

„Mrs. Williams?"

„Ja", wiederholte sie, diesmal entschlossener.

„Ist alles in Ordnung mit Ihnen? Ich heiße Bartelli und bin Assistant Manager hier im Hotel. Mrs. Allway macht sich Sorgen um

Sie, sie hat versucht, Sie zu erreichen. Sie bat mich, nach Ihnen zu sehen. Geht es Ihnen gut?"

„Ja, Mr. Bartelli. Ich wollte nur ungestört sein, deshalb habe ich das Telefon ausgestellt. Bitte richten Sie Mrs. Allway aus, dass es mir gut geht und ich sie morgen früh sehen werde." Sie hätte ihre Freundin auch selbst anrufen können, aber sie wollte einfach mit niemandem reden.

„Natürlich. Und Sie sind sicher, dass wir nichts für Sie tun können?"

„Nein, wirklich nicht, danke."

„Dann Gute Nacht. Entschuldigen Sie die Störung."

„Gute Nacht." Durch den Spion sah sie ihn davongehen.

Da sie nun schon einmal aus dem Bett war, beschloss sie, erst unter die Dusche zu gehen, bevor sie sich wieder hinlegte. Das half ihr, sich zu entspannen. Fast war es zu viel des Guten.

Als Keely aus der Kabine trat, erhaschte sie einen Blick auf ihr Spiegelbild. Ihre Haut war rosig von dem heißen Wasser, ihre Brüste prickelten von dem Massagestrahl der Dusche. Wie sie vor dem Spiegel stand und sich betrachtete, hob sie die Hände und fuhr sich leicht über die sanften Hügel. Eine Berührung, die sofort die Erinnerungen in ihr aufsteigen ließen an das, was Dax getan hatte, an seine Liebkosungen, an seinen Mund. Unerträgliche Hitze breitete sich aus, brannte auf ihrer Haut.

Beschämt und verlegen über ihre körperlichen Bedürfnisse hastete sie ins Bett und wickelte die Decke fest um sich. Nie war ihr ein Bett so leer und ungemütlich erschienen. Sie legte ein Kissen neben sich, schmiegte sich daran, strich mit der Hand darüber, stellte sich vor, es wäre warme, feste Haut, wünschte sich, es würde Worte zu ihr sagen – die Worte eines Liebhabers.

Doch es bot ihr keine Erleichterung. Der Schmerz in ihrem Herzen gewann die Oberhand, und die Tränen begannen zu fließen.

Am nächsten Morgen fühlte Keely sich besser – oder zumindest hatte sie einen Entschluss gefasst. Sie hatte mit dem Feuer gespielt, und wenn sie sich die Finger verbrannt hatte, dann war das allein ihre Schuld. Hatte sie Nicole nicht immer und immer wieder erklärt, dass es keinen Sinn machte, sich mit einem Mann einzulassen, weil es unweigerlich in einer Katastrophe endete? Bei Dax Devereaux hatte sie ihre eigenen Ratschläge missachtet. Nur schade, dass sie ihrer Freundin gegenüber nicht auftrumpfen konnte, dass sie, Keely, am Ende doch recht hatte. Niemand, weder Nicole noch irgendjemand anders, würde je von Dax erfahren. Was gab es da auch schon groß zu erzählen? Es war vorbei, noch bevor es angefangen hatte.

Ihr zimtfarbenes Kreppkleid passte keineswegs zu ihrer militärischen Haltung, aber sie redete sich ein, es wäre so. Das Haar hatte sie zu einem strengen Knoten im Nacken zusammengebunden, auf Schmuck verzichtete sie. Sie wollte weder feminin wirken noch sich verletzlich fühlen.

Sie hatte Betty vorhin angerufen und sich mit ihr verabredet, um zusammen zum Capitol Hill zu fahren, wie am ersten Tag. Bei ihrer Ankunft streckte Keely den Rücken durch und hob das Kinn, bevor sie den Sitzungssaal betrat. Sie blickte weder nach links noch nach rechts. Sie nahm ihren Platz ein und steckte die Nase tief in ihre Unterlagen, ohne jedoch ein Wort zu begreifen.

Erst als der Abgeordnete Parker die Sitzung eröffnete, blickte sie auf. Ganz bewusst vermied sie es, in Dax' Richtung zu sehen, trotzdem wusste sie, dass er anwesend war. Er trug ein graues Jackett und ein hellblaues Hemd, das hatte sie aus dem Augenwinkel erkannt. Sie verbot es sich jedoch, den Blick von Mr. Parkers Gesicht zu nehmen.

„Wir werden jetzt noch einmal einen Vertreter des Militärs hören. Colonel Hamilton wird eine eidesstattliche Erklärung über die Schritte abgeben, die diverse militärische Abteilungen unternommen haben, um die Vermissten zu finden. Colonel Hamilton, Sie haben das Wort."

Volle zwei Stunden lang las der Colonel mit näselnder Stimme jedes einzelne Wort vom Papier ab. Wäre Keely nicht innerlich so angespannt gewesen, wäre sie wahrscheinlich eingenickt. Ab und zu ließ sich über der monotonen Litanei Mr. Walshs Schnarchen ausmachen.

Keely studierte ausführlich ihre Fingernägel, die Holzmaserung des Tisches, die Spinnweben im Kronleuchter des Saales. Zu Dax schaute sie nicht. Betty neben ihr rutschte unruhig auf dem Stuhl und lehnte sich zu ihr hinüber.

„Gut, dass er ein solcher Langweiler ist", flüsterte sie. „Diese Erklärung könnte uns wirklich schaden, wenn ihm auch nur irgendjemand zuhören würde."

Erst kurz vor Mittag fand Colonel Hamilton endlich zu den abschließenden Worten. Mr. Parker schlug den Hammer und weckte damit alle auf. Er blickte zu Keely. „Mrs. Williams, bevor die Sitzung geschlossen wird, möchten Sie noch etwas anfügen?"

Diese außerplanmäßige Höflichkeit überrumpelte Keely; nervös befeuchtete sie mit der Zungenspitze ihre Lippen. Sie setzte sich gerade in ihrem Stuhl auf und war selbst überrascht über die Gefasstheit in ihrer Stimme. „Nur, dass wir alles Nötige aufgeführt haben. Ich spreche für uns alle, wenn ich sage, dass ich nicht glauben kann, dass Sie, als Vertreter des amerikanischen Volkes, auch nur mit dem Gedanken spielen, ein Gesetz vorzulegen, welches einen Bürger unseres Landes für tot erklärt, ohne Beweise für dessen Tod vorlegen zu können. Sicher, es würde Steuergelder sparen. Aber was ist das Leben eines Menschen wert? Kann etwas so Wesentliches überhaupt in Zahlen ausgedrückt werden? Ich persönlich denke, dass viele dieser Männer noch am Leben sind und gefunden werden können. Aber selbst wenn sie nicht gefunden werden, haben ihre Familien es dann nicht verdient, für die ertragenen Leiden respektiert zu werden? Sollte der Kongress diese Männer für tot erklären lassen und die Zahlungen einstellen, dann hat Amerika seine Söhne auf grausamste Weise verstoßen."

Mr. Parker lächelte sie zustimmend an, während die Zuhörer im Saal applaudierten. Er blickte zu beiden Seiten des Tisches entlang, so als wolle er jeden davor warnen, ihr zu widersprechen. Da niemand es tat, nahm er den kleinen Holzhammer zur Hand und schlug damit laut auf den Tisch. „Wir legen eine Pause ein. Die Sitzung wird um vierzehn Uhr dreißig fortgesetzt. Dann werden wir unsere Entscheidung verkünden. Die Mitglieder des Ausschusses werden sich nach einer kurzen Mittagspause bitte um Viertel vor zwei wieder hier zur Diskussion versammeln." Noch einmal krachte der Hammer auf das Pult, damit waren alle entlassen.

Keely wurde sofort von Reportern und Fotografen umringt. Sie beantwortete die Fragen, so gut sie konnte, während sie auf den Ausgang zustrebte. Kaum aus dem Saal heraus, machte sie sich von dem aufdringlichen Pulk frei und flüchtete auf die Damentoilette. Betty folgte ihr auf dem Fuß.

„Du warst wunderbar, Keely. Danke." Die ältere Frau umarmte

sie. Doch als sie wieder zurücktrat, war sie erschreckt über Keelys mitgenommenen Gesichtsausdruck. „Ist alles in Ordnung mit dir? Du bist bleich wie ein Gespenst."

„Nein, schon gut, wirklich." Es fiel schwer, das zu glauben, wenn sie so nach Luft rang. „Es war so voll da drinnen, und dann die Kameras und Blitzlichter. Ich will nicht ständig im Mittelpunkt stehen."

„Es würde helfen, wenn du nicht so schön, so tragisch und so heldenhaft aussehen würdest." Da auf Keelys Lippen nicht das geringste Anzeichen eines Lächelns erschien, schob Betty hastig nach: „Warum gehe ich nicht vor und verscheuche die Meute? Ich warte bei der Treppe auf dich. Lass dir nur Zeit." An der Tür drehte sie sich noch einmal um. „Keely, ich glaube, wir haben gewonnen."

Zum ersten Mal lächelte Keely jetzt. „Ich denke auch."

„Also, bis gleich."

Keely ließ sich auf einen abgenutzten Stuhl sinken und schlug die zitternden Hände vor das blasse Gesicht. Es war vorbei. Oder zumindest so gut wie. Jeder klopfte ihr voller Anerkennung auf die Schulter, und sie hatte es nicht verdient. In Gedanken sagte sie sich das immer wieder. Sie atmete tief durch und zwang sich dazu aufzustehen. Sie ging zum Waschbecken hinüber, wusch sich die Hände, strich sich glättend über das Haar und trug frischen Lippenstift auf, was ihre Blässe noch deutlicher hervortreten ließ.

Sie nahm Mantel und Handtasche, öffnete die Tür und trat auf den leeren Gang. Sie blickte erst in die eine Richtung, wollte sich dann umwenden, doch sie verharrte mitten in der Bewegung und schnappte nach Luft. Dax stand direkt vor ihr.

„Langsam, langsam. Das ist nur ein weiteres unserer zufälligen Treffen", sagte er leise mit einem unverfänglichen Lächeln.

Keely sah über seine Schulter und erkannte Bettys Gestalt am Ende des langen Korridors. „Was tust du hier?"

„Ich arbeite als Mitglied der Kommission", gab er knapp zurück. Sie wollte sich an ihm vorbeischieben, doch er hielt sie am Arm fest. „Entschuldige, eine dumme Bemerkung. Aber ... Herrgott noch mal, ich muss mit dir reden." Er ließ ihren Arm los, und als sie nicht sofort davoneilte, fuhr er leise und vielsagend fort: „Die ganze Nacht habe ich versucht, dich zu erreichen, aber du hast den Hörer neben das Telefon gelegt. Ich habe an der Rezeption angerufen und darum gebeten, dass man nach dir sieht, aber ein Mr. Bartelli teilte mir mit, dass er bereits bei dir gewesen und alles in Ordnung sei. Du wolltest nur allein gelassen werden."

„Das stimmt. Das gilt auch jetzt."

„Dann hast du Pech."

„Dax ..."

„Pst, da kommt Lauscherohr Van Dorf. Fliegst du mit der Acht-Uhr-fünfzig-Maschine zurück nach New Orleans?"

„Ja."

„Wir werden dann weiterreden." Er sprach jetzt lauter. „Nun, Mrs. Williams, aus dem Bauch heraus würde ich sagen, das Komitee wird diese Gesetzesvorlage vom Tisch wischen. Hallo, Al. Warum sind Sie nicht mit den anderen netten Presseleuten zum Lunch gegangen?"

„Weil ich nicht nett bin." Al Van Dorf lächelte sein verschlagenes Lächeln. „Mrs. Williams, Sie waren eloquent wie immer. Meinen Sie auch wirklich alles so, wie Sie es sagen?"

Seine unverschämte Frage überrumpelte sie. „Aber natürlich!", antwortete sie hitzig.

„Schon gut, schon gut. Ich frage ja nur. Übrigens, ich habe gestern den ganzen Tag versucht, Sie zu erreichen. Für einen Kommentar. Der Portier im Hilton sagte mir, Sie wären am Vormittag von einem silbernen Sportwagen abgeholt worden."

Keely widerstand der Versuchung, Dax einen besorgten Blick zuzuwerfen. Stattdessen erwiderte sie völlig gelassen: „Ja, das ist richtig. Ich habe mit einem Freund eine kleine Besichtigungstour gemacht."

„Nicht gerade das ideale Wetter für einen Ausflug, was, Mrs. Williams?"

„Nein, da haben Sie recht."

„Aber Sie sind trotzdem gefahren. Hmm. Sie würden mir nicht verraten wollen, um wen es sich bei diesem Freund gehandelt hat, wie?"

„Nein, Mr. Van Dorf, das würde ich nicht. Es geht Sie nämlich nichts an."

Van Dorf rieb sich das Kinn und musterte sie durchdringend. Keely hielt seinem Blick stand, ohne mit der Wimper zu zucken. Sie konnte nur hoffen, dass er nicht merkte, wie hart ihr Herz gegen die Rippen hämmerte. Schließlich drehte er sein fuchsgleiches Gesicht zu Dax. „Sie waren auch nicht aufzufinden, Mr. Devereaux. Seltsam, nicht wahr, dass man Sie beide entweder zusammen antrifft, so wie jetzt, oder gar nicht."

„Ich muss schon sagen, es ist ausgemachtes Pech, dass ich Ihnen gestern nicht für ein Interview zur Verfügung stand, Al. Sie wissen doch, ich lasse mir nur äußerst ungern die Chance auf ein wenig Publicity entgehen." Dax' Lächeln war so echt, dass selbst Keely es ihm glatt abgenommen hätte. Wie weit konnte man überhaupt etwas, das Dax von sich gab, für bare Münze halten?

„Wenn die Herren mich dann entschuldigen würden ... Mrs. Allway wartet auf mich." Ohne ein weiteres Wort ließ Keely die beiden stehen und ging davon. Nur ihrer Willenskraft war es zu verdanken, dass sie nicht fluchtartig den Gang hinunterrannte.

Es war keine große Überraschung, als der Abgeordnete Parker den gespannt lauschenden PROOF-Mitgliedern und allen anderen im Saal verkündete, dass die Gesetzesvorlage, die als vermisst geltenden Soldaten für tot erklären zu lassen, vorerst in der Schublade verschwinden würde. Er würdigte den Einsatz aller und schloss ein letztes Mal die Sitzung.

Die PROOF-Mitglieder umarmten Keely und Betty gerührt. Presseleute kamen und gratulierten. Ausschussmitglieder, die offensichtlich gegen die Vorlage gestimmt hatten, kamen zu Keely, um sie persönlich für den errungenen Sieg zu beglückwünschen.

Keely spürte die magnetische Anziehungskraft von Dax' Blick von der anderen Seite des Raumes und erwiderte ihn. Al Van Dorfs Andeutungen waren eine Warnung gewesen, und Dax hatte nicht vor, seinen oder Keelys Ruf zu untergraben, indem er erneut in aller Öffentlichkeit mit ihr sprach. Doch sein Blick beglückwünschte sie zu ihrem Triumph. Und er drückte noch mehr aus: Stolz. Stolz auf die Frau, die sie war. Unter seinem stillen Lob gaben Keelys Knie leicht nach.

Er nickte ihr unmerklich zu, bevor er sich zum Gehen wandte, so als wolle er ihr damit sagen: „Wir sehen uns später."

Aber sie würden sich nicht sehen. Nach einem hastigen Lunch – sie nahm kaum wahr, was sie aß – war Keely ins Hotel gefahren, hatte ihren Koffer gepackt und das Gepäck vom Hotelservice am Flughafen einchecken lassen. Dann hatte sie telefonisch ihren Flug umgebucht. Sie würde eine frühere Maschine nehmen.

Sie und Dax hatten sich nichts zuschulden kommen lassen – noch nicht. Aber man durfte das Glück nicht in Versuchung führen. Dieses Mal war sie unbeschadet davongekommen, was sie nur noch entschlossener machte, sich nicht mit einem Mann einzulassen, bis sie genau wusste, was mit Mark passiert war. „Ich bin immer noch verheiratet", hatte sie unablässig vor sich hin gebetet.

Auch jetzt wiederholte sie still die Worte, während sie dem davongehenden Dax nachschaute und gegen den Drang ankämpfte, ihm nachzurennen und ihn anzuflehen, sie zu halten und mit seiner Stärke zu beschützen.

Betty war enttäuscht, als sie erfuhr, dass Keely früher abreiste. „Ich dachte, wir könnten heute Abend alle zusammen ausgehen und noch einmal so richtig feiern. Ich weiß, dass die anderen erst morgen abfliegen."

„Sei nicht böse, Betty, aber ich muss wirklich zurück. Beim Sender waren sie nicht gerade begeistert, dass ich so lange freinehme." Was nicht stimmte. Ihr Arbeitgeber war stolz auf sie, dass sie sich für die vermissten Soldaten einsetzte und so viel Energie in PROOF steckte. Noch eine Lüge. Seit sie Dax getroffen hatte ... „Ich habe schon angerufen und Bescheid gesagt, dass ich morgen wieder arbeite. Trinkt ein Glas Champagner für mich mit."

„Das werden wir." Betty lachte. „Mehrere sogar, wahrscheinlich. Pass auf dich auf, Keely. Du weißt gar nicht, wie viel du uns bedeutest. Keiner hätte uns besser vertreten können als du. Nochmals vielen Dank."

Vor dem Kongressgebäude winkte Keely ein Taxi heran und ließ sich direkt zum Flughafen bringen. Automatisch durchlief sie die Prozedur des Eincheckens für den Inlandsflug. Ihre Gedanken kreisten um Dax. Was würde er tun und wie würde er sich fühlen, wenn er feststellte, dass sie nicht mit der gleichen Maschine wie er flog? Würde er sich Sorgen machen? Wütend sein? Oder beides? Würde er wissen wollen, welchen Flug Mrs. Keely Williams genommen hatte? Oder würde er nach Keely Preston fragen? Weder noch. Er konnte sich beides nicht leisten.

Worüber hatte er mit ihr reden wollen? Er war nicht verärgert ge-

Das verbotene Glück

wesen wie gestern Abend, als sie vor dem Hotel aus dem Wagen gestiegen war. Was hätte er ihr heute Abend gesagt? Es war unwichtig. Nichts würde die Umstände ändern können.

Keely legte den Sicherheitsgurt an, als die Maschine startete. Sie lehnte das Dinner freundlich ab und klappte den Sitz zurück, tat, als schliefe sie, um der Fürsorge der Stewardess zu entgehen.

Es war ein Routineflug. Diesmal gab es kein Gewitter. Aber es wäre ja sowieso niemand da gewesen, um ihre Hand zu halten.

7. KAPITEL

"Warum kommst du denn nicht mit uns?" "Das habe ich dir doch schon erklärt, Nicole. Ich habe einfach keine Lust."
"Das ist keine Erklärung."
"Das ist die beste überhaupt."
"Himmel, wie mich dieses Schmollen anödet."
"Dann lass mich doch endlich in Ruhe", rief Keely und stieß sich aufgebracht von ihrem Schreibtisch ab. Mit verschränkten Armen stellte sie sich ans trübe Fenster und starrte aus dem zweiten Stock auf die Chartres Street hinab. Es war ein grauer, verregneter Tag im French Quarter und er passte daher genau zu ihrer Stimmung. Während der letzten Tage war sie Nicole ausgewichen, aber jetzt hatte die Freundin sie in ihrem Büro beim Sender festgenagelt.

Ihr „Büro" war eigentlich kaum mehr als eine Abstellkammer am Ende eines langen, dämmrigen Korridors auf der Rückseite des Gebäudes. Zwei alte Schreibtische in abstoßendem Olivgrün waren hier hereingepfercht worden. Keely teilte sich das Zimmer mit einem Musikmoderator, der von Mitternacht bis sechs Uhr morgens arbeitete und den sie noch nie gesehen hatte. Sie kannte ihn nur von dem Foto auf seinem Schreibtisch, das ihn zusammen mit einer langbeinigen Blondine zeigte und signiert war mit: „Es hat Spaß gemacht, Cindy."

Keely schloss seufzend die Augen. Sie wünschte sich, dass, wenn sie die Augen wieder aufmachte, der Regen etwas von dem Schmutz auf dem Fenster weggewaschen haben würde. Aber dem war nicht so. Genauso wenig, wie der dumpfe Schmerz in ihrem Herzen verschwunden war. Weder das eine noch das andere war Nicoles Schuld, und jetzt tat es ihr leid, dass sie die Freundin so angefaucht hatte. Nicole belagerte sie bloß so, weil sie sich Sorgen machte. Keely drehte sich wieder zu ihr um.

„Entschuldige", sagte sie, „ich habe nur schlechte Laune. Ich sollte sie nicht an dir auslassen."

Nicole setzte sich schwungvoll auf den Schreibtisch des Diskjockeys, wobei sie das Foto von Cindy gefährlich ins Wanken brachte. „Nein, das solltest du wirklich nicht. Wenn man dich so ansieht, könnte man glauben, ich sei der letzte Freund, den du auf Erden noch hast. Also solltest du mich besser anständig behandeln." Sie verschränkte die Arme über der üppigen Oberweite und betrachtete Keely lauernd. „Ich komme halb um vor Neugier, ist dir das klar? Wann gibst du endlich nach und erzählst es mir?"

„Was sollte ich dir denn erzählen?", stellte Keely unschuldig die Gegenfrage und widmete sich mit voller Aufmerksamkeit einer Fluse auf ihrem Blazerärmel.

„Du sollst mir erklären, warum du hier wie ein Zombie durch die Gänge schleichst, seit du aus Washington zurück bist. Erkläre mir, warum du so miserabel aussiehst. Und vor allem, warum du deiner besten Freundin nicht anvertrauen willst, was dich erkennbar bedrückt."

„Sag mal, sind das neue Ohrringe?"

„Wage es nicht, mich mit so plumpen Ablenkungsmanövern abzufertigen, Keely Preston", warnte Nicole. „Ich will wissen, was dir passiert ist, dass du jetzt noch schlechter drauf bist als vorher. Und das will weiß Gott was heißen. Also, komm schon. Ich werde dieses Zimmer nicht eher verlassen, bis du es mir gesagt hast."

„Wer hat dich denn aufgefordert, mir zu sagen, wie ich drauf bin?", fragte Keely schnippisch.

„Ich. Du brauchst nämlich ganz offensichtlich jemanden, der dich davon abhält, dich gänzlich in dein Schneckenhaus zurückzuziehen. Also Keely, was ist los?"

Keely ging die paar Schritte zurück zu ihrem Tisch und ließ sich auf den ächzenden Stuhl fallen. Sie schloss die Augen und lehnte den Kopf an das abgewetzte Lederimitat, doch auch das half nicht, die Kopfschmerzen, die seit ihrer Rückkehr immer wiederkehrten, zu mildern. „Du weißt doch, was los ist, Nicole. Du sagst selbst, dass ich immer so bin, nachdem ich mit PROOF zu tun hatte."

„Schon, aber diesmal hast du wirklich den Vogel abgeschossen. Du müsstest doch überglücklich sein. Jetzt streite bloß nicht ab, dass du dich miserabel fühlst. Denn das weiß ich besser. Neben dir wirkt Hamlet ja wie ein Zirkusclown."

Keely lächelte müde. „Ich bin glücklich über das, was wir erreicht haben. Ich bin einfach nur erschöpft."

„Das reicht nicht. Versuch's noch mal."

„Mir steht im Moment nicht der Sinn nach Gesellschaft, das ist alles." *Ich habe einen Mann getroffen. Einen wunderbaren Mann.*

Er hat mich geküsst, mich berührt. Wie nie ein Mann vor ihm. Ich glaube, ich habe mich in ihn verliebt. Was soll ich jetzt nur machen? Wie würde Nicole wohl reagieren, wenn sie das laut ausspräch?

„So funktioniert das nicht, Keely. Du musst mal unter Menschen. Komm schon, geh mit uns zusammen auf diesen Empfang. Wir werden auch nicht lange bleiben, Ehrenwort. Wenn du sagst, es wird Zeit zu gehen, brechen wir sofort auf."

„Ich will nicht."

„Es ist aber das, was du brauchst, verflucht!" Nicole wurde ärgerlich. „Schmeiß dich in Schale, genehmige dir einen Drink oder auch zwei. Tanze. Lebe, Keely." Sie sprang vom Schreibtisch und stemmte die Hände in die Hüften. „Wenn du nicht mitkommst, muss ich Charles ganz allein ertragen. Das würdest du mir doch nicht antun, oder?"

Diesmal musste Keely lachen. „Wann erbarmst du dich endlich des armen Kerls? Ich weiß, wie verrückt du nach ihm bist. Du willst es nur nicht zugeben. Na schön, also gut." Sie hob abwehrend die Hände, als Nicole etwas sagen wollte. „Außerdem wärst du ja gar nicht allein mit Charles. Du hast etwas von einem zusätzlichen Mann erwähnt."

„Stimmt. Um ehrlich zu sein, ist er genauso langweilig wie Charles. Wenn ich das aushalte, kannst du das auch. Aber es geht vor allem darum, dass du mal rauskommst und dich nicht nur zu Hause einschließt, dass du mal andere Menschen triffst, anstatt dich immer nur mit dir selbst zu beschäftigen."

„Wo findet es statt, und was ist es überhaupt?" Keelys Widerstand erlahmte.

„Im Marriott Hotel, ganz formell. Irgendwas mit der Künstlerliga. Charles repräsentiert den Fernsehsender, weil der irgendwelche Clips für die Liga übernimmt. Wir holen dich dann um acht Uhr ab."

„Ach, ich weiß nicht recht, Nicole", zögerte Keely immer noch.

„Acht Uhr", wiederholte Nicole bestimmt. „Und mach um Gottes willen etwas mit deinem Haar. Ich hasse es, wenn du es so streng zurückkämmst. Du siehst aus wie Jane Eyre."

„Du hast heute ja regelrecht eine literarische Ader, Nicole. Erst Hamlet und jetzt auch noch Jane Eyre. Hast du überhaupt je eines dieser Bücher gelesen?"

Nicole lachte gutmütig und rauschte zur Tür. „Der Himmel bewahre, nein. Ich lese nur pornografische Literatur. So bleibe ich immer in Übung." Sie blinzelte herausfordernd, bevor die Tür hinter ihr ins Schloss fiel. Noch auf dem Gang hörte Keely sie rufen: „Denk dran, um acht."

Acht Uhr. Würde sie sich bis dahin in der Lage fühlen, sich der Welt zu stellen? Sie bezweifelte es. Bis jetzt war sie ja auch nicht bereit dazu gewesen. Irrtümlicherweise hatte sie sich eingebildet, sobald sie aus Washington fort und wieder bei der Arbeit war, würden die Erinnerungen an Dax und alles Geschehene verblassen. Doch so war es nicht. Je länger sie von ihm getrennt war, umso mehr bemächtigte er sich ihrer Gedanken. Jede einzelne Minute des Tages fragte sie sich, was er wohl gerade machte, mit wem er gerade zusammen war, was er wohl anhatte, was er fühlen mochte, ob er an sie dachte.

Es war falsch. Und es war verrückt, an einem unmöglichen Traum festzuhalten, aber sie konnte nicht anders. Oft starrte sie auf das Telefon, versuchte es mit ihren Gedanken zum Klingeln zu bringen. Irgendwo in einer geheimen Ecke ihres Bewusstseins wünschte sie sich, er würde anrufen. Immerhin war sie nicht im Flugzeug gewesen, wie sie gesagt hatte. Interessierte es ihn denn gar nicht, was mit ihr geschehen war? Sicher, wenn er in New Orleans war, hatte er sie in den vergangenen Tagen im Radio hören können und wusste zumindest, dass sie noch lebte.

Ganz augenscheinlich drückte sein Desinteresse seine Einstellung zu dem kleinen Zwischenspiel in Washington aus. Mehr war es wohl nicht gewesen. Ein Zwischenspiel. Für ihn musste es noch dazu ein enttäuschendes gewesen sein. Dax Devereaux brauchte sich nicht mit Frauen wie ihr aufzuhalten, es gab genügend, die ihm nur allzu gern zur Erfüllung seiner Wünsche zur Verfügung standen.

Nicole hatte recht. Sie war am Ende einer Sackgasse angekommen. Sie musste sich umdrehen und die andere Richtung einschlagen, sonst würde sie nur weiter gegen die Wand rennen. Heute Abend würde sie sich bewusst bemühen, in die Welt der Lebenden zurückzukehren.

Keely sah auf ihre Armbanduhr. Sie musste bald zu einem Meeting mit einem Sponsor, und sie hatte sich noch nicht einmal die Unterlagen angesehen.

Sie nahm einen kleinen Handspiegel aus ihrer Handtasche und musste zugeben, dass Nicole auch hier recht hatte. Sie sah grauenhaft aus. Ihr Teint war fahl, ihre Augen trübe, ihr Haar eine Zumutung. Sie hatte sich nicht mehr um ihre Nägel gekümmert, seit sie aus Washington zurück war.

„Okay, Keely, du hast lange genug Trübsal geblasen", sagte sie grimmig zu ihrem Spiegelbild und klappte den Spiegel wieder zu. Bevor sie sich in die Kopie der Reklamesendung über die Vorteile von stahlverstärkten Autoreifen vertiefte, rief sie in einem Schönheitssalon an und machte einen Termin aus.

Nicht schlecht, dachte Keely, als sie das Resultat von zwei Stunden im Salon und einer Stunde Körperpflege zu Hause betrachtete. Ihr Haar war nachgeschnitten, keine gebrochenen Spitzen mehr, sondern jetzt zu einer lockeren Frisur aufgesteckt, weich und elegant. Einige Strähnen umspielten Nacken und Wangen.

Sie hatte eine Gesichtsmaske aus Weizenmehl aufgelegt, ihr Teint strahlte wieder. Das dezente, geschmackvolle Make-up war perfekt, und wenn auch der traurige Ausdruck in ihren Augen nicht ganz verschwunden war, so war er doch zumindest bei Weitem nicht mehr so offensichtlich.

Als es klingelte, griff sie ihre Abendtasche, schwang sich das schwarze Satincape über die Schultern und ging zur Tür, um ihre „Verabredung" zu begrüßen.

Wie Nicole schon gesagt hatte, war der Mann nicht sehr aufregend, stellte sich aber höflich als Roger Patterson vor und geleitete sie galant zum Wagen, der am Straßenrand auf sie wartete. Er vermittelte zwischen der Künstlerliga und den Medien. Keely fand, dass er seinen Beruf unklug gewählt hatte, denn er war ein so zurückhaltender und unauffälliger Mensch, dass man ihn keine fünf Minuten nach der Vorstellung vergessen haben würde.

Er hielt ihr die hintere Tür von Charles' Mercedes auf, und sie stieg ein. „Du siehst fantastisch aus", grüßte Nicole.

„Woher willst du das wissen?", fragte Keely düster zurück. „Du hast mich doch noch gar nicht gesehen."

„Na, es konnte ja nur besser werden."

„Du siehst wirklich bezaubernd aus, Keely", meldete sich jetzt

Charles und lächelte sie im Rückspiegel an.

„Hallo, Charles. Wie geht es dir?"

„Danke, gut."

„Hast du dich mit Randy schon bekannt gemacht?" Nicole drehte sich auf dem Beifahrersitz nach hinten um.

„Roger", korrigierte der ruhig.

„Oh, tut mir leid."

„Ja, wir haben uns vorgestellt", warf Keely hastig ein und schenkte ihrem Begleiter ein freundliches Lächeln.

Sie fuhren bis zum Eingang des Marriott Hotels, wo Charles den Wagen einem der Angestellten zum Parken überließ. Dann betraten sie das Hotel durch die Seitentür und durchquerten die Lobby, die bereits voll von Männern im Smoking und Frauen in Abendkleidern war.

„Ich denke, der Empfang ist im dritten Stock in einem der Ballsäle", sagte Roger unnötigerweise, denn überall in der Lobby wiesen Schilder auf Messingtafeln den Weg.

„Oh, ich liebe solche Veranstaltungen!" Nicole ließ den Blick über die Menge schweifen und registrierte genauestens, wer mit wem gekommen war und was sie trugen.

Sie waren auf dem Weg zu den Rolltreppen, als Nicole leise ausrief: „Madeline Robins trägt mal wieder ihre berühmten Diamanten, wie ich sehe. Mit diesem Kleid sehen sie aus wie billiger Tand. Und bei wem hängt sie da am Arm? Oh, das ist Dax Devereaux. Sieh nur, Keely, du hast ihn doch bestimmt kennengelernt, oder?"

Keely blieb das Herz stehen. Als sie zu stolpern drohte, legte Roger stützend eine Hand an ihren Ellbogen. Sie folgte Nicoles Blick, und der Atem stockte ihr, als sie den dunklen Schopf erblickte, der an den Schläfen mit diesem faszinierenden Silber gesprenkelt war und unverkennbar nur einem Mann gehören konnte.

Im gleichen Moment, als sie Dax sah, lehnte er sich ein wenig nach hinten und lachte herzlich über eine amüsante Bemerkung, die die umwerfend attraktive Frau neben ihm wohl gemacht haben musste. Dann erblickte er Keely.

Seine Reaktion auf sie war ebenso heftig wie ihre auf ihn. Sein Lachen erstarb abrupt. Er wirkte, als hätte ihm jemand einen Schlag versetzt, und er könnte es nicht ganz begreifen.

„Wirst du ihn ansprechen, Keely?", wollte Nicole gespannt wissen.

„N... nein", stotterte Keely und wandte hastig den Blick. „Er ist mit anderen Leuten hier. Vielleicht, wenn ich ihn später sehen sollte. Schließlich kenne ich ihn kaum. Wahrscheinlich erinnert er sich nicht einmal an mich."

Der Blick, mit dem Nicole sie bedachte, war eindeutig: Lügnerin, drückte er aus. Aber Nicole hakte nicht nach, während sie mit der Rolltreppe nach oben fuhren. Unter dem Vorwand, ihr Cape zu richten, sah Keely über die Schulter in die Lobby hinunter. Dax schaute ihr nach, während sie immer höher fuhr.

Sie zwang sich dazu, sich abzuwenden und wieder an dem Geplauder der anderen zu beteiligen. Im dritten Stock erlaubte sie Roger, ihr das Cape von den Schultern zu nehmen. Er verschwand in dem Pulk anderer Männer, die zur Garderobe strebten.

Charles blieb kurz die Luft weg, als er Nicole den Fuchsmantel abnahm. „Dir springen gleich die Augen raus", neckte sie. Allerdings trug sie auch wirklich ein gewagtes Kleid. Georgette, schwarz, mit großzügigen Schlitzen an Ärmeln und Seiten. Es ließ mehr erahnen als es enthüllte, aber die Wirkung war überwältigend. Nicole sah – wie immer – atemberaubend aus.

Und obwohl es ihr nicht bewusst war, sah Keely ebenfalls umwerfend aus. Der schwarze ausgestellte Cocktailrock gab den Blick auf ihre verlockenden Beine frei, die kirschrote Bluse schmiegte sich an ihren Oberkörper wie eine zweite Haut, betonte jede Kurve. Die schwarzen Satinpumps waren mit dünnen Riemchen aus Strasssteinen an ihren Fesseln befestigt.

„Hört euch nur diese herrliche Musik an", schwärmte Nicole und wiegte sich leicht im Takt. „Komm, Charles, tanz mit mir."

Der Angesprochene warf einen besorgten Blick auf ihre Brüste, die nur von dem weichen Stoff bedeckt wurden. „Gut. Aber solltest du dich mitreißen lassen und aus diesem Kleid herausfallen, werde ich dich sofort nach Hause bringen."

„Und was würde dann dort passieren?", fragte sie mit einem zweideutigen Lächeln und zog Charles auf die Tanzfläche.

Keely lachte. Sie mochte Charles Hepburn, und sie wusste, er liebte Nicole wirklich. Er war schon etwas älter, mindestens Mitte vierzig, aber die ersten Anzeichen seines sich lichtenden Haars vermittelten Zuverlässigkeit. Seinen Körper hielt er durch tägliches Training in einem Fitnessstudio in Form. Seine schlanke, drahtige Gestalt strahlte eine Kraft aus, auf die so manch jüngerer Mann stolz sein würde. Er war ein ruhiger Mensch und verfügte über tadellose Manieren. Manchmal dachte Keely, es würde Nicole ganz guttun, wenn er endlich einmal aufbrausen würde, aber seine Geduld schien unerschöpflich.

Ganz gleich, wie vehement Nicole es auch abstritt, Keely wusste, dass der Freundin sehr viel an Charles lag, mehr, als sie zugeben wollte. Vielleicht ängstigte Charles' unerschütterliche Gelassenheit die scheinbar so sorglose Nicole. Während Keely den beiden beim Tanzen zuschaute, war sie überzeugt, dass, welche Gefühle auch immer zwischen den beiden bestanden, diese sehr tief gingen. Nicole lächelte Charles an und schmiegte sich in einer Art an ihn, der er unmöglich widerstehen konnte. Mit der Hand streichelte er über ihren Rücken. Keely wünschte, die beiden würden endlich aufhören, sich und anderen etwas vorzumachen, und zugeben, was sie füreinander empfanden.

„Möchten Sie vielleicht tanzen?" Rogers zögerliche Frage riss sie aus ihren Gedanken. Sie hatte den armen Mann glatt vergessen.

„Im Moment lieber nicht. Später vielleicht. Aber ich hätte gern etwas zu trinken." Sie trank eigentlich nur selten, aber Dax wiederzusehen, vor allem zusammen mit Madeline Robins, hatte ihr mehr zugesetzt, als sie hätte ahnen können.

„Ja, natürlich, sofort." Roger schien erleichtert, etwas zu tun zu haben. „Was hätten Sie denn gern?"

„Etwas Kühles. Einen Wodka auf Eis?"

„Wodka auf Eis also. Ich bin gleich wieder zurück." Roger bahnte sich einen Weg durch die Menge und war gleich darauf verschwunden. Jetzt ganz allein, fühlte Keely sich unsicher. Sie ging zu einem freien Tisch und reservierte die Plätze. Als die Musik ausklang, winkte sie Nicole und Charles zu, die von der Tanzfläche kamen.

Mit Drinks versorgt verging die erste Stunde des Empfangs in unbeschwerter und angenehmer Gesellschaft. Leute, die sie kannten, kamen zum Tisch, um zu plaudern. Andere, die sie nicht kannten, kamen, um sich vorzustellen und sie kennenzulernen. Keely war sich bewusst gewesen, dass Nicole eine gefeierte Persönlichkeit war, aber es erstaunte sie immer wieder, dass man sie offenbar in dem gleichen Licht sah. Oft, wenn man sie vorstellte und ihr Gegenüber das Gesicht der bekannten Stimme aus dem Radio zuordnete, wurden die Leute verlegen und verstummten.

Gesellschaftsgrößen waren anwesend, ein paar Spieler der New Orleans Saints waren ebenfalls da, viele Stars, die in der Stadt gastierten, waren eingeladen worden, an diesem Wohltätigkeitsball teilzunehmen. Es war eine illustre, schillernde Gesellschaft, die Atmosphäre aufregend. Das üppige Büfett war exquisit, die Musik nicht zu übertreffen.

Und Keely wäre am liebsten gleich nach ihrer Ankunft wieder gegangen.

Entsetzt und elend hatte sie feststellen müssen, dass der Tisch, an dem Dax mit Madeline und drei anderen Paaren saß, ganz in der Nähe ihres Tisches stand. Sie war gezwungen, mit anzusehen, welche Aufmerksamkeit Dax der anderen Frau zuteil werden ließ. Er brachte ihr die Getränke. Sie stibitzte etwas von seinem Teller, und er schlug ihr spielerisch auf die Finger. Sie küsste ihn auf die Wange. Er half ihr, den verlorenen Ohrring zu finden. Sie tanzten zusammen, sie flüsterten miteinander. Er küsste sie leicht auf den Mund.

Keely entschuldigte sich und machte sich auf die Suche nach der Damentoilette. Dort blieb sie ungebührlich lange. Als sie zurückkam, saßen Nicole und Charles nicht mehr am Tisch, Roger stand auf der anderen Seite des Saales und unterhielt sich mit dem Kapellmeister. Sie nippte an ihrem verwässerten Drink, nur um ihre Hände zu beschäftigen.

„Bereitet es dir eigentlich ein besonderes Vergnügen, Männer an Flughäfen zu versetzen?"

Das Glas rutschte ihr fast aus den Fingern. Sie setzte es vorsichtig ab und drehte den Kopf zu Dax herum, der sich mit beiden Händen auf der Rückenlehne ihres Stuhls abstützte.

„Nein, ich war an jenem Tag nicht sonderlich vergnügt."

„Ich schon. Bis ich am Flughafen ankam, in der Maschine saß und auf dich wartete, ohne zu wissen, wo, zum Teufel, du abgeblieben warst."

Sie hielt seinen vorwurfsvollen Blick nicht aus. „Es tut mir leid."

„Dann tanze mit mir."
„Wo ist denn Madeline?", konnte sie sich nicht verkneifen zu fragen.
„Kümmert dich das?"
„Dich etwa nicht?"
Er zuckte nur die Schultern, ergriff ihre Hand und führte sie auf die Tanzfläche. Da man sie bereits mit Roger, Charles und einigen anderen Männern hatte tanzen sehen, würde es auch kein Aufsehen erregen, wenn sie mit dem Kongressabgeordneten auf die Tanzfläche ging, oder?

Seine Berührung brannte auf ihrer Haut, sie hätte sich selbst unter Androhung der Todesstrafe nicht davon zurückhalten lassen, sich in seine Arme zu schmiegen. Die Band spielte eine Ballade, ein langsames Liebeslied, dessen Klänge sie beide einhüllte. Das Licht war stimmungsvoll heruntergedreht worden. Dax' Hand lag auf ihrem Rücken, übte leichten Druck aus, streichelte, ohne sich zu bewegen. Seine Lippen berührten ihr Haar.

„Weißt du, was ich jetzt tun möchte?"
Sie schüttelte den Kopf.
„Ich würde gern an deinen Strasssteinen knabbern."
Es dauerte einen Moment, bevor ihr klar war, was er damit sagen wollte. Die einzigen Strasssteine, die sie trug, saßen an ihren Fesseln. Sie lachte atemlos. „Schäm dich."

„Das sind zweifelsohne die verführerischsten Schuhe, die ich je gesehen habe. Ich könnte direkt zum Schuhfetischisten werden."

Sie sah ihn gespielt entsetzt an. „Und deine politische Karriere ruinieren?"

„Oder sie beschleunigen." Er lachte und drückte ihren Kopf wieder sanft an seine Schulter. „Sexuelle Fantasien sind im Moment sehr ‚in', weißt du. In letzter Zeit habe ich mich zu einem regelrechten Experten in Sachen Fetisch entwickelt. Möchtest du mehr darüber hören?"

„Nein, das würde mich nur in Verlegenheit bringen."

Er legte den Kopf schief und sah auf sie herunter. „Ja, das ist sehr wahrscheinlich", flüsterte er. „Schließlich spielst du eine sehr aktive Rolle darin."

„Dax, du solltest nicht so reden."

„Schon gut, entschuldige." Doch er strafte seine Zerknirschtheit

Lügen, indem er den Rücken durchstreckte und sich an ihre Brüste presste. Gekonnt wirbelte er Keely über die Tanzfläche, was ihm eine Entschuldigung dafür bot, seine Hand fester in ihr Kreuz zu pressen und sie enger an sich zu ziehen. „Ist es okay, wenn ich dir sage, wie schön du heute Abend aussiehst?"

Sie senkte kurz den Blick, ehe sie Dax wieder ansah. Sie musste diesen Mann einfach ansehen. Es war ein ständiger innerer Kampf. „Ich denke schon. Danke. Du siehst auch sehr elegant in deinem Smoking aus. Er steht dir."

„Wer ist der Mann?", fragte Dax abrupt und lenkte sie tanzend geschickt in die dunkelste Ecke der Tanzfläche.

„Wie?"

„Der Mann, mit dem du gekommen bist. Ist er jemand, wegen dem ich meine Beherrschung vergessen müsste?"

Seine Eifersucht schmeichelte ihr so sehr, dass sie errötete. „Nein. Ich habe ihn erst heute Abend kennengelernt. Eigentlich bin ich mit Nicole und Charles hier."

„Gut." Er lächelte, und sie erwiderte sein Lächeln. Er legte den Arm fester um sie, aber niemand konnte es bemerken, es sei denn, er hätte den Ausdruck in beider Augen gesehen.

Keely bedauerte jede Frau im Saal, die das Gefühl nicht kannte, von Dax' Armen gehalten zu werden. Der Druck seiner harten Schenkel ließ sie erschauern. Sein Atem strich warm über ihr Gesicht, sie musste sich zurückhalten, um ihn nicht gierig in die Lungen einzuziehen.

Auch Dax setzte es zu, Keely in seinen Armen zu halten. Im Ausschnitt ihrer Bluse wölbte sich der Ansatz ihrer zarten Rundungen, bei deren Anblick und Duft ihm schwindlig wurde. Es verlangte ihn danach, die Lippen auf das zarte Fleisch zu pressen, ihre Haut an seinem Mund zu spüren, seine Zunge darüberfahren zu lassen.

Viel zu früh war der Song zu Ende. Dax lächelte genauso bedauernd wie sie, als er sie zum Tisch zurückgeleitete. Keely stockte, als sie Madeline Robins am Tisch stehen sah, die sich angeregt mit Nicole unterhielt. Dax schob sie vorwärts, bis sie bei der Gruppe angekommen waren.

„Ah, da bist du ja, Darling. Ich fragte mich schon, wann du dich daran erinnern würdest, mit wem du hergekommen bist." Madeline hatte ein Lächeln aufgesetzt, doch ihr Blick wanderte abschätzend über Keely.

„Madeline, das ist Keely Williams. Oder Preston, wenn du den Namen vorziehst, den sie in ihrem Beruf benutzt. Sie engagiert sich intensiv für die Sache der vermissten Soldaten. Wir trafen uns kürzlich in Washington." Dax sagte all dies so unbeteiligt, als würde er von der stetig steigenden Spannung am Tisch nichts wahrnehmen. „Keely, das ist Madeline Robins."

„Mrs. Robins", grüßte Keely kühl.

„Erfreut, Sie kennenzulernen", erwiderte Madeline mit falscher Freundlichkeit. „Es tut mir so leid wegen Ihres Mannes. Nicole erzählte mir gerade, wie tapfer Sie durchs Leben gehen, ohne zu wissen, ob Sie Ehefrau oder Witwe sind."

Darauf gab es keine Erwiderung, also versuchte Keely es erst gar nicht. Nicole mischte sich ein. „Keely, wir sind dem Herrn Abgeordneten noch gar nicht vorgestellt worden."

„Oh." Keely wandte den Blick von Madeline, die sich besitzergreifend bei Dax eingehakt hatte. In dem glitzernden grünen Kleid, das Madeline trug, mit den langen Gliedmaßen und wie sie sich verführerisch an Dax schmiegte, drängte sich Keely das Bild von wogenden Algen auf. „Entschuldigt. Mr. Devereaux, meine Freundin Nicole Castleman, Charles Hepburn und Roger ... äh ..."

„Patterson", ergänzte der bereitwillig und streckte die Hand aus. „Mr. Devereaux, es ist mir eine Ehre, Sie kennenzulernen. Ich bin ein großer Bewunderer von Ihnen."

„Danke, Roger. Nennen Sie mich Dax."

Gott segne Nicole, dachte Keely still, als ihre Freundin die Situation in die Hand nahm. Nicole flirtete unverfänglich mit Dax, sagte ihm, wie lange sie ihn schon habe kennenlernen wollen, ihn aber immer verpasst habe. Er erwiderte, er habe das Gefühl, sie schon zu kennen, weil er sie so oft im Fernsehen gesehen habe. Er unterhielt sich mit Charles darüber, was es kostete, Wahlwerbung im Fernsehen zu schalten.

„Rufen Sie mich nächste Woche an", sagte Charles, „dann machen wir einen Termin aus und besprechen alles genauer. Generell lässt sich sagen, je mehr Werbefenster Sie kaufen, desto kostengünstiger wird es. Werden die Werbesendungen als Blöcke in neue Sendungen gesetzt, ist es teurer, aber damit erreichen Sie ein größeres Publikum."

„Das soll einer verstehen", lachte Dax. „Ich werde Ihrer Expertenmeinung vertrauen müssen, also nehme ich Ihr Angebot für ein Gespräch gerne an."

„Ich freue mich darauf. Sie werden sicher bald Ihre Medienkampagne planen müssen", fuhr Charles fort. „Das kann kostspielig werden. Ich hoffe, Sie sind darauf eingestellt."

„Ich helfe ihm schon dabei, sich darauf einzustellen." Madeline rückte näher an Dax heran. „Ich habe bereits Ideen für die Kampagne. Ich werde persönlich dafür sorgen, dass Dax in den Senat gewählt wird."

Für einen flüchtigen Augenblick erschien ein harter Zug um Dax' Mund, aber dann lächelte er charmant. „Ich kann alle Hilfe gebrauchen."

Man plauderte über den Empfang und stellte Spekulationen darüber an, wie viel Gelder er für die verschiedenen Kunstbereiche einbringen mochte. Man diskutierte übers Wetter, bis sich ein unangenehmes Schweigen ausbreitete. Man hatte alles gesagt, was Fremde sich zu sagen hatten.

„Nett, Sie kennengelernt zu haben, Mrs. Williams", sagte Madeline.

Nur die Höflichkeit zwang Keely dazu, die Bemerkung zurückzugeben. „Ja, hat mich auch gefreut."

Dax verabschiedete sich per Handschlag von Charles und Roger, küsste Nicole weltgewandt auf die Wange und tat dann das Gleiche bei Keely. Seine Lippen berührten ihre Haut nur flüchtig, und doch zitterte sie am ganzen Körper, als Dax den Kopf hob und ihre Blicke für einen Moment verschmolzen. „Ich habe unseren Tanz genossen, Mrs. Williams. Es war ein Vergnügen, Ihnen in einer weniger steifen Atmosphäre zu begegnen. Nochmals herzlichen Glückwunsch zu Ihrem Sieg in Washington."

„Haben Sie unsere Sache unterstützt, Mr. Devereaux?", fragte sie neckend. Die anderen hätten genauso gut nicht anwesend sein können, sie sah nur Dax, hörte nur seine Stimme. Ertrank in den Seen seiner dunklen Augen.

„Müssen Sie das überhaupt fragen?" Sein Grübchen wurde tiefer, als er lächelte. Dann reckte er sich und nahm Madelines Arm. „Gute Nacht Ihnen allen."

Roger hielt Keely den Stuhl. Während sie sich setzte, hörte sie Madeline noch schnurren: „Ich denke, jeder, der uns sehen sollte, hat uns auch gesehen. Ich bin jederzeit bereit zu gehen, wann immer du möchtest."

Keely schnürte es die Kehle zusammen, und selbst der hastige Schluck von dem frischen Drink, den Roger ihr besorgt hatte, half nicht, den Druck zu lösen. Charles machte eine amüsante Bemerkung, aber als sie mit einem aufgesetzten und eingefrorenen Lächeln aufblickte, bemerkte sie, dass auch Nicole nicht lachte. Stattdessen musterte sie Keely durchdringend. Ihr Blick folgte dem davonschlendernden Paar, dann sah sie wieder zu Keely. Sie schlug die Wimpern nieder und lächelte engelsgleich. Keely jedoch ließ sich von diesem unschuldigen Gehabe nicht täuschen. Der Glanz in den Augen ihrer Freundin hatte sie sofort misstrauisch gemacht.

Sie bedienten sich am Dessertbüfett, dann beschlossen sie, dass sie genug von der Gala hatten. Während die Männer die Mäntel holten, lehnte Nicole sich zu Keely herüber.

„Dieser Devereaux ist ein echt starker Typ. Zum Anbeißen, was?"

Keely blieb völlig ruhig. „Ja, ich denke, man könnte ihn so bezeichnen."

„Du erzähltest mir doch, in Washington hättest du kaum Kontakt zu ihm gehabt."

„Das stimmt auch."

„Also ... mich hättest du glatt täuschen können, so, wie ihr zusammen getanzt habt. Ihr schient doch recht vertraut miteinander zu sein."

„Er war nur höflich."

„Ah, sicher. Und ich bin ein paarhufiges Erdferkel, aber lassen wir das mal. Was hältst du von Madeline Robins?"

„Sie ist nett, nehme ich an."

Nicole lehnte sich noch weiter zu ihr herüber. „Und du bist eine Lügnerin, Keely Preston. Sie ist auf der Pirsch, und du weißt es. Und du hältst genauso wenig von ihr wie jede andere Frau hier auch." Nicole zog einen nachdenklichen Schmollmund. „Ich frage mich, wie weit er sich wohl mit ihr einlassen will."

„Gibt es denn da noch Zweifel?", warf Keely bitter ein. Wohin mochte Dax Madeline wohl jetzt bringen, nachdem jeder sie zusammen gesehen hatte? Zu ihrer Villa? Oder seinem Haus in Baton Rouge? Vielleicht auf ein Zimmer in diesem Hotel?

„Oh, ich bin sicher, dass sie mehr als nur ein Auge auf ihn geworfen hat", stimmte Nicole zu. „Aber irgendwie habe ich das Gefühl, dass er lange nicht so begeistert von der Vorstellung ist, wie sie es gerne hätte."

„Weder habe ich die geringste Ahnung von dem Liebesleben der beiden, noch interessiert es mich."

Nicole lächelte nur milde, während Charles ihr den Pelzmantel um die Schultern legte. Keely war dankbar dafür, dass sie dem anderen Paar beim Verlassen des Hotels nicht mehr begegneten. Sie bemühte sich darum, unverkrampft und natürlich zu wirken, aber sie wünschte, sie wäre heute Abend nicht mitgekommen. Sie hätte ihrem Instinkt folgen und zu Hause bleiben sollen. Die Wunden wegen Dax Devereaux waren wieder aufgerissen worden, gerade als sie angefangen hatten zu heilen. Jetzt ging alles wieder von vorn los. Allerdings steckte diesmal ein zusätzlicher Stachel im Fleisch – Madeline Robins. Und wie viele andere noch?

Vor ihrer Haustür verabschiedete Keely sich mit einem höflichen Handschlag von Roger. „Ich hoffe, Sie haben sich gut amüsiert", sagte er, und Keely bezweifelte, dass er an diesem Abend mehr Spaß als sie gehabt hatte. Charles hupte noch einmal kurz, bevor er wieder anfuhr.

In ihren eigenen vier Wänden durfte Keely die eiserne Selbstbeherrschung endlich fallen lassen. Erschöpft lehnte sie sich gegen die Tür. Entmutigt und ausgelaugt ging sie zum Sofa hinüber und schaltete die kleine Tischlampe ein. Cape und Abendtasche landeten achtlos auf der Couch. Keely bückte sich, um die Riemchen ihrer Pumps von ihren Fesseln zu lösen. Dax' Worte fielen ihr wieder ein, und das Blut schoss ihr in die Wangen. Sie versuchte sich damit zu beruhigen, dass es nur daran lag, weil sie vornüber gebeugt stand, trotzdem drängten sich ihr alle möglichen erotischen Bilder auf. Sie kickte die Pumps von den Füßen und wurde damit um mehrere Zentimeter kleiner.

Auf dem Weg zur Treppe ins Obergeschoss knöpfte sie ihre Bluse

auf, als die Klingel durchs Haus schallte.
Habe ich etwa etwas im Auto vergessen? war ihr erster Gedanke.
Eilig schloss sie die Knöpfe wieder, zog die Tür einen Spaltbreit auf und lugte hinaus.
„Hi", sagte er.
„Hi", gab sie zurück.

8. KAPITEL

Instinktiv griff Keely zum Schalter des Verandalichtes, um es auszuschalten.

Dax' Stimme in der plötzlichen Dunkelheit klang amüsiert. „Glaubst du, man beschattet uns?"

„Ich weiß es nicht. Wäre das möglich?"

Sie fühlte sein lässiges Schulterzucken mehr, als sie es sah. „Ich bin bereit, das Risiko einzugehen."

Sie trat beiseite und ließ ihn ein. Er machte drei Schritte in den Raum und sah sich anerkennend um. Keely war stolz auf ihr Heim. Das Gebäude war in einem bedauernswert heruntergekommenen Zustand gewesen, bis es vor zehn Jahren jemand gekauft, komplett renoviert und in zwei Doppelhaushälften aufgeteilt hatte. Vor drei Jahren hatte sie die eine Hälfte gekauft und nach ihrem Geschmack eingerichtet.

Von außen war es eines der typischen alten Häuser New Orleans', mit einer roten Backsteinfassade, weißen Fensterläden und schwarzen Gitterstäben aus Gusseisen vor den Fenstern und als Geländer für den Balkon im ersten Stock. Keely hatte ihre Einrichtung geschmackvoll aus Alt und Neu zusammengestellt. Hatte antike Möbel von Speichern und aus Trödelläden beschafft und sie liebevoll mit modernen Stoffen aufgebessert. Weißes Holz passte bestens zu sandfarbenen Wänden, gebrochene Schattierungen von Rosé, Blau und Grün boten Farbtupfer in Form von Kissen, Grafiken und einer Stofftapete an der Wand des Esszimmers. Ein wunderbar behagliches Ambiente.

„Dein Haus gefällt mir", sagte Dax. „Es ist wie du."

„Hundertsieben Jahre alt?"

Erst jetzt wandte er sich zu ihr um, ein herausforderndes Funkeln in den Augen. „Schon erstaunlich, wie manche Dinge sich halten." Er schüttelte seinen Mantel von den Schultern und hängte ihn an den Messingkleiderständer bei der Haustür. Langsam drehte er sich wieder zu Keely.

Es hätten Stunden sein können, Jahre, kleine Ewigkeiten oder auch nur Sekunden, als sie einander anschauten. Wie lange auch immer, es reichte aus, um all die Sehnsucht, all das Verlangen und die

Enttäuschung auszudrücken, die sie gefühlt hatten, seit sie zuletzt zusammen gewesen waren.

Die Fassade bröckelte, und alles, was übrig blieb, war das nackte Verlangen, das sie füreinander spürten. Jetzt gab es keine Zuschauer, keine Regeln, die zu beachten waren, keine Konventionen, die eingehalten werden mussten. In diesem Moment gab es nur sie beide. Sie gaben der Anziehungskraft nach, die sie beständig zueinander hinzog, und lebten nur für die Gegenwart.

Unendlich langsam streckte Dax die Arme aus und zog Keely an sich. Er beugte den Kopf und barg sein Gesicht in ihrem Haar, wanderte mit den Lippen zu ihrem Ohr, ihren Augen, über ihre Wange, bis zu ihrem Mundwinkel.

„Ich konnte nicht wegbleiben. Ich hab's versucht. Ich konnte es nicht."

Er küsste sie ausgiebig und voller Leidenschaft. Dann lockerte er die Umarmung, doch nur, um Keelys Gesicht mit beiden Händen zu umfassen und ihr in die glänzenden Augen zu sehen. „Warum hast du mir das angetan, Keely? Warum bist du ohne ein Wort abgereist? Kannst du dir vorstellen, welche Sorgen ich mir gemacht habe? Woher hätte ich wissen sollen, dass du nicht entführt worden warst, dass dir nichts passiert war? Mir schossen Horrorvisionen aus den schrecklichsten Albträumen durch den Kopf. Warum hast du das getan?"

„Dax", stöhnte sie. „Ich hielt es für das Beste, wenn wir uns nicht mehr allein wiedersehen. Die Dinge ... liefen aus dem Ruder."

„Es tut mir leid, was auf der Rückfahrt von Mount Vernon passiert ist, Keely. Ich würde nie etwas tun, um dich zu verletzen oder zu beleidigen. Herrgott! Ich wollte mich bei dir entschuldigen, aber du hattest dein Telefon abgestellt, und am nächsten Tag bot sich keine Gelegenheit mehr."

Er streichelte ihr Gesicht. „Im Gegensatz zu dem, was meine Kontrahenten behaupten, besitze ich sehr wohl so etwas wie ein Moralgefühl. Ich weiß, du bist die Frau eines anderen Mannes. Wärest du meine Frau, würde ich jeden Mann umbringen, der dich anfassen sollte." Er riss sie in seine Arme. „Gott vergebe mir, aber ich will dich berühren."

„Bitte auch für mich um Vergebung, Dax."

Er brauchte keine weitere Aufforderung. Seine Zunge glitt zwischen ihre Lippen, er presste sich an sie, verschmolz mit ihr.

Keely tauchte ein in ein Universum der Glückseligkeit. Dax' Kuss entführte sie jenseits der Grenzen von Gewissen oder Reue, und sie wollte nie wieder zurückkehren. Ohne Anker, schwerelos, schwebte sie in einem Meer aus Leidenschaft. In ihren ganzen dreißig Lebensjahren hatte sie nur geahnt, dass der Mund, die Berührungen eines Mannes, solche Macht haben konnten.

„Du bist so schön", murmelte er an ihrem Mund. „Bei unserem gemeinsamen Tanz wollte ich das hier tun, ich konnte an nichts anderes denken." Er beugte den Kopf, um das Tal zwischen ihren Brüsten, gerade oberhalb ihres BHs, zu küssen. Er küsste sie mit exquisiter Langsamkeit, streichelte ihre Haut mit Mund, Nase, Kinn, eine Hand massierte träge eine der zarten Rundungen. Und er küsste sie wieder. Und wieder …

„Keely, oh Keely." Ihr Name kam wie ein heiserer Aufschrei über seine Lippen. Er lehnte die Stirn an ihre. „Wir können so nicht weitermachen, Keely."

„Ich weiß."

„Ich halte das nicht aus."

„Ich auch nicht."

„Ich muss gehen."

„Ja, ich verstehe."

„Stehst du morgen früh um fünf auf?", fragte er, nahm seinen Mantel vom Haken und zog ihn über.

„Ja." Sie bemühte sich um ein Lächeln, doch ihre Lippen zitterten unkontrolliert.

Dax blickte auf seine Armbanduhr. „Da bleibt dir nicht mehr viel Schlaf. Es ist schon spät."

Es hätte ihr nicht gleichgültiger sein können. „Fährst du heute Abend zurück nach Baton Rouge?"

Er schüttelte den Kopf. „Nein, ich habe hier morgen etwas zu erledigen. Wenn ich in New Orleans bin, übernachte ich im Bienville House. Kennst du es?"

„Ja, aber ich habe es noch nie von innen gesehen."

„Es ist sauber und ruhig."

„Den Eindruck macht es, ja."

Das verbotene Glück

Keiner von ihnen sagte, was er wirklich sagen wollte. Sie versuchten nur den Abschied hinauszuzögern.
„Wer wohnt eigentlich in der anderen Haushälfte?"
„Ein älteres Ehepaar. Er ist Philosophieprofessor an der Tulane. Sie teilen sich das Haus mit einer Dänischen Dogge, die größer ist als ich." Ein weiterer Versuch zu lächeln. Ein weiterer Fehlschlag.
„Du hast Glück gehabt, die Hälfte zu bekommen, die ..." Seine Gelassenheit war erschöpft, und sein Temperament brach durch. Er fluchte unflätig und schlug sich mit der Faust in die Handfläche. „Was mache ich hier eigentlich? Stehe dumm rum und rede bangloses Zeug. Mir ist völlig egal, wer auf der anderen Seite lebt. Ich rede nur, damit ich die Finger von dir lasse. Ich denke an nichts anderes als daran, wie wir uns lieben, nackt und heiß und frei, nicht wie zwei linkische, verlegene Teenager. Ich will dich nackt sehen, Keely. Ich will nackt neben dir liegen. Ich will deine Brüste küssen und deinen Bauch. Ich will wissen, wie deine Schenkel sich anfühlen. Wenn dir das nicht gefällt, dann tut es mir leid, aber das ist es, was ich fühle, seit ich dich zum ersten Mal in diesem verdammten Flugzeug gesehen habe."

Seine Stimme war laut geworden, so laut, wie sie es nie zuvor gehört hatte. „Es geht hier nicht nur um etwas, das ich in meinen Lenden fühle, das ließe sich schnell und überall befriedigen. Es ist etwas, das ich in meinem Herzen spüre. Ich hatte mir vorgemacht, wir könnten einfach nur Freunde sein, aber das geht nicht, Keely. Ich kann nicht in deiner Nähe sein, ohne dich zu berühren. Begreifst du das? Diese heimlichen Treffen kompromittieren uns beide und führen, was mich betrifft, direkt in den Wahnsinn. Es ist besser für uns beide, wenn wir uns nicht mehr sehen. Leb wohl."

Er riss die Tür auf und stapfte ohne ein weiteres Wort hinaus.

Er hat recht. Er hat recht, war alles, was Keely denken konnte. Wir wussten beide die ganze Zeit, dass es zu nichts führen kann. Es ist besser so. Ja, es ist wirklich das Beste für alle.

Warum aber strömten ihr dann unablässig Tränen über die Wangen?

„Es ist jetzt acht Uhr sechsundfünfzig, und Olivia Newton-John wird Sie in die nächste Stunde unserer Show begleiten. Vorher aber noch ein Wort von dir, Keely. Was hast du heute zu berichten? Wie sieht es denn von da oben aus?"

Keely sprach in das kleine Mikro direkt vor ihrem Mund, das an ihrem Kopfhörer befestigt war. „Ganz gut heute Morgen, Ron", teilte sie dem DJ der Morgenshow mit. „Die Polizei hat noch immer alle Hände voll mit der Massenkarambolage auf der Schnellstraße an der Ausfahrt Broad Street zu tun. Bisher ist nur eine Spur freigegeben. Autofahrer, die in diese Richtung müssen, sollten sich besser für eine andere Route entscheiden. Insgesamt gesehen jedoch war es ein ruhiger Morgen."

„Vielen Dank, Darling. Wie wäre es nachher mit einem gemeinsamen Kaffee?"

„Tut mir leid, Ron, aber mein Terminkalender ist schon voll."

Der DJ seufzte herzzerreißend. „Leute, unser Engel der Lüfte hat wirklich ein Herz aus Stein."

Keely schaltete ihr Mikro ab, während der Moderator sich beim Publikum bedankte und die angekündigte Platte anspielte. Jeden Tag ging dieser alberne kleine Schlagabtausch über den Äther, und die Hörerschaft ergötzte sich daran. Recht häufig erhielt Keely Briefe von Fans, in denen sie gebeten wurde, sich des armen Ron zu erbarmen und nicht so hart zu ihm zu sein, da er doch so offensichtlich in sie verliebt sei. Nur die wenigsten Leute wussten, dass er glücklich verheiratet war, Vater von drei Kindern und unbehelligt von der Öffentlichkeit unter seinem richtigen Namen in Metairie wohnte.

Sie seufzte, als Joe Collins, Helikopterpilot und Kriegsveteran, den Hubschrauber herumzog und die Richtung änderte. Wie immer klammerte sie sich an den Sitz, bis ihre Fingerknöchel weiß hervortraten, als die Maschine sich schräg legte. Ihr Mann war nach einem Hubschrauberabsturz verschwunden. Das würde sie nie vergessen.

„Geht es dir heute auch gut, Engel?", neckte Joe, musterte seinen Passagier aber mit besorgtem Blick.

„Ja." Keely lächelte schwach. „Ich habe letzte Nacht nicht viel Schlaf abbekommen." Was stimmte. Nachdem Dax gegangen war, hatte sie wach gelegen und gegrübelt, bis der Morgen graute und es Zeit gewesen war, aufzustehen und sich auf den Weg zur Arbeit zu machen.

„Bist du sicher, dass das alles ist?", fragte Joe nach, als er den Hubschrauber auf den Landeplatz setzte.

„Ja, wirklich. Ich bin einfach nur etwas niedergeschlagen, kein Grund zur Sorge."

„Irgendwie glaube ich dir nicht so recht, aber du musst es ja wissen. Wir sehen uns dann heute Nachmittag."

„Ja, bis später." Sie stieg aus dem Hubschrauber und schlug die Tür zu, dann lief sie gebeugt unter den sich drehenden Rotorblättern davon und winkte Joe noch einmal zu, als er wieder abhob.

Sie ging zu ihrem Wagen und schloss die Tür auf. Heute Morgen hatte sie ernsthaft mit dem Gedanken gespielt, sich krankzumelden, aber sich dann doch dagegen entschieden. Immer noch besser, sich mit Arbeit abzulenken, als in einem leeren Haus zu sitzen und über ihr leeres Leben nachzugrübeln.

Sie fuhr durch die engen Straßen des French Quarter zurück zu den Studios von KDIX. Nach dem gestrigen Regen hatte der heutige Tag sich mit zaghaften Sonnenstrahlen angekündigt, die durch die dunstige Wolkendecke zu scheinen versuchten – ein Versuch, den Keely als taktlos empfand. Sie wollte nicht, dass irgendetwas diesen Tag erhellen würde, das entsprach nicht ihrer Stimmung. Dunkle Wolken umzogen ihr Gemüt, und das sollte auch die ganze Welt wissen.

Lange starrte sie aus dem Fenster ihres Büros, durchlebte in Gedanken immer wieder die Momente mit Dax, wie er sie gehalten, sie geküsst hatte. Seine Worte hallten ihr deutlich im Gedächtnis nach. Sie hatte jedes einzelne geglaubt. Genau deshalb war sie auch überzeugt, dass sie sich nie wiedersehen würden. Sie würden nie „Freunde" sein können, die Anziehung zwischen ihnen war zu stark. Jedes Mal, wenn sie zusammen waren, betrogen sie nicht nur Mark, sondern auch ihrer beider Prinzipien. Sie brauchte niemanden in ihrem Leben, der ihre schon kaum zu ertragende Situation noch komplizierter machte. Und Dax konnte sie mit Sicherheit auch nicht unbedingt gebrauchen. Seine Gegner würden sich höchst erfreut die Hände reiben, wenn er sich auf eine Beziehung mit der Ehefrau eines vermissten Soldaten einlassen würde, noch dazu einer, die so bekannt war wie sie.

Fest entschlossen, nicht mehr an Dax zu denken, ging sie zu ihrem Schreibtisch zurück und machte sich an den Stapel unbeantworteter Post, erledigte Rückrufe und schloss sich mit dem Produzenten der Morgenshow kurz. Da ihre Schicht in zwei Hälften aufgeteilt war, konnte sie gegen Mittag gehen und brauchte erst um halb vier wieder zurück zu sein, um sich dann mit Joe zu treffen.

Es war schon fast Zeit für sie aufzubrechen, als die Tür ihres Büros aufflog und Nicole hereinrauschte. „Gut, dass du noch da bist", grüßte sie atemlos. „Du hast mir gerade das Leben gerettet."

Keely lachte über das theatralische Auftreten ihrer Freundin. „Jetzt musst du mir nur noch sagen, was genau ich getan habe."

„Du machst mit mir das Live-Interview bei den Mittagsnachrichten."

„So? Das ist ja ganz was Neues."

„Keely, du kannst mich jetzt nicht hängen lassen. Unser geplanter Studiogast hat gerade abgesagt. Wenn du nicht möchtest, dass unsere Zuschauer sich fünfzehn Minuten lang meine Urlaubsdias ansehen müssen, wirst du für ihn einspringen. Ich werde dich über die vermissten Soldaten interviewen und was letzte Woche in Washington gelaufen ist. Das ist aktuelles Nachrichtenmaterial. Wo liegt also das Problem?"

Das Problem war, dass sie sich unendlich schlecht fühlte. „Nicole, an jedem anderen Tag gern, aber heute nicht. Ich fühle mich nicht gut, und ich sehe noch schlimmer aus."

„Unsinn. Du siehst umwerfend wie immer aus."

„Ich habe Ringe unter den Augen!", rief Keely aus.

„Ich auch", gab Nicole genauso heftig zurück. „Ein bisschen Make-up wirkt Wunder. Außerdem würdest du doch nicht wegen ein paar dunkler Augenringe meinen Ruin riskieren, oder?"

„Nicole, ich weiß, wenn du in Ruhe nachdenkst, könntest du jemanden anrufen, der dir noch einen Gefallen schuldig ist. Den Bürgermeister zum Beispiel, der eignet sich immer als Lückenbüßer."

„Ja, und er ist auch immer tödlich langweilig. Du hast hier eine gute Story, Keely. Komm schon, nimm dich zusammen. In zehn Minuten gehen wir auf Sendung." Nicole sah auf ihre Armbanduhr. „Himmel, und ich habe mir noch nicht mal das Skript angesehen." Sie ging zum Schreibtisch und zog Keely hoch.

„Ich habe Krämpfe", jammerte Keely.

„Nimm eine Tablette."

„Dieses Kleid ist ..."

„Wunderbar."

Sie waren an der Tür angekommen. „Ach, was soll's", gab Keely sich geschlagen.

„Das ist die richtige Einstellung." Nicole zog Keely den Gang entlang. An der Tür zur Damentoilette hielt sie an. „Da. Geh rein und mach dich frisch. Dann komm ins Studio. Das Interview läuft erst nach dem Wetterbericht, aber beeil dich trotzdem, damit wir dich noch verkabeln können. Sollte ich eine total idiotische Frage stellen, unterbrich mich einfach mit einer längeren Erklärung. Ich habe nämlich praktisch überhaupt keine Hintergrundinformationen." Sie schob Keely in den Raum.

Keely starrte in den großen Spiegel über dem Waschbecken und bemühte sich ernsthaft, einen heiter-gelassenen Ausdruck auf ihr Gesicht zu bringen. Sie trug Rouge auf ihre Wangen auf, zog den Lippenstift nach und bürstete sich das Haar. Das jadegrüne Seidenkleid würde sich gut vor der Kamera machen, wenigstens trug sie nichts mit Streifen oder Karos.

Die Uhr zeigte Punkt zwölf Uhr Mittag, als Keely die Damentoilette verließ. Sie stieg die Treppe zu dem durch dicke Türen geschützten Fernsehstudio hinunter. Das rote „Sendung"-Licht blinkte bereits, Keely öffnete die Tür gerade weit genug, um hineinschlüpfen zu können. Der Raum lag völlig im Dunkeln, der einzige Lichtpunkt war weiter vorn das Podest, wo Nicole an ihrem Pult saß und zusammen mit ihrem Kollegen die Nachrichten verlas.

Keelys Augen gewöhnten sich an das Dunkel, sodass sie jetzt vorsichtig über die Kabel steigen konnte, die sich überall über den Boden schlängelten. Als eine Werbeunterbrechung eingeblendet wurde, nahm der Redakteur vom Dienst seine Kopfhörer ab und kam zu ihr herüber.

„Hallo, Schönheit", begrüßte er sie keck und nahm ihren Arm. „Ich werde dich zu deinem Interview begleiten, wenn du erlaubst. Würdest du dich auf eine Affäre mit mir einlassen?"

„Nur, wenn deine Frau es dir erlaubt, Randy", erwiderte Keely lachend. „Wie laufen die Dinge?"

„Chaotisch wie immer. Danke, dass du einspringst. Nicht jeder würde sich mit Devereaux zusammen filmen lassen."

„Dev..." Der Name blieb ihr im Hals stecken, als sie, von Randy geführt, auf das Podest trat. Dax saß bereits auf dem kleinen Sofa. Studiotechniker legten ihm das Mikrofon an.

„Sie beide kennen sich schon, nicht wahr?", sagte Randy und

drückte Keely sanft auf das Sofa neben Dax.

„Randy, noch dreißig Sekunden", rief jemand von hinten.

„Ihr seid nach der nächsten Unterbrechung dran." Er rannte zu seiner Kamera, noch während er sprach.

„Warum hast du mir nichts davon gesagt?", zischelte Keely Dax zu.

„Ich wusste es nicht", murmelte er zurück, während er übertrieben sorgfältig seine Krawatte richtete.

Abrupt wandte Keely ihm das Gesicht zu. „Du wusstest es nicht?"

„Nicole rief mich heute Morgen an, entschuldigte sich überschwänglich und bat mich, um zwölf hier zu sein. Also bin ich nun hier."

Keely rutschte ein wenig von ihm ab, so weit es auf dem kleinen Sofa möglich war, und zupfte am Saum ihres Kleides. „Sie hat uns beide an der Nase herumgeführt", murmelte sie. „Das Gleiche hat sie mir auch erzählt. Ich wusste nicht, dass du hier sein würdest. Sie behauptete, ich müsste ihre Show retten, weil ihr geplanter Interviewpartner angeblich nicht kommen könnte. Es tut mir leid."

„Mir nicht."

Sie sah wieder zu ihm hin, doch bevor sie etwas sagen konnte, flammten die Lichter auf.

„Hallo, Sexy!" Die Stimme des Direktors donnerte aus den Studiolautsprechern. „Entschuldigung, Mr. Devereaux, ich meinte unsere Keely."

„Grüß dich, Dave." Keely hielt sich gegen das grelle Licht die Hand vor die Augen und winkte dem Mann hinter der dicken Glasscheibe des erhöhten Kontrollraums zu. Ihr Mikrofon sandte ein schrilles Pfeifen durchs Studio.

„Richtet das schnellstens aus", hörten sie Dave sagen. Dann wandte er sich wieder an Keely: „Versuch's noch mal, Keely, bis wir es hinkriegen."

„Keely Preston hier, Mikrofon-Check. Eins, zwei, drei."

„Jetzt klingt's fantastisch, eine Stimme wie Samt. Mr. Devereaux, würden Sie auch, bitte ...?"

„Hallo, Dave. Wie macht sich das neue Baby?"

„Ach, stimmt ja. Als Sie das letzte Mal bei uns waren, lag meine

Frau in der Klinik. Dass Sie sich daran noch erinnern. Danke, den beiden geht's bestens."

„Schön", gab Dax zurück.

Jetzt klang die Lautsprecherstimme entnervt. „Nicole, würdest du wohl endlich deinen süßen Hintern aufs Podest bewegen? Wir sind in sechzig Sekunden auf Sendung."

Keely sah Nicole von ihrem Nachrichtenplatz aufspringen und zum Studiospiegel hasten, um noch einmal ihr perfektes Aussehen zu überprüfen. Jetzt eilte sie durch den dunklen Raum zu ihnen, ließ sich atemlos auf den freien Sessel fallen und befestigte das bereitliegende Mikrofon an ihrem Kragen. „Du liebe Güte, was für ein Tag! Schön, Sie wiederzusehen, Mr. Devereaux." Sie ignorierte Keely ganz bewusst, und Keely spürte, wie unsicher die Freundin war. Seit wann benutzte Nicole Ausdrücke wie „du liebe Güte"?

„Nennen Sie mich doch bitte Dax."

Nicole lächelte. „Gern, aber nicht während des Interviews."

„Auf Kamera zwei in fünfzehn Sekunden, Nicole", instruierte Randy leise, der jetzt wieder von Dave übernommen hatte.

„Bereit?", fragte Nicole Dax und Keely. Ohne auf eine Antwort zu warten, drehte sie sich zur Kamera und lächelte. Sobald das Licht aufblinkte, begann sie. „Für unser Interview haben wir heute Keely Preston und den Kongressabgeordneten Dax Devereaux zu Gast bei uns im Studio."

Während der nächsten fünfzehn Minuten beantworteten Keely und Dax Nicoles Fragen und sprachen Punkte an, die sie versäumt hatte zu erwähnen. Das Interview verlief glatt und problemlos, Keely und Dax schien nur das gemeinsame Interesse an dem Diskussionsgegenstand zu verbinden.

Einmal, als Dax gerade eines seiner Argumente anführte, sah Keely zu ihm hin. Er unterstrich seine Worte mit Gesten, und Keely dachte, wie vertraut diese ihr waren. Alles, was er sagte, war präzise und klar. Er benutzte keine schwammigen Ausdrücke, wenn es um das Wohl anderer ging. Keely bewunderte seine Überzeugungskraft.

„Vielen Dank euch beiden", bedankte sich Nicole schließlich, als die Werbung eingespielt wurde. „Ich kann euch gar nicht sagen, wie sehr ich es zu schätzen weiß, dass ihr alles habt stehen und liegen lassen und das für mich getan habt."

„Freut mich, dass ich helfen konnte." Keely hatte Mühe, ihre Wut unter Kontrolle zu halten, während sie sich von dem kleinen Mikro befreite. Sie wusste ganz genau, was Nicole dabei im Sinn gehabt hatte, Dax und sie zu dieser Show einzuladen. Gestern, als Nicole sie nach Dax gefragt hatte, hatte Keely Gleichmut vorgetäuscht. Sie hätte wissen müssen, dass Nicole sich nichts vormachen ließ. Sie hatte sehr feine Antennen, wenn es um die Beziehungen zwischen Mann und Frau ging. „Entschuldigt mich jetzt bitte, ich habe zu arbeiten." Ohne ein weiteres Wort ging Keely an Dax vorbei und verließ das Studio.

Sie zitterte am ganzen Körper, als sie die Treppe zum zweiten Stock hinaufstieg und durch das Labyrinth von Gängen zu ihrem Büro ging. Sie setzte sich auf ihren Stuhl und verbarg das Gesicht in den Händen, atmete tief durch. Dieses Mal hatte Nicole dem Schicksal auf die Sprünge geholfen und sie und Dax wieder zusammengebracht. Dabei hatte sie die Tatsache akzeptiert, dass Dax keinen Platz in ihrem Leben hatte.

Gestern Abend war er bereits zu diesem Entschluss gekommen und hatte dabei mehr Disziplin gezeigt, als sie je besitzen würde. Jetzt, nur wenige Stunden später, waren sie wieder zusammen gewesen, hatten eng nebeneinandergesessen, die gleiche Luft geatmet. Es war schmerzhaft gewesen, so nah beieinander zu sein und Gleichgültigkeit vortäuschen zu müssen.

Eines würde sie nicht tun: hier in diesem muffigen Kämmerchen sitzen und ihre Wunden lecken. Je schneller sie dieses Gebäude verließ, desto besser.

Sie nahm ihren Mantel vom Garderobenhaken, als die Tür leise aufgeschoben wurde und Dax eintrat.

Lange sahen sie einander schweigend an, Keely verharrte mitten in der Bewegung, Dax lehnte sich mit dem Rücken gegen die geschlossene Tür, als wolle er Eindringlinge aufhalten.

„Wohin gehst du?", fragte er endlich.

Sie zog sich den Mantel über. Das Herz pochte ihr bis zum Hals. „Nach draußen. Ich habe jetzt bis zum Nachmittag frei."

„Oh", sagte er nur, ging aber nicht aus dem Weg. Gott, sie ist schön, dachte er. Letzte Nacht hatte er jedes einzelne Wort, das er gesagt hatte, ernst gemeint. Es war Wahnsinn, diese heimlichen Treffen fortzusetzen. Er verabscheute Lügen, sie gaben seinen Gefühlen für Keely einen schalen Beigeschmack. Schon allein aus diesem Grund wollte er keine Heimlichkeiten mehr.

Da es keinen Weg gab, sein Verlangen nach Keely abzustellen, musste er sich eben ab sofort versagen, sich der Versuchung hinzugeben. Ein glatter Schnitt mit chirurgischer Genauigkeit. Sofortiger Entzug. Mit dieser festen Überzeugung war er ins Fernsehstudio gekommen. Keely zu sehen hatte seinen Entschluss völlig über den Haufen geworfen.

Souverän hatte er dagesessen und Nicoles Fragen beantwortet, während er in Gedanken mit Keely zärtlich gewesen war. Er war nicht immun gegen ihre Nähe. Ihr Körper strahlte eine verführerische Wärme aus. Jede ihrer Bewegungen nahm er wahr, so klein sie auch sein mochte.

„Ich wollte dir sagen, ich wusste nicht, dass du bei dieser Show dabei sein würdest. Ich war genauso überrascht wie du."

„Ich glaube auch nicht, dass du irgendwas damit zu tun hattest. Das Ganze riecht meilenweit nach Nicole. Sie hat das arrangiert."

„Aber wieso? Ich meine, außer der Tatsache, dass sie es für ein interessantes Interview hielt."

„Ich denke, sie hätte es gar nicht so interessant gefunden, wenn sie uns gestern Abend nicht zusammen tanzen gesehen hätte." Keely wandte den Blick von ihm. „Sie ... nun ... sie hat mir hinterher einige Fragen gestellt." Wohl wissend, dass es sinnlos war, jetzt wegzugehen, zog sie den Mantel wieder aus und hängte ihn auf. Sie stellte ihre Handtasche auf den Schreibtisch und ließ sich auf den knarrenden Stuhl nieder.

„Was denn für Fragen?" Dax setzte sich auf die Schreibtischkante.

„Fragen über dich. Wie gut ich dich in Washington kennengelernt hätte."

„Was hast du gesagt?"

„Dass ich dich kaum gesehen hätte."

„Und was hat sie gesagt?"

Keely sah zu ihm hoch. „Sie meinte, das würde sie nicht glauben, so wie wir zusammen getanzt haben."

Er beugte sich vor und nahm ihre Hand. „Was sonst noch?"

„Sie wollte wissen, ob ich dich für einen starken Typ zum Anbeißen halte." Um ihre Mundwinkel zuckte es.

Dax hob amüsiert eine Augenbraue und beugte sich weiter vor. „Interessant. Und? Was hast du geantwortet?"

Keely musste den Kopf zurücklehnen, um ihn ansehen zu können. „Ich sagte, dass man dich wohl tatsächlich so bezeichnen könnte."

Er legte den Kopf schief. „Hast du das wirklich über mich gesagt?", fragte er neckend.

Sein Lächeln war ansteckend, und so gab sie schelmisch zurück: „Ja, in einem Augenblick der Schwäche."

Sie lachten beide leise. Mit dem Zeigefinger strich er über ihre Lippen, fuhr mit einer Hand durch ihr Haar und in ihren Nacken, zog sie zu sich, während er seine Lippen näher zu ihrem Mund heranbrachte.

Das Klicken der Türklinke hallte wie ein Pistolenschuss durch den Raum, und sie stoben auseinander. Keely sprang von ihrem Stuhl auf, Dax stellte sich vor sie, als müsse er sie beschützen. Beide waren erleichtert, als sie Nicole in der Tür stehen sahen.

Eiligst schloss diese die Tür hinter sich. „Herrgott noch mal. Ihr seid vielleicht leichtsinnig. Wenn ihr *diese* Art von Mittagspause einlegt, solltet ihr wenigstens die Bürotür verschließen." Die Hände in die Hüften gestützt, sah Nicole aus wie eine erboste Mutter.

Keely schob Dax zur Seite und kam um den Schreibtisch herum. „Nicole, ich könnte dir den Hals umdrehen für den kleinen Trick, den du dir da hast einfallen lassen. Was sollte das?"

Der Ärger ihrer Freundin ließ Nicole völlig kalt. Sie hüpfte schwungvoll auf den Schreibtisch des Musikmoderators und stieß dabei fast wieder die arme Cindy um. „Tu doch nicht so, als würdest du dich über das Wiedersehen ärgern. Gestern Abend konnte ich deutlich erkennen, dass euch beiden nichts anderes im Kopf herumspukt, als so schnell wie möglich miteinander in die Federn zu hüpfen. Deshalb wollte ich eben ein bisschen nachhelfen, das ist alles", gab sie freimütig zu und blinzelte Dax zu. „Und es hat doch funktioniert, wenn ihr da weitermacht, wo ich euch gerade überrascht habe. Nur schade, dass ich euch nicht in einer wirklich kompromittierenden Situation erwischt habe."

„Nicole!", rief Keely mit hochroten Wangen aus. „Dax ... ich meine ... wir ..."

Dax trat hinter sie und legte ihr beruhigend einen Arm um die Schultern. „Nicole", setzte er an, „offensichtlich ist Ihnen aufgefallen, dass Keely und ich uns in Washington nähergekommen sind. Es war Zufall, keiner von uns hat das geplant, aber es ist passiert. Und jeder von uns sieht die Unmöglichkeit, dass daraus etwas Festeres werden könnte. Sie ist verheiratet", er sah traurig zu Keely, „und ich kandidiere demnächst für den Senat. Eine ... Affäre mit einer verheirateten Frau zu haben ist sicherlich nicht förderlich für einen Politiker, selbst wenn Keely dem zustimmen sollte, was sie nie tun würde. Letzte Nacht nach der Gala hatten wir beschlossen, uns nicht wiederzusehen, weder privat noch in der Öffentlichkeit, soweit es sich vermeiden lässt. Deshalb hat es uns leicht aus der Fassung gebracht, heute zusammen im Studio zu sein."

„Letzte Nacht?", fragte Nicole scharf und hüpfte vom Schreibtisch. „Nach dem Ball? Wo?"

Dax sah Keely fragend an, und als sie nickte, antwortete er: „Bei ihr zu Hause."

Nicole ließ sich wieder gegen den Schreibtisch fallen. „Herrgott noch mal. Hat euch jemand gesehen?"

„Wieso?" Keely gefiel es ganz und gar nicht, wie Nicole an ihrer Lippe kaute.

„Nun, weil ... ich scheine nicht die Einzige zu sein, der die Vertrautheit aufgefallen ist, mit der ihr zusammen getanzt habt. Deshalb bin ich überhaupt raufgekommen. Hier, das ist die neueste Abendausgabe. Ich dachte, du solltest sie vielleicht sehen."

Erst jetzt fiel den beiden die zusammengefaltete Zeitung in Nicoles Hand auf. Nicole reichte sie Keely. Mit einem flauen Gefühl im Magen schlug Keely den Gesellschaftsteil auf.

Da war ein Bild von ihr und Dax, wie sie eng umschlungen tanzten. Dax hatte das Gesicht zu ihr heruntergebeugt, während sie zu ihm aufschaute. Sie lächelten einander an, ein Lächeln, das noch mehr besagte als der feste Griff, mit dem er sie hielt. Unter dem Bild stand zu lesen: „Der Kongressabgeordnete Dax Devereaux und Keely Preston, Frau eines in Vietnam vermissten Soldaten, zogen beim gemeinsamen Tanz viele Blicke auf sich."

„Verdammt", fluchte Dax vehement und warf die Zeitung zu Boden. „Verdammt."

Keely schlang die Arme um sich und ging zum Fenster, starrte blicklos hinaus.

Nicole räusperte sich. „Ihr solltet euch besser genau abstimmen", warnte sie. „Irgendjemand wird das bestimmt aufgreifen. Dax, hat Sie jemand bei Keely zu Hause gesehen?"

„Ich glaube nicht. Ich habe vor einem Restaurant auf der St. Charles Street geparkt und bin dann gelaufen."

Keely drehte sich um und starrte ihn an. „Wirklich? Das wusste ich nicht."

„Wie hätte ich denn sonst zu dir kommen sollen?"

„Ich habe nicht darüber nachgedacht." Sie zuckte die Achseln. „Du warst einfach auf einmal da." Sie pflückte eine winzige Fluse von seinem Jackett. „Das hättest du nicht tun sollen. Die Gegend ist im Dunklen nicht sonderlich sicher. Du hättest überfallen werden können."

„Ich bin doch ein starker Typ, weißt du noch?"

„Ich meine es ernst. Hast du nicht gefroren?"

Er strich ihr eine Strähne aus der Stirn. „Ganz bestimmt nicht, nachdem ich von dir wegging." Er gluckste leise.

„Hallo, ihr zwei, ich bin auch noch da", machte Nicole sich bemerkbar. Verdutzt blickten Keely und Dax sie an, so als hätten sie ihre Anwesenheit wirklich völlig vergessen. „Ich persönlich hoffe ja, ihr sagt der ganzen Welt, sie soll sich gefälligst um ihre eigenen Angelegenheiten scheren. Mir würde nichts besser gefallen, als wenn ihr eure heiße Affäre endlich beginnt – oder weiterführt, wie auch immer. Trotzdem solltet ihr euch darauf einstellen, dass dieses Foto Wellen schlagen wird. Leider gibt es auch noch eine dazugehörige Story, die ihr bisher nicht gelesen habt, in der aber angedeutet wird, dass in Washington mehr abgelaufen sein könnte als nur eine Anhörung des Untersuchungsausschusses. Und wenn ich mir eure schuldbewussten Gesichter so ansehe, ist diese Vermutung vielleicht gar nicht so aus der Luft gegriffen." Nicole ging zur Tür. „Bitte wisst, dass ich nicht der Feind bin. Ich bin eine Freundin. Und es tut mir leid, was ich heute getan habe. Hätte ich die Zeitung eher gesehen, wäre mir wahrscheinlich etwas weniger Öffentliches eingefallen, um euch beide zusammenzubringen." Sie kniff die Augen zusammen. „Auf der anderen Seite ... das könnte eure Erklärung für gestern Abend sein. Ihr wart zu dem Interview eingeladen und wolltet noch einmal kurz durchgehen, was in Washington besprochen wurde. Ist nicht viel, aber vielleicht ist es das Einzige, was ihr habt."

Damit war sie verschwunden. Dax und Keely starrten noch lange auf die geschlossene Tür. Schließlich wandten sie sich einander zu. Dax seufzte und rieb sich den Nacken.

„Sieht so aus, als sei uns die Entscheidung abgenommen worden."

„Ja. Es tut mir so leid, Dax. Nie würde ich deine Kandidatur gefährden wollen."

„Das weiß ich doch. Und ich wusste auch genau, was ich tat, als ich dich zum Tanzen aufforderte. Ich habe mich selbst in die Irre geführt, als ich glaubte, ich könnte dich ganz platonisch in den Armen halten." Er deutete auf die am Boden liegende Zeitung. „Ein Bild sagt mehr als tausend Worte."

„Wir müssen einfach darauf achten, dass wir ihnen keinen weiteren Anlass mehr liefern, die Gerüchteküche zu schüren. Gestern Abend sagtest du, wir sollten ... können uns nicht mehr sehen. Und was heute passiert ist, sollte diesen Entschluss nur noch bestärken." Sie sah zu ihm auf. „Ich bin immer noch verheiratet, Dax. Welche Faktoren auch sonst mitspielen, dieser bleibt immer der gleiche, und das ist auch der, der allen anderen so ein Gewicht gibt. Ich bin verheiratet."

Dax ging zur Tür, drehte sich aber noch einmal zu Keely um. „Kommst du zurecht? Was, wenn man dich in die Enge treibt und auf einen Kommentar zu dem Bild besteht?"

„Ich werde mich dumm stellen. Ich habe dich in Washington getroffen, wir sind mit einer Gruppe aus Kongressabgeordneten, einem Journalisten und anderen PROOF-Mitgliedern zum Lunch gegangen. Ich respektiere dich für deine Unterstützung von PROOF, ich halte dich für den besten Kandidaten für den Senatorenposten. Darüber hinaus – nichts."

Er nickte langsam. Er wirkte wie ein Mann, der den Gang zum Galgen antreten musste und es so lange wie möglich hinauszögern wollte. „Falls du mich brauchen solltest ..."

In ihren Augen stand die Antwort.

Dann war er weg, und der Schmerz war unerträglich. Blind tastete sie sich am Schreibtisch entlang zurück zum Stuhl und ließ den Kopf

auf die Arme sinken. Das schrille Klingeln des Telefons schreckte sie auf aus ihrem Schluchzen.
„Ja", meldete sie sich rau.
„Miss Preston, hier ist Grady Sears vom ‚Times Picayune'."
Keely umklammerte den Hörer fester und riss sich zusammen. „Ja, bitte?"

9. KAPITEL

Das war nur der erste in einer Reihe ähnlicher Anrufe. Aber alle Reporter waren enttäuscht wegen Keely Preston Williams' gelassener Antworten auf das Bombardement von zweideutigen Fragen. Sprach man sie darauf an, ob sich zwischen ihr und Dax Devereaux eine Romanze anbahnte, so lachte sie nur leise.

„Ich bin sicher, der Kongressabgeordnete wäre nicht sehr geschmeichelt, wenn sein Name mit einer alten verheirateten Lady in Zusammenhang gebracht würde."

„Ihr Mann gilt seit über zwölf Jahren als vermisst, Mrs. Williams. Und als alt kann man Sie nun wirklich nicht bezeichnen. Zudem ist Devereaux' allgemein für seine Affären bekannt."

Tatsächlich? Stimmte das wirklich? War sie nur eine von vielen? „Ich bin über das Liebesleben des Abgeordneten wahrlich nicht informiert."

„Und wie erklären Sie die Vertrautheit, mit der Sie beide zusammen getanzt haben?", kam die unverschämte Frage. „Bilder lügen nicht, Mrs. Williams."

„Nein, aber sie können falsch interpretiert werden. Mr. Devereaux und ich hatten Grund, unseren Sieg in Washington zu feiern. Er unterstützt die Sache von PROOF. Und wenn er die gleiche Gewandtheit während seines Wahlkampfs beweist wie beim Tanzen, wird er mit Sicherheit gewinnen."

Sie sagte es mit zusammengeschnürter Kehle und einem eingefrorenen Lächeln. Sie hörte sich an wie ein alberner schwärmerischer Fan. Immer noch besser, als schuldbewusst zu klingen.

Alle Gespräche verliefen nach dem gleichen Muster. Da Dax und sie keinen Anlass mehr lieferten, der die Gerüchteküche weiter schürte, flaute das Interesse jedoch schnell ab. Aber gerade, als sie glaubte, den aufdringlichsten aller Reporter überzeugend abgewimmelt zu haben, musste sie feststellen, dass ihr der schlimmste noch bevorstand.

Vier Tage nach dem Fernsehinterview setzte Joe sie nach einem anstrengenden Tag im Hubschrauber auf dem Parkdeck des Superdome ab.

„Sieht aus, als würdest du erwartet", rief Joe laut, um das Dröhnen der Rotoren zu übertönen.

Keely hatte den Wagen, der neben ihrem geparkt hatte, längst gesehen. Jetzt öffnete ein Mann die Tür und stieg aus – Al Van Dorf.

„Ja, scheint so", sagte sie grimmig und winkte Joe zu, als er wieder abhob. Statt wie üblich unter den sich drehenden Blättern loszurennen, ging sie gemessenen Schrittes auf ihren Wagen zu.

Van Dorf stand vor ihrer Kühlerhaube und sah dem davonfliegenden Helikopter nach. „Es erstaunt mich immer wieder, dass diese Dinger sich in der Luft halten können", sagte er.

„Hallo, Mr. Van Dorf. Was führt Sie nach New Orleans? Sind Ihnen in Washington die Neuigkeiten ausgegangen, über die sich schreiben ließe?" Vorsicht, Keely, ermahnte sie sich in Gedanken. Sie tat sich keinen Gefallen damit, Van Dorf zu provozieren. Also kaschierte sie ihre spitzen Worte mit einem freundlichen Lächeln, und man sah Van Dorf an, dass er nicht sicher war, ob die Bemerkung nun bewusst gehässig gemeint war oder nicht.

„Sagen wir einfach, dass es hier im Moment interessante Dinge gibt, über die sich berichten lässt." Hinter den altmodischen Brillengläsern funkelten seine Augen listig. Nur langsam erschien ein Lächeln auf seinem Gesicht, und es war eindeutig ein anzügliches. „Wie zum Beispiel Sie und Mr. Devereaux."

Ihr erstaunter Gesichtsausdruck hätte einen Oscar verdient. „Ich und Mr. Devereaux? Ich verstehe nicht."

„Warum nehmen wir nicht irgendwo einen Drink und unterhalten uns ein bisschen?" Er griff nach ihrem Arm, aber sie wich ihm elegant aus.

„Nein, danke, Mr. Van Dorf. Ich bin auf dem Weg nach Hause."

„Nun, dann reden wir eben hier." Er griff in seine Brusttasche und zog eine zusammengefaltete Zeitungsseite hervor. Keely wusste sofort, worum es sich handelte. Van Dorf betrachtete das Bild der beiden beim Tanz mit schief gelegtem Kopf. „Sie sind sehr fotogen, Mrs. Williams."

„Danke." Sie konnte ihn ebenso lange hinhalten wie er sie.

„Was denken Sie über unseren Abgeordneten? Er ist verdammt attraktiv, nicht wahr?"

„Ja, da haben Sie recht. Wirklich attraktiv." Ihre prompte Zustimmung überraschte ihn. Er wirkte fast ärgerlich, dass sie keine Verlegenheit zeigte. Den Vorteil des Augenblicks nutzend, fragte Keely:

„Worüber wollten Sie mit mir reden, Mr. Van Dorf?"

Er musterte sie aus zusammengekniffenen Augen. Diese Frau war nicht leicht zu knacken. Aber wenn sie mit harten Bandagen kämpfen wollte ... das konnte er auch. „Ist Devereaux genauso gut im Bett wie im Kongress?"

Falls die Frage sie schockieren sollte, so war dieses Ziel erreicht. Für einen Moment hatte es Keely die Sprache verschlagen. Und als sie sprach, kamen ihr die Worte nur schwer über die Lippen. „Diese Unterstellung ist einfach ungeheuerlich, Mr. Van Dorf, und ich habe nicht vor, sie mit einer Antwort zu honorieren."

„Sind Sie und Devereaux etwa nicht liiert?"

„Nein."

„Wie erklären Sie dann dieses Bild?"

„Wie erklären Sie es denn?", schoss sie zurück. Der Schock war Wut gewichen, am liebsten hätte sie Van Dorf sein widerliches Grinsen aus dem Gesicht geschlagen. „Leute tanzen zusammen. Wollen Sie etwa behaupten, der Präsident hätte eine Affäre mit jeder Frau, mit der er bei einem Empfang im Weißen Haus tanzt?"

„Stimmt, Menschen tanzen miteinander. Aber nur selten mit einem so entrückten Lächeln auf dem Gesicht, Mrs. Williams."

„Mr. Devereaux ist ein charmanter Mann. Ich finde ihn intelligent und sehr charismatisch. Ich bewundere ihn für seinen Einsatz bei der Anhörung, ich respektiere ihn für seinen Mut, mit dem er seinen Kritikern entgegentritt. Respekt und Bewunderung, das ist es, was ich für ihn fühle, mehr nicht." Lügnerin, meldete sich eine Stimme in ihrem Hinterkopf, machte sie aber nur umso entschlossener, Van Dorf abzuwimmeln. „Wie Sie etwas Unrechtes in einem Tanz erkennen können, ist mir völlig unverständlich. Nennen Sie das guten Journalismus?"

„Es geht hier nicht nur um einen Tanz, Mrs. Williams", erwiderte er kühl. „Da sind diese heimlichen Blicke und das selige Lächeln in Washington. Da ist dieser verregnete Tag, an dem weder Sie noch Devereaux aufzutreiben waren. Und da ist dieses Gefühl im Bauch, das ich habe."

Sie lachte humorlos. „Wenn Ihr Bauch Ihre einzige Informationsquelle ist, sollten Sie sich besser eine verlässlichere suchen. Ich habe nie mit Mr. Devereaux geschlafen." Das war die Wahrheit. „Das werde ich auch nie." Das musste sich noch zeigen. „Und ich will es auch gar nicht." Eine glatte Lüge. „Wenn Sie mich jetzt bitte entschuldigen wollen, ich habe Ihnen genug Zeit geopfert. Sie haben bestimmt andere Dinge, über die Sie schreiben können, als über heimliche Blicke, die lediglich Ihrer wilden Fantasie entsprungen sind."

Damit schob sie sich an ihm vorbei, schloss ihren Wagen mit zitternden Fingern auf und stieg ein. Sie zog gerade ihren Mantel aus, als Van Dorf fragte: „Was hält Mr. Devereaux denn von Ihnen?"

„Das müssen Sie ihn fragen."

Er lächelte dieses träge, anzügliche Lächeln. „Oh, das werde ich, darauf können Sie wetten."

Als Keely an diesem Abend zu Bett ging, war sie immer noch beunruhigt. Was hätte sie sagen können, das sie nicht gesagt hatte? Was hatte sie gesagt, das sie besser nicht geäußert hätte? Ob Van Dorf ihr geglaubt hatte? Wahrscheinlich nicht, aber er hatte nichts, worauf er eine Story aufbauen könnte. Sollte er einen Artikel voller Vermutungen abdrucken, würde er sich nur lächerlich machen. Er hatte keine Beweise, keine Fakten. Sein ganzes Material bestand aus Mutmaßungen und Verdachtsmomenten. Und wenn es hart auf hart kam, so waren Dax und sie unschuldig.

Natürlich könnte Van Dorf durch Zufall herausfinden, dass Dax nach dem Empfang der Künstlerliga bei ihr zu Hause gewesen war. Es würde harte Überzeugungsarbeit kosten, damit er glaubte, dass nichts passiert war, vor allem, weil er nur das Schlimmste glauben wollte. Tatsache war jedoch, es war nichts passiert. Es gab nichts, dessen sie sich schuldig fühlen müssten.

Jeder schien automatisch davon auszugehen, sie wäre Dax' Geliebte. Konnte sich denn keiner vorstellen, Dax könnte auch eine platonische Freundschaft mit einer Frau haben?

Während der letzten Tage waren die Zeitungen voll davon gewesen, mit welchen Begleiterinnen Dax in der Öffentlichkeit gesehen worden war. Keely hatte vehement abgestritten, der nächste Name auf dieser langen Liste zu sein, aber jeder schien das anzunehmen. Hätte sie sich Dax hingegeben, wäre sie dann nur eine weitere Eroberung für ihn? Nein, bestimmt nicht. Und doch ...

Sie hatte ein Interview mit Dax in der gestrigen Abendzeitung gelesen. Auf das mittlerweile berüchtigte Foto angesprochen, hatte er nur gesagt: „Ich wünschte, man hätte das Foto von mir beim Treffen der Hafenarbeiter gedruckt. Da sehe ich viel besser aus, auch wenn ich zugeben muss, dass Mrs. Williams wesentlich hübscher ist als dieser Arbeiter, mit dem ich zusammenstehe."

Er hatte es lachend abgetan, es für völlig unwichtig erklärt. Unter den gegebenen Umständen war ihm auch nichts anderes übrig geblieben. Aber vielleicht fühlte er ja tatsächlich so. Vielleicht litt er gar nicht so sehr, wie er behauptete.

Tränen nahmen Keely die Sicht, als sie zum Bücherregal hinüberschaute. Das Hochzeitsfoto von ihr und Mark stand an seinem angestammten Platz auf dem dritten Bord. Die Braut trug einen Pony, das lange Haar fiel ihr bis weit über die Schultern. Das helle Wollkleid endete gute zwanzig Zentimeter über dem Knie, die weißen kniehohen Lackstiefel wirkten geradezu lächerlich. Ein traditionelles Hochzeitskleid war nicht infrage gekommen, sie hatten gar keine Zeit gehabt, um eines auszusuchen. Aber hatte sie wirklich in *diesem* Aufzug geheiratet?

Ihre brennenden Augen glitten zu dem jungen Mann auf dem Foto. Mark. *Wo bist du? Was ist mit dir geschehen? Lebst du noch? Oh, Mark, meine Jugendliebe. Ja, du warst so lieb. Sanft, großzügig, zärtlich, unternehmungslustig. Die perfekte erste große Liebe.*

Auf dem Foto hatte er einen Haarschnitt nach der typischen Beatles-Mode. Lange Ponyfransen hingen ihm ins Gesicht. Nur Tage später hatte man ihn im Trainingscamp kahl geschoren. Jackett und Hose waren ein wenig zu klein für seine athletische Gestalt. Seine Füße wirkten geradezu winzig im Vergleich zu den Schlaghosen, die damals in Mode gewesen waren.

Sie beide lachten wie Kinder in die Kamera, weil sie so begeistert gewesen waren, etwas so Erwachsenes wie Heiraten zu tun.

Keely setzte sich auf, um das Foto genauer zu betrachten. Das junge Mädchen auf dem Foto hatte keine Ähnlichkeit mit der Keely Preston Williams von heute. Sie war ihr völlig fremd. Die Keely von heute konnte mit dem Mädchen von damals nichts mehr anfangen.

Mark, sollte er noch leben, würde auch nicht mehr derselbe junge Mann sein. Keely konnte sich das Gesicht, die Stimme, den Charakter des Mannes nicht vorstellen, zu dem Mark geworden war, sollte er je zurückkommen. Den Jungen auf dem Bild gab es nicht mehr. Wie auch das Mädchen nicht mehr existierte.

Keely legte sich wieder hin und starrte an die Decke. Sie versuchte sich zu erinnern, wie es sich angefühlt hatte, von Mark geküsst, von ihm gestreichelt zu werden, aber es waren Dax' Küsse, die ihr in den Sinn kamen. Sie konnte sich nicht daran erinnern, je Raum und Zeit vergessen zu haben, wenn Mark sie geküsst hatte. Ihr Herz hatte vielleicht schneller geschlagen, und ihre Handflächen waren ein wenig feucht vor angespannter Erwartung geworden, aber an diese durch ihren ganzen Körper kriechende Hitze, die sie schwach machte und zugleich belebte, konnte sie sich nicht erinnern.

Sie schloss die Augen und rief einen imaginären Liebhaber herbei. Als er zu ihr kam, war er nicht blond wie ihr Mann, sondern er hatte dunkles Haar und dunkle Augen, geerbt von seinen französisch-kreolischen Vorfahren. Seine Bewegungen waren nicht linkisch und unsicher, sondern erfahren und geduldig.

Keine Hände, die hektisch tasteten, sondern solche, die sicher wussten, wie sie Erregung wachrufen konnten. Keine hastige Gier, keine ungelenke Eile.

Die erfahrenen Hände glitten abwärts, berührten, fanden, was sie suchten ... und schenkten ihr die lang ersehnte Erfüllung.

Unendlich langsam ließ Keely sich auf das Bett herabsinken. Ihre Lider öffneten sich flatternd, verwirrt fragte sie sich, was gerade passiert war. Mit der Erkenntnis kam die Scham. Es war nicht Mark gewesen, nach dem sie sich gesehnt hatte, sondern Dax Devereaux.

Ihr Kissen sog die heißen Tränen der Reue auf.

„Sollen wir unser Lunchpaket zum Jackson Square mitnehmen?"

Wie bei den meisten von Nicoles Anrufen, so erfolgte auch dieser ohne jegliche Einleitung. „Ich wollte eigentlich gar nicht ..."

„Hast du vielleicht etwas Besseres vor?", fragte Nicole mit einem Hauch von Schärfe.

„Nein", gab Keely klein bei.

„Dann treffen wir uns in einer halben Stunde unten am Eingang. Ich bring die Lunchpakete mit."

Seit dem Tag, an dem Nicole Dax und ihr diesen Streich mit dem Interview gespielt hatte, war Keely Nicole ausgewichen. Sie hatten gelegentlich miteinander telefoniert und waren sich auch im Flur des Senders begegnet, aber die gewohnte Vertrautheit war nicht mehr da. Keely fehlte sie.

Zur verabredeten Zeit traf sie sich mit Nicole an der Eingangstür. Die wenigen Häuserblocks bis zu dem historischen Platz gingen sie zu Fuß. Die Sonne schien auf die Saint Louis Kathedrale, eine Taube hatte sich häuslich auf der Statue von Andrew Jackson niedergelassen. Die ersten Frühlingsknospen brachen aus der Erde mit dem Versprechen, bald aufzublühen, Straßenhändler boten ihre Waren feil. Die beiden Freundinnen suchten sich eine freie Bank. Nicole griff in die Papiertüte und bot Keely ein Sandwich an.

„Diese Ungewissheit bringt mich noch um." Nicole biss herzhaft in ihr Sandwich. „Hast du nun oder hast du nicht?"

„Was habe ich oder auch nicht?"

„Mir verziehen", sagte Nicole leise und sah Keely so zerknirscht an, dass diese lachen musste.

Keely legte ihr Sandwich weg und umarmte die Freundin. „Natürlich habe ich dir verziehen. Und mir tut es auch leid. Du hast mir richtig gefehlt."

Nicole entzog sich der Umarmung und blinzelte verärgert die Tränen fort. „Na, dem Himmel sei Dank, dass das endlich vorbei ist. Ich dachte schon, ich müsste den Rest meines Lebens in Sack und Asche wandeln. Dabei sehe ich fürchterlich aus in Grau."

Die spöttische Bemerkung konnte Keely nicht täuschen. Nicole hatte unter dem Bruch der Freundschaft genauso gelitten wie sie. „Das war wirklich ein Schlag unter die Gürtellinie, Nicole, aber das war eigentlich mein kleinstes Problem." Keely schüttelte den Kopf. Es war zwei Wochen her, seit sie Dax gesehen hatte. Sollte die Zeit nicht angeblich alle Wunden heilen? Diese Weisheit hatte sich bei ihr als falsch erwiesen. Je länger sie ihn nicht sah, desto mehr sehnte sie sich nach ihm.

„Willst du es mir nicht endlich erzählen, Kelly? Ich meine das, was ich mir nicht schon selbst zusammengereimt habe."

Keely sah Nicole schräg von der Seite her an. „Und was hast du dir bisher zusammengereimt?"

Nicole wickelte den Rest ihres Sandwiches wieder in das Zellophanpapier und öffnete eine Limonadendose. Während sie Keely davon anbot, sagte sie: „Ich denke, ihr habt euch irgendwo in Washington getroffen, wart sofort voneinander angezogen, wusstet aber auch von Anfang an, dass es in eurer jeweiligen momentanen Situation recht ungemütlich werden könnte. Und seither liegen euer Gewissen und eure Libido im Clinch."

Keely betrachtete abwesend die Statue, auf der mittlerweile mehrere Tauben gelandet waren. „Das bringt es mehr oder weniger auf den Punkt."

„Keely, warum quälst du dich so? Wenn du eine Affäre mit ihm haben willst, dann tu es. Schön, er ist Kongressabgeordneter, aber er ist immer noch ein Mann. Und mal ehrlich, wen kümmert es heutzutage denn noch, wer mit wem schläft? Sei egoistisch. Denk zur Abwechslung mal an dich."

„Ich muss auch an ihn denken."

„Warum? Er ist schon ein großer Junge, weißt du. Er ist mit offenen Augen an die Sache herangegangen. Wie ich dich kenne, hast du ihn wohl kaum mit den Waffen einer Frau verführt, dass er sich nicht mehr zurückhalten konnte, oder? War er nicht derjenige, der den ersten Schritt gemacht hat?"

„Nun, ja, aber ... Ich habe ihm von Anfang an gesagt, dass ich verheiratet bin. Aber ich habe mich auch nicht geweigert, mich mit ihm zu treffen. Es war so ... er war ..."

Nicole murmelte etwas wenig Damenhaftes. „Hast du mit ihm geschlafen?" Als sie Keelys entsetzte Miene sah, fügte sie hinzu: „Ich sehe keinen Sinn darin, noch weiter um den heißen Brei herumzureden. Also, hast du?"

„Nein." Die Antwort war ein kaum vernehmliches Flüstern.

„Dann ist es ja kein Wunder, dass dir so elend zumute ist. Und warum, um Himmels willen, fühlst du dich dann auch noch schuldig? Das ist doch kein Zustand. Geh mit ihm ins Bett, dann bekommst du ihn endlich aus deinem Kopf raus. Es ist ja schließlich nicht so, als wärst du unsterblich verliebt ..." Nicole brach abrupt ab und schnappte nach Luft. Sie griff Keely am Kinn, um ihr ins Gesicht zu sehen. In den grünen Augen schwammen Tränen. „Mein Gott", entfuhr es ihr. „Du *bist* verliebt. In Dax Devereaux. Ach du liebes bisschen, Keely. Wenn du was anfängst, gibst du dich nicht mit Kleinigkeiten zufrieden, was? Ich hatte dir geraten, eine nette kleine, unkomplizierte Affäre anzufangen, aber du suchst dir ausgerechnet einen Abgeordneten aus, der auf dem besten Wege ist, Senator zu werden, und verliebst dich auch noch in ihn."

Nicoles tadelnder Ton verletzte Keely. „Ich würde nichts mit ihm anfangen wollen, wenn ich ihn nicht liebte. Ich bin anders als du, ich kann Liebe und Sex nicht voneinander trennen, für mich ist das ein und dasselbe. Ich kann nicht so lässig mit einem Mann ins Bett steigen wie du."

Kaum waren die Worte heraus, hätte Keely sie am liebsten zurückgenommen. Sie umklammerte Nicoles plötzlich schlaff gewordene Hand und drückte sie fest. „Es tut mir leid", sagte sie heiser, „das hätte ich nicht gesagt, wenn es mir nicht so miserabel ginge. Du weißt, dass ich dich nicht verurteile. Was du tust und wie du über die Dinge denkst und fühlst, ist ganz allein deine Sache."

Nicole lachte trocken auf. „He, wenn einer über meinen Ruf Bescheid weiß, dann ich." Sie sah mit leerem Blick vor sich hin, dann drehte sie den Kopf mit der prachtvollen Löwenmähne wieder zu Keely. „Ist dir noch nie in den Sinn gekommen, ich wäre viel lieber so wie du?"

„Wie ich?", wiederholte Keely ungläubig.

„Überrascht dich das? Vielleicht ist dir nicht klar, wie außergewöhnlich du bist. Du stehst für etwas ein. Du hast Werte mitbekommen, Prinzipien, nach denen du dich richten kannst. Und sie sind dir nicht vorgebetet, sondern vorgelebt worden. Du konntest dich an Beispielen orientieren. Wie gern besäße ich deine natürliche Eleganz. Meine Sprache ist erbärmlich, und ich bin mir dessen bewusst. Mein Benehmen ist unmöglich, und ich weiß es. Ich würde zu gern Manieren haben, mich gewählt ausdrücken wie eine Lady. Ich wünschte, mir würden andere den gleichen Respekt entgegenbringen wie dir." Wieder lachte sie hart auf. „Tja, keine Chance."

Keely zögerte, bevor sie leise fragte: „Warum eigentlich ... warum lässt du ... lässt du dich mit so vielen Männern ein?"

„Du meinst, warum ich mit so vielen schlafe?" Bitterkeit schwang in der Frage mit, aber diese war gegen Nicole selbst gerichtet, nicht gegen Keely. „Ich vermute, ich will einfach den Erwartungen an mich entsprechen. Meine Mutter verließ meinen Vater und mich. Ich war damals noch zu jung, um mich daran zu erinnern. Aber er hat es mich nie vergessen lassen. Jeden einzelnen Tag meines Lebens machte er mir klar, dass ich genauso sei wie sie – eine Schlampe, wertlos, verdammt zu einem Leben in Sünde und Unmoral. Er hat seine Wut auf meine Mutter an mir ausgelassen."

Sie fuhr mit dem Finger an ihrem Rocksaum entlang und sah die schmerzhaften Bilder der Vergangenheit wieder vor sich. „Weißt du, ich habe mich durchschaut. Ich suche nach jemandem, der mich liebt, und hoffe in jedem Mann, mit dem ich zusammen bin, die väterliche Fürsorge zu finden, die mir nie zuteil geworden ist. Von dem Tag an, da ich den ersten BH brauchte, nannte mein Vater mich ein Flittchen. Und er hatte recht. Ich bin ein Flittchen. Ein hochklassiges Flittchen zwar, aber nichtsdestoweniger ein Flittchen."

„Sag so was nicht, Nicole! Das bist du nicht! Du hast ein unglaublich großes Herz und so viel Liebe in dir. Du hast diese Liebe bisher nur nie in die richtige Richtung gelenkt. Ich glaube, du hast Angst davor, jemanden zu lieben, Angst davor, dass er dich zurückweisen könnte wie dein Vater."

„Wir wollten doch hier über dich reden, oder?"

„Jetzt reden wir eben über dich. Hinter dieser harten ‚Was kümmert's mich'-Fassade versteckt sich eine unsichere und einsame Frau, die darum bittet, für ihr wahres Ich geliebt zu werden und nicht wegen ihres strahlenden Image. Irgendein einfühlsamer Mann wird das eines Tages erkennen." Sie sah Nicole abwartend an. „Vielleicht ist Charles Hepburn ja dieser Mann."

Jetzt lachte Nicole wirklich. „Da wir gerade von Zurückweisung sprechen ... Ich habe jeden Trick angewandt, den ich kenne, um diesen Mann in mein Bett zu bekommen, und er hat mich völlig ignoriert. Es geht längst nicht mehr darum, dass ich ihn will, sondern dass er mich nicht will. Für mich ist das eine Frage des Stolzes. Eine Herausforderung." Sie legte theatralisch eine Hand aufs Herz. „Er hält sehr viel von ernsthaften Bindungen."

„Umso besser."

„Nun, wenn er sich einbildet, ich würde alle Männer für ihn aufgeben, dann kann er es gleich vergessen." Sie schwiegen eine Weile. Nicole schob mit der Schuhspitze einen kleinen Kiesel über den Boden. „Ganz gleich, was ich in der Vergangenheit zu dir gesagt habe, ich respektiere dich und deine Ideale."

Keely lächelte. „Und ich bewundere deine Courage. Manchmal glaube ich, Moral ist nichts anderes als die Angst vor der Verurteilung."

Nicole fragte zögernd: „Was fühlt Dax für dich, Keely?"

„Ich weiß es nicht. Er hat Dinge gesagt, die mich glauben lassen, dass ... Aber dann wiederum ..." Sie ließ den Satz offen.

„Wirst du mir zugestehen, dass ich ein wenig mehr von Männern verstehe als du?", fragte Nicole. Als Keely sie ansah und nickte, fuhr sie fort: „Ich denke, ihn hat es genauso schlimm erwischt wie dich. Moment, lass mich ausreden", wehrte sie Keelys Versuch ab, etwas einzuwenden. „Sei nicht gleich wütend, okay? Ich hab's selbst bei ihm versucht."

Keely riss ungläubig den Mund auf, aber Nicole sprach hastig weiter. „Ich sagte doch, du sollst nicht wütend werden. Herrgott, es war einen Versuch wert. Damals vermutete ich nur, dass sich da irgendetwas zwischen euch angebahnt hatte. Es war, als du nach dem Interview aus dem Studio stürmtest wie eine beleidigte Heilige. Ich habe ihm sämtliche Signale gegeben, aber der Mann war völlig unempfänglich dafür. Nichts, keine Reaktion. Er hat noch nicht einmal so getan, als sei er interessiert, er hat nur unaufhörlich auf die Tür gestarrt, durch die du davongerauscht warst."

„Das beweist doch gar nichts."

„Nein, aber als ich euch zusammen sah, war er ... du weißt schon, aufmerksam, beschützend. Ich kenne seinen Ruf bei Frauen, wovon das meiste sicherlich maßlos übertrieben ist, aber ich hätte nie erwartet, dass er so ...", sie suchte nach dem passenden Ausdruck, „so völlig in Anspruch genommen ist. Ich muss zugeben, ich habe wenige Angebote ausgeschlagen, und nur wenige meiner Angebote sind abgelehnt worden. Darauf bin ich nicht unbedingt stolz. Aber ich bin stolz darauf, dass dein Typ diese hier nicht einmal wahrgenommen hat." Nicole legte die Hände unter ihre Brüste und reckte den Oberkörper vor. „Er hat auch dieses Haar nicht gesehen oder diese Augen, Dinge, die dafür bekannt sind, dass sie die Männer verrückt machen. Er hatte nur Augen für dich, Keely." Nicole hielt inne, um die Wirkung ihrer Worte zu prüfen. „Halte davon, was du willst, aber ich gehe jede Wette ein, dass bei dir und dem Abgeordneten das letzte Kapitel noch lange nicht geschrieben ist."

Keely schüttelte den Kopf. „Nein. Ich weiß zu schätzen, was du mir da erzählst, aber es war schon vorbei, bevor es überhaupt angefangen hatte."

„Jetzt mal ganz unter uns", setzte Nicole an. „Wenn du die Wahl hättest, mit wem du den heutigen Abend verbringen könntest... Wer wäre es? Dax oder Mark?"

Keely sprang auf, als hätte man sie geohrfeigt. „Das ist nicht fair! Eine solche Frage kann ich nicht beantworten!"

Nicole sah sie bekümmert an. „Das hast du schon", murmelte sie mitfühlend.

10. KAPITEL

Keely und Nicole konnten sich vor Lachen kaum halten, als sie die schweren Studiotüren auf ihrem Weg nach draußen aufstießen. Sie klammerten sich aneinander, stützten sich gegenseitig und kicherten wie Schulmädchen. Ihre gemeinsame Lunchpause am Jackson Square war jetzt zwei Wochen her. Das, was sie einander an jenem Tag eingestanden hatten, hatte der Freundschaft eine neue Dimension verliehen. Heute hatte Nicole Keely dazu überredet, in der Pause zwischen den Abendnachrichten gemeinsam essen zu gehen.

„Kannst du dir das vorstellen? Ich meine, also ehrlich, ist das überhaupt zu glauben?" Nicole schnappte nach Luft und tupfte sich die Lachtränen aus den Augenwinkeln. „Und als ich dann sagte ... als ich sagte ..." Wieder brachen sie in helles Gelächter aus und schwankten auf den Ausgang zu.

„Den Witz müsst ihr uns auch erzählen."

Beide Frauen drehten sich um und sahen Charles Hepburn auf sich zukommen. Neben ihm ging Dax Devereaux.

Keely stockte der Atem. Ihr Mund war immer noch zu einem breiten Lächeln verzogen, aber kein Laut kam aus ihrer Kehle.

„Oh, Charles." Nicole ging zu ihm und schlang die Arme um seinen Nacken, immer noch hilflos lachend. „Hast du die Nachrichten gesehen?"

„Nein, Dax und ich haben gerade unser Meeting beendet. Was war denn los?"

„Eine Katastrophe! Dir werden wahrscheinlich sämtliche Sponsoren weglaufen, die du so sorgfältig an Land gezogen hast. Aber es war einfach umwerfend komisch!"

Ihr Lachen war ansteckend. Dax begann zu grinsen, Charles sah auf Nicole herunter wie auf ein herzallerliebstes Kind. „Na, dann erzähl es uns."

„Also gut." Sie räusperte sich. „Ich trug gerade die Nachricht von den kostenlosen Kursen über Herz-Lungen-Massage vor, die dieses Wochenende in den städtischen Schulen abgehalten werden." Nicole atmete tief durch, um das Kichern zu unterdrücken, das schon wieder in ihr aufstieg. „Nun, wie auch immer ... Ich sagte gerade: ‚Was

Sie jetzt sehen, könnte Ihnen oder einem Ihrer Lieben das Leben retten.' Sie spielten die falsche MAZ ab, denn anstatt des Films über die Kurse kam eine Werbesendung für ein Abführmittel."

Die Männer fielen in ihr Lachen ein. „Ich sage, das kann Leben retten, und sie zeigen eine Pillenschachtel Abführmittel." Sie konnte kaum sprechen vor Lachen. „Keely, erzähl du weiter, ich kann nicht mehr."

Keely warf einen kurzen Blick auf Dax, dann sprach sie in die Runde. „Na ja, immerhin haben sie es schnell gemerkt, die Reklame ausgeblendet und sind wieder auf Nicole zurückgefahren. Die allerdings konnte sich vor Lachen kaum halten. Also haben sie zum Wetterbericht rübergeschaltet." Wieder lachten alle, und für einen Moment war Keely von Dax' Grübchen abgelenkt. „Der arme Wetterfrosch war aber überhaupt nicht darauf vorbereitet. Er hatte noch nicht einmal sein Jackett an. Glücklicherweise war er aber schon verkabelt, und ganz Profi, fängt er an, über Hochs und Tiefs und Tiefdrucksysteme zu reden. Allerdings fällt ihm erst da auf, dass er noch eine Zigarette im Mundwinkel hängen hat."

„Und dann wurde es richtig lustig", übernahm Nicole. „Wahrscheinlich hat er sich gedacht, es würde niemandem auffallen, wenn er die Zigarette einfach aus dem Mund fallen lassen würde. Allerdings hatte er wohl vergessen, dass er seine Unterlagen vor sich auf den Boden gelegt hatte. Die Zigarette fällt also auf den Stapel Papier, das prompt zu schwelen beginnt. Und der arme Kerl versucht – ganz unauffällig natürlich – den Schwelbrand auszutreten, während er mit dem Zeigestock auf die Wetterkarte deuten muss." Nicole lieferte eine Imitation des geplagten Meteorologen, und wieder brachen alle in Gelächter aus, bis sie nach Luft schnappen mussten.

Als Charles sich einigermaßen gefasst hatte, meinte er: „Wahrscheinlich werdet ihr alle morgen früh gefeuert. Vielleicht werde ich es sogar selbst empfehlen."

„Soll das ein Witz sein? Das Management würde es nicht wagen, uns zu entlassen. Das war die lebendigste und unterhaltsamste Nachrichtensendung, die je ausgestrahlt wurde. Das hat uns garantiert Punkte bei den Zuschauern eingebracht."

Während Nicole und Charles ihr Geplänkel fortführten, verschlangen Dax und Keely sich mit Blicken. Ihr fiel auf, dass die Fältchen um seine Augen tiefer geworden waren, so als würde er nicht ausreichend Schlaf bekommen. Er dachte, dass ihre Augen viel zu groß und zu grün aus dem blassen Gesicht herausstachen.

Sie dachte, dass das Silber an seinen Schläfen auffälliger geworden war. Er dachte, wie hübsch ihr seidiges Haar ihr Gesicht einrahmte. Er wusste, dass es nach Blumen roch.

Sie dachte, dass sein Grübchen verführerischer denn je war. Er dachte, dass ihr Mund nie küssenswerter ausgesehen hatte.

Sie dachte, dass seine Krawatte immer perfekt saß. Er dachte, wie bezaubernd sich die feine goldene Kette um ihren Hals schmiegte.

Sie dachte, dass er nie größer und stärker gewirkt hatte. Er dachte, dass sie nie schöner und femininer ausgesehen hatte.

Sie erinnerte sich an ihre Fantasien und errötete auf eine reizende Art. Er beschwor Fantasien herauf, während sie dort standen, und das Blut schoss direkt in seine Körpermitte.

„Was halten Sie davon, Dax?"

Beide, Dax und Keely, zuckten bei Charles' Frage zusammen. „Tut mir leid, ich habe die Frage nicht verstanden", entschuldigte sich Dax.

„Ich fragte, ob Sie etwas dagegen haben, wenn ich Nicole und Keely zu unserem Abendessen einlade."

Dax sah Keely mit blitzenden Augen an. „Nein, natürlich nicht. Die Idee gefällt mir sogar ausnehmend gut. Nicht, dass ich Ihre Gesellschaft langweilig finden würde, Charles."

Charles lachte gut gelaunt. „Mir gefällt es auch, wenn die Ladys unseren Tisch ein wenig verschönern. Wir wollten zu ‚Arnaud's'. Sagt euch das zu?"

„Ja", stimmte Nicole sofort begeistert zu und warf Keely einen warnenden Blick zu, bloß nicht zu widersprechen. „Du könntest mit Dax die Werbung im Radio besprechen", fügte sie hinzu. „Darüber weißt du mit Sicherheit mehr als Charles."

„Freut mich, wenn ich helfen kann", erwiderte Keely. Phrasendrescherei, jeder wusste es. Nicole hatte ihnen lediglich die Entschuldigung geliefert, sollte jemand sie zusammen sehen.

Der Würfel war gefallen. Keely hatte keinerlei Einfluss auf dieses zufällige Treffen. Dax schien einverstanden mit dem Vorschlag, dass sie und Nicole mit zum Abendessen gingen. Sicher, was hätte er auch sonst sagen sollen? Besorgt sah sie zu ihm auf. Doch sein warmer

Blick bedeutete ihr, dass er nicht das Geringste gegen die Situation einzuwenden hatte.

Ohne ein Wort nahm er ihr den leichten Mantel vom Arm und half ihr hinein. Sie drehte sich um und schob die Arme in die Ärmel, peinlichst auf Abstand bedacht. Denn sollte Dax sie berühren, würde sie zusammenbrechen. Doch wundersamerweise geschah das nicht. Er beugte sich vor, bis sie seine Brust an ihrem Rücken fühlte. An ihrem Ohr fragte er: „Ist Ihnen das recht?"

Seine Stimme war wie eine Liebkosung, tief, voll und vibrierend, wie die Musik eines Cellos. Keely neigte ein wenig den Kopf, um ihn ansehen zu können. So nah. Sein frisches Aftershave berauschte sie. Ihre Nasenspitze berührte fast sein Kinn, auf dem um diese späte Tageszeit ein dunkler Bartschatten lag. Sein Haar wirkte so weich, sie sehnte sich danach, es anzufassen.

„Ja, ich habe nichts dagegen." Ihr Flüstern klang heiser und intim und drückte mehr aus als die Worte selbst.

„Mein Wagen steht einen Häuserblock entfernt, wir müssen etwas laufen. Ich hoffe, das macht Ihnen nichts aus, Dax." Charles legte einen Arm um Nicoles Schulter und führte sie zum Ausgang.

„Aber nein, ganz und gar nicht."

Auf dem schmalen und holprigen Bürgersteig legte Dax eine Hand an Keelys Ellbogen. Jeder Gentleman hätte das getan, es war eine reine Höflichkeitsgeste. Aber hätte sich diese harmlose Geste auch bei einem anderen Mann wie ein erotisches Vorspiel angefühlt?

Auf dem Rücksitz von Charles' Mercedes saßen sie Knie an Knie, Wade an Wade. Ohne sich sonst zu berühren, starrten sie an sich herunter, spürten die Hitze, die von dort ausging. Mit jedem Schlenker des Wagens rieb sich Keelys Seidenstrumpf an Dax' Flanellhose.

Charles und Nicole hielten eine lebhafte Unterhaltung aufrecht. Dax' und Keelys Antworten fielen eher wortkarg aus, so als wollten sie sagen: „Stört uns nicht, wir sind damit beschäftigt, aneinander zu denken."

Charles fand einen Parkplatz nahe beim Restaurant, sie brauchten nicht weit zu laufen. Der Maître kannte sein Metier, begrüßte jeden mit Namen und führte sie dann an den Tisch in einer ruhigen Nische, den Charles reserviert hatte.

Normalerweise genoss Keely die europäische Atmosphäre bei

Das verbotene Glück

„Arnaud's" in vollen Zügen. Sie mochte die dezente Eleganz der Einrichtung, die leisen Stimmen der Kellner. Selbst Teller und Besteck würden es in diesem Restaurant nicht wagen, laut zu klappern und damit den Rahmen zu stören.

Aber heute Abend nahm sie nichts anderes wahr als die Gegenwart des Mannes, der neben ihr saß. Unter dem Vorwand, die Speisekarte zu studieren, rückten sie näher aneinander heran, Schulter drückte an Schulter, sein Daumen strich wie unabsichtlich über ihren Zeigefinger. Mit der Frage, ob sie schon gewählt hätten, brachte Charles sie in Verlegenheit. Hastig entschieden sich beide für die Forelle nach Müllerin Art, und als das erledigt war, begnügten sie sich wieder damit, einander anzusehen. Charles übernahm die restliche Bestellung für sie, weil er zu Recht annahm, dass den beiden egal war, was sie aßen.

„Dax und ich haben den Großteil des Nachmittags zusammen verbracht", begann Charles, nachdem der Aperitif serviert worden war.

„So?", fragte Nicole. „Haben Sie schon Sendezeit eingekauft?"

Dax stützte die Ellbogen auf den Tisch und lehnte sich leicht vor. „Ich fürchte, Charles hat es mit einem äußerst begriffsstutzigen Kunden zu tun. Je mehr er mir über meine Optionen erzählt hat, desto verwirrter wurde ich. Und es ist sehr kostspielig, selbst ohne die … die Produktionskosten." Beim letzten Wort hob er seine Stimme zu einer Frage.

„Ja", erwiderte Charles. „Bevor wir einen Spot für Sie senden können, müssen Sie erst einmal einen Spot haben." Er lächelte offen. „Ich kann Ihnen gerne ein paar Produktionsfirmen empfehlen."

„Ich habe mir überlegt, ich sollte Experten anheuern, die das alles für mich übernehmen. Sie könnten auch die ganze Medienarbeit besser koordinieren. Was halten Sie davon?" Offensichtlich verließ Dax sich auf Charles' Geschäftssinn.

„Sie würden auf jeden Fall von vielen lästigen Verpflichtungen befreit sein und könnten sich besser auf andere Dinge konzentrieren."

Der Kellner brachte einen Brotkorb mit herrlich frischen Brötchen. Dax brach ein Stück ab, strich großzügig Butter darauf und reichte es Keely. Seine Fingerspitzen berührten ihre, ihre Blicke verschmolzen. Die flüchtigste Berührung setzte sie beide unter Strom. Die Span-

315

nung löste sich erst, als ein dienstbeflissener Kellner die Zwiebelsuppe brachte.

An einem Wochentag war das Restaurant nicht voll besetzt, trotzdem waren sie sich der neugierigen Augenpaare bewusst. So versuchten sie sich den Anschein zu geben, nicht mehr zu sein als ganz normale Leute, die bei einem Geschäftsessen zusammensaßen. Die Unterhaltung war unverfänglich und amüsant, gewürzt mit Nicoles leicht anrüchigen Kommentaren, die sie nur von sich gab, um Charles zu provozieren.

„Möchte jemand ein Dessert?", fragte Charles schließlich.

„Ich bin zu voll", ließ Nicole sich vernehmen.

„Gegen einen Kaffee hätte ich nichts", meinte Keely, und Dax pflichtete ihr bei. Als der Kaffee gebracht wurde, gab Dax Milch in ihre Tasse und rührte für sie um. Diese vertraute Geste entging Charles und Nicole nicht, die sich einen wissenden Blick zuwarfen, der wiederum von Keely und Dax nicht bemerkt wurde.

Als sie im Foyer des Restaurants ihre Mäntel überzogen, meinte Nicole: „Ich würde gern ein Stück laufen und danach noch einen Nachtisch essen. Am liebsten die Beignets im Café du Monde."

„Du willst den ganzen Weg bis zum Café du Monde laufen?", horchte Charles auf.

„Natürlich, alter Mann. Ist dir das zu weit?"

„Bis dahin schaffe ich es gerade noch, aber der Rückweg ... das bezweifle ich. Außerdem hast du gar keine Zeit, du musst zurück ins Studio."

„Wir können uns ein Taxi nehmen. Nachher läuft noch ein Film mit Überlänge, sodass die Nachrichten später gesendet werden."

Charles sah zu Keely und Dax, die eng beieinander standen. Der weitere Verlauf des Abends war ihnen gleichgültig, solange sie sich nicht voneinander verabschieden mussten.

„Dax? Keely?"

„Ich habe nichts anderes vor", sagte Dax.

„Ich auch nicht", stimmte Keely zu.

Damit war es entschieden. Beide waren überglücklich. Unter dem Vorwand des Geschäftstreffens konnten sie den Abend zusammen verbringen. Niemand würde ihnen etwas unterstellen können.

„Lasst uns die Bourbon Street hinuntergehen", sagte Nicole, und

Charles stöhnte. „Komm schon, du Miesepeter."

„Nicole", setzte er geduldig an, „du weißt doch, die Bourbon Street ist einfach nur laut, schmutzig, überfüllt, sittenlos und dekadent."

„Ich weiß. Ich liebe Dekadenz." Ihre blauen Augen funkelten. Sie hakte sich bei Charles ein und zog ihn im wahrsten Sinne des Wortes zur nächsten Kreuzung.

Sie ließen sich von der Menge treiben, die jedoch nichts war im Vergleich zu den Festlichkeiten an „Mardi Gras" in wenigen Wochen. Die Geräusche und Gerüche auf der Bourbon Street in New Orleans waren einzigartig. Das würzige Aroma von „Gumbo", dem Eintopf aus Meeresfrüchten, vermischte sich mit dem Geruch von Bier und der leicht modrigen Feuchtigkeit, so typisch für das French Quarter. Jazz hallte aus den vielen Nachtclubs und vermengte sich auf der Straße mit den Tönen einer Country-&-Western-Band. Türsteher stießen die oberen Hälften der Türen zu den Sexclubs auf, um Passanten einen Blick auf die Qualitäten der Tänzerinnen zu gewähren und mit marktschreierischer Lautstärke Kunden anzulocken.

Über einem dieser Etablissements hing ein Schild, auf dem „weltberühmte Sex-Shows" in großen Lettern angepriesen wurden.

„Ich frage mich, was sie so weltberühmt macht", bemerkte Charles.

„Nun, wenn du noch fragen musst, heißt das wohl, dass du sie noch nie gesehen hast", gab Nicole schnippisch zurück. Charles seufzte ergeben und, einen Arm um ihre Schultern gelegt, führte er Nicole wie ein unartiges Kind von dem Club fort.

Sie schlenderten weiter über die legendäre Straße, bis die Gegend weniger kommerziell und ruhiger wurde. Sie bogen in die St. Peter Street ein, die bis zum Jackson Square führte, wo auch das Café lag.

Die Straße war dunkel und verlassen. Charles und Nicole gingen voran, vorbei an Ladenfronten, Galerien und schmiedeeisernen Toren, die in die Vorgärten der Privathäuser führten.

Dax, dessen Hand bisher an Keelys Rücken gelegen hatte, schlang den Arm um ihre Schulter und zog sie enger an sich heran. „Wie ist es dir ergangen?"

„Gut. Und dir?"

„Auch gut."

„Du siehst müde aus. Hast du viel gearbeitet?"

„Ja, die letzten drei Wochen habe ich in Washington verbracht. Der Terminkalender des Kongresses ist randvoll. Wir wollen unsere Angelegenheiten zum Abschluss bringen, bevor die Sitzungsperiode vorbei ist."

„Oh."

„Ich war zum Abendessen beim Präsidenten und der First Lady im Weißen Haus eingeladen."

„Wirklich?"

„Ja." Dax grinste jungenhaft. „Geschäftlich, natürlich, aber es war trotzdem nett, eine Einladung zu bekommen."

Sie gingen eine Weile schweigend, bis Dax anhob: „Ich habe gelesen, was du der Presse gesagt hast."

„Ich habe deine Erklärung auch gelesen."

„Man darf nicht alles glauben, was in der Zeitung steht."

Sie wandte ihm ihr Gesicht zu. „Nein?"

„Nein", sagte er bestimmt und schüttelte den Kopf.

„Zum Beispiel?"

„Zum Beispiel, dass ich dich für eine bewundernswert couragierte Frau halte, die sich für ein großes Ziel einsetzt, und dass ich keinerlei romantische Absichten dir gegenüber hege."

Das Blut pochte ihr in den Schläfen. „Das sollte ich nicht glauben?"

„Den ersten Teil schon, den zweiten nicht. Wenn du auch nur ahntest, wie groß meine romantischen Absichten dir gegenüber sind, würdest du wahrscheinlich nicht diese dunkle Straße mit mir entlanggehen. Du würdest wissen, warum ich den ganzen letzten Monat weder richtig schlafen noch richtig essen konnte. Du würdest wissen, warum ich jeden Morgen mindestens zehn neue graue Haare zähle. Ich kann nur hoffen, es stimmt, was behauptet wird: dass graue Haare distinguiert aussehen."

Sie waren beim Jackson Square angekommen. Die Tore des Parks waren über Nacht verschlossen; so wanderten sie an den Schaufenstern des Pontalba Building entlang, ohne jedoch die Auslagen wahrzunehmen.

„War es unangenehm mit den vielen Reportern, die dich belagert haben?"

„Eigentlich war es gar nicht so schlimm", sagte Keely. „Nur für ein paar Tage."

„Es tut mir leid, Keely. Ich bin daran gewöhnt, aber ich weiß, du bist es nicht. Ich wünschte, ich hätte dir das ersparen können."
„Ich hab's überlebt. Van Dorf war ..."
„Van Dorf! Er war bei dir?"
„Ja. Er wartete eines Tages bei meinem Wagen, als Joe mich mit dem Hubschrauber absetzte."
„Dieser Idiot", knurrte Dax. „Irgendwann werde ich ihn ... Hat er dich verletzt?"
Sie lachte leise und strich ihm beruhigend über das Revers seines Regenmantels. „Nein. Er hat lediglich ein paar hässliche Anspielungen gemacht."
„Was für Anspielungen?"
Sie konnte seinem durchdringenden Blick nicht standhalten. „Er sagte nur ... du weißt schon ... er hat mich nach dir gefragt."
„Was genau wollte er wissen?", insistierte er. Sie wurde rot und wollte den Blick abwenden, doch er ließ es nicht zu. Er griff nach ihrem Kinn und zwang sie, ihn anzusehen. „Was wollte er wissen?"
Sie befeuchtete ihre Lippen. „Er wollte von mir wissen, ob du gut im Bett bist."
„Was?!" Dax packte sie mit beiden Händen an den Schultern. „Das hat er dich gefragt? Keely, wenn diese Unperson auch nur ein abfälliges Wort über dich druckt ..."
„Das hat er aber bisher nicht, und er wird es auch nicht. Er weiß, dass er nichts hat, worüber er schreiben könnte."
„Was hast du ihm gesagt?"
„Die Wahrheit. Dass ich es nicht weiß."
Er versuchte ein Grinsen zurückzuhalten, aber es gelang ihm nicht, und so gab er auf. „Rate."
Sie beugte sich zurück und sah tadelnd in seine spitzbübisch funkelnden Augen. „Was denn?"
„Rate, ob ich gut im Bett bin."
„Nein!"
„Komm schon, sei kein Spielverderber. Rate. Ich gebe dir auch einen Tipp."
„Ich will gar keinen Tipp."
Er ignorierte ihren Einwand und beugte sich zu ihrem Ohr. „Ich bin zwar noch nicht weltberühmt, aber ich arbeite daran", flüsterte er.

Er hob langsam den Kopf und wartete auf ihre Reaktion, während sie über seine Worte nachdachte. Dann brach sie in lautes Lachen aus, weil ihr Charles' und Nicoles kleiner Schlagabtausch vor dem Sexclub wieder eingefallen war. Er legte eine Hand in ihren Nacken und drückte ihr Gesicht an seine Brust, während sie immer noch lachte. Sein Daumen streichelte die Stelle hinter ihrem Ohr. Ihr Lachen erstarb, und sie hob den Kopf, ließ den Blick nicht von seinen Lippen, als er sprach.

„Ich möchte dich küssen, so sehr, dass es schmerzt. Aber hier ist es wohl zu hell und zu öffentlich, was?"

Wie erschlagen nickte sie stumm. Nur unwillig gab er sie frei, und sie folgten dem anderen Paar, das vor einer Fußgängerampel auf grünes Licht wartete.

Ein Stückchen weiter lag das Café du Monde. Über hundert Jahre alt, war es eines der beliebtesten Lokale der Stadt. Dort wurden nur Beignets, Krapfen mit feinem Puderzucker und Kaffee serviert, und nie mangelte es während der vierundzwanzigstündigen Öffnungszeit an Kunden.

Sie suchten sich einen Tisch auf der überdachten Terrasse, auch wenn der Abend kühl und feucht war so nah am Fluss. Die Stühle waren aus Chrom mit grünen Kunststoffbezügen, die Tische aus grauem Resopal, aber man kam wegen der Krapfen und des heißen Kaffees ins Café du Monde. Deshalb und um das vorbeiziehende Leben zu beobachten, die Autos, Pferdekutschen und Fußgänger.

Sie bestellten zwei große Portionen Beignets, drei Kaffee und einen Milchkaffee für Keely. Es dauerte nur Augenblicke, bis dampfende Getränke und heiße Beignets vor ihnen standen.

Mit Heißhunger machten sie sich über die Krapfen her. Bei jedem Bissen stob eine Wolke von weißem Puderzucker auf. Gesichter, Hände und Kleidung waren bald von einer feinen Schicht überzogen, aber das war eine Unannehmlichkeit, die jeder gern in Kauf nahm.

Keely und Nicole tupften mit dem Finger den Puderzucker vom Teller. Nicole leckte sich bewusst provozierend den Finger ab. „Lasst uns doch noch ein bisschen auf dem Kai spazieren gehen", sagte sie und schaute Charles verführerisch unter halb geschlossenen Lidern hervor an.

„Du musst zur Arbeit."

„Ich habe noch Zeit." Ohne die Antwort der anderen abzuwarten, erhob Nicole sich und ging auf die Strandpromenade zu, die am Kai angelegt worden war, liebevoll „Moonwalk" genannt. In regelmäßigen Abständen standen Laternen, die gerade genug gedämpftes Licht spendeten, dass man nicht in den Mississippi fiel, aber die romantische Atmosphäre nicht zerstörten.

Die anderen folgten Nicole, die bereits eine Bank für sich und Charles ausgesucht hatte. In schweigendem Einverständnis schlenderten Keely und Dax weiter, als Charles sich zu Nicole setzte. Ihre Gestalten wurden von den Schatten und dem feinen Nebel verschluckt, als sie ihre eigene Bank in Besitz nahmen. Die Lichter am Ufer spiegelten sich auf der Wasseroberfläche. Was bei Tageslicht gar nicht so hübsch aussah, wirkte in der Nacht geradezu magisch.

Dax schlang einen Arm um Keelys Schultern und zog sie beschützend an sich. Ihr Kopf lag an seinem harten Bizeps, die Augen hatte sie geschlossen. Sie spürte seinen Atem auf ihrem Gesicht, immer näher. Und dann berührte sein Mund den ihren. Er küsste sie mit geschlossenen Lippen. Einmal, zweimal, ein drittes Mal. Die flüchtigen Berührungen konnten nicht wirklich als Küsse bezeichnet werden, eher als ein Streicheln, eine Liebkosung.

Keely legte die Hände an Dax' Kopf und fühlte endlich das Haar, das sie schon so lange hatte berühren wollen. Seine Zunge glitt lockend über ihre Lippen, bis Keely ihren Mund öffnete und sie sich schließlich ihrer verzehrenden Leidenschaft hingaben.

Alle Zweifel, die beider Geist verdunkelt hatten, lösten sich auf. Hatte sie diese gleichgültig dahingesagten Dinge über Respekt und Bewunderung wirklich ernst gemeint? Hatte er wirklich eine endlose Reihe von Frauen mit gebrochenem Herzen zurückgelassen? Wie stark sehnte sie sich nach ihrem Mann? Ob er Madeline liebte? Fehlte er ihr? Fehlte sie ihm?

Dax gab Keelys Lippen frei und barg seinen Mund in ihrem Haar. „Gott, Keely, die letzten Wochen waren die Hölle. Ich konnte an nichts anderes denken als an dich."

„Ich habe mich so elend und verwirrt gefühlt. Ich dachte, du könntest das ernst gemeint haben, was du den Reportern gesagt hast."

„Nein, das weißt du besser. Knöpfe deinen Mantel auf, bitte. Ich

will ... Ja, so. Das waren nur Worte, um überhaupt etwas zu sagen. Nichts davon war ernst gemeint."
„Das hatte ich gehofft, aber du warst fort ..."
Sie küssten sich.
„Ich wollte anrufen, aber dann kamen mir all die Schreckensvisionen von angezapften Telefonleitungen und ... Vergiss die Knöpfe, ich möchte einfach nur deine Hände auf mir spüren ... ja ... oh Gott, so herrlich ..." Wieder küssten sie sich. „... und Wanzen und solche Sachen. Keely, du schmeckst so wunderbar."
„Machst du dir Sorgen wegen solcher Dinge?", fragte sie unter leisem Stöhnen, als er an ihrem Ohrläppchen knabberte.
„Mehr deinet- als meinetwegen ... Oh, das ist so weich ..."
„Dax ..." Sie seufzte. „Wieso haben wir so viel Aufmerksamkeit erregt? Ja, berühre mich ..."
„Du fühlst dich so gut an ... Viele haben uns zusammen tanzen gesehen. Ich habe nicht gemerkt, dass man uns beobachtete. Eigentlich habe ich überhaupt nicht viel gemerkt, außer dass ich dich in meinen Armen hielt und dich wollte ... Oh, ja, Darling ... da." Er zog ihre Hand an seine Brust. „Ich will dich, Keely. Ich will mit dir schlafen, in dir sein. Ich will dich so sehr."

11. KAPITEL

Keely hielt Dax' Kopf an ihrer Brust. Sie suchte nach Worten. Doch es gab nichts Tröstendes, was sie ihm hätte sagen können. Wusste er, dass sie sich genauso nach ihm verzehrte wie er sich nach ihr?

Charles ersparte es ihr, sich in Gemeinplätzen zu ergehen. Sie sah ihn auf ihre Bank zukommen, aber er blieb in diskretem Abstand stehen und blickte aufs Wasser hinaus. Keely stieß Dax sanft an und sagte leise seinen Namen, er setzte sich sofort auf und folgte ihrem Blick.

Charles räusperte sich laut. „Entschuldigt, aber Nicole muss ins Studio zurück. Wenn ihr natürlich noch bleiben möchtet ..."

„Nein", knurrte Dax und musste sich ebenfalls räuspern. „Wir gehen auch." Er stand auf und bot Keely seine Hand. Hastig knöpfte sie ihren Mantel zu und sammelte ihre Sachen ein. Dann folgten sie Charles, dessen Schritte über die Promenade hallten.

Nicole saß auf der Bank und sah äußerst zufrieden aus. Keely warf einen forschenden Blick in Charles' Richtung, aber seine unbewegliche Miene verriet nichts. Stille Wasser sind tief, dachte Keely mit einem Lächeln.

Sie gingen den Weg zurück zur Vorderseite des Jackson Square.

„Da eure Autos auf dem KDIX-Parkplatz stehen, dachte ich mir, wir könnten Nicole zur Arbeit zurückbegleiten. Ich nehme mir dann von dort aus ein Taxi zu meinem Wagen", erklärte Charles mit der Gründlichkeit eines Pfadfinderführers.

„In Ordnung", stimmte Dax zu. Er legte den Arm fest um Keelys Hüfte, während sie über die nebelverhangenen Bürgersteige gingen. „Zum Teufel mit meinem Image. Es scheint sowieso immer schlechter zu werden, je mehr ich versuche, es zu verbessern."

„Was denkt Madeline eigentlich über die Publicity in Verbindung mit unser beider Namen?", fragte Keely.

„Ich weiß es nicht. Ich habe sie nicht gefragt."

„Dann ist dir ihre Meinung also egal?", setzte sie schüchtern hinzu.

„Nicht, soweit es dich angeht. Sie hat sehr viel Geld, ist nett anzusehen und manchmal kann sie sogar amüsant sein. Aber sie hat auch eine bösartige Ader. Sie ist besitzergreifend, ehrgeizig und eifersüchtig."

„Hast du ... habt ihr ...?" Keely brachte es nicht über sich, die Frage auszusprechen. Sie ließ das Kinn auf die Brust sinken und hielt den Blick stur auf den nassen Asphalt zu ihren Füßen gerichtet.

Sie waren fast einen ganzen Häuserblock gegangen, bevor Dax etwas sagte. „Ich denke nicht, dass es Madeline oder irgendeiner anderen Frau gegenüber fair wäre, wenn ich eine solche Frage beantworten würde."

„Entschuldige, Dax. Ich habe kein Recht, so etwas zu fragen." Sie biss die Zähne zusammen und wünschte, sie hätte die Worte nie ausgesprochen.

„Du hast ein Recht, entschuldige dich nicht dafür. Ich bin froh, dass du gefragt hast. Es ist mir sehr wichtig, dass du dir über solche Dinge Gedanken machst. Das tun heutzutage nur noch die wenigsten Leute." Sie waren bei ihrem Ziel angekommen und blieben an der Ecke des Gebäudes stehen. Dax schlang die Arme um Keely und sagte leise: „Ich schwöre dir, seit ich dich getroffen habe, war ich mit keiner anderen zusammen."

Freude stieg in ihr auf. Sie klammerte sich an ihn und schloss vor Erleichterung die Augen. Die Vorstellung von ihm mit einer anderen Frau hatte sie gequält. Jetzt jubelte ihr Herz, doch gleichzeitig fühlte sie sich wegen ihrer Selbstsucht schuldig. Sie legte den Kopf in den Nacken und sah ihn an. „Das hättest du mir nicht sagen müssen."

„Aber du bist verdammt glücklich, dass ich es getan habe, was?"

War sie so leicht zu durchschauen? Kannte er sie schon so gut? „Ja", gab sie ehrlich zu.

Mit einem Finger zog er ihren Haaransatz nach. „Es wäre nicht fair, eine andere Frau in mein Bett einzuladen, wenn ich mir die ganze Zeit nur wünschen würde, du lägst neben mir, Keely", murmelte er.

„Dax ..."

„Ich wollte nur nachsehen, ob ihr beide zurechtkommt", hörten sie Nicoles Stimme neben sich. „Charles hat sich edelmütig bereit erklärt, mich später nach Hause zu bringen, also wird er während der Sendung noch hierbleiben. Wenn ihr möchtet, könnt ihr auch dabei sein."

„Ich muss nach Hause", sagte Keely. „Schließlich muss ich um fünf Uhr aufstehen."

„Ich begleite Keely zu ihrem Wagen", erklärte Dax. Er schüttelte Charles die Hand. „Danke für einen sehr informativen Tag und einen wundervollen Abend. Sobald ich jemanden gefunden habe, der die Medienkampagne für mich übernimmt, melde ich mich bei Ihnen."
„Es wird eine Ehre für KDIX sein. Viel Glück, Dax."
„Danke. Gute Nacht, Nicole."
„Gute Nacht, ihr Lieben", rief Nicole über die Schulter zurück und segelte, Charles hinter sich herziehend, beschwingt durch den Personaleingang ins Studiogebäude.
Dax sah den beiden nachdenklich nach. „Sie sind bis über beide Ohren ineinander verliebt, nicht wahr?"
„Ja. Charles ist sich dessen bewusst. Allerdings bin ich mir nicht sicher, ob Nicole es schon weiß."
„Was für ein Paar! Wer hätte gedacht, dass sie einander wählen?"
Keely lächelte, aber es war ein trauriges Lächeln. „Manchmal frage ich mich, ob man da wirklich eine Wahl hat."
Dax verstand den Sinn ihrer Worte nur zu gut. „Nein, Keely, das glaube ich auch nicht. Manche Dinge passieren eben einfach."
Der Parkplatz lag düster und verlassen da. Nur noch zwei Autos standen dort oben, ihr Kombi und sein dunkelbrauner Lincoln.
„Ist das deiner?", fragte sie.
„Ja."
Mehr gab es nicht zu sagen. Dax ließ seine Hände unter ihren Mantel gleiten, fasste ihre Hüften, drückte Keely sanft gegen den Wagen und küsste sie voller Inbrunst. Keely vergaß Raum und Zeit. Das sinnliche Spiel von Dax' Mund war ihre einzige Wirklichkeit.
Er löste seine Lippen nur so weit, dass er sprechen konnte. „Keely, was würdest du davon halten, mich am Wochenende zu Hause zu besuchen?" Er wartete auf ihre Antwort, doch der Schock hatte sie stumm gemacht. „Ich möchte nicht, dass du meine Einladung missverstehst. Du gehst keinerlei Verpflichtung ein. Ich möchte einfach nur, dass du zu mir kommst und meine Eltern kennenlernst."
Es war eine so liebe, verzweifelte und verlockende Einladung, dass die Verpflichtung, ablehnen zu müssen, Keely das Herz brach. Auch wenn seine Absichten noch so ehrenhaft sein mochten, sie beide wussten, dass es eine Qual wäre, eine Nacht unter dem gleichen Dach zu verbringen. Und gefährlich.

Da sie jedoch nicht direkt ablehnen wollte, zögerte sie das Nein heraus. „Hältst du das für klug?"
„Es ist absolut unvernünftig." Er strich über ihre Wange. „Ich dachte, zu deinem Zimmer im Hilton zu kommen wäre das Dümmste gewesen, was ich je getan hätte. Aber dich einzuladen, das Wochenende in meinem Haus zu verbringen, übertrifft alles. Trotzdem frage ich dich."
„Ich würde gern deine Eltern kennenlernen, aber was willst du ihnen sagen?" Die Frage schoss ihr in den Kopf, wie viele Frauen er wohl schon zu sich nach Hause mitgenommen hatte, aber es war zu schmerzvoll, Schätzungen anzustellen.
„Ich würde ihnen sagen, dass du eine Lady bist, die ich sehr schätze. Mein Vater würde seinen Südstaaten-Gentleman-Charme spielen lassen, und meine Mutter würde dich mit Kochrezepten und Gegenmitteln für jedwede Katastrophe überschütten."
Keely spielte lachend mit einem Knopf seines Mantels. „Lebt jemand mit dir im Haus? Eine Haushälterin vielleicht?" Ihre Stimme klang viel zu schrill und atemlos.
Mit einem Finger hob er ihr Kinn an und sah ihr in die Augen. „Sie geht nach dem Dinner nach Hause."
„Oh."
Er gab sie nicht frei, hielt ihren Kopf weiter nach hinten gebeugt. „Keely, ich erwarte nicht, dass du deine Meinung änderst. Noch habe ich vor, dich zu kompromittieren. Wenn es dich beruhigt, werde ich dir Hammer und Nägel zur Verfügung stellen, damit du deine Schlafzimmertür verbarrikadieren kannst, sobald die Sonne untergegangen ist." Er grinste, aber sie wusste, dass er es ernst meinte. „Ich möchte einfach nur Zeit mit dir allein verbringen. Reden, spazieren gehen. Wir können meinetwegen im Garten arbeiten. Oder reiten. Oder angeln gehen, ein wenig knutschen, mit dem Boot rausfahren, die Möbel umstellen oder ..."
„Moment! Zurück."
„Nun, die Möbel in der Bibliothek müssten umgestellt werden. Ich habe mir schon lange überlegt ..."
„Nein, davor."
„Es gibt einen kleinen See auf dem Grundstück, wir könnten ..."
„Noch weiter zurück."

„Lass mich mal sehen." Er kniff die Augen zusammen und tat, als müsse er nachdenken. „Oh, du meinst das mit dem Knutschen?" Er hatte dieses verschmitzte Grinsen aufgesetzt, das sie so an ihm liebte. „Ich wollte nur wissen, ob du zuhörst." Sie lachte, und er fügte hinzu: „Trotzdem ist das eine verdammt gute Idee."

Er legte seine Stirn an ihre. „Wirst du kommen?", fragte er leise.

Ohne sich aus seinen Armen zu lösen, antwortete sie nüchtern: „Ich kann nicht, Dax. Ich würde so gerne, aber ich kann nicht."

Für eine Weile blieb er still, schluckte die Enttäuschung. „Ich verspreche dir, ich werde mich hochanständig benehmen."

„Aber ich vielleicht nicht. Ich denke, wir beide wären dabei völlig verkrampft, und das würde überhaupt keinen Spaß machen."

„Das werde ich nicht zulassen. Ich verspreche, locker zu bleiben."

„Das Risiko, dass jemand es herausfindet, ist zu groß. Wir beide wären in einem solchen Fall ruiniert."

„Das kann natürlich immer passieren, aber ich werde alle Vorkehrungen treffen, dass es nicht herauskommt." Er schob seine Finger in ihr Haar und hielt ihren Kopf. „Bitte, Keely, komm." Als er fühlte, wie sie den Kopf schütteln wollte, sprach er hastig weiter: „Sag wenigstens, dass du darüber nachdenken wirst. Bis zum Ende der Woche warte ich auf deine Antwort. Sag einfach, dass du es dir überlegst."

Ihre Antwort am Ende der Woche würde wahrscheinlich die gleiche sein, aber dieses kleine Zugeständnis konnte sie machen. „Na schön." Sie sah ihm in die Augen. „Ich verspreche, darüber nachzudenken."

Sie dachte nach. Jeden Tag. Jede Nacht. Die ganze Woche.

Bis Mittwoch war sie längst in scheußlichster Laune. Es schien, dass sich sämtliche Autofahrer zu einer Orgie von Auffahrunfällen verabredet hatten, um die Hauptverkehrsstraßen zu blockieren. Sie und Joe hatten alle Hände voll zu tun, um die Pendler über Ausweichstraßen und Umleitungen auf dem Laufenden zu halten.

„Keely, was, zum Teufel, ist eigentlich heute los?", fragte sie der Nachmittagsmoderator, nachdem er einen Song über den Äther geschickt hatte.

„Ich tue mein Bestes, Clark", fauchte sie in ihr Mikro. „In den letzten zwanzig Minuten haben sich fünf Unfälle ereignet."

„Also, hier hört es sich an, als würdet ihr da oben im Zickzackkurs von einer Ecke der Stadt in die andere hetzen", brummte er.

„Genau das tun wir! Mir ist schon ganz schlecht von dem ewigen Hin und Her. Aber nur zu deiner Information: Ich habe diese Unfälle nicht inszeniert!"

„Schon gut, schon gut. Sorry. Versuch bitte, dich kürzer zu fassen. Du belegst zu viel von meiner Sendezeit."

Keely schaltete ihr Mikro ab, und Joe lachte, als er sie murmeln hörte: „Aufgeblasener Idiot!"

Am Donnerstagmorgen um eine Minute vor fünf klingelte ihr Telefon.

„Hallo."

„Und?"

„Ich weiß es noch nicht."

Er legte auf.

Um halb acht am gleichen Abend klingelte ihr Telefon wieder. Sie dachte gerade bei einem Omelett über ihre Antwort nach. „Hallo."

„Und?"

„Lass mir Zeit bis Mitternacht."

Während der langen Abendstunden tat sie nichts anderes, als über ihr Dilemma nachzudenken. Dax hatte ihr versichert, ihren Besuch bei ihm nicht als eine Meinungsänderung hinsichtlich ihrer Überzeugung zu verstehen. Sie vertraute ihm. Er würde sie nie zwingen und auch nicht verführen.

Sie selbst war es, der sie nicht traute.

Die ganze Woche über hatte sie schuldbewusst alte Fotos von Mark betrachtet, einen Brief an seine Mutter geschrieben, die alten Jahrbücher und Alben hervorgekramt. Alles, um sich davon zu überzeugen, dass sie ihn noch immer liebte. Trotzdem gelang es ihr nicht, in ihm mehr als eine zweidimensionale Gestalt zu sehen. Er war nicht Fleisch und Blut, nicht Licht und Wärme.

Wie lange würde sie noch an dieser Erinnerung festhalten? Es war mehr als nur möglich, dass Mark seit Jahren tot war. Würde sie ihr Leben, ihre Jugend, ihre Liebe wegen ihrer Starrköpfigkeit verschwenden, von der sie sich eingeredet hatte, es sei Ehrenhaftigkeit?

Sie konnte sich freimütig eingestehen, dass sie Dax liebte. Es war keine jugendliche Schwärmerei, sondern die Liebe einer Frau zu einem Mann. Da waren keine idealistischen Illusionen, sondern all der Schmerz und Kummer, die Hand in Hand mit wahrer Liebe gingen. Sie und Dax waren keine unschuldigen Kinder mehr, die keine Verantwortung tragen mussten. Sie konnte nur hoffen, dass sie beide genügend Kraft hatten, sich dem zu stellen, was auf sie zukommen würde.

Ihre Entscheidung war getroffen. Sie würde das Wochenende bei Dax verbringen. Sie würde weder aggressiv sein noch zurückhaltend, sondern mit ihrer Liebe auf das reagieren, was sich ergab.

Mit diesem Gedanken machte sie sich daran, ihren Kleiderschrank zu durchforsten, um die passende Garderobe zusammenzustellen. Reiten, Angeln, Wandern ... all die Dinge, die er vorgeschlagen hatte. Mit diesen Möglichkeiten vor Augen wählte sie aus und legte die Sachen um den geöffneten Koffer. Zwei Tage? In einer halben Stunde hatte sie genügend Kleidung für zwei Wochen herausgeholt.

Um zehn vor zwölf schrillte das Telefon. Er ist zu früh! jubelte ihr Herz. Er hat nicht mehr länger warten können.

Sie riss den Hörer hoch und rief aufgeregt hinein: „Ja! Ja, ich werde kommen."

Am anderen Ende blieb es still, dann fragte eine Frauenstimme: „Entschuldigung, ist dort Keely Williams?"

Die Stimme klang vertraut. „Ja", antwortete Keely vorsichtig.

„Keely, Betty Allway hier."

„Betty!" Keely wäre vor Verlegenheit am liebsten im Boden versunken und fragte sich mit schlechtem Gewissen, wie sie Betty diesen Überschwang erklären sollte. Aber dann ... warum sollte sie? Diese ständige Schuld lag hinter ihr.

Bevor sie etwas sagen konnte, begann Betty zu reden. Keely hörte die Anspannung in der sonst so freundlichen Stimme.

„Keely, es gibt Neuigkeiten."

Keely sank auf die Bettkante. Ihr Blick ging zu Marks Foto im Regal. „Ja?"

„Sechsundzwanzig Männer sind in Kambodscha aus dem Dschungel aufgetaucht. Sie haben es bis zu einem Flüchtlingslager des Roten Kreuzes geschafft. Das Rote Kreuz hat sich mit dem Militär in Verbindung gesetzt, die die Genehmigung bekommen haben, die Männer von dort abzuholen. Sie werden erst zur medizinischen Versorgung nach Deutschland gebracht, um genau zu sein, sie müssten schon dort sein. Übermorgen werden sie nach Paris geflogen. Wir sind eingeladen, uns dort mit ihnen zu treffen."

Die Stille dauerte lange und war fast greifbar. Betty unterbrach Keelys sich überschlagende Gedanken nicht, ließ die jüngere Frau die Neuigkeit und das, was sie nach sich zog, verdauen.

Als Keely sprach, war es nicht mehr als ein Krächzen. „Ist ... ist Mark ...?"

„Die Armee hat bisher keine Namen bekannt gegeben. Ich bin nicht mal sicher, ob schon alle identifiziert werden konnten. Manche der Männer sind nicht mehr bei vollem Bewusstsein, wegen der Unterernährung oder Krankheiten. Ich weiß nur, dass es sechsundzwanzig sind."

„Wann hat man dich verständigt?"

„Vor ungefähr einer Stunde. General Vanderslice rief aus dem Pentagon an. Sie stellen eine offizielle Delegation zusammen, Außenministerium, Kongress, Militär, du und ich von PROOF und eine ausgewählte Gruppe von Medienleuten, die mit einem Regierungsjet hinfliegen. Bis man Genaueres über die körperliche und mentale Verfassung der Männer weiß, werden sie vorerst abgeschottet."

„Ich verstehe." Keely starrte auf ihre Hand. Sie zitterte. Kalter Schweiß lief an ihrem Rücken herunter. In ihren Ohren dröhnte es.

„Kannst du mitkommen, Keely? Ich weiß nicht, wie lange wir weg sein werden. Ich nehme an, mindestens drei oder vier Tage."

„Natürlich komme ich mit." Sie spürte die Tränen, die in ihr aufstiegen, und presste die geballte Faust vor den Mund. „Betty, glaubst du ..."

„Ich weiß es nicht." Betty wusste, was Keely meinte. „Ich habe mich schon tausendmal gefragt, ob Bill wohl dabei ist, aber noch kann das niemand wissen. Ich habe auch den Kindern nichts gesagt, damit sie sich keine Hoffnungen machen. Vierzehn Jahre sind eine lange Zeit. Und jetzt, da der Tag gekommen ist, fürchte ich mich davor. Aber ich weiß, dass ich mich für die freuen kann, die auf dieser Liste stehen."

„Ja, ich auch. Natürlich", sagte Keely automatisch. Sie rieb sich zerstreut über die Augen. Jeder Muskel in ihrem Körper hatte sich verkrampft, als Betty die Neuigkeit berichtete. Jetzt, da sie sich zwang zu entspannen, schmerzte es unbeschreiblich. „Wann fliegen wir? Und von wo?"

„Das Flugzeug startet auf der Andrews Air Force Base, morgen Abend um sechs."

„Morgen?", wiederholte Keely schwach. Schon so bald. Es blieb gar keine Zeit, um sich darauf einzustellen.

„Ja. Wir werden am National Airport abgeholt und zum Stützpunkt gebracht. Es wird ein einziges Chaos herrschen, also richte dich schon mal darauf ein."

„Wir sehen uns dann dort. Ich weiß nicht, welchen Flug ich kriege. Ich rufe sofort die Fluggesellschaft an."

„Es sind nur sechsundzwanzig Männer, Keely."

Sechsundzwanzig von über zweitausend. Sie wussten beide, wie gering die Chance war, dass ihre Ehemänner zu dieser Gruppe gehörten. „Ich weiß, Betty. Ich werde es nicht vergessen."

Die ältere Frau seufzte. „Bis morgen dann." Damit legte sie auf.

Warum jubelten sie nicht? Weil sie auch Angst hatten.

Keely starrte mit leerem Blick auf die Sachen, die auf ihrem Bett verstreut lagen. Als ihr wieder klar wurde, warum diese Kleider dort lagen, schlang sie die Arme um sich und wiegte sich vor und zurück. Ihr klagender Aufschrei hätte aus dem Fegefeuer der Hölle stammen können.

Als das Telefon Punkt Mitternacht klingelte, hob sie nicht ab.

12. KAPITEL

Nacken und Schultern schmerzten wie Feuer vor Müdigkeit und Erschöpfung. Keely zog die Schultern hoch und ließ sie wieder sinken. Sie schloss die Augen und rollte den Kopf von einer Seite zur anderen, versuchte die Muskeln zu lockern.

Der Saal war überfüllt und stickig. Dichter Zigarettenrauch waberte unter der Decke entlang und ließ die kristallenen Tropfen der Lüster stumpf erscheinen. Der Galasaal der amerikanischen Botschaft in Paris wirkte heute alles andere als elegant. Unrasierte Männer mit grimmigen Mienen lehnten mit verschränkten Armen an der Wand oder standen in kleinen Gruppen zusammen und diskutierten leise. Reporter prüften immer wieder ihre Aufnahmegeräte, Fotografen fingerten mit Kameras und Filmrollen. Fernsehteams checkten ihr Equipment, sahen nach, ob die Batterien der Filmkameras auch geladen waren für den entscheidenden Moment.

Nur die Angehörigen des Militärs in ihren makellosen Uniformen wirkten nüchtern und beschäftigt. Regelmäßig kamen und gingen sie, um offizielle Pflichten zu erledigen, die eigentlich niemandem klar waren. Keely vermutete, diese Geschäftigkeit war nicht wirklich nötig, sondern sollte nur den Eindruck vermitteln, dass keineswegs der Stillstand eingetreten war, den alle so drückend empfanden.

Sie saß mit Betty auf einem kleinen Sofa. Seit Stunden warteten sie schon in diesem Raum auf Informationen, irgendein Wort über die Männer, die angeblich irgendwo in der Botschaft waren. Gerüchte kursierten, manche hatten sich als richtig erwiesen, die meisten waren im Nichts verpufft. Keely zweifelte an allem, was sie hörte.

Seit fünfzehn Stunden, seit die Wagenkolonne vom Flughaben Charles-de-Gaulle durch die Straßen von Paris zur Botschaft gerollt war und die offizielle Delegation abgesetzt hatte, saßen sie nun in diesem Raum.

Alles, was zu sagen gewesen war, war gesagt worden. Jetzt konnten sie nur noch warten. Lesen war unmöglich, sie hätten sowieso kein Wort wahrgenommen. Der Blick aus den Fenstern auf die Stadt hatte seine Faszination verloren. Eine Unterhaltung erschöpfte nur. Also saßen sie regungslos, mit leerem Blick, beteten in Gedanken. Und warteten.

Das verbotene Glück

Der Flug über den Atlantik war schrecklich gewesen. Die Reporter hatten Keely belagert, bis Mr. Parker, der als Vorsitzender des Untersuchungsausschusses zur Delegation gehörte, ihr zu Hilfe gekommen war und die Presseleute aufgefordert hatte, ihr endlich Ruhe zu gönnen. Mit einem väterlichen Schulterklopfen hatte er ihr geraten, etwas zu schlafen.

Dabei war an Schlaf gar nicht zu denken gewesen. Was an der Anwesenheit von zwei bestimmten Passagieren lag – Dax Devereaux und Al Van Dorf.

Keely beantwortete gerade die Frage eines Fernsehreporters, als sie Dax durch die Kabinentür kommen sah. Sie verhaspelte sich mitten im Satz, und die nächste Frage des Journalisten hörte sie gar nicht, weil ihr das Blut in den Ohren rauschte. Sie musste den Mann bitten, die Frage zu wiederholen.

Dax sah sie nur kurz an, aber sein Blick sagte alles. Dass er ebenso erstaunt und ratlos war wie sie. Dass er hin- und hergerissen war zwischen der Hoffnung, Mark möge unter diesen Männern sein, und der Sorge, was das für sie beide bedeuten würde. Dass er ihr Glück wünschte und doch gleichzeitig derjenige sein wollte, der das Glück mit ihr teilte. Dass er nicht hier sein wollte, aber musste, weil er es nicht ertragen würde, später und irgendwo anders zu erfahren, ob der Name Mark Williams auf der Liste stand oder nicht. Die eindringlichste Botschaft, die sein Blick übermittelte, war jedoch die, dass er sie in seinen Armen halten wollte.

Weder während des Fluges noch seit sie in diesen Saal geschoben worden waren mit der Ankündigung, dass bald ein Sprecher der Armee bei ihnen sein würde, hatte Keely es gewagt, Dax noch einmal anzusehen.

Selbst wenn sie versucht gewesen wäre, Kontakt mit Dax aufzunehmen – der adlerscharfe Blick von Al Van Dorf hielt sie davor zurück. Er ließ sie nicht aus den Augen, studierte sie wie eine Amöbe unter dem Mikroskop. Keely wusste, jede Bewegung, jedes Wort von ihr wurde genauestens auf seinem Notizblock festgehalten. Mittlerweile hasste sie den Anblick dieses zerfledderten Blocks und des schnell kritzelnden Bleistifts. Obwohl Van Dorf sie unablässig beobachtete, hatte er sie nur einmal direkt angesprochen.

Er war lässig auf das Sofa zugeschlendert gekommen, auf dem sie

333

und Betty saßen, war vor ihr stehen geblieben und hatte sie damit gezwungen, zu ihm aufzusehen wie ein ärmlicher Bittsteller. „Mrs. Williams, sind Sie zuversichtlich, dass Ihr Mann unter den sechsundzwanzig Männern ist?" Er feuerte seine Frage ohne Einleitung ab.

„Ich bemühe mich, keine allzu großen Hoffnungen aufzubauen."

„Hoffen Sie denn, dass er darunter ist?"

Ihre grünen Augen funkelten böse. „Entweder sind Sie unglaublich dumm, Mr. Van Dorf, oder diese Frage ist Ihrer einfach nur unwürdig. Wie auch immer, ich weigere mich, darauf zu antworten."

Keely spürte Bettys erstaunten Blick auf sich ruhen, ehe diese sich räusperte. „Mr. Van Dorf, sowohl Mrs. Williams als auch ich selbst sind im Moment zu sehr mit unseren eigenen Gedanken beschäftigt, als dass wir Ihre Fragen beantworten möchten", sagte sie diplomatisch. „Wenn Sie uns bitte entschuldigen möchten …"

Van Dorf verbeugte sich leicht, aber nicht, ohne noch nachzuschießen: „Mrs. Williams, wussten Sie, dass Mr. Devereaux ebenfalls an dieser Reise teilnehmen würde?"

„Nein. Nicht, bis ich ihn im Flugzeug sah." Das war eine ehrliche Antwort.

Van Dorf lächelte listig. „Warum, meinen Sie, ist er wohl hier?"

Keely wusste, dass diese Frage sie aus der Fassung bringen sollte. Also sah sie Van Dorf völlig ruhig an. „Das sollten Sie Mr. Parker fragen. Er sagte mir während des Fluges, dass er Mr. Devereaux gebeten hat mitzukommen."

„Scheint mir doch seltsam", überlegte Van Dorf laut. „Von all den Abgeordneten in Washington wählt Parker ausgerechnet Devereaux aus."

„Wieso seltsam?", mischte Betty sich jetzt ein. Sie war auf Keelys Seite, auch wenn sie nicht genau wusste, welches Spiel hier gespielt wurde. „Mr. Devereaux war Mitglied des Untersuchungsausschusses und hat gegen die Vorlage gestimmt. Außerdem ist er Vietnamveteran. Deshalb verstehe ich nicht, was Sie an seiner Anwesenheit so seltsam finden. Und jetzt, bitte … weder Keely noch mir steht der Sinn nach einer Unterhaltung."

Van Dorf reagierte nicht sofort auf diesen direkten Wink, aber schließlich ging er doch davon, nicht ohne Keely noch einmal mit einem tödlichen Blick aus den listigen kleinen Augen bedacht zu haben.

Das verbotene Glück

„Danke", sagte Keely zu Betty, sobald Van Dorf außer Hörweite war.
„Was soll das eigentlich zwischen euch? Wieso fragt er dich ständig nach Mr. Devereaux?"
„Ich weiß es nicht."
„Wirklich nicht?"
Keely warf Betty einen hastigen Seitenblick zu, doch eine Erwiderung wurde ihr erspart, weil in diesem Augenblick ein Offizier der Marines zu Betty herantrat.
„Mrs. Allway?"
„Ja?"
„Würden Sie bitte mitkommen? General Vanderslice möchte mit Ihnen sprechen."
Betty sah fragend zu Keely, aber die zuckte die Schultern. Betty erhob sich und ließ sich von dem Uniformierten durch den Saal führen.
Eine weitere Stunde verstrich, Keely saß allein auf dem Sofa. Sie wusste genau, was Dax gerade tat, obwohl sie den Blick nie auf ihn richtete. Er massierte sich mit einer Hand den Nacken. Er schüttelte den Mantel von den Schultern und legte ihn über eine Stuhllehne. Er sah sie an. Er ging zu dem Tisch, auf dem Getränke bereitgestellt waren, und goss sich eine Cola ein. Er unterhielt sich gedämpft mit Mr. Parker. Er sah sie an. Wie Keely, so blickte auch er Betty hinterher, als diese den Saal verließ. Er sah sie an.
Die Tür hinter dem Sprecherpult ging auf, zwei Marines hatten kaum Zeit, sich zu beiden Seiten zu postieren, bevor General Vanderslice energischen Schrittes den Saal betrat. Jedes seiner silbernen Haare war genau an seinem Platz, seine Uniformjacke saß wie angegossen – die Verkörperung des perfekten Militärs.
Das Gemurmel im Saal verstummte schlagartig, als der General ans Rednerpult trat.
„Ladys und Gentlemen, danke für Ihre Geduld. Ich weiß, wie gespannt Sie gewartet haben. Mir ist klar, wie ungemütlich es in diesem Raum ist. Ich weiß, dass Sie sich nach dem langen Flug nicht ausruhen konnten. Ich entschuldige mich für die Verzögerung, die jedoch aufgrund der Wichtigkeit dieser Angelegenheit unvermeidlich war."
Seine Rede spiegelte die gleiche Akkuratesse und Präzision wie seine Körpersprache wider.

Er räusperte sich und sortierte die Seiten, die er vor sich auf dem Pult liegen hatte. Keely schaute auf ihre verschränkten Hände, ihr Herz hämmerte wild gegen ihre Rippen. Ihr Mund war staubtrocken, die Zunge klebte ihr am Gaumen.

„Ich möchte Ihnen einen Mann vorstellen. Während meiner militärischen Laufbahn habe ich stets die Männer bewundert, die als Helden geehrt werden. Was auch immer ihre Motivation gewesen sein mochte, sie alle haben außergewöhnlichen Mut und Anstand bewiesen." Er hielt inne und holte Luft. „William Daniel Allway wurde als Major nach Vietnam geschickt. Heute Morgen wurde er in den Rang eines Lieutenant Colonel erhoben."

Keely schlug die Hand vor den Mund, um ihren Freudenschrei zu ersticken. Bill Allway! Bettys Mann! Freudentränen rannen ihr über die Wangen, aber sie merkte es nicht einmal, als sie zu der Tür blickte und einen großen, abgemagerten Mann in einer schlecht sitzenden Uniform am Arm von Betty auf das Podium kommen sah.

General Vanderslice drehte sich zu dem Paar um. „Colonel Allway, würden Sie und Ihre Frau bitte vortreten."

Donnernder Applaus und ohrenbetäubender Jubel waren zu hören. Ein wahrer Tumult brach aus. Blitzlichter flammten auf, Fernsehkameras surrten. Viele sprangen auf Stühle, pfiffen und johlten, um Bill Allway den Empfang eines Helden zu bereiten.

Auch Keely war von dem Sofa aufgesprungen und applaudierte, begeistert über die Heimkehr des Mannes ihrer Freundin. Eines war klar: Mark Williams war nicht unter den Männern. Wäre er es gewesen, hätte man sie für ein erstes Wiedersehen in einen Privatraum geholt wie Betty.

Als der Trubel langsam abflaute, trat Bill Allway ans Mikrofon. Dünn bis an den Rand der Unterernährung, das Haar, das ihm noch verblieben war, schlohweiß, mit eingefallenen Wangen, spitzer Nase und dunklen Ringen unter den Augen, strahlte er doch vor Glück, als er seine Frau eng an seine Seite zog.

General Vanderslice versuchte sich Gehör zu verschaffen. „Wie die meisten von Ihnen wissen, hat Mrs. Allway die lange Abwesenheit ihres Mannes mit der gleichen inneren Kraft durchgestanden, die auch er gezeigt hat. Ich weiß, dass sie diese Kraft besitzt, denn ich bin mehrere Male mit ihr aneinandergeraten." Gelächter war zu hören. „Ich

Das verbotene Glück

kann Ihnen nicht beschreiben, wie sehr es mich freute, zu erfahren, dass Bill Allway unter den Heimkehrern war und Mrs. Allway in ihrer Funktion als PROOF-Vertreterin anwesend ist. Colonel Allway, als befehlshabender Offizier der Soldaten, hat sich die Ehre erbeten, Ihnen die Männer vorzustellen. Colonel Allway."

Der General machte Platz für Bill und Betty Allway, die sich eng umschlungen hielten. Bill sah auf seine Frau und küsste sie dann leicht auf den Mund. Die Menge jubelte und johlte wieder begeistert.

Betty sah unglaublich schön aus. Voller Liebe strahlte sie ihren Mann an. Endlich riss der den Blick von ihr los und richtete sich an die abrupt verstummende Menge.

„Es tut so gut, wieder zu Hause zu sein." Seine Stimme brach, und er senkte den Kopf. Dabei hätte er sich wegen seiner Tränen keine Gedanken zu machen brauchen. Viele im Saal weinten vor Rührung.

„Sie alle wollen sicher wissen, wie wir es geschafft haben. Sie werden es in Kürze erfahren." Er lächelte, es war herzzerreißend, wie sich die Haut über dem abgemagerten Gesicht spannte. „Es wird Tage und Wochen in Anspruch nehmen, um alle Details dessen, was in meinem Falle vierzehn Jahre währte, an Sie weiterzugeben. Zudem werden Sie verstehen, dass die Armee die Informationen, die wir mitgebracht haben, zuerst analysieren will, bevor sie an die Öffentlichkeit gelangen."

General Vanderslice beugte sich kurz zum Mikro. „Direkt nach der Vorstellung der Männer wird eine Pressekonferenz stattfinden."

Dann war es wieder an Bill Allway. „Ich werde die Namen der Soldaten in alphabetischer Reihenfolge vorlesen, einschließlich des Wohnorts und des Datums, ab dem der Mann als vermisst galt."

Fernsehkameras aus aller Welt richteten sich auf Bill Allway und die Tür hinter dem Podium. Keely empfand ein unglaubliches Glücksgefühl, als die Männer einer nach dem anderen befangen und zögernd durch die Tür auf die Bühne traten. Sie alle hatten Jahre der Entbehrung, Krankheiten, Hunger, Folter und Kampf überstanden, und doch schienen sie jetzt Angst vor den blitzenden Kameras, den Menschen, dem allgemeinen Interesse zu haben. Sie alle hatten neue Haarschnitte und Uniformen, ihre Gesichter waren gezeichnet von den Erfahrungen, die sie durchgemacht hatten. Fünf Männer konnten nicht persönlich erscheinen, sie mussten noch im Krankenhaus medizinisch versorgt werden. Ihre Namen wurden auch nicht aufgerufen, um keine falschen Hoffnungen zu wecken, bis mehr über ihren gesundheitlichen Zustand bekannt war.

Ein ernster General Vanderslice trat ans Pult, während Bill Allway seine Frau von der Bühne führte. „Die Pressekonferenz ist für fünfzehn Uhr hier in diesem Saal angesetzt. Das erlaubt es Ihnen, eine Mittagspause einzulegen, und diesen Männern, sich zu sammeln. Vielen Dank für Ihr Verständnis."

Nachdem die Soldaten vom Podium abgetreten waren, wurden die Scheinwerfer ausgeschaltet, Kameras wieder in ihren metallenen Kisten verstaut. Zigaretten wurden angezündet, Mäntel und Jacken angezogen. Die begeisterte Jubelstimmung hielt an, als sich die Mitglieder des Pressekorps, Würdenträger und Berater durch die großen Flügeltüren nach draußen schoben.

Keely, jetzt nicht mehr im Rampenlicht, ließ sich auf das Sofa fallen und starrte abwesend auf den Teppich vor ihr. Erst als ein Paar schwarzer Schuhe in ihr Blickfeld kam, wurde sie sich wieder ihrer Umgebung bewusst. Langsam blickte sie auf, von einem Paar langer Beine, hoch zu der Gürtelschnalle, auf der das Kongressabzeichen eingeprägt war, hinauf zu der Krawatte und dem Gesicht, das sie liebte.

Die dunklen Augen baten um Vergebung. Vergebung für die Erleichterung, dass Mark Williams nicht durch jene Bühnentür gekommen war. Keelys Blick ließ Dax wissen, dass sie seine Erleichterung verstand, aber ihre Lippen brachten kein Lächeln zustande.

„Es tut mir leid. Glaubst du mir das?", fragte er nur für ihre Ohren bestimmt.

„Ja."

Er vergrub die Hände in den Hosentaschen und betrachtete blicklos das Wandgemälde, das Washington zeigte, wie er den Delaware überquerte. „Was wirst du jetzt tun?"

Sie ließ den Kopf sinken und bemerkte den Kaffeefleck auf ihrem Rock. Sie musste unmöglich aussehen. Wann hatte sie das letzte Mal geduscht, geschlafen, gegessen? Sie konnte sich nicht erinnern. „Ich weiß es nicht." Sie schüttelte den Kopf. „Im Moment kann ich nicht weiter denken als bis zu einem Bad und ein paar Stunden Schlaf."

„Die Frage war nicht fair."

Sie sah wieder zu ihm hoch. „Nein, das stimmt nicht."

Fast jeder hatte den Saal verlassen, aber sie merkten es nicht. Dax konnte an Keelys Gesicht erkennen, wie sehr sie litt, und er verfluchte sich dafür, dass er ihr nicht helfen konnte. *Ich will dich halten, Keely.* „Gehst du vor der Pressekonferenz noch ins Hotel?"
Dax, ich brauche dich. „Ja, ich denke schon."
Er trat beiseite, als sie aufstand und ihre Sachen zusammensuchte. *Du siehst so hilflos aus.* „Hast du alles?"
Ich fühle mich auch hilflos. Ich brauche deine Stärke. „Ja. Man sagte mir, unser Gepäck sei bereits im Hotel."
„Gut." *Willst du, dass ich dich halte?*
Ja. „Ja."
„Weißt du, in welches Hotel sie dich einquartiert haben? Ich habe nur gehört, sie mussten uns in verschiedenen Häusern unterbringen. Hauptreisezeit." *Ich wünschte, du wärst bei mir in meinem Zimmer.*
„Man nannte mir das ‚Crillon'." *Ich wünschte, ich könnte bei dir bleiben. Ich fürchte mich, wenn du nicht bei mir bist.*
Dem Himmel sei Dank. Dann kann ich ein Auge auf dich haben. „Dort bin ich auch."
Gott sei Dank. Dann bist du in meiner Nähe. „Gut."
Sie waren mittlerweile beim Ausgang des Gebäudes angekommen. Die Mitglieder der Delegation wurden in bereitstehende Limousinen eingewiesen.
„Hier ist noch ein Platz frei zum ‚Crillon'", sagte einer der Botschaftsangestellten. „Mrs. Williams?"
Sie drehte sich um und sah Hilfe suchend zu Dax. Sie wollte nicht von ihm getrennt werden. „Geh nur und genieße es, dass du ein paar Minuten eher dort bist", sagte er leise zu ihr, während er gleichzeitig glaubte, verrückt zu werden, wenn er sie nicht bald berühren konnte.
„Ich warte lieber. Ich will nicht ... Und nochmals danke für Ihre Anteilnahme, Mr. Devereaux. Ich werde die Hoffnung nie aufgeben."
Sofort wusste Dax, dass Van Dorf irgendwo in der Nähe herumlungern musste. Ein schneller Blick über die Schulter bestätigte es.
Keely reichte ihm höflich die Hand. „Aber ich halte die anderen auf. Auf Wiedersehen." Damit stieg sie die Treppen hinab und in die wartende Limousine ein.
Dax stand verlassen da und sah dem schwarzen Wagen nach.
„Sie scheint aufgewühlt zu sein", sagte Van Dorf an seiner Seite.

Dax warf ihm einen verächtlichen Blick zu. „Wären Sie das nicht, Van Dorf? Es gab einen Hoffnungsschimmer für sie, dass ihr Mann noch lebt. Aber nicht nur, dass er nicht unter den Heimkehrern war, es gibt auch nichts Neues über sein Schicksal."

„Erstaunlich", murmelte Van Dorf vor sich hin.

Wider besseres Wissen schnappte Dax nach dem Köder. „Was ist erstaunlich?"

„Dass sie immer noch so an dem Schicksal ihres Mannes interessiert ist."

Dax fühlte, wie das Blut in ihm zu kochen begann. „Wieso?"

Van Dorf lachte nun abfällig. „Kommen Sie schon, Mr. Devereaux, Sie sind doch ein Mann von Welt. Sie ist eine kleine sexy Braut. Was glauben Sie, wie lange ein so heißes Ding ohne Mann auskommt? Einen Monat? Zwei?" Wieder dieses anzügliche Lachen. „Ganz bestimmt keine zwölf Jahre."

Das französische Temperament in Dax Devereaux war noch nie so herausgefordert worden. Er ballte eisern die Fäuste an den Seiten, um sich davon abzuhalten, Van Dorf an die Gurgel zu gehen. „In Ihrem Fall, Van Dorf, ist Unwissenheit kein Segen, sondern ein bemitleidenswerter Makel. Aber Sie können Würde und Anstand bei einem Menschen wohl nicht erkennen, weil Sie selbst sie nie besessen haben."

Dax marschierte davon, noch immer verwundert darüber, dass er diesen Mann nicht umgebracht hatte. Van Dorf sah ihm nach, und auf seinen Lippen stand ein sehr befriedigtes Lächeln.

Keely badete und wusch sich gründlich, bevor sie sich auf das Bett fallen ließ. Eine Stunde später erwachte sie vom Klingeln ihres Reiseweckers. Wie erschlagen setzte sie sich auf. Diese Stunde Schlaf hatte wahrscheinlich mehr geschadet als genutzt.

Noch während sie sich vom Bett aufrappelte, überlegte sie, ob sie die Pressekonferenz nicht einfach ausfallen lassen sollte, entschloss sich aber sofort dagegen. Sie musste hingehen. Ihre Abwesenheit würde mit Sicherheit als unpassend empfunden und in der Presse ausgeschlachtet werden. Vor allem von Van Dorf. Außerdem hatte sie noch nicht mit Betty gesprochen, und sie wollte Bill treffen.

Sie zog sich an, machte sich zurecht und ging den kurzen Weg zur Botschaft. Der Saal war inzwischen sauber gemacht und umgeräumt

Das verbotene Glück

worden, ein langer Tisch mit Mikrofonen stand statt des einzelnen Pults auf dem Podium.

Keely setzte sich in die hinterste Reihe und nahm die Beileidsbekundungen entgegen, während sie betonte, wie glücklich und dankbar sie für die Heimkehr der Männer war, die es geschafft hatten. Offiziell gefragt, erwiderte sie: „Ich denke, das untermauert nur, dass unsere Regierung nicht aufhören darf, nach zuverlässigen Informationen über unsere vermissten Soldaten zu suchen. Es existiert immer noch die Möglichkeit, dass viele andere Männer in Vietnam und Kambodscha um ihr Überleben kämpfen. Ich hoffe, dass die Heimkehrer uns heute mehr über die Situation jener Männer berichten können."

Sie sah Dax hereinkommen und sich zu Mr. Parker ans Fenster stellen. Er nickte ihr kaum wahrnehmbar zu, aber diese kleine Geste schenkte ihr Kraft.

General Vanderslice begann pünktlich auf die Minute mit seinen Ausführungen. Die Heimkehrer nahmen an dem langen Tisch Platz, Bill Allway in der Mitte. Betty saß auf einem zusätzlichen Stuhl direkt hinter ihm.

Während der nächsten zwei Stunden beantworteten die Männer Unmassen von Fragen. Man erfuhr, dass zehn Männer aus einem Gefangenenlager ausgebrochen waren und über eine Zeitspanne von anderthalb Jahren die anderen sechzehn Männer gefunden hatten. Während ihrer gemeinsamen Monate waren drei Mitglieder der Truppe gestorben. Die Namen wurden verlesen und gebührend gewürdigt. Die Geschichten, die die Männer erzählten, waren unvorstellbar. Was sie durchgemacht hatten, war für die anderen kaum nachzuvollziehen. Je mehr die Männer berichteten, desto entsetzter wurden die Zuhörer.

Bevor General Vanderslice die Konferenz beendete, kündigte er noch an, dass die Männer sich nun zurückziehen würden, aber sich einverstanden erklärt hatten, am nächsten Morgen ein Interview zu geben. Unter stehendem Applaus verließen die Soldaten den Saal.

Keely wartete, bis der Strom derjenigen, die dem Ausgang entgegenstrebten, verebbt war, bevor sie sich von ihrem Stuhl erhob. Als sie gerade ihren Regenmantel überzog, trat Mr. Parker auf sie zu, Dax war bei ihm.

„Mrs. Williams, würden Sie Mr. Devereaux und mich vielleicht zum Dinner begleiten?", fragte er höflich.

Sollte sie? Der ältere Abgeordnete ahnte nicht, dass er als „Anstandsdame" fungieren würde, aber seine Anwesenheit bot Schutz vor jeglichem Misstrauen oder Verdachtsmoment.

Sie wollte die Einladung gerade annehmen, als ein Marine auf sie zutrat und stramm salutierte. „Entschuldigen Sie, Mrs. Williams, aber Mrs. Allway schickt nach Ihnen. Sie wünscht mit Ihnen über die Männer zu reden, die noch im Krankenhaus sind."

Keelys Herz setzte einen Schlag aus. War das noch eine Möglichkeit? Wusste Betty etwas Genaueres ...?

„Ich ... ich komme sofort", antwortete sie stammelnd. Zu Mr. Parker und Dax gewandt sagte sie: „Es tut mir leid, aber ..."

„Sie müssen sich nicht entschuldigen, Mrs. Williams. Es könnte sich um Nachricht von Ihrem Mann handeln", meinte Parker verständnisvoll.

Keely mied Dax' Blick, als sie dem Marine durch den Saal und einen düsteren Korridor entlang zu einem leeren Büro folgte. Als Erstes fiel ihr die absolute Stille auf. Während des Tages hatten sich ihre Ohren schon an den Lärm gewöhnt gehabt, doch jetzt genoss sie die Ruhe. Ihr Begleiter ließ sie allein.

Auf der anderen Seite des Büros öffnete sich eine Tür, und Betty und ihr Mann kamen herein. Einen Moment lang sahen sie einander an, dann eilte Keely auf das Paar zu und schloss Betty fest in die Arme.

„Ich freue mich so für dich, Betty."

„Ach Keely", murmelte Betty an ihrer Wange. „Es tut mir so leid, ich sollte nicht so glücklich sein."

„Aber natürlich! Du musst sogar!" Keely trat zurück und musterte das besorgte Gesicht ihrer Freundin. „Du solltest völlig aus dem Häuschen sein! Und wenn ich dich ansehe, dann weiß ich auch, dass du es bist." Sie wandte sich zu dem mageren Mann an Bettys Seite. „Hallo, Bill, ich habe so viel von Ihnen gehört. Willkommen zu Hause!"

Sie streckte ihm die Hand entgegen, aber im letzten Moment überlegte sie es sich anders und umarmte ihn impulsiv. Es störte ihn nicht, im Gegenteil, er schlang seine dünnen Arme um sie und drückte sie.

„Betty hat mir von Ihnen erzählt, wie sehr Sie sich für unsere vermissten Soldaten einsetzen. Ich wünschte, Ihr Mann wäre bei uns gewesen."

Keely dachte wieder daran, warum sie hier war, und versuchte in den Gesichtern der beiden zu lesen, konnte aber außer Mitgefühl nichts erkennen.

„Die Männer im Krankenhaus ...?" Sie sprach die Frage nicht zu Ende.

Betty schüttelte traurig den Kopf und nahm Keelys Hände. „Es tut mir so leid, Keely, aber nein, Mark ist nicht unter ihnen. Deshalb habe ich dich auch gebeten, herzukommen, damit Bill und ich allein mit dir reden können. Ich wollte nicht, dass du dir falsche Hoffnungen machst."

„Keely." Mit tränengefüllten Augen sah die Angesprochene zu Bill hin, als er rau ihren Namen aussprach. „Nachdem Betty mir von Mark erzählt hat, haben wir sofort alle gefragt, ob sie etwas von einem Hubschrauberpiloten namens Mark Williams wüssten. Aber niemand kannte ihn. Die Männer im Krankenhaus haben wir natürlich noch nicht fragen können."

Keely drehte sich um und ging zum Fenster, starrte hinaus auf die Pariser Skyline, die im Dämmerlicht dalag. „Danke euch beiden, für eure Anteilnahme. In Anbetracht der Tatsache, dass ihr euch fast fünfzehn Jahre nicht gesehen habt, erfüllt es mich mit Demut, dass ihr die ersten gemeinsamen Stunden damit verbracht habt, an Mark und mich zu denken. Ich danke euch", wiederholte sie.

„Keely ..."

Nicht mehr fähig, noch mehr Mitleid zu ertragen, wirbelte sie herum und unterbrach Betty, bevor sie mehr sagen konnte. „Ich bin okay, wirklich. Ihr beide braucht Zeit für euch allein. Nun geht schon. Um genau zu sein, Mr. Parker hat mich zum Dinner eingeladen." Sie verzog die Lippen und hoffte, dass es nach einem Lächeln aussehen möge.

„Wenn du meinst ...", setzte Betty zögernd an.

„Aber ja, ganz sicher. Geht nur."

„Wir sehen uns dann morgen", sagte Bill.

„Ja, natürlich. Gute Nacht."

Sie gingen durch die Tür, durch sie auch hereingekommen waren,

und dann war Keely allein. So allein wie nie zuvor in ihrem Leben.
Ihre Gefühle fuhren Achterbahn, es war ein stetiges Auf und Ab. Sie verabscheute den Konflikt, dem sie ausgesetzt war. Sie wollte sich für die Allways freuen, und das tat sie auch. Aber sie konnte nichts dagegen tun, dass sie eifersüchtig war, weil Betty endlich von ihrer Qual erlöst worden war.
Aber war sie das wirklich? Wie würde die Ehe der Allways weitergehen? Konnten sie wieder da anfangen, wo sie aufgehört hatten, nach vierzehn Jahren Trennung? Doch nach dem, was Keely von den beiden zusammen gesehen hatte, standen die Chancen für sie extrem gut.
Wie aber würde es bei ihr und Mark aussehen? Wie hätte sie sich gefühlt, wenn man sie gerufen hätte, um einen Mann zu treffen, den sie nicht kannte, an den sie durch das Ehegelübde und den Gesetzgeber gebunden war, mit dem sie jedoch keine gefühlsmäßige Nähe mehr verband? Würde die Liebe zu ihm, die sie nicht mehr in sich heraufbeschwören konnte, beim ersten Blick wieder auflodern? Würde sie sich in seine Arme werfen? Oder hätte sie Angst vor dem Gedanken, dass dieser Fremde ihr Ehemann war, dieser Fremde, den sie nicht mehr erkannte, weil alle Zeichen der Jugend und der Lebenslust durch den Krieg zerstört worden waren? Betty hatte den Vorteil der Jahre, in denen sie Bill als Mann, als Mensch kennengelernt hatte, bevor er in den Krieg zog, sie kannte alle Seiten seiner Persönlichkeit. Sie und Mark hatten diesen Luxus nie gehabt.
Die Wände des Büros schienen plötzlich näher zu kommen, Keely bekam Platzangst. Sie musste hier raus, einfach nur raus. Sie mied die Menge am Haupteingang und suchte sich eine Seitentür. Als sie sich orientiert hatte, ging sie Richtung Champs Elysées.
Auf der Prachtstraße herrschte hektischer Verkehr – wie immer. Autos hupten, über die breiten Bürgersteige schoben sich die Fußgänger. Keely schlängelte sich durch die Menge, für sie war es geradezu geschmacklos, dass dieser Tag für so viele Menschen nichts weiter als ein normaler Arbeitstag war. Mit der einzigen Sorge, was sie heute Abend essen sollten oder ob sie heute oder besser morgen den Rock in die Reinigung bringen sollten.
Am Place de la Concorde tummelten sich fröhliche Touristen. Keely fragte sich, wie oft die Pferde am Eingang zu den Tuilerien

wohl schon fotografiert worden sein mochten. Nichts auf dem Platz mit dem weltberühmten Obelisk konnte Keelys Aufmerksamkeit länger als einen Sekundenbruchteil fesseln. Sie war mit ihren Gedanken ganz woanders.

Sie überquerte die Seine auf der Pont de la Concorde. Ein hell erleuchtetes Rundfahrtboot glitt über den Fluss. Sie nahm es nicht einmal richtig wahr. Sie setzte nur automatisch einen Fuß vor den anderen.

Am Boulevard Saint Germain musste sie vor einer roten Fußgängerampel warten. Zu ihrem Unmut war der Mann neben ihr wohl fasziniert von ihr. Dass sie nicht verstand, was er ihr auf Französisch ins Ohr flüsterte, schien ihn keineswegs zu entmutigen. Sie warf ihm einen vernichtenden Blick zu, den er anscheinend als Herausforderung auffasste, er lächelte breit.

Mit dem Mut der Verzweiflung rannte sie vor einem Bus über die Straße. Auf der anderen Seite angekommen, dankte sie ihrem Schicksal dafür, mit dem Leben davongekommen und der unerwünschten Aufmerksamkeit des Franzosen entkommen zu sein. Nur wenige Häuserblocks weiter übermannten sie Erschöpfung und Resignation, gegen die sie den ganzen Tag angekämpft hatte. Keely ließ sich auf eine der Parkbänke sinken und starrte mit leerem Blick vor sich hin. Sie wollte nur noch allein gelassen werden, unsichtbar sein, sich in Luft auflösen. Sie hatte keine Kraft mehr, um weiterzumachen.

Die aufdringliche Stimme erklang plötzlich wieder neben ihr. Ihr hartnäckiger Verehrer setzte sich neben sie. Sie war froh, dass sie des Französischen nicht mächtig war, aber sein Ton war anzüglich. Sie schüttelte entschlossen den Kopf und versuchte von dem Mann abzurücken, aber vergeblich.

Dann eine andere französische Stimme, drohend und hart, direkt hinter ihr. Ihr Verehrer sprang auf, beschrieb eine entschuldigende Geste und floh, als sei der Leibhaftige hinter ihm her.

Keely sah zu Dax auf, der hinter ihr stand. Er sagte nichts, kam stumm um die Bank herum und setzte sich neben sie. Das verständnisvolle Lächeln, die dunklen Augen, in denen so viel Wärme lag, die Sicherheit, die er verkörperte, waren zu viel für sie.

Mit einem Schluchzen warf sie sich an seine Brust.

13. KAPITEL

Dax hielt Keely in seinen Armen, ließ sie weinen. Er hörte die Schluchzer, die ihren Körper erschütterten, fühlte sie. Er beugte den Kopf und sog tief den Duft ihres seidigen Haares in sich ein. Wie gern hätte er auch ihren Schmerz auf diese Art in sich aufgenommen.

Es interessierte ihn nicht, was für ein Bild sie abgeben mussten. All seine Gedanken, sein ganzes Wesen waren von dieser Frau eingenommen. Sie bedeutete ihm unendlich viel. Er hatte sie für ihre Charakterstärke bewundert, ihre Leistungen, das Leben, das sie sich selbst aufgebaut hatte. Diese neue Verletzlichkeit weckte etwas anderes in ihm. Leidenschaftliche Gefühle wallten in ihm auf, Besitzer- und Beschützerinstinkte. Er hätte gut jeden umbringen können, der es wagen sollte, sie zu verletzen.

Noch lange, nachdem ihre Tränen versiegt waren, hielt er Keely. Was immer der nächste Schritt, das nächste Wort sein sollte, es musste von ihr ausgehen. Der violette Himmel verwandelte sich in tiefes Blau, wurde nach und nach dunkler, schwarz. Und sie saßen immer noch hier, eng umschlungen.

Als Keely endlich den Kopf hob, wandte sie das Gesicht ab, wischte sich die verlaufene Wimperntusche von den Wangen und strich sich das Haar zurück. Er unterbrach ihre Bemühungen nicht, indem er ihr sagte, dass sie schön sei. Sie war schön, so oder so, aber er wusste, dass sie das jetzt nicht hören wollte. Es würde sie nur verlegen machen, befangen, der Verlust ihrer Selbstbeherrschung würde sie beschämen. Er würde es ihr überlassen. Sie sollte die Richtung bestimmen, das Tempo.

„Machst du einen Spaziergang mit mir?", fragte sie.

Er stand auf und reichte ihr die Hand. Sie nahm sie, ließ sie jedoch nach wenigen Schritten wieder los. Sie gingen langsam, ohne zu reden, sahen in Schaufenster, wenn etwas ihre Aufmerksamkeit erregt hatte. Sanftes Lächeln, leise Seufzer, vielsagende Blicke reichten aus, um miteinander zu kommunizieren.

Er hatte keine Ahnung, wie lange sie schon gegangen waren, es war auch nicht wichtig. Es überraschte ihn, als sie stehen blieb und ihn ansah. „Hast du Hunger?"

Er lächelte. „Ein wenig. Du?"
„Ja."
„Dann lade ich dich liebend gern zum Dinner ein."
„Wo?"
„Wo du willst."

Das erste Restaurant, an dem sie vorbeikamen, war zu voll und zu laut. Auf der Speisekarte des nächsten standen nur Sandwiches.

Das dritte Restaurant war perfekt. Typisch französisch, mit karierten Tischdecken, einfachen Kerzen und einer einzelnen Margerite in einer kleinen Vase auf jedem Tisch. Die Terrasse war so spät am Abend nicht mehr geöffnet, aber im Innenraum mit der niedrigen Decke herrschte eine gemütliche und intime Atmosphäre.

Sobald der Kellner sie zu einem Tisch geführt hatte, entschuldigte Keely sich für einen Moment und verschwand durch eine Tür im Hinteren des Restaurants. Als sie wieder zurückkam, sah Dax, dass sie sich das Gesicht gewaschen, das Haar gebürstet und frischen Lippenstift aufgetragen hatte. Er berührte sie nicht, als er ihr den Stuhl hielt.

Sie kaute an einem Stück knusprigem Baguette. „Ich wusste gar nicht, dass du Französisch sprichst."

Er lächelte bescheiden. „Nur eine meiner vielen Fähigkeiten."

„Was hast du zu ihm gesagt?"

„Zu dem Kellner?"

„Nein, zu dem Mann, der mir gefolgt ist."

Für einen Moment war er abgelenkt, als sie sich einen Brotkrümel von den Lippen leckte. Es war schwierig für ihn, sich an ihre Frage zu erinnern. „Äh ... oh, das." Er grinste. „Das steht in keinem Wörterbuch. Weißt du schon, was du essen möchtest?", fragte er und schlug die Speisekarte auf.

„Bestell du. Ich mag Coq au vin."

„Du hast Glück, es steht auf der Karte", sagte er und zeigte mit dem Finger darauf. „Also Coq au vin. Einen Salat dazu?" Sie nickte. „Suppe?"

„Nein, lieber nicht."

Der Kellner trat an ihren Tisch, um ihre Bestellung aufzunehmen. Wenn sein Jackett fadenscheinig war, die Manschetten ein wenig ausgefranst, so bemerkten die beiden es nicht. Sie erinnerten sich später nicht einmal daran, wie der Mann ausgesehen hatte. Sie hatten nur Augen füreinander.

„Möchtest du einen Drink?", fragte Dax.

„Nein, nach dem Essen einen Kaffee."

„Fein."

Keely sah durch die Spitzenvorhänge vor den Fenstern hinaus auf den stetig fließenden Verkehr. „Woher wusstest du, wo du mich finden konntest?"

Dax wünschte, sie würde ihn ansehen. Ihre Stimme klang wie aus weiter Ferne, ihre Mutlosigkeit brachte ihn um. „Ich traf Betty und Bill Allway in der Halle. Sie erzählten mir, worüber ihr geredet hattet. Ich dachte, du könntest ... einen Menschen brauchen. Als ich zu diesem Büro kam, warst du schon fort. Ich bin wie ein Verrückter hinter dir hergerannt. Du bist ziemlich schnell mit deinen langen Beinen."

Sein Versuch, Keely aufzuheitern, gelang. Sie lachte leise, als sie ihm schließlich ihr Gesicht zuwandte. „Wie auch immer", fuhr er fort. „Ich bin dir nur nachgegangen, um sicher zu sein, dass alles in Ordnung mit dir ist. Als ich diesen Typen frech werden sah, griff ich ein."

„Gerade noch rechtzeitig."

„Bist du sicher, dass du ihn nicht nur ein wenig hinhalten wolltest? Vielleicht habe ich da ja etwas Vielversprechendes zunichtegemacht." Sein erster Versuch war erfolgreich gewesen, also versuchte er es ein zweites Mal.

Auch diesmal funktionierte es. Wieder lächelte sie, und er konnte an ihrer Körperhaltung sehen, wie sie sich langsam entspannte.

Als der Salat serviert wurde, unterhielten sie sich endlich unbeschwert und gelöst, auch wenn keiner von ihnen ein Wort davon erwähnte, was sie nach Paris und in dieses kleine Bistro geführt hatte.

„Sie werden beleidigt sein, wenn wir keinen Wein zum Essen trinken. Schließlich ist das hier Paris, weißt du", flüsterte Dax verschwörerisch und lehnte sich über den Tisch zu ihr.

„Vorsicht, du hast Salatsauce auf deiner Krawatte."

Er sah hastig nach unten. „Hoppla." Mit dem Fingernagel zog er den öligen Tropfen von der Krawatte ab. „Also, wie steht's mit dem Wein?"

Keely sah zu dem Kellner herüber, der abwartend in nächster

Nähe dastand. Sie vermutete, dass er ihrer Unterhaltung in Englisch perfekt folgen konnte. „Nun, wenn du meinst, es ist beleidigend, wenn wir nicht ..."

Dax hatte verstanden und wollte den Kellner herbeiwinken, der allerdings schon am Tisch stand, noch bevor Dax die Hand richtig gehoben hatte. Die Bestellung wurde auf Französisch aufgegeben, und Keely hörte bewundernd zu.

Der Kellner verschwand und kam innerhalb kürzester Zeit mit einer Karaffe eisgekühlten Weißweins zurück.

„Der Hauswein", sagte Dax zu Keely. „Garantiert exzellent. Zumindest behauptet er das." Übertrieben vollzog er das Ritual des Kostens, spülte den ersten Schluck Wein im Mund umher und schluckte dann laut. „Exquisit!", rief er aus. Der Kellner lächelte Keely milde zu, so als würden sie hier dem Schauspiel eines Exzentrikers zusehen, schenkte die Gläser voll, stellte die Karaffe auf den Tisch und zog sich zurück.

„Oh, Dax! Mir ist gerade wieder Mr. Parker eingefallen. Was hast du ihm gesagt?"

„Dass ich unter Jetlag leide. Damit habe ich auch dich entschuldigt."

„Danke."

Das Essen war köstlich. Das Hühnchen war perfekt zubereitet, garniert mit kleinen Kartoffeln, jungen Erbsen und Karotten. Danach servierte der Kellner Mousse au Chocolat mit einer Haube aus frischer Sahne und Schokoladenstreuseln. Keely schaffte ihre Portion nur halb, Dax erbot sich bereitwillig, ihr Dessert zu Ende zu essen, allerdings nicht, ohne sich darüber zu beklagen, dass sie die ganze Sahne weggeschleckt hätte.

Die Weinkaraffe war leer, sie hatten zwei Tassen mit dampfendem Kaffee vor sich und saßen zufrieden da. Als nur noch die flackernde Kerze und die Margerite zwischen ihnen auf dem Tisch stand, wusste Keely, dass es Zeit war zu reden.

„Dax", begann sie, „ich weiß, dass du mich nie fragen würdest, aber du musst doch wissen wollen, was ich fühle."

„Du hast recht. Ich würde dich nie fragen. Und es ist deine Entscheidung, ob du es mir sagen willst oder nicht. Meine einzige Aufgabe ist es, da zu sein, wenn du mich brauchst."

Sie sah ihn aus tränenfeuchten Augen an, ihre Lippen zitterten leicht. „Ich brauche dich."

„Ich bin für dich da." Er wollte über den Tisch nach ihrer Hand greifen, doch Keely macht eine abwehrende Geste.

„Ich weiß nicht einmal, ob irgendetwas davon Sinn macht. Meine Gedanken sind so ungeordnet, wahrscheinlich plappere ich nur unsinniges Zeug."

„Das stört mich nicht."

Keely holte tief Luft. „Ich fürchte, ich bin nicht besonders nett. Heute war ich krank vor Enttäuschung. Aber dieser herzzerreißende Kummer, den ich heute verspürte, weil Mark nicht unter den Heimkehrern war, galt nicht ihm. Sondern mir."

Sie ließ sich gegen die Lehne ihres Stuhls fallen und fingerte abwesend an dem Tischtuch herum. „Ich konnte nur daran denken, dass meine Qual noch immer kein Ende gefunden hat. Nicht nur, dass er nicht bei den Lebenden war, ich weiß immer noch nicht, ob er unter den Toten ist. Ich bin keinen Schritt weitergekommen, es ist ein ewiger Stillstand."

Sie blickte kurz auf, nur um zu sehen, ob er ihr zuhörte. Sie hätte sich die Frage gar nicht zu stellen brauchen, er hing an ihren Lippen.

„Und dann habe ich diese mitleiderregenden, ausgemergelten Männer gesehen. Sie sind uns so tapfer entgegengetreten. Und da ist mir klar geworden, wie egoistisch ich bin. Oder etwa nicht? Den ganzen Nachmittag haben wir gehört, was diese Männer durchgemacht haben. Immer wieder haben sie betont, dass sie wirklich alles getan haben, um zu überleben. Das heißt wohl, das Leben voll auszuschöpfen, oder?"

Sie erwartete keine Antwort von ihm, also gab er auch keine. Sie warf ihm einen kurzen Blick zu und befeuchtete ihre Lippen, bevor sie fortfuhr: „Was ich damit sagen will, ist ... die Heimkehrer haben auch erzählt, dass es Soldaten gibt, die gar nicht unbedingt zurückkommen wollen. Was wäre, wenn Mark dort ein Leben gefunden hat, das er nicht aufgeben will? Vielleicht hat er dort ... dort eine Frau gefunden, mit der er seit Jahren zusammenlebt, mit der er Kinder hat. Sie wäre seine echte Frau, nicht ich." Sie hielt inne. „Ich musste mich der Wahrheit stellen, vor allem, nachdem ich Betty und Bill zusammen gesehen habe. Eigentlich ist es gar nicht Mark, den ich vermisse. Vielleicht ist er ja wirklich tot. Aber sollte er nicht tot sein ... für mich ist er es schon seit Jahren. Wäre Mark mir nicht begegnet, hätte ich vielleicht noch Jahre allein gelebt. Oder hätte man mir die Nachricht von seinem Tod überbracht, hätte ich vielleicht wieder geheiratet. Aber so habe ich nie die Wahl gehabt. Ich habe mich an den Gedanken gewöhnt, vielleicht Witwe zu sein. Woran ich mich nie gewöhnen werde, ist die Tatsache, dass ich es nicht mit Bestimmtheit sagen kann. Das Schicksal hat es mir verwehrt, selbst über mein Leben zu entscheiden." Jetzt sah sie ihn an, ihr Blick flehte um Verständnis. „Aber ich habe doch ein Leben, Dax. Und ich will es nicht vergeuden."

Für einen langen Moment schwiegen sie. Der aufmerksame Kellner hielt sich vom Tisch fern. Etwas in der Art, wie der Mann die Frau anschaute, wie die Frau den Mann anschaute, ließ ihn sich diskret zurückhalten.

Es war Dax, der das drückende Schweigen brach. „Du irrst dich, Keely. Das, was du sagst, macht Sinn, sehr viel sogar. Und du hast das Recht auf ein paar eigene Wünsche. Du besitzt eine sehr ungewöhnliche Eigenschaft, die du noch gar nicht erkannt hast."

Sie hob den Kopf und traf auf seinen glühenden Blick. „Welche denn?"

„Du bist von Grund auf ehrlich, mit dir selbst und jetzt zu mir. Es gibt nur wenige Menschen, die ihre Schwächen eingestehen oder sie überhaupt erkennen. Doch du gestehst einen Egoismus ein – wobei fraglich ist, ob das auch stimmt –, den ein wirklicher Egoist nicht einmal sehen würde."

„Sagst du das nur, damit ich mich besser fühle? Um mir das Schuldgefühl zu nehmen?"

„Nein."

„Wirklich?"

„Ja. Auch ich versuche ehrlich zu sein."

Sie seufzte, und er hörte die leise Erleichterung in diesem Seufzer. Sie rang sich ein Lächeln ab. „Ich habe also doch geplappert."

Er verstand ihren Wunsch, die lastende Atmosphäre ein wenig aufzulockern. „Ein bisschen, vielleicht", sagte er lächelnd.

„Ich habe immer noch sehr zwiespältige Gefühle ... in jeder Hinsicht."

„Wahrscheinlich wirst du die immer haben, Keely."

„Ja." Voller Melancholie starrte sie für einen Moment gedankenverloren aus dem Fenster. Dann sah sie ihn wieder an. „Danke, dass ... dass du so bist, wie du bist."

„Ich habe doch gar nichts getan."

„Du hast zugehört."

„Das ist nicht viel."

„Es ist unglaublich viel."

Er verbarg seine Verlegenheit über dieses Lob, indem er anhob: „Sollen wir gehen, oder möchtest du noch etwas?"

„Nein, danke."

Sie standen auf. Dax legte ein paar Geldscheine auf den Tisch und bedankte sich bei dem Kellner, während er Keely zur Tür hinausdirigierte.

„Was jetzt?", fragte er. „Besichtigungstour, ein Nachtclub oder zurück und ins Bett?"

Es dauerte einen Moment, bevor ihm auffiel, dass sie ihm nicht folgte. Sie stand immer noch regungslos auf dem Bürgersteig, während andere Fußgänger sich an ihr vorbeischoben.

Ihre Blicke trafen sich. Dax ging zwei Schritte zurück und stellte sich vor Keely, nur Zentimeter von ihr entfernt, suchte in ihren Augen, was er so verzweifelt brauchte.

„Keely?"

Sie wandte ihren Blick ab, ihre Augen wurden groß, dunkel, voller Glut, bis er in den grünen Tiefen zu ertrinken glaubte. „Ich will dich", flüsterte sie. „Alles von dir." Er konnte sie nicht hören, aber er las die Worte von ihren Lippen.

Sie sah ihn schlucken, sah seinen Adamsapfel hüpfen. Er hatte sie nicht missverstanden. Er legte die Hände auf ihre Schultern, rückte noch näher.

„Du weißt ..." Seine Kehle war trocken, er musste erneut ansetzen. „Du weißt, dass ich das mehr als alles andere auf der Welt will, und ich werde mich selbst hassen, solltest du nach meinen Worten deine Meinung ändern, Keely. Aber du bist im Moment extrem aufgewühlt und sehr verwundbar. Wir haben ein intimes Abendessen bei Kerzenschein und mit Wein in der romantischsten Stadt der Welt verbracht. Ich will nicht an diese Nacht denken und erkennen müssen, dass ich dich und deinen Zustand ausgenutzt habe." Sein Griff wurde fester, seine Stimme

drängender, fast atemlos. „Bist du dir sicher, Keely? Denn wenn wir zusammen auf ein Zimmer gehen, wird mich dieses Mal nichts aufhalten. Ich will, dass dir das klar ist. Bist du sicher?"
Die Romantik in Paris währte ewig. Sie ernteten leisen Applaus von Passanten, als Keely sich auf die Zehenspitzen stellte und Dax einen zärtlichen Kuss auf den Mund gab.

Sie nahmen sich ein Zimmer in einem kleinen Hotel in einer der Seitenstraßen des Boulevard Saint Germain. Die zweite Etage in dem dreistöckigen Haus war aufgeteilt in Aufenthaltsräume und eine Küche für die Gäste, deren Benutzung Dax und Keely, die vor Ungeduld schier umkamen, schmerzhaft detailliert beschrieben wurde.

Man führte sie eine hölzerne Treppe hinauf in den dritten Stock. Vom Korridor gingen vier Zimmer ab. Die Wandtäfelung war aus Eichenholz, die Tapete altmodisch, die Läufer Imitationen von orientalischen Teppichen. Alles war blitzblank geputzt.

Dax unterhielt sich fließend mit der Vermieterin, einer kleinen molligen Frau mit rosigen Wangen und weißem Haar, das zu einem lockeren Knoten aufgetürmt war. Dax übersetzte für Keely – sie hätten Glück, denn gerade heute wäre das Eckzimmer mit den zwei Fenstern frei geworden.

Ihnen wurde gezeigt, wie Fenster und Rollläden zu öffnen waren, dann wurde stolz das Bad präsentiert, einschließlich Dusche, die schmale Wanne und das Bidet. Mit hochroten Wangen weigerte Keely sich strikt, in Dax' amüsiertes Gesicht zu sehen.

Nachdem sie versichert hatten, weder zusätzliche Decken noch Handtücher, auch keinen Wein oder Kaffee mehr zu brauchen, verabschiedete sich die Hotelbesitzerin endlich, nicht ohne würdevoll das Trinkgeld abzulehnen, das Dax ihr anbot.

Und dann waren sie allein. Befangen und nervös. Sie wussten nicht, wohin sie den Blick richten sollten, wussten weder, was sie sagen sollten, noch wohin mit ihren Händen.

Keely zog schließlich ihren Mantel aus und legte ihn über den altmodischen Schaukelstuhl in der Ecke des Zimmers. Das Sitzkissen war aus dem gleichen Stoff wie die Kissen auf dem Bett, auf dem eine gehäkelte Tagesdecke lag. Die Fransen reichten bis auf den polierten Holzboden.

Keely trat beiseite, als Dax seinen Mantel auszog und ihn ebenfalls auf den Schaukelstuhl legte. An einer Wand stand eine Spiegelkommode, Keely ging hinüber und starrte auf ihr Spiegelbild, bevor sie sich den Anschein gab, ihr Haar zu richten. Dax untersuchte inzwischen den Riegel am Fenster.

Sie drehten sich gleichzeitig um. Ohne ein Wort zu reden, kamen sie aufeinander zu, trafen sich in der Mitte des Raumes. Dax hob die Hand, um Keelys Wange zu streicheln. Bei dem zaghaften Klopfen, das wie ein Donnerhall in ihren Ohren dröhnte, fuhren sie auseinander.

Dax hastete zur Tür und zog sie auf. Mit einer förmlichen Entschuldigung überreichte die Vermieterin Dax eine Vase mit frischen Blumen. Sie hätte die Blumen heute Morgen arrangiert, aber leider vergessen, sie aufs Zimmer zu stellen. Dax nahm die Vase entgegen, bedankte sich und schloss die Tür wieder.

Er stand verlegen da, die Vase in der Hand, als wüsste er nicht, was er damit anfangen sollte.

„Warum stellst du sie nicht auf die Kommode?", schlug Keely vor.

„Ja, sicher." Er schien dankbar für den Vorschlag zu sein und stellte die Blumenvase so hastig ab, als würde er sich die Hände daran verbrennen. Dann begutachtete er die Blumen, als wären sie ein seltenes Meisterwerk. „Sie sehen gut da aus."

„Ja."

Er drehte sich zu ihr um. „Äh … möchtest du vielleicht … Du kannst zuerst ins Bad."

Sie sah auf die Badezimmertür. „Ich glaube nicht, dass ich … Warum gehst du nicht zuerst?"

Er lächelte angespannt, nur flüchtig, mehr ein nervöses Zucken der Mundwinkel. „Einverstanden. Ich bin gleich wieder da."

Die Tür fiel hinter ihm ins Schloss. Keely hörte die Wasserhähne rauschen und fragte sich, was in aller Welt er da wohl tat, das so viel Wasser benötigte.

Sie sah sich ratlos um. Was sollte sie tun? Sich ausziehen? Alles oder nur einen Teil? Himmel, sie konnte nicht fassen, dass sie so naiv war. Sie war dreißig Jahre alt und hatte nicht die geringste Ahnung, wie man sich verhielt, wenn man mit einem Mann ins Bett gehen wollte.

Sie entschied sich schließlich, nur einen Teil ihrer Kleidung abzulegen. Das würde Interesse signalisieren, aber nicht zu aufdringlich wirken. Mit diesem Entschluss zog sie ihre Schuhe aus und legte den Gürtel ab. Wohin damit? In den Schrank, ja.

Keely öffnete die schmale Tür und stellte die Schuhe auf den Schrankboden, hängte den Gürtel an den Haken. Was jetzt? Eine Seidenstrumpfhose war das unerotischste Kleidungsstück, das sie kannte, also entledigte sie sich dessen besser jetzt gleich.

Das Wasserrauschen im Bad erstarb. Panik ergriff sie. Wenn Dax jetzt aus dem Bad kam und sie dabei überraschte, wie sie sich unelegant aus der Strumpfhose schälte … Sie riss sich das feine Seidengewebe förmlich von den Beinen und warf es zusammengeknüllt in den Schrank, als der Türknauf an der Badtür sich drehte und Dax erschien.

Er betrachtete sie fragend. „Alles erledigt", sagte er. „Du kannst jetzt hinein."

„Danke." Sie griff ihre Handtasche und huschte an ihm vorbei in das Schutz bietende Badezimmer. Keine Wasserspuren waren zu sehen, Dax musste das feuchte Handtuch benutzt haben, das über dem Handtuchhalter hing, um die Tropfen aufzuwischen.

Keely wusch sich die Hände. Sie bürstete sich das Haar. Tupfte sich Parfüm aus dem kleinen Fläschchen in ihrer Handtasche hinter die Ohren und auf den Hals. Sie wünschte, sie hätte nicht geweint, ihre Augen waren immer noch ein wenig verquollen, aber daran ließ sich jetzt nichts ändern. Sie holte noch einmal tief Luft, dann verließ sie das Bad.

Dax hatte die Deckenlampe ausgeschaltet, nur die kleine Nachttischlampe neben dem Bett brannte noch. Das Bett! Er hatte die Decke zurückgeschlagen. Die Laken schimmerten blütenweiß in dem sanften Licht.

Dax hatte sein Hemd ausgezogen und war barfuß. Da seine Sachen nicht zu sehen waren, fragte Keely sich, ob ihm wohl ihre zusammengeknüllte Strumpfhose aufgefallen war, als er seine Kleidungsstücke in den Schrank gehängt hatte.

Sie stellte ihre Handtasche auf dem Schaukelstuhl ab. Als sie sich umdrehte, stand Dax direkt vor ihr.

Sein Anblick raubte ihr den Atem. Seine breiten Schultern und seine starke Brust, seine schmalen Hüften und sein flacher Bauch.

Bildete sie sich das nur ein, oder zitterte seine Hand, als er ihr sanft über den Kopf, über ihr Ohr strich, hinunter zu ihrer Schulter? Als er sich zu ihr beugte, war sein Kuss so unglaublich zärtlich.

„Keely", murmelte er rau. „Ich habe so lange auf diesen Moment gewartet, und jetzt kann ich nicht fassen, dass es wirklich passiert."

„Es geschieht aber wirklich." Er kam so nah, dass ihre Körper sich berührten. „Dax", hauchte sie, „ich bin schrecklich nervös."

Sein selbstironisches Lachen strich wie ein sanfter Lufthauch über ihr Ohr. „Wem sagst du das?"

„Du etwa auch?"

„Ja. Aber ich will dich, Keely. Himmel, wie ich dich will." Er küsste sie voller Verlangen. Sein Atem an ihrem Ohr hatte ihr Schauer über den Rücken gejagt, und instinktiv hatte sie sich auf der Suche nach Wärme noch enger an ihn geschmiegt. All die Einsamkeit, die sie heute, in ihrem Leben gefühlt hatte, wurde von Dax' Leidenschaft wie weggespült. Er schlang die Arme um sie, sein Mund bedeckte ihren, und sie wusste, wie wertvoll dieses Gefühl war. Ihre Angst, ihre Nervosität schwanden. Das hier war Dax. Sie wollte ihn genauso sehr wie er sie. Das war kein Spiel, es war eine tiefe gemeinsame Erfahrung. Wenn die Zeit kam, würde Keely wissen, was zu tun war.

Er trat von ihr zurück und sah ihr unentwegt in die Augen, während er um sie herumgriff und den Reißverschluss ihres Kleides aufzog. Ohne den Blick von ihr zu nehmen, schob er ihr das Kleid von den Schultern, über die Arme, die Hüften, bis es zu Boden glitt. Fast andächtig legte Dax es auf den Fußschemel vor dem Schaukelstuhl.

Anschließend schaute er sie wieder an, nicht ihren Körper, sondern ihr Gesicht, ihre Augen. Er legte die Hände an ihren Hals und streichelte mit dem Daumen sanft über ihre Lippen. Er konnte das sanfte Schnurren in ihrer Kehle spüren, als seine Finger hinunter an ihrem Hals bis zu ihrem Schlüsselbein glitten.

Dann strich er mit den Fingerspitzen über ihre Brust, so langsam, dass sie die Augen schloss und ihn in Gedanken anflehte, sich zu beeilen, und doch gleichzeitig jede Sekunde genoss.

Nur flüchtig berührte er die sanften Rundungen. Haut an Haut, ein so sinnliches Gefühl. Aber das reichte ihr nicht, sie wollte mehr und bog sich ihm ungeduldig entgegen.

Geschickt öffnete er den Verschluss ihres pfirsichfarbenen BHs und warf ihn achtlos beiseite. Ebenso gekonnt streifte er ihr den zarten Slip von den Hüften. Erst jetzt löste er den Blick von ihrem Gesicht und sah sie fasziniert an.

Keely hatte erwartet, dass er sie wieder berühren würde, deshalb war sie leicht überrascht, als er ihre Hände nahm und sie sich in den Nacken legte. Dann streichelte er ihre Arme, ihre Seiten, legte die Hände auf ihren Rücken und zog sie eng an sich heran. „Keely, du fühlst dich so gut an", flüsterte er atemlos.

Sie barg das Gesicht an seiner Schulter und schmiegte sich an ihn.

Er küsste sie, und das fordernde Drängen seiner Lippen sagte ihr, dass er von der gleichen verzehrenden Leidenschaft getrieben wurde wie sie.

Endlich hob er Keely auf seine Arme und trug sie zum Bett. Er löste sich gerade lange genug von ihr, um sich seiner restlichen Kleider zu entledigen.

„Keely, wunderschöne Keely", murmelte er ergriffen und legte sich langsam auf sie, hielt sie an sich gepresst. Sie genoss sein Gewicht, ihre Körper passten perfekt zueinander.

Ihr unerwarteter Aufschrei, als er zu ihr kam, erschreckte ihn. „Keely!" Er umfasste ihr Gesicht, hielt ihren Kopf. „Darling, habe ich dir wehgetan?"

„Nein", schluchzte sie, „nein. Bitte, Dax, es ist so wundervoll ... Dax, bitte ...", flehte sie.

Die Magie riss sie mit sich. Ihre Leiber waren ineinander verschlungen, bewegten sich rhythmisch. Ihre Münder fanden sich. Ihre Seelen jubelten auf.

Erschüttert und erschöpft lagen sie anschließend beieinander, sein Kopf auf ihrem Kissen, genossen die Vertrautheit ihrer Körper. Als seine Stimme an ihr Ohr drang, klang es wie aus weiter Ferne.

„Das ist der Moment, auf den ich mein ganzes Leben gewartet habe, Keely. Um hier mit dir zu sein. Dafür wurde ich geboren. Verstehst du das?"

Sie konnte nur nicken. Sie verstand ihn, denn sie fühlte es ebenso, nur dass sie zu ergriffen von diesem Wunder war, um es in Worte fassen zu können.

14. KAPITEL

„Wie lange habe ich geschlafen?", fragte Dax, als er die Augen öffnete. Keely betrachtete ihn. Das Aufwachen war noch nie so schön gewesen.

„Eine halbe Stunde vielleicht. Ich weiß nicht, es ist auch nicht wichtig." Sie strich mit dem Finger über seine Wangenknochen, über die geschwungene Nase, über das silberne Haar an seinen Schläfen.

Er verlagerte sein Gewicht, rollte sich herum, um sie an sich zu ziehen. „Wie konnte ich nur einschlafen?"

„Wahrscheinlich, weil du völlig erschöpft warst", meinte sie vielsagend und legte den Arm um seine Schulter.

Er gab ihr einen Klaps auf den Po. „Du etwa nicht?"

„Oh doch, sehr sogar", lachte sie. „Aber ich hätte nie einschlafen können." Sie ließ einen forschenden Finger über seine Lippen gleiten und fragte sich, wie dieser Mund so fest und gleichzeitig so weich auf ihrer Haut sein konnte.

Dax fasste ihre Hand und drückte einen Kuss auf die Innenfläche. „Und warum?"

„Weil ich so etwas noch nie zuvor erlebt habe", gab sie leise zu und beobachtete seine Reaktion.

Seine Augen begann vor Glück und Stolz zu funkeln. „Wirklich nicht?"

Sie schüttelte den Kopf. „Nein." Vergleiche wären Mark gegenüber nicht fair. Sie hatte Dax alles gesagt, was er wissen musste.

„Darüber bin ich sehr glücklich. Es wäre gelogen, würde ich es abstreiten."

Sie war zu aufgewühlt, um mehr dazu zu sagen, und suchte nach einem neutraleren Thema. „Ist das eine Kriegsverletzung?", fragte sie und fuhr mit dem Finger über eine großflächige Narbe an seinem Schulterblatt.

„Ja. Ich bin von einem Granatsplitter getroffen worden." Sie drückte einen Kuss auf die Stelle. „Die Narbe ist so hässlich, weil es Tage gedauert hat, bis ich zu einem Sanitäter kam. Bis dahin war die Wunde entzündet, sie mussten ein ziemliches Stück herausschneiden."

„Bitte, beschreib es mir nicht so genau." Sie küsste ihn aufs Kinn. „Und die Narbe unter dem Auge?"

„Mein Cousin und ich haben uns geprügelt, da war ich ungefähr dreizehn." Er sah die Enttäuschung in ihrem Gesicht und lachte. „Tut mir leid, etwas Dramatischeres kann ich nicht bieten."

„Wie konnte er es wagen, sich mit dir anzulegen?" Der sinnliche Ton in ihrer Stimme ließ ihn aufhorchen. Verwundert sah er ihr zu, wie sie sich aufrichtete und sich über ihn beugte. Ihr Haar umspielte weich ihr Gesicht, das sanfte Licht betonte die Formen ihres Körpers. Licht und Schatten ließen verführerische Täler und sanfte Hügel hervortreten. Nahezu schüchtern küsste sie ihn.

Ihre Zunge wurde mutiger, fordernder. Dax musste an ein Kind denken, das ein Eis schleckte, erst vorsichtig, probierend, dann immer genüsslicher.

Keely richtete sich ein wenig auf, küsste die Narbe unter seinem Auge, das Grübchen an seinem Mund. Verführerisch glitten ihre Lippen über seinen Hals hinunter zu seiner Brust.

„Keely, das ist wunderbar", sagte er kaum hörbar, als sie sinnliche Küsse auf seinen Bauch setzte.

Das Wissen, ihm solche Lust bereiten zu können, berauschte sie.

„Himmel ... so süß ... so gut." Er zog sie zu sich hoch, rollte sich mit ihr herum, bis sie unter ihm lag, drückte sie mit einem tiefen, überwältigenden Kuss in die Kissen. Dann hob er den Kopf und sah sie an. „Das schönste Bild, das ich je gesehen habe, sah ich in dem Moment, als du erfuhrst, was es bedeutet, eine erfüllte Frau zu sein. Strahle noch einmal so für mich, Keely."

Sie verließen das Zimmer im Morgengrauen. Die Hotelbesitzerin war bestürzt über die hastige Abreise. Dax versicherte ihr mehrmals, das Zimmer sei zur vollsten Zufriedenheit gewesen und nur dringende Geschäfte hielten sie davon ab, länger zu bleiben, trotzdem stand sie betroffen hinter der Rezeption, als Keely und Dax das kleine Hotel verließen.

Paris war noch kaum erwacht. Der nächtliche Regen hatte die Straßen rein gewaschen. Vereinzelt zogen die ersten Markthändler und Straßenverkäufer ihre Karren hinter sich her, um sich auf den neuen Arbeitstag vorzubereiten. Der Duft nach Kaffee und den ersten frischen Croissants erfüllte die Luft.

Keely und Dax hielten bei einem kleinen Café, das noch nicht offiziell geöffnet war, und baten den Eigentümer um Croissants zum Mitnehmen. Er brummelte mürrisch etwas vor sich hin, doch als echter Pariser hatte er ein Einsehen mit Liebenden, füllte eine Papiertüte mit frischen Hörnchen und reichte ihnen sogar noch zwei Plastikbecher mit frischem Kaffee.

Sie schlenderten langsam durch die Straßen, bissen in ihre Croissants und nippten an ihrem Kaffee. Sie sprachen nicht darüber, warum sie zum „Crillon" zurückgingen, beiden war klar, dass sie es tun mussten. Ihr verliebtes Geflüster zauberte eine zarte Röte auf Keelys Wangen und ließ Dax zufrieden vor sich hin grinsen.

„Du tust mir so gut", sagte er.

„Wirklich?"

„Ja, du bist perfekt."

Keely senkte den Blick auf das halb aufgegessene Croissant in ihrer Hand. „Ich würde die Vorstellung nicht ertragen, dass ich vielleicht aufdringlich oder schamlos …"

„Himmel, nein!" Dax nahm die Überreste ihres Frühstücks und warf sie in einen Abfallkorb. Dann kam er zurück zu Keely und streichelte ihre Wange. „Du bist so unglaublich weiblich, Keely, und ich liebe alles an dir, was dich so feminin macht. Deine Zartheit, deine Anmut, dein damenhaftes Benehmen und deine Zurückhaltung. Und ich liebe es, wie du alles hinter dir lässt, wenn du dich zu mir ins Bett legst. Aber nicht in tausend Jahren könntest du aufdringlich sein. Niemals darfst du so etwas denken."

„Oh, Dax." Tränen schimmerten in ihren Augen.

„Ich halte das nicht länger aus", murmelte er und winkte ein Taxi heran.

„Was?"

„Ich will dich küssen, jetzt sofort."

„Es ist doch keiner da, der uns sehen könnte", forderte sie ihn heraus.

„Sie werden kommen, wenn ich dich so küsse, wie ich es vorhabe", warnte er.

Er half ihr auf den Rücksitz des Taxis und gab dem Fahrer die Adresse. „Ich habe ihm gesagt, er soll einen Umweg nehmen", sagte Dax noch, bevor er Keely an sich riss und sie hungrig küsste.

Irgendwann schaffte sie es, ihren Mund von seinen Lippen zu lösen, und sie drückte mit beiden Händen gegen seine Schultern. „Dax, der Fahrer ..."

„Soll er sich doch sein eigenes Mädchen suchen", knurrte er.

Lachend wehrte sie sich gegen ihn und reizte ihn damit nur noch mehr. Bevor sie wusste, wie ihr geschah, hatte er seine Hände unter ihren Mantel geschoben. „Dax, weißt du eigentlich, was du da tust?"

„Oh ja." Er umfasste ihre Brust. Die Berührung löste eine Kettenreaktion in ihr aus, und sie schmiegte sich enger an ihn.

Sie hätten genauso gut Stunden oder auch nur Minuten gefahren sein können, bis Keely bewusst wurde, dass der Taxifahrer etwas auf Französisch über die Schulter zu ihnen sagte.

„Dax", murmelte sie und schob ihn entschlossen von sich. „Er redet mit dir."

Dax seufzte und richtete sich auf. „Das ‚Crillon' liegt in der nächsten Straße."

Er bezahlte den Fahrer, zog sie an der Hand aus dem Wagen und umarmte sie kurz, ehe sie sich auf den Weg zum Hotel machten.

Keely erstarrte.

Die Allways kamen Arm in Arm auf sie zu, ein glückliches Lächeln auf ihren Gesichtern. Doch es erstarb, als sie Keely und Dax erkannten.

Die vier starrten einander in überraschtem Schweigen an. Die Allways hatten vorgehabt, dem Medienrummel zu entfliehen und ein ruhiges Frühstück zu genießen. Die Interviews waren für zehn Uhr angesetzt, die Allways hatten sich auf zwei Stunden zusammen gefreut, bevor der anstrengende Tag begann.

Ihnen hier zu begegnen war ein furchtbarer Schock für Keely. Sie spürte den scharfen Stich des Schuldgefühls bis in ihr Herz hinein.

Sie hatte diese Freunde betrogen. Sie waren einander treu geblieben, ihrem Ehegelübde und ihrer Überzeugung, dass der andere überleben würde.

Keely hatte ihren Mann betrogen, indem sie mit einem anderen Mann geschlafen hatte. Die sexuelle Untreue war aber nur ein Teil ihres Ehebruchs. Sie hatte sich Dax völlig und bedingungslos hingegeben, hatte nichts von sich zurückgehalten, nichts von sich für Mark aufgehoben, sollte er eines Tages zurückkommen.

Sie hatte sich selbst betrogen, indem sie sich eingeredet hatte, im

Namen der Liebe gegen jede Moralvorstellung verstoßen zu können, von der sie in den letzten Jahren überzeugt war. Ihre Liebe zu Dax war keine Rechtfertigung für den Betrug an Mark. Eine Liebe, die auf Täuschung und Betrug aufbaute, barg kein Glück in sich. Sie wusste das, und bis letzte Nacht hatte sie zu diesem Wissen gestanden. Jetzt, bei Tageslicht und im Angesicht dieser beiden Menschen, die unaussprechliche Not durchlebt hatten, erkannte sie, dass sie sich nur etwas vorgemacht hatte. Liebe war nie umsonst. Es gab immer einen Preis zu zahlen.

„Wir sind auf dem Weg zu einem ruhigen Frühstück", ergriff Bill Allway sachlich das Wort und brach damit das drückende Schweigen.

„Möchtet ihr vielleicht mitkommen …?", fragte Betty höflich, aber ihre Stimme erstarb, noch bevor sie zu Ende gesprochen hatte. In ihrem Blick lag keine Missbilligung, aber Keely fühlte sich, als hätte man ihr einen scharlachroten Buchstaben auf die Brust gebrannt. Die Beweise könnten nicht erdrückender sein. Sie und Dax waren in den frühen Morgenstunden gemeinsam aus einem Taxi gestiegen, mit zerknitterter Kleidung und erhitzten Gesichtern. Welchen anderen Schluss konnte man daraus ziehen, außer den richtigen? Wenn sie nicht vor Schuld umkam, dann vor Scham.

„Nein, danke", antwortete Keely für sie beide. Dax stand nur stumm da.

„Tja, dann machen wir uns jetzt mal auf den Weg." Bill räusperte sich. „Betty?" Er nahm den Arm seiner Frau und zog sie fast weiter, weil sie Keely und Dax regungslos anstarrte, als würde sie ihren Augen nicht recht trauen.

„Sieh mich an", zischte Dax Keely zu, sobald die Allways außer Hörweite waren.

„Nein." Sie wandte sich hastig von ihm ab.

Hart riss er sie an ihrem Arm herum. „Sieh mich an!", befahl er. Sie hob abrupt den Kopf und funkelte ihn aufrührerisch an. Sein Herz verkrampfte sich, als er ihre verschlossene, harte Miene sah. „Ich weiß, was du jetzt denkst, Keely." Seine Stimme klang rau und angespannt.

„Du ahnst nicht einmal, was ich denke."

„Doch, ich weiß es. Du wirst aufgefressen von Schuld über das, was letzte Nacht passiert ist." Er griff ihre Schultern. „Betty und Bill sind ein wunderbares und glückliches Paar, Keely. Ich könnte mich nicht mehr für sie freuen. Aber was ihnen geschehen ist, hat nicht das Geringste mit dir und Mark zu tun."

„Oh doch", widersprach sie heftig. „Betty ist treu geblieben, ich nicht."

„Wem willst du treu bleiben? Einem Mann, von dem du wahrscheinlich nie wieder hören wirst?" Er verabscheute sich für seine grausamen Worte, aber er konnte es sich nicht leisten, sanft zu sein.

„Bis gestern wusste Betty nicht, dass ihr Mann noch lebt. Jetzt ist er zurück und wieder bei ihr. Genauso schnell könnte es mit Mark gehen. Mark könnte nach Hause kommen und erwarten, dass seine Frau für ihn da ist."

Dax blickte zur Seite, als könne er ihre Worte nicht ertragen. Aus seiner ganzen Körperhaltung schrie die Verzweiflung.

Schließlich wandte er sich wieder Keely zu. „Die Wahrscheinlichkeit, dass das passiert, ist verschwindend gering. Was dagegen zwischen uns geschehen ist, ist eine sichere Sache." Seine Stimme wurde sanft, passte sich dem warmen Ausdruck seiner Augen an. „Ich liebe dich, Keely. Ich liebe dich."

Sie schlug die Hand vor den Mund, schloss die Augen und schüttelte wild den Kopf. „Nein", stöhnte sie auf, „sage es nicht. Nicht jetzt."

„Ich werde es sagen, bis ich weiß, dass ich zu dir durchdringe. Ich liebe dich."

Mit neuer Kraft schüttelte sie seine Hände ab. „Nein! Es ist falsch, Dax. Es war von Anfang an falsch. Verstehst du denn nicht? Ich bin nicht frei, um dich zu lieben. Solange ich nicht weiß, dass Mark wirklich tot ist, darf ich dich nicht lieben."

Sie stolperte rückwärts, fürchtete, er würde ihr nachkommen und sie in seine Arme ziehen, und sie wäre wieder machtlos. „Es ist unmöglich. Lass mich ... bitte. Lass mich in Ruhe."

Keely wirbelte herum und floh, lief dabei fast einen Mann um, der in der Eingangstür des Hotels stand. Erst als sie in ihrem Zimmer angelangt war und sich mit tränenüberströmtem Gesicht aufs Bett warf, durchzuckte sie die schreckliche Erkenntnis. Sie setzte sich wie vom Blitz getroffen auf und schnappte nach Luft.

Der Mann war Al Van Dorf gewesen.

Dax rannte durch den Terminal, sein Herz schlug wie rasend bei jedem Schritt. Er bemerkte seine Erschöpfung kaum, im Gegenteil, er hatte das Gefühl zu fliegen.

Noch heute Morgen war er zutiefst verzweifelt gewesen, sein Herz leer und ausgebrannt, als Keely von ihm fortgerannt war. Fast hätte er Van Dorf k.o. geschlagen, als der eine bissige Bemerkung gemacht hatte.

Dax hatte den Mann beiseite gestoßen und war auf sein Zimmer gestürmt, bereit, es mit jedem aufzunehmen, der es gewagt hätte, sein Temperament herauszufordern. Nie in seinem Leben hatte er sich so hilflos und wütend gefühlt.

Stundenlang war er in seinem Zimmer auf- und abmarschiert, und mit jeder Minute wuchs seine Verzweiflung. Objektiv betrachtet wusste er, dass es in dieser Situation weder falsch noch richtig gab. Es gab keine einfache Antwort, die plötzlich auftauchen würde. Ihr Problem konnte auch nicht durch intensives Nachdenken gelöst werden. Hier ging es nur darum, zwei starke Gefühle gegeneinander abzuwägen. Die Entscheidung hing ganz allein von Keelys Gewissen ab. Gott, wie er sich vor ihrer Entscheidung fürchtete.

Mr. Parker hatte ihn auf dem Zimmer angerufen, und fast hätte er das Telefon aus der Wand gerissen. In der Hoffnung, es wäre Keely, hatte er den Hörer nicht schnell genug abheben können. „Ja", hatte er in die Muschel gebrüllt und ungeduldig die Antwort erwartet.

„Ich ergebe mich." Mr. Parker hatte gelacht.

Verlegenheit und Enttäuschung kämpften miteinander, Letztere siegte. „Entschuldigen Sie. Was kann ich für Sie tun?"

„Ich bin froh, dass Sie fragen, denn ich möchte Sie tatsächlich um einen Gefallen bitten. Man erwartet von mir, dass ich heute an dieser Interviewsitzung teilnehme, um eventuelle Fragen hinsichtlich kongressionaler Optionen zu beantworten. Allerdings soll ich auch zur Klinik gehen und als Repräsentant der Regierung die Soldaten besuchen. Ich bezweifle, dass der Präsident etwas dagegen einzuwenden hätte, wenn ich einen seiner Lieblingsabgeordneten bitten würde, mich dort zu vertreten. Würde Ihnen das etwas ausmachen?"

Dax fuhr sich durchs Haar. Er konnte es genauso gut übernehmen. Einen weiteren Tag in einem überfüllten Raum mit Fotografen und Kameraleuten würde er nicht aushalten. Wenn er hierblieb,

würde er nur an Keely denken, und das brachte ihn auch nicht weiter. „Natürlich. Geben Sie mir nur noch Zeit, mich fertig zu machen. Brauche ich bestimmte Informationen, bevor ich hingehe?"
„Wir haben einen der Jungs verloren, Dax. Letzte Nacht. Er hat es nicht geschafft."
„Verflucht!"
„Ja, so sehe ich das auch. Ich schicke Ihnen die Akten über die Männer, damit Sie sich vorbereiten können. Sie können an der Rezeption nach einem Wagen fragen. Lassen Sie sich ruhig Zeit, es besteht keine Eile. Oh, außer dass das Flugzeug heute Abend geht."
„Welches Flugzeug?"
„Einige haben darum gebeten, so schnell wie möglich nach Hause zurückzufliegen, der Präsident hat das bewilligt. Die, die sich kräftig genug für den Flug fühlen, und diejenigen aus der Delegation, die ebenfalls nach Hause wollen, fliegen heute Abend."
„Um welche Uhrzeit?"
„Um neun, vom Flughafen de Gaulle. Ich lasse Ihnen die genauen Details mit den Akten zukommen."
„Danke."
„Ich habe Ihnen zu danken, Dax. Grüßen Sie die Soldaten von mir."

Also war er als Vertreter der Regierung zu der Klinik gefahren. Himmel, was, wenn er nicht hingegangen wäre? Was, wenn Gene Cox geschlafen hätte? Was, wenn er der bedauernswerte Soldat gewesen wäre, der in der Nacht gestorben war?

Dax erschauerte. Der Mantel schlug ihm gegen die Beine, er griff fester nach seiner Tasche. Er konnte den Flugsteig schon sehen. Da stand immer noch eine Menschenmenge. Gut, die Maschine war also noch nicht gestartet. Gott sei Dank war die Regierung unpünktlich wie immer.

Er ignorierte die neugierigen Blicke. Er ignorierte Mr. Parkers Handzeichen, sich zu ihm zu gesellen. Dax schaute sich unruhig in der Wartehalle um, bis er die Frau sah, die ganz hinten allein am Fenster saß und in die schwarze Nacht hinausstarrte. Das Glas spiegelte ihr Gesicht wider, ihre niedergeschlagene Miene.

Er ließ die Tasche fallen, wo er stand, und bahnte sich einen Weg zu Keely. Sie erkannte sein Spiegelbild im Fenster, als er hinter ihr

stand. Es zerriss ihm das Herz, als er die Furcht in ihren Augen las.
„Ich muss mit dir reden", sagte er eindringlich.
„Nein." Sie drehte sich nicht um. „Es ist alles gesagt worden."
Er ging neben ihrem Stuhl in die Hocke und sprach leise auf sie ein. „Wenn du willst, dass alle uns zuhören ... von mir aus. Aber ich denke, was ich dir zu sagen habe, solltest du besser unter vier Augen erfahren. Also, wofür entscheidest du dich?"

Erst jetzt sah sie ihn an. Er hielt ihrem vorwurfsvollen Blick stand, bis ihr Widerstand schwand. „Na schön." Sie erhob sich und wartete darauf, dass er voranging.

Mit dem Kopf deutete Dax ihr an, ihm zu folgen. Die meisten anderen Wartenden waren viel zu müde, um ihr Weggehen zu bemerken. In der Mitte der Abflughalle sah Dax sich suchend um und entdeckte die Nische, in der die öffentlichen Telefone untergebracht waren. Er griff Keely beim Ellbogen und zog sie dorthin.

Sie sah ihn an, sobald sie die Nische erreicht hatten, die nur ein Minimum an Privatsphäre bot. „Was willst du von mir?"

Er vergab ihr die hochmütige Distanz, die sie an den Tag legte. Er konnte ihr vergeben, weil er sicher war, dass sie sich in wenigen Momenten ganz anders verhalten würde.

„Keely", begann er sanft, „Mark ist tot. Er starb an dem Tag vor zwölf Jahren, als sein Helikopter abstürzte."

Kein einziges Anzeichen für den Gefühlsaufruhr, der mit Sicherheit jetzt in ihr toben musste. Keine Tränen, kein hysterischer Anfall, keine Erleichterung, keine Trauer. Nur eine steinerne Miene und ein undurchdringlicher Blick aus grünen Augen, der nichts preisgab.

„Hast du mich gehört, Keely?"

Sie nickte, bevor sie sprach. „Ja." Sie schluckte und räusperte sich. „Woher weißt du das?"

Er berichtete ihr von seinem Besuch in der Klinik, den er anstelle von Mr. Parker gemacht hatte. „Nachdem der offizielle Teil vorüber war, habe ich mich mit den vier Männern unterhalten, von Veteran zu Veteran. Ihr Schicksal interessierte mich, wann und wie sie verschwunden waren. Einer von ihnen, ein Korporal mit Namen Gene Cox, erwähnte das Datum seines Hubschrauberabsturzes. Es war dasselbe Datum, an dem auch Marks Helikopter verunglückte, Keely. Ich fragte nach, wollte genauer wissen, was passiert war. Cox erzählte, dass der Helikopter abgeschossen wurde und schon in Flammen stand, bevor er aufschlug. Er und der Pilot konnten aus der Maschine klettern, bevor sie explodierte. Sie krochen in den Dschungel, in dem es vor Vietcong-Leuten nur so wimmelte. Der Pilot hatte beide Beine gebrochen und muss zusätzlich innere Verletzungen gehabt haben. Er starb eine knappe Stunde nach dem Absturz. Cox deckte ihn mit einer Plane zu, darauf hoffend, dass der Vietcong ihn nicht finden würde und ... nun, die Leiche nicht finden würde. Am nächsten Tag wurde Cox gefangen genommen." Dax drückte Keelys Hand. „Keely, der Name des Piloten war Mark Williams. Ein großer blonder Mann mit Südstaatenakzent."

Er hatte erwartet, dass ihr die Knie weich werden würden und sie sich Halt suchend an ihn klammern würde, um verarbeiten zu können, was er ihr berichtet hatte. Er hatte vorgehabt, sie zu halten, nicht als Liebhaber, sondern als Freund, bis sie bereit war, mit ihm darüber zu reden, was das für sie beide bedeutete. Er hatte mit Tränen gerechnet, über die Verschwendung eines jungen Lebens, vielleicht auch Verbitterung über den Krieg, in dem Mark geopfert worden war.

Doch nie hätte er auch nur andeutungsweise vermutet, was ihn als Reaktion erwartete.

Sie riss ihre Hand fort, als hätte sie etwas Ekeliges berührt. Der einzige Laut, der aus ihrer Kehle kam, war ein hartes, höhnisches Lachen. „Wie kannst du nur, Dax?" Verachtung triefte aus jedem Wort. „Wessen Gewissen willst du beruhigen – meines oder deines?"

Er starrte sie fassungslos an. „Was ..."

Wieder dieses schreckliche Lachen. „Oh, ich bezweifle nicht, dass dieser Cox dir die Geschichte erzählt hat. Allerdings halte ich es schon für einen seltsamen Zufall, dass der Name des Piloten Mark Williams gewesen sein soll. Hältst du mich wirklich für so beschränkt, dass ich das glaube?"

Ungläubig starrte Dax sie an, während er versuchte, die Wut, die in ihm aufstieg, zu beherrschen. „Ich sage die Wahrheit, verdammt", stieß er zwischen den Zähnen hervor. „Weshalb sollte ich in einer so wichtigen Angelegenheit lügen?"

„Weil ich dir heute Morgen sagte, dass ich dir nicht gehören kann, dass wir kein gemeinsames Leben haben können, solange ich nicht über Marks Schicksal Bescheid weiß. Ich glaube, du hast bequemerweise den Namen Mark Williams in die Geschichte eingebaut, die der Soldat dir erzählt hat. Das bot sich doch an, nicht wahr?" Sie bebte vor Ärger. „Ihnen eilt der Ruf voraus, alles zu erreichen, was Sie sich vorgenommen haben, Mr. Devereaux, ganz gleich, mit welchen Mitteln. Und ich denke, Sie haben Ihrem Ruf gerade alle Ehre gemacht."

Seine stolzen Ahnen hatten ziemlich viel tolerieren können, außer einen Angriff auf den Familiennamen. Dax konnte auch viel tolerieren. Doch jeglicher Zweifel hinsichtlich seiner Integrität war für ihn unverzeihlich.

Er sah sie aus wild funkelnden Augen an. „Nun gut, Keely. Glaube, was du willst. Opfere dein Leben, geize weiter mit deiner Liebe. Langsam beginne ich zu glauben, dass du diese selbst auferlegte Märtyrerhaltung zum Leben brauchst. Es unterscheidet dich von den anderen, nicht wahr? Von uns primitiven Tieren. Aber sei gewarnt, die Menschheit hat Heilige meist als unerträglich langweilig empfunden."

Keely wirbelte herum und eilte durch die Halle zurück zum Flugsteig. Und auch wenn Dax' Herz Stück für Stück zerbröckelte, sein Stolz hielt ihn davon ab, sie zurückzurufen. Wie konnte sie nach letzter Nacht glauben, er wäre zu so etwas Verabscheuungswürdigem fähig? Letzte Nacht ... Er legte die Hände vors Gesicht und versuchte ihr gemeinsames Glück, die Ekstase zu vergessen. Es war unmöglich, dass sie wirklich dachte ...

„Ist Ihnen die Frau weggelaufen?"

Al Van Dorfs provozierende Stimme brachte Dax zurück in die Gegenwart. Er ließ die Hände sinken und sah direkt in das hämisch grinsende Gesicht, das er so sehr verabscheute. Van Dorf lehnte lässig an der Wand der Nische. Seine spöttische Arroganz war endgültig zu viel für Dax.

Er stürzte sich auf Van Dorf. Bevor der Reporter überhaupt wusste, wie ihm geschah, hatte Dax ihn am Kragen gepackt und gegen die Wand geschleudert. Dax rammte sein Knie in Van Dorfs Schritt und veranlasste ihn, einen hohen schrillen Schrei auszustoßen, mit einem Arm drückte er dem Mann die Gurgel zu.

„Sie haben Ihr schmutziges Mundwerk einmal zu oft aufgerissen, Van Dorf."

„Ich habe gesehen, wie ..."

„Gar nichts haben Sie gesehen. Und Sie haben auch nichts gehört.

Nichts, was Sie beweisen könnten. Sollten Sie jemals wieder eine Ihre verleumderischen Anspielungen mir gegenüber machen, werde ich Sie auf eine horrende Summe verklagen. Und selbst wenn ich verlieren sollte, Ihr Ruf als Journalist wird so ruiniert sein, dass Sie nicht mal mehr bei einem drittklassigen Lokalblatt unterkommen werden. Außerdem wird es mir ein Vergnügen sein, Sie krankenhausreif zu schlagen. Habe ich mich deutlich genug für Sie ausgedrückt, Van Dorf?" Um seine Frage zu unterstreichen, hob er sein Knie an. Van Dorf wimmerte und bestätigte damit, was Dax immer geahnt hatte – der Mann war ein Feigling. „Ich habe Sie etwas gefragt, Van Dorf. Haben Sie mich verstanden?"

Der Mann nickte hektisch, soweit Dax' Würgegriff das zuließ. Diese teuflisch blitzenden dunklen Augen warnten ihn, dass der Kongressabgeordnete immer noch seine Meinung überdenken und ihn hier und jetzt umbringen könnte. Mit unendlicher Erleichterung merkte er, wie Dax' Griff sich lockerte.

„Das Gleiche gilt für Mrs. Williams. Sollte ich auch nur ein anzügliches Wort von Ihnen über sie lesen, bringe ich Sie um."

Damit drehte er sich verächtlich von Van Dorf weg, der nach Luft rang. Dax ging zu der Stelle, wo er seine Tasche hatte fallen lassen, hob sie auf und lehnte sich abseits der anderen an die Wand, um auf den längst überfälligen Flug zurück in die Staaten zu warten.

15. KAPITEL

Der Mond stand rechts des Flugzeugs. Keely starrte aus der Luke auf der linken Seite, sodass nur ein matter silberner Hauch das Dunkel der Nacht erhellte. Die Sterne schienen unendlich weit weg. Unter dem Flugzeug war eine undurchdringliche Wolkendecke.

„Schläfst du?"

Die Frage riss sie aus ihrer Versunkenheit. Keely drehte den Kopf und sah Betty Allway über den freien Sitz neben ihr lehnen. Seit der Reporter, der dort gesessen hatte, ihr unhöfliches Schweigen endlich als Wink verstanden hatte, dass sie nicht reden wollte, und sich woanders hingesetzt hatte, saß sie allein.

„Nein", antwortete sie.

„Darf ich mich neben dich setzen?"

Keely nickte und nahm ihren Regenmantel fort, den sie auf den freien Sitz gelegt hatte, um jeden von vornherein zu entmutigen und allein sein zu können. „Wie geht es Bill? Schläft er?"

„Ja", sagte Betty. „Er ist so frustriert, weil er so schnell müde wird. Ich werde darauf achten müssen, dass er sich nicht übernimmt, wenn er zu Hause ist. Er wird versuchen wollen, und die Armee sicherlich auch, vierzehn Jahre in wenigen Wochen aufzuholen. Ich werde beide davon abhalten müssen."

Keely lächelte warm. „Ich denke, du hast ein Recht darauf, Bill erst mal für dich allein zu haben."

Ein lastendes Schweigen breitete sich zwischen beiden aus. Keely konnte Bettys erschreckten Gesichtsausdruck nicht vergessen, als sie sie und Dax früh am Morgen zusammen aus dem Taxi hatte steigen sehen. Ein Wunder, dass die ältere Frau überhaupt noch mit ihr sprach. Nach dem langen Leidensweg, den sie gemeinsam beschritten hatten, wäre es sehr schmerzlich, die Freundschaft einer Frau zu verlieren, die sie so lange bewundert hatte.

„Keely", hob Betty schließlich zögernd an, „ich will mich nicht in Dinge einmischen, die mich nichts angehen, aber du wirkst, als bräuchtest du jemanden, mit dem du reden kannst. Ist das so?"

Keely ließ den Kopf zurückfallen und schloss für einen Moment die Augen. „Wahrscheinlich bin ich einfach nur völlig erschöpft, die Luft ist raus. Die letzten drei Tage waren wie eine Ewigkeit. Ich konnte Müdigkeit noch nie gut überspielen." Sie versuchte vergeblich ein Lächeln.

„Nein, Keely. Da ist noch mehr. Und ich denke, es hat viel mit Dax Devereaux zu tun." Betty nahm Keelys Hand. „Hast du dich in ihn verliebt?"

Sie war versucht zu lügen, es vehement abzustreiten. Aber was würde das nützen? Betty hatte sie so oft zusammen gesehen, sie konnte sicherlich zwei und zwei zusammenzählen. Betty hatte auch Van Dorfs Anspielungen und Fragen gehört. Es war unmöglich, dass die Frau eine noch schlechtere Meinung von ihr bekommen konnte.

Keely wandte den Kopf und sah Betty offen an. „Ja, ich habe mich in ihn verliebt."

„Ah", sagte sie nachdenklich, „das dachte ich mir. Darf ich ganz offen sein und fragen, wann das passiert ist?"

„In der Nacht, als ich für die Anhörung nach Washington kam. Wir trafen uns im Flugzeug. Ich wusste nicht, dass er im Komitee sein würde, und er wusste nicht, dass Keely Preston und Mrs. Mark Williams ein und dieselbe Person sind."

„Ich verstehe."

„Ich glaube nicht. Ich ... wir haben beide nicht gewollt, dass es passiert. Wir haben dagegen angekämpft, vor allem ich. Aber ..."

„Man braucht Liebe nicht zu rechtfertigen, Keely." Betty hielt weiter Keelys Hand, streichelte sie abwesend. „Weiß er, was du für ihn fühlst?"

„Ich weiß es nicht. Eigentlich müsste er es, aber ich ... nun, wir hatten sozusagen ein Zerwürfnis. Er hat etwas getan ..." Keely rieb sich mit der freien Hand die Stirn. „Wie auch immer. Eine Beziehung zwischen uns ist aus so vielen Gründen unmöglich."

„Nämlich?", wollte Betty wissen.

Keely sah sie überrascht an. „Hauptsächlich, weil ich immer noch verheiratet bin und nicht weiß, ob mein Mann lebt oder nicht. Deine Situation ist geklärt, Betty, meine aber nicht." Sie hasste sich für den sarkastischen Ton. „Entschuldige", sagte sie reumütig. „Bitte, Betty, es tut mir wirklich leid. Ich weiß nicht, was ich sage."

„Du brauchst dich nicht zu entschuldigen, Keely. Ich kann mir vorstellen, was du durchmachst und wie du leidest. Vielleicht hast du genug gelitten, vielleicht solltest du Mark für tot erklären lassen und deinen Kongressabgeordneten heiraten."

Hätte Betty gerade verkündet, sie würde aus dem Flugzeug springen, Keely hätte sie nicht entsetzter ansehen können. Nach all den Jahren, in denen sie gemeinsam für die vermissten Soldaten gekämpft hatten, nach dem Schwur, niemals die Hoffnung aufzugeben, dass das Schicksal ihrer Männer geklärt würde, wollte sie ihren Ohren nicht trauen, dass Betty das gesagt hatte. „Das kannst du nicht ernst meinen."

„Doch, sehr ernst sogar", erwiderte Betty entschieden.

„Aber ..."

„Lass mich dir etwas beichten, Keely. Während dieser letzten Jahre habe ich dich ausgenutzt. Nein, lass mich ausreden", wehrte sie ab, als Keely sie unterbrechen wollte. „Du hast unserem Anliegen unglaublich viel geholfen. Du warst die perfekte Repräsentantin. Du bist intelligent, schön und erfolgreich. Du hast unserer Organisation Glaubwürdigkeit verliehen, durch dich als Sprecherin erschienen wir nicht mehr so sehr wie eine Gruppe hysterischer Weibsbilder. Seit unserer Reise nach Washington schäme ich mich dafür, dich dazu gedrängt zu haben – wenn auch ohne böse Absicht –, deine Jugend, deine Liebe und Lebenslust für Marks Andenken zu verschwenden. Ich habe dich sogar davor gewarnt, deinen Ruf wegen eines Mannes wie Dax zu ruinieren."

„Ich habe nichts getan, was ich nicht tun wollte, Betty. Ich war, und bin es immer noch, überzeugt von meiner Arbeit für PROOF."

„Aber jetzt hast du etwas anderes, für das du dich engagieren kannst. Wenn du diesen Mann liebst, und das glaube ich, denn sonst würdest du nicht in Schuldgefühlen ertrinken, solltest du bei ihm sein, Keely. Und sein Verhalten spricht dafür, dass er das Gleiche fühlt. Er braucht dich. Er lebt, und er ist hier, aus Fleisch und Blut. Mark ist nicht hier, und vielleicht wird er es nie wieder sein."

Keely sah ihre Freundin verärgert an. „Wie kannst du so etwas sagen?", brauste sie auf. „Vor weniger als einer Woche ahntest du nicht einmal, dass Bill nach Hause kommen würde. Und jetzt ist er hier. Du hast all die Jahre gewartet, warst ... warst ihm treu." Zu ihrem Entsetzen rannen Tränen über ihre Wangen.

„Stimmt. Denn ich hatte drei Kinder, an die ich denken musste. Ich hatte auch zehn wundervolle Jahre mit Bill, die nicht so leicht zu vergessen sind wie ein paar Wochen. Bill und ich hatten ein gemeinsames Leben, du und Mark nicht. Keely, ich kann dir nicht sagen, was du tun musst, ich will nur sagen, dass du mit Dax zusammen sein solltest, wenn du es wirklich willst. Opfere dein und sein Glück nicht."

Keely schüttelte den Kopf, ihr war kaum bewusst, dass die Tränen unablässig aus ihren Augen rannen. „Es ist zu spät, Betty. Ich kann unmöglich eine Sache aufgeben, für die ich so lange gekämpft habe. Ich kann PROOF nicht fallen lassen. Da sind so viele, die sich auf mich verlassen. Vor allem jetzt, nachdem die Männer zurückgekehrt sind, haben wir neue Hoffnung, vielleicht öffnen sich neue Kanäle, von denen wir vorher nichts wussten. Aber davon ganz abgesehen ... Das zwischen Dax und mir war schon zum Scheitern verurteilt, bevor es überhaupt angefangen hat. Wenn es einen Funken Liebe zwischen uns gegeben hat, so ist er jetzt erloschen."

Sie sah Betty an. Und die Ältere glaubte, nie einen traurigeren und desillusionierteren Ausdruck auf einem so jungen Gesicht gesehen zu haben. „Ich werde darüber hinwegkommen, sobald ich zu Hause in New Orleans bin und wieder an die Arbeit gehe."

Keely konnte unmöglich ahnen, wie falsch sie mit dieser Annahme lag. Sie war so erschöpft nach all dem, was geschehen war, dass sie, zu Hause angekommen, sich in ihrem Haus verbarrikadierte, den Telefonhörer neben die Gabel legte und fast vierundzwanzig Stunden schlief.

Als sie endlich aufwachte, stellte sie fest, dass die „Mardi Gras"-Woche in vollem Gange war. Parkplätze waren Mangelware, auf einen Tisch im Restaurant wartete man Stunden, auf den Bürgersteigen musste man sich um Zuschauer auf Klappstühlen und laut johlende Zechkumpane herumwinden. In ihrem momentanen Gemütszustand fand sie die allgemeine Ausgelassenheit nur widerwärtig.

Sie rief ihren Produzenten an und bat um ein paar Tage Urlaub. Sobald er knurrend seine Zustimmung gegeben hatte, packte sie ihren Wagen und fuhr nach Mississippi zu ihren Eltern.

Die verstanden ihre düstere Stimmung und gaben sich alle Mühe, sie zu verwöhnen. Keely aß gut, schlief viel und machte lange einsame Spaziergänge an der Golfküste. Ein kurzer Besuch bei Mrs. Williams im Pflegeheim verbrauchte fast alle Kraft, die Keely in den Tagen aufgetankt hatte, und beim Verlassen des Heims hatte sie das Gefühl, dass nichts auf der Welt je wieder in Ordnung kommen würde.

Als sie zu ihrer Arbeit zurückkehrte, behandelte jeder sie mit ausgewählter Höflichkeit. Sie kam sich vor wie ein Psychiatriepatient, den man gerade entlassen hatte. Sie verabscheute den verständnisvollen Ton, in dem jeder mit ihr redete, hielt die mitleidigen Blicke und die geheuchelte Unbeschwertheit kaum aus.

Nicole, die Depressionen einfach nicht ertragen konnte, hielt sich von Keely fern, außer ein paar mitfühlenden Anrufen kam von ihr nichts. Das Thema Dax Devereaux sprach sie nicht an. Nur einmal erwähnte sie etwas von seiner wachsenden Popularität aufgrund seines Einsatzes für die zurückgekehrten Soldaten. Keely sagte nichts dazu. Nicole verstand den Wink und ließ das Thema fallen. Jeder, der Augen im Kopf hatte, konnte sehen, dass Keely nur mit Mühe die Fassung bewahrte. Und Nicole, wie auch jeder andere, wollte nicht schuld daran sein, dass sie zusammenbrach.

Nach drei Wochen Zurückhaltung lud Nicole sich selbst zum Abendessen ein. „Ist das zu fassen? Ich habe einen Samstagabend ohne Verabredung. Ich komme zu dir zum Dinner. Mach doch diesen Nudelauflauf mit dem wunderbaren dick machenden Käse."

Keely lachte. „Wenn ich etwas nicht ausstehen kann, dann sind es schüchterne Gäste. Was möchtest du denn sonst noch?"

„Diesen Schokoladenkuchen mit Pecannüssen und Sahne."

„Noch was?", fragte Keely trocken.

„Frisches Baguette."

„Und?"

„Nein, das reicht", sagte Nicole großmütig. „Ich bringe den Wein mit."

Was sie auch tat. Um sieben Uhr an diesem Abend empfing Keely in Jeans und Sweatshirt Nicole, die ebenso lässig angezogen war und zwei Flaschen Rotwein unter dem Arm hielt.

„Das wird überhaupt das Höchste. Ich werde mich vollstopfen, bis ich platze. Wenn niemand am Samstagabend mit einem ausgehen will, gibt es nur eine Art, sich zu trösten – mit einem Anschlag auf die Figur. Außerdem habe ich mir gestern die Seele aus dem Leib gespieen und den ganzen Tag nichts mehr gegessen. Ich habe mir ein Festmahl verdient."

„Hoffentlich nichts Ernstes oder Ansteckendes." Keely führte Nicole in die Küche.

„Nein, sicher nur einer dieser Vierundzwanzigstundenviren."

„Trotzdem, nur für den Fall ... spucke nicht auf meinen Teller."

„Komm, lass uns alles vorbereiten und dann ..." Nicole brach ab, als es an der Tür läutete. „Mist! Wer kann das sein? Ich sehe unmöglich aus und will nicht, dass mich irgendjemand so sieht."

„Ich weiß auch nicht, wer das sein könnte. Ich erwarte niemanden", sagte Keely.

„Ich übernehme das. Wer immer es ist, ich werde ihn abwimmeln. Ich habe nämlich nicht vor, dieses wunderbar riechende Essen mit jemandem zu teilen."

Damit eilte Nicole zur Tür, während Keely sich weiter um den Auflauf kümmerte. Sie drehte sich nicht um, bis Nicole sie ungewöhnlich leise ansprach. „Keely, hier ist ein Mann, ein Soldat, der dich sprechen möchte." In den blauen Augen stand die Verwirrung zu lesen.

„Ein Soldat?" Die Frage klang unnatürlich schrill, Keely ließ den hölzernen Kochlöffel auf die Anrichte fallen.

Nicole nickte nur. Keely trocknete sich die Hände an einem Küchentuch ab und kam aus der Küche ins Wohnzimmer. Der Soldat stand bei der Tür und drehte nervös seine Mütze in der Hand. Er war blass und dünn, sah aus wie jemand, der lange krank gewesen war. Hände und Füße wirkten viel zu groß für seinen knochigen Körper, der kurze Militärhaarschnitt ließ die Ohren noch größer erscheinen. Er mochte ungefähr dreißig sein, aber die Linien um seinen Mund hätten eher zu einem alten Mann gepasst.

„Ich bin Keely Preston Williams", stellte sie sich vor. „Sie wollten mich sprechen?"

„Ja, Mrs. Williams. Ich bin Lieutenant Gene Cox."

Der Name traf Keely wie ein Schlag. Sie stolperte rückwärts, bis sie an der Lehne eines Sessels Halt fand. In ihren Ohren rauschte es so laut, dass sie kaum Nicoles besorgten Aufschrei hörte. Doch sie wehrte die Hilfe der Freundin ab und riss sich zusammen. „Setzen Sie sich doch bitte", forderte sie den Soldaten auf.

Der Mann war beunruhigt, weil sein Erscheinen eine so heftige Reaktion bei ihr ausgelöst hatte. Keelys Gesicht hatte alle Farbe verloren, ihre Lippen waren blau geworden. Er setzte sich hastig, aus Angst, sie könnte ganz die Fassung verlieren, wenn er nicht tat, was sie wollte.

Keely ließ sich auf den Sessel sinken. „Warum sind Sie zu mir gekommen?"

Er sah kurz zu Nicole, so als suche er ihren Rat, wie er sich gegenüber dieser bestürzten Frau verhalten sollte, doch als Nicole nickte, sah er Keely wieder direkt ins Gesicht. „Sehen Sie, ich habe in Paris von Ihnen gehört. Ich lag in der Klinik, aber man hat uns über alles auf dem Laufenden gehalten. Ich glaube, es war der Pfarrer, der uns von PROOF erzählt hat." Er sah auf seine Hände, die immer noch nervös die Mütze drehten. „Alles ist so schnell gegangen, ich bringe manchmal durcheinander, wer mir was erzählt hat."

„Tut mir leid, ich wollte Sie nicht drängen", sagte Keely sanft. „Lassen Sie sich Zeit, und sagen Sie mir, warum Sie hier sind."

„Wie gesagt, ich weiß von Ihrer Arbeit für PROOF und dass Sie in Paris dabei waren. Entschuldigen Sie, Mrs. Williams, aber hat Mr. Devereaux Ihnen nicht berichtet, was ich ihm im Krankenhaus erzählt habe? Ich meine, als er an dem Tag das Krankenhaus verließ, nachdem wir herausgefunden hatten, dass es wahrscheinlich Ihr Mann war, der mit mir zusammen in dem Hubschrauber abstürzte, war ich der festen Meinung, Mr. Devereaux würde Ihnen direkt Bescheid sagen."

Keely ignorierte Nicoles erstickten Aufschrei und nickte. „Ja, er hat es mir gesagt, aber ..."

„Nun, ich habe ihn letzte Woche in Washington getroffen. Ich bin erst fünf Tage später als die anderen nach Hause zurückgekommen, ich war ziemlich schwach. Aber entschuldigen Sie, ich schweife schon wieder ab. Ich sah also Mr. Devereaux in Washington und fragte ihn, wie Sie es aufgenommen hätten. Er sagte mir, dass Sie nicht überzeugt wären, ob es wirklich Ihr Mann war, der den Hubschrauber geflogen hat. Natürlich kann ich auch nicht sicher sein, aber ich habe etwas mitgebracht, das die Sache vielleicht endgültig klären kann."

Er suchte in seiner Brusttasche nach etwas, und Keelys Herz begann wild zu pochen. Das konnte doch nicht sein! Doch als Gene Cox ein silbernes Medaillon hervorzog, erkannte sie es sofort.

„Der Mark Williams, mit dem ich abgestürzt bin, hat das hier zusammen mit seiner Marke getragen. Kurz bevor er ... bevor er gestorben ist, bat er mich, das hier seiner Frau zu geben, falls ich es schaffen sollte. Als der Vietcong mich gefangen nahm, waren sie interessiert an unseren Marken, aber nicht hier dran, sie haben es mir gelassen. Ich wusste nicht, ob ich je die Möglichkeit haben würde, Ihnen das zu überbringen, aber ich habe es behalten. Ich habe es auch nicht für Essen oder so eingetauscht. Ich habe dem Soldaten versprochen, es nicht zu tun." Er war überwältigt von den Erinnerungen, als er Keely das Medaillon reichte.

Ihre Finger konnten es kaum halten, sie zitterten zu sehr. Keely sah auf den Christophorus-Anhänger, den sie Mark an ihrem Hochzeitstag geschenkt hatte. Sie drehte ihn um und las die Inschrift, die sie damals hatte eingravieren lassen: „Gott beschütze dich, mein geliebter Mann." Auch das Datum stand darunter. Tränen schossen ihr in die Augen, als sie über das angelaufene Silber strich.

„Ist es seins?", fragte Nicole leise hinter ihr.

Sie konnte nur nicken, ihre Kehle war wie zugeschnürt, kein Wort kam heraus.

Gene Cox rutschte unruhig auf dem Sofa hin und her. „Ich wünschte, ich könnte Ihnen sagen, dass er nicht gelitten hat. Aber er hat gelitten. Seine Beine waren gebrochen, und er erbrach pausenlos Blut ... Aber er starb wie ein echter Held. Selbst mit gebrochenen Beinen wollte er nach den anderen suchen. Ich glaube, da waren noch drei außer uns mit in der Maschine gewesen, so genau weiß ich das nicht mehr. Ich kann mich nur noch erinnern, dass er sich wie ein Verrückter gewehrt hat, als ich ihn in den Dschungel zog, damit wir uns verstecken konnten. Als ... als das Ende kam, war er sehr friedvoll, wissen Sie? Er sagte noch, besser so, als als Krüppel zu Ihnen nach Hause zu kommen."

„Er irrte sich", sagte Keely rau.

„Ja, Ma'am. Aber ich glaube zu wissen, was er fühlte." Gene Cox räusperte sich laut. „Meine ... meine Frau hat vor drei Jahren einen anderen geheiratet. Sie war letzte Woche in Washington und hat mich besucht. Ich habe sie kaum erkannt. Und sie hat mich ganz bestimmt nicht erkannt."

Keely hob den Blick und sah ihn voller Mitgefühl an. „Das tut mir leid."

Er zuckte die Schultern, machte eine Faust und hustete hinein.

377

Dann stand er auf. „Nun, ich hoffe, das klärt die Dinge für Sie zumindest."

Sie ging zu ihm und umarmte ihn voller Mitgefühl. „Ich danke Ihnen von ganzem Herzen", flüsterte sie in sein Ohr, bevor sie sich wieder von ihm löste.

„Ich bin froh, dass ich das tun konnte. Ich wünschte, ich hätte auch Antworten für all die anderen. Sehen Sie, wir dachten, wir sechsundzwanzig wären die Einzigen, die noch da drüben waren. Es ist unheimlich, wenn man erfährt, dass da noch Hunderte von den Jungs sind, über deren Schicksal niemand etwas weiß. Wir wussten das nicht." Er wandte sich zur Tür.

„Lieutenant Cox, eine Frage noch."

„Ja?"

„Haben Sie Mr. Devereaux dieses Medaillon gezeigt?"

„Ja."

Keely umklammerte die silberne Plakette fester. „Was hat er gesagt?"

Der Soldat blickte zu Nicole, dann zurück zu Keely. „Er meinte, es würde Ihnen mehr bedeuten, wenn ich es Ihnen überbringe."

Bevor er ging, notierte er sich Keelys Telefonnummer und versprach, in Verbindung zu bleiben. Er erbot sich, PROOF zu helfen, wenn er in irgendeiner Weise nützlich sein konnte.

Als er die Tür hinter sich schloss, legte Keely die Stirn an das kühle Holz, das silberne Schmuckstück bohrte sich in ihre Handfläche.

„Komm, setz dich." Nicole nahm sie bei den Schultern und zog sie von der Tür fort. Keely ließ sich zum Sofa führen und sank darauf nieder. Nicole setzte sich neben sie, strich ihr über das Haar und rieb ihr den Rücken, während sie überlegte, was sie sagen sollte.

„Jetzt weißt du es, Keely. Es tut mir leid wegen Mark, aber zumindest weißt du jetzt Bescheid."

„Ja."

„Im Moment ist es schwer, aber in ein paar Tagen wirst du dich fühlen, als wäre dir eine Zentnerlast von den Schultern genommen. Du kannst endlich mit deinem Leben weitermachen." Sie strich immer noch tröstend über Keelys Rücken. „Keely, hat Dax dir in Paris von Mark erzählt?" Keely nickte. „Und du hast ihm nicht geglaubt?" Nicole klang fassungslos.

„Nein!" Keely sprang so heftig auf, dass Nicole zurückfiel. „Ich glaubte ihm nicht!"

„Aber warum denn nur? Keely, Herrgott noch mal, was ist eigentlich los mit dir?"

„Ich weiß es nicht", stöhnte sie und barg das Gesicht in den Händen. „Ich hielt es für einen geschmacklosen Trick von ihm."

„Ein Trick?! Dax Devereaux hat es nicht nötig, Tricks anzuwenden."

„Ich weiß, ich weiß. Aber ich war so verwirrt. Und es war einfach zu ungeheuerlich. Ein solcher Zufall. Und ich habe mich so schuldig gefühlt ..."

„Schuldig? Wieso?" Als Keely ihrem Blick auswich, ging Nicole zu ihr und hielt ihr Gesicht mit beiden Händen fest. „Wieso, Keely?"

„Weil wir in der Nacht zuvor miteinander geschlafen hatten", schrie sie und schob Nicole von sich.

„Na und?", schrie Nicole genauso laut zurück.

„Das fragst du?" Sie konnte es nicht fassen, dass ihre Freundin sie nicht verstand. „Ich war immer noch mit Mark verheiratet. Ich habe ja erst nach der Nacht mit Dax erfahren, dass ..."

„Oh nein!" Nicole warf verzweifelt den Kopf in den Nacken. „Jetzt erzähle mir nur nicht, du fühlst dich schuldig wegen eines Mannes, der seit zwölf Jahren tot ist!"

„Aber das wusste ich doch noch nicht ..."

„Das sagtest du schon, und ich kann es nicht mehr hören", schrie Nicole aufgebracht. „Das kannst du nicht ernst meinen. Nach zwölf Jahren, in denen du wie eine Nonne gelebt hast, wirst du jetzt ins nächste Fegefeuer gehen, weil du mit einem Mann geschlafen hast, den du liebst! Dein Mann ist seit zwölf Jahren tot. Erklär mir, worin deine Sünde besteht!"

„Das verstehst du nicht", knurrte Keely ungeduldig.

„Da hast du verdammt recht, ich verstehe das nicht. Ich könnte es ja noch, wenn es sich dabei um eine hirnlose, labile Person handeln würde, die Trauer und Schuld als einen Schutzschild für sich braucht. Aber du bist eine intelligente, lebendige, schöne Frau, und es ist einfach krank, dass du dein Leben auf diese Art wegwerfen willst. Wie viele Heiligenscheine kann eine einzelne Person denn tragen, hm? Nun, lass dir gesagt sein, ich habe die Nase voll von deiner bornierten Selbstaufopferung. Dann lebe doch in deinem Elend, perfektioniere es, bis es dich endgültig zerstört, noch mehr, als es bisher schon getan hat. Aber rechne nicht mit mir! Mir reicht's!"

Damit wirbelte Nicole herum, griff sich die beiden Flaschen Wein und stürmte zur Haustür hinaus.

Keely wälzte sich im Bett hin und her und versuchte die Bilder zu verscheuchen, die Geräusche auszuschalten, die Erinnerungen zu verdrängen, aber sie ließen sich nicht auslöschen. Nicoles Abgang hatte wehgetan. Keely hatte sich letzte Nacht in den Schlaf geweint, nachdem sie das sorgfältig zubereitete Mahl in den Abfalleimer gekippt hatte. Den Sonntagmorgen hatte sie damit verbracht, die Pflanzen auf der Veranda umzutopfen, aber die Arbeit hatte nicht ewig gedauert, und anschließend hatte sie stundenlang gegrübelt. Nie in ihrem Leben war sie so erleichtert gewesen, als die Zeiger auf der Uhr anzeigten, dass es spät genug war, um ins Bett zu gehen.

Doch der Schlaf wollte nicht kommen. Erst ließ sie innerlich noch einmal den Streit mit Nicole an sich vorbeiziehen, dann wanderten ihre Gedanken zu dem Morgen, als Dax und sie in zärtlicher Umarmung aufgewacht waren ...

Bevor sie das kleine Hotel verließen, beschlossen sie, das Badezimmer auszunutzen, auf das die Besitzerin so stolz gewesen war.

„Ich möchte dich verwöhnen", flüsterte er, als sie vor der kleinen Badewanne standen.

„Mit diesen Dingern konnte ich noch nie gut umgehen", sagte sie und nahm dabei den Duschkopf aus seiner Halterung.

„Ich habe ein gewisses Geschick."

„Oh ja", flötete sie und schmiegte sich an ihn.

Er hob eine dunkle Augenbraue. „Höre ich da etwa eine doppeldeutige Anspielung heraus?"

„Ich weiß gar nicht, was du meinst." Sie klimperte unschuldig mit den Wimpern.

„Tu nicht so harmlos", knurrte er und biss sie zärtlich in die Schulter, bevor er sich vorbeugte und die Wasserhähne aufdrehte. „Wie magst du es? Heißer oder kälter?"

„Heißer."

„Eine heiße Dusche – kommt sofort." Und dann schnappten sie beide nach Luft, als eiskaltes Wasser über sie floss.

„Das hast du absichtlich getan", warf sie ihm vor, als die Temperatur endlich eingestellt war und sie wieder atmen konnte.

„Nein, ich schwöre."

Sie seiften sich gegenseitig ein, bis dicker Schaum sie beide bedeckte. „Du wirst mir noch die ganze Haut abwaschen", hauchte sie, weil er ihre Brüste mit schaumigen Fingern massierte.

„Dann muss ich mir wohl ein anderes Fleckchen suchen." Er nahm den Duschkopf und spülte sorgfältig die Seife von jedem Zentimeter Haut ab.

„Ich sollte mich rasieren", überlegte er laut und rieb mit der Hand über die Bartstoppeln am Kinn. Sie waren endlich aus der Wanne gestiegen und hatten sich mit den weichen Handtüchern gegenseitig trocken gerubbelt.

„Ja, du ähnelst mittlerweile einem richtigen Piraten."

„Was meinst du, wie die Leute auf einen bärtigen Kongressabgeordneten reagieren würden?"

„Lass dir einen Bart wachsen, dann wirst du es herausfinden."

„Vielleicht tue ich das sogar. Aber bist du sicher, dass du das willst? So ein Bart kann ziemlich kratzen."

„Oh, das würde natürlich bedeuten, dass wir uns während dieser Zeit nicht küssen können. Wie lange muss so ein Bart wachsen, bis er schön weich ist? Ein paar Monate?"

Er grinste selbstgefällig. „Wärst du von meiner Manneskraft beeindruckt, wenn ich dir anvertraute, dass es bei mir nur zwei Wochen dauert?"

„Nein, gar nicht", erwiderte sie keck und rannte aus dem Bad hinaus.

Er erwischte sie in der Mitte des Zimmers und drängte sie zum Bett zurück. „Dann muss ich mir wohl was anderes einfallen lassen, um dich zu beeindrucken."

Seine aufreizenden Küsse sandten Stromstöße durch ihren Körper, seine Lippen, seine Berührungen setzten ihren Körper in Flammen. Nur er konnte dieses Feuer löschen – und er tat es.

Danach schob Dax sich langsam über sie. „Und? Endlich beeindruckt?", fragte er rau.

Keely vergrub das Gesicht im Kissen. Würde sie diese sinnlichen Erfahrungen je vergessen? Nein. Diese Nacht, dieser hereinbrechende

Morgen, der glorreichste Tag ihres Lebens. Die Nacht mit Dax hatte nichts gemein mit den Nächten, die sie als Marks Frau erfahren hatte. Jene Leidenschaft war verstohlen gewesen, im Schutz von Kleidern und Dunkelheit.

Sie und Dax hatte sich ohne Verlegenheit nackt voreinander gezeigt. Sie kannte seinen muskulösen Körper, und er kannte jeden Zentimeter von ihr. Bis sie diese Nacht mit Dax verbracht hatte, hatte Keely nicht gewusst, wie es war, von einem Mann geliebt zu werden und einen Mann zu lieben.

Und da sie dieses Gefühl jetzt kannte, verging sie vor Sehnsucht nach Dax. Sie verzehrte sich nach seinen leidenschaftlichen Küssen, nach seinen Zärtlichkeiten. Sie wollte seinen Atem an ihrem Ohr hören, die geflüsterten Worte der Liebe, die er zu ihr gesagt hatte.

„Ich liebe dich, Keely."

Sie hatte sein Gesicht gesehen, als er es sagte. Warum hatte sie nicht die Arme um ihn geschlungen und ihn angefleht, sie nie wieder loszulassen?

Jetzt war es zu spät. Die harte, düstere Miene und der vernichtende Blick aus den dunklen Augen, als sie ihm vorgeworfen hatte zu lügen, hatten es deutlich gezeigt. Was er auch immer für sie empfunden haben mochte, sie hatte es mit ihren Zweifeln zerstört. Selbst wenn sie ihn anrief und um Verzeihung bat, er würde sie nie wieder lieben. Nie würde er vergessen, was sie ihm unterstellt hatte, als er ihr etwas berichten wollte, das ihrer beider Zukunft hätte verändern können. Nicole hatte recht, sie war eine Närrin.

Sollte sie ihn anrufen? Sollte sie Angst und Unsicherheit vergessen und ihn um Verzeihung bitten? Ja!

Sie griff schon nach dem Hörer, als ihr ein anderer Gedanke kam. Er wusste, dass Gene Cox ihr das Medaillon bringen würde! Wie hatte der Soldat noch gesagt? „Er meinte, es würde Ihnen mehr bedeuten, wenn ich es Ihnen überbringe." Dax wusste, dass sie frei war, aber er hatte sich nicht bei ihr gemeldet, um sich mit ihr zu versöhnen.

Keely war frei, aber er nicht.

Er kandidierte für den Senat. Sie hatte sein Foto in der Sonntagszeitung gesehen, zusammen mit Madeline Robins. Nach seiner Rückkehr aus Washington hatte Madeline eine rauschende Willkommensparty für ihn organisiert.

Während Keely sich also Gene Cox' Geschichte anhörte, hatte Dax mit Madeline gefeiert. Während sie mit ihrer besten Freundin stritt, hatte er mit Madeline getanzt und gelacht.

Er hatte gesagt, er liebe sie. Vielleicht tat er das sogar. Aber wäre es gut für ihn, sie ausgerechnet jetzt in seinem Leben zu haben? Der Name Keely Preston stand zu sehr im Licht der Öffentlichkeit. Sie würde Mark bald offiziell für tot erklären lassen müssen, aber man hatte Dax und sie zusammen gesehen, bevor die vermissten Soldaten zurückgekehrt waren. Gerüchte und Spekulationen würden wilde Blüten treiben. Ein Skandal war immer noch wahrscheinlich.

Dax brauchte Frauen wie Madeline Robins in seinem Leben, die ihm helfen konnten, die Kandidatur zu gewinnen. Er brauchte keine Keely Preston Williams.

Ohne ihn könnte sie genauso gut sterben, aber sie hatte keinen Platz in seinem Leben.

Nur das Pflichtbewusstsein trieb sie aus dem Bett, als um fünf Uhr der Wecker klingelte. Mechanisch zog sie sich an und schminkte sich. Immerhin würgte sie eine Tasse Kaffee hinunter, bevor sie zum Sender fuhr.

Die Morgenluft war lau, der Frühling kündigte sich an. Am Horizont waren Wolken zu sehen, aber der Himmel über der Stadt war klar. Auf dem Dach des Superdome blieben ihr ein paar Minuten, um den morgendlichen Himmel zu betrachten, bevor sie das Dröhnen des sich nähernden Hubschraubers vernahm, der wie ein Insekt über die Dächer schwirrte.

Joe landete routiniert. Keely schloss ihren Wagen ab und rannte auf den Helikopter zu. Der wirbelnde Wind zerrte an Kleidern und Haar, aber daran war sie gewöhnt, er richtete nie wirklichen Schaden an.

„Guten Morgen, Joe", rief sie laut, um das Dröhnen zu übertönen.

„Morgen, Schönheit", erwiderte Joe den Gruß. „Ich habe ein paar Krapfen zum Frühstück dabei. Bedien dich ruhig."

„Danke." Sie ließ den Sicherheitsgurt einschnappen, und der Hubschrauber hob wieder ab.

Der Morgen war Routine. Ihr erster Verkehrsbericht kam um fünf vor sieben, der Verkehr lief flüssig, alle Auf- und Abfahrten waren frei. Der Tag versprach schön zu werden, also war das Wetter auch kein Thema.

Es geschah, als Keely per Mikro mit dem Morgenmoderator scherzte. Sie hörte den lauten Knall, wie eine Fehlzündung bei einem Auto. Dann absolute Stille, als der Motor des Helikopters urplötzlich erstarb.

„Verdammt", fluchte Joe.

Keelys Kopf ruckte herum, sie sah, dass er hektisch an den Kontrollschaltern herumfingerte. Sie brach mitten im Satz ab, Panik stieg in ihr auf. „Joe!", rief sie. Sie wollte, dass er sich zurücklehnte und sie anlächelte, dass er aufhörte, zitternd an den Instrumenten herumzufingern, dass er ihr sagte, alles sei unter Kontrolle und in bester Ordnung.

„He, Keely, was passiert denn da oben bei euch? Habt ihr einen Ballon explodieren lassen?" Sie hörte die scherzhafte Frage des DJ durch die Kopfhörer, aber nichts schien mehr real zu sein.

„Joe!", rief sie noch einmal, als der Hubschrauber zu trudeln begann.

„Halt dich fest, Keely", sagte Joe mit erstaunlicher Ruhe. „Wir gehen runter, Baby."

16. KAPITEL

*D*ie Erde neigte sich gefährlich. Die Rotoren drehten sich noch, aber kein Laut kam vom Motor. Der Hubschrauber trudelte, während der Boden immer näher kam.

„Nein!", schrie Keely auf. „Nein, bitte nicht!" Als der Hubschrauber die Nase nach unten drückte, schnitt sich der Gurt schmerzhaft in ihren Leib, trotzdem konnte er sie nicht halten. Sie schlug mit dem Kopf hart gegen die gläserne Frontscheibe, fühlte den Schmerz und den Schwindel.

„Helft mir!", rief sie, wusste aber nicht, ob jemand sie gehört hatte. Ob sie die Worte überhaupt ausgesprochen hatte. Sie wollte die Augen öffnen, aber da war dieses unglaublich gleißende Licht, sie konnte kaum hinsehen. Dann erkannte sie eine Gestalt, die sich daraus löste.

Mark! Sie sah ihn, strahlend, stolz, zuversichtlich. Der lachende, lebenslustige, vor Energie überschäumende Junge, an den sie sich erinnerte. Seine Augen leuchteten fröhlich auf, als er sie sah, sein Lächeln war breit und einnehmend wie immer.

Mark! schrie sie in Gedanken, du lebst! Er litt nicht. Er war kein namenloses Skelett in einem Dschungel am anderen Ende der Welt. Sein Geist war so lebendig, hier in dieser Sphäre, in die sie geschleudert worden war.

Oder doch nicht? Das Licht wurde schwächer, seine Gestalt verschwamm. Keely wollte mit ihm reden, aber er winkte ihr zu und drehte sich dann um. Seine Konturen verwischten mehr und mehr, während er sich Schritt für Schritt dorthin zurückzog, woher er gekommen war. Ein Vorhang fiel hinter ihm zu, trennte sie voneinander. Dunkelheit kam über Keely, es gelang ihr nicht, dagegen anzukämpfen. Sie sehnte sich nach dem Licht und der Wärme an dem Ort, wo Mark war.

Aber das Dunkel hellte sich nicht auf. Kurz bevor die Schwärze sie endgültig verschlang, wurde Keely mit erstaunlicher Klarheit bewusst, dass sie einen Frieden in ihrem Herzen fühlte, den sie seit Jahren nicht gekannt hatte.

In einem Zeitblitz, irgendwo zwischen zwei Welten, hatte sie Marks Tod erlebt, mit ihm geteilt. Jetzt konnte sie ihn in Frieden ruhen lassen. Zu wissen, dass er in diesem wunderbaren Licht lebte, gab ihr die Kraft, seinen Tod zu akzeptieren und ihn gehen zu lassen.

Mit einem ergebenen Seufzer sank sie in die Dunkelheit.

„Langsam, ganz langsam. Nein, Miss Preston, legen Sie sich wieder zurück. Alles ist in Ordnung. Sie sind im Krankenhaus."

Sanfte, aber starke Hände hielten Keelys Schultern auf das Bett gedrückt, auch wenn sie sich dagegen wehrte. „Patsy, erneuern Sie den Verband, sie hat ihn sich abgerissen."

Während ein Paar Hände sie hielt, fühlte sie, wie sich ein weiteres Paar an ihrer Stirn zu schaffen machte. „Sie muss wach werden. Miss Preston, kommen Sie, machen Sie die Augen auf. Sagen Sie uns Guten Tag."

Sie wollte gehorchen, aber ihre Lider waren schwer wie Blei. Die Stimmen aus dem Nebel gaben nicht nach, forderten sie immer wieder auf, und schließlich schaffte Keely es, die Augen zu schmalen Schlitzen zu öffnen.

„Na also, es geht doch. Wir dachten uns schon, dass Sie kein sehr gesprächiger Gast sein werden. Aber Gracie ist immer so leicht verletzt, wenn ihre Patienten nicht mit ihr reden."

„Stimmt. Vor allem, wenn es sich um Berühmtheiten handelt. Wie fühlen Sie sich?"

Das Weiß der Schwesterntracht tat Keely in den Augen weh. Ein Thermometer wurde ihr unter die Zunge gesteckt, ihr Blutdruck gemessen.

Wo ... wann ... wie ...? Fragen schossen ihr durch den Kopf, ließen die Schmerzen noch unerträglicher werden. Dann fiel es ihr ein. Der Hubschrauber ... Sie wehrte sich wieder gegen die Arme, die sie niederhielten.

„Joe", brachte sie krächzend heraus, sie erkannte ihre eigene Stimme nicht. „Joe."

„Ihm geht es gut", wurde ihr gesagt. „Er hat den Hubschrauber auf dem Dach aufgesetzt."

„Auf dem Dach?" Sie suchte nach Worten. „Aber ..."

„Machen Sie sich darüber jetzt keine Gedanken. Die Details werden Sie später erfahren. Sie sind die einzige Verletzte. Nun, was meinen Sie? Ob Sie sich aufsetzen und etwas trinken können, ohne sich über dieses elegante Nachthemd zu erbrechen, in das wir Sie gepackt haben?"

Keely schüttelte den Kopf, aber man hielt ihr trotzdem den Becher mit dem geknickten Strohhalm hin, und gehorsam sog sie daran, bis sie wieder einschlief.

Bis sie wieder zu vollem Bewusstsein gelangte, war es ein langer und steiniger Weg. Ihre Wachzeiten waren verschwommen und wirr, ihr Schlaf war so schwer, dass sie nie richtig aufzuwachen schien. Sie wusste, dass eine Tropfnadel in ihrer Hand steckte. Jedes Mal, wenn sie die Hand bewegte, spürte sie das Ziehen des Pflasters.

Ihre Eltern tauchten in ihren Träumen auf, bis ihr klar wurde, dass sie wirklich anwesend waren. Ihre Mutter weinte leise. Ihr Vater sah betroffen aus, aber er küsste sie auf die Stirn, wenn sie es in einem hellen Moment schaffte, ihn anzulächeln.

Einmal wachte sie auf und sah das Gesicht eines Mannes über sich gebeugt. Ein sympathisches Gesicht, von wirrem blonden Haar umgeben.

„Hi", grüßte er fröhlich. „Ich wollte nur mal meine Arbeit begutachten."

Sie starrte ihn verwirrt an. Er musste die Frage in ihren Augen gelesen haben. „Oh, ich bin Dr. Walters. Nennen Sie mich ruhig David. Ihre Freundin benachrichtigte mich, als feststand, dass Ihre Stirn genäht werden musste. Ich bin plastischer Chirurg. Sie werden eine winzige Narbe direkt an der Haarlinie zurückbehalten, aber ich bin so verdammt gut, dass sie kaum zu sehen sein wird."

Keely lächelte.

„Und sonst geht es Ihnen einigermaßen? Brauchen Sie etwas?"

Sie schüttelte den Kopf, schloss die Augen und schlief wieder ein.

Dann, wie von Zauberhand, waren die Spinnweben in ihrem Kopf verschwunden. Als sie erwachte, war alles klar und deutlich. In ihrem Kopf pochte es unerträglich, aber das war verständlich. Sie zitterte vor Schwäche, trotzdem zwangen die Schwester sie dazu, aufzustehen und ein paar Schritte zu laufen, bevor sie sich erschöpft wieder ins Bett legen durfte. Sie schaffte es sogar, ein ganzes Glas Apfelsaft zu trinken, ohne dass es ihr wieder aufstieß. Woraufhin die Schwestern ihr die Nadel aus der Hand zogen. Ein großer blauer Bluterguss blieb zurück.

Den Rest des Tages verschlief sie, aber der Schlaf war nicht mehr so schwer. Am Abend konnte sie schon die Zeitungsberichte über die Beinahe-Katastrophe lesen, die die Schwestern für sie aufgehoben hatten. Jetzt erkannte sie auch erst, dass überall im Zimmer Blumen standen. Die Schwestern bestaunten mit vielen „Ohs" und „Ahs" jeden Strauß und warteten gespannt darauf, dass Keely die Karten vorlas.

Eine Karte war nicht signiert, eine Tatsache, die die Schwestern sehr enttäuschte, denn es war das größte und schönste Bouquet von allen. Keely glaubte nicht, dass die fehlende Unterschrift Zufall war. Sie zupfte eine der gelben Rosenknospen ab und legte sie auf ihr Kopfkissen. Die Blüte fing ihre Tränen auf wie Tautropfen.

Am nächsten Morgen konnte Keely aufstehen. Sie duschte, zog sich ein eigenes Nachthemd an und machte ihr Gesicht ein wenig zurecht. Über Nacht war auf wundersame Weise eine Tasche mit ihren Sachen aufgetaucht, ihre Mutter bestritt jedoch, etwas davon zu wissen.

Sowohl der Krankenhausarzt als auch ihr Hausarzt, der sie untersuchte, erlaubten ihr, Besucher zu empfangen. Der Direktor von KDIX kam, drückte seine Erleichterung aus, dass sie noch unter den Lebenden weilte, und überbrachte ihr die Genesungswünsche der Kollegen.

Joe Collins kam danach. Ihm standen Tränen in den Augen, als er sich zu ihr beugte und sie fest umarmte. „Danke, Joe", sagte sie. Nachdem sie seine Sorgen über ihren Zustand ausgeräumt hatte, berichtete er, was genau passiert war.

„Irgendwas, irgendein kleines Teilchen hat die Benzinleitung verstopft, und der Motor ist abgesoffen. Glücklicherweise konnte ich die Maschine stabilisieren und mit Autorotation landen. Die Rotoren drehen sich nämlich noch eine Weile, weißt du? Wir waren fast genau über dem Dach des Senders, als es passierte, deshalb ..." Er zuckte bescheiden mit den Schultern. „Ich war vollauf damit beschäftigt, uns gerade zu halten, gleichzeitig habe ich mir unheimliche Sorgen um dich gemacht. Ich konnte nur sehen, dass Blut über dein Gesicht lief."

„Du hast mir das Leben gerettet, Joe."

Plötzlich schien er verlegen und schüchtern, also wechselte sie das Thema. Nachdem er gegangen war, musste sie sich ausruhen. Die Schwestern wiesen die anderen wartenden Besucher an, später zurückzukommen.

Nach dem Abendessen saß Keely aufgestützt in den Kissen und schaute ein wenig fern, als es leise an der Tür zu ihrem Zimmer klopfte. Auf ihr „Herein" traten Nicole und Charles ein.

Nicole sah bedrückt und besorgt aus, und als Keely die Arme ausstreckte, eilte sie quer durch den Raum und warf sich hinein.

„Keely, es tut mir so schrecklich leid. Hast du das etwa getan, weil ich dir so grässliche Dinge an den Kopf geworfen habe? Oh Gott, als ich dich da oben schreien hörte …! Ich dachte, mir würde das Herz stehen bleiben."

„Du hast es gehört?"

„Ja, wir alle haben es gehört", warf Charles ein. „Du warst doch mitten im Gespräch mit dem DJ. Anscheinend hat er nicht schnell genug reagiert und dein Mikro abgeschaltet. Deine Zuhörerschaft hat die ganze Sache miterlebt."

Keely schloss die Augen. „Das wusste ich nicht. Das muss schrecklich gewesen sein."

„Nun, jetzt bist du eine Heldin", sagte Nicole forsch, jetzt, da sie wusste, dass ihr verziehen war.

„Bist du verantwortlich für den Schönheitschirurgen und die Tasche mit meinen Sachen?"

„Charles und ich."

„Danke." Die beiden Frauen hielten sich an den Händen und tauschten verständnisinnige Blicke.

„Wegen neulich, Keely …"

„Schon vergessen. In vielen Dingen hattest du völlig recht."

„Und viele andere Dinge gehen mich überhaupt nichts an."

„Doch, denn du bist meine Freundin."

„Das stimmt." Beide waren den Tränen gefährlich nahe. Charles rettete die Situation.

„Liebling, du hast Keely noch gar nicht die große Neuigkeit erzählt", sagte er sachlich.

Er nannte Nicole öffentlich „Liebling". Erstaunt blickte Keely von Charles zu ihrer Freundin. „Welche Neuigkeit denn?"

Nicole drehte sich auf der Bettkante zu Charles um und funkelte ihn an. „Es macht dir ungemein Spaß, darauf herumzureiten, was?"

„Genau", stimmte er mit einem breiten Grinsen zu und wippte selbstzufrieden auf den Absätzen vor und zurück.

389

„Nun, ich finde es gar nicht lustig, Charles. Nicht im Geringsten."
„Würdet ihr beide mich bitte in das Geheimnis einweihen?", mischte Keely sich ein. „Was für eine Neuigkeit?"
„Ich bin schwanger", murmelte Nicole.
Keely sah auf Nicoles blonden Haarschopf, als diese verlegen mit dem Bettlaken spielte. Hätte Nicole verkündet, sie würde ins Kloster eintreten, Keely hätte nicht überraschter sein können.
„Du bist was?!"
Heftig sprang Nicole vom Bett auf. „Du hast mich schon verstanden. Ich bin schwanger. Hab 'nen Braten in der Röhre. Werde Mutter. Wie auch immer, zum Teufel, du es nennen willst. Und der da …", anklagend richtete sie den Finger auf Charles, „… ist dafür verantwortlich."
Keely begann zu lachen, erst leise, dann immer heftiger, bis ihr schließlich die Tränen aus den Augen liefen. Obwohl ihr Kopf schmerzte, tat das Lachen unendlich gut, und sie genoss es in vollen Zügen. Nicoles Mundwinkel zuckten, und schließlich stimmte sie in das Lachen mit ein.
„Ich kann's nicht glauben." Keely wischte sich die Lachtränen von den Wangen. „Wann …?"
„An dem Abend, als wir zusammen mit dir und … und Dax im Café du Monde waren. Charles hat mich doch nach Hause gebracht, weißt du noch? Ich habe wirklich jede weibliche Verführungstaktik angewandt, um ihn in mein Bett zu locken. Und dafür hat er sich jetzt revanchiert!"
Charles blinzelte Keely zu. „Du scheinst aber nicht sehr erschüttert darüber zu sein, oder, Nicole?", forschte sie nach.
Nicole beugte sich vor und flüsterte laut: „Wer hätte das denn ahnen können, so wie er aussieht? Ich sag dir, Keely, im Bett ist er die reinste Dampfwalze."
Das brachte Keely wieder zum Lachen. Nicole hatte also endlich ihren Meister gefunden, und keiner von den beiden wirkte sonderlich unglücklich.
Charles zog Nicole an sich und hielt sie fest um die Taille. „Du willst doch nicht zulassen, dass dieses Kind unehelich zur Welt kommt?"
„Oh, Keely." Nicole begann laut zu schluchzen und barg ihr Gesicht an Charles' Schulter.

„Ich werde es ihr sagen, Liebling, da ich derjenige war, der darauf bestanden hat." Charles küsste Nicole auf die Nasenspitze. „Wir haben gestern geheiratet, Keely. Wir hätten dich gern dabeigehabt, aber ich hatte das Gefühl, es wäre nicht anständig gewesen, noch länger zu warten."

Keely lächelte, neue Tränen traten ihr in die Augen, Glückstränen. „Ich freue mich so für euch. Ich habe immer gedacht, dass ihr beide zusammengehört."

„Ich auch", meinte Charles verschmitzt. „Aber bei Nicole brauchte es etwas Überzeugungsarbeit."

„Du hast eine sehr überzeugende Art", schnurrte Nicole und schmiegte sich in seine Arme.

„Darf ich den Bräutigam auch küssen?" Keely wurde langsam ungeduldig, weil der Kuss der beiden so lange dauerte. Charles machte sich schließlich aus Nicoles besitzergreifender Umarmung frei und küsste Keely in seiner typischen reservierten Art auf die Wange. Als er sich aufrichtete, sagte er: „Ich warte draußen auf dem Gang. Lass dir nur Zeit, Liebling." Taktvoll zog er sich zurück, um den beiden Frauen Zeit allein zu geben.

„Nicole", Keely griff nach der Hand der Freundin, „du liebst ihn, nicht wahr? Und das Baby? Du freust dich darauf, oder?"

„Ach Keely, ich könnte vor Glück schier platzen. Es wird keine bessere Mutter als mich geben, kein Tag wird vergehen, an dem das Kind nicht weiß, wie sehr es geliebt wird. Und Charles. Charles", wiederholte sie zärtlich. „Ich hatte Angst davor, ihn zu lieben, Angst, er könnte mich zurückweisen. Aber Wunder über Wunder, er liebt mich, Keely. Wirklich und wahrhaftig. Um meiner selbst willen … na ja, du weißt schon, trotz all der anderen Männer und meines Rufs liebt er mich."

„Ich wusste das schon lange. Ich bin froh, dass er dich endlich davon überzeugen konnte."

„Ja, ich auch." Nicole lächelte das Lächeln, bei dem Tausende von Fernsehzuschauern jeden Abend dahinschmolzen. Doch es wurde schwächer, als sie Keelys blasses Gesicht ansah und den leeren, einsamen Blick in ihren Augen erkannte. „Und was ist mit dir, Keely? Wie gedenkst du deine Herzensangelegenheit zu lösen?"

„Ich denke, die ist für mich gelöst worden." Sie warf einen traurigen Blick auf die gelben Rosen, dann wieder zurück zu Nicole, die sie genau beobachtete. „Als der Hubschrauber zu trudeln begann, wurde mir klar, dass Mark tot ist. Er gehört der Vergangenheit an. Dax ist die Gegenwart, hätte die Zukunft werden können, aber ... Ich liebe ihn, Nicole, ich liebe ihn mehr als mein Leben. Er wird mir nie verzeihen, dass ich ihm nicht vertraut habe."

„Woher willst du das wissen? Hast du ihn gefragt?"

„Nein, natürlich nicht."

„Dann tu's doch einfach. Er ist draußen."

Voller Angst und Verzweiflung blickte sie Nicole an. „Er ... er ist hier?"

„Wartet draußen. Er erreichte das Krankenhaus noch vor dem Notarztwagen, Keely. Er hatte alles im Radio mitgehört. Seit du hier liegst, hat er das Krankenhaus nicht verlassen. Ich habe völlig Irre gesehen, die sich besser beherrschen können als er. Er hat jeden angeknurrt, der ... Keely, was soll das?! Marsch zurück ins Bett!"

„Nein." Sie hatte die Decke bereits zurückgeworfen und die Beine aus dem Bett geschwungen. „Ich gehe zu ihm."

„Keely, Herrgott noch mal, lass dir wenigstens ..."

„Nein." Mit letzter Kraft schüttelte sie Nicoles stützende Hand ab. Sie musste aus eigener Kraft zu ihm gehen.

Auf halbem Weg zur Tür musste sie die Arme ausstrecken, um das Gleichgewicht zu halten, aber sie würde nicht aufgeben. Sie musste Dax sehen, musste ihm sagen ...

Die Tür war zu schwer für sie, deshalb ließ sie zu, dass Nicole sie aufzog. Auf bloßen Füßen tappte sie geräuschlos über die kalten Fliesen und sah den Gang hinunter.

Dax saß auf einem Stuhl, die Knie gespreizt, mit gebeugtem Kopf und verschränkten Händen. Die gleiche Haltung hatte er an jenem Abend eingenommen, als er ihr sagte, dass er zu dem Anhörungsausschuss gehörte. Alles an ihm drückte Mutlosigkeit aus, die hängenden Schultern, das wirre Haar, die Bartstoppeln, die zerknitterte Kleidung. Für sie hatte er nie attraktiver ausgesehen.

„Dax."

Sein Kopf fuhr hoch, als er Keelys Stimme hörte. Dort stand sie, am anderen Ende des Korridors, so zierlich und doch so tapfer.

Schwankend erhob er sich, stolperte gegen das kleine Tischchen, auf dem abgegriffene Zeitschriften lagen. Dann begann er zu rennen, seine langen Schritte ließen die kurze Entfernung zu Keely rasch kleiner werden. In seinen Augen schimmerten Tränen. Kaum war er bei ihr, umarmte er sie und hielt sie fest, als wolle er sie nie wieder loslassen.

Sie schlang die Arme um seine Hüfte. „Keely, Keely", flüsterte er immer wieder in ihr Haar.

Es war ihnen gleich, was für einen Anblick sie boten. Nicole bewahrte allerdings die Vernunft. Um die beiden vor neugierigen Augen zu schützen, schob sie sie sanft ins Krankenzimmer zurück und schloss die Tür hinter ihnen. Dax und Keely merkten nicht einmal, dass sie sich bewegt hatten.

Er strich ihr immer wieder übers Haar, musterte besorgt ihr Gesicht und streichelte ihre Wangen. „Ich dachte, du würdest sterben. Ich habe dich im Radio gehört, deine Stimme. Und dann hörte ich, wie der Motor ausging. Ich habe zu oft in Hubschraubern gesessen, ich wusste sofort, was passiert war. Ich habe genauso aufgeschrien wie du. Mein Schatz. Himmel, ich dachte, du würdest sterben ..."

„Schsch", tröstete sie ihn und strich ihm über den Kopf. „Ich bin nicht gestorben. Ich lebe. Ich bin hier, mit dir." Mit einer Fingerspitze nahm sie den Tropfen auf, der in seinen Wimpern hing. „Als du erfuhrst, dass das Medaillon der Beweis für Marks Tod war, warum bist du nicht zu mir gekommen, Dax?"

„Hättest du das gewollt?"

Sie schmiegte ihre Wange an seine Brust und stöhnte leise. „Oh ja, ich habe dich so vermisst. Ich weinte um dich, aber ich hatte Angst. Nach dem, was ich zu dir gesagt hatte, war ich überzeugt, du würdest mich nie wiedersehen wollen. Kannst du mir verzeihen, dass ich an dir gezweifelt habe, Dax? Es tut mir so leid."

Jetzt war er derjenige, der tröstete. „Ich war ein Narr, Keely. Ich hätte dir die Nachricht von Marks Tod nicht so schonungslos an den Kopf werfen dürfen. Aber ich dachte nur noch daran, dass du es wissen musst." Sanft bog er ihren Kopf zurück, um ihr in die Augen zu schauen. „Nachdem du wusstest, dass ich die Wahrheit gesagt hatte, warum hast du mich nicht angerufen, Keely?"

„Weil ich dachte, du könntest mir nicht vergeben. Weil du immer noch an den Wahlkampf und deine Karriere denken musst. Weil du zu diesem Zeitpunkt keine Probleme in deinem Leben brauchst. Weil ich dein Foto mit Madeline in der Zeitung gesehen habe."

Ein Lächeln zuckte um seine Lippen. „Ist das alles?"

Zu gern hätte sie das Lächeln erwidert, aber ihre Lippen zitterten zu stark. „Weil ich dich liebe und nichts tun wollte, was dich verletzen könnte."

„Keely." Er drückte sie fest an sich. „Ich kam nicht zu dir, weil ich nicht wusste, was du fühlst. Ich dachte, du würdest sicher wegen Mark trauern. Ich war schon einmal zu schnell vorgeprescht, und das wollte ich wirklich nicht noch mal riskieren."

Sie richtete seinen verknitterten Hemdkragen. „Nein, ich war erleichtert zu erfahren, dass Mark nicht jahrelang in einem Gefangenenlager leiden musste. Als ich in dem Helikopter saß und wir runtergingen, da ..."

„Ja?", hakte er nach, als sie zögerte.

„Da habe ich Abschied von ihm genommen, Dax. Er wird immer in meiner Erinnerung leben, aber er ist schon seit langer Zeit tot. Mir ist eine zweite Chance geboten worden, und ich werde nicht einen einzigen Tag mehr vergeuden."

Er küsste sie, lang und fest und eindringlich. Als sie sich schließlich voneinander lösten, sagte er heiser: „Du solltest im Bett sein."

Er führte sie zu dem Krankenbett und half ihr hinein. Als sie bequem in die Kissen gelehnt dasaß, nahm er ihre Hand. „Keely, willst du mich heiraten?"

„Willst du mich denn überhaupt?"

„Ja, sehr."

„Ich bin kürzlich verwitwet."

„Vor zwölf Jahren? Wenn Mark erst offiziell für tot erklärt worden ist, werden die Leute verstehen, dass du wieder heiraten willst."

„Oh, Liebling." Sie legte zärtlich eine Hand an seine Wange. „Mich interessiert nicht, was die Leute sagen, aber du solltest an den Wahlkampf denken."

Er drehte leicht den Kopf und küsste ihre Handfläche. „Lass das meine Sorge sein. Morgen, wenn du einverstanden bist, werde ich die Presse benachrichtigen und unsere Verlobung bekannt geben. Van Dorf wird der Erste sein, den ich anrufe."

„Van Dorf! Dax, er wird ..."

„Er wird die Glocken läuten und in den höchsten Tönen über uns schreiben."

Sein vergnügtes Glucksen ließ sie argwöhnisch die Augen zusammenkneifen. „Du verschweigst mir doch etwas?"

„Leg dich hin, du bist schließlich krank, nicht wahr? Sagen wir einfach, Van Dorf und ich sind zu einer Einigung gelangt." Er küsste sie, um sie zum Schweigen zu bringen. „Aber genug von ihm. Wirst du mich heiraten?"

Sie zog besorgt die Brauen zusammen. „Dax, die Wähler könnten trotzdem Anstoß an uns nehmen. Unsere Namen sind seit Wochen in aller Munde."

„Keely", flüsterte er und hauchte einen Kuss auf ihr Kinn, „ich denke, du kannst mir nur nützen. Die Leute werden dich lieben, das tun sie ja schon. Und sollte man mich wegen der Frau, die ich heiraten will, oder aus irgendeinem anderen Grund nicht wählen, dann diene ich meinem Land eben als Farmer und Geschäftsmann. Ich habe nie etwas ernster in meinem Leben gemeint. Das Leben mit dir ist mir wichtiger als jedes Amt."

„Dax", seufzte sie und küsste ihn auf den Mund.

„Meinst du, du kannst mir im Wahlkampf zur Seite stehen? Ich meine, mit deinem Job beim Radio und den ganzen anderen Dingen?" Er knabberte an ihrer Lippe, bis sie zu lachen begann.

„Immer der Diplomat, der Politiker, nicht wahr?" Immerhin besaß er so viel Anstand, zerknirscht zu grinsen. „Ich denke, dich zu lieben ist ein Fulltime-Job."

Die dunklen Augen schmolzen vor Liebe. „Die Vorstellung gefällt mir", sagte er rau und küsste sie auf die Augenbrauen.

„Dax?"

„Hm?"

„Madeline."

„Was ist mit ihr?"

„Ja, was ist mit ihr?", wiederholte sie.

Er hob den Kopf. „Absolut nichts, Keely. Da war nie etwas, nicht einmal, bevor ich dich traf. Und jetzt wird mit Sicherheit nichts sein. Sie wollte es, die Presse wollte es, aber niemand hat mich nach meiner Meinung gefragt. Wahrscheinlich war es falsch von mir, dass ich die Publicity ausgenutzt habe, die sie allgemein bekommt. Aber das ist jetzt vorbei. Wenn sie mich unterstützen will, wird sie das ab jetzt auf offiziellem Wege tun müssen."

„Bleib heute Nacht bei mir." Bereitwillig akzeptierte Keely Dax' Erklärung. Ein Zeichen ihrer Liebe, ihres Vertrauens. Sie griff an den Schalter und löschte das Licht über ihrem Bett. Als Dax nervös zur Tür schaute, lachte sie. „Jeder, der hier reinwill, muss an Nicole vorbei. Und das ist so gut wie unmöglich."

Selbst im Dunkeln sah sie sein Lächeln. Er streifte die Schuhe von den Füßen und legte sich neben Keely. Seine Lippen fanden ihren Mund, er küsste sie inniglich.

„Dax", murmelte sie und schmiegte sich an ihn.

„Oh Gott, Keely", stöhnte er und rückte von ihr ab. „Das wird nichts. Ich muss gehen."

„Nein", rief sie aus und hielt ihn am Hemd fest.

„Wir können hier nicht miteinander schlafen, Keely. Du brauchst Ruhe, musst dich erholen."

„Das werde ich, ich verspreche es, aber bitte, lass mich nicht allein."

Sie fand sich in einer festen Umarmung wieder. „Niemals", gelobte er. „Ich liebe dich, Keely, ich werde dich nie allein lassen."

Ihr Kopf lag an seiner Brust, und mit jedem kräftigen, rhythmischen Schlag fühlte sie, wie alte Ängste und Zweifel schwanden.

Das hier war ein neuer Anfang. Aller Kummer war vorbei, es war ein herrlicher Tag, und sie konnten voller Zuversicht in die Zukunft sehen.

– ENDE –

Sherryl Woods
Die Carltons –
Liebe findet ihren Weg

Wenn ihre Neffen in der Liebe nur so erfolgreich wären wie im Beruf ... Destiny beschließt, ihrem Namen alle Ehre zu machen und ein wenig Schicksal zu spielen.

Band-Nr. 20005
8,95 € (D)
ISBN: 978-3-89941-687-9

Penny Jordan
Eine Hochzeit und
drei Happy-Ends

Wer den Brautstrauß fängt, wird als nächstes heiraten. Doch was ist, wenn man sich geschworen hat, genau das nicht zu tun?

Band-Nr. 20006
8,95 € (D)
ISBN: 978-3-89941-695-4

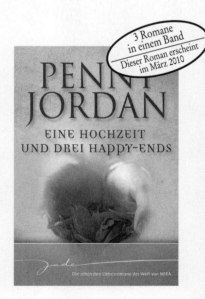

3 Romane in einem Band

Jessica Bird
Das Moorehouse-Erbe

Band-Nr. 20002
8,95 € (D)
ISBN: 978-3-89941-667-1
432 Seiten

4 Romane in einem Band

Nora Roberts
Weihnachten mit Nora Roberts

Band-Nr. 20007
9,95 € (D)
ISBN: 978-3-89941-663-3
528 Seiten

3 Romane in einem Band

Linda Howard
Winterherzen

Band-Nr. 20001
8,95 € (D)
ISBN: 978-3-89941-657-2
416 Seiten

Hampson / Mayo / Richmond
Liebesreise nach Irland
Band-Nr. 15038
3 Romane nur 8,95 € (D)
ISBN: 978-3-89941-658-9
416 Seiten

Hart / Hampson / Brooks
Liebesreise in die Ägäis
Band-Nr. 15034
3 Romane nur 8,95 € (D)
ISBN: 978-3-89941-597-1
400 Seiten

Lindsay / Hadley / Ashton
Liebesreise nach Frankreich
Band-Nr. 15033
3 Romane nur 8,95 € (D)
ISBN: 978-3-89941-596-4
432 Seiten

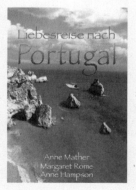

Mather / Rome / Hampson
Liebesreise nach Portugal
Band-Nr. 15032
3 Romane nur 8,95 € (D))
ISBN: 978-3-89941-595-7
384 Seiten